菩薩保佑

張道文・著

因為靈魂墮落了，天堂的門才關上。

——題記

目次

第一章
野種

1

第一次聽安順福說我是個野種時，我以為他瘋了。怎麼可能？要知道，那個時候，我可是已當了他們安氏家族十四年的族長！

我一直以為這是他厭惡我的託詞，可是時間是如此無情，到了今天，我知道我的野種身分已是確鑿無二。憑良心說，這不能怪我。所有的一切，都是安順福的錯。

沒有誰天生是想當野種的。就像我的義弟說的，那個即將當媽的女人要偷人，準備做兒子的，拿她是丁點兒辦法也沒有！

我一共有八個義弟，包括我，九個人。九，陽數之極。乾元用九，天下治也。《易經》上的這句話，我一直沒有弄懂。說偷人的那個義弟，我也一直沒有弄懂。我覺得這一生，自己實在是太失敗了。

那傢伙是我的八弟。他說偷人時，鼻子長長地嗤著不屑，雙眼瞇縫，逼仄的眼光掃過所有人的臉，然後說，聖人多半都是偷人養的！在場的人大吃一驚，眼光齊刷刷地全都射到他的臉上。他嘿嘿地笑了起來。笑夠了，說這種事，《詩經》裡記載得多了。私娃子聰明，你們沒聽過這話？他得意地問，偷與被偷，一是春情勃發，一是激情澎湃，情欲碰撞的剎那，當是生命最飽滿的一刻，由此孕育的生命個體，必然顯現種的優異。這讓我不禁想起那個在什麼「丘」上成就好事的記載①來，心裡便惶恐不已。我擔心他繼續說下去，忍不住橫了他一眼。他沒看我，滿臉的得意忽地換成一聲冷笑，「別看聖人都是他媽偷人養的，可最看不得別人偷人的偏是這種屌人！成天坐在屋子裡捶胸頓足，以為如此天就會塌下來，挖空心思想出來的那些懲戒偷人的辦法，沒有一千，也有八百；只可惜，他們的話就跟放屁差不多。睜眼看一看，哪一朝哪一代斷過了偷人的故事？」

這話越說越不像了，我趕緊喊了聲「搞事」，便硬生生地結束了那場談話。

2

我是三十六歲時知道自己是個野種的。那個時候，我怎麼也不相信。「你放屁！」我憤怒地呵斥了安順福，但是毫無作用。在我纏綿病榻的那些日子裡，我看見我這個野種，竟是命定

①見司馬遷《史記‧孔子世家》。

的必然。只是我成為野種，卻不是我母親偷人的結果，那萬惡的禍首乃是雲夢澤國——

三丈高的浪頭從天邊滾過來的時候，我母親正安詳地坐在與我父親還未褪盡喜色的洞房裡給我餵奶，只聽我父親殺豬般地嚎叫著從外面撲了進來。

「快、快……水、水來了！」

父親粗魯地把我從母親的乳房上拔了下來，拉了母親就往屋後竄去。母親那雙纖巧的小腳，兩隻戲水的鴛鴦在草窠間驚恐地一啄一啄。我氣得大哭。父親根本沒想過理我，緊緊地把我挾在他的胳膊下，扯著母親高一腳低一腳地往周兒台趕。

跨過幾道田埂後，母親的身子突然一矮；父親一個趔趄，把胳膊裡的我生生地甩了出去；他空了的左手本能地往前一薅，將要落地的我，竟然被他薅到了手上。他看我一眼，喘了口粗氣，回過頭，他的眼裡，那間尚未褪色的新房扭捏著，在濁浪裡痛苦地散成了幾堆茅草。他把我往田埂上一丟，把崴了腳的母親從地上拔起來像一袋穀似地扛到肩上，順勢從田埂上操起我亂蹬著的一條腿，往上一掂，我便重新挪到了他的胳窩裡。

母親的頭髮垂下來，搭到我的臉上，像一根牛尾巴掃過去掃過來。我胖乎乎的小手，一陣亂抓，終於抓住了那把掃帚。我停了哭，咯咯地笑了起來。水聲追趕著我的笑聲，刮出吱吱的哨音。我貼在父親腰間的耳朵，聽到一面大鼓正擂得咚咚直響。

「放下我，帶兒子快跑！」母親在父親的肩上說。

「別動，你找死！」父親吃力地吼了一聲，腿腳遲疑地往高坡上趕著。

水已追了上來，被田埂阻遏的憤怒，沖向半空。飛沫蕩過來，濕了母親和父親的衣服，也濕了裹在我身上的一塊棉布尿片。

父親奔跑的速度明顯地慢了下來。

「放下我，死鬼！」

母親一用勁從父親的肩上溜了下來。「哎喲」，崴了的腳一落地疼得她跪在了地上，但她隨即爬了起來。那隻疼腳還來不及拔起，洪水便湧到了她身後的一道田埂邊，被堵的浪頭狂躁地向前一撲，將母親再次擊倒，父親則踉蹌了兩大步。他死命地釘住自己的雙腳，急切地回過頭，看見母親正在水花裡掙扎。他搶到她的身邊，把她的手抓到手裡使勁地一扯，母親的身子往上一彈，在空中劃出一道淋漓的弧線，跌落到另一道田埂上。幾乎同時，一個浪擦著他們的身子撲向邊上的一棵大樹，樹便彎了身，根從土層裡拗出來，洪水隨即洗去了樹根上的泥土，發出啵啵的聲響穿過樹枝間，突突奔流而去。

母親的頭髮從頭上紛披而下，水珠瀝瀝而落，她豐滿的胸脯急速地起伏著。父親站在田埂上看著擦身而過的洪水，呼吸一聲趕著一聲沉重；而我餓了。饑餓的哭喊讓母親在喘息中解開她的衣襟，把那慌亂的乳頭塞進我的嘴裡。我猛吸一口，乳頭裡空空如也。我將它吐出嘴外，大哭。母親不得不再一次把它塞進我的嘴裡，這一次，我吸到了香甜的乳汁。

「快，快往上跑！」

父親在我吸了一口奶後，把母親的胳膊操起來，擼著她的腰身便往上推。母親的身子一扭，乳頭從我的嘴裡滑了出去，我剛想哭，一朵水花高高地濺過來，潑在我的身上，嚇得我趕緊收住了癟著的嘴，驚奇地看了一眼那些嘩嘩流淌的洪水，它們正肆無忌憚地滾過父親的腳背。父親從母親的懷裡把我奪過去，另一隻手攙了自己的女人，急急地從水裡拔出自己的腳來。

……

父親挾著我，拉著母親，終於爬到了高高的周兒台上，陸續上來的人，驚慌失措地胡亂呼叫著——「我的兒啊！」「我的姆媽！」「爹呀！」

在這片鬼哭狼嗥裡，濁浪將周兒台包捲起來，水花翻滾的姿態帶著幽深的漩渦，吞滅了四周的坡坡坎坎。

周兒台在這方圓十裡之內，平地突起，足有十丈之高，據說是一條修煉千年的大蛇築就的上天之梯。多年以前，一戶周姓人家，從河南逃荒過來，相中了這處「天梯」，立馬修屋打井；那井恰好打在大蛇的七寸之上，千年清修，就此毀於一旦。悲憤不已的大蛇，臨死重重地歎了口氣。傳說那口濁重的戾氣噴出後，台子上的草木，立時枯萎；那戶周姓人家，便先後莫名而亡。周兒台遂荒在了這裡。

在這掀天揭地的洪水裡，誰也顧不上大蛇小蛇了，逃生的人們，從四面八方都奔向這最後的救命之所。眼睜睜地，周兒台落腳的地方就是人擠人了，而洪水依舊在一波一波地上升著、緊逼著……

父親在眾人的驚叫聲中躍入洪水。沒有人知道他要幹什麼，只見他像一條魚似的，借著倒伏的樹枝，瘋狂地逆水而上。他游回到了那個還飄著殘剩的幾縷茅草的舊屋所在。在那裡，他從倒塌的檁子下面，撈出了那只過年殺豬用的大木盆——沒有豬殺的日子裡，大木盆是裝穀的囤子。父親倒掉了裡面殘剩的穀子，然後順水把牠推了過來。

這時，人們終於明白，他是要把我們母子倆，從這座即將沉沒的孤島上救出去！

人們戰戰兢兢地看著這個偉大的衝動，目瞪口呆。

我叼著母親的乳頭，兩隻圓溜溜的小眼睛亂轉著。從堅實的周兒台踏上懸浮的木盆裡，巨大的搖晃嚇著了我，乳頭將我的小嘴拔了個嘟起的肉墳，人卻被摔到了盆裡。母親的尖叫聲中，我嘟著的嘴往邊上一咧，放聲大哭。母親雙手抓緊盆沿，低低地蹲下身子，想安慰一下我，手卻不敢鬆開。父親吼著，命令她往盆中挪動。她的五官扭成了哭相，牙關緊咬，絕望地看一眼自己的男人。那個男人沒有了往日的溫存，在另一邊死命地扳著木盆，兇惡地呵斥著她快點。母親的身子起了個哆嗦，小腳便一寸一寸地往盆中挪了起來，那已是一對折腿的鴛鴦……終於，抓在一邊的雙手騰出來一隻，火燙似地將另一邊的盆沿搶進手裡。張開的雙臂，立馬把她撕扯在盆中，一個晃蕩，嚇得她跪在了盆裡，那驚恐的乳頭就在我的嘴邊蕩過去蕩過來。我住了哭，貪婪的小嘴大張著，像一隻覓食的青蛙。但乳頭始終在我捕食的那一瞬間，機警地躲閃著她嬌嫩的身子。我便惱怒地有一聲無一聲地發著抗議。

水離盆沿只有三寸不到，聳動的浪，不時湧進盆內。父親努力地掌控著木盆，木盆在激蕩的洪水裡方有了一絲平穩。母親驚恐的心便也漸漸平息下來。她小心地騰出一隻手來，把那紅潤的乳頭塞進我的嘴裡，我的雙手立馬將之死死地抱住。

周兒台和周兒台上的尖叫聲，便起起伏伏地遠了。

浪是一個接著一個，一層疊著一層，它在掀翻木盆之前，毫無徵兆。

滿口的甘甜一下子轉換成滿口的苦澀，而真正的可怕，是那劈面而來的黑暗，讓人吸不進一絲氣兒。我本能地從洪水裡沖出來時，父親的大手一把薅住了我，將我高高地舉過頭頂。我吐著滿嘴的苦水，看見母親從水底拱出她的頭，她重新綰起的頭髮在水面上漫開來，像一株漂亮的龍鬚草。再接著是我裹在肚臍上的那塊棉布尿片浮了上來，被水渦捲襲著，像一隻張合著翅膀的蝴蝶，在洪水裡翩翩而去。父親傻了似地不知該把我放在哪裡。恰好那只倒扣的大木盆，也斜著身子從洪水裡爬了起來。父親順手把我丟在這只打著轉的烏龜殼上，便慌亂地趕往那株美麗的龍鬚草。

父親鑽進水裡好半天才鑽出來，手裡卻一無所有，滿臉寫滿了驚恐和絕望。他匆匆地吸了一口氣，便又扎進了水裡。要不是因了這口氣，我想，他是不會從水裡出來的。他就這樣在水裡鑽進鑽出。二十多個回合後，終於耗盡了所有的氣力，他捶打著推湧而來的波浪嗥叫起來：

「桂蘭、桂蘭——

桂蘭啊——

桂——蘭——

……」

桂蘭就是我的母親。

父親在嘶喊的同時，眼裡湧出的淚水在臉上紋起一道水埂，在頭髮林子漫下的水線裡，那道淚線粗重而寬大。

搶天呼地了一陣，父親想起了我。這時，我和木盆已離他有了二十丈遠。父親順手把我丟到木盆上時，木盆歪著的身子也順手想把我甩入水裡。我生氣地摳住牠底板的沿子，跟著牠轉，我聞到了從牠泡軟的污垢裡發散出來的豬屎的臭氣。

父親奮力地趕過來，看到我在洪水裡隨著木盆旋轉的樣子，一把將我搶進懷裡，緊緊地摟住之後，他大喊一聲「兒啊，我的命大的兒啊，你的姆媽不見了！」淚便再一次洶湧而出。

我無法體會父親的悲憤，一張紅豔豔的小嘴，在他光裸的胸膛上狗般地四處亂嗅。我找到了他的乳頭，一口叼進嘴裡，他乳頭四周的肌肉往上一聳。我卻一口吐出乳頭，哇哇大哭了。

父親把木盆翻過來，把哭泣著的我擱了進去。剛翻過來的木盆盛著半盆水，我一入水，便止了哭，在水裡不停地拍手蹬腳，暢快地遊玩起來。父親愣了愣，開始用他蒲扇般的大手，往外慢慢地戽水。

毒辣的太陽在父親戽幹水後，迅速地把我身上殘剩的水分蒸發掉了，我感受到了魚的痛苦。父親便把盆外的水不住地往我的身上澆。洪水雨點般地打在我的身上，我再次笑了。

3

太陽快要西沉的時候，父親茫然地看了看四周，滿眼裡除了水，還是水。陌生的水域上還沒有水鳥，只有天邊的雲扇著金黃的翅膀，遲疑地做出鳥飛的姿勢。不耐煩後，便化成一堆堆野火，淡紫的濃煙，嫋嫋曼舞……風一吹，像母親飄散的長髮。

父親看了看高高在上的天空，把木盆猛地往前一推，母親的長髮一下蕩成了他們結婚時的那床緞子被面，那隻藕白的小船便從被面上向我划來，撐著天火的光亮，船沿上撲滿了乳暈的紫紅，時而衝浪而出，時而沉入谷底。濺起的水花，如旋舞的灰塵，輕盈地飛入黯紅的空中，像一片片翠綠的羽毛，晃晃悠悠，晃晃悠悠，竟是遮住了那隻小船。我不由連眨了兩下眼睛。定下神來，欲再尋那隻小船，卻見一團深黑的墨汁，嘩的一聲，劈面潑來，嚇得我趕緊收回了眼光，眼裡卻沒了父親。我四下裡張惶地尋找。找到了父親後，再抬頭，滿天的星星便從天幕裡爭著拱出自己的頭來。

父親在這時嚎啕大哭。哭聲攪亂了我的思緒，我在盆子裡蹬著雙腳向他抗議。他的哭泣便慢慢地停了，他抽泣了兩下，嘴裡輕輕地哼了起來：

「嗯～嗯——
我的兒子瞌睡來了山囉，
嗯～嗯——」

這是父親第一次哄我睡覺。哼完了這一句，他愣了一下。母親的眠歌不知不覺地從他的嘴裡流淌而出，他顯然沒有想到。他的停頓讓我已經閉上的眼，又睜了開來。這時，我在他的眼裡，竟也看到了兩顆晶亮晶亮的星星。我好奇地看著，那兩顆星星卻掉了下來。我想爬起來去撿，面前黑乎乎的一片，我一失望，又哭了起來。

父親用手背勒了一下兩眼，嘴裡再一次哼唱起來。

「嗯～嗯——
我的兒子瞌睡來了山囉，
嗯～嗯——」

母親的眠歌，父親只記住了這麼一句。這一句重複了無數遍後，他突然唱：

「山上長了毛呢，
我的兒子你不嘈呢。
你不嘈，你不鬧，
花狗來了笑一笑，
你莫笑，你莫跳，
半夜三更要撒尿。
撒尿摸到罐子廟，
罐子廟裡遇大姐，
大姐她是賣花的，
她說你的雞雞是她的，

你說是你的，

她說跟你兩人合夥的，

……」

父親的即興創作是如此的下流！在這樣一個洪水滔天的黑夜裡，他把牠獻給了他的兒子。

枕著下流的眠歌，我睡得如同在母親的懷抱裡一樣香甜。重新睜開眼時，水面已經沒有了先前的激蕩，剩下的唯有舒緩與綿長。

從洪水裡升起來的太陽，第一縷光碰在大木盆上叮噹一響。我發現父親的那條破褲衩裹著我的肚臍，他精赤的身子屁股那一截白晃晃的。我立即想起了母親的乳房。

「拱哇——拱哇——」

父親趴在盆邊，看了我一眼，惺忪的睡眼還沒完全睜開。我失望極了，只得把拳頭往嘴裡餵——我記得母親曾經說過，小娃兒的拳頭上有三兩糖。我使勁一吸，卻吮了滿滿一口鹹味，我氣惱地把拳頭從嘴裡拿開，哇哇地哭了兩聲。那些澀嘴的鹹味竟讓我生出滿口的饞涎，我像吸奶似地把它們嚥進喉嚨裡，小肚兒便快活地叫了起來——我要鹹味！我要鹹味！我一聽，趕緊把拳頭往嘴裡塞。可這一次拳頭上淡淡的，我不得不把拳頭拿開再一次哭了。父親沒有安慰我，我哭了兩聲，只得重新把拳頭湊到嘴邊。慢慢地，我從拳頭上吮出了一種從未有過的滋味。這種滋味既不是母親乳汁的甜香，也不是澀嘴的鹹味，大約是那三兩糖的味道吧！這讓我懶得再向父親抗議了。

就在我把小拳頭吮得吧嘰吧嘰的響聲裡，一片樹林橫在了我們面前。頭頂上方，兩隻鴉雀子②叫得一聲趕過一聲，把我們倆的眼光都引到了天上。

這既悲且怒的叫聲讓父親激動起來，他明顯地加快了劃水的速度。趕進林子裡，父親把我躺著的木盆靠在兩棵樹的中間，拉了一根樹枝，折斷後將盆一勾，便迫不及待地往那棵有鴉雀子窩的樹上爬。從我的角度看過去，赤身裸體的父親顯得實在不雅。那不雅的東西有些波浪的意味，在他的胯間一蕩一蕩的。

父親沒有意識到這一點，他抱著樹幹，手和腳交錯著往上移去。沒爬幾步，身子一扭，人便直直地掉了下來。水被砸出一個深深的窟窿，激起的水波把我的木盆從樹枝上推了開去。

從洪水裡拱出來，父親游到我的盆邊，問我聽到鴉雀子叫沒有，他說：「這個叫法，肯定出了事。那棵樹上有牠的窩，爹上去看看，要是有蛋，你就活得下去了！」

他把木盆重新用那根樹枝勾著，這一次，他倚在挨水的樹椏裡歇了足足有一袋茶的工夫，然後才重新往樹上爬。

父親歇息時，兩隻鴉雀子不停地掠過牠們的窩邊，伸出長長的爪子似乎想抓住什麼，卻又什麼也沒抓住。牠們不停地嘶叫著，不停地俯衝著，不停地伸爪抓撓著。父親時不時抬頭望一眼空中，接著看一眼水面上的我。這一次，父親歇足了精神，沒有再從樹上摔下來。父親快要爬到鳥窩時，兩隻鴉雀子不再對著自

②即喜鵲。

己的窩亂衝亂撲了，牠們在樹梢上打著旋，急切叫著的樣子，似乎在告訴父親什麼。父親突然看到樹身上纏著一截紅黑條紋的蛇身，身子一聳。父親認得這種蛇，他們叫牠虎尾蛇。是一種很凶的毒蛇。父親明白兩隻鴉雀子為何伸出長長的爪子衝向自己的窩卻又飛開的緣由了。牠們的兒或是牠們的蛋一定被這條毒蛇禍害了，兩隻鴉雀子是在拼命呢！父親趕緊去折樹枝。整棵樹被他扯得劇烈地抖了一下。那條大蛇便從鳥窩邊退下來，長長的身子在樹幹上急速地扭著。似乎只是一眨眼，牠的身子就調轉過來了，昂著的頭，吐著血紅的舌頭，怒視著自下而上的父親。父親掄起樹枝，猛地擊向牠的頭部；牠頭一搖，父親手上的樹枝擊中了牠纏在樹上的身子，而張口向父親手上的樹枝狠狠地咬來，父親手一抖，幾片葉子從樹枝上飄落而下。父親瞅著牠，牠昂著的頭也逼視著父親。牠纏在樹幹上的身子卻不停地蠕動著。父親再一次向牠的頭部抽去，牠又是一閃。突然，牠整個身子像一杆箭矢向父親射過來。父親嚇得雙腿一鬆，身子往下一滑，幸虧腳底被一個樹椏抵住，方才穩住了身子。父親的雙腿間被樹皮蹭出好長幾道口子，血慢慢洇了出來。那條毒蛇仍不依不饒地往下逼來。父親嚇得失去了章法，把手中的樹枝在空中亂揮亂舞，竟將那條毒蛇掃了一個正著，並絞到手中的樹枝上。父親怕燙似地連手中的樹枝一起，遠遠地將之甩到了洪水裡。兩隻鴉雀子從空中衝下來，狠狠地在牠的身子上啄了一口。

父親喘了一口氣，再一次向樹梢上的鳥窩爬去。

在差不多要接近鳥窩的時候，兩隻重又盤旋在空中的鴉雀子，叫得比先前還要急。父親伸手摸向鳥窩，手背不知被什麼狠狠地戳了一下，鑽心地一疼。他忙縮回手，往上又爬了幾步，把頭探上去一看，只見鴉雀子窩裡盤著兩條小虎尾蛇，四顆鳥蛋有兩顆已經成了空殼，另外兩顆牠們一條盤住一顆，正用身子想將牠們壓開。兩條小蛇見了父親，在鴉雀子蛋上立起身子，口裡的芯子不停地往外噴著。父親一急，伸手一薅，把兩條小蛇的腦袋薅在手裡。蛇的身子立即捲過來纏住他的胳膊。父親就用掐住蛇頭的手抵在樹上，用另一隻手抓了那兩顆鳥蛋往樹下溜。等到他退到最初歇息的那個樹椏裡，纏在他手上的那兩條小蛇，已被樹杈刮破了皮，白森森的蛇肉仍緊緊地纏在他的胳膊上。

父親頭一扭，抬起胳膊就往嘴裡餵，瘋了似地啃著自己胳膊上的肉，然後大口大口地嚼了起來。那還裹著蛇皮的尾巴便不停地抽向他的臉。漸漸地，那抽向父親臉部的蛇尾顯得遲鈍而無力了，最後如兩根草繩般從父親的胳膊上垂了下來。父親突然哇的一聲，口裡噴出一道肉箭……之後，便不停地乾嘔，嘔得鼻涕、眼淚、涎水掛了一臉。這時，他才想起手裡還使勁掐著的兩個蛇頭，慌地手一揚，把兩個蛇頭甩了出去。他喘息了會，抹了把臉，從樹上退到我的盆邊。

父親將一顆鳥蛋在盆上磕了一個小口，把我正吮得有滋有味的拳頭從嘴邊拿開，讓鳥蛋的蛋清緩緩流入我的小嘴。那充滿了腥味的液體與我的舌頭剛一相觸，一下喚醒了我的食欲，我舌頭一翻，那些蛋清蛋黃，就直接被我吞進了肚裡，嘴裡等不及地呃呃地吼叫起來。

兩隻鴉雀子飛到我們的頂上，悽愴地叫了一陣，無望地飛走了。

兩隻鳥蛋餵飽了我之後，父親在林子裡找了半天，希望找到另一個鳥窩，再掏兩個蛋，餵一下自己。他找到了，費了好大的勁爬上去，卻一無所獲。當他找到又一個鴉雀子窩時，他已無力再爬上去了。他就在這片樹林裡找了一個可以坐下來的大樹椏，在這兒，他度過了在洪水中的另一個黑夜。

我睜開眼的時候，夜還扣在頭上，如一口糊塗的鍋底；那條橫流而去的銀河，像一碗潑在桌上，凍出了一層豬油的藕湯。我盯著牠看，彷彿看到了父親擁著母親，就著小火爐，正有一口無一口地咂著他的小酒呢。

父親咂著小酒的當兒，夜在我的眼裡一層層地剝去，如母親手撕的球白菜。那最後的一片，裹著一粒晶亮的水珠，摔碎在母親的手心，恰似天庭的星星。看，那一顆星星在走呢！像醉酒的父親，高一腳低一腳的。父親醉酒後，總喜歡抱著母親，把手伸到她的胸前亂摸……那顆星闖進一片樹林，驚慌的葉片，便從樹枝上逃了下來。磅礴而至的樹葉雨，嚇得我死命地閉了眼。慌的神緩了後再看，眼裡卻只有遠山的暗影。就見一隻白色的魚鷹，從山的肚皮裡振翅掠出，在空中打個鏇子，一雙赤紅的利爪猛然釘入湖中。受驚的湖水，皺起的眉頭如糾結的彎弓，那些喋喋不休的嘮叨，如箭般直奔湖邊而去，我的耳裡便升起槖槖的回音。

成群的魚鷹被喚醒過來，都拎了嘰嘰呀呀的歌喉，衝破薄霧，羽翅不停地扇過清晨的湖面，無休止的浪便開始新的一天的歌唱。

太陽一躍而出，在湖面上咯咯地笑了起來。而父親抱著我，仍沉在他不安的夢裡，身子不時地抽搐幾下。

「拱哇——」

我告訴父親，天亮了。

父親的身子在樹椏上一聳，雙手猛地把我往他懷裡一摟，然後才睜開眼睛。這時，他和我同時發現，他的四肢已經腫得完全變形，眼睛用力才能睜開，那只被「戳」了的手背，兩個紫色的牙印翻出烏黑的圓洞。

意識到中了蛇毒後，父親的身子開始哆嗦。在我的哭聲裡他也哭了。他把我的臉貼到他的臉上，我倆的淚便融在了一起，然後從我的身子上淌到洪水裡。

父親從樹椏上下來將我重新放入盆中，他把他的破褲衩在我的腰裡緊了緊。無邊的洪水裡，我們父子倆再次上路！

現在，不是父親推著木盆了，而是木盆牽著父親。也不知漂了多久，父親感到他的腰被人推了一下，他昏沉沉的腦子打了一個激靈。父親努力地睜開眼四周一看，什麼也沒有。他的腦袋便又重重地垂下了。又是一個激靈，分明身邊有一個人在。他用力抖了抖腦袋，用手使勁地拭了拭眼，突然一扭頭，只見一尊菩薩正跟在他的身後！

父親趕緊把菩薩從洪水裡撈起來，他把他舉過頭頂，問：「菩薩，你是來救我兒子的吧？我跟你磕頭！」說完他下意識地膝蓋一彎，這才發現自己身在水中，頭是沒法磕的。

「兒啊，你看菩薩！」父親興奮起來，把菩薩遞到我的手上。我接過菩薩便往嘴裡餵。「兒啊，這不是吃的，這是菩薩，菩薩是來保佑你的！」父親嚇得趕緊從我的嘴邊把菩薩拿開。

我聽懂了他的話，我看到菩薩對我笑了一下，心裡一樂，把他擱在我胸前的腳丫子，一把掐在手裡玩開了。

「菩薩，我讓我的兒子拜記你做他的乾爹吧！我曉得，你是個好菩薩，是個救苦救難的好菩薩！你答應我了，是吧⁉」父親求了菩薩，對我說：「兒啊，菩薩已經答應做你的乾爹了，你放心，菩薩會保佑你的。」囑咐了我之後，他又對菩薩說，「菩薩，我把我的兒子就交給你了！」

父親說完了這一句，手一鬆，身子斜裡一漂，白肚皮晃了晃，便再也不見了。

4

那一年，在得知自己是個野種後，我詳細地詢問了有關這場洪水的情況。安家窪的老人告訴我，乙巳年③的那場洪水是因為萬城倒了堤④。他們總是忘不了感歎：可憐啊，幾十萬人無家可歸，死的死，傷的傷。那一陣，差不多每天都從湖裡看到從上面沖下來的屍首……

③即一八四五年。
④長江在荊江段的一處堤防。

萬城堤號稱「金堤」，金堤決口雖遠在幾百里之外，可江水一路奔騰而來，與瓦子湖連成一片，無邊無涯，雲夢⑤差點驚醒。

安家窪是歇在瓦子湖南岸一段高坡地上的一個大坑，牠另外的三面則圍著荒水灘和連天的蘆葦、野荷、紅菱……無水時節，北面的這方水域，就如沉在綠草、白荷、紅菱裡的一方溫潤的碧玉。散落於瓦子湖邊的人家，沒有不羨慕安家窪的，就因它天然有著一段擋水的好堤坡。可這一次，安家窪往年不曾淹過的地方，早已不知去向，就連安順福的牛屋也泡在了水裡。

他的小牛倌早晨去放牛，一頭初次懷崽的小黃牛，驚恐地竄了出來，把小牛倌帶得在洪水裡連翻帶滾。牛屋邊上的洪水融滿了牛糞。小牛倌嗆了滿滿的一口牛屎稀湯後，不得不鬆開手中攥著的繩子。等他從牛屎稀湯裡抬起頭來，小黃牛已沖到離他一丈遠的洪水裡去了。一個浪打過來，小黃牛浮著的鼻子往外現了一下，就再也看不見了。

這一幕嚇壞了小牛倌，他呆呆地站在水邊，希圖著小黃牛能重新現出牠的鼻子。他看夠了一個浪捲著另一個浪，一個漩渦壓著另一個漩渦，再也沒有看到那頭懷崽的小黃牛。他狠狠地把他的蒜頭鼻子搓了搓，圍著牛屋轉了三圈，脫下那條膝蓋和屁股都開了窗戶的破褲子，赤條條地趟過牛屋後面的水窪，回去報信。

⑤長江此處，又名荊江，乃古雲夢大澤之所在。

安順福得到這一消息後，在他的頭上狠狠地釘了兩個孤拐。

「狗日的，敗家子，洪水怎麼沒把你給沖走？」

罵完了，安順福駕著船來到他的牛屋邊。他親自把另外兩頭水牛從牛屋裡牽出來，繞了好幾處彎子，然後用鐵椿將之縻到高坡上。做完了這些，他站在水邊，跟魂掉了似的。

若干年後安生向我講述這一情節時，仍不知所以。他怯怯地說，要是平日裡，老爺不扒了我的皮才怪。那一年安生八歲，他不知個中情由，完全符合他的身分。我也是坐到了祠堂裡的那把檀木椅子後，才曉得安氏竟有這樣一條規定：凡安氏子弟，如在祠堂供職，三年家無男丁，便要將之趕出祠堂，從此，再不得踏入祠堂半步。

安順福當時有三個女人，四個人就守著一個三歲的丫頭片子，實在有點可憐。安氏從荊山之北遷到這滿眼是水的湖汊能夠站穩腳跟，全賴子嗣興旺。像他這種子嗣艱難之人，尋常人家倒也罷了，如果供職祠堂，那是會敗毀風水、斷滅族中血脈的。如此之人豈可輕饒？先前是逐出族外，後來不知安氏哪位先人慈悲心發，將逐出族外，改為沒收家產一半。誰都清楚，這豈是半數家產充公可以了結的，真正的恥辱不過剛剛開始而已……

而那時，他在祠堂供職已經兩年，那刻薄的三年之期，眼睜睜地就要到了。而他的三個小腳女人，肚平如餅，絲毫沒有露出生育的跡象。所有的希望都像這場洪水一樣，被其吞噬得乾乾淨淨。別說是頭牛，就是家財萬貫又怎樣？沖走就沖走吧！他的心中，此刻唯有絕望的疼痛。

他揚著微微前翹的下巴，眉頭皺成一個刀刻的「川」字，瘦削的臉在這個時候顯得不相宜的狹長，看得讓人心裡發慌。

「老爺，沖來了個大木盆。快看，裡面有個小孩，還抱著一尊菩薩呢！」

安生在等待頭上的疼痛消失之際發現了我。他跳入水中，把我從木盆裡抱上來遞給了他的東家。

安順福接過我，第一個動作便是拉開我爹塞在我襠裡的那條破褲衩。我裹滿騷味的襠部猛然打開，那顆蓮籽米歪著頭，羞怯地從騷布片裡蹦出來驚慌地看著他。他的眼睛火燙似地一悚，先是輕輕地撥了一下它的腦袋，似乎是驗證它存在的真實；那種真實即刻得到確認。他愣了一下，突然伸出長長的舌頭將之捲進嘴裡。

我的小蓮籽米被他粗糙的舌頭，攪得一伸一縮，這是我從未經受過的經驗，我想起了爹。我躺在爹的懷裡滿足、幸福、溫暖的記憶，一下無邊地擴展開來。

我要我爹！

「爹！」

我大聲地喊了他。

安順福驚愕地從他的嘴裡吐出我的雞雞，他沒有答應我，嘴裡和眼裡早已湧了滿眶的水。那些水塗在我的身上，我感到自己在他的手裡變成了一條滑溜溜的泥鰍。

「菩薩保佑！菩薩保佑！」他突然說，「我有兒子了！我有兒子了！」

他那雙有些凹陷的眸子在我的身上，蕩起雲樣柔軟的癡情。他再一次親吻了我的小雞雞，然後把我高舉過腦門，頭深深地低下去，直至抵在已被洪水泅得軟乎乎的泥巴上。他一連磕了九個頭，分送給了我的乾爹、送子娘娘和龍王爺。他拜我乾爹時，只是一聲接一聲地喊著「菩薩保佑」；拜送子娘娘時，他喊了「多謝」之後，說他回家要立牌位、裝長香，供送子娘娘一生一世；拜龍王爺時，面對滔滔洪水，他同樣許下了立牌位、裝長香的大願。

他居然沒有許願為我的乾爹立牌位，裝長香，這實在是有些奇怪。他不會不知道，是我的乾爹把我送到這裡來的吧？在他眼裡，我的乾爹，竟然不如那造孽的龍王爺麼？我們一見面，他就讓我陷入深深的困惑之中。

他爬起來，一額頭泥巴，小偷似地四周瞄了一眼——北面西面，茫茫的洪水正翻捲著濁浪；南面乃是淹在洪水裡無邊的蘆葦；東面是他的牛屋，鋪在牛屋後面的是他祖上傳下來的三塊水田——這時積滿了水，是一方如鏡的池塘了；再往東，那些高台上則住著安家窪的族人——被亮汪汪的洪水割成了一個個孤島，浪花絢麗地開放在茅草屋的四周。

安順福慌亂地收回他的眼光，拉過船跳了上去，一低頭一躬腰便鑽進了中艙的篷子裡。我聽見他大舒了一口氣。

「把盆子弄過來。」喘息未定的他偏了頭向外甩出這麼一句。

安生從我被安順福抱進懷裡的那一刻起，他的元神便已出竅。安順福猛然咋呼出的這一句，砸到他的身上，他身子一晃，那出竅的元神才一下回到他的身子裡來。他趕緊趴到地上，用手上那根趕牛的棍子探向河裡的木盆。好在木盆沒有蕩遠，他探了兩下，木盆便隨著木棍的牽引，慢慢地往岸邊攏了過來，他便把木盆送到安順福的船邊。安順福把我用一隻手抱著，身子一斜，那只我睡過來的大木盆就到了他的船頭上。

「兒，我們回家！」

安順福把我小心翼翼地放到船篷裡的一床棉被上，對我說。同時，他的雙手抓過槳來搖了兩搖，船就奔著他的家而去了。

「你自己灝水⑥回去。」他硬邦邦地把這句話丟給了安生。安生愣了愣，把兩隻破舊的褲管拼命地往上擼，一直擼到了大腿根後，趟進了水裡。

5

我的新家枕著北面的湖水，安順福把我用船載回去是恰當的。他在半路上把我的木盆推到水裡，將盆沿一傾，灌滿水的木盆便往下沉，沉著沉著卻身子一斜，將水空出一半，竟是不肯下沉。安順福似乎早料到牠的這一手，他搬過船裡的壓艙石丟進木

⑥即趟過去的意思。

盆，又用撐船的竹篙抵著盆底，水便重新湧入盆中。木盆不情願地左右旋了兩下，方才沉入湖底。

上了岸，安順福把我裹在懷裡，貓著腰，貼著一叢叢荊棘飛奔。我們穿過一片槐樹林、一片桃樹林、一片竹園，終於靠近了一幢瓦屋的後門。

「開門！」

安順福急促而低沉地喊了一聲。他靠著門板上的身子，恨不得嵌進那道門縫裡。他的眼如梭子般來回掃著。

這是靠近湖邊的最後一排人家，並排地挨著兩戶，被一汪淺水隔得分明。那戶人家的廚房頂上正悠著一縷淡淡的炊煙，閉著的後門，突然吱呀一聲響了，嚇得安順福趕緊蹲到地上。他蹲下來的身子壓著了我。要是平時，我會毫不遲疑地發洩我的不滿，但這一刻我沒有。我配合著他，一心一意要成為他的兒子。

那吱呀聲後，一瓢泔水潑了出來，在泔水砸地的聲響裡，門板在門苑子裡再一次轉出一聲吱呀，吱呀的後面跟著傳過來門閂抽動的聲音。我比安順福多聽到一種響聲，他的心正貼在我的耳朵上，像馬蹄子亂踏。

這時，我們家的門才響起，安順福從地上一躬而起，他幾乎是擠進屋的。

開門的是他的第三個女人。娶進來已經三年了的這個女人，連個屁都沒放一個。如果安順福從祠堂裡被趕了出來，他的第二個女人和他的第三個女人是要負完全責任的。他的第一個女人給他生了一個女兒後，再沒能開懷，這讓他實在想不過來。但有一點他可以無愧地說，並不是他沒有播種的能力，他沒有兒子都是因為自己的種播的地方不對。他覺得他的種總是播在了白毫子田裡⑦，那種田怎麼長得出東西來呢！

「老爺，你懷裡揣的什麼東西？」

唉，這就是我的母親第一眼看到我時說的一句話。我是個什麼東西？我是個來救她的東西。不是我，安順福從祠堂裡被趕出來後，第一個要賣的就是她。但她的命好，偏是在這個時候給我開了門。安順福是盤算好了讓第一個看到我的女人做我的母親，還是偶爾的靈機一動，誰也不知。總之，開門的就是我的母親。我將在我的一生中都喊她「姆媽」。

安順福把我從他的懷裡掏出來，欣喜地遞給我的母親。

「菩薩給我送的兒子！」

安順福說出來的話讓所有人大吃一驚。

他的大女人正納著鞋底，二女人在神龕上用撣子撣著灰，這時都抬起頭把眼望了過來。當我落在我的母親懷裡後，安順福的大女人把索子飛快地往鞋底子上纏，二女人提了撣子就往後奔。只一眨眼，我便被四個人圍在了天井中央。她們的目光一齊擠到我的襠裡，大女人用手撥弄了一下我襠裡的那個小東西，我的小雞雞回應似地往上一挺。我看見我母親的臉上漲起了羞澀的紅暈。

「這真的是菩薩給我送來的兒子，他喊了我『爹』的！」

---

⑦白毫子大約是鷺鷥一類的水鳥。意指長期受水淹的田。

安順福依舊在激動著。他對她的三個小腳女人說：「你們看，你們看，他手裡攥著一尊菩薩呢！」

我的乾爹在我的手裡已經被攥出了汗。她的二女人一聽，便來掰我的手。她把我弄疼了。我咧開嘴，做出哭的樣子。

「放手，讓他攥著！」在安順福的呵斥聲中，我鬆開了我的手。要不是我母親眼急手快，我的乾爹就會摔一個大跟頭。我母親把我的乾爹托在她的手上——乾爹慈眉善目，雙手合十安祥地坐在精巧的蓮花台上，他的嘴角眉梢都帶著淺淺的笑意，他的髮髻鏤成一個個小圓孔，漂亮極了。

「老爺，我們用金線把菩薩給這孩子掛上吧！」我母親向安順福建議道。安順福欣然同意，忙命他的二老婆去弄。那女人便忙忙地去翻她的繡花包。

我母親把我的乾爹再一次送到我的手裡，她把我在她的懷裡順了順，嘴裡便類似於眠歌似地哼了起來。

「他只怕早就餓了，你去給他和點糊糊。來，給我！」安順福的大老婆用她拿著鞋底的雙手要把我接過去，我的母親把我往懷裡緊了緊，雙眼乞求般地看著安順福。

安順福接過了我母親投給他的目光，說：「你去弄，讓三姑娘抱他！」

那女人一愣，伸向我的手，無力地垂回到她的身邊。

「去呀，你還在等什麼？」

安順福再一次命令道。只見他的大老婆身子一旋，走到她裝針線的簸子前，把手裡的鞋底往裡一摔，然後往廚房裡去了。她經過我母親的面前時，惡意地剜了我們母子倆一眼。

安順福的二老婆翻出了金線，她把線用一根針拴在鞋底上，開始編起金線辮子來。她編了一半，突然問：「老爺，沒有別的人看見吧？」

安順福在我母親的懷裡正逗弄著我。幸福著的安順福，被他二老婆當頭一棒，險些砸得癱在地上，他身子晃蕩的幅度像一根風中柔弱的蘆葦。

「要是有人看見說出去就完了！」

安順福慌慌地不再管我，也不管他的女人了。他三步趕成兩步，從天井裡跨過中門，穿過東西廂房的甬道，撲到前廳的大門外。

6

大門外的院子裡，一個三歲大的小女孩，靠在屋簷寬大的廊柱上，正生著氣。

「你答應跟我捉蜻蜓的，蜻蜓呢？你騙人，騙人是小狗！小狗，對，你就是小狗，你學狗叫給我聽！」

安生憨憨地摸了摸自己的腦門，蒜頭鼻子縮了兩縮，趴到地上汪汪地叫了兩聲，那小女孩便吃吃地笑了起來。

「小狗會打滾，你打滾呀！」

「小狗不打滾，小豬才打滾！」安生在地上昂著頭說，五官亂擠，做出一幅幅怪相來。

「我就要你滾，就要你滾！」

安順福趕上前，照他的屁股就是一腳。安生往前一撲，啃了一嘴泥巴，他驚恐地從地上爬了起來。

「你過來。」安順福瞪了他一眼。安順福的樣子把他女兒嚇著了，她本來笑著的，這時，不情願地扭著身子從廊柱的一邊滑到另一邊躲起來，然後探出頭偷偷地瞄著他的父親。

安順福拎著安生，打開前廳西側的一扇小門，將他丟了進去。

安順福再來看我，他的熱情已經完全轉換成了焦慮。當他的第二個女人編好了金線辮子，把乾爹掛到我的胸前時，他只冷冷地看了一眼。當他的大老婆從廚房裡給我和了糊糊過來，正準備往我嘴裡抹的時候，他生氣地說：「小心點，別燙了他！」他一臉陰沉，命令他的第二個女人，「你來餵。從今天起，你幫她，你們兩個以後不要再出這道中門！」

他的第一個女人疑惑地把手裡的糊糊給了第二個女人。

「你到前面把你的姑娘管好，不要讓她曉得一點音，沒事不要讓她往後面跑！」

安順福分派完了他的三個女人，走到關安生的小屋前。他在那扇小門前站了半盞茶的工夫，又走回來看他的兩個女人在怎樣伺弄我。他的這兩個沒帶過孩子的女人，讓我滿意極了。尤其是我的母親，我感覺得出，她真的把我當成了從她身上掉下來的一團肉。安順福看了一會兒我，又走到那間小屋前。

那間前廳隔出來的小屋，是安順福供奉祖宗牌位的地方。他讓安生跪在那些煙薰火燎的牌位前，是有道理的。要說那也是安生的先人，八代以前他們的祖宗就是同一個人。而安順福的小屋裡，至少供奉了十五代祖宗的牌位，所以，安生跪在裡面也是合適的，只是他不知自己做錯了什麼。他從巳時跪到酉時，安順福才打開門進去。

安順福端著一碗米飯，上面蓋著三塊肉片，推門進去只見安生倒在地上，那樣子，把他嚇了一跳，他以為出了人命。愣神間，一聲鼾響，氣得他差點把手上的那碗飯砸了過去。他狠狠地在他身上踢了一腳。正打著鼾的東西，眼睛還沒來得及睜開，先用手捂住了屁股，驚聳地在蒲團上跪好自己的身子，然後扭過臉來看安順福。他扭過來的臉，已被淚水淹沒了，跟著鼻腔裡的鼻涕發出轟轟隆隆的聲響。

「吃飯！」

安生想從蒲團上爬起來，一隻腿屈過來，腳還沒用上力，安順福一聲吼：「跟老子跪著吃！」他只得把剛剛屈過來的腿，重又向後伸出去，斷了線的眼淚就紛紛落入米飯上蓋著的三塊肉片上。他狠狠地用筷子夾起一片肉塞到嘴裡，來不及咬又扒了一大口飯。他餓壞了。

「慢點，餓死鬼托生的東西，哽死你！」安生便老老實實地放慢了咀嚼的速度。「你說，你今天看到了什麼？」安順福問。

「看到小孩，抱著菩薩，喊老爺『爹』。」

安生把扒在嘴裡的飯艱難地嚥下去後，小心翼翼地說。

「你跟別人說過沒有？」

「沒有，我回去就跟我爹說。」

「你跟小姐也沒說？」

「我忘了。我開始想說，小姐要我學狗叫，我就忘了！」

「你說的那個小孩他在哪裡？」

「老爺抱走了。」

「你跟我聽清楚，那不是小孩，那是菩薩給我送的兒子，是送子娘娘給我送的兒子，是龍王爺給我送的兒子！現在他在三太太的肚子裡，你明白了嗎？」

安生含著一口飯，他呆呆地望著安順福，停了咀嚼。安順福一見，揚手給了他一個嘴巴。

「狗日的東西，你敢胡說八道，老子把你沉湖！」

安生塞在嘴裡的飯，被安順福一嘴巴打得掉了一半出來。安生唔唔地哭了起來。

「你說，你看到了什麼？」

「小、小孩……」

又一巴掌抽在他的臉上。「說，你看到了什麼？」

「……唔……菩……菩薩……」

「你嚎吧。老子叫你嚎！」安順福說著站起身走了。那扇窄窄的小門在他的身後砰的一聲，關了個嚴嚴實實。

安順福從小屋出來後去了安生的家。安生的家說起來還沒有安順福的牛屋強。安順福的牛屋高和大且不說，那份結實——城台一樣的土磚用糯米漿灌的，就是幾頭大牯牛在牆上擂癢，晃都不晃一下。安生的家用蘆葦夾的壁子到處透風，洪水早就灌進了他們家。黑燈瞎火的，安順福在他家門前踩了一腳稀泥，木屐差點沒能拔出來。

安順福在外面喊了兩聲，裡面一個蒼老的聲音急促地應道：「來了，是老爺吧！」跟著屋裡晃出一絲亮光，接著門便開了。一個佝僂的身影，頂著一頭蓬亂的茅草，撲進光中淌到稀泥裡。安生的爹，剛過四十，已經老得不成樣子。他有五個兒子，三個姑娘。「多子多福」的他像根木樁。

「你看你，也不想個法子，這屋裡進了水還怎麼住人？」

安生的爹囁嚅著說：「晌午用泥巴築了個壋子，把水戽得差不多了，晚上又浸進來的。」

「我來跟你說件事，你兒子安生，以後就在我那裡住算了。我這也是心疼你。我給三十斤米、一吊半錢⑧你，算是他在我那裡一年的工錢吧。」

「謝老爺，謝老爺！」安生的爹說著跪到門前的稀泥裡，他矮下去的身子把微弱的一門光讓過來。安順福看到搖晃的門框裡，擠滿了大大小小的腦袋。突然，大大小小的腦袋全跪了下去。

安順福從安生家回來，把安生拖到屋外的柴房裡，丟床蓑衣讓他在那裡蜷了一夜。第二天一大早，安順福一臉陰沉地帶著

⑧一吊錢為一千文制錢。清道光初，一兩白銀換制錢一吊；鴉片戰爭後，銀價猛漲，一兩白銀可換制錢兩千三百文之多。

他，上了船。

安順福的心事擺在他的臉上，就連安生這麼簡單的一個人也想到了，他這是想讓三十五萬畝的瓦子湖，幫他把這張能夠開口的嘴永遠閉上呢！只要三十五萬畝的瓦子湖點下頭，讓個把人消失實在是太容易了，哪個葑排底下都能藏上十個八個人的。小小一個安生把他漚在葑排底下，三天就會被魚剟得只剩一副骨架。

安順福在湖裡下了好幾個花籃，他可以要他下去收花籃。只要他提著花籃從水裡出來時，他手裡的撐篙在他的頭上輕輕地一敲，那浮起來的身子，便得直直地往水底沉去。破了的頭會湧出一股血水，在慢慢沉下去的花籃邊泛幾個花兒，那些浮面上的刁子魚追過來，用嘴一撮，那花兒就沒了！那頭也許不破，不破更好，稀裡糊塗地就見了閻王。到了晚上，他趕到安生的爹那兒，大老遠就喊：順才，順才，你的安生是不是回來了？屋裡的人說，沒有啊。安順福就會以詫異的語氣說，我那兒怎麼不見人了？早晨我叫他去放牛，去了就沒回來。這就巧了，我還以為他想你們回來看你們了呢！對面的聲音就會慌了，問，老爺，你各處都找了沒？他也假裝慌，說，找了，我都找遍了才到你這裡來。你看這怎麼辦？是不是他貪玩到湖上去被什麼精怪裹走了？我看是的。要不，他一個人會到哪裡去呢？對面的人就會跪在地上，哀哀地說，那怎麼辦，老爺？再怎麼說，他也是條命啊？他就會說，是命不是命的，也不見得就是「拋灑⑨」了。哎呀，你看你養的是些什麼人，在我那裡有吃有穿有錢拿，還讓我操這個心，真是的。跪在地上的人不起來，依舊說，老爺，你可憐可憐孩子吧。他就裝著無奈地說，算了，只當我又悖時了，我給你一吊錢，你雇個人去找一找他吧，我沒這個閒工夫，我是再不敢請你們這些人了。說了這些之後，他就能把一起殺人的勾當輕描淡寫地抹得乾乾淨淨。

7

但這天晚上，安順福早上怎麼出去，晚上又怎麼回來了。只是從湖上回來，安生的話陡地少了，眼睛總是盯著地上，看到我姐姐就跟看到剛下兒的一隻母狗差不得，趕緊往邊上躲掉了。我姐姐異常失落，小嘴嘟起來可以掛一個香油瓶子。她跺了腳對那跑得遠遠的背影喊：「我再不跟你玩了，你好討嫌！」她的母親聞聲從屋裡出來，趕緊把她拉進她自己的房裡。

第二天，安順福跑到泗場的藥鋪子裡給我母親抓了三副保胎的藥，他拎著那三副藥滿世界打鑼——你看我，真是斷子絕孫的命，姨兒有了六個月了還不曉得，還由著她瘋，這下瘋得動了胎氣！說到這裡，他必是雙手合十，嘴裡不停地念叨「菩薩保佑、菩薩保佑……」惹得遇到他的人根本插不上嘴，看他那可憐的樣子，遂自心裡生出無盡的憐憫來，便歎息不已，不知他好不容易種上的種，還保不保得住。人們過後想起他說的那個「瘋」字來，對於如何「瘋」竟是動了胎氣不甚了了，於是對「瘋」便

⑨死的意思。

想入非非，就在背地裡加了油鹽醬醋把那一段日子調理得有滋有味。

安順福一切做得跟真的一樣，他在院子門口架起一個小灶，親自熬起了藥。藥香便從那只小瓦罐裡發散出來，飛滿安家窪大大小小的屋場台子。只是那藥湯無人去喝，他把它潷在馬桶裡，半夜三更偷偷地弄到湖上倒掉了。那藥渣他拎了老遠，灑在安家窪唯一的一條大路——通往祠堂的那條土路上，任人腳踩腳踐。

每天早晨，安順福都要親自檢查他的小腳女人的肚皮，然後把一個淘米洗菜的筲箕，倒扣在她的肚臍上，讓她偶爾在人前晃上一晃。他細心地編了二十個大小不一的筲箕，每隔三天，他把扣在他的小腳女人肚子上的筲箕拿下來，自己爬上去，為她的辛苦給以深入地慰問，然後再換上新的筲箕。

這項工作，他整整做了一個月，然後對外宣佈：他的兒子出生了。宣佈我出生的夜裡，他放了一掛小鞭，他說怕驚了兒子。兒子不足月，可憐著呢——見不得風，見不得光，見不得生人。所有來探視的人都被他擋在中門之外，聽他的解釋，聽他歎息得腸斷之時，然後跟著他歎息一回。來人要走的時候，他熱情地邀請來人到時參加他兒子的滿月大典。他說他要擺三天三夜的流席。

大約過了半個月，我的身邊來了一個像剝了皮的狸貓似的傢伙。他嚶嚶地哭著，一不注意就把稀屎拉到了我的邊上。我捧著我的乾爹笑著。我知道這是安順福給我找的替身，這一點連孩子的父母都不清楚。安順福找到他的時候，他們已經有了兩個孩子，他是他們的第三個。安順福帶去了兩吊錢，說他要找一個子嗣旺盛的人壓子。說他子嗣艱難，好不容易生了個兒子，又是早產，怕養不活。他說請人算過，必須找一個生了三個孩子的人家，將他的孩子接到家裡養半個月，他的兒子才能養得活。那戶人家鍋都快要揭不開了，望著叮噹響的一大堆銅錢，生怕這到手的財喜飛了，連忙把婆娘孩子裝船，跟著安順福半夜裡便送了過來。

那女人一進門，就被帶進了內宅。

安順福的大瓦屋分為前後兩進。進大門是一通敞的前廳，正中間是一張描金畫鳳的大春台，春台上方供著神龕，下面則是一張八仙桌，兩邊各有一把太師椅。從兩邊的門進去，是東西廂房——安順福和他的大老婆住東廂房，西廂房是預留給他的兒子住的。兒子沒來之前，臨時做了他的書房。再往後，邁過中門，便是內宅了，那是安順福的二女人和三女人的領地。二女人先來，住東邊；三老婆是小，住西邊。這兩廂房，比起前面的兩廂房要窄一些，騰出來的位置都讓給了天井。帶圍欄的天井裡，東北角有一口水井，邊上是一副石臼和一副磨具。天井的後面，東邊是廚房，西邊是雜物間。從西邊雜物間裡出去，外面則是茅房、柴禾屋和豬圈。

現在，占領了半壁江山的這兩個女人，為了我，已沒有大小之分了——二女人在全力地「伺候」著三女人。

請來的女人進門後，和假裝生了我的三太太住到西邊的廂房裡，兩人都是不出門的。她們之間用簾子遮著，她不能見她。她們說不是把她當外人，而是三太太見不得風，人走得急了，衣服帶的風都是怕的。再者算命先生說了，孩子在一個月內，只能見他落草時在場的幾個人。女人就只好站在簾子外，看她的兒子每天被抱進去三次，每次大約一盞茶的工夫。她們當著她的面把她的兒子喊「小少爺」，喜得那女人眼睛都笑成了一條縫，加之吃的有了油水，半個月後女人竟褪去了先前的糙皮，顯出細嫩的白皙；先前像剝了皮的狸貓的兒子，也長出了讓人憐愛的肉來。

滿月終於到了。安順福的鞭炮足足放了半炷香的時間，然後他用滿臉的笑把客人邀到前廳的酒席上推杯換盞。酒至半酣，安順福望後一聲喊：「把『小少爺』抱上來。」他的二女人就把那個女人往外一推，他的大女人便在門外從她的手裡接過那個「小少爺」，邁過中門，將之塞到候在門邊的安順福手裡；安順福故意把他的雙腿打開，穿過東西廂房間的甬道，到了前廳，把他的襠部在每個人的眼前晃蕩了一遍。

「來，讓我抱抱！」坐在正中那桌酒席上首的一個眼窩內瞘，下巴頦上長著一撮山羊鬍子的人開口說。這個人就是安氏家族的現任族長安順達。我會喊人的時候，喊他「三大爺」。安順福喊他「三哥」。三大爺用他綿軟的大手挑了挑「小少爺」的小雞雞，說：「就這東西值錢！」

滿桌子的人都笑了。在笑聲中「小少爺」不爭氣地哭了。安順福趕緊從三大爺的手裡把「小少爺」接過來，遞了進去。「來來來，我們喝酒，喝酒。不醉不歸！」這杯酒下肚後，安順達問：「小傢伙叫什麼名字？」

安順福趕緊順竿而爬，請安順達給孩子取名。安順達愣了一下，隨即哈哈大笑起來。「順福啊，你的書比我讀得好，你的兒子還是你自己起名吧。」

安順福慌得只差跪到地上了，忙說：「三哥，您這話可是折殺順福了。誰不知您是為了咱們安氏家族才沒去考秀才的！依您的學問，一路考上去，別說是什麼舉人、進士，只怕翰林也有您的份。我才讀幾天書，四書都沒讀完，哪能跟您比呀！再說了，您是一族之長，孩子要是搭了您的福氣，那才真是他一生的造化呢！」

「你這張嘴，越來越伶俐了。」安順達捋了捋下巴頦上的幾根鬍子，放下筷子，又撣了撣長布衫子的前襟，清了下嗓子說：「讓我想想。」

「今年，這個水真是大！我看，這孩子得取個跟水有關的名字。」說這話的是祠堂裡年紀最大的鬍子爺，他曾是安順達他爹手裡的祠堂長老。那飄灑於胸的鬍子，如同一道銀亮的瀑布。

「也有理。」安順達擰著的皺頭松了開來。「如此說，倒有一個現成的名字，那就叫安瀾吧。」

「安瀾好。」鬍子爺顯得有些激動，「安家窪就是水多，該有個人治治水了！順福這個兒子來得也不容易，算得上是安氏可喜可賀的事了！我送他一個小名，那就叫可喜吧。送他一個字，就叫明梁。」

「好！」三大爺第一個表示贊同。「可喜。順福啊，你這一喜事，真是可喜可賀呢！明梁，這個梁正是擋水的好東西，還有這個明字，既是光明，又是他們這一輩的派⑩。薑還是老的辣。老哥子，來，我敬你一杯！」安順達說著舉杯站了起來。鬍子爺那飄揚的長須更是意氣風發。

他們為他們的傑作得意地乾了三杯。

這一個晚上，差不多所有的人都有幾分醉意，唯一清醒的是安順福。送走了客人，他不由擦了一把額頭上的冷汗。

第二天，他帶著他的第三個女人和借來的那個女人一起離開了安家窪。他把那個女人打發了後，把我送到他的第三個女人的娘家，我在他女人的娘家足足住了五個月，直到春節才回到安家窪。

「喲，半歲的娃兒長這麼大！你看他的面相，真是雲盤大臉，以後不得了的！」

這是我第一次露面得到的評語。

真正得意的是安順福，野種就如此變成了家種。

⑩同宗之中為區別上下輩而特別定的字。

第二章　捂腳的丫頭

1

我是六年前癱倒在床的。

剛開始，我以為我活不了多久，可是，我竟這樣不死不活地拖了六年。每當我問起他們，他們總是說我不會死。即使現在，他們仍然還是說我馬上就會好起來。一個臥床六年的癱子，血已板結成團，這樣的人會好起來，只有鬼才相信。

我的兩隻腳從十月份開始，就像泡在冰窟窿裡一樣，寒氣從腳心鑽進去，貼著骨頭爬滿全身，使我的身子不住地打顫。我每天都渴望著溫暖，渴望來自於愛所滋生的溫暖。可是，徐妙玉說，她厭惡了那種事。我這個樣子，還能和她做那種事？

我清楚這是她厭惡我的託詞。

我說我冷，她讓下人用一個酒甕子盛了開水，往我腳底下一塞，便把我打發了。

我無法責備她，對於我，她其實盡到了一個妻子的義務。

我癱倒在床，弄得滿屋子惡臭難聞，作為現在還在我身邊的唯一一個女人，她每天都踏進我的房裡看了我。儘管每次進來她都要皺著她長滿贅肉的眉頭，不停地呵斥下人。我以為我最後的日子會在惡臭纏身的屈辱中，在她呵斥下人的淫威裡劃上淒涼的句號；然而，半個月後，她讓木匠為我做了一張可以移動的床，又在我的房後修了兩間空屋，專門用來伺候我洗澡和拉屎。這是我沒有想到的。我要方便的時候，她就讓人把我從那張寬大的寧波床①裡抽出來，推到後面的屋子裡。她在可以移動的床上開了一個「窗戶」，兩塊木板貼在床板的下面，像兩扇門，打開則露出一個圓洞，剛好容下我的屁股；關上後，用木棍卡在兩邊的凹槽裡，我的床板馬上就平整得看不出一絲起伏。

第一次看到洗澡的浴盆，我說，這東西要是擋板再高一點，就是一副棺材了。她說，你見過這樣的棺材嗎？是的，我沒見過。真正的棺材沒有這樣矮，也沒有這樣寬，真正的棺材還應該有一個厚厚的蓋子。她沒有做蓋子，她讓木匠在「棺材」裡做了一個高高的枕頭。

一個月後，我發散著臭味的身子，重新變得潔淨起來。躺在臭氣熏天的床上，沒有一刻我不在想著怎樣去死，可我已經沒有了死的力量。她讓我乾淨了，讓我重又有了做人的尊嚴，這是我必須感激她的。可是，她每次進我的房間，離我最近的一次也有三尺遠，我對她的渴望恰如她對我的冷漠，這讓我的感激慢慢地化為了烏有。

到了今天，我不得不花錢去請女人。

2

我一天只吃兩餐，一餐早飯，一餐晚飯。今天的晚飯是一碗蓮子粥，我喝了兩口，索然無味，再也不想喝了。我漱了口，剛剛躺下，二弟便領著一個小女孩進來了。

昏暗的油燈光裡，我吃了一驚，二弟戳在我的面前像一座烏龜馱著的石碑。我僅剩的這個義弟，現在是我唯一的依靠。

我的病房，是我姐姐曾經住過的地方。她走了以後，這三間平房一直空在這裡。

瓦子湖邊水多，房子的內山牆多是用大碗公粗的木頭穿成的架子。水來了，土壁子牆泡軟了，泡垮了，架子卻泡不垮；便是倒了，也是一個救命的木筏。水一去，架子一豎，用蘆葦一夾，立馬就又是一個窩了。

我住進來後，讓人把架子裡的板壁拆了，三間房便成了一間大屋，這樣，我才覺得稍能喘口氣。我睡在東邊的房裡，寬大的寧波床，加上床前的踏板，幾乎跟一間房差不多寬了。徐妙玉便在這間屋後開了個門，給我修了洗澡房和廁所。

我原本什麼都不想要，越空蕩越好，越安靜越好。剛病倒

---

①一種有三重飛簷，上面雕龍刻鳳或是歷史故事等，帶腳踏板、床頭櫃、床頭箱、圍屏的大床。多為浙江寧波一帶的木匠所打造，故稱「寧波」床。

的那會兒，來來往往的人把這間病房弄得跟牛馬場似的。二弟便在神龕前放了一張八仙桌和兩把太師椅；大門向我這邊則安了一架四開的小屏風，床前方是一個茶圍子，茶圍子被四個凳子簇擁著；現在，牠的面前，是一盒藍汪汪的炭火。西邊房裡則是兩口大櫃、一張五斗桌和一張小床，以及所有的盥洗用具。小床邊上是一道簾子，掀開簾子，那是通往廚房的一扇小門。

我的房間是向陽的，但二弟把窗子釘死了，天氣好的時候才打開透透氣。平日裡，油燈的光亮塞滿了角角落落。在他們進來的腳步聲裡，我聽見了湖上的風撕扯蘆葦葉子的聲音，生澀而淒苦，就像從我花白的頭髮林子裡發出來似的。屋子裡燃著的那盆梨木炭火，在這絲風裡，竄出一星火苗；桌上的那豆燈光，冷顫般地一抖；二弟莽森森的影子，便在牆壁上東倒西歪，把一面牆壁都塗成漆黑……

「大哥，捂腳的丫頭來了。」

哦，來了！

我想微微欠一下身子，表示我的感激，可我的身子如同堆在床上粘滿稻草的一床破絮。

捂腳的丫頭！

我的心輕輕地念叨著這五個字，心便軟成一灘堰塘裡的泥巴，一瓣四葉草搖出柔柔的嫩芽。

是的，我需要來自女人的溫暖！

那丫頭站在他的身後，從我躺著的角度看過去，只看得見一個挽著包袱紮著兩條辮子的腦袋。她長得漂亮嗎？

我想抬起我的腦袋，可我無法做到。我把眼珠子轉到二弟的臉上。我這一身，現在就只有這對無神而呆滯的眼珠，還在勉強聽命於我。二弟讀懂了我的心思，他回過身，把那丫頭從身後推到前面。

「叫老爺！」

「老爺。」

她叫我了。她穿著細花的藍布棉襖，鼻子上蒙著一層細碎的汗珠。這是趕路趕得急的緣故。她的頭髮被風吹得有些淩亂，有幾縷耷在了她的臉上；那飽滿而光潤的臉，動唇之際頰邊的酒窩一閃而過。

我的心猛然一動，似乎曾在哪裡見過這張臉。在哪裡呢？我狠狠地看了她一眼，我想從她的眼裡找出我要的答案，可是，她叫我之後便低下了頭，我看不清她眼裡藏著的東西，只看見了她長長的睫毛。

「大哥，你放心，這是個很好的丫頭，我跟她都說清楚了！」

放心，我當然放心。只要是他辦的事，沒有我不放心的。這個已跟了我四十七年的男人，只要我能活下去，他還會跟我四十七年的！我信任地看著他。他在向那個女孩交代，女孩一個勁地點著頭。交代完了，他回過身把我的被子掖了掖，走了。他寬闊而堅毅的背影消失在屏風之後，我忽地覺得有些不適。兩人的世界，於我已是如此陌生。我已多年沒見過生人了，這幾年我每天面對的都是那幾張固定的面孔，他們熟得讓我失去了知覺。

我想拉響床頭的那根繩子，只要我一拉，門廊外的鈴鐺便會響起來，安生和他的女人就會馬上過來。

這也是徐妙玉的傑作。

我癱倒了，安四六的娘②主動承攬了替我擦洗身子的任務。這個因窯炸而失去了丈夫和兒子的女人，當年在安家窪，算得上是一夜成名了。從她騷意盎然的眼裡，我看出她心術不正。雖然疾病使我癱瘓在床，剝光了我最後一絲尊嚴，我的身子實際上跟一具屍體已沒有多大區別；可是，每當她用毛巾擦洗我最隱秘的部位時，我仍有一種受到侮辱的悲憤。我不得不派人把安生叫來。這個世上，除了我的女人，現在就只有安生對我的身子是熟悉的了！

可是此刻，我的面前有了一個陌生的新人，我的身子會向她完全敞開麼？不，她只是來給我捂腳的！捂腳，多麼曖昧的一個詞。她將怎樣捂？我這樣的身子，她這樣的年紀？

我時刻都在渴望著來自女人的溫暖，可當真正的女人站在我的面前，我才知道，我想要的其實只是徐妙玉。我的心底湧起深深的悲哀——為自己，也為站在我面前的這個還未成年的孩子。

「你叫什麼？」我柔聲地問道。

「蘇茹。」她輕聲地回答。

「你爹呢？」

「蘇益之。」

②即安生現在的女人，她與前夫曾有個兒子叫安四六。

「是不是蛟尾③的蘇益之？」

「是。」

「多大了？」

「十五。」

花錢給我請女人，是二弟的主意。起初我以為他不過隨口說說而已，沒想到，這活生生的一名女子，一下就站在了我的面前。那天他咕咕噥噥說什麼他請人看過的，說是一個江南的先生說他有一個偏方，什麼「少陰」、「老陽」結合……我病倒了，他給我請的人還少嗎？對於他的這些話，我根本沒有在意。現在算是徹底明白了——這未滿二八的黃花少女，當然是「少陰」了；我這行將入土的東西，自然是「老陽」了。少女、老男，就這一個「合」麼？

看著這足足小了我五十一歲的一個女孩兒，我的心隱隱地疼了一下。到了現在這個地步，我可不想再害人了！

可我分明知道，她已不能回去。

當她的父母，從二弟的手中接過那二十兩銀子時，所有的希望——做新屋、買良田、娶兒媳……就在咬牙之際從心底全部升起了。人要走出「賣兒賣女」這一步是極不容易的！好不容易走出了這一步，現在因我的一絲憐惜，那些希望頃刻便化為了灰燼。夢斷之後的羞辱才是真正的羞辱。一個連當捂腳的丫頭都沒人要的女子，這一生只怕就此徹底完結了。善意有時竟是孽因的

③地名，在瓦子湖北面。

開始，這讓人有些不可思議。我要留下她，要善待她，要讓二十兩銀子的夢永遠不要醒來！

「把包袱放到那邊梳粧檯的櫃子裡吧，以後那兒就是你的了。」

她聽話地從桌邊繞過火盆，把包袱從挽著的手臂上放到櫃子裡。她打開櫃門和關上櫃門的動作，小心翼翼，生怕弄出一絲聲響。她放下包袱轉身蹲到火盆邊，拿起火鉗，把火盆裡的木炭撥弄了幾下又加了兩塊木炭，藍色的火苗便被炭塊噴了出來，像蛇的芯子舔過她的臉；她的臉上於是紅霞彌漫。她再站起來時，先前爬滿臉頰的羞怯如風中的糠殼，被吹得一乾二淨。她走到我的床邊，伸手把塞在我腳底的水甕子拿出來，重新換上水，然後用一塊棉布包起來放在我的腳邊。

她像在這裡多年似的，她打來熱水用溫濕的毛巾給我擦臉、擦手、擦腳，我在她的手裡就像她的兒子一樣。

做完了這些，外面已看不到一絲天光。她重新打來水，洗淨了臉，背過身去，掀起她的胸衣，洗她的乳房和下身；她燙了腳後，脫下她的外衣，只剩貼身的小衣服走到我的床前；她怯怯地掀開我腳底被子的一角，像一條泥鰍似地滑進被子裡；她把水甕子放到床面前的踏板上，把我的腳抱進了她的懷裡。

我生滿鱗片，散著酸腐死氣的臭腳，就這樣在一個黃花閨女溫柔的懷裡暖著了！

羞愧讓我手足無措，我想縮回我的臭腳，它們根本不聽，彷彿惡意地向我挑釁，刻薄地要把我的醜陋從見不得人的地方抖露出來。我看見我的渾身爬滿螞蟻，那小巧的嘴撕開我已然死去的毛孔，沿著血管往我的心底鑽來，我直楞楞地睜著我的雙眼……這一夜，我知道將是漫長而沒有盡頭的！

事實的真相與我想像的完全相反，我在經過最初的不安之後，迅速地睡過去了。這幾乎是六年來我睡得最為安穩的一夜。當白晝重新讓我清醒過來時，我趕緊讓安四六的娘把蘇益之的女兒帶出去好好梳洗。我的臭腳汙了她潔淨的身子，我要她把我遺留在她身上的濁氣，洗得乾乾淨淨。

安四六的娘看著面前這個小女子，吃了一驚。我沒理會她，硬生生地吩咐道：「你到那邊大屋去，把她們留下來的衣服全部拿過來，幫她好生地挑幾件。」

她們剛走，二弟便一腳踏了進來，問人呢！問過了，又問行不行？

什麼行不行？這個問題問得有些混賬，我不知如何回答。我知道他不是那個意思。可不是那些花花腸子又怎麼樣呢？我「嗯哼」了兩聲，算是回答了他。他默了默，說了句「這就好」，把屋裡四下看了遍，然後走了。

安四六的娘把她梳洗打扮了一番後帶來見我，我差點沒認出她來。

她的額頭彎拱著一抹細碎的瀏海，兩根細巧的辮子悠在兩頰，披散開來的頭髮柔順地伏在背上，像一抹青黛的遠山，那光澤敵過了他們為我漆了十二遍的柏木棺材！這一髮式是安四六的娘想出來給她梳的，還是她自己梳的？她的上身挑了一件藕荷色的襖子，襯得她的臉浮起一層迷幻的乳光，映襯著那兩隻眼，彷彿兩泓恬靜的清潭，汪在春天的柳蔭裡，波光鱗動。眨動的睫毛，宛如欲飛的蜻蜓似張還合的翅膀。那小巧的鼻子像是湖中的小島。我想，如若真是湖中的小島，一定會開滿了桃花的。可不，那小嘴，就是桃花汁染就的；那一對梨渦裝點的粉臉，在披滿白霜的雙頰上，似乎又是一對要睜眼說話的眸子。

我看得她低下了頭，先前炭火映出的紅霞，再一次鋪滿天空。二弟那些「少陰」「老陽」的鬼話，湧進我的心裡。我的心突然升起異樣的渴望，渴望回到六年之前——要是早六年，我會立刻把她變成一個地地道道的女人的！儘管十年前，我與徐妙玉在完成男女之間的儀式時已是尷尬不已，可在此時，我的心底卻只渴望回到六年以前！

一個臥床六年的癱子，一個十年前已不能完成男女儀式的老東西，這個時候，在心裡想著一個十五六歲的黃花閨女，沒有比這更不要臉的事了。

記得很多年前，我曾經為一個叫蘇益之的男孩傷過一回腦筋。那是個不錯的孩子，那一年他可能也就十三四歲吧，我到蛟尾去幹什麼？是不是去那裡收魚？應該不大可能。我們的魚從來都是別人主動送上門的。那我還有什麼事要到蛟尾去呢？要知道，蛟尾可是在瓦子湖的另一邊啊！我想不起來了，我只記得就是在哪裡，我認識了一個叫蘇益之的小男孩。我當時一見他，就有一種想讓他做我兒子的衝動。但我有十二個兒子，我太不缺兒子了！我的那些讓我傷神的兒子我已經忍受夠了，我沒有理由再從外面弄一個回去。我記得我否定了這個念頭之後，立即冒出另一個念頭，我想他做不了我的兒子，他也許可以做我的孫子。但這個念頭只在腦子裡一閃，我就覺得荒唐。如果他是我的孫子，那他與我還有什麼意義？我還有一個想法，就是讓他和我到菩薩的面前跪下來，磕一回頭，讓他做我的義弟。我有八個義弟，再收一個也不是沒有可能。可是，凡是當我的義弟，都有可能沒有好下場……那時候，我的義弟們出事了嗎？我不知道。真的，那是什麼時候的事？我的頭開始疼了起來。我知道的是那個叫蘇益之的小男孩，和我什麼也沒發生。不過，這個小女子說的蘇益之，未必就是我認識的那個蘇益之！要真是的，那可就是作孽啊！而我這時竟從他的女兒身上，收不回自己的眼睛。難道一個曾經準備讓他做我的兒子、做我的孫子、做我的義弟的小男孩，現在要做我的岳父大人了？

「老爺，我把她打扮得標致吧？」安四六的娘問我。這時，我才想起她在一邊。

「嗯。」我用鼻腔給了她一個回答。

「這個丫頭受打扮。」

我又看蘇茹，她窘得兩隻手在辮子上摸了一下，又不自主地去扯衣角；衣角在手裡捲了捲，她又想起了辮子。但到底只是動了一下，終於兩隻手又在一起，一個勁地在胸前絞開來了。

「我說不要，你偏要這樣……」她小聲地咕噥著，話音最後吞進了肚裡。

「老爺，不是我誇嘴，跟我年輕時差不多！」

什麼？跟她年輕時差不多？

我不由認真地看了她一眼。我第一次知道她，是窯炸的那天——她的丈夫和她的那個叫四六的兒子遇害的那回。記得那一天，她尋死覓活地哭著，糊滿淚水和眼屎的臉，使得她的容貌，沒給人一絲的印記。現在想來，彷彿她一直就是現在這個樣子——鬆垮的腮幫如同兩塊破損的抹布，時間的污垢在上面發散著濃烈的霉味；那對昏濁的眼珠縮在不規則的眼眶裡，沒有半絲清澈的光芒；額頭像是用犁翻過的稻田；稀疏的頭髮跟抽穗的茅草一樣支棱在無人的荒坡上，不時地打著寒顫。依據這樣的形象去遙想她當年的風姿，實在是太過困難了。

「老爺，別看我現在這個樣子，歲月不饒人啊，我只比你小三歲呢！那年，你娶大小姐的時候，就是我給她梳的頭！」

「哪個大小姐？」

「老爺，你忘了，就是老族長的千金。」

老族長？不就是安順達嗎？他的千金，哦，安玉蓮，那個讓我一生都沒有快樂過的女人。可惡，什麼事不好想，想她，混賬！

「水燒好了嗎？」

「老爺要洗澡？」她問我。

「嗯。」

她只小我三歲，什麼意思？她是不是看破了我看她那一眼的全部意蘊？如果是，她只小我三歲的潛台詞就應該是，我這樣一個隻大她三歲的人卻已癱了六年，我沒有資格瞧她不起！

「水是現成的，我這就讓老頭子來推你！」

「嗯！」我這麼一想，更沒了好聲氣。

3

她又有了男人，在我這裡，她和安生勾搭在了一起。

現在的安生，再也不是從前安順福的那個小牛倌了，再也不是和劉媽媽、小翠住在一起的安生了。五六十年的歲月過去後，誰還能是從前的呢？老到現在，他在我的眼裡一切都變得硬戳戳的——花白的頭髮從辮子裡撐出來，插在頭上，像乾坡地裡的芝麻杆；鬍髭站在嘴唇上，跟秋收後的稻田裡挑著霜花的稻茬子沒有兩樣；眉毛從額頭寬厚的皺紋溝邊向前撐著，彷彿簷前的雨搭子。只有目光一如早年般的畏葸，眼皮卑怯地把眼珠裹了，勉強留著一道窄逼的縫兒找著進出的路。

他進來了，徐妙玉發明的那張床便吱吱嘎嘎地叫喚起來，然後從寧波床裡脫殼而出。他的樣子顯得毫不費力，吱吱嘎嘎的床，就像他手裡的一隻低吟的蛐蛐。七十多歲的人，竟還這麼硬朗，這讓我多少有些懷疑。我寧願相信是我病得已毫無份量，這樣，我的心才有幾分安穩！

洗了澡回來，先前霉味十足的房子裡，一股淡淡的香味撲進鼻來。難道這就是女人的氣息？

我抽了兩下鼻子，還是忍不住說了句，「嗯，好聞！」蘇茹看了我一眼，低了頭，臉便紅了。「扶我坐起來吧！」我對安生說。

「蘇茹，你弄的什麼，這麼香？」

「老爺，我看見梳粧檯裡有好多檀香，我點了一掛。」

什麼？這只是那些棄而不用的檀香的味道？我有些不信。先前，我一聞到這種甜膩的味道就要胸悶的，為何現在於我卻是如此受用？我想不出所以。

「老爺，你今天氣色不錯！」安生在擦洗過我的身子後，先前的畏葸之態一掃而光。貼身的親近往往會滋生出人的勇氣。

「是啊，有了蘇茹，老爺的精氣神完全不同了！」安生的女人笑咪咪的眼裡分明流淌著濃烈的情欲。我看著她，不知是我的臉發燒，還是她的心慌了，我們都調開了自己的眼。

「你們忙你們的去。」我冷了臉。其實我是想她在這裡饒舌的。他們走後，蘇茹怯懦地走到我的身後，說：「老爺，我跟你捏捏肩吧？」我感到她的一雙手放到我的肩上時，明顯地抖著。

「難為你了！」

「老爺，二老爺跟我說了，讓我好生伺候你的！」

「二老爺都跟你說什麼了？」

「二老爺，他說，他說……就是把你伺候好！」

「哦。」

她的手在我的肩頭輕柔地捏著，她顯然沒有學過推拿。在我臥病之初，差不多每一天，都有推拿師來把我的骨頭攥到他們的手裡，那死人般的大手把我的骨架總是揉搓得咯吱亂響，我趕走了他們。蘇益之的女兒輕柔的手感，帶著一股微暖的熱流，那纖弱的熱力慢慢滲透到我的背心、腰部、大腿以至於腳尖。那種細碎的，不能抓捏的柔軟，像熨貼的一劑膏藥。

心的深處，滿屋子淡淡的香開始無邊地彌漫，我的百骸舒張開來。

這種愜意已是多少年不屬於我了啊！

我閉上眼，專注地感受著來自她的溫暖，心裡一片清亮。可這只是一瞬之間的感受，我那漿糊般的腦殼怎麼靜得下來——我又想起了，祠堂裡的那把檀木椅子。自從我醒過來，它便無時無刻不在折磨著我。是的，我要盡快給它找一個能坐上去的屁股！

我曾有十二個兒子，可如今在我身邊的卻只有兩個兒子了。大的叫安午，生他的女人就是安生的女人嘴裡說的那個大小姐——老族長安順達的千金安玉蓮；小的叫安戌，生他的女人，則是天天在我跟前煩我的徐妙玉。

要我怎麼說呢？

三年前，我試著讓安午到祠堂裡學著管事。我的本意並不是要把族長之位傳給他，我只是覺得一個快三十歲的人，得要做點正經事了。可就是從那天起，徐妙玉便開始天天來煩我了。她每次來，說的最多的一句話就是——你要把一碗水端平！我告訴她，我從來把水都端得平平的。她然後就說：「你清楚，只有我的安戌長得最像你。你不憑良心，你的良心都被狗吃了。」

她沒有把話挑明，但意思就是豬也一清二楚。我其實樂得把族長之位傳給她的兒子，可是，她的那個兒子……我都不知如何去說他。

我們來一起看看他的那個兒子吧。

這是去年我們的一次見面。那天，我把他叫了過來，他坐在我床前的椅子上，兩隻手放在襠裡不停地揉搓著，一副害羞的樣子。滿臉的肥肉將他的下巴全部淹沒了，看上去他的嘴巴似乎直接連著了脖子。這副狗肉上不了正席的德性，讓我心煩意亂。這就是他母親口口聲聲說的，最像我的兒子啊！我的臉上可從未有過如此之多的肥肉，我有寬闊的額頭，高挺的鼻樑，兩道劍眉——問問瓦子湖周遭的男男女女，我年輕的時候，是不是英氣逼人？我雙眼流動的波光，趕得上瓦子湖清澈的湖水；稜角分明的下巴上，紅潤的嘴唇，便是現在，也還看得出幾分顏色。而他在我面前的樣子，兩眼散亂的光沒有一處可以著落。我真替他難為情。

「你最近怎麼樣？」

我突然開口，竟似嚇著了他，他驚慌地定了定自己的眼神，方才望向我。

「最近我不怎麼樣。」

這樣愚蠢的字眼，怎麼也不會從我的嘴裡跑出來。

「都做些什麼？」我又問了一句。

「什麼也沒做。」

我恨不得立馬把徐妙玉叫到跟前，厲聲告訴她，以後不要再說什麼「最像我」了。難道除了吃飯、拉屎、睡覺之外，他真的什麼事也沒做？蠢貨！

「你母親叫你這樣回答我的？」

「你又沒要我做事，我能有什麼事做？」他扭著扭著突然說了這麼一句。

「那這麼說，是我的錯？」

「我本來不想說，是你問的我。你問我，我不回答，你又要說我！」這個不知死活的東西，這種口氣要是在祠堂裡，不打他三十大板屁股，不會放他的過手④。

「你能做什麼事？」我忍了這口惡氣。

「我什麼都能做。」他滿不在乎地說。

像這樣的談話，我希望一輩子沒有才好。就他這副德性，他的屁股配坐在那把檀木椅子上麼？

說了他，我們再來看看我的另一個兒子吧。

安午在我腦子裡還只是一個模糊的輪廓，徐妙玉便一腳踏了進來。

4

「你是哪裡來的？誰讓你來的？」

她冷漠而堅硬的詰問，讓我的心如雷殛般往上一彈；我感到肩上的那雙手一下僵在了那裡。

④放……過手，甘休的意思。

「怎麼，沒經你同意？」我睜開眼，以更冷的語氣回敬了她。

「你以為我不曉得是哪個搗的鬼？哼，看起來一副老實本分的樣子，心底裡卻一肚子花花腸子！」她那陰沉的臉皮，跟鍋底一樣，都刮得下灰來了。「你要懂規矩！」

規矩，什麼是她的規矩？

聖人為她立下的規矩是三從四德——她在她爹恩茂先生的手裡是否聽話，我不知道；她嫁給我之後，差不多總是我在聽她的；我死了，她會任她兒子擺佈的可能性幾乎是零。她的兒子你們已經看到過了，我的話應該不會錯到哪裡去吧？至於「婦德」，她在我的面前的所作所為，算還是不算，你們說了算。說到「婦言」，她的溫言軟語我是一句也記不起來，能記得的只是我在床上給她賠盡了小話。四德最後一德是「婦功」，這個倒是有得一說——我們慢慢來說。要說三從四德中，她現在唯一做到的，可能就是「婦容」這一德吧。不說早先的事，就說最近，她每天見我都收拾得光光溜溜，頭髮梳得沒有一根雜毛在外面飛著，她用發網把牠們在腦後攏起來，用一根銀亮的篦子壓著，然後在傭人的面前，擺出一副女主人的面孔，還要讓人知道，她爹是瓦子湖邊最有名的教書先生，讓人知道她跟她爹曾經念過「混沌初開，乾坤始奠⑤」。

恩茂先生是知道「女子無才便是德⑥」的，可他卻沒能於聖訓「景行行止」！即便將此歸於老來得子溺愛之故，以至悖離聖人教誨，那也應該在她念過「混沌初開，乾坤始奠」之後，把「少年夫妻老來伴」這句古老的人倫格言，作為一種知識教給她；可惜，我們永遠無法求證事實的真諦。要是她於婦德，稍有心得，她就會相信我對她的需求是另一種需求。

在她眼裡，她從不相信我對她會有超出那種事以外的需求。她唯一曉得的是，男人和女人在一起要做的只有那種事。她覺得我們倆都太老了。其實，她並不老，她過四十還沒有兩年，而我卻真的是老了，我要整整大她二十四歲。但我需要她，我不是要和她做那種事，她不懂。

這頭可惡的肥豬。

她在生了她的兒子後，成天就知道吃了睡，睡了吃。她在我的面前，一餐連半碗飯也吃不下去；其實，她躲到廚房裡偷嘴的事，哪一次我都知道。在這個過程中，她的雙眼漸漸掛起了重重的眼袋，鬆垮下來的眼皮，把她的眼蓋得只有一絲窄窄的細縫，她看人的時候，須得用力將之提起來。這時，她的眼看起來就在一跳一跳地閃，這跳閃的波光，就是她一個又一個鬼主意。

這半年來，她時時刻刻都在提醒我，不要忘了安午是誰的兒子。我也每次都提醒她，安午也是我的兒子。每次都把她腮幫子上的贅肉氣得亂顫。

⑤發蒙讀本《幼學瓊林》的第一句。

⑥明人陳繼儒之語。

「好！好！你殺了他母親的哥哥，氣死了他母親的爹兒，讓他母親寡歡而死……我就不信，這一切，會沒有一絲浪起；我就不信，安玉蓮在他面前，臨死也沒一句怨言；我就不信，這麼多年，他的眼就跟瞎了似的毫無知覺。是的，他是你的兒子，這麼多年，你對他們母子『疼愛』有加……我知道你狠，我只想問你一句：這麼多年，你就沒有一絲愧意？」

這個惡毒的女人，結痂的傷疤在這半年裡，被她反反復複撕得鮮血淋漓。就她這種心腸，她生出那樣的兒子，當屬必然。

見我不理她，她惡狠狠地剜了蘇茹一眼。她的這一眼，我倒不是十分厭惡，我有些不明白，難道她還在吃醋不成？照理說，應該是不可能的。十年前，我們最後一次夫妻生活後，她說她厭惡了，隨我找誰都可以。

我還能找誰呢？誰還在等著我？在她把我霸占的那些年裡，所有的女人都離我而去了。她把我玩夠了，不，是我再也不能和她玩了，她不得不撒手。撒手就撒手，她偏要說出如此混賬的話來，讓我有一種被人拋棄的悲憤。

若說她不是吃醋，可她的眼光分明就像一隻紅眼的公雞，挓挲起了身上所有的毛。

「你坐下吧，你站著我看得累。」我對她說。她只得從蘇茹的臉上收回她的眼光。她把蘇茹剛坐過的凳子往後一拖，用手拂了一下才坐下。她這個動作實在有些裝腔作勢。我發誓，就為她這個動作，在我死去之前，無論如何，我都還要跟她再睡一回。

我被自己的這一想法嚇了一跳。我跟她再睡一回，我還開得了口？就算我開得了這個口，我又能做什麼呢？我的本意是想侮辱她，但最後的結果可能真正受辱的卻是我。

算了，饒過她，也饒過自己吧。

「我跟你說，你應該比誰都清楚自己的身子！」她的屁股還沒真正落穩，她就急不可待地告誡我。

「混賬！」我莫名地一下火了。

「我曉得你討厭我，我只說一句，你心裡明白就好。我實在想不明白，你為什麼這樣對我的兒子，他不比別人苕⑦！」她張揚的語氣微微收斂了一些。

「我說過他苕嗎？」

「你是沒說，可你做了！」

「我做了什麼？」

「你說過要讓他開始管事的，明天我要他來見你！」見就見吧，難道我還怕他不成。

5

我沒見到她的兒子，安玉蓮的兒子卻先來了。

「爹。」

「你來了？」

「是，爹。」

---

⑦方言，傻瓜的意思。

「有事？」

「學館塌了兩間，昨天的大風颳的！」

「沒傷著人吧？」

「沒有，是挨晚塌的。」

「哦。打算怎麼處理？」

「我想聽爹的意見。」

「安午，我有個想法。」

「爹，您說！」

「我想啊，該讓你弟弟也學學怎麼做事了。學館的這件事你就別管了，你幫你二叔去理一理祠堂裡這六年的賬吧。」

「……」

「你愣著幹什麼？」

「……爹……」

「你有話你就說。」

「我，我……是，爹，我知道了！」他的神情顯得異常沮喪。我看見他的嘴唇動了好幾下，但都沒發出聲來。我倒是希望他開口，哪怕是質問我，我也不會怪他。但是，沒有。我失望地閉上了眼睛。

我的這個兒子在我的面前，從不多言多語，我不問他，他絕不主動開口。每次面對他，我都忍不住想，今天我怎麼也不先開口，我倒要看你是不是坐上一天。這樣的時候，最後認輸的總是我。就連他走，也必是我說了「你走吧」，他才真的離開。如果這時，我又隨口說句什麼，他就會再一次等我說「你走吧」，才會重新抬腳。那腳步永遠是輕拿輕放。

這是我的錯！正如徐妙玉說的，在我的身上，他沒有得到父親應有的愛，不然，他不會如此的。我從他的眼神裡，看得出來。

「爹，您身子可好了些？」

我驚喜地睜開眼睛。臥床六年，這是頭一回聽到他問我的病情！面對我驚喜的目光，他的臉騰地紅了，頭慢慢低了下去。

「哦。哦。」我連應了兩聲，竟是不知如何回答。

「爹，我這就去把弟弟叫來！」我看見他的眼裡分明含了淚。

「好，你去吧。」

我很想說句話安慰他，可是，說什麼才能安慰他呢？我不知道。在我的沉默中，他遲疑地走了。

沒過多久，徐妙玉的兒子踏進了我的屋裡。

「爹，聽說你叫我！」他神氣十足。

「你聽說了學館的事嗎？」

「剛聽說。」

「學館怎麼了？」

「塌了。」

「怎麼塌的？」

「那房子太舊了。」

「舊也好，新也好，這次你做主。」

「行，我會把它搞得好好的！」

「你找我要事做，我這就把事給你做。你好自為之！」

「你放心，小菜一碟。」

「有不明白的事，多和二叔商量。」

「我曉得的。爹，你就別嘮嘮叨叨了，這點小事我要是辦不好，那我以後還怎麼混！」

我無話可說。

「爹，要是沒有別的了，那我就走了。」

「你跟你姆媽說，我找她有事！」我不得不主動找這個女人。

「行。」他轉身就走，經過蘇茹的面前時，輕浮地打了個響指，嚇得蘇茹往後一退。沒來興⑧的東西。我心裡狠狠地罵了一句。

「蘇茹，你別理他，他就這德性。」

「老爺，這位是十一少爺吧？」

「誰告訴你的？」

「我問的賴媽媽。」

賴媽媽？誰是賴媽媽？哦，對了，是她——安四六的娘、安生的女人。這女子嘴真甜。那老婆子在安家窪這一輩子都差不多要活完了，可能還是第一次有人喊她「賴媽媽」吧。

「你別聽她的，什麼『十一少爺』，就叫他安戌。」

「老爺，那怎麼行。我一個下人，規矩不能亂的！」

規矩。又是規矩。規矩怎麼都找上了女人？

「反正我不喜歡人在我面前喊什麼『十一少爺』。真要喊，後面也不准帶這個『爺』字，聽著心裡膩味。」

「老爺，這不好……」

「什麼好不好的，」我打斷她的話，「你在這也就五個月，到時候人一走，怕他什麼？」蘇茹的臉又紅了。她再沒有言語。

6

無人言語的屋子，讓人覺得好冷。但我不想打破這份沉寂，我靜靜地等著徐妙玉的到來。

她終於來了。一進來，屋子裡的靜寂便莫名地不安起來。她的第一眼不是看向我，而是逼著蘇茹。蘇茹像見了貓的老鼠，身子不住地瑟索。見此情形，我對要她來便開始後悔！

我生氣是有道理的，我讓她的兒子開始管事了，無論怎麼說，我滿足了她部分的願望，她進來總得說聲謝謝吧。但這只是我的腹誹而已，我不會如此薄情。到了現在這份光景，我不能為了一個在我身邊只待三五個月的丫頭而刻薄她，我們畢竟已經在一起生活了二十六年。二十六年該是怎樣的一些日日夜夜啊，蘇茹長到今天還不到十六個年頭呢。

我和徐妙玉是有緣的！

只要我一天不閉上眼睛，我們就得繼續生活下去，即使哪一天我閉上的眼睛再也睜不開了，她也還要頂著我給她的名分繼

⑧意指行為讓人失望。

續往下活，直到最後一口氣不再上來。即使這樣，也不能就說我們的緣分已然了斷。她說她死後，她要讓她的兒子把她埋在我的旁邊。如果真是這樣，哪怕她的兒子也死了，只要有人走過我們的墳前，仍舊會把她和我重又緊緊地連在一起。

她這一生，為我所做的就是我病後為我修了兩間屋子，做了張移動的床。對了，還安了一個可以用繩子拉響的鈴鐺。有了這些，她的索取就有了足夠的籌碼，她每次提到「良心」，指的就是這三件事。

我的心究竟是個什麼樣子，內心到底藏著些什麼，她沒有絲毫興趣。她關心的只是她自己，她總是想知道，這個有著如此之多銀子的家，在我死後會是誰的天下？她要我對所有的人說，這白花花的銀子，只有她和她的兒子才是牠們唯一的主人。

這是不可能的。

我跟她說過無數回，第一，這銀子不是我們家的；第二，這銀子不是誰都可以隨便花的！可她充耳不聞，她是否從未想過為什麼？

有人一日之中，便要反省三次⑨。對此，我深表懷疑。真要這樣，那我的女人，一生之中為何反省一次也無法做到？聖人和凡夫的距離真就這麼大麼？

我敢斷定，只要他們母子倆安靜片刻，閉目思想一回自己的過失，做人行事，便絕不會如此。難道反省對於她和他而言，竟要比讓一隻餓狗不吃人屎還要難上一百倍不成？我曾問徐妙玉，人為什麼活著？她說，吃的好，喝的好，玩的好，有用不完的銀子。我說，這只是活的過程中，人貪於享樂而希圖達到的目的，而絕非人活著的意義。她說，你想這些鬼問題，你不覺得無聊？人為什麼活著？因為爹媽生了你，你不活著，難道去死？再說了，小的時候，活不活由不得自己。就跟一隻豬娃兒一樣，天天餵你豬食，你就長大了，就這麼簡單。可是，我們為什麼會有這麼多煩惱、這麼多痛苦？她對我的這個問題更是不屑一顧，說我是躺在床上，閒出來的毛病。她說，我什麼都懶得想，能活就好好生生地活；不能活了，兩眼一閉，拉倒。人人都會死，這不是我一個人的事。我想這麼多幹什麼，想也是白想。再說了，不吃不喝是死，吃差喝差是死，吃好喝好也是死，反正都是死。吃的好，喝的好，我就算活夠本了，死也值得……

望著她我頓時無語。人畢竟不是豬啊，他有思想，有靈魂。凝神看看我們的心靈，我們是如此的孤寂無依……其實，就是一頭豬，又怎能說牠沒有靈魂呢？只是人畜殊途，我們不願去體察豬的情感而已。

由她去吧，她永墮輪迴，變豬也好，變狗也好，與我有何相干？

可我無法安慰自己，她變一隻母豬，幸許我就是一隻公豬；她要是變隻母狗，說不定我就是那隻公狗！

⑨論語云：「曾子曰，吾日三省吾身。」

跳出三界外，不在五行中⑩。不是有了這個願望就能達到這個目的地。乾爹要我這一生不殺、不盜、不邪淫、不妄語、不飲酒。他說這「五戒」做到了，你就會有希望。可惜，我只做到了不盜、不妄語兩戒，其他的都沒做到。

不殺。除了人之外，我什麼沒殺過？就是人，只怕也不能說我沒有殺過，那些因我而死的人還少嗎？

不邪淫。乾爹在巴東曾當面指責過我；徐妙玉和我在蘆葦灘上差不多也是邪淫；至於我與我的姐姐上床算不算邪淫，我實在說不上來。

不飲酒，我更是沒有做到。

六道輪迴，永無止息。來生我會變成什麼？

我一想，滿腦子就亂成一鍋麵糊。這都是托了徐妙玉的福。只要看到她，我就忍不住要想活著的意義。我突然想，活著的究竟意義，說不定真如她所說，就是為了吃好喝好吧！

「我讓你的兒子管事了。」我有些討好地對她說。

「那是你的兒子。」她的回答像例行公事，這讓我很不舒服。

「我曉得，可是我有十二個兒子……」

「你又來了，我跟你說過多少回了。」

「這是事實。」

「這不是事實。」

「你是說他們都死了？」

「不，我的兒子活著，他會活得比所有人都好！」

「那你還不去管管他，要是他把學館修不起來，那可就不好說了。」

「你放心，我的兒子，他會連一間破房子都修不好，那才出了妖怪。」她們到底是母子，這語氣，幾乎是一個模子倒出來的。

也許這件事真的簡單了點，不就是請幾個木匠、瓦匠，補補牆，換幾根樑子、幾個窗戶，又不是要他去動手！他只需在祠堂裡拿了銀子，交給辦事的人，這事就成了。是的，我想，她的兒子這點智商還是有的。

「也許你的兒子有些別的想法，你在旁邊提個醒也是好的。」

「我曉得，你這是生著法子要趕我走。」她說這話的時候，便陰森森地看了一眼蘇茹。蘇茹趕緊低了頭，把給我揩臉的毛巾在洗臉架上抻了又抻。

「我沒說這話，這是你自己說的。」

「你說不說還不就是這個意思。」

「你現在怎麼連好話歹話都聽不出來？你的兒子幾時單獨做過事？什麼時候不都是你在跟他出頭？」

「我是在你的面前說了幾次，不過你放心，祠堂的事，我是不會參與的。我叫他有事就來向你請示。這點規矩我還是懂的。」

⑩佛教謂人得大自在的最高境界。

規矩，又是規矩。

但我想，要是她懂了規矩，她的兒子也就懂了規矩。

7

「爹，依我的，學館推倒了重建最好。」徐妙玉的兒子開始頻頻光顧我這裡。這是他第幾次來煩我了，我已懶得想。在我不甚明確的印象中，他在我的房裡晃得已經讓我眼睛發花了。

「我說了讓你做主，你想怎麼辦就怎麼辦。」

「我覺得還是跟爹請示一下比較好。」

「既然如此，那你就說說你的理由。」

「學館是你當年開了魚行之後修的。我算了一下，都有三十大幾年了。三十大幾一個人，要是早，都快有孫子了。塌是必然的，也該換朝了。」

「換朝?!」

我不由鄭重地打量了他一眼。雖說，這一眼還無法抹去他先前的印象，但從那肥厚的臉頰上，也還是看出了幾絲不同的顏色。是不是錐子只要放在荷包裡，就會露出牠長長的尖刺？莫非這個兒子，我先前真的是看走了眼？

我使勁地眨了眨我的眼。

這時，去祠堂查賬的那個兒子和二弟來了。徐妙玉的兒子卻賴在這裡不想走。我不得不下逐客令：「你去吧，抓緊時間，有什麼事以後多找你二叔。」

他不情願地和他的二叔打了個招呼走了。蘇茹去送他，屏風後一聲驚叫，跟著蘇茹滿面羞紅地轉過屏風。

「怎麼了？」我問她。

她把左手食指咬在嘴裡，遲疑了一下，把手指從嘴裡拿出來說：「手夾了一下。」

這丫頭，怎麼這麼不小心，該沒夾破皮吧？我心裡這麼想著，嘴裡卻跟我的兒子說起話來：「把賬報給我聽聽。」

「是，爹。」

我等著他，他卻沒了下文。我不得不說：「你說吧。」

「是，爹。帳面的時間，一共是七年。就是從甲辰到庚戌這七年。甲辰年的帳面餘額是三萬五千三百二十四兩，今年祠堂餘額兩萬一千四百八十二兩。甲辰年祠堂總用度兩千六百三十三兩，乙巳年祠堂總用度三千五百零七兩，丙午年祠堂總用度兩千六百五十四兩，丁未年祠堂總用度一千八百九十二兩，戊申年祠堂總用度一千四百四十八兩，已酉年用銀一千一百三十六兩，今年用銀五百七十二兩。」

「甲辰年兩千六百三十三兩？我記得就是七十二垸的堤工費，在祠堂裡支了三百六十七兩銀子，你大娘⑪死的時候，都差不多是冬月尾了，怎麼還用了近三千兩銀子？」我驚異不已。

安午慌地把臉轉向他的二叔。二弟欠了欠身子，說：「那一年，大嫂的喪事，大哥病倒，哪一件事都是花大銀子的事！」

⑪指唐清妹。

我的心一沉。「那乙巳年，又是什麼事用了三千多兩？」

「乙巳年主要是為大哥治病。我和安午對這一年的賬，一筆一筆查對過了。安午，你報一下。」

安午的嘴動了一下，忙去翻手裡的帳本。我制止了他。

「算了，這一年的我不想聽了。記得我從第三年開始，基本上算是斷了藥，那丁未年怎麼還是用了將近兩千兩？這個你給我報個明細。」

「是，爹。」

「大哥，還是歇會吧。」二弟說，「蘇茹，把老爺的湯拿來。」

蘇茹幾乎是應聲而至。二弟順手將我攙了起來，蘇茹用湯勺往我的嘴裡餵了幾口蓮子湯。苦澀的嘴裡漸次泛起一絲甜潤。

「你說吧。」我對那個早已準備好了的兒子說。

「是，爹。過年的銀子是先一年早就支出去了的，第一筆是正月初七報恩寺開天門的會銀十兩；正月初九開地門，報恩寺支會銀十五兩；正月十二龍日祭『水神』，支銀十二兩……」

「什麼？……我倒床後，這一年一度的湖祭不是停了嗎？」

二弟見我惱了，趕緊接過話頭說：「是這樣的，大哥。雖說每年不再搞『水官』大典，但供品是一樣不能少的。所以，祠堂裡年年都是備辦了的。」

「哦！」這個回答讓我心堵得慌。我深吸了一口氣。那口進胸的氣流，涼涼的，把我的心驚得一跳。「接著說吧。」我有氣無力地說。

「是，爹。正月十五花燈會，支銀五兩。」念完這一句，安午停了下來，靜靜地望著我。

「往下念。」

「是，爹。正月十八……」

「老二，不知你記不記得，」我粗魯地打斷了他，「早先在三大爺手裡，一年下來，族中的用度，不會超過四吊錢！你還記得吧，那年我把祠堂裡的錢用光了，盤存的時候，六年，真正用於祠堂的只有六吊錢，在現在只是二兩銀子，每一年只劃三錢三分多一點，我沒記錯吧？」我緊緊地盯著他，我看到他的臉微微地抽搐了一下。

「大哥，我……」他的臉憋成了豬肝色。

「現在的確與從前不同了，祠堂開辦了『老樂堂』，修建了『學館』，生老病死都有恤銀，各種會節都由祠堂包辦，圍堰要護坡，大堤要護堤……這些都要銀子，可也不能動不動就是成百上千。你耳根子軟，他們怎麼說，你是從不打板子的，這我知道。可祠堂哪經得起這麼消耗？這樣下去，不出十年，就得喝西北風了。十年我是活不到了，這個心我本不想操。但我不得不提醒你們，尤其是你，老二啊，你耳根子軟的毛病，一定要改！」

「是，大哥！」

「我敢說，這六年祠堂花的銀子，有一多半流進了私人的腰包。這些靠吃祠堂而肥的人，你的心中有數沒數，你自己知道！我敢武斷地說，現在族裡的風氣絕對好不到哪裡去！我聽說賭館、煙館、窯子都開到泗場來了，是吧？」面對我的詰問，他們倆都沒有回答。我也不需要他們回答。「你跟我好好地查一查，這些祠堂的蛀蟲，我看不能就這麼便宜了他們。要不，安氏家族遲早會毀在他們手裡！」

他們依然沉默。

「二弟，你變了！」我傷心不已。

我話音一落，他突然跪倒在地。「大哥……」他喊了這麼一聲，聲音哽斷了。安玉蓮的兒子愣了一下，也滾到地上跪下了。「爹，其實不怪二叔，我也有責任……」

好一個有責任！有什麼責任，說啊！可我沒等到下文。

「起來吧。」我淡淡地說。「我不是想追究你們誰的責任，我是替你們擔心。我左右不過是今天明天湊合地活著，隨時都會閉眼。我倒是真的想聽聽，假如明天一覺醒來，我就這麼死了，你們會怎麼辦？」

「大哥，你怎麼能說這種話，你不會死的，你不會這樣對我們，你也不會這樣對安氏家族的！」他剛爬起來的身子，又跪了下去。

「好啦，好啦。你們去吧，我不逼你們！」

是的，安氏家族養育了我，這深恩大德最好的回報，就是為她選一個能給她帶來光明前景的新族長！

沒有什麼時候，這個問題如此急迫！可是，誰又能擔此大任呢？

我的兩個兒子再一次在我的腦子裡走馬燈地來來回回。可我說服不了自己。我不由想起曾經擁有乾爹的日子。那些果敢的決定，從來都只在一念之間就完成了！

我忽地強烈地想要去看他！

但這個想法，卻讓我的心一下黯淡下去。我記起那個夏天的午後，我在湖邊的一棵桃樹下小憩時和乾爹的一場對話。當時，他在層層疊疊的浪波上趺坐著，他從甚深的禪定中走出來，對我說：「我應該走了。」記得在夢中，我一把摟住他的脖子，像個任性的孩子，不讓他走。那個時候，我剛坐到祠堂裡的那把檀木椅子上不久。他沉默了會，說：「你只有死的時候，才會想起我來。」

死是個什麼東西，那時候牠是如此陌生。義弟們把我從夢裡喊醒時，在燦爛的陽光下，在微醺的暖風中，在鱗動的波光邊，我完全將夢中的一切丟在了腦後。但此刻，那個夢，就像剛剛做過一般地清晰。

「你只有死的時候，才會想起我來！」

什麼「少陰」「老陽」，什麼融合，都讓牠見鬼去吧。想想吧，我把乾爹送到旺福寺的那一年，離現在已經是三十五年了——在這三十五年裡，義弟們死時，我沒想起他；兒子們死時，我沒想起他；女人們死時，我也沒想起他……但此刻，在他們的「少陰」「老陽」的偏方裡，我想起了他！這難道只是一種偶然？我不相信，我寧願相信一切都在他的掌握之中。若真是如此，那麼，我決定儘快在我的兩個兒子中，選一個人來繼承我的事業，那就應該是一次正確的決定。

對，我要頑強地活下去，我要堅持到春暖花開，我要把祠堂裡的事定下來後，再挑選一個陽光明媚的日子去看他。

如此看來，誰又能說「少陰」「老陽」的偏方，不也是冥冥中早就安排好的呢？

8

冬天還沒有來臨，春天是如此遙遠。

這麼長的一段日子，我將如何打發？先前的每一天，我總是讓過去的那些破事，不停地在腦子裡翻動，這樣，思緒就一刻也停不下來，我也就會忘了自己躺著的殘破的軀體。但那時，想著想著我就厭了，顛過來顛過去停留在一件事上，使我乏味。那種焦慮，使我渾身發冷。現在好了，有人陪我，我要把我經歷的一切，原原本本地講給她聽。

我相信，那些東西在她的耳朵裡，會是一個又一個動聽的故事，這樣，她就會不停地問：

「後來呢？」

「後來呢？」

這是個不錯的辦法，我再不會為某一件事顛三倒四了。

「蘇茹」。

我叫她，她乖順地立到我的床前。「搬個凳子坐下來，我要講一些事給你聽，你要認真地聽；我忘了，你就提醒我！」

蘇益之的女兒把她漂亮的眼睛眨了眨，認真地點了點頭。

第三章

第一個故事

1

首先要講的是安順福。

自從有了我，安順福幾乎每天都要到祠堂裡，賠了笑臉給三大爺續茶點煙。一離開三大爺，那臉就是一片僵硬，更不要說和人談論我了。他怕落下忘形的口實，何況他壓根兒就沒敢得意！

他的病根長在安生的嘴上。

只要從祠堂裡回到家，他的眼就牢牢地釘在了安生的身上，他是多麼想每時每刻都能把他攥在手心裡緊緊地捏著，可是，……他不能。他清楚地知道這一想法的荒謬。他必須存在，而且必須存在於他的眼睛照射不到的地方和時間裡。逢著這個時刻，他的心就亂成一堆麻絲。他總在想，這個看著他兒子從洪水裡沖來的傢伙，是否真的相信了他的鬼話，相信了自己見到的小孩是一幅活生生的菩薩送子顯聖圖——那個孩子他接上手後，一下就鑽進了他女人的肚子裡；即便他實在忍不住了要說，也只能說：「好神啊，那天我親眼看到菩薩給老爺送了個兒子來，我們一回來，三太太的肚子就大起來了！」而絕不是對人說，「老爺的兒子是洪水沖過來的，還是我從大木盆裡把他抱上來交給老爺的！」

「安生。」

「哦！哦！」

哪怕他是柔聲地喚出這兩個字，那傢伙身子骨也會打擺子①似地抖上兩下。八歲的一個毛孩兒，會耍出這種伎倆，安順福不信。先前，安順福喊他時，他總是心不在焉地應一聲「嗯」，還要拖一拍尾音。他是否真的苕了？難道那口水就能把他的腦子嗆出毛病？不會，絕對不會。安順福知道，不把人淹個半死再救活過來，水是把人弄不出毛病的。他只是把他丟在水裡用撐篙壓了三次罷了，他從水裡拱出來時，他是那麼地清醒。「老爺、老……我死都不說、不說。你饒我、饒我……」他一邊說一邊往外嘔著嗆進嘴裡的湖水，他看出了他的怕，他把他拎了上來。「我什麼也不曉得，我怕，老爺！」他跪在船頭上的身子，那一刻是那麼的卑賤而瘦弱，安順福的心異常地狂跳了一下。他一下原諒了他。傷天害理啊，做了是要損陰騭的——該是自己的，總歸會是自己的！

他沮喪地從湖裡回來，當他看到我的時候，那種衝動才重又燃起。然而，他終究是不能踏實，他越來越清楚，自己能夠封住的只是他現在的口，而絕不可能封住他永遠的口。

但他會怎麼講呢？

安順福不知道。

安生再也沒有單獨回過他的家。大年初三那天，他由安順福陪著見了一次自己的爹媽。安順福在家裡把他像兒子一樣地打扮了一番，讓他穿上了這一世他的第一次新衣，安順福封了兩包「茶食②」，讓他拎著送到了他爹手裡。

安生的爹遠遠地看著安順福領著自己穿得齊嶄新的兒子過來了，喜得都不知如何說話，哈著腰，一個勁地向安順福打恭。當安順福讓他的兒子把兩封「茶食」放到春台前的那張嘎吱響的小桌子上時，安生的爹已是淚流滿面。他一聲喝：「還不快給福老爺磕頭」。屋子裡正盯著那兩封「茶食」流著涎水的兒子姑娘們，便刷刷刷一陣亂跑，湧到安順福的面前，跪在了地上。

在安順福的戰戰兢兢中，立春後的第一個龍日來了，祠堂裡裡外外都在忙著準備「請水神」。安順福小心地夥著大家忙著。他的心不停地告誡自己，趕緊忙吧，忙完了趕緊趕回家去！

三大爺這幾天情緒一直很好，從初一全族拜年開始，到這會兒該請水神了，臉上笑沒斷過。

「順福啊。」

---

①一種時冷時熱的病，學名瘧疾。

②去看望別人時帶的禮物，多指點心。

三大爺笑著的臉忽地蹦出了他的名字，把他嚇了一跳。他趕緊放下手裡的活，應了一聲。三大爺依然是笑咪咪地，「今年，祠堂裡商量了，這個水官就由你來當吧！」

安順福的心狂瀾般地一蕩，他感到口裡湧出一股甜津津的味兒。

天啦，莫不是血沖到了口裡！

「你不高興？」

三大爺的臉有些掛不住了。這可是無上的獎賞。「水官」從來都是族長的特權，只有偶爾才賞給族中勞苦功高之人。面對這一殊榮，安順福竟像一根木樁似的，臉上一片痛苦。三大爺正待呵斥，面前的木樁搖了兩下，雙膝一彎，跪在了地上。

「三哥，我是差點喜瘋過去了！我，我……」

「這還差不多，起來吧。要拜，回去好好地給祖宗上炷香。按說，你是有點不夠格。這麼些年，你在祠堂裡也是盡心盡力，現在又有了兒子，這就說明你沒失德麼，祖宗保佑你啊！」

安順福從地上爬起來，向三大爺作了個揖，便去供桌邊把最粗的三炷香燃了，然後在供桌前跪下來，頭撞到地上咚咚地響。安順福虔誠地在每一個牌位前磕了三個頭後爬起來，這時，他苕一樣地咧開嘴，笑了。

「三哥，我這就回去給祖宗上香了。祠堂裡，今年我再供十斤香油、五吊錢。」

「好啊。」

安順福往外走了兩步，收住腳回過頭說：「三哥，我要香湯沐浴，吃齋三天，給祖宗裝長香！」說完，他的腳步便飄了起來，最後停在我的面前。他把我從他的女人手裡搶過去，嘴在我的臉上狠狠地啄了一口，然後把我端著，鄭重地看了一眼交給他的女人。我以為他要走了，不料他一下掰開我的兩腿，撲進我的襠裡，把我的小雞雞一口叼進他的嘴裡。這是他第二次用舌頭翻弄我的小雞雞了。我的小雞雞在一種難言的舒服中，一翹一翹地挺了起來……

「老爺，看你！」母親羞紅了臉。

「好。好。」安順福把我的小雞雞吐出來，意猶未盡地咂了咂他的嘴巴，像一隻饞嘴的貓，紅紅的舌頭伸出來，貪婪地把嘴唇舔了一圈。

「安生，安生——」

他放開喉嚨大喊。安生從外面柴房裡跑進來，畏畏縮縮地站到他的面前。

「今天都幹了些什麼活？」

「回老爺，早上放牛，放了牛吃飯，吃了飯挖豬菜，挖了豬菜剁……」

「好了，你把小少爺帶出去玩吧！」

我和我母親都大吃一驚，他怎麼能把我交給他呢？在我們的狐疑中，他從母親的懷裡把我接過去，親手把我放在了安生的手上。安生的身子神經質地抖了一下，腦袋像風拂過的一株蒲公英，他怯怯地伸出雙手把我接了過去。

安生很有經驗，他的腳下有三個弟妹，來我們家之前，他在家的任務就是引③弟妹。我在安生的懷裡，有一種不同於在母親懷裡的衝動，我伸手把他的小鼻子揪在了手裡。他的小鼻子圓圓的，在我看起來特別有趣。

「哞——」

他稚嫩的嗓子裡憋出一聲牛叫，我咯咯地笑了。

在我的笑裡，他略顯呆滯的眼神，不由眨出一絲活泛來。

他定定地盯著我的乾爹，忽地把我緊緊地摟進他的懷裡，乾爹便貼到了他的胸口上。

2

三天後，安家窪的所有男人聚在了瓦子湖邊。

這是個沒有女人的日子。

儀式從祠堂裡開始，安生把我頂進去時，手臂般的大紅蠟燭正滴著清亮的蠟油，掛在手臂上像卷上沙灘的浪的碎沫。滿屋子跪滿了大大小小的人，手裡都擎著三炷香。安生一到門口，便被人擁著從中間的人縫裡推到了供桌前，安順福從跪著的地上爬起來，我差點沒認出他。他今天的衣服好漂亮，金晃晃的一隻鳳凰，在他的前胸、後背上撲扇著飛翔的翅膀，他那略顯前翹的下巴，異常生動。他把我從安生的肩膀上抱下來，交給跪在正中的三大爺。

三大爺跟安順福比，則穿的一團漆黑，頭上還戴了個戲文裡的官帽，兩根翅子在他腦後上下抖著，亂成一團。他把我接在手裡，嘴裡唱著的詞兒依舊唱著，我被他放在他面前的一個蒲團上。他似乎沒有看我，但他的一舉一動卻全鑽進了我的眼裡，他雙手合十，頭深深地低了下去——

「……

安家的福子供上前，

祖宗你就睜開眼，

該長膘的就長膘，

該長肉的你就讓他快長肉！」

唱到這裡，他又把頭低到了地上。

「祖宗，

我這福子是炷香，

這是你的血和精，

人香一炷天地動，

你和我們上湖去！

……」

他唱著時，安順福把他手上的三炷香，在我的頭上、胸前、襠裡晃個不停，三大爺一聲「去」，他一把將我搶到懷裡便往外跑。

湖邊也有一副香案，嫋嫋的青煙纏結在料峭春寒裡，人群一衝，便望茫茫湖面，一縷縷紗般地消隱了。

「上大香！」

③照顧的意思。

也不知是誰吼了這一嗓子，安順福便把我放到湖邊的香案上。邊上那些燃著的香，熏得我打了個碩大的噴嚏。安生在這個噴嚏裡身子一歪，差點趴到地上，我忍不住咯咯地笑了起來。

安順福一愣，我同時看到了所有的人都是一愣。這無疑是個好兆頭，哪一次上「人香」不是屁滾尿流，最好的也是嚇個半死，好長時間還不過陽來。而現在我給他們的卻是銀鈴般的笑聲。一愣之後，他們一下全跪在了我的身後。

「祖宗顯靈！」

幾百個男人嗓子眼裡吼出這四個字，我聽見瓦子湖裡的波浪都頓了一頓，等著這四個字沖出了半裡之外，才重新邁步爬上沙灘，那橐橐的節拍顯出受驚後的膽怯。而燎著我的屁股的香煙，差不多要把我熏成一頭烤乳豬了。在重新急促的浪裡，我回到了安生的懷裡。我張開我的雙腿，他便讓我坐到他的肩膀上。

在安生的肩膀上，我看到滿身燦爛、一臉紅光的安順福跳到湖邊拼接的兩隻大船上。木板鋪陳的船頭上同樣設著一副香案，供奉的豬頭，瞪著兩隻眼，似乎還可以眨動。安順福在那件燦爛的外衣上披了一件蓑衣，一個光鮮的人兒立馬成了一隻毛乎乎的狗獾。他在船頭手舞足蹈地跳著。一張漁網在他的手裡，一會兒打開，一會兒疊起，最後，那張漁網被他高高地舉過頭頂，將香案上的青煙罩進網裡。他頂著一頭的青煙，身子往斜上一蹦，擎在手中的漁網便悠悠地蔓開了。早晨的陽光一下貼滿了他的身子，金光燦燦的兩隻鳳凰飛舞起來，繞著他旋轉的身子；他張開的雙臂如蚌的兩扇大門，倏地合了起來，那散成圓弧的漁網便又披到了他的身上。他一腿後伸，一腿前屈，半跪在香案前，掣出一炷香，望著白亮亮的湖水拜了三拜，一收身，將香插到香爐裡。

「咚咚咚——」

猛地三聲鼓響，安生在我的底下放出一個響亮的屁來。我又笑了，把他的頭髮緊緊地抓到手裡。他說：「輕點，疼！」我只得鬆開他。這時，安順福在船頭的香案前，拔出一柄漁叉，像絞麻花似地扭著，然後扯開鴨子似的嗓子，嘎嘎亂叫：

「福些（古音suo）——

發些——

鼓聲在他長長的拖腔裡，震得岸上的供桌都微微地晃蕩起來，香爐在桌面上「得得」地蹦著，像岸上那些在料峭寒風裡打著哆嗦的牙關。

風雷滾天地開，
乾坤有序白安排。
安氏秉承上蒼意，
先祖從那荊山來。
呀——
荊山的上面牠就有個鳳凰台，
鳳凰銜來和氏玉④呀，

④傳說楚人卞和見鳳凰棲于荊山之上，遂得璞石一塊，二獻之于先後楚王，被砍去雙足。楚文王即位，終日哭于長街，文王異之，令人剖石，得寶玉，命為和氏璧。

那是一塊福寶地。
福寶地牠龍脈長呀，
日明月朗那乾坤就亮堂堂。
亮堂堂啊，
亮堂堂——
叫一聲啦，小湖神！
你看那——
天門開，
八方神聖齊喝彩；
你看那——
水路分，
四海龍王全到場；
你看我——
東有青龍引路，
西有白虎坐艙，
南有朱雀擺舵，
北有玄武⑤操槳，
十三太保⑥齊賜福，
一路保我出天方⑦，

……」

立在船頭的香案「轟隆」一聲被他掀入水中，一朵碩大的水花，無邊地在湖面上開放了。那豬頭在浪的台階上邁著悠然的醉步，望湖底輝煌的宮殿而去；香灰則騰起一股輕煙，直沖天庭；只有香把和香灰浮在水上，被激起的浪打得四處飄散了。

「開船——」

所有的槳一起揮動，入水的剎那，那「噢噢」的吼聲，應和著岸上的鼓聲，瓦子湖像要開鍋似的。船隊便在奔湧的鼓聲中，浩浩蕩蕩地沿著上水向湖心奔去。一時間，瓜果、谷米以及酒食，在槳手的掌中紛飄如雨；那些湖面的魚兒，立時推湧而至，精圓的小嘴躍出湖面，張合之間，傳遞著湖水的絮語；那濃烈的香味，漫天漫地……

船隊漸漸到達湖心，百十來條船一下瘋了似地轉了起來——「旋湖」開始。每條船須轉三十六圈。那攪起的水花足有丈把來高……在那亂雲般的水花裡，我看見了水神。他踏著一個個漩渦，水花一朵接著一朵在他腳邊綻放著。他啃著那只豬頭，打著酒呃，放著酣屁，得意地搖著八字步。他浸在水花裡的腳步，欲倒欲跌，手中的酒像一條小河汩汩地流進他的喉嚨……咚咚的鼓聲和那翻攪的水花，震破了水神的符咒，禁錮了一冬的魚兒便一哄而出。船隊中的一半兒便趁機趕著魚群，四散而去，事先準備的谷、米，從艙裡再次揚起——

魚啊，魚啊
快快吃，

⑤青龍、白虎、朱雀、玄武，分別代表四方二十八大星宿。
⑥後唐李克用有十三個義子，如狼似虎，被人稱為十三太保。太保，西周官職。
⑦歲首重開農事的第一儀式。

今天我來餵了你，

明天你就來餵我……

而旋轉的船依舊在湖心旋轉著，那攪動的漩流，撲到岸邊，岸上的看客也不禁晃動起自己的身子來……

3

當了「水官」的安順福，再不用見天去祠堂了，他的笑開始分送給眾人。我的母親似乎也做穩了她的角色。

「喜——兒——」

誇張的呼喊，拖遝在天井、廂房、前廳……久久旋繞。

這聲音對於安順福的大老婆是一個深深的刺激。且不說我這樣一個來歷不明的野種，就是真的是從我母親胯子裡屙下來的東西，也得以她為尊。母親沒有意識到這一點，她把我抱在懷裡醉心地揉搓著；她甚至不再讓安順福的第二個老婆碰我一下。

「姐，我不累！真的，也不知怎麼的，我現在是一分鐘都捨不得瀾兒了。他一離開我的懷裡，我就心裡慌！」

她說這話的時候，我正躲在她的懷裡，玩著她胸前的那兩個軟乎乎的東西。

二娘在這句話裡縮了雙手，身子一旋，進了廚房再沒有出來。直到要開晚飯，大娘到處找她，分派晚上的菜譜時，才發現她在廚房裡哭得一塌糊塗。

「是說怎麼到處找不到你呢。你躲在這裡哭天抹淚，哪個得罪你了？」面對眼淚，大娘沒有一絲同情。「你說啦，老哭個什麼？」

二娘委屈地抬起眼來，小聲地抽泣道：「哪個也沒罪我。我是哭我的命苦。」

「哼！」大娘堅硬的心，頓時生起一股烈焰。「假模假樣的。我最看不得有人假模假樣的了！有本事自己放個屁出來，放不出來就老實點！」大娘陡然高了八度的聲音從廚房裡飆了出來，母親陶醉的身心一下僵住了，那些柔軟的所在，全成了烈日下的泥巴。我哇哇地哭了起來。

在我的哭聲裡，母親的身子醒了過來，她低低地哄著我，然後往外走，在依舊能隱隱聽見罵聲的地方站住了，我感覺出母親這時一片茫然。

「沒得大小的東西，我就不信她真的翻得了天！」

「大姐，大姐，你小聲點。我求你小聲點！」

「你怕她？你怕她，我可不怕。說邪了！」

「大姐，我可什麼也沒說啊！」

二娘的膽怯，在這一刻不啻於是一壺澆往烈焰上的熱油。大娘的喘息都能聽得清楚了。母親把我往她的懷裡緊緊地箍了一下，我感到臉上一涼；抬頭一看，母親長長的睫毛上掛滿了淚珠。

母親就拎著這兩串珠子，走出了安順福的院子。她趟過門前小路上的茅草，一直走到通往祠堂的大路上。這時，我看到了我爹。

「你跑出來幹什麼？」安順福問了這一句，機警地看了看四周。在他這一句問話裡，母親拎在睫毛上的兩串珠子，頓時碎裂成滿天的大雨，淅淅瀝瀝地落在了他的面前。

「你找死啊？」安順福低吼著，然後把母親往回家的路上推搡。母親扭捏著，安順福惱怒地加大了手上的力度。母親便被架著回到了從安順福院子門前伸過來的小路上，那些蓬蓬勃勃的茅草，被撞得窸窸窣窣亂響。「天塌下來，你都跟我呆在屋裡，要是再鬧到外頭，小心我把你的腦殼扭下來！」安順福惡狠狠的樣子，讓我不由把腦袋紮進了母親的懷裡。

院子門漸近，安順福聽到了他大老婆罵街的聲音——「什麼×東西，仗著個野種就想上天！老娘我忍了好長時間，有本事就自己放個屁出來……」

安順福的頭皮一麻，腦門一下炸滿了汗，他丟下我們母子，從院子外一腳踹了進去，揪住她的婆娘就是一嘴巴。那女人一個踉蹌，安順福跟進一腳，女人望後便倒。他的第二個老婆嚇得趕緊跪在地上，口裡不住地求情：「老爺，老爺，使不得的！」

安順福沒有停手的意思。他把他的婆娘倒拖著，像拖一隻死了的狗，直拖到廂房裡才丟到地上。他一臉惡煞地走出來，喝令他驚呆了的另外兩個女人一同進去。等母親把我抱進去後，他一把將門關死了！

安順福坐在茶園邊，氣咻咻地在他三個女人身上不停地掃著，直到那丟在地上的女人慢悠悠地醒轉過來，他才開口。

「你們既然都不想活了，那我就成全你們！老子先把這個野種掐死，然後把你們沉湖！」他說著便到母親的懷裡來奪我。母親嚇得面如死灰，緊緊地把我護在懷裡，雙腿一彎，跪到了地上。

「老爺，你不能！他是你的親生骨肉啊！」母親嚎啕大哭。二娘也跪到他的面前，一個勁地磕頭。

「老爺！老爺！我們都是你的親人啊，老爺！」

「住嘴！」安順福那惡煞的顏面，沒有絲毫地和緩。他的三個女人一下全都噤了聲。「我早就看出了苗頭。你們想要我死，可以！但我得要你們先死！」安順福的胸膛劇烈地起伏著。「你個大婆子，你是豬油蒙心，還是吃了屎？你今天說清楚，你究竟想搞什麼？」他的大老婆跌坐在地上，鼻孔裡正往外淌著血，這時的她完全回過神來。她看了安順福一眼，忍不住還是剜了我母親一眼。

「我從十六歲嫁到你們安家，跟你生兒育女，在這個屋裡勤扒苦掙，今天只落得你這麼下手地打我！你讓我在你的婊兒面前丟臉，我是不想活了，你動手吧！」

剛坐下去的安順福，彈跳而起，他操起梳妝奩上的一個大肚子花瓶，便向那坐在地上的女人砸去。

二娘慌慌地抱住他的一隻腿，母親趕緊把我放到大娘的懷裡，人則跪到大娘的跟前：「姐，我錯了……」嘶喊出這三個字後，一下啞了。

安順福拖著二娘向前邁了一步，一下愣在了我的面前。他手上的磁瓶咣當一聲碎在了地上。安順福蹲到地上，抱著頭嗚嗚地哭了起來。我姐姐瑟縮在床上的被子裡，這天她正發燒頭疼呢，這時也放聲哭了起來。

這一哭，日子就繼續往前過下去了。

4

天一暖，我開始在地上歪歪地走，棉襖一脫，我就滿院子跑了。

這時，我喜歡上了安若男。

「喊我姐姐。」她每天沒有兩百遍總會有一百遍地要我喊她。

「姐姐。姐姐。姐姐。姐姐……」

我總是一連聲地喊著。

我的姐姐安若男，大我三歲。她從安順福那裡承繼而來的微微翹起的下巴，使她的臉變成柔美的鵝蛋形，再配上她細長的眼睛，我姐姐在安家窪要算是難得一見的美女子了。

她第一眼看到我襠裡的東西時，是在我「滿月」那天。安順福把客人送走後，專門把她帶進她三娘的房裡告訴她，她的三娘跟他生了個「小弟弟」。她們把我性別的標記，在她的眼裡晃了一下，就把她帶出去了。她很認真地看了我的襠部，不同的形狀給了她巨大的新奇。她在她的房裡褪下裙子，把她大腿分叉的地方研究了半天，她跑到他爹的面前問：「爹，他怎麼長了個把，我的把呢？」

安順福苕一樣看著他當成兒子養的姑娘，說不出話來！

「爹，你說過我是兒子的，兒子小的才叫弟弟。他跟我不一樣，他是姑娘，應該叫妹妹！」

安順福哭笑不得。他換了一個概念，說：「他是男的，你是女的。」

「爹，你騙人！」

「爹沒騙你，爹當時是想幫你引個弟弟來。你看，現在你三娘不就真的幫你生了個小弟弟！」

角色的轉換沒有讓我的姐姐憂傷太久，我懷疑她每天讓我喊她那麼多遍，就是為了得到一種補償。但不管怎麼說，跟她在一起的日子是快樂的。她每天爭著給我洗澡。我赤條條地站在水盆裡，她就蹲在水盆外，不停地往我的身上澆水，她給我擦身子不是用毛巾，而是用她的手。她的手在我的身上摸了一遍又一遍，她摸到我的襠裡時，總是像做賊一樣，匆匆忙忙的，但那個位置卻是她的手去的最多的地方。

她最喜歡看我撒尿，我在進學堂前，安順福讓我穿的都是叉襠褲。只要我一動，襠裡的玩意就晃出來了。他時時刻刻要我向人展示我男性的標記，以加深人們對他擁有兒子的記憶。這實際上沒有必要，倒是成全了安若男。

「弟弟，要屙尿了！」我們玩不上一盞茶的工夫，她就要提醒我。興頭上，我多半不會聽她的。我不聽她的，她就不停地喊，直到我終於聽了她的話為止。我屙尿的時候，她每次都站在我的旁邊，總說我的小雞雞歪了，手便伸過來幫我扶正。她的手一搭上我的身子，我的身子就會不由自主地打一激靈，流暢的尿就會中斷片刻，直到憋得受不了了，才重新尿了出來。

似乎一眨眼，天就又冷了起來。這天，大娘把她房裡安順福的東西，全搬了出來。她說，她請了幡神菩薩。她打算把幡神菩薩供在自己的廂房裡，早晚她要誦經，並吃三六九的花齋。

安順福很詫異。

我母親很詫異。

二娘也很詫異。

冬至那天，家裡請來了法師，做了水陸大會，幡神菩薩便被供奉在了大娘的廂房裡。大娘不在時，我和我姐姐偷著進去看了那個佛堂——一塊紅布做的簾子把廂房隔成前後兩間。大娘睡前面，菩薩住後面。我們掀開紅布簾子一看，沒有看到廟裡的那些面孔，我不由看了一眼我的乾爹。大娘供的只是一個像旗幟似的東西，高高的，用一根酒盅粗的竹竿挑著，有點像酒幌，上面卻縫著七個五顏六色的口袋，每個口袋裡都裝著沙。據說，要是七個口袋裡的沙都沒有了，那幡神菩薩也就走了。

自從幡神菩薩進了門，家裡的氣氛一下凝重起來。香煙從大娘的廂房裡不停地往外飄，薰染得整個屋子有一種廟宇般的神聖。

安順福明顯地不滿，但他卻無法發作。

過了這個年，天氣又熱起來後，我喜歡上了屋後的沙灘。屋後的沙灘，安家窪人叫牠小沙窪。而安氏祭水神的那片沙灘，則叫大沙窪。小沙窪實在是小，就跟桃樹林和槐樹林懷裡的一個繡荷包似的；而大沙窪則是一眼望不到頭的沙子，坦坦蕩蕩的開闊地，是船的家。桃樹林和槐樹林胳窩裡的小沙窪，只有安順福的船偶爾在這裡靠一下。水一漲，灘子就不見了。

把大沙窪和小沙窪分開的是米倉河。米倉河西邊的孩子，屬於小沙窪；米倉河東邊的孩子屬於大沙窪。

安若男像個跟屁蟲似的，但她只跟到小沙窪邊上的槐樹林，就不再往前走了。小沙窪上人不少，多是比我大的，都精赤條條的，任襠裡的東西亂甩。第一天，安若男在槐樹林子裡站了一天，曬得紅汗白流；第二天，她打了把繡了桃花的油紙傘，指揮安生在槐樹林裡給她綁起了秋千。家裡駕網⑧廢舊的纜繩是現成的，舊板凳也是現成的。安生倒不笨，選了兩棵相隔七八尺遠的樹，用纜繩把板凳一吊，再用麻繩繫好，一架秋千就做成了。

這讓我對沙灘的喜歡打了折扣，我總是纏著她在秋千上蕩夠了後，才跑到沙灘上去。

起初，我在小沙窪上最喜歡玩的是捉腳印坑裡的小蝦、小魚。漸漸地，看別人在水裡蹬腿揮手，我就忍不住往水裡跑。可一發現我下水，安若男就會急急火火地喊著，要我趕快上來；我不聽她的，她就從秋千上溜下來，趕到沙灘上。那一刻，她眼裡

⑧一種大型的捕魚工具，通過一種竹篾纏的纜繩掛上網，大面積地圈住一片湖，然後拉動篾纜繩而收網。

什麼也沒有，有的只是我。她跳到水裡，不顧一切地把我拎上岸來，嚴厲卻柔聲地呵斥我：「你就不怕魚咬了你的雞雞？」

我不知說什麼，只看著她嘻嘻地笑。

那天，她拎著我到了槐樹林裡，我們倆坐到秋千架上，沒想到蕩了兩下，纜繩一下斷了，把我們摔了個仰八叉。我們倆爬起來，摸著屁股，都嘿嘿地笑了。

笑過後，我們跑回家準備叫安生來修秋千。安生不在，家裡熱得不行，我便又往外跑。一出門，見東面山牆邊一把躺椅空在那裡，我倆便爬到躺椅上玩。我要她坐在前面壓著，我到靠背上然後滑下來。這個遊戲我們以前玩過，是安生教我們玩的。每次我從上面滑下的時候，心裡都癢癢的，讓人有種飛的衝動。

不知是她沒有安生重，還是躺椅放的位置不好，我往上爬的時候，把她整個人都翹了起來，她滾到躺椅中間，嚇得連聲喊著「哎、哎、哎」；我一慌，人便摔了出去，沒想到一下落在家裡的那只大白豬的身上。好傢伙，牠也在這裡乘涼呢！我砸在牠身上，可把牠嚇壞了，牠猛地往上一竄，蹦起來就跑。牠蹦了只怕有兩尺高，我嚇得胡亂地往牠身上一抓，手裡薅了一大把毛，就聽牠嘶的一聲叫，連蹶帶蹦地直奔豬圈而去。我在牠背上左一甩右一甩，眼看要到豬圈，手實在沒力了，被牠一下甩到了地上。幸虧地上到處是草。安若男嚇得臉都變了顏色，連忙向我跑來。我故意閉上眼。她跑到我的跟前，把我的頭一把抱進懷裡，「弟弟，弟弟！」那聲音已是要哭了。我突然睜開眼，翻身坐起來，對她做了個鬼臉。她一愣，氣得把我往外一推；我身子一歪，差點摔在地上。

「你個小壞蛋，摔疼沒有？」她還是不忘問了我一句。

「疼。」我說。

「活該！」

我爬起來就跑。「一點都不疼。」我說。

「等等我！」她在後面喊著，和我又追開了。

晚上，我們將秋千斷了的事跟安生說了，第二天，安生就將秋千修好了。有了秋千，日子便再一次快活地蕩來蕩去。

5

暑天過去後，沒有了小沙窪、沒有了水坑、沒有了小魚。這時，家裡多了一個人。

劉媽媽的到來，使凝重的家變得稍稍輕鬆了一點。

劉媽媽站到安順福面前的時候，把他嚇了一跳。這不是那個曾經把兒子帶過來「壓子」的女人嗎？那年可是養得白白胖胖回去的，這面前分明是一個五十歲的老婆子了。

劉媽媽一見安順福就跪下了，她的懷裡彷彿還是先一年帶過來的那個孩子。只是更瘦，更不當人子。

那女人一把鼻涕一把淚地訴說著她的不幸：她的丈夫得了安順福的兩吊錢，不學好，去鎮上抽大煙、逛窯子，被人打斷了腿。她當時正坐月子呢，大兒領著二兒和三兒，去荷塘裡摘蓮蓬，遇到了「罈子精⑨」，可憐三個兒子，全部淹死了。她男人竟打起她的主意來，想把她賣進窯子裡換一口煙抽。幸虧她在房裡聽到了，這才逃了出來。

「這就是當年的那個孩子麼？」安順福不放心地問。

那女人抹了一把眼淚說：「老爺，這是個小的。」說完她又哭了起來。「我那可憐的兒啊，他跟著他的哥哥早就淹死在荷塘裡了。那個挨千刀的，他躺在屋裡不動，孩子們餓啊，這才到塘裡去摘蓮蓬……」

「我家裡暫時不要人。」安順福聽完了女人的哭訴，冷冷地說。

那女人趴在地上，哀哀地懇求著：「老爺，您是好人，您就積積德，收下我們母子倆吧！當年，我為老爺『壓子』，沾了老爺的光，老爺曉得，我不是壞人！」

安順福眉頭皺了皺，他呆呆地看著趴在地上的女人足有半袋煙的時間，然後說了句：「起來吧。」

劉媽媽特別喜歡看我，看到我，她的手便忍不住要在我的臉上摸摸，然後，眼淚就嘩啦啦地下來了。

「劉媽媽，你少沾少爺！」母親不得不提醒她。

「是。是。太太。」

但我對他的小兒子特別感興趣，不見了母親，我就會偷偷地跑到廚房對面的雜物間裡去看她們母子倆。劉媽媽要做很多事，餵雞、餵豬、洗衣服、擇菜、燒火，還得種菜園子。洗衣、擇菜的時候，她喜歡講神啊鬼啊的故事給我聽。

每次都是母親從她那裡把我拎進正屋的。

直到又能跟我姐姐到小沙窪上玩，我才疏遠了他們母子倆。跟著我姐，似乎一眨眼，就到了這年的大年三十。

團年飯吃過之後，旺旺的一盆火在前廳裡劈劈啪啪燒得正歡。母親就著大火給我洗著澡，安順福則在邊上給我烤著新衣。

我在大水盆裡跟我的姐姐嬉鬧著。安順福突然低聲吼了她一句。安若男做個鬼臉，老老實實地坐到一邊烤起火來。

我是最後一個洗澡。他們怕我洗早了，過不了多久又玩髒了，所以他們忙妥了才來料理我。這時圍在火盆邊的一圈人，在安順福的斥責聲裡，沒一個人再說話，臉上都木呆呆的。我看一眼安順福，那舔著大樹兜的火舌，把他的臉熏得似乎刮得下油來。母親終於將我抹幹了，安順福把我接過去。他把那烤了半天的新衣新褲在手上搓了搓，然後穿到我的身上，那感覺舒服極了。

他給我扣扣子時，我便和我姐姐做起了鬼臉。扣子終於扣好了，我以為他要放我去玩了，不料，他一把將我按在他的腿襠裡，掀開我的屁股，啪啪——扇了兩巴掌。

我疼得渾身一哆嗦，委屈地扭過頭去看他。他的表情像面對一個深仇大恨的宿敵。他丟下我，走了。在我悲傷的哭聲裡，我的大娘、二娘彷彿我是一隻狗一樣，無動於衷。我的母親最初

⑨傳說中的一種精怪，蹲在溝塘邊，人一走近，便滾到水裡，發出「咕嘟、咕嘟」的聲響，逗小孩下水玩。

有一絲慌亂，但她終於什麼也沒做，只是眼圈象徵性地紅了一下。只有我的姐姐這個時候疼我，把我攬入她的懷裡，用她溫暖的小手給我拭著眼淚，不停地安慰我。

「不哭，不哭。乖，弟弟乖，以後不惹爹生氣，噢。」

我惹他生氣了嗎？

我沒有啊，這一點乾爹可以作證。從臘月初八那天他在湖裡收了網之後，我就知道年開始了。吃八寶粥時，我連頭都沒抬。初十裡殺的豬，他把豬尿脬用灰碾了給我吹了個球，我玩了十天，是牠自己癟的。二十裡殺雞的時候，我用雞嗉袋自己吹了一個小球，劉媽媽幫我紮的口。劉媽媽對他說我聰明，他還笑了的。二十二裡打堂灰，我還幫我姐姐打了她房裡的堂灰的。二十三裡，晚上他祭灶神的時候，是我給他遞的香。他從我的手上接過香，插在灶門前的香台上，然後才磕頭。他磕頭時嘴裡念的四句話，我記得清清楚楚。他說完了從地上爬起來後，教我也磕了頭，我磕頭的時候學著他的樣子也念了那四句話：

一炷心香虔誠奉，
恭送灶神上天宮；
多說好話多降福，
無病無災旺六畜。

他驚喜地看著我，把我看得不自在了，他對我說了一個字「好」。臘月二十四過小年，這天晚上老鼠子辦喜事。白天我扮新郎，安若男扮新娘。我們用嘴唱著「嗚哩嗚哩啦……」，在她的房裡過了一回「喜事」。她說，晚上不能說話的，說話鬧了「高大爹⑩」可不得了，你鬧牠一天，牠鬧你一年。吃了晚飯，我就乖乖地睡了。二十五裡春糍粑，二十六裡打豆腐，二十七裡寫春聯，二十八裡開油鍋，二十九裡蒸年糕，大年三十團年飯。這幾天他忙得腳不踮地，到了飯桌子上我和他才打個照面。這幾天我沒說過鬼，也沒說過死，沒打破缸，沒摔破碗。吃團年飯，是他說要每碗菜都吃遍才行，這樣我才爬到桌子上。當時他也沒說我。我吃了飯，他把火發起來後，我根本就沒從火盆邊走開過。我把他給我的幾個小鞭丟到火裡炸了，火星濺得四處亂飛，他也沒說什麼。我洗了澡，他卻打了我！

為什麼？

為什麼？

在我的哭聲裡，他進了供他爹和祖宗的小屋，直到我的哭聲在安若男的勸慰下平息了，他才出來。他的臉繃得緊緊的，從上面看不到一絲柔軟。

從此，我開始怕起他來。

6

那個時候，我還不足四歲。要等這個春天完了，我才算真正滿了四歲。

也許是為了讓我儘快地長大，這年的春天有點奇怪，剛過

⑩對老鼠的尊稱。

了驚蟄，屋後的桃花林就一片燦爛。

那天，我沿著西牆邊的小水溝，追著一群小蝌蚪，追進了桃花林，一抬頭，人便一下愣住了。

那如錦的桃花，開得一片火熱，燎亮至極。我忍不住伸手就摸，心裡便不住地問她們是怎麼長出來的？怎麼就長得這麼好看？又問她們是不是在笑話我？問她們她們的爹打不打她們？我從一棵樹摸到另一棵樹，那些花瓣便在我的撫摸下落到了地上。我摸夠了她們，就開始撿落在地上的花瓣。我撿啊撿，撿得手上已沒地方放了，可地上還有好多，我不知怎麼辦才好，淚就湧出了眼眶。

這時，我姐姐喊我的聲音，在空中打著旋似的一聲聲滾入我的耳裡。我不知出了什麼事，用袖子往臉上一抹，那些撿起來的花瓣，便紛紛揚揚地從我的手上飄落而下。我顧不得這些，循著她的聲音便往來路上跑。

在竹園裡我們碰到了一起。她一見我，便問我野到哪裡去了。我沒想好要不要告訴她桃花林的事，這時，我看到竹林上方有個東西，昂著高高的腦袋。

「姐姐，快看，那是什麼？」

「雞冠蛇！」

安若男捏著我的手一下僵了。我的另一隻手還指著那東西，她慌亂地將我的手攔了下來。「手不能指的，指了指頭要分叉的！」

她說著拉了我就跑。

我們倆跑得東倒西歪，氣喘吁吁，她仍是不肯停下來，直到我的母親看到我們倆。她從院子裡迎出來，將我們一把攬入懷裡，我們才停下腳步。

「乖乖，什麼事，跑得這麼急？」

我很想告訴她，我看到了雞冠蛇，但喘息不定的嗓子一點聲音也發不出來。最終還是我姐姐說出了「雞冠蛇」這三個字。

「啊！瞎說吧？」

「是真的，就在那邊竹園裡。牠的頭翹著，頭上長著跟公雞一模一樣的冠子，紅豔豔的，正望著北邊的湖呢。」我對安若男將我強行拉了回來，心裡老大不情願。

「牠沒叫吧？」母親面色凝重地問我姐姐。

「沒有。我一見到，就拉著弟弟往回跑了。」我姐姐顯得有些慌亂。

「這就好。這就好。快進屋去！」母親像一隻老母雞，把我們倆往屋裡推擁著。

「三娘，弟弟用手指了的。」我姐姐不安地說。

「不要緊，我這就跟家神菩薩裝香，稟告一下就好了！」

母親進門後，誰也沒管，領著我和我姐姐就到神龕下面跪下了。她裝了香，跪下去磕了三個頭後，說：「家神菩薩，弟子給你上香了。今天，我的兒子和他姐姐在竹園裡遇到了雞冠大王。孩子們小，不懂事，有衝撞大王的地方，還請你周全他們。你是一家之主，你要保佑家裡人，你曉不曉得，這是你的職責！弟子我每逢初一、十五都跟你上了香的，你要是不保佑他們，我就不跟你上香了。但我曉得，你是個好心的菩薩，你時時刻刻都在保佑著家裡每一個人。今天的事起得陡，你這時別的事先都不忙了，趕緊去把這件事辦了。我曉得你會聽我的，你的心是最善良、最慈悲的。家裡的事你是曉得的，這個兒子來之不易，他是家裡的命根子，他不能出事，算我求你了！」說了這裡，母親又磕了個頭，然後要我們也磕頭。等我們磕了頭起來，她說，「放心，沒事了，家神菩薩已經去了！」

我和我姐姐互看了一眼，都笑了。

「什麼事？什麼事？」二娘好奇地問我們。

「我和弟弟在竹園子裡看到了雞冠蛇！」我姐姐說。

「啊！」二娘的嘴一下張開收不攏了。好半天才回過神，還有點魂不守舍的樣子。「雞冠蛇，天啦，那可是『神蛇』，是『蛇王』！聽說，牠還會騰雲駕霧的。人若是遇到牠，牠要是咕咕大叫，就是向人宣戰……這時，手裡有什麼就要丟什麼，往上丟，口裡還要不停地說，『我比你高，我比你高！』一直說，直到說得把雞冠蛇氣死才行。如果不把雞冠蛇氣死，那人自己就會死的！」

聽了二娘的話，我的心不由怦怦亂跳。難怪安若男拉著我就跑。我把她的手輕輕地捏了一下。她燙了一下似的，從我的手裡抽出了她的手。驚恐再一次彌布於她的臉上。

「三娘，弟弟看到雞冠蛇時，用手指了的，他的手指頭會不會分叉子？」

母親怔了一下，趕緊把我拉到她的身邊，從神龕上取下一炷香，口裡咕噥了兩句，把那炷香在我的指頭上纏著繞了好幾圈，又用她的嘴朝我的手指頭上吹了一口氣，恭敬地把香重新插回到神龕後，從我的胸前掏出我的乾爹，對我說：「乖寶兒，別怕，你有菩薩的呢！你跟別人不同，菩薩隨時隨地都在保佑著你呢！」她把我的乾爹再一次端詳了一會，說，「菩薩，孩子是你的，我就不多說了。你就跟孩子的親人似的，我跟孩子做道表，讓他拜記你做乾爹吧！好，就這麼說定了，我們兩個人分工：你負責保佑孩子平平安安長大，我負責每天跟你裝香！」她說了把乾爹重新塞回我的胸前，拍了拍我的腦袋說，「沒事，跟姐姐玩去吧。記住，那些齷齪位置不去！」

這下，我的姐姐算是徹底放下心來，她過來牽了我的手，笑著對我說：「你有乾爹了，是個菩薩乾爹呢！」我看著她不好意思地笑了。但這一天我還是高興不起來，總還是對手生不生叉子擔著心。

7

一連幾天，我的手指頭上什麼也沒生出來，我正要大舒一口氣時，劉媽媽的兒子卻死了。

我們家廚房先前是由二娘和我母親操持的，有了我，母親差不多就退出了廚房；劉媽媽來後，便接手了她的工作。但劉媽媽畢竟是下人，加之二娘對於我母親竟因我當起了甩手掌櫃，心裡不平，她的事差不多也是劉媽媽承擔下來了。劉媽媽擇、洗、切都準備好後，她才上灶台去掌下勺。安順福不在家，她甚至連勺也丟給了劉媽媽。

出事的這天，安順福一早就說了中午不回來。劉媽媽伺候我們吃了飯後，去照料她的兒子去了，她的兒子還不滿兩歲。大家喝著茶，大娘說，這個劉媽，怎麼還不來收碗，攤在這裡逗蛆蚊。二娘一聽，接口說，我去喊她來收。

二娘去了，劉媽媽正餵他兒子飯呢。二娘說：「劉媽，你快去收，攤在那裡逗蚊子。來，我幫你給兒子餵飯。」

劉媽媽便把餵飯的勺子交到二娘的手裡，自己到前面來收碗。那碗剛收起來，還沒拿到廚房裡，就聽二娘驚慌的喊聲傳了過來：「劉媽，快來，你的兒子不行了——」

我們慌忙趕過去，劉媽媽的兒子頭枕在二娘的懷裡，嘴裡正往外吐著白沫，全身抽搐著。劉媽媽一把將他搶到懷裡，一連聲「兒啊，兒啊」地喊。她的兒子聽到她的呼喚，眼微微地睜了一下，便睜不起了。「天啦，怎麼回事？怎麼回事？兒啊，兒啊，你別嚇你姆媽，你別嚇你姆媽呀！太太，幫我，幫幫我啊！」劉媽媽說著便跪到了地上。

「怎麼幫，怎麼幫呢？」大家都傻了似的。

「幫我發個神壇，求菩薩救我的兒啊！」

母親便慌慌地拿了幾炷香，插到屋外西南方的那棵香椿樹下，大娘拿來了黃表，立即燒了起來。劉媽媽抱著他的兒子，跪到香前，口裡大聲地喊道：「神穹玉皇高大帝、救苦救難觀世音、雲中過往諸神仙，救命啦，救我兒一條命啊！我兒他不當命絕啊……」

二娘也滿臉是淚地跪到香前，不停地磕頭，也在不停地喊著：「菩薩啊，你就顯靈吧！你要是不顯靈，我就說不清了！我什麼都沒做，什麼都沒做啊！你不顯靈，這個誣枉我背不起的！菩薩，你快顯靈，你快顯靈啊……」

就在兩人的嘶喊聲中，劉媽媽的兒子咽進了最後一口氣。

劉媽媽一屁股跌坐在地上，一隻手抱著她的兒子，一隻手不停地捶打著地面。

「我的兒子是好好的人，我去收碗走的時候，他還望我笑了的！我的兒子他不該死啊，我餵他吃飯的時候，他還對我說，『姆媽，菜好香，好好吃！』我的兒子啊，我苦命的兒子啊，是哪個害的你啊，你睜開眼跟你的姆媽說啊！我的兒子啊，你丟下你苦命的娘，你叫她下輩子靠哪個來養活啊……」

二娘跪著爬到大娘的跟前，抱著她的腿乞求著：「姐，你是瞭解我的，我連殺個雞都下不了手，我怎麼會做這種下地獄的事！再說，我跟這麼小一點孩子，前世無怨，今世無仇，我為什麼要害他？姐，你說，我為什麼要害他？」

大娘看看她，又看看劉媽媽，卻說不出一句話來。人命關天。這可不是鬧著玩兒的。大娘的眉頭皺成了一塊老臘肉。

這麼哭天抹淚地鬧騰，驚動了所有能夠驚動的人。看熱鬧的圍了裡三層外三層。最後，安順福陪著三大爺來了。同來的還有祠堂裡執掌戒條的鬍子爺的大兒子。

三個人一進來，劉媽媽算是見到了救星，她翻身跪到三大爺的腿跟前，頭猛地撞向地面，兩隻手把地皮拍得叭叭地響。
「族長，我的兒子他死得冤啦！我的老天爺啊，我是上輩子做了什麼惡的，這生要得這樣的報應啊？族長，我的兒子他死得冤啦，他兩歲還差十八天啊……」

三大爺不耐煩地說：「好了，你這樣，我們怎麼能把事情搞清楚！」

母親便上前去將她扶起，她哪裡肯起，重又跌坐到地上。這時的她，頭發散了，衣服破了，臉上髒了，聲音啞了。

可大家的眼光全集中到了鬍子爺的大兒子身上。只見他把劉媽媽的兒子平攤在地上，從頭到腳仔仔細細地捏了一遍，又將他翻過來，把背後也同樣捏摸了一遍，甚至把他的肛門也翻開看了一下。

「怎麼回事？」三大爺問。

「稟族長：依照勘查情況來看，死者非外物所傷，囟門、胸口、陰莖、肛門，都完整無損，只有嘴巴裡有白沫。這有兩種可能，一是中毒而死，一是母豬子瘋發作而死。」

「我兒是被人毒死的啊，我兒從來沒有母豬子瘋的病；我們家從來也沒有人有這種病，我男人屋裡也沒聽說過有人得過這種病！我的兒，他不是母豬子瘋的病死的，他是被人毒死的！」劉媽媽拍著地嘶啞而無力地喊著。

人們這時才猛然想起我的二娘來。

「人呢？」安順福急吼吼地問。大娘一愣，說：「啊，剛才還在這裡的！」

「還不快去找！」

大娘和我母親便急忙轉身進屋，可屋子裡找遍了也沒有見到她的人影，等找到屋後的桃樹林子裡，卻見我的二娘，在美麗的桃花叢中，正輕盈地隨風飄蕩著呢！

「來人啊，二妹她上吊了！」

這一聲喊尖厲地傳過來，讓所有的人身上都起了一層雞皮疙瘩。所有的人呼地一下湧到了桃花林裡。那些絢爛的桃花便紛紛揚揚地落於人前，替代了本應拋灑的眼淚。

一大一小兩具屍體，安順福讓人趕製了兩具薄皮棺材，第二天一大早將之葬在了安氏瘞地裡最低的一個角落上。

8

劉媽媽睡在雜物間裡，整日不吃不喝。這天挨晚，大娘在她的廂房裡突然絕望地哭了起來：「天啦，幡神菩薩，你怎麼走了？你怎麼走了！」

安順福正黑著臉坐在前廳裡有一口沒一口地喝著茶，兩隻無神的眼，這時精光一閃，跟著人沖進他已有半年未進的東廂房裡。他在女人佈置的那個佛堂裡，看到供在神位上的幡神，原本鼓鼓脹脹的七隻彩袋，就像兜滿了風的帆一樣，這時卻如同一個個破了的豬尿泡，幾塊破抹布似地掛在了那裡！

安順福氣不打一處來，揪住他女人的頭髮就往地上杵。

「都是你，都是你這個婆娘，你做的好事，不是你弄這個東西來，這個家哪裡會出這麼多事！你這個敗家的東西，我今天就打死你，打死你了我去投湖，都死，都死了乾淨！」

母親趕過去的時候，大娘臉上糊滿了血，人已昏了過去。母親苦苦地哀求，把大娘的頭緊緊地抱在懷裡，安順福才松了手。他鬆開手，大娘就像一灘稀泥樣地倒了。他嚇壞了，嘴上卻還是硬著：「死了好，死了好。」母親趕緊把大娘放平，死死地掐著她的人中，好一會，大娘才悠悠地吐出一口氣。安順福看見她醒過來了，一句話也沒說，走了。

大娘從這一天起，忽而大笑，忽而大哭。嚇得我姐姐也跟著一會兒哭，一會兒笑。

這個家算是徹底地亂了套。

廚房的事母親不得不肩起來，她又不會，弄出來的菜不是鹹就是淡，味道也怪怪的。我姐姐成天陪著她姆媽，兩人要麼是鼻涕，要麼是眼淚。安生早出晚歸，也不知都做些什麼，反正一天到晚看不到他的人影。劉媽媽雖說已能起床，但她不是坐在屋外西南角的香椿樹下發呆，就是去了墳地。安順福像一隻困在籠子裡的老虎，在家裡動不動就急吼吼的。

我成了隻無頭蒼蠅。

一天連出兩條人條，第二天又瘋了一個，莫不是「重喪」之災降臨！尤其是大娘請來的幡神菩薩竟然棄她而去，難道這個家真的被神拋棄了麼？安順福這一晚都待在那間供奉祖宗的小屋裡沒出來，第二天天一亮，便請人來安神秉土；歇了一日，又請人來「超祖」。

「安神」、「超祖」之後，日子似乎是靜下來了。

劉媽媽雖然還是兩個地方都去，但已開始到廚房幹活了。大娘更多的時候是發呆。只有我姐姐累，她既想跟我玩，又掛著她的姆媽。跟我往往是玩不上一盞茶的工夫，便要到房裡去看她姆媽一眼。唯一沒有影響的就是安生了。不過家裡也見不到他的人影，也不知他是真沒影響，還是假沒影響。

但這一天，鬍子爺到我們家裡來了。

這一天和劉媽媽的兒子死的那天有些相像，天氣晴得很正，讓人的心情很好。他讓劉媽媽儘量重複那天的情形，比如桌子放在什麼位置上，都有哪幾盤菜，什麼時候上的飯，菜和飯是怎麼擺的……

劉媽媽悲傷的把一切都做好了，鬍子爺讓她跟上次一樣出去忙活，他自己則待在屋子裡。大家都不知他要做什麼，也沒看他做什麼，他只是坐在桌子邊發著呆。

大約一袋煙的工夫，什麼都沒有發生，他有些無奈地準備離開時，忽地愣住了，有一團東西，擦著他的鼻子尖掉落到桌上那盤韭菜炒的雞蛋裡。他抬頭一看，屋頂的一根檁子上，一條赤花花的蛇，正探著身子望著桌上的那盤菜呢，那張開的嘴裡掛出長長的涎，晶亮亮的。

「順福，快來！」鬍子爺大喊一聲。

安順福就在門外，應聲而入。跟著大家也湧了進去。

「快看第三根檁子。」

眾人抬頭便驚呆了，在所有呆滯的眼裡，那條蛇不慌不忙地往邊上爬去，最後緩緩地鑽進牆洞裡去了。

「這盤韭菜炒雞蛋裡滴了牠的涎，看孩子是否吃了這東西出的事。順福，把這盤菜丟給狗子吃，看狗子出不出事！」

安順福把菜端到前院裡，喚了幾聲，家裡的兩隻狗便跑了過來。安順福把那隻大狗趕開了，剩下的小狗興奮地兩口就把一盤雞蛋吞進了肚裡。不到半盞茶的工夫，小狗叫了一聲，然後像喝醉了酒似的，在地上亂轉，轉了幾圈，一下倒在地上，口裡往外直吐白沫。

劉媽媽一見，如同見到了自己的兒子似的，當即大喊一聲「我的心肝兒啊！」人便昏倒在地。母親趕緊把她扶起，將之弄進了她的房裡。

安順福喃喃地說：「可憐我的姨兒，唉——」淚水一下濕了他的眼眶。

鬍子爺這時也是一臉悲戚，說：「把狗埋了，把屋子用硫磺熏熏吧。前世的冤孽啊！」他反反覆覆說著最後一句，蹒跚地往外慢慢地走了。

這一年剩下的日子，我不知是如何過過來的。我的姐姐和我一樣，她的驚駭更久遠些，似乎一直持續到另一個夏天的到來，才慢慢還過神來……

第四章 壁根子

1

我的講述並不流暢，那些閃爍的語言，那些斷裂的情節，一個局外人要想一下就能聽懂，絕不是一件容易的事。可我不得不如此。是啊，我怎麼可能跟這個剛來的小女子講有關野種的事！

我每一停頓，她便會用她的胳膊將我的頭操起來，讓我潤潤嗓子。這次也不例外。喝了茶，我沒再開口，我在等著她問「後來呢？」「後來呢？」

她似乎根本沒聽。的確，這個斷續的故事裡，沒有一個情節是吸引人的。她不停地忙著，除了給我餵茶之外，她的手不是掖我的被子，就是去摸那個水甕子，要不就是收拾踏板上的鞋子。她人坐在我的面前，心並不在這裡。雖然如此，但我想，她一定會開口的，我耐心地等待著。

我沒等來她的細語，卻等來了安午。

我看了他一眼，把眼閉了，我才懶得先跟他打招呼呢。我深吸了一口氣，身子滾過沒來由的一陣舒適。在這陣舒適裡，我聽到蘇茹招呼他的聲音。我睜眼瞄了他一眼，他果然呆呆地立在屏風前。見我睜開眼，他遲疑地向前走了一步，嘴裡似有似無地喊了一聲「爹」。

「你來幹什麼？」他欲言又止的樣子，讓我有些惱火。「有話就說，有屁就放。沒得事不要到我這裡來！」

他的臉一下紅了。

「是，爹。我，我來是想告訴爹，二叔從昨天到現在，一直不吃不喝，我怕出事。」

「什麼！」我一聽氣不打一處來。「他還委屈了？這麼說，我這個癱子該過去跟他賠禮道歉才是！」

我猛地咳嗽起來，嚇得蘇茹小步跑過來。她的手上正端著給安午倒的茶。她把茶丟在桌子上，人便到了我的跟前，那雙小手在我的胸前不停地摸拍著。慢慢地，我總算喘勻了呼吸。

「你去叫他過來！」我沒好氣地說。

見安午走了，蘇茹關切地問我。「老爺，你好些了嗎？」

「沒事，你先去你賴媽媽那裡坐會，我要靜一下。」她一愣，隨即點了點頭。

我要好好地想一想這件事。這個念頭一起，腦殼便疼了起來。那曾經靈動機巧的腦子，多半早已塞滿了淤泥。掙扎的思慮，就像陷在淤泥中的一條小魚，每掙扎一下，都可能耗盡最後一絲力量，從而結束這可憐的生命。我重重地歎了口氣，不得不閉目靜養。就在閉眼之際，我從眼簾背後，清晰地看出了一個陰謀。什麼不吃不喝，什麼怕出事，這不過是合謀好了之後，試探於我的一招罷了。看出了這個陰謀，我的心異常難過。如果真是陰謀，牠怎麼也不該與我的二弟有關啊！他留給我的所有記憶，與「陰謀」這兩個字，從來都是不曾搭界的！

我聽到了腳步聲，聽到了門軸在門苑裡的轉動聲，聽到了門簾被掀起的窸窣聲。

「大哥。」

我聽到那一聲熟悉得不能再熟悉的聲音。這曾經讓我踏實、安然的聲音，此刻聽來，心裡卻分明有一絲慌亂。我沒有答應，沒有睜眼。我要細細地體味這聲音究竟與過去有了怎樣的分別！然而，我這遲滯的大腦，哪裡還經得起這樣的折騰，我不得不睜開我無神的眼睛，有氣無力地說：「坐吧。」

面前高高的一堵牆轟然而倒。他四周看了看，我知道他在找蘇茹，可是，他沒有做聲。

「聽說你這兩天沒怎麼吃東西，生病了？」

「大哥，我這心裡慌。」

「有什麼慌的？」

「我，我……」他沒有往下說。

「你我兄弟四十多年……唉——」我也說不下去。

他身子一動，跪在了我的床前。

「大哥——」這一聲喊，哽咽的聲音像一面破了的銅鑼。

「起來，在我的面前，你不要動不動就這樣。你只比我小一歲，也是六十好幾的人，你這樣，我的心裡更難受。你坐著，挨我近一點坐著。」想起我那死去的義弟們，我怎麼忍心為難他。他爬起來將凳子往我的床邊移了移，我看到他已是老淚縱橫。

「大哥，昨晚上我反反復複地想，你說得對，祠堂的銀子確實用得太多、太濫了。大哥，你是曉得的，我沒當過家，這些年就是跟著大哥，自己的那個狗窩連柴米油鹽是怎麼來的都不曉得，別說祠堂這麼一個大家了。大哥一病倒，我覺得天都塌了。當時就派人到處去求藥，哪個藥珍貴，我就讓人求哪個藥。又想大嫂這一生太不容易了，從那麼大老遠的地方跟了大哥，無親無故，這一走，就是客死他鄉，我就想只有把她好好地安葬了，才算對得起她。那口壽材，是當陽山里弄過來的貨，他們說要三百兩銀子；我看了，是楠木的……」

三百兩銀子一口棺材，虧他敢想。普通人家，五兩銀子就能過上豐足的一年！

「大嫂一生節儉，死了再要是寒酸，我這做弟弟的心怎麼能安。停了七天，念經打蘸，四十八垸、七十二垸的客席，算下來，五百兩銀子就出了頭。那之後花銀子主要就是買藥，長白山的人參，新疆的雪蓮，藏地的西紅花，是有多少我就買多少。還有千年的蜈蚣、陰間的吸血草，只要有，我都買過……我當時想，哪怕是把祠堂裡的銀子花光，也要把大哥的病給治好。漸漸地，我也有些警覺，擔心上當了，要不，大哥你的病怎麼沒有大的起色呢？可後來，大哥醒了，慢慢地又能坐起來了，能小口吃點東西了，我見了，心裡那個高興就別提了。我想，上當就上當吧。上十次當，只要有一回是真的，都是值得的！」

「那我停了藥呢？」

「我昨兒想了一晚上，他們的確是把我當成苕在玩！大哥病倒的那會兒，他們從祠堂裡拿錢可能是拿順了手。大哥停藥後，他們不是來說『老樂堂』的房子漏雨，就是來說學館的桌子凳子壞了，再不就是來說要辦這個會那個會。總之，不是這裡就是那裡。大哥昨天說了，我回去一想，真是這樣，這一年下來，滿打滿算，兩百兩銀子就足有夠有了。現在，最少的一年也是一千兩出頭！我越想心裡越難過——要我有何用?!就算是只狗，來了人，也還要『汪』兩聲；大哥把這麼大個祠堂交給我，我是連個屁也沒放一個，就讓人把東西拿走了啊……」

看著他涕淚交加的樣子，我無言以對。我早就說過，他不過是耳根子軟而已。

「大哥，我發誓，我要把從祠堂裡流出去的銀子，全部追回來！」說著，他站起來就要往外走。

「回來！你呀你，坐下。」

他倔強地看著我，說不把銀子追回來，他就不是石荒兒。一臉的悲憤。這讓我的心安慰了不少，這才是我曾經的二弟——衝動、憨直、認死理。可這件事怎麼會是他想的這麼簡單呢！

「大哥——」他滿臉困惑地望著我。

「別說胡話了，」我毫不客氣地給他潑了一瓢冷水。「你好好想想，那些銀子，哪些是該花的，哪些是不該花的，你分得清楚嗎？再說了，能到祠堂裡拿銀子的人，都不是馬虎的人，你是全部都查，還是查一個嫌一個？全部都查，你查得了嗎？查一個嫌一個，你又是憑什麼？」我歎了口氣，說：「過去的事，就讓它過去吧。我昨天說不放過他們，是說要在適當的時候，好好地敲打敲打他們，不要讓他們以為我們都是苕，騙了祠堂裡的錢，我們還在幫他們數銀子呢！」

他直楞楞地看著我，這種表情，正是他多年來一貫的表情。「老二啊，我們現在真正要做的，一是盡快選一個能挑起祠堂這副擔子的人來，一是如何為祠堂開闢財源。這兩件事，說到底其實是一件事，就是誰來當這個祠堂的新族長。」

「大哥，你眼看就要好起來了，這件事，我看沒有必要！」

「我的身子，我自己最清楚——活到今天，已經是浪費，還要活下去，閻王要發脾氣了。」我努力地把話題轉得輕鬆些。「現在我最想聽的，是你有什麼想法！」

「這……大哥的家事，我不摻和。」

「你我同生共死的兄弟，你怎麼可以說出這樣的話來？」

「大哥，我真的不知道！」

「你不說，我也不逼你。我有十二個兒子，現在只剩下兩個在我跟前。老實說，這兩個兒子，我都不滿意。先前，我對安午還是有所期待的。我讓他三年前開始在祠堂管事，現在的情況看來，他顯然不能勝任。祠堂用度如此靡費，他竟不知節度；且不論他是否參與其中。只此一點，已很難讓人放心。安戍這孩子，一直活在他母親的影子裡。你嫂子太過要強，事事為他出頭，她自以為是為安戍好，其實是害了他，把他養成了一個衙內。四體不勤，五穀不分。安氏是一個靠捕魚、種田為生的家族，不是做學問的先生，來不得半點虛的；況且，他的書也讀得狗屁不通，所以，我很是失望。過去朝廷裡，倒是不乏垂簾聽政，國家治得好的也不在少數；只是殺戮太多，亂源多始於此。我不想在這麼個小小的安家窪，還出現這種情況。再說，那種情況都是儲君幼弱。現在安午已過而立之年，安戍也是二十有二了。傳統雖有規矩，立長不立幼，但這些我都不想考慮，我唯一的要求就是他是一個真正能擔負責任的族長。所以，我讓安戍也管管事，歷練對於人總是有好處的，你說呢？」

「大哥說的是。」

「你與安午的接觸多點，可能好感多一點。但在他們兩人中間，你要做到不偏不倚。這個很難，就連我也做不到。但我們要努力地控制自己的好惡，努力地看到每個人的長處，從他們的角度看事物。這個事，我現在正式委託給你！」

「大哥，我真的不行，你就別再為難我了！昨晚上，我想來想去，覺得自己真的不是做大事的料子。我現在只有一個想法，就是還像過去一樣，成天跟在大哥的身後！」他望著我，一臉的委屈。

是啊，六年前的所有日子，他幾乎都是如此；六年之中，他奮力而為，卻落得一個被責問的結局，他的心怎能不委屈？可是，一切都是要變化的，六年前我是一個癱子麼？我不客氣地對他說：「跟在我的身後？我一個癱子，你怎麼跟？那一大堆的事，誰來做？你說的倒輕巧！」

「我，我實在是笨啊！大哥，我吃幾碗飯，你心裡還不清楚？」

「好啊，你不管我也不勉強你，那你跟我找出一個管的人來吧。」

「這……」

「什麼都不要說了。你去吧。」

我拉動了床頭的繩子。屋外的走廊裡立即響起了急促的腳步聲。他不得不站起來離開。蘇茹進來時臉上紅撲撲的。

「老爺，我給您端湯去。」

這小女子真是善解人意。看著她婷婷嫋嫋的背影，我的心一片溫暖。

2

在這片如雲的溫暖裡，我聽到剛出門的二弟愕然的聲音：「嫂子——」我的心一凜。我期待著另一個聲音響起，但我卻聽到了門軸轉動的聲音。屏風後，那張肥臉拱了出來，上面烏雲密佈。

「我剛才聽見你們說錢，是不是祠堂裡的錢已經被他們花光了？」她氣衝衝地把二弟剛才坐過的凳子往後拖了三尺，坐下了。「你說話呀，你能不能告訴我，這祠堂裡現在究竟是怎麼一回事？」她大聲地責問我。

端著蓮子湯進來的蘇茹，嚇得站在側門上，進不是，退不是。我咳了一聲，她似乎才回過神來，小心翼翼地走到床邊，對徐妙玉恭身道：「太太好。」

徐妙玉用鼻子哼了一聲，那雙眼，就恨不得伸出手來才好。蘇茹把湯放在茶桌上，把我的身子往上操了操，然後餵我。我喝了兩口叫她撤了下去。她趕緊用毛巾把我的嘴仔細地擦了一遍，說：「太太，我這就跟您泡茶去。」

徐妙玉把陰著的臉偏過去，一直將她推過門簾，還不肯收回眼睛。

我看不慣她這個樣子，便問她：「哪個又惹你了，值得生這麼大的氣？」

她收回她的臉。那張臉被憤怒和嫉妒交替折磨得像一張枯黃的荷葉。等到嫉妒終於讓位給憤怒後，她的臉才有了一絲血色。

「你在聽壁根子？」我看著她淡淡地問了這麼一句。

「怎麼，聽不得？」她跋扈地回問道。

「你說呢，鬼鬼祟祟的蠻有趣？我說怎麼只聽他喊你，沒聽到你答應的聲音呢！」

「不曉得是哪個鬼鬼祟祟的，關在屋裡搞些見不得人的勾當，還有臉反過來說我？」

「我搞了什麼見不得人的事？你把話給我說清楚！」我氣往上一湧。

「哼。」

她剜了我一眼，不情願地閉上了嘴，臉別向一邊。見她服了軟，我提高的聲音降了下來。我再次勸她對老二好點，這個家現在是靠老二撐著的。

「他撐的是你，我們只怕在他的腳板心裡！」她賭氣地回了我一句。

「就算他撐的是我，你的意思是他不該撐我，我是早就該死了是吧？」

「你就喜歡這麼扯，我幾時說過這樣的話？你不憑良心……」

「你摸摸你的心窩子，看究竟是哪個不憑良心！」

「你編排我和我兒子的話，我可是親耳聽到的！把我的兒子交給他，除非我瞎了眼！要是他能說句我兒子的好話，我把我的八字摳出來倒掛著！」

「你都聽到了些什麼？」

「哼，還要我說？你心裡一清二楚。我的兒子也許是塊朽木，可是我的兒子，他既不會偷奸耍滑，也不會把祠堂裡的銀子拿出去打水漂，更不會挖空心思把銀子裝到自己的荷包裡！」

「什麼話到你的嘴裡都變了味。」

「你還要瞞我？」

「我瞞你什麼？」

「你自己還不清楚你瞞我什麼？」

「這不是你該操的心。什麼瞞你瞞他，你管好你自己的事就可以了。」

「我還不是為了我那不爭氣的兒子。我的兒子要是也像別人的兒子一樣，曉得當面一套，背後一套，我當然不消操這個心了；哪個要我的兒子跟個苕一樣！我養了他一出，他沒得爹老子疼他，我這做娘的再不跟他出來說個話，只怕今後他怎麼死都不知道呢！」

「你說的是些什麼話。我不是也讓他開始管事了嗎？」

「管事是管事，到最後你還不是只聽你的那個二弟的！我指望得上他？」她那副輕蔑的神情，讓人實在不舒服。我勸她不要把人想得都跟她一樣。沒想到我這句話竟是捅了馬蜂窩。

「我怎麼了？我怎麼了？你今天不跟我說清楚，我跟你沒完！」她一下像隻好鬥的公雞蹦了起來。

我冷冷地看了她一眼。跟我沒完，我還真不怕她。我不無嘲諷地對她說：「一個人究竟怎麼樣，都被別人兩隻眼看著，你這麼做，又能怎麼樣呢？難道你這樣鬧，我就會說，從明天起，這個祠堂就你的兒子當家了？就算我這麼說，別人只怕也不會答應！」

「那你說啊，只要你能說，我倒是想看看哪個不答應！」

「你當你是誰，你還是回去稱一下你有幾斤幾兩。」

「哼，我早就曉得，這才是你真正想說的！」

我不想理她了，正好蘇茹給她端了茶進來。我讓她去跟安生說，我想洗澡。

蘇茹忙放下茶出去了。徐妙玉氣得嘴唇一個勁地哆嗦，

「你就這樣討厭我，我一來，你不是這就是那！」

「這是你自己說的。我這把骨頭只有到水裡才能勉強動兩下。這一天到晚躺在床上，跟挺屍似的，我動一下也煩了你？你最近怎麼這麼大的火氣？」

我懶得再理她，閉上眼不由想起了八弟，想起他曾跟我說過的一個詞——禦風而行！那應該是飛吧？飛，像鳥一樣——多麼令人神往的一種衝動啊。這種想像對於我太過奢侈，面對這衰敗的身子，這一刻，我只想做一條魚！在那滿滿的一盆溫熱的水裡，在水的托舉下，在半浮半沉中，讓這朽敗的四肢，上下左右晃悠兩下；讓我重新體驗一回沒有扭曲與痛苦的自在，我便心滿意足！

安生和他的女人進來了。那女人熱情四溢地和徐妙玉打著招呼，她根本不在乎徐妙玉冷著的臉子。「太太這件襖面子是金花緞的吧，真好看。哎，太太真是有福氣的人！」

徐妙玉憤懣地站起來，嘴裡咕噥了幾聲，訕訕地走了。

3

洗了澡，窩在心中的煩悶被沖得乾乾淨淨。躺回床上，我便重新有了傾訴的欲望。

等到蘇茹坐到我的旁邊，我一把將她的手捉到我的手裡，那細嫩的肌膚在我的心上如同花間的一片月光。我默默地看著她，她羞紅的臉低垂著，像一截古玉，散發著幽幽的清香，這是哪位輾玉大師神妙的傑作呢?!

一個將死之人，卻有如此美麗的一個黃花閨女陪著，這是何等的福份。然而，這美妙的靜寂中，我卻看到了安玉蓮。

「你這一生虧了我，你還要虧我的兒子？」

她憤怒地聳動著她的脖子，頭髮從腦後掉下來，遮去了她的半張臉。

我趕緊說：「我哪裡虧了你的兒子？是你的兒子自己不好好做事；祠堂裡這麼多銀子，他花起來跟流水一樣，人人都有意見，你要我怎麼辦？」

「你是個野種，你曉不曉得？你是從我們安家搶走這個位置的！」她那隻被頭髮遮蔽了的眼睛，在說這話時，分外地亮了起來。

我有些不屑地回答道：「野種又怎麼了？又不是我想成為你們安家的人，是你們安家的人苦巴巴地把我弄回家的！」

「你這個沒良心的……」

「這是徐妙玉的口氣。你跟我做了什麼？你也敢說我沒良心？」

「你氣死我爺爺、氣死我爹、殺死我哥哥、奪走我們家的族長，我無怨無悔地當你的女人，跟你養了三個兒子，你連正眼都不曾看我一下，我做得還少嗎？」她那隻眼燒了起來，熊熊的火焰在發梢後面不停地竄了出來。但我不怕。我說：「族長不是我搶的，是你爹自己讓的！」

「我哥死得好慘啊！」那燒著的大火一瞬之間滅了，只剩一個黑乎乎的深洞。

「你把你哥叫來，我跟他當面對證，究竟是他慘，還是我的兒子慘！」

「好啊，你來呀，我哥等你已經等了四十多年了——」

這婆娘居然還請了兩個幫手，一個穿得黑乎乎的，跟截柴炭似的；另一個卻一身孝服，像張白紙。兩個人罵了我就走。倆口子吵嘴，她還請幫手，這個婆娘，一口一聲說她無怨無悔地當我的女人，背地裡，那心肝五臟，沒一樣不是向著他的爹娘老子的。我氣得不行，拳腳便上了那兩個傢伙的身。那兩個傢伙倒跑得快，一轉眼就不見，但我的氣卻一時難消，四周一看，空蕩蕩的。這是在哪？

「蘇茹！蘇茹！」

「老爺，我在這。」

她的手依然在我的手心裡捏著，我……我看著那昏暗的油燈光，我想，我是做夢了。

安玉蓮。

安玉蓮的兒子。

安玉蓮的哥哥。

安玉蓮的爹爹。

安玉蓮的爺爺。

我鬆開蘇茹的手，我說我要睡會兒。縮到被子裡我毫無睡意。這幾個人，在我心裡再也無法抹去。

難道我真的欠了安氏家族的？難道這一切真的要還給他們？

不，我不欠安氏什麼，哪怕一丁點我也不欠！

我怎麼會欠呢？我不能憑著這樣一個夢就相信自己欠了他們的。如果真的欠了他們的，怎麼會是安玉蓮來向我討呢？那應該是安氏的列祖列宗，最不濟也應該是安玉蓮的爹才對！至於還，難道我會把這個族長帶到棺材裡去不成，我不正在為他們找一個合適的人選嗎？就算徐妙玉的兒子跟他們沒有一點血緣關係，是啊，我也沒打算把這個位置給他；可是，如果給了安玉蓮的兒子，雖然有一絲血緣關係，那也還是我的兒子！如果真要還，應該是她哥哥安明貴的兒子才對。

安明貴的兒子！

我的心哆嗦了一下。這麼多年，我從沒想過這個問題。安明貴的兒子他在哪裡？那一年，安明貴沉湖後，他的女人把他的兒子帶回了娘家，從此就再也沒了音訊。那可是我的外甥啊。

這只怕是我唯一欠的債吧。

既然如此，那派人找找他們娘倆，讓他來見我吧。如果他能有他爹的那口心氣，族長是不是就給他算了？這個，我得跟老二商量商量！

「蘇茹。」

「老爺，你沒睡？」

「你去讓人把二老爺叫來。」

「好。」

但這一次我卻失望了，二弟第一次從我的視線裡消失了。

安生找遍了祠堂，也沒有發現他的人影。與其說我生氣，倒不如說我心裡充滿了失落。

4

想我二弟，六年前的那些日日夜夜，我的眼睛一刻都無法躲得開他。可現在他竟跑得沒了蹤影。他到哪裡去了呢？心中的好奇壓倒了那一絲懊惱。莫非他真的去追那些銀子了！我的心又為他擔憂起來。

我問安生，安生說不出一個所以然來。賴老婆子倒是說了幾個去處，但沒有一處她不是自己否定的。她說祠堂、家裡、學館，這些他的男人都去找過了。

就在我們東扯西拉之際，傳來開門的聲音。我的心一蹦，是二弟來了麼？蘇茹和安生倆口子，也都把臉望向屏風。

從屏風後面轉出來的是徐妙玉。我的心往下一沉。跟著她進來的竟還有三個人：徐源、安明志、跳手爺的小兒子。

我一驚，這三個人來幹什麼？我想欠欠身子，徐源忙上前對我說：「你別動，身體要緊。」我讓蘇茹給他們上茶，讓安生給他們搬凳子。

這一套下來，他們三個人各自捧著手裡的茶，坐在了我的床面前。

「你們找我有事嗎？」這三個人我還是願意尊敬他們的。徐源占著我的大舅哥的位置不說，恩茂先生這個侄兒——我第一天發蒙就是從他的手裡接過的筆。安明志，這個前前祠堂執法長老的孫子，我們之間的糾葛太長太久了，每一次都是我贏。我不由想，現在我們要是再交手，我還能贏麼？這麼一想，我不由看了他一眼。他那圓溜溜的一張臉，到現在似乎還沒有癟呢。七十歲的人，看起來一點也不顯老，這也是個人精。跳手爺的小兒子，雖說我們很少交往，但看在跳手爺的份上，我是無論如何也要敬重他的。我問了這一句後，他們相互看了一眼，欲言又止。我揮了揮手，讓安生他們退出去了。

等屋子裡只剩下我們五個人，徐妙玉開了口，她說他們三位都是她請來的。三位都是族中元老，算得上德高望重了。說我病了六年，這外面的事我得聽聽他們的意見了。她說：「你常跟我說，兼聽則明，偏聽則暗。這也是遵從你的教導，你不會怪我吧？」

我的心一梗。這個女人，看來我真的低估了她。好吧，既然來了，那我倒要看看她能玩出個什麼八字來。我不陰不陽地說：「不是我教導你，現在是你們教導我。有何指教，敬請明示！」

三個人都顯得有些尷尬。他們不自主地對望了一眼。

「族長，你別誤會。我們仨今天來，一是看望族長，看到族長的精氣神這麼好，我們這心裡都為族長高興。二是聽玉妹說，你正為祠堂裡的事煩心，怕你憂壞了身子，所以我們仨一合計就來了，看能不能為你分點憂。」

徐源不虧是恩茂先生過繼的兒子，那麼多年的墨水沒有白喝。明明是問罪之師，在他的嘴裡硬是成了關懷之行。雖然他此來的目的我清楚得很，但他這話仍是讓人受用。

「是啊，族長，看你的身子真的好多了，我們這心裡都好高興；要是為祠堂裡那些雞毛蒜皮的事累壞了，我安明志第一個不答應。」

看著他那激動的樣子，我的心隱隱覺得好笑。只怕是我不死，他第一個不答應吧！

我等著跳手爺的兒子說話，他在我眼裡，只是挪了下屁股，一雙手穩穩地擱在他的兩隻膝蓋上，沒有一絲抖動。他下頦上一撮焦黃的小鬍子倒是被他的鼻息掀了兩掀，卻沒有發出聲來。

「感謝三位老哥子對我的關心。我這身子已在閻王那裡掛了號，什麼時候去，就看閻王的意思了。好是談不上了的，這個我也不需要人哄我。祠堂裡的事，這些年來感謝三位老哥子的鼎力扶持。希望三位老哥子今後還能這樣，我死也就放心了。」

我這番話，一時讓三個人沒了聲音，徐妙玉急了。

「祠堂每年用錢像流水，這樣下去，不出三年，祠堂就是一個空殼了！而現在，祠堂的事像捂私娃子似的，誰也不曉得在怎麼弄！三年之後，這麼大個攤子，怎麼收得了場，你得跟大家有個交待才行！」

我冷冷地看了這個自以為是的女人一眼。三年之後怎麼收場，輪得到她麼？看來她是早把自己的兒子當成了族長！這祠堂裡的銀子，在她看來就是她自己荷包裡的錢，每花一兩那都是在剜她的肉啊。

見我不想開口，徐源硬著頭皮說：「族長，玉妹這個擔憂我覺得也有幾分道理。雖說我是一個外人，承族長抬舉，在安氏做了三十幾年西賓，算來也該是安氏家族的一分子了；再說，我們又是親戚，我站在公心的立場上說一句——祠堂就跟一個家似的，好與壞全看當家人啊。當年，安氏祠堂在你的手裡一下發展到現在這個樣子，差不多是個『大同世界』了，要是之後所傳非人，那豈不是把族長一世的英名都給毀了！老哥子我癡長幾歲，也就提個醒。」

跳手爺的兒子這時捋了捋他的山羊鬍子，似乎是要開口了，我倒是想聽一下他的聲音，可他似乎只是惦記他那幾根鬍子罷了。

「族長，我有句話不知當不當說？」安明志那幾顆罵黑的還來不及掉的牙齒，說話已不是那麼關風。有話就說，有屁就放。這是我一貫的原則。他說，「老朽有個不請之請，祠堂裡的賬只怕派人清一下還是好一些！」

「清賬！這祠堂裡的銀子，有哪一兩是你們賺的？」我毫不客氣地問。

「不錯，祠堂裡的銀子雖說是族長帶領大家賺的，我們本來不該插嘴，但『人亡政息』這個話，族長比我們聰明，想來是經常思考的；不然，族長也不會在選擇下任族長這件事上大費周章。再說，銀子雖說我們沒掙，但祠堂卻是我們安氏的祠堂！安氏的興旺發達我們卻人人有份啊。」

這話讓我啞口無言。看這架勢，徐妙玉這是找人來逼宮了。我的心頭不由一寒。

「你們究竟要幹什麼？」

「你總是把話說得這麼難聽。什麼幹什麼，祠堂是有規矩的，我們只是想這個規矩不能眼睜睜地讓人給壞了！」

好好，她的「規矩」又來了。這麼說，是我在破壞這個規矩了！不過，我倒是要問問她，這祠堂的規矩到底是什麼？

她被我這一問差點噎得背過氣去。我看見她不僅臉變成死灰，嘴唇也在哆嗦，倒有些不落忍。安明志一見，忙給她解圍道：「族長，按說這個話我不該插嘴，我想，弟妹的心也是向著祠堂的。族長博古通今，我們不過是提個醒罷了。」

「你們今天來，我很感激，但我要把話說在前頭，每個人都不要自以為聰明，每一個人都不要以為別人是苕，每一個人最好都藏起自己的私欲，不要拉山頭，不要結幫派，不要做小動作……」

「你，你說哪個？」徐妙玉粗暴地打斷了我。「究竟是誰在自作聰明，我看別人只怕看得更清楚一些；究竟誰在把別人當苕，他自己心裡有數……」她拉開架勢要跟我大吵一場了。他們像沒有看見似的，由著她的唾沫對我拳打腳踢。「你從來都以為別人是個苕，從來都以為就你自己聰明！你託付的人都做了些什麼，你非要我把你點死你才低頭不成？我不說，是給你面子，你以為我真的怕你不成？這幾年來，我一忍再忍，祠堂上下，哪個不是一樣！現在實在是看不過眼了，大家來找你商量，你是什麼態度？不錯，你是有病，心情不好，大家也沒逼你；你把擔子卸下來，讓大家幫你挑起來，你不正好安心養病？你偏不。我知道你強，你能，可是，那是過去的老黃曆了。成天翻那些老黃曆，對你沒有好處，對祠堂沒有好處，對大家也沒好處。我老實跟你說吧，今天，你是答應也得答應，不答應也得答應！」

我的手哆嗦著，我要拍案而起；我的血翻騰著，我要大聲怒斥；我的腿在收，我要一腳把這個蕩婦從我的面前踢開……可我的身子除了不停地發抖，什麼也做不到；這一刻，連拉動那就在手邊的繩子的力氣也沒有了。

滿足她的心願吧！滿足她的心願吧！就當這一刻我突然死了。我要是真的在這一刻死了，我還能阻止她的陰謀麼？

「你……我……」

我偏不！我沒死就是沒死！我的手瑟瑟抖著，跳手爺的小兒子從他的座位上站起來，問我是否要什麼。

「我要坐起來。」我說。

徐源一聽站了起來，和跳手爺的小兒子一起操著我的胳膊，把我扶著坐了起來。我狠狠地瞪了徐妙玉一眼。她狠狠地回敬了我一眼。

「我一天不死，你就休想從我的手裡得到你想要的東西！」坐起來的身子，讓我出氣比先前順了些，我嚴正地忠告她。她的身子打了個哆嗦，隨即便再一次向我撒起潑來。

「撒潑沒用，有本事你就讓我死！」

在這一瞬，我看見她咬了一下她的牙，腮幫子上的肥肉往上猛地一竄。我相信，不是因為還有三個人在場，她真的會撲過來掐住我的脖子的！

「你這個沒良心的……」她嚎啕大哭起來。

「族長，這就是你不對了。有事好商好量，何必要義氣用事！」安明志指責我。

「是啊，大家都是為族裡的事，非得像平常人家一樣鬧不可麼？」徐源指責我。

跳手爺的小兒子還是沒有做聲。這倒是我沒有想到的。門又在響，這會兒又會是誰呢？都來吧，我不怕！

屏風後走出來的那個人，看到滿屋子的人，吃了一驚，竟是愣住了。而我看到他，卻像迷路的孩子看到了娘親一樣，委屈的淚水從我的眼裡一湧而出，我喊了一聲：「二弟——」就再也說不出話來。

他撲到我面前，驚愕地叫了我一聲，看著我臉上湧出的淚，撩起他的衣服就要為我擦，意識到不妥，趕緊拉動了床頭的繩子。繩子一動，蘇茹就跑了進來，見我滿臉是淚，立即拉過毛巾為我擦拭起來。二弟一手把我的背操住，一手將我的腿彎抱起，把我緩緩地平放在床上，並給我掖好了被子。做完了這些他轉過身，似乎這時才想起還有幾個人沒打招呼。

「都走！」

我怎麼也沒想到從他的嘴裡竟是蹦出這兩個冷冷的字的。跳手爺的小兒子第一個站起來，嘴動了下，似乎想說句什麼，到底沒能開口；跟著，安明志、徐源也不得不站起身，悻悻地走了。徐妙玉卻寒著一張臉，坐在凳子上一動不動。

「嫂子，我說的是『都走！』」

「這是我的家。」

「這不是你的家，你的家在大院裡面。這裡是大哥的病房！」

徐妙玉的臉一下綠了。她站起來，死死地盯著二弟，嘴裡吐了句「什麼東西」後，方才不甘心地走了。

「你跑哪裡去了，上下都找不著你？」見人走光，我迫不及待地問他。

「我到廟裡去了。」他淡淡地說。

「你還蠻有閒心的。今天他們殺人的心都有，你也看出來了吧？你到廟裡幹什麼去了？」

「我，我到廟裡為大哥上香了。」他的神情落寞之極，似乎心中充滿了淒苦。「我沒有哪一天不巴望著大哥好起來的！大哥，你快點好起來吧。等你好起來了，我就再不踏進祠堂一步了！」

我的心疼得一跳。我知道徐妙玉傷害他了。這個女人啊！

「二弟，你為我受委屈了！」

「我只要大哥好起來！」

說著他垂下了他的頭。那花白的腦門，在我眼裡如同掃帚掃過的雪地，夾雜著萬千秋緒。

5

二弟走後，我的心依舊波瀾起伏。

蘇茹坐在我的身邊，想給我安慰，但此刻，我什麼都沒有興趣。我彷彿看到了我死後，屍骨未寒，安家窪便滿天血光。骨肉相殘，那是做父親的恥辱啊！我要把他們都找來，我要他們在我的面前發下重誓，永不相背！可是，我做得到嗎？

我沉沉地睡了過去，朦朧中，我似乎聽到了爭吵聲，我睜開眼，看到了徐妙玉屋裡的丫頭秋棠，蘇茹正委婉地對她說：「老爺睡了，不方便的。」說時，看了我一眼，發現我睜開了眼睛，忙說：「老爺醒了！」

「什麼事？」

「秋棠姐說太太讓她給老爺送吃的來了。」蘇茹輕聲地告訴我。

「端回去，我什麼也不想吃！」貓哭耗子，這戲也做得太快了吧。

「老爺，可憐可憐秋棠！您要不收下，太太會打斷我的腿子的！」說著她的眼淚滾滾而落。

這個伺候徐妙玉的女子，我是看著她長大的。她是我病倒前四年，在鑼場花三兩銀子買的，當時她才五歲。

「好吧，你放這兒吧。不過，你回去跟她說，今天我是看你秋棠的面子，要是她自己來，我這一碗就潑在她的臉上了！」

秋棠破涕為笑，把那碗東西放在桌子上後，拎著盤子到我的床前，給我磕了個頭，嘴裡不停地說著「多謝」走了。

秋棠端來的是碗「豆腐元子」。

這是我在沙市最喜歡吃的一道早點了。沙市九十鋪的「豆腐元子」是最有名的，其實就是普通的「米豆腐」。沙市人花點子多，用小銅勺一勺一勺地將之舀成一顆顆晶亮的小圓丸，盛在清水裡，就像蛤蜊吐出的一顆顆珍珠，一看就逗人食欲。沙市的「豆腐元子」真正講究的是它的佐料，什麼蝦皮啊、蜇皮啊、木耳啊、紫菜啊、鹿角菜啊、醬蘿蔔丁啊、牛肉脯啊、銀魚絲啊、細粉條啊、鹵水啊、甜醬啊、香蔥啊、味精啊等等，有二十種之多。一樣勾一點在一個藍花小碗裡調好後，把那些小圓丸用漏勺撈起，放到翻滾的沸水裡羅一會兒，再放到高湯裡滾上兩滾，這時再入碗，稍加攪動，立馬香氣四溢。到這時，那翻攪的手，便會不知不覺地抬起來，嘴便自動地迎了上去了。「豆腐元子」一落嘴裡就化，那味立時鋪天蓋地捲過嘴巴裡的每一寸地方，第二口便不由自主地趕到了嘴邊。

那個時候，徐妙玉聽說我愛吃這個，專門讓人去沙市九十鋪學了來在家裡做。自從我倒了床後，她似乎早把這個忘了，今天想起，分明是懷著鬼胎。可睡著了的饞蟲，這時卻全爬了出來，咬得人渾身難受。到了這步田地，哪裡還管得了她是鬼胎還是神胎！

「蘇茹，既然送來了，你就吃吧！」我說。

「我不吃，這是老爺吃的。」

「苕丫頭，老爺現在哪裡還吃得了。」我假惺惺地說。

「老爺，你要是一口都不吃，太太知道了會好傷心的！」

「好吧，你餵一口我吃吧。」

我其實已有些等不及了，那些陳年的饞蟲真不像話，我不想被牠們搞得醜態百出，一咬牙趕緊把牠們往喉嚨裡趕，那個吞嚥的動作幸虧是在蘇茹低頭端碗的時候做的，要不真是丟大人了。她把那個碗端到我的面前時，我像個嗷嗷待哺的嬰兒，身子不由晃動起來，有一種意欲捕食的衝動。

我一下就吃了半碗，這之後，我莫名地對早年吃過的那些東西產生了強烈的欲望，恨不得這一瞬，它們堆滿了我的床頭，伸手就可以塞到嘴裡。

徐妙玉知道我還喜歡吃「櫻桃元子」，喜歡吃「細豌子泡糯米」，喜歡吃「洗沙條」。想起王癩子的「伏汁酒」，那純正的甜味，就如一條溫潤的泉流，載著春天的落英，淌遍四肢百骸；就是好公道的「過橋蓋澆」，此時想來，也別有一種情味繚繞。對了，還有「李義順」齋鋪裡的點心，尤其是用「桃花水」浸泡後炸出來的油糕，那個香甜酥鬆，跟烏龜蛋的口感像極了。「李義順」的蛋糕算得上是一絕，跟枕頭似的，放在手裡捏成一團後，手一鬆，馬上就還了原，那裡面多半是裝了彈片的……

我讓蘇茹把碗給徐妙玉還過去，並捎過去話說：「東西的味道跟原來沒有區別。」我想徐妙玉明白我所指。果然，第二天，她親自給我送來了「炸油糕」。

一連數日，我差不多嚐遍了我曾經吃過的那些東西，徐妙玉也就差不多忘記了她曾經在這裡做過的一切。

就這樣，寧靜似乎重新回歸於我的身心。

那些遙遠的事情就彷彿又回到了眼前。

第五章
青蔥如花

1

竹園不能去了，桃樹林也不能去了。

到了夏天，小沙窪就成了我唯一的去處。今年小沙窪冷清多了，那些半大的孩子不知跑哪兒去了，但這並沒有影響我的興致。

我整天坐在小沙窪上，用沙子堆著大大小小的房子和想像中的城池。我姐姐則仍舊坐在槐樹林裡的那架秋千上，安生不知為她修過多少次了。

這一天，我壘了一幢房子，竟然用沙子搭起了一個完整的屋頂，我得意極了，我想喊我姐姐過來看，她看了一定會誇我的。

我還沒起身，就聽一個聲音喊道：「哥哥，我抓了條花鯽魚！」在這聲喊裡，奔跑的兩隻小腳在我的新房邊上絞起兩股煙塵。我呆了呆，再看我的房子，那好不容易壘好的屋頂，有大半邊已經塌了。我懊惱極了。從我身邊跑過去的小傢伙，那兩條腿還沒停下來，口裡還在喊著「花鯽魚」。

花鯽魚是條什麼樣的魚，我可從未見過。我將我的新房丟在一邊，好奇地跟著那股煙塵趕了過去。

「把化龍池打開，哥哥，花鯽魚會飛的！」

奔跑的煙塵停在一個小男孩的面前，他兩隻腿一彎，便跪在了沙灘上。那做哥哥的小男孩，把沙灘上的一個貝殼揭開——一方晶亮的水池泛著珍珠的瑩光一下現了出來。捉魚的小男孩雙手一鬆，一條鱗片斑斕的小魚，便活潑潑地跳進那方水池裡；小水池晃了晃，然後輕輕地將那條花鯽魚含在了嘴裡。

那水池是如何在沙灘上盛下這滿滿一池水，還如此晶亮的？它對我的吸引早已超過了會飛的花鯽魚。我也跪倒在沙灘上。

「水池……」

我訥訥地說了這兩個字，不知如何往下說了。

小哥倆相視一笑，捉魚的那位瞪著圓圓的小眼睛問我：「你每天用沙子在堆什麼？」

我說：「築城。」

「築城？城是什麼？」做哥哥的那位好奇地問。

是啊，城是什麼？對了，劉媽媽講過「城」的——劉關張桃園三結義——關老爺幫他大哥劉備守荊州，他嫌荊州城小，牆矮，便率十萬將士挑土築城。土地爺見其又要大起刀兵，立即飛報天庭。玉皇大帝正赴王母娘娘蟠桃大會，當即便要喚哪吒、楊戩。王母娘娘勸道：「凡間區區小事，何勞陛下天兵天將，不如讓我手下的九天仙女去將荊州收回如何？」玉帝依允，九天仙女旋即下落凡塵，變作一員女將，直奔關老爺帥府而來。

關老爺正讀《春秋》，聽了報告，放下手中書簡，起身相迎。「這位少年將軍，不知找本帥何事？」九天仙女答道：「在下乃九天瑤池仙女，為免天下生靈荼炭，今奉王母娘娘之命，特來收取荊州。」關老爺一聽，心中不樂，道：「荊州乃吾兄劉皇叔向東吳借來，關某奉命把守之地，上天怎能說收就收呢？吾兄掃除奸賊，為的是解民倒懸，救民於水火，怎能說是荼炭生靈？望仙姑體察實情，不要聽信土地爺的一面之詞。」

這關老爺前生也是上界神仙，說話行事正氣凜然。九天仙女聽了，不覺左右為難，低頭不語。關老爺一見，眉頭一皺，計上心來，對九天仙女道：「仙姑不必為難，關某現有一計，可保兩全其美。眼下荊州十萬將士正在挑土築城，便與仙姑打個賭賽如何？你我各築兩面城牆，我若贏了，仙姑請收回成命；你若輸了，則放棄收回荊州。不知仙姑意下如何？」

九天仙女聽了，心想此計甚好。若輸了，回天庭也有個交代。於是，兩人約定，比賽從酉時開始，到雞叫為止，誰的城築好，誰就為先。

他弟弟張飛聽了，怕二哥贏不了，連夜從自己駐守的漢中挑了兩擔土趕過來，走到城門口，正好雞叫，張飛抬頭一看，跟前好大一座城池……

當哥哥的聽完了故事，望著我說：「城是做什麼的？」

對呀，城是做什麼的？我怎麼沒問劉媽媽呢！做弟弟的見我一臉茫然，說：「我哥叫遲生，我叫護生，你叫什麼？」

我說我叫安可喜，我說我想看他們的「化龍池」。他們慷慨地答應了。我左一摸，右一瞅，終於看出來了，原來，他們在沙灘底上鋪了厚厚的一層海葉草，海葉草的上面擺上一個個碗似的大蚌殼，蚌殼的上面再蓋上蚌殼，四周用沙壓著，中間則用那個大蚌殼蓋著。怪不得呢！

那條會飛的花鯽魚，正悠閒地搖著他的尾巴。那些黃的、紅的、紫的鱗片，把牠的身子裹得真的很漂亮。牠的翅膀呢？我把牠從水池裡捉出來，想看看牠飛的翅膀是怎樣的。

「他要長大了才會長翅膀，長了翅膀才會飛。」遲生告訴我，細長的眼睛裡亮晶晶地閃著得意。

「那我們就把牠一直養到牠飛走的那一天，好不好？」

「好啊好啊。我們天天都給牠帶吃的來，好不好？」

「好。」

三顆腦袋嚴嚴地蓋住了「化龍池」，六隻小手在水池裡輪流摸著花鯽魚。正玩得高興，屁股忽地一疼。我扭頭一看，是貴生，三大爺的小兒子，大名安明貴。

「你們在玩什麼？給我玩。」

他蹲下來，往我們中間擠。

「我們在玩花鯽魚！」說著，我把花鯽魚送到他的手裡。

他站來無所謂地看了一眼，用手一捏，那斑斕的小魚兒的下身，便擠出了一截黑乎乎的東西。他把小魚兒肚子裡的屎給擠出來了！

「快給我，這是會飛的花鯽魚！」我趕緊向他討要。

他嘿嘿一笑，「狗屁，是哪個哄你的？這是一條郎母子①，還花鯽魚，我看是朵鯽魚呢。」

「你還我！」

牠是什麼都行，總之，魚是我們的。他撒腿就跑，我將他一把攥住，便去奪他手中的魚。我一用勁，花鯽魚的腦殼到了我的手裡；貴生的手裡則留著魚的下半身，腸子和血水糊了他一手。

遲生一愣，坐到沙灘上，兩隻腳蹬得黃沙飛揚，淚從細長的眼睛裡爬出來，在他臉上如下雨天地上亂拱的蚯蚓。

「你賠我的魚！」護生嘟著嘴向貴生大聲吼道，那雙圓圓的小眼睛綳成了兩顆泥丸子。

貴生笑嘻嘻地把手裡的魚腸子丟到遲生蹬起的沙子上，說：「拿去，賠你了。」說完，他轉身就走。我跳起來向前一撲，頭撞在他的背上，把他撞了個嘴啃沙，然後飛身騎到他的背上，兩隻手把他的頭使勁地往沙灘上壓。

他力氣比我大，看著就要翻起來；護生把他躬起來的一條腿往後一拖，他一下又趴在沙灘上了。不過，他趴下後，卻把護生踹了一腳，護生一屁股跌坐在沙灘上。

坐在槐樹林裡的安若男瘋了似地跑過來，把我從貴生的背

①一種小魚，身子長而渾圓，有斑斕的鱗片，長不大。

上拉起來。遲生早停了哭。我姐姐像母雞似地張開雙臂，護著我們便往槐樹林裡撤。就在我洋洋得意時，一把沙子打在了我們身上。我姐姐扭頭一聲吼：「你有本事再撒！」她跟一隻護崽的母狗似的，呲牙咧嘴，只要誰敢冒犯，她一準撲上去就咬。捏了滿手沙子的貴生，頭亂強著，綳著的嘴巴突然說：「我告訴我爹，你們打我！」

「你告訴你爹去吧，你大他們三歲，他們打你？你爹要是相信，也是把你往死裡打。你想你爹打你，你就告；不想你爹打你，你就不告！」我姐姐的話讓貴生手裡的沙子如水一樣流到了地上，他強著的頭無力地扭到一邊去了。

2

第二天，喝了稀飯，我就往小沙窪上跑。我姐姐一路喊著「慢點跑」，便跟著我到了槐樹林裡。不久，遲生和護生也來了。遲生怯怯地喊了我一聲「安、安大哥」，我根本沒有聽到。護生說，「我哥喊你呢。」我正在堆沙子，我想修一幢大宅子，裡面有好多好多屋，我還要在裡面造一個小湖，我要在自己的院子裡就能坐在沙灘上玩。

「我在修大宅子，你們看。」我喊他們過來。他們一聽，立馬跪在我的旁邊。我說：「我們在這個大宅子裡做自己的屋吧。要有樓，要有亭子，還要有看戲的戲台子。好不好？」

他們怯怯地看著我，我把用水和好的沙子在手裡亂捏，這兒一放，說是小姐的繡樓，那兒一放，說是公子的書房……在我的胡說八道中，他們的手終於動了起來。

大宅子經不起我們三個人的折騰，不一會兒，裡面就擺滿了疙瘩砣。就在我們嘻嘻哈哈各自說著造的是什麼東西時，一個聲音遠遠地喊了我一聲。我以為是我姐姐喊我，我看向槐樹林，我姐姐蕩在夏日的濃蔭裡，飛揚的裙子像一隻巨大的花蝴蝶，在槐樹林裡翩翩飛舞著。

「來呀，安可喜，你們快來呀！」那聲音又響了起來。

這次，我聽清了也看清了，是貴生。他從祠堂邊上正顛顛地往這邊跑了過來。我們三個人互相看了一眼，都沒有說話。

「我們到祠堂裡玩去吧！」貴生跑近了對我們說。

「不去。」護生說。

「怕了吧？」

「去就去！」我說。

我太想去祠堂了。自從那年當了「福子」、「人香」之後，祠堂我就再也沒有去過。

祠堂飛簷上那些猙獰的鴟吻，蹲在半空中，這時看起來顯得神秘極了。記得在龍日喧天的鼓聲和動地的吼聲裡，牠們老實得像一隻隻溫順的兔子。不，那一天根本就沒看見牠們的影兒；那天，滿眼裡是人，是嫋嫋的香煙，是大塊大塊的青石壘出的堤壩，是無休無止的波浪，是異常的渴望和神聖……甚至連橫在祠堂邊上的這條小河，似乎也是這時才有的。

它其實有個好聽的名字——米倉河。

瓦子湖的邊岸大多模糊不清，望不著邊際的蘆葦或是草灘子差不多把瓦子湖捆了起來，只有安家窪有高聳的坡岸，像山一樣的抵擋著湖水。可這盲腸般的米倉河，卻把這山般的堤岸硬生生地剪成了兩半，一直往南。它究竟伸到哪裡去了，那個時候，還不是我關心的問題。

我們在小沙窪上跟著安明貴往祠堂那邊跑；我姐姐慌了，從秋千上跳下來，追了過來。

追到米倉河前，我姐姐終於追上了我們。

站在堤岸上看米倉河，深幽得如同萬丈峽谷，生怕一不小心掉下去，摔一個粉身碎骨。但這時站在沙灘上，米倉河就像個酣睡的嬰兒似的，挨著沙灘那方圓形的水塘，跟鏡子一般，照得出人影子來。青幽幽的水中長滿了茭草、菖蒲和雞頭苞。茭草像一叢叢蘭花，拼命地綠著自己的葉片；菖蒲則直直地挺著，像一窩窩修長的翠竹；雞頭苞平貼在水面，招搖著一團團圓圓的柔媚，把刺藏在羞澀的水底。淺淺的水中，幾塊墊腳的石頭，從水裡弓起亮汪汪的脊背，邊上長著青苔，在緩緩的水流裡漾著，如一個禿頂的腦殼。河底游著的「釺擔花子②」，自在地擺著尾巴，見了我們左一擺右一擺，一點不怕人。我們小心翼翼地踩著墊腳石光光的頭皮蹦到了祠堂那邊，從大沙窪上的江踏子③，爬到了祠堂門前的涼亭裡。

貴生在祠堂門口擋住了我姐姐，說女人不准進。

「我不是女人。」我姐姐對於貴生的責難有些不屑。

「你蹲著屙尿，你不是女人是什麼？」

我姐姐的臉一下紅了，她「呸」了他一口，把臉轉過一邊。貴生從他的口袋裡掏出一把黃銅鑰匙，在那把長長的鎖裡捅了幾下，那鎖卡子便退了出來。

貴生推開門，一股冷氣夾著霉味撲面而來。

沒有了人的祠堂，這時大得讓人心慌。前廳裡一把太師椅當門擺著，邊上散著四把籐椅。正中的太師椅子兩邊是兩扇門，天井的光從門裡面斜著身子探過頭來，有一絲說不出的詭異。

我們小心地越過太師椅，從左邊跨進去。天井蓋子邊漏進來的天光，投在屋子裡白慘慘的。遲生打了個噴嚏，那突兀的一聲響，把我嚇了一跳；貴生的身子也哆嗦了一下。他扭過頭，惡惡地瞪了遲生一眼。這時，我才注意到正對面的春台上，擺著一排香爐，那些插在裡面的香，熄滅後掛著的香灰，如同從鼻子裡淌出來的鼻涕，我不由抽了一下鼻子。香爐後面的木牌子一個接著一個，四周的牆壁早就被煙燻成了黑色，牆角的蛛網上，都托著重重的灰垢。

這就是我作為一炷「人香」曾經「插」過的地方。恍惚間，我感到青煙正從我的頭髮林子裡盤旋而上，那猩紅的火頭正燃過我的脖子……一種莫名的燥熱在我的身子裡遊動起來。

貴生徑直走到春台前，他的手望裡用力一扯，一把椅子便暗幽幽地從春台前拱了出來，上面放著一個繡花的圓墊子。貴生

②一種像火柴棍似的小魚，浮游於水面。
③土話：臺階。

爬到椅子上，屁股幾挪，坐穩了，衝我們說：「我是族長，大膽的安可喜，給我跪下！」

我們面面相覷，一下明白過來，他要我們到祠堂來，原來是為這個！我才不買他的賬呢，我喊聲「走哦」，轉過身就退到了前廳。

「別走，進來。」貴生在後面急急地喊道。我趴著門框對賴在繡花墊子上的貴生說：「你下來。你下來我們就跟你玩。」貴生老老實實地從那把神秘的椅子上下來了，我們又返回到裡面。

我問這是誰坐的椅子？我覺得好奇怪。貴生一聽，又神氣起來，說：「這是我爹坐的椅子！我爹說，這是祖上傳下來的，紫檀木的！」

「什麼叫紫檀木的？」我問。

「紫檀木……反正，你問這幹什麼？又不是你坐的！我爹說了，現在是我爹坐，等我爹老了，就是我大哥坐，我大哥老了，我二哥坐，我二哥老了，就該我坐！」

「那你坐吧，我們回去了。」

「不准走！」

「不走幹什麼呢？」

神氣活現的貴生慌地用手攔在我們面前。

「我是族長，你們要跪下來拜我！」他神情傲慢地說。我們倆的目光就像兩根堅硬的鐵棒，在空中打得乒乒亂響。

「你不是族長，你爹才是。要不，我們一人坐一回，我們先拜你，你再拜我們！」

「不行。我爹說了，這把紫檀木的太師椅只有族長才有資格坐上去，要是旁的人坐上去了，我爹曉得了，要打五十板子屁股的！」

「不玩了！」

「不准走！」

「偏要走。」

「我帶你們到樓上玩，好不好？」貴生妥協了。

上樓的梯子在門的背後。所謂的樓，不過就是用幾塊板子搭在幾根穿堂的「擱線④」上。板子拼接得很毛糙，有的地方一眼就可以看到下面供著的那些蒙著煙灰的靈牌子。

吱吱嘎嘎的樓梯盡頭是一口棺材，烏亮亮的，讓人心裡頓時涼嗖嗖的。我們愣在黑漆漆的棺材旁，像看一個聖物似的，噤了聲。那口架在兩條大板凳上的棺材邊，是三個用圈席圈的穀堆。見有人來，幾隻老鼠慌慌地從穀堆裡蹦出來逃走了，弄得圈席簌簌地響個不停。

「老鼠子！」貴生陰陰地笑了。「膽小鬼，嚇得都打哆嗦了。摸下雞巴，尿嚇出來沒有？」他說完了咯咯地笑，把我們三個人都笑得滿臉不自在。從天井蓋子邊溢過來的陽光，再染上黑漆漆的棺材，他的笑臉在我的眼裡聳起了一臉的疙瘩。

「你臉上好多皰，跟癩蛤蟆似的。癩蛤蟆撒漿沾到了要長

④連接山牆或者木頭架子的橫木，上面鋪上木板就成為閣樓。

瘊子的。」我一說，遲生和護生嘻嘻地笑了起來。

「是真的，上次一個癩蛤蟆撒了泡漿在我的腳上，你看，我的腳上就起了一堆瘊子。」護生說著把腳抬起來讓我們看。他的腳背上果真有一堆米粒似的瘊子，像一堆爛泥巴。

「你沒用香油摸啊？」遲生問。

「摸了，沒得用。我姆媽說了，等牠長大點了，打雷的時候，用狗尾巴草把牠一穿，過兩天牠就氣死了！」金雞獨立的護生歪歪扭扭地撞到了棺材上。

「哎呀，我爹的棺材！」貴生把護生從棺材邊拉開。護生靠過的棺材，留了個光光的印漬，貴生忙用自己的袖子去擦。那棺材在貴生的袖子底下，比先前愈發地光亮起來。貴生的袖子則成了老臉上的褶子，疊出一層層的灰土，忍不住一塊塊往地上掉。

我們也撲到棺材上，去抹那些灰，大塊大塊的灰垢便鱗片般地疊上了我們的袖子。不一會，一個光亮亮的大黑漆棺材就在閣樓上熠熠閃亮起來，我們也就和貴生完全合好了。他說，我們來躲「貓機⑤」好不好？我們轟然響應。

我跟貴生一班，護生和遲生一班。貴生把護生和遲生支到樓下，他要我爬到那口給他爹預備的棺材裡。

他讓我幫他掀開棺材蓋子，那蓋子重得不得了，我把屁都梗出來了，它才慢慢地動了。他要我爬進去後，他在外面，我在裡面。兩個人都弄了一身的汗，總算把那個蓋子又挪過來了。護生和遲生在下面催魂似地連聲問著「躲好了沒有」。蓋子還沒蓋嚴，貴生胡亂地往棺材底下一趴，就對樓下喊：「躲好了！」

護生和遲生咚咚地砸著樓梯上來，一眼就看到了趴在棺材底下的貴生。他嘿嘿地笑著爬出來說：「還有安可喜。安可喜，你躲好，不出聲，他們來了。」他對著一邊的穀堆喊著，彷彿我藏在穀堆裡似的。果然，遲生和護生沿著穀堆子轉了又轉，什麼也沒看出來。遲生懷疑地看了一眼那口大棺材，從谷堆邊走過來。

「他躲在棺材裡！」

「沒有，要不你打開看。不過，這是我爹的棺材，你要是動了它，小心我告訴我爹！」貴生一臉的傲慢使兩個小傢伙不再敢懷疑棺材，他們爬到穀堆子上，在裡面亂踩。

「出來！出來！」

貴生得意地在一邊陰笑著，兩個小傢伙鬧著鬧著，圈席便散了，堆砌的穀子如水一樣四下裡流淌，樓板沒有合縫的地方，就像一個個漏斗，穀子嘩啦啦地往樓下飛流而去，成了一道道金黃的瀑布。三個傢伙嚇壞了，丟下我就往樓下跑。

剛開始，我安穩地睡在棺材裡，美美地等著遲生和護生把棺材蓋子掀開後，我好從裡面跳出來。我聽到了貴生不讓他們動棺材的威脅，我心裡還在樂著。後來聽到他們在穀堆上又是叫又是喊的，心裡更是想笑。我沒想到他們會把圈穀的席子搞散的，沒想到穀會流到樓下去的，更沒想到他們會不顧我倉皇

⑤即捉迷藏。

而逃的。

恐怖在我的心裡一下瘋了似地竄了出來。

「姐姐！姐姐——」

我跪在棺材裡，叫得聲嘶力竭，四周除了穀子流淌的聲音，什麼也沒有。

「啊——我要出去，我要出去……」

我的喉嚨快要喊破，喊得我好煩，我大聲吼道，「把我放出去，我要屙尿了；不放我出去，我就屙在棺材裡的！」說了這樣發狠的話，居然都沒有人理我，我氣急了，把小雞雞拿在手裡搓得硬硬的，然後將尿射向四周。

撒完了尿，我感到後悔極了，因為棺材太矮，我得偏了頭才能站直，只有坐著或是睡著才是舒服的，但這時到處都是濕的，我只好坐在自己的尿裡放聲大哭。

安順福來的時候，我是睡在尿裡被他揪著耳朵提出棺材的。我看到三大爺黑蓬罩臉地盯著那已經堆到祠堂樓下的穀子，緊抿著嘴，他內瞘的眼睛裡陰冷的光如同一道鞭子。安順福哈著腰，把我推到他的面前。

「跪下！」

我不知所以，就感到肩上被重重地往下一壓，雙膝就被折了過來，然後砸到地上。

「不聽話的狗日的，族規伺候。」

「算了。」三大爺把手一揮，說，「你們出十個工！」說了，手一甩走了。留下我們父子倆在祠堂裡像兩隻酒杯。他好端端地等著斟上酒，我是喝殘了的，被一個酒鬼丟在桌上。

我走出祠堂，我姐姐撲上來，把我抱進她的懷裡。我看了安順福一眼，有些不好意思地在她的懷裡扭了一下。

「乖！」她拍著我的背，那被尿浸過的背，這時感到異常溫暖。那壓在心底的黑與冷一下消失了。

我再沒有被允許到小沙窪上玩過，便也再沒見過我的兩個小夥伴。這讓我傷感了很久。我時常想，他們是否還到小沙窪上玩過？是否如我一般，心底裡還苦地想念著「花鯽魚」、「化龍池」？想念著「城」？想念著「大宅子」？

在我的傷感中，安順福用一副挑劃子把我挑到了湖上。

3

「挑劃子」是瓦子湖上最小的船，牠是由兩個長三尺、寬一尺的艙子連在一起的小船，專門用來放鷺鷥的，瓦子湖人便又叫它「鷺鷥船」。鷺鷥船放到水裡是船，挑到肩上則是一副擔子。比它稍大一點的船在瓦子湖叫「鴨劃子」，長一丈、寬三尺，輕便快捷，竹篙一點，就能蕩出幾丈來遠，是放鴨人專用的。再大一點的才叫「船」，多半帶槳。有單槳的、雙槳的、還有排槳的。比這個還大一點的船則是帶篷的。篷內生活家什一應俱全，這樣的船，其實是一戶流動的人家。更大的船安家窪人叫「官船」，官船不屬於瓦子湖，它只是瓦子湖上匆匆的過客。

安順福踏在挑劃子的兩根橫木上，四隻鷺鷥蹲在前艙的船沿上，好奇地看著後艙裡的我。我扭頭，牠們便跟著我扭頭。這讓我覺得十分有趣。我們到了湖心，安順福把一根繩子拴在我的胳窩底下，我正想著他要幹什麼，人已被他拎起來丟到水裡。我稚嫩的身子撞擊出的浪花，嚇得四隻鷺鷥挓開翅膀撲楞楞地也跳進水裡。我一下去就嗆了兩口水，我掙扎著從水裡浮出頭，從頭頂淋漓而下的水粒遮住了我的視線。朦朧中，我看不清安順福的臉。四隻鷺鷥在我身邊用翅膀擊打著水，牠們是想救我，還是把我當成了一條碩大的魚？我來不及想這個問題，便又沉下去了。在溺死的極度恐懼中，胳窩被人扯了一下，我不由自主地再次浮出水面。我趕緊吐出口裡嗆進的湖水，喊了聲「爹」，第二句還來不及出口，又沉下去了。他再一次把我扯上來，這一次他腳下的挑劃子往前一竄，我就像一隻被馬拖著的獵物，那些劈頭湧過來的水就是滿地的土塊、石頭，只是沒有土塊、石頭尖銳而已。在與浪搏鬥的過程中，我慢慢學會了用雙手撥開它們。幾天後，他的船停下來，我已可以浮在水面上了。於是，我就成了他的第五隻鷺鷥。

整整一個夏天，我曬成了一塊黑炭，但我學會了游水，能一個猛子紮出兩丈開外。

我跟一條魚已沒有區別。而這時，我真正地愛上了魚。愛上了瓦子湖裡的刁子魚。牠們從我的肩頭、從我的臉邊、從我的脖頸、從我的胸脯、從我的胳窩、從我的大腿間，不停地穿過去穿過來，不停地和我嬉戲著。

湖面乃是刁子魚的天下。

瓦子湖裡一共有二十二種式樣不同的刁子魚，牠們是——風刁、白刁、財刁、毛刁、花刁、銀刁、刀刁、石刁、草刁、飄刁、翹嘴刁、紅唇刁、大斑刁、桃花刁、紅眼刁、刺針刁、麥杆刁……這都是安順福告訴我的。

安家窪喜歡刁子魚的還有一人。

第二年桃花水漲的時候，我見到了他。

那是在瓦子湖與西邊蘆葦灘交會的一個汊口上，兩株桃樹嬌豔地綻放著自己的激情，拂水的柳條在湖邊垂著各自的婀娜，雨時不時激激地釘著湖面，讓一個個精圓的波紋總是開了又滅、滅了又開。一個穿著蓑衣的白鬍子老頭，坐在柳蔭的懷裡，手持一竿青悠悠的竹竿，一上一下間，那細長的竹竿就在他的手上，不斷地劃著一條條精巧的彎弧，半空中便跟著掠過一道道銀亮的光波，如細碎而小巧的閃電。

他就是給我取名，後又查明劉媽媽兒子死因的鬍子爺。那蓬銀亮的長鬚在他的下巴上如同飄動的一片雪花。

鬍子爺總是一杆釣竿、一隻小木桶。釣竿上垂著一條無鉤的絲線；木桶則裝著糞坑裡的臭蛆，這是鬍子爺逗刁子魚的寶貝。只要你稍微留意，就會看到鬍子爺時不時要放下手裡的釣竿，用一把小葫蘆瓢去小木桶裡舀了臭蛆，灑到水裡。只要那些臭蛆落水，水面立時就會激起一片茫茫的水霧。只要你夠認真，你就會發現那是刁子魚們爭食，小尾巴甩出的水花。也就在牠們癲癲的爭吵聲中，鬍子爺手裡的釣竿就又劃起了銀亮的彎弧——

那沒有魚鉤的線上，纏的是捏成了團的蜘蛛絲，像極了那些臭蛆，瘋了的刁子魚們，撲上來便往嘴裡吞；鬍子爺手腕輕輕一抖，牠們便從水裡被拎了出來。等到牠們驚醒過來，張開嘴，身子在半空中因了慣性，早到了鬍子爺身後為牠們挖的小水池子裡。

這是每年春天不變的圖畫。總是一個雨天，總是瓦子湖與蘆葦灘的汊口上，總是這兩顆桃樹邊，這一行柳樹下。安家窪的人早已習慣了，沒有一個人想要問過為什麼？當然，我也沒有問過他。在那個綿綿的雨天裡，刁子魚們在他的身後如鋪地的水銀一般，驚慌一陣後，便發現那個小水坑邊上，竟有一條小路通著另外的水面，便忙亂地擠向那條小路重新游回到大水的懷裡，重新暢快地自由自在地再一次游到鬍子爺的釣竿下……

這是一場遊戲。

我相信魚是願意和人玩的。

但我還沒來得及尋找到能和魚兒玩耍的機會，安順福便把我送進了學堂。

4

恩茂先生的學堂，在徐家台。徐家台人不多，十幾戶人家，向東擴展的安氏族人已經將他們抱在了自己的懷裡。那七八十號人，除了年關祭祖才想起他們不姓安外，平時，誰都沒把他們當過外姓，這都是因為恩茂先生。恩茂先生十三歲府試⑥魁首，名動四方，遂被鄉人舉為西賓之尊。他從十八歲第一次有人請他教書開始，到現在自己建立這所學館，徒眾逾千。

不過，府試魁首的恩茂先生，卻在「秋闈⑦」大戰中屢屢敗北，這有些讓人百思不得其解。

安順福領著我站在恩茂先生的面前，那已經是一個乾瘦的老頭，年紀在四十歲左右，穿一件藍色的竹布長衫。但我覺得他的鼻子好看，鼻翼與鼻樑輪廓分明，像兩粒青脆飽滿的蓮子米。

恩茂先生用眯縫的眼光打量了我後，把一副斷了腳的眼鏡，用索子箍在耳朵上，拿過一本書。「我念一句，你念一句。」他說這句話時又看了我一眼。

我點點頭。

「趙錢孫（生）李。」

「趙錢生我。」

我的聲音剛落，他把那副沒了腳的眼鏡從耳朵上解下來，用沒了鏡片遮擋的眼睛，對著我使勁地眨了一下。

「趙錢孫（生）我。」

「趙錢生先生。」

「噗哧」一聲，後面有人笑了。我回過頭，一個十五六歲的大男孩正端著茶進來。「請福老爺喝茶。」他說著話還帶著笑

⑥科舉考試的一種，由知府親自主持，考中者是為秀才，不中都為童生。

⑦鄉試的別稱，在省會城市舉行，每三年一次，秀才方有資格參加，考中者為舉人。因在秋天舉行，故稱「秋闈」。

聲。後來我知道他是恩茂先生的侄子，叫徐源。那時恩茂先生膝下一片荒涼，不得不把他哥哥的孩子弄來一解孤寂。

恩茂先生合上書，過來在我的頭上拍了兩下。

「這是個知禮的孩子。福老爺，恭喜你！」

恩茂先生陪安順福去書房裡喝茶，他的侄兒徐源把我帶到外面的學館裡，給我一池濃黑的墨汁，一管中號的狼毫毛筆，一個影本，五張毛邊紙。

「先生說了，你把這池墨寫乾了，今天就放學。」

我吃驚不小，左看右看，整個學館空無一人。當我確信他是在跟我說話時，我生氣了。

「我又不識字，寫什麼？」

「你就照著這個影本寫，我教你認一遍。」

徐源翻開影本，三個大字跳入眼裡。他說，這是「上、大、人」三個字。說完翻了一頁，這次兩面都有字。他指著左手的三個字說，這面是「孔、乙、己」，指著右手的三個字說，這面是「可、知、禮」。又翻，又變成一面有字了。「這是『化、三、千』三個字」。說完他問我，你笑什麼？笑牠是花牌⑧上的句子？先生說了，他是故意寫這四句話的，說我們都不能體察聖人的用心之深，以為是玩物上的句子，哪裡曉得聖人在玩物之中也在教化我們！我跟你解釋一遍。「上大人」就是高高在上的大人物，這個大人物是誰？就是下一句說的，我們的「孔聖人」。這個「禮」字，先生說了，要是真正知曉了他的意思，就可以使很多無知的人，野蠻的人開化，這就叫「化三千」，懂不懂？

我當然是不懂。

他又教我握筆，教過了他就走了。於是，我就在那五張淡黃色的毛邊紙上，畫過去畫過來。那幾張紙在我的手裡連一點顏色也看不到了時，他們從書房裡出來了。

「你寫的字呢？」安順福看著我面前黑乎乎的幾張紙，揚起巴掌就往我的臉上蓋過來。幸虧我防了他這一著，身子一矮，縮到桌子底下。

「福老爺，別生氣，小孩子淘氣是有的，何必生氣？」恩茂先生是斯文人，見不得別人在他面前動粗的。「安瀾」，恩茂先生叫我。

「畜生，先生叫你，你還不出來。」我只得乖乖地從桌子底下鑽出來。「你寫的字呢？」他餘怒未消，再一次責問我。

「那不是！」我用手指了指那幾張漆黑的紙。

「什麼，那是你寫的字？」

「他要我把墨寫乾，我寫呀寫，就寫滿了！」我用手指了指恩茂先生的侄子。

恩茂先生笑了起來，忙叫他的侄兒給我換紙。紙重新鋪好後，我抓起筆，像掃地一樣，把「上大人、孔乙己、可知禮、化三千」十二個字，掃到了那張紙上。

「不錯，不錯。孺子可教也。這可是少見啊。恭喜，恭

⑧一種紙牌，以「上大人、孔乙己」等作為句子，全都聚攏了，則可和牌。

喜！」恩茂先生向安順福作了一揖。

我斜眼瞄了一眼安順福，他也正看我，那眼光說不清是悲傷，還是絕望。不管怎麼說，那種古怪的神情，反正不會跟欣喜與激動扯上邊的。

這時，恩茂先生把一面牆上掛著的一塊黑乎乎的布拉開了。我看見那面牆上掛著一幅土黃色的畫像，是個頭戴方巾、馱背前傾的長鬍子老頭，他的面前是個小供桌，供桌上有一個牌位。我便想起了祠堂裡的那些牌子來。

恩茂先生在一個紙媒子上點燃了三炷香，作了三個揖插到木牌前一個小巧的香爐裡，然後彎腰跪在地上的蒲團上，口裡念念有詞：

「……先師在上，弟子秉承您的教化，……今有氓童一名，皈依門下。來跪下，給先師磕頭。」說著他站了起來，我便被安順福推到那個蒲團前，老老實實地跪了下去。

回到家，安若男見我滿手是墨，一邊叫劉媽媽打水給我洗手，一邊說，真的去喝墨水了？我傻乎乎地笑。劉媽媽把水打來，她接過來放到洗臉台上，捉過我的手按到水裡。她彎著腰，粉嫩的脖子和那些細小的汗毛，透著一種怪怪的味道，我忍不住在她的頸項上親了一口。

「姐姐！」

她咯咯地笑了起來。

「好癢。」

我們就鬧著笑著鑽到她的房裡。大娘坐在一把竹椅裡，跟睡著了沒有什麼區別。我們也只當她睡著了似的，溜到原來供幡神菩薩的後面，在我姐姐的床上玩了起來。直到劉媽媽喊我們吃飯。

晚上，我仍跑到母親的房裡，母親把我洗了，卻把我領到前面的西廂房裡。西廂房裡不知什麼時候變的樣，床上鋪著新被子、新墊單，好像被人特意收拾過，透著一股乾淨氣；牆邊上則有一個大書櫃，裡面裝滿了書，我聞到了書香。母親說：「從今天起，這兒就是你自己的房了！」我看見母親的眼裡有淚光在閃，便說：「我不想一個人睡，我要跟姆媽睡。」母親含著眼淚笑著對我說：「誰叫你長大了呢？」我說：「我哪裡長大了？昨天還跟你睡的，我沒有長大！」母親說：「乖兒子，你今天跨了學堂門，你就長大了，就要長成一個秀才、舉人老爺了！」「我不要秀才、舉人老爺，我只要跟姆媽睡！」我說著就往外走。母親一把拉住我，說：「這是你爹專門跟你騰出來的，你不聽話，小心他又打屁股。」母親的話讓我渾身一竦，淚水便委屈地掉了下來。母親安慰我：「別哭，大人了還哭？姆媽每天都坐在這裡，看你被夢婆婆抱走了再回去！」

就這樣，曾經是安順福的書房的西廂房，現在成了我的書房兼臥房。

5

劉媽媽差不多完全正常了。她現在孤苦伶仃一個人，四個孩子都不在了。有一天，恩茂先生出去視學了，他的侄兒徐源趁機把我們放了。我從學堂裡回來，跑到廚房裡喊「姆媽」時，她正幫母親打下手，聽到聲音呆呆地看著我，眼淚就又下來了。她對母親說：「少爺真是福人！那個大的要是還在，現在倒是可以跟少爺背書箱子呢。可惜，我兒沒有這個命啊。看著少爺，太太，我這心裡疼啊！」

母親就一邊歎氣一邊勸她。她不聽勸，勸她的話她聽多了。她望著母親說：「太太，你說是不是我的命硬？可我不承認我的命硬，我是一心一意向著那個家的。三個大的，怪不上我；只有這個小的，沒想到他是這樣走的，卻帶挈了二太太！我本是沒得臉還待在這裡，可太太，我孤老一個，我還能到哪裡去？老爺的臉色不好看，我曉得他是嫌棄我，我這是恬著老臉在這裡恥啊！」

母親勸她不要這麼想，說老爺不會趕她走的，不管怎麼說，她跟我們家都是有緣的。

劉媽媽傷心了一會，說：「太太，你說，我還沒過三十，就成了孤老，我這今後的日子怎麼過下去呀？」

母親說：「你要有意，再找個人打夥吧。我跟老爺說一下，叫毛嬸娘跟你做媒。」

劉媽媽說：「太太，我哪裡有這個意思。我這一生傷了男人的心，跟哪個都不想過了。孩子他舅生了五個閨女，我有心接一個過來跟我過，這心裡又還在打鼓，定不下來。」她歇了口氣，央求母親說：「我想太太在老爺面前替我求個情，這一年的工錢，扣一吊錢，算是飯錢，等她長到五六歲，大小也能應個事，十二歲以前，不要老爺開錢。」她說著，又流了淚，等了會接著說：「承太太的情，我們娘母子以後就伺候太太老爺少爺小姐一輩子吧！」說著，她跪在了母親的面前。母親趕緊把她拉了起來，答應哪天老爺心情好，替她開這個口。

母親過後，單獨把我拉到一邊說：「你以後少到廚房裡去。你去了，劉媽媽就想起了她的兒子，事也做不了了。要是你爹曉得了，會把她趕走的。」

為了不讓安順福把劉媽媽趕走，我再沒有踏進廚房一步。

我從學堂裡回來後，便只得陪我姐姐。也就是從這天起，我開始教我姐姐認字。我一個人出束修⑨，恩茂先生卻帶了兩個學生。

我姐姐一聽，高興得不得了。

「那你得喊我『小先生』才行。」我說。

「哼，我才不喊你呢。我是你姐，你喊我姐姐，快喊！」

看她嘟著嘴的樣子，我的心就軟了，怕她生氣，嘴一張，「姐姐」便飛滿了整個屋子。

6

那年的冬天，並不比別的冬天更冷些，但冬天畢竟是滴水

⑨學費。

成冰的日子。凜冽的北風把稍小一點的水面，早已颳得波瀾不驚了，瓦子湖也在殘荷敗草的邊上凍出了晶亮的冰稜。茅屋裡的人大多縮在火盆邊走不開身了。恩茂先生在臘月初一，把我們從學堂裡放了，我以為我可以一直玩到另一個上學的日子的，哪曾想，第二天，安順福便把我趕到了湖上。那些淒冷的風，跟安順福合謀似地掀開我的棉襖，揪住我的汗毛，把細巧而鑽心的疼不停地逼進我的心裡。我的心收縮，再收縮……

「今天你下水去收花籃。」

「爹！」我以為我聽錯了。

「脫衣服！」

「不，爹，我冷！」

我的乞求在冬天飄著雪花的湖面，把凜冽的北風都撕開了一道口子，他卻毫不理會。他翹起的下巴，在這一刻是那麼的堅硬而冰冷。他趁我不注意，用他手中的竹篙把我推到湖裡。猝然間，一件鐵刺背心，猛地箍上了我的身子，刺得我差點沒喘過氣來。我在僵硬的湖水裡吃力地探出頭來，他用手裡的竹篙在我的周圍不停地擊打，像擊打一隻偷懶的鷺鷥。我只得驚恐地游向花籃，把花籃從水裡撈起來，看裡面是否有魚。我在湖水裡大聲地哭著，真算得上是鬼哭狼嚎了。

從水裡上來後，他讓我喝了一大碗冒著熱氣的薑湯。第二天，我神氣活現地出現在他的面前時，他意味深長地看了我一眼。我們便再次向湖裡進發。

冬天的湖上枯敗的灰色，襯得湖水一片傻白。離臘八封船的日子沒有幾天了，在這段日子裡，湖上幾乎看不到什麼人。湖邊上不少的人已開始整著自己的船了。

「這麼冷的天，還讓孩子上湖？」見到我們的人狐疑不已。

「是啊，讓孩子練練，太嬌氣了不行的。」安順福千篇一律地打發著搖頭嘆惜的人。

人也的確是個怪物，抱著火盆，連想想冰天雪地的外面都怕；真到了外面，倒覺得外面其實比家裡有趣多了。

幾天下湖的經歷，讓我覺得自己長大了許多。

恩茂先生的學堂，一年有三次假，現在放的是年假，到了插秧口裡要放忙假，熱天裡歇暑則是暑假。年假放得長些，有一個半月，要過正月十五才上學。其他兩次都是二十天。

這三個假期，除了過年有半個月閒在家裡，哪一天我都是跟著安順福奔波在湖面上。

開了春，劉媽媽的養女過來了。那天，恩茂先生又不在，學堂早早地把我們放了，一進家門，母親便叫住了我，讓我到廚房裡去。

我怕是有好幾個月沒到廚房裡去了。我一進去，就看到一個拖著黃毛辮子的小丫頭，一對小眼睛，像兩粒綠豆，轉個不停。她只怕還沒得三歲吧？這是誰家的小孩？

我的姐姐也在。我便對她一笑。

「小翠，跟少爺磕頭。」劉媽媽說著，把她往我面前推了推。那小丫頭倒是懂事，在我的面前跪了下來，頭雞啄米似地亂點。我不知所措。母親叫我把她拉起來，說是劉媽媽接來的女兒。哦，我想起了上次的話，這丫頭大概就是她「孩子他舅」的閨女吧。我還沒伸手，她倒先從地上自個爬了起來，鼻槽裡不知何時爬出一道綠汪汪的鼻涕，噁心死了。她鼻子一吸，那道鼻涕便縮了回去，一雙小眼睛一直盯著我看，忽地，一隻小手往前一伸，說：「我磕頭了，你要給壓歲錢我。」

我一愣，那倒也是。趕緊把幾個荷包亂捏，偏是一個銅板也沒有，我的臉感到熱辣辣的燒人。劉媽媽把她往邊上一逮，一巴掌扇在她的手上，「沒家教的東西。少爺，你別見她的責！」她一點也不怕人，兩隻小眼睛仍是緊緊地盯著我。母親趕緊從夾襖裡掏出四個銅板，把她的小手拿過來放了進去，幫她捏好，然後對劉媽媽說：「孩子說的是實話，你打她幹什麼！說來我們也是小戶人家，哪裡經過這陣仗，倒是我們沒了禮數。」

劉媽媽一下跪到地上，說：「太太是個好人，太太能跟老爺說收留我們娘倆，就是我們的再生父母。給父母磕頭那是理所當然的，哪有一磕頭就要錢的！」說到這裡，她把小女孩拉到身邊，手上一用力，那孩子就跪在了她的旁邊。「小翠，你真不懂事，快把錢還給太太；跟太太說，叫太太不要生氣！」說著，眼裡紅了。

那孩子跪得有些不情願，小眼裡早湧出了淚花。她把手攤開伸給我母親，說：「太太，我不要錢了，你別打我！」說著哭了起來，那團鼻涕跟著一抽一抽的身子，便在唇上竄進竄出。

母親真的生氣了，她聲音都有些變了。「劉媽，你看你，好好的一個熱鬧事，被你弄得哭兮兮的。你這麼弄，要是老爺看見了，我再怎麼替你說得了話？快起來吧！」

劉媽媽趕緊爬起來，用大襟沾了沾眼角，說：「太太，我沒別的，就是感激你，再加上看到少爺，心裡高興！」

「好了。」母親說，「我先前還在琢磨，小翠來了是不是跟小姐，現在看來，是不行了。你的心放不寬，見了少爺就出事，還是都在廚房裡算了。」

「是，太太。她本就是個粗使丫頭的命！」

母親懶得理她了，叫我姐姐帶我到前面去。

我們出了廚房，我看我姐姐，我姐姐也正看我。我向她吐了吐舌頭，她撅起嘴巴向我皺了皺鼻子。然後，把我的手攥到她的手裡。我們就手牽著手進了大娘的房。

大娘睡在躺椅裡，兩隻眼望著屋頂，嘴巴半張著，跟睡著了似的，但我們還是輕腳妙手的。到了後面，我姐突然抱住我，在我的臉上親了一下。她以前也是這樣，可今天親過之後，嘴巴卻沒有離開，而是蓋向我的腮幫、額頭、鼻子、眼睛，弄得我一時好緊張，心裡卻生怕她停下來。這時，她的嘴移到了我的嘴上。我便狠狠地張開嘴，用牙將她的嘴唇叼住了，她讓我咬。她的舌頭嫩嫩的，軟軟的，像一塊永遠不化的糖塊，一塊神奇的會動的糖塊。我不由緊緊地抱住了她，她也緊緊地抱住了我。

「走，我們到你的屋裡去！」

到了我的西廂房，安若男卻不再親我，她很正經地讓我教她認字；我也就一本正經地當起了她的「老師」。

這一年我大約有了八歲，我姐姐十一。

7

中秋吃月餅時，安順福突然說要挖磚，說幫我請了一天假，明天去幫著淋水。我不知淋什麼水，又不敢問他。吃了月餅，他就催我早點去睡。我偏是睡不著，老想著劉媽媽講的故事……

劉媽媽說，八月十五有底子⑩的人守一夜，會看到月亮開門的。她說，有一年八月十五有個小姐在繡樓裡半夜起來解溲，突然看見月亮開門了，裡面好多神仙——月亮開了門，凡間的人想要什麼就會有什麼。那小姐正朦朦朧朧，一時想不起來要什麼，不由揉了揉鼻子。這下可把天上的神仙為了難，他們想了半天，也不知她想要什麼，最後想，莫不是她想要鬍子？結果第二天起來，小姐真的長了一嘴鬍子！

我正要問那小姐長了鬍子後來怎麼樣了？安順福便催我去睡，把我的問題硬生生地打斷了。我走得不情不願。躺到床上，左邊板一會了，右邊板一會，也不知後來是怎麼睡著的，第二天早早地就被人喊了起來。

母親已忙活了多時，前前後後的。不一會兒，前廳的桌上就擺上了七八碗菜，這時從外面進來五六個大人，都是隔壁三家的鄰居。安順福便招呼大家上桌子吃飯。安順福喊我也來吃，我正在天井裡問我姐姐，劉媽媽昨天還講沒講，那個小姐長了鬍子怎麼辦，聽見喊，只好收了話頭，趕緊往桌子上爬。吃了飯，大人們便往外面走。安順福把個銅茶壺往我手上一塞，說，今天不准偷懶。我接了壺，就糊裡糊塗地跟著他們走。

到了地裡，只見我們家的一塊水田已被石滾碾得光溜溜的。隔壁的三爹一下田，把一個鐵齒鈀子抵在肩上，順著地上的一條記往後拖，另幾個人便用幾把拐彎的鍬，順著隔壁三爹劃出來的印子往下踩。我這時才發現，那光溜溜的地面已被他們踩了好多細線出來了。看來，他們是在我們田裡忙了一早晨，才到我們家去吃早飯的。

我無所事事，便問隔壁的三爹，他用這個鐵齒鈀子劃這些記是什麼意思。三爹說這是打比子，先打直線，再打橫線，他們順著這些記用踩刀把它們裁出來，等會用大鐵鍬挖起來，就是一塊磚了。他說：「到時候，我挖一塊磚，你就用壺往我的大鐵鍬上倒一點水。」

「為什麼要倒水？」我這一問，裁線的幾個人笑了。說我這孩子嘴巴裡的話就多啦，不倒水，磚粘在大鐵鍬上面不下來，還「為什麼要倒水」呢，文縐縐的。我本來還要問大鐵鍬的，哪兒有啊？便不好意思問了。隔壁三爹叫我別理他們，要我到旁邊找個水坑，把水壺灌滿。「小心啊，別掉在水裡了！」

「曉得的。」我答應了一聲，就去找水坑。

水坑到處都是。我灌了水，看他們還是劃的劃，裁的裁，而安順福連人影子都不見，便不想過去了，就到草叢裡捉蚱蜢

⑩指前生不同凡響的人。

玩。草裡面蚱蜢好多，我捉了隻又肥又大的，正在手上「舂碓⑪」，突然傳來安順福喊我的聲音。我忙把蚱蜢丟了，拎起銅水壺就往田裡跑。

這時，我看到了那把大鐵鍬。那真是大，都快像張小桌子了，形狀有點像犁，那個拐彎的地方繫著一根酒盅粗的麻繩，大概四五尺後，麻繩分了四個椏，上面都綁著一根橫木。

我正疑惑，安順福把大鐵鍬從地上撿起來，往我面前一拍，說：「上水。」把我嚇了一跳，馬上反應過來，把銅壺一歪，水畫道弧線噴了出來。「少點！」我吐了吐舌頭，那裁著線的過來三個人，撿起地上的繩子，把橫木握在手上，身子往後一倒，那把大鐵鍬就鑽進了土裡。安順福把大鐵鍬端起來，一塊三角形的豆腐塊似的泥巴便從鍬上掉了下來。他把鍬在那塊泥巴上一擱，我趕緊倒水。這次又倒多了，他橫了我一眼，卻沒做聲。這算什麼磚？我有點發懵。只見他把大鐵鍬往剛挖出來的斜坑裡一放，那三個人又是用力往後一拉，大鐵鍬一下又鑽到土裡去了；安順福跟著把鍬往上一端，小心地將鍬上的泥巴塊側豎在了地上，一塊整整齊齊的長方形泥巴塊便立了起來。這就是磚——又厚又大，寬差不多有八寸，長是一尺出頭呢！我想著，趕緊往鍬上倒水。

這一天忙下來，我腰酸背疼，晚上往床上一倒，就什麼也不知道了。

過了幾天，那幾個人又到家裡來吃飯了，看到他們，把我差點嚇死，莫不是又要去淋水？但這次安順福沒有喊我吃飯。我想起來了，他先一天也沒到學堂裡去，也就是說他沒有去給我請假。但我仍是不放心，「爹，今天我上不上學？」我小心地問他。

「不上學幹什麼？」他粗聲大氣地吼了我一句，我便再不敢說話，等他們走了，我才到廚房裡吃了點東西，然後滿腹心事地上學去了。這天放了學，我偷偷地溜到挖磚的田裡，看到那些晾在田裡的磚，已經砌成了一條條花心的磚牆，上面還蓋了像屋頂子似的稻草呢。

我清了一下，一共二十條花心牆。

這之後，每天放學，我都要到地裡轉上一轉，把二十條花心牆一一走上一遍才回家。兩個月後的一天，晚上放了學，我又趕到田裡去，只見大人們正用腕口粗的毛蔞⑫在往我們家挑那些磚呢！

二十條磚，他們整整挑了兩天才挑完。家裡挑壞了的毛蔞堆了一院子，而磚頭都堆到了屋後面。他們在屋後的地上橫著豎著挖了好幾條一尺深、兩尺寬的溝，正往裡面放那些磚頭。我隱約地曉得了，家裡這是在做新屋呢。

差不多半個月，後面的新屋做好了。母親說，這叫磡子

⑪一種很簡單的遊戲，把蚱蜢的兩條腿捏住，牠的身子就會一前一後地撞，就像舂米似的。

⑫用稻草絞的纜繩。

屋。劉媽媽和小翠便從正屋的雜物間搬進了磟子屋裡。安生原來住的柴房成了磟子屋的一間，就在劉媽媽的隔壁。從東往西，依次是安生，劉媽媽、小翠，廚房，柴房，豬圈和茅房。

這樣就有了兩個廚房。磟子屋的廚房，是她們三人燒火吃飯的地方，正屋的廚房則是我們燒火吃飯的地方。不過，這火還得劉媽媽進來操持，母親只是在一旁打打下手。雜物間不住人了，屋子裡一下顯得寬敞了起來。但我卻覺得不習慣，總是隔三差五就往後面跑。每次都是母親把我從後面揪到前面來的。

翻過了年，我才漸漸地習慣了。這時，我又開始教我姐姐認字了。

8

記得是三月的一天晚上，我躺在床上正想著我姐姐。她今天又讓我咬了她的嘴巴。正想著，後面驀地傳來了安順福的聲音，好大。

「你在幹什麼？啊！你在偷瞄什麼？」

「……」另一個聲音卻聽不清楚。

「沒偷瞄！這窗戶紙都戳了個洞，你還不承認？你說，你是不是在看人家洗澡？」我爹的聲音大得不得了，只怕隔壁左右都聽到了。

「……」

「你跟我下跪也沒用！你還有臉哭？這麼大個男人了，幹這種下著事，要是我把你送祠堂，看不打斷你的腿子！」

「……」還是聽不到另一個聲音，就像爹一個人在唱戲似的。這時，我聽到後門響了，是母親的聲音，「劉媽媽，怎麼回事？你不哭，不哭！我們到前面去說。」

我果然聽到劉媽媽的哭聲。

「沒事，沒事。這事不張揚，哪個也不曉得。再說了，他偷看也不是你的錯！」還是母親在說。

「太太，你看我哪裡還有臉？平時好好的一個孩子，怎麼幹這種下著的事！要不是老爺發現，我們這娘兒倆可就遭孽了！」劉媽媽終於說話了。這時前廳的門響了起來，一陣亂糟糟的腳步聲踏了進來。

「你跟我到祖宗的屋子裡好生跪著，我去跟你勸一下她，看她能不能原諒你。你呀你，要是你爹曉得了，不把你打死，自己也會急得跳湖！丟人現眼啊！」說著那小屋的門響了，跟著雜亂的腳步急促地磕碰著小屋的門檻。然後咣當一聲，小屋的門重重地闔上了。就聽一個腳步重重地邁進廂房的過道，然後打開中門，到天井裡去了。

「算了，你也不要哭了，又沒真的發生什麼事！」爹一進去，就說了這麼一句。

「謝老爺救了我這個孤老婆子，要不，不定發生什麼大事呢！」是劉媽媽。她的聲音帶著哭腔，還有抽鼻子的聲音。

「別孤老婆子孤老婆子的，你三十都還沒過吧？」

「回老爺，是下半年的生。」

「我說句你不想聽的話，你三十歲還沒過，這樣下去，也不是個辦法，不如乾脆再找個人。安生既然對你有意，我看，你們就過到一起算了！」

「這，這，老爺，你不是在開玩笑吧？」

「我跟你開什麼玩笑？再說了，你們平時三個人在一口鍋裡吃飯，看起來，跟一家人有什麼區別？」

「是啊是啊，劉媽媽。」母親也說了起來，「別看他憨憨的，跟你處了這長時間，這心可是會疼人了。你看，你種菜園，是不是他幫你翻的地？你們現在用水，是不是他每天到湖上挑的？多好個娃，再說了，還是個童子身呢！」

「太太！」劉媽媽這聲喊，聽起來怪怪的。

「好了好了，費話少說。你就說你同不同意，要是同意，我就跟你做這個主！」安順福的語氣有些不耐煩，這我聽得出來。

「老爺，好是好……就是，他是不是太小了點，我那大兒要是活著，只比他小三歲。」

「你這樣比不是個瞎？無親不分等輩！」

「還有，我，我那死鬼男人還在！」

「那個好說，他是要賣你的，你自己跑出來的，那跟他就算沒關係了！」

「我這心裡亂、亂得不得了！」

「這樣吧，老爺，我倒有個想法。我們現在跟他們雙方把話都挑明了，他們要是有意，自然就過到一起去了；要是無意，我們也不好勉強。」母親插進來說。

「那你的意思就是讓他們這樣明鋪暗蓋地鬼混？那傳出去我安順福的臉豈不就要當成屁股了？算了，你回磧子屋去吧。」安順福說完，我就聽到中門開啟的聲音，接著後門也傳來了開啟的聲音，再接著是前廳小屋的聲音。再之後，這個屋子就沒有一丁點聲音了。

一覺醒來，腦子昏沉沉的，到了下午，才總算清醒過來。

9

晚上放學後，我問我姐姐聽到昨天晚上的事沒有，她只是笑，卻不回答我，忽地一把將我抱在懷裡，我們就又親在了一起。

親過之後，她說要看我的雞雞還在不在，她說她小時候每天都看的。我不想給她看。她說，我再不理你了。她這麼一說，我立馬脫下我的褲子。小雞雞耷拉著腦袋，顯得無精無神的，可一到她的手裡，它驚慌地一個勁地抖著，一眨眼，就成了硬邦邦的一根小棍子。安若男見了鬼似地從我的雞雞上把手縮了回去。

「姐姐，摸我。快摸我！」

我感到整個人都飄在了空中，只有她攥著我，我才有一種踏實感。可她跑了，用力把門關上。外面的光線猛地被卡住了，屋內陡地一暗，一股冷颼颼的風從牆角裡捲出來。我打了個冷噤，趕緊提上褲子，也從屋子裡逃了出去。卻不知去哪兒——桃樹林裡有鬼，竹林裡有雞冠蛇，小沙窪上怕遇見爹，我就一路往牛屋那邊跑。

我跑得氣喘吁吁，到了牛屋，我看到安生在那裡耕田。「駕、去、順泥走——」他嘴裡不停地吆喝著，我覺得好好玩，便喊：「安生——」他轉過臉，臉上的肉做了個笑的動作，說：「你怎麼來了？」

「耕田好好玩，讓我玩一下吧！」我說著，脫下鞋子，就下到水田裡去了。

他一見，忙喊住了那頭水牛，停下來等我。

水田裡的泥巴，埋到了我的大腿根。我一下感到安生是那麼的高大，那頭水牛更是龐然大物。我的身子還沒有那張木犁高呢。「你扶著犁，跟我走兩圈吧。」我便把小手搭到犁把上。安生嘴裡一聲「兌起」，那牛便乖乖地走了起來。犁太高了，我被扯得往前一栽，差點撲在水田裡；安生趕緊叫了一聲「哇——」那牛便聽話地收住了腳步，把頭偏過來看了我們一眼，順帶用長長的舌頭把邊上的幾根稗子草嫐到嘴裡，大牙板便不停地兩邊錯了起來。

「你太矮了，扶不住犁的。你跟著犁走，蠻多鱔魚泥鰍的，你撈鱔魚泥鰍玩吧。」安生說完，嘴裡又是一聲「兌起」，那牛再一次邁開了四蹄。剛一啟動，就見一條鱔魚從犁開的稀泥巴裡往外一跳，我雙手一掐，把牠掐住了，牠一扭，從我的手裡逃了出去，鑽進渾濁的水裡，打個旋，人就沒了影子。

「好，鱔魚跑了。」我大聲地對安生喊道。安生說：「多得是，你跟著犁再撈。」我便奮力向他追去，一路上濺得到處是泥水。他說得果然不錯，一條條鱔魚泥鰍從犁開的泥巴裡不時竄了出來，又一條條從我的手裡溜之乎也。

等到太陽已經偏西，地裡的寒氣分外地重了，我才一身泥汙回到了家裡。幸虧安順福不在，母親把我一頓狠狠地埋怨後，給我痛痛快快地洗了個大澡。

但我仍然惦著我和我姐姐的事，我和她三天沒有說話。到了第四天，我放晚學回來，遠遠地就見她倚在院子門邊向我招手，我一見，飛快地往家裡跑，跑近了，卻不知如何開口。她像先前一樣，把我的書包接過去，一進我的屋，她就把我摟進了她的懷裡。我的頭枕在她胸前剛剛突起來的小包包上，我聞到了一股乳香。

「姐姐，好香。你給我看一看，給我看一看，我就看一眼。」我向她乞求。

她掀起衣襟，把我的頭塞了進去。我的臉貼在她的肚皮上，裡面漆黑一團，什麼也看不見。我往上拱，觸到了一個硬硬的小包，我張開嘴，一口將它咬到嘴裡。安若男往後一縮，把我從她的衣襟裡脫了出來。

「你把我咬疼了。喊我姐姐！」

「姐姐！」

「姐姐！」

「姐姐！」

「……」

我願意一千遍一萬遍地喊她姐姐！

第六章
冬至的雪

1

等一等。

等一等。

我要停下來，我要把這一細節再慢慢地咀嚼一遍。我願意心底最幽暗的地方隱隱蠕動，我願意呼吸變得急促，我願意心跳失去往常的頻率！我渴望所有的時間，所有的動作都只停留在這一個細節上面的願望，強烈得令我自己都感到吃驚。我知道這是徒然的哀歎，然而，假如這一切如我所願，真的停止不動，該是怎樣的一種人生呢?!

我閉上眼，蘇益之的女兒以為我睡著了，她輕手輕腳地站起來出去了。沒有了她的呼吸，屋子裡靜到了極點，我有氣無力的心跳，成了這間牢籠裡唯一的雜音。

下雪了，豌豆似的雪粒，打在屋頂的瓦片上噹噹地亂響。風在沒了葉子的樹枝上罵著街，像個無賴到處拍門打戶。

我哪裡睡得著。想這些、講這些，都不過是為了打發無以排遣的時間。我在等著見我乾爹的那一天，我在抗拒著曾經的煩亂，我在試圖逃避眼前的現實。可只要我一閉眼，所有的企圖都成了枉然。「乾元用九，天下治也。」我又想起了那句話。那麼多人都說我把安家窪建造得如同人間天堂一樣，那我是不是用「九」了呢？都說《易經》乃天下百經之首，那上面寫的話應該不會是虛妄的吧！可現在祠堂一片混亂，族長後繼無人，這顯然跟「天下治也」合不上拍；退一步，便是合上拍了，我也不知如何就是用了「九」啊！

乾卦下面跟著的四個字是「元、亨、利、貞」。這四個字應該是對乾卦的注釋。但為何單說「乾元」，而不說「乾亨」、「乾利」、「乾貞」呢？乾卦乃純陽之卦，九乃陽數之極，乾卦用九相配當然是合適的，但卦象只有六根棍子，如何最後就扯到用九了呢？那七和八是一種怎樣的狀態？

就在我胡思亂想之際，西邊房裡，那扇已經釘死了六年的窗子，突然大敞而開。屏風倒了；茶碗翻了；火盆裡的火星子竄到空中跳起了舞，明明滅滅的灰燼，劈頭蓋臉地打到我的床上，被面上立馬開滿了星星點點的黑花。風掃過我的臉頰，如一記凜冽的耳光，我衰老的臉皮竟然疼了一下。

蘇茹慌慌地從簾子後面跑進來，把窗戶板重新扣上。嗚嗚嚎叫的風，像挨了一棒子的一頭野豬，在屋外惱羞成怒地亂竄亂拱。

「老爺，扣不上，閂子斷了！」

「去叫二老爺。」

「不行，我手一鬆，風就會灌進來的！」

那怎麼辦，總不能老這麼抵著呀，要是那樣，她會凍成一根冰勾子的！我要趕過去幫她一把。

情急之中，我一挪身子，竟動了一下，這倒把我嚇了一跳，這可是我做夢也沒想到的事！

我的心裡，雙肘早已把屁股抬起來放到下床的一邊了，然後右腿伸開去，給左腿騰出了位置，左腿移過來了，肩膀向裡挪……三五個回合，我在床上就會變成橫著的了，然後兩隻腳放下床沿，腰往兩邊扭幾下，對，就這樣！好，腳踩實了踏板，上身借勢一挺，人坐起來了！我一手扶著床臉，一手撐住床沿，站到了踏板上，雙腿往前邁，對，走起來，走起來……

「蘇茹，別急，我來幫你！」

「老爺，你說什麼？你可以動了？不行的，小心從床上掉下來，我來幫你！」她向我跑過來。手一鬆，合著的窗板譁然崩裂，風如決堤的洪水，暴怒的浪頭，打得她一個踉蹌，差點摔在火盆裡。她猛地扭過頭，將兩扇窗板抓在手裡，衣服被撕得獵獵而響，雙袖脹成蛤蟆肚皮一般。她拚力把窗板再次合在一起，屋子內陡然一靜，一切立時偃旗息鼓。

我已是滿頭大汗，我其實渴望有風。我已完成了三個回合，卻只挪動了不到半個巴掌遠，心中的五個回合看來是多麼的不切實際。現在的情形是，我的身子每產生動一下的念頭，關節就如同針扎地疼。我相信在那個針扎的孔裡，酸水正蕩著歡騰的波浪。我要下床、要去幫她的想法，大睜著眼就做成了一個悲哀的夢。可我說過的，我要幫她，我不能食言，我不能停下來。

「老爺，你拉床頭的繩子吧！」

不，我倔強地掙扎著，可我的身子如同生根的巨石一般。我不得不屈辱地接受這一建議。不是我忘記了，我實在不想拉動這根已經洇滿了油漬和汗漬的繩子。我要擺脫這根骯髒的繩子；我擺脫不了它，就擺脫不了屈辱。它在我眼裡，這一刻就跟徐妙玉一樣。

「老爺，下雪了，好大的雪呢？」賴老婆子一進屋就咋呼開了。

「快去換蘇茹，窗戶被撞開了。安生，你想個法子把牠釘上吧。」

「我說老爺這會兒怎麼會用鈴鐺喊我們呢。」這饒舌的女人一邊往窗戶邊走，一邊說：「好大好大的風啊，要是早先的茅屋，屋頂子只怕早就揭蓋子了。」

安生找來了木板和釘子，三兩下就把窗子重新釘死了。

「哎呀，老爺，這床上、地上到處是灰！」這女人的手跟她的嘴差不多，都是勤快的，掃帚、拖把、撣子在她手上換過去換過來。不一會兒，屋子裡便像先前一樣，乾乾淨淨了。

「老爺，我看你的氣色一天好過一天！」終於消停了，女人的嘴對我說著，眼卻瞅著蘇茹。

我沒接她的話，我對安生說：「你到各處去看看，有門窗壞了的地方，就幫著修修。」

安生答應了一聲走了。賴老婆子只好跟著離開。我就是要她快點滾。

「蘇茹，凍壞了吧？過來，讓我看看。」我把枯乾的手伸向他，「讓我給你捂捂。」

「老爺，沒事的。在家裡，這個時候我還要到河裡去洗衣服的。」

「來，聽話，讓我幫你捂捂。」

她滿臉緋紅地把她的雙手，放進我的手心。她的手在我的手心裡，像兩塊就要化掉的冰片，柔軟而冰涼。

她為我捂腳，我為她捂手。她是為了銀子——至少她的父母是為了銀子；那我是為了什麼？我說不清楚，但我可以明確地告訴你，我的心底沒有一絲情慾！我的年齡已到了可以做她爺爺的歲數。不錯，我說過我的確是需要女人的，但她還是個孩子。

「暖和了吧？」我感到她柔軟而冰涼的小手，在我乾枯的大手裡，漸漸生出了溫熱的潮氣。

「暖和了。」她不好意思地把她的小手，從我的手裡抽了出去。

「我們接著講故事吧，我講到哪裡了？」

我真的忘了。我說過我時常就會顛三倒四的，沒有人提醒我，從來沒有一個故事在我的嘴裡是完整的。

「老爺，我一直想問，你講的是誰呀？」

「苕丫頭，老爺講的當然是別人。」

「那老爺是故事裡的哪一個？」

「老爺不在這個故事裡。」

「老爺騙我。那小孩沖過來的時候，還只有三五個月大，他不可能記得那些事？聽老爺講的，就像有個人當時在場看著他一樣！」

一個三五個月大的小孩兒，的確還不能記事！三十六歲那年，安順福說我是個野種時，我抵死都不承認，可我栽倒之後醒過來，我的腦子裡，那一切清晰如昨！我真的不想把這一切講給她聽。面對她的問題，我淡淡地說，那個小孩是和菩薩在一起的，菩薩是他的乾爹。他和他的乾爹在一起時，什麼事都知道。

「真的？」

「那當然了，老爺怎麼會騙你！」

「我曉得了……」

她的話被急促的敲門聲打斷了。門一打開，屋子裡陡地一涼，屏風打了個冷顫，火星子差點又飛了起來。進來的是徐妙玉，她穿著貂皮大衣，戴著軟帽，那張肥臉縮在那堆毛中，像隻玉面狐狸。

2

她今天帶來了什麼好吃的呢？

我對她手上的那個食盒的興趣，要比對她這個人強上一百倍。

「這麼冷的天，有什麼東西，還是叫秋棠送來吧。」我說。

她沒有回答我，而是說我今天的臉色比昨天要差。蘇茹一聽，忙把頭低了，兩隻手不知所措地搓過來搓過去。

「是嗎？我倒覺得我今天的精神頭要比哪天都好。」

她愣了一下，打開食盒，對我說：「我自己想的，也沒什麼東西讓你嚐個鮮了。這是昨天我叫人下湖挖的藕。冬至的藕糖份最足，選了幾節，用糯米水泡了一天，昨晚上用甑子蒸了三遍，冷了後，灌了點陰米、桂圓、薏米，這些都是先一天就蒸好了的。今早上又蒸了一遍，也不知行不行，你嚐嚐吧。」

她一邊說，一邊拿出一個小湯盆和幾個碟子來。「我還拿了一碟麩醋、一碟麵醬、一碟雞心、一碟蓑衣乾子，你趁熱吃點吧。」她把擺好的盆碟都搬到我的床前，湯盆裡兩節脆生生的藕，用刀削得薄薄的，一片一片疊壓著，像浪舔過的沙灘。她用筷子夾起一片，長長的牽絲，左右繚繞不定，像蠶絲，又像纖繩。

「要醋還是沾醬？」她問我。

我說：「你還是讓蘇茹來吧，我先嚐嚐光的。」

她說：「我餵你一口。」

我只得張開了我的嘴。那藕片軟得已不知是什麼了，舌頭一攪，就不見了影子；但我還是聞到了荷葉的香氣，那香氣貼在喉嚨裡，食欲便如水樣漲了起來。我迫不及待地張開貪婪的嘴……然後，她又沾了醋餵我吃，沾了醬餵我吃，我還嚐了她做的小菜。

「飽了。」我對她說。「蘇茹，你把它們撤下去讓你賴媽媽也嚐一下吧。」我吩咐完了對徐妙玉說：「你在這多陪會我，等她們吃過了，你把碗順便帶回去吧。」

蘇茹出去了，我們卻沒了話。我想，你得承認她是聰明的，只要她開動了腦子，什麼意想不到的事，她都可能想得出來。我是真心想她在我的眼前，就像那個時候——她把休書甩給他爹恩茂先生，從院牆上爬進我家的那個時候一樣。三年的時間，只要我從堤上回來，她就不會讓我再出她的房門。

我知道我的頭髮已稀疏得攏不起來，臉上的皮可以拉得長長的，那些皺紋褶成的深溝，都可以養魚餵蝦了，身子半邊麻木，連動也不能動；可是，只要她坐在我的身邊，我就有一種勃起的慾念。

她在我所有的女人中，的確占盡了優勢，至少她讀過書。她知道劉邦的女人；知道李世民用過，後來他兒子接著用的那個女人。恩茂先生教她念過「混沌初開，乾坤始奠」後，她的興趣就變成了從方塊字裡，搜求那些關於女人怎樣使喚男人的故事。從夏妹喜說起，沒有人可以聽完她嘴裡到底有多少關於女人的故事。我相信，故事有多長，她的慾望就有多長。

我想側過身子向裡去睡，可惜我的身子不爭氣，我不想讓她服侍我。我閉上了眼。只要稍有知識的人，應該知道，我煩了。

她識趣地站起來，說：「我還是先走了。碗我叫秋棠等會來拿。」

「也好。」我閉著眼說。

她前腳一走，蘇茹和賴老婆子後腳就進來了。

「老爺，太太走了？我算是服她了，這藕片硬是讓她弄出了花。我活了半輩子，算是第一次開了葷。正想跟太太學呢，怎麼就走了？」

「先時叫你們去看看各處的窗子門的，情況怎麼樣？」我問。

「哎喲，老爺，今天的風真的是大，祠堂裡有三處窗子被吹壞了，我們把窗子釘好了，又把祠堂裡被風吹倒了的東西都扶好了。今天好冷，只有老爺的屋子裡暖和，跟曬桃花太陽差不多的舒服！」她說著望蘇茹一笑。

「你呀，一天到晚閒扯淡，你要是沒別的事，就教蘇茹點手藝。你有沒有什麼手藝？」

「老爺，我年輕時的針線，不是吹，繡出來的牡丹，有一回，一隻蜜蜂盯在上面，趕都趕不走。現在不行了，幾十年沒拿針，眼睛也不行了，不過，我還是蠻會登鞋樣子的①，我做出來的鞥鞋②老大穿了，老二穿，到了老三腳裡，鞋面子還像新的。」

「那好，你就教蘇茹跟我做雙鞥鞋吧。我走的那天，就用它裝新。」

「老爺，你說的是什麼話呀。我跟你看過相，你最少還有二十年好活！」

「要是這樣活，我連二十天也懶得活！」

「老爺，不是我說，自從有了蘇茹這丫頭，您是一天比一天新興③，說不定明天你就能站起來，一過年，就又坐到祠堂裡了！」

「是寫到木牌子上供到祠堂裡吧。」

「老爺，今天是拿我這老婆子開心吧？」

「我拿你開什麼心？」我說的是真話。

「我懂了！」賴老婆子望了我又看蘇茹，一臉的笑裡全是挑不上筷子的邪念，一丁點兒正經也沒有。「老爺，明天是冬至，再過一天就進九了。我記得小的時候在娘家，到冬至祠堂裡總是請我爹去畫梅花。八十一朵，貼在祠堂的牆上，過一天塗一天，直到出九。嫁到安家窪後，祠堂倒是進過兩次，只不知每年我們祠堂裡到冬至是不是也畫梅花。我在老爺跟前也有好幾年了，每年這個時候，也沒聽老爺說過，要不，我和蘇茹來畫梅花吧。畫好了，我們就貼在老爺的帳子邊上，進九了，過一天老爺就塗一天。」

「你說的那叫銷寒圖。往年大戶人家的小姐時興這個玩意。你不說我倒想不起，那好，你們去找些紙和筆來吧。」

「老爺，用胭脂就好。我看我爹畫過，他是先用紙剪出一個樣子，然後把胭脂塗上去，一朵梅花就成了。」

---

①用紙依不同人的腳型剪鞋樣子。

②棉鞋。（鞥：讀weng）

③精神的意思。

「我記得梳妝匣子裡還有胭脂的。」我對蘇茹說。

「曉得了，老爺。」賴老婆子興奮得一臉紅光，那胭脂似乎已經抹上了她的臉。「走，我那兒有登鞋樣子用的紙。」說著她拉了蘇茹就走。

等她們再來的時候，八十一朵用胭脂勾邊的梅花，已經活靈活現地開在了素潔的宣紙上，要是再添幾杆虯勁的樹枝，那就是一幅傲雪紅梅長卷了。她們把牠貼在我的床頭，梅花特有的幽香就撲滿了我的鼻子。

蘇茹從這刻起，嫻靜裡便帶了一絲欣喜，隱在臉頰裡的那一對酒窩裡，時不時地從她的臉上跳下來，落在我的面前。

3

風是在夜裡停的，我的屋子裡靜得只有我疲軟的心跳聲。蘇茹睡在我的腳頭，發出熟睡的呼吸聲。這孩子，今天在風裡凍了會，後來又跟賴老婆子畫了半天梅花，這一天下來的確是累了。我也累了。我發現累之於我，竟是如此的甜美、舒坦，我便枕著累的甜美與舒坦，沉入少有的酣睡裡。

早晨一覺醒來，外面足足蓋了一尺厚的雪，當蘇茹帶著孩子氣地進來對我說時，我忽地想去看雪。

安生和他的女人進來了，他們拆去擋在門口的屏風，用徐妙玉發明的活動床，把我推到門口。

我伸出僵硬的手，想把近在咫尺的雪抓上一把，手指卻不能按我的心願收攏起來，我在雪地裡尷尬地打出了五個深深的爪子印。雪花沾在我的手上，像沾在手上的飯粒。我把手舉到嘴邊，用舌頭將手指上的一團碎雪舔進嘴裡，那冰涼的滋味讓我再一次生出衝動，我要到院子裡去。

「老爺，外面好冷的！」蘇茹說。

「不怕，我們只待一會兒。」

「那，那我去找一把傘來。」

「算了，你還是陪老爺吧，我去找。」賴老婆子酸溜溜地說。「就怕太太知道了怪罪，那可誰也吃不消？」

「她不知在被窩裡起來沒有，哪裡管得上我。我看雪，跟她不相干。」

早年只要是下雪，她就要貓在被窩裡，不到中午是不會起來的。昨天她剛送了吃的來，今天正好安心睡呢。

安生在門前的雪裡掃出一條路來，沿著這條路我便躺在了雪地的上面。

天並沒有晴過來，那些看起來裝滿了雪花的雲還在半空中打著盹，它一睜眼，就會把裝在口袋裡的雪花掏出來往下灑。管它呢，下吧，下得越大這雪才越有看頭。再說了，雪會下出一個好的年成來的，有什麼不好呢？

「你們自己去玩，讓我一個人躺在這裡就行了。」

我的話剛剛收口，賴老婆子就捏了兩團雪在手裡，一團砸向蘇茹，一團砸向安生。砸了，她就咯咯地笑著往院牆邊上跑。砸向安生的那團正中他左耳上的頭髮，像鬢邊插了一朵白花。安生咕噥了一句：「這個瘋婆子。」便歪了身子撣頭上的雪；砸蘇茹的雪團偏了，沒砸中。蘇茹站著有些放不開，我便說：「你快砸她，今天把這老婆子砸個狗血淋頭。」蘇茹受了我的鼓舞，便去雪地裡抓雪；而安生撣了頭上的雪，憨憨地笑了。小院裡頓時雪屑飛舞。

安順福帶天井的兩進大院，隨著我的兒子們的不斷出生，漸漸地便擁擠不堪了，我只得另擇台基。等我修好了新居，我的姐姐說什麼也不願和我們住在一起。我好說歹說，她才同意在我的大院子外給她圍了這個小院子。那棵香樟還是我親手栽的，現在它已長成了參天大樹。從那時到現在已有了三十一年。要是沒有雪，我也許還能從很多地方看出過去的痕跡。圍牆應該有些垮塌了，完好的地方不會太多，破損的豁口上面，除了雜草，更多的應該是一叢叢隨風倒伏的蒿子。但現在雪蓋住了一切，就像這棵樹的每一根枝椏都掛著一段往事一樣。如果往事也能分杈的話，那麼歲月就會一條一條地垂到眼皮下面，滄桑便會隨風搖晃。

她們瘋起來後，有些忘形，笑聲驚動了二弟。

二弟就住在院子外。原先那是堆放雜物的地方。我住到這個小院後，他把那兩間房子收出來，守在了我的門邊。

「二弟，你來了正好。來陪我看看雪景。今年的這場雪下得可是真大啊！」

「是啊。可萬一著了涼，不是好玩的。」二弟站在院門口，兩眼直直的。

「沒事，我過一會就進去。」

蘇茹見了二弟，便停了瘋，小心地走到我的床邊。

「給老爺腳底換了熱水沒有？」二弟走過來問。

「剛換的。」蘇茹小心翼翼地回答道。

「你別操這些心。我問你，學館修得怎麼樣？」

「我沒怎麼管。安戍這孩子能幹事。頂子已翻蓋得差不多了吧。」

「有時間，你還得幫我多管管他們。」

「我曉得，大哥。有嫂子在，你放心！」

「你呀，還在生你嫂子的氣？」

「我沒。」

「不生氣就好，你是我的二弟，你應該明白你在我心中的地位。」

「大哥，我曉得。」他的聲音聽起來，又有些發哽，我連忙說：「算了，你也別站在這裡了，你在這裡，他們都不自在。」

「那，那我出去了。安生哥，記得馬上把老爺弄進去！」

「我曉得的，二老爺，您慢走。」

二弟走了，她們開始堆雪人。一大團一大團的雪在她們的手裡三兩下就立了起來。

雪真是個怪東西，她是孩子的童話，何嘗不是大人的童話。從能夠記事的時候開始，每下一場雪，我都稀奇得不得了，把她們捧在手心，不是用額頭觸，就是用嘴唇親、用舌頭舔。

我喜歡乾淨而純粹的東西！

病倒之後，這是我第一次重新燃起對雪的熱愛。這是否說明我對生又有了渴念？我真的能像他們說的那樣好起來嗎？

我渴望好起來。好起來後，我要做的第一件事當然是去見我的乾爹！

乾爹，不瞞你說，活到今天，我還是不服氣。我承認我也許是錯了？但你得告訴我，我錯在哪裡？我還想問問你，千百年來，有幾人活得是自在的？又有幾人活出了樂趣？我在安氏見過太多的死人，要麼活著就已經糊塗；要麼如我一般，纏綿病榻，直到油乾燈盡。我去撫慰那些人時，沒有看到一副安祥的容顏，只怕活到最後，都活得無趣極了！若真是這樣，人活著豈不是一件很悲涼的事？可是，你也看到了，祠堂裡這把破損的爛椅子，還有人爭得頭破血流……

「誰出的主意，啊？你們的膽子也太大了！」

徐妙玉的呵斥使我猛地驚醒自己正臥在飛舞的雪地裡。她肥膩的脂肪在臉皮後面隱隱地顫抖著，肉滾滾的手指搗在空中，像蛇吞吐的芯子。

風猛地颳起，捲起一團雪霧，將她整個人都裹住了。她氣惱地用手一揮，看起來就像扇了漫天雪花一記重重的耳光似的。

「搞邪了，還不趕快弄進去，要是傷風了，看我不把你的筋抽出來。」

我知道，她的話是說給蘇茹聽的。如果允許她把蘇茹的筋抽出來，她是下得了手的。劉邦的女人可以把他的另一個女人變成「人彘④」，徐妙玉會把蘇茹變成什麼呢？

女人對於女人從來都是殘忍的。

真讓徐妙玉說中了，我傷了風。一進屋我就打了一個噴嚏，這個噴嚏一打，噴嚏就一個接著一個。蘇茹的臉嚇白了，說話聲已成了哭腔。

「沒事，你放心。」我一邊安慰她，一邊對徐妙玉說：「你少說兩句，今天是我自己要出去的，跟她們都沒得關係！」

徐妙玉的嘴唇向前努著，這是她生氣的表情。早先這是一個很好看的動作，她每次嘟嘴時，我都能從她的眼裡看出一絲嬌態，但現在那堆贅肉裡的眼珠，射出來的光卻長滿了芒刺，讓人須得鼓足了勇氣才能迎向她的眼光。

「你就護吧，看你把她護成什麼樣子！」她的語氣充滿了醋意，她憋了差不多半個月的妒火，終於點燃了。

「蘇茹，你去跟你的賴媽媽說，薑湯裡少放點糖。」

我把蘇茹支走了，她氣得渾身發抖。她的眼忽地看到了貼在我床頭的那八十 朵梅花。

「我就知道這是個妖精！」

「誰是妖精？說得玄玄乎乎的。」

「還有哪個，就是你護著的這個小妖精！」

④劉邦死後，他的大老婆呂雉把他的小老婆戚夫人，剁去四肢、挖掉眼睛、銅汁灌耳、割下舌頭，丟在廁所裡，叫她的兒子看，說這叫「人豬」。

「你說話還是積點德，什麼妖精妖精的，也不怕別人笑話。」

「這些花花草草都弄到床上來了，你還不承認！」

「這是老賴弄的，我看你是吃錯了藥了。」

「你現在滿口的白話。好，你就編吧。老賴她想得出這些花花腸子？」

「你呀，這是銷寒圖。早先大戶人家小姐玩的遊戲。有首詩叫『牆角數枝梅，凌寒獨自開』，你爹沒教你讀過這首詩？這首詩是說梅花耐寒而品性高潔。松竹梅歲寒三友。虧你還讀過幾天書，吃醋也不是你這麼個吃法……」

我還想說下去，給她好好地上一堂課，可惜鼻子裡奇癢難忍，一個噴嚏打了還不解癮，跟著又連打了兩個，鼻涕眼淚全都糊到了臉上。她一見，趕緊給我擦乾淨了。

天啦，這是從未有過的事啊！我的心軟軟地不知怎麼搏動了，一種想哭的激動使我柔情萬種。我覺得有了這一刻，我還要什麼蘇益之的女兒。

一個徐妙玉抵得上一百個蘇茹！

我想伸出我的手，把她探到鼻子底下的手攥到我的手裡，我已十年沒有摸過這雙手了。可是，我的手只是做了這樣一個動作，她的手就從我的鼻子底下拿開了，而這時賴老婆子把薑湯端進來了。安生趕忙把我扶起來，蘇茹用調羹在碗裡和了和，便一勺一勺地往我嘴裡餵。

「太太，也不怪老爺。這雪啊，是個怪物，大人愛，小孩更是愛。我記得我的四六小的時候，早晨一起來，從窗戶裡看到外面白花花的雪，衣服都不穿就跑到雪地裡去了。每次都是我抱著他的棉衣、棉褲，跑好遠才趕著給他穿上的。老話說『小娃兒屁股三把火』真的沒說錯。下雪天，他單衣單褲的滿地跑，連個噴嚏也不打一個。唉，好好的兒，說沒就沒了！」她說著眼睛就紅了。

「你又來了，這不瞎扯嗎？哪個要你兒子那天趕路的？燒窯有什麼好看的？這說明你兒子就那個命，怪不得別個。」徐妙玉沒好氣地說。

「我沒怪誰，我是這麼說的話。」賴老婆子還是撩起她的大襟下擺，在眼角裡拭了拭。

「你以後還是跟我說點別的，你是成心想老爺不快活是不是？」

徐妙玉這一次說到我的心上去了。看來，她並非不懂我的心，她只是不願去想罷了。或者說，我的心思對於她已是毫無意義。

「真是越老越小，看了幾十年雪還沒看夠？這下好，鼻涕眼淚一大把，看你還看不看？」徐妙玉把話題重新轉到看雪上。她對蘇茹說：「你要時時刻刻記得給老爺把被子掖好，要捂出汗來。要是哪個再出什麼妖娥子⑤看什麼雪，看我不把她的骨頭拆了。」

⑤鬼點子、餿主意。

蘇茹餵完了最後一口，趕緊來給我掖被子，我看出她是真的怕了。她的手在觸到我的身子時，我感到那雙小手在微微抖著。

「好了，沒哪個出什麼妖娥子。我不是已經跟你說了，是我逼著她們把我推出去的。」

「你這麼護著，未必我關心你倒是假的？」

「你看你說的，我什麼時候說過你關心我是假的。真的不關她們的事，我就是想看下雪。我都有六年沒看過雪了，說不定這是我最後一次看雪。我已經癱了六年，再多點小毛病，對我又有什麼妨害？你看你，搞得就像天要塌下來似的。」

「對於我，就是天塌下來的事！」

她說這話的時候，眼眶紅了，我看到裡面晶亮的淚花閃動著。我驚詫不已。這是半個月前的那個女人嗎？不不不，她眼裡晶亮的淚光分明含著無限的柔情與關愛。也許我真的錯怪了她，她那天的確是為祠堂弄成那個樣子急的，正如她所說，她是為祠堂著想！她的那身肥肉，這一刻，讓我分外親切。我想把她的手放在我的手心裡，用另一隻手輕輕地摸著。

「好，我曉得了，你先去吧。你也注意身體。」

在這樣的語境下，走之前，她語氣和緩而柔軟。「你要好好休息，千萬要愛惜自己的身子！」只是她轉身之際，仍舊沒有忘記把那威嚴的目光加諸到蘇茹的身上。

我看到蘇茹的身子在那一瞬，神經質地抖了一下。屋子裡已看不到徐妙玉的影子了，蘇茹還是一副魂不守舍的樣子，這孩子哪裡見過這陣仗。

「蘇茹，過來，到老爺邊上坐。」

蘇茹訕訕地坐到我的床面前。

「你怕她吧？」

「……」

「太太的眼裡有刀子，每次進來都像要殺人的樣子，我都有點怕她。」賴老婆子說。蘇茹在她的話裡又低下了頭，眼淚從她的眼眶裡滾出來落到腿上，那洇出的一個濕痕，在蔥綠的褲邊像一朵冬天趴著地開的小花。

「別哭。她就那德性。你啊，別理她，有我在一天，你一根毫毛都不會少！」

「老爺，你就把她要了！」

「胡扯！」

我怎麼也沒想到賴老婆子會在這個時候說出這句混賬話來的，我的心口猛地蹦了一下，她胡唚的話讓我心慌氣短。

那女人被我呵斥之後，無趣地走了。

好半天，蘇茹都不講話。她只要看我，她的臉就像從染缸裡撈出來的一匹紅緞子。

4

我的汗是第二天發出來的。在發汗的過程中，徐妙玉又來了一次，蘇茹說，我正睡著呢。

拖著滿身淋漓的大汗，我虛弱的身子如同一個空殼，我第一次覺察出自己有了餓的感覺。我忽地覺得平日裡味同嚼蠟的蓮子粥，這時正散著淡淡的清香，把饑餓撒滿那根老朽的舌頭。天啦，那是多麼香甜的美食啊。

「蘇茹，你去叫你的賴媽媽給我熬碗蓮子粥來吧！」我顯得急不可待。

粥熬好了，蘇茹一勺一勺地往我的嘴裡餵，她每餵一口，總是噘起她的小嘴吹上幾口。她的氣息，那種少女特有的如蘭似麝的氣息，夾著蓮子粥的香氣，一齊綮進我的鼻孔，我貪婪的饞涎源源不斷。

當我吃完了第一碗，還要蘇茹去盛的時候，賴老婆子進來了。

「老爺，怎麼這麼好的胃口？就兩碗，您忍忍吧，爽口之物也不能貪嘴的。您這身子要是噎住了，擱在胸口又要遭罪！」

她說的是好話，可有的時候好話真的不是那麼中聽。

「吃兩口稀飯都受你管了？」

「老爺，事要慢慢來，您這是好起來的兆頭。您是大病之人，身子得要慢慢來，它還經不起大風大浪。您說是吧？」

這真是好起來的兆頭麼？可我知道，我的血已經板結成團……

「我真的會好起來？」我忍不住問道。

「那還消說得。吉人自有天保佑。老爺這一好，不活一百也得活個八十。老爺，不是我說，有了蘇茹，老爺就有了希望！」

是啊，是啊。這個女人給我帶來了生命的奇蹟。難道那所謂的「少陰」、「老陽」的偏方，真的有用？難道我的生命興也好，衰也好，真的是由女人來決定的？我不由困惑地看了蘇茹一眼。賴老婆子也在看蘇茹，那雙充滿了情慾的眼睛，這時格外有神。

「蘇茹，我們再接著那天往下講吧。」我不想和這個女人糾纏這些事。

「老爺，你們在講什麼？」

「講過去的故事。」

「那我也來聽聽，可不可以？」

「想聽你就來聽吧，我們講到哪裡了？」

「……」

蘇茹沒來得及回答我，安午卻闖了進來。我看到他吃了一驚，這傢伙一貫小心翼翼，這回怎麼這麼冒失？

「爹，不得了了！」

他搶在我呵斥他之前開了口。

「什麼事，犯得著這麼慌慌張張的？」

「爹，學館塌了！」

「什麼？」

「只怕還塌死了人！」

「……」

我不知道這一刻說什麼是妥當的，假如是先前，不用說，我的第一選擇就是趕往出事地點；可是現在，我在對事情一無所知的情況下，我覺得選擇沉默是理智的。

「爹，萬一真塌死了人怎麼辦？」他用一個必須面對的問題逼迫我開口。是啊，人命關天，真要死了人，那可是個大麻煩。徐妙玉的兒子為何不來見我？我的二弟為何不來見我？

「你二叔呢？」

「二叔在學館裡救人。」

「你為什麼不在那裡救人？」我終於找到了反擊的武器。

「我……」

他果然一下語塞了。

誰都知道，我的兩個兒子中，必有一個是要坐到祠堂裡的那把檀木椅子上去的。究竟是誰呢？我在等待他們在歲月的歷練中，顯示出他們的優秀，現在均衡的天平再一次向安玉蓮的兒子傾斜而來，但他此刻輕狂的樣子，分明是幸災樂禍，這讓我又倒了胃口。試著想想，此時的他就當這件事的發生與族長之位毫無關係，他投入到事故的第一現場積極營救，他贏得的豈止是我的好感，他就此會贏得所有族人的好感的，可惜啊！

見我不待見他，他唯唯諾諾地走了。我的心情一下回到了蘇茹沒來之前的煩躁。

「蘇茹。」

「老爺。」

「你快到學館去看看究竟是怎麼回事！」

「這……」

「別這了，快去！」

「老爺，不行啊！」

「你怕什麼？」

「我不曉得路。再說，再說，我一個人都不認得……」

哦，這倒是個問題。我立即拉了繩子叫賴老婆子陪她去。

可是，蘇茹一走，我就巴巴地盼著她回來。天啦，我已經一分鐘也離不開她了。

「安生。安生！」

「老爺，我在。」

「你去看看她們走到哪裡了，你快跟她們把傘送過去。」

「老爺，外面的雪早停了。」

「要是等會她們回來時下呢？」

「我出去看看。」安生跑到院子裡去了，喝口水的工夫他進來告訴我，不會下了，頭上的天高得很。

「天有不測風雲，你還是跟她們送過去吧！」

「好，我這就去。」說著他拿了掛在傘架上的傘就往外走。

「算了，你別送了，也沒幾步路，你還是在這裡陪我吧！」

「老爺，到底送不送？」

是啊，到底送不送？送。不送。

「你還是送去吧！」

5

安生走了之後，我沒想到徐妙玉會在這個時候來的。

「人呢？」她一臉不快地問我。

「什麼人？」我反問她。

「什麼人，下人！」

「你說誰是下人？」

「喲，你看你的德性，真護起來了？她不是下人難道是公主？是小姐？」

「是公主又怎麼樣？是小姐又怎麼樣？」

「行，她是公主，是小姐，我是丫環，是梅香！」

說實在的，我還真想把她當丫環梅香來使喚一回。我本來已對她充滿了好感的，可是現在沒有了。

「到底人都死哪裡去了？」

「我讓她們到學館裡去了！」

「去那幹什麼？」

「你不曉得？」

「學館出事了？」

「我還以為你早就曉得了，你最好親自去看一下！」我說著帶了氣，她狐疑地看了我一眼，忙忙地從我的眼裡消失了。

這個女人是怎麼了？她和她的兒子，我是多麼想在心中燃起對她們愛的大火啊，可是她們一次又一次把那可憐的一點火星子，澆個兜心透涼。

安生回來了，我讓他點了一炷香，我要看蘇茹到底去多長時間。

那一炷香快燃完的時候，蘇茹回來了。要不是這一炷香在我的面前燃著，我怎麼也不會相信她僅僅只是去了一炷香的時間。

「快告訴我，到底出了什麼事！」

「是塌死了三個人！」賴老婆子搶著開了口。

我的腦子裡立即一片空白。等我明白過來，不由怒火中燒——這個狗東西，真的一點事也辦不了嗎？還是就為了使我不快活？

正想著，二弟一身雪花進來了。我從他的身上第一次感到一股寒氣。

「怎麼回事？」我的語氣有些生澀，彷彿是他做的一件事。

「幾個木匠在屋裡翻新課桌，屋頂子就塌下來了！」

「整個屋頂？」

「有一根檁子欀了點，雪一壓就崩了，檁子一斷，跟著就都垮了。木匠是二龍崗的，一個砸在頭上，沒醒過來，死了。另兩個已經醒了，一個傷得輕一點，估計過兩天就沒事了；另一個有點麻煩，傷在腰裡。」

「別的屋怎麼沒塌？你不要跟他遮了，你實打實地跟我說！」

「我說的都是實話。」

「那個畜生呢？」

「是我叫他不來的，不來大哥還生這麼大的氣……」

「人命關天，我能不氣？你得讓他給我一個交待！」

我不想稀裡糊塗地讓這件事就這麼輕易地過去。不錯，祠堂裡的銀子還足以讓所有的憤恨都化為清水；可是人命大如天，一個人的命，豈是幾兩銀子就可以打發的！

「去給我把他叫來！」

「大哥，事已經出了，生再大的氣也沒用，只是對身體有害！」二弟勸我，說讓他們先冷靜一晚上。說他們也不願意出這種事的。說當時，安戌的臉都嚇白了！

我看了他一眼，難為他還替徐妙玉這個不爭氣的兒子說起了好話。我得給他這個面子，不見就不見，我不相信，這件事他躲得過初一，還能躲過十五！

第二天，徐妙玉和她的兒子站到了我的床前。我冷冷地看著他們母子倆，沒有讓他們坐，可是蘇茹給他們擺好了凳子。那個不知羞恥的東西，這個時候竟還得意地用他那雙愚蠢的眼珠子不停地瞄向蘇茹呢！

「你說，屋為什麼塌了？」我低低地吼了一聲，他滿不在乎地收回他的眼光。

「雪太大了吧。」

「這就是你想了一夜想出來的理由？你問你媽，這場雪比得過癸亥年的雪嗎？」

這話一出口，我就後悔了，癸亥年我還只有十九歲，他的媽在哪裡？徐恩茂那個時候還沒有換上後來的女人。只怕徐妙玉的前世都還活在這個世上，她托生還得等到五年之後呢。

「你也不消發火得。雪是不算大，可也算是我見過的最大的雪了。我昨天問了他，他年輕哪裡懂事，像這樣的大事，事先總該是要安神稟土的。他什麼也沒做，就叫人掀了屋頂子。唉，這也是命。他不知，那些手藝人，未必也不知，就沒一個人吭一聲，也稀裡糊塗地跟著他，他說什麼他們就做什麼。你看，這出了事，一個個才想起來。」

哦，這是個好理由。我怎麼沒有先一步想到呢？我不得不呆呆地看著她。從她的臉上，憑良心說，我沒看出得意之色，就連那個不爭氣的東西，這一刻也還算是規矩的。但不管她說到天上，說到地下，畢竟是一條人命啊！

「我想，家屬給十兩銀子。另外兩個人一個二兩，一個五兩。然後再請人在學館裡好好地做一場法事，替他把亡魂超度了，免得嚇了孩子，另外也禳禳災。唉，我也好長時間沒到廟裡去了，等這事完了，我要到廟裡去吃十天齋。」

她說得一臉悲戚。這一刻，我竟是不知如何反駁。

「你自己的事，你看著辦。你，」我把眼睛轉到她的兒子身上，「從今天起，好好地閉門思過。天天跟我說，要管事要管事，你管的什麼事？這下好，管死了人！」

我可以相信徐妙玉的話，可是面對這個不爭氣的東西，我不能不生氣。他太讓我失望了。

6

學館裡準備舉行水陸道場的時候，徐妙玉來跟我說，我愛理不理地「嗯」了一聲。這幾天，沒有一刻這心裡不是堵得慌。我要把一碗水端平，現在我把他們端起來了，誰的水多，誰的水少，是不是已經一目了然了？我是不是可以做出我的決定了？可我分明愈發迷茫了。

徐妙玉果然有十天沒來煩我。

賴老婆子說：「太太這個心就誠，說到廟裡住十天，就真的到廟裡住去了。唉，當年我的四六死的時候，連個屍身都沒找到，哪裡還有人跟他做道場，哪裡還有人跟他到廟裡去親自念經！」她一邊說著一邊朝我瞄，眼裡便濕了。是的，她畢竟死了自己的兒子，哪有做娘的不疼自己身上掉下來的肉的？她說到最後，那淚花花的光，就滾到了臉上。

「我前幾天做夢還夢見他了，齊腰深的水圍著，我的兒……」說到這裡她哽咽得說不下去了。

「你請個人過陰看一看不就清楚了。一天到晚就是四六四六的，你這是疑心生暗鬼。」

「我也是這麼想，可要過陰得去楊林口請楊仙姑姑，最少也得要一天，就怕老爺跟前少了人不方便。」

「你去吧，我放你一天的假。」我說。

她一聽跪到我的床前。「多謝老爺！」

第二天挨晚，賴老婆子跟換了個人似的，一進門就喊：「好靈，好靈！」

「什麼好靈啊？」蘇茹問。

「楊仙姑姑啊。天啦，她都八十六歲了，走起路來，跟漩渦風似的，我在她的後面跟了一身的汗。天啦，真的是菩薩！」

「慢點講，一驚一咋的，想嚇死人？」我潑了她一頭冷水，她一點也沒感到涼，依舊激動不已。

「老爺，這不是你昨天說的過陰，這叫接亡。過陰是菩薩下來後，跟人看病；接亡是菩薩到地府裡跟你一個一個地查，查到了再把亡魂帶到你的面前來。剛開始，菩薩說找到了，可是過了好長時間沒有聲音，原來是我的四六怕！我的兒好苦啊，在那邊一直沒有被收進去，一直在外面蕩，他怕生人。菩薩跟我說了，我當時就跪了下來，我說，兒啊，姆媽今天專門來看你的，我的兒啊，你不要怕，是你的姆媽在這裡。我連喊了他三遍，他才攏來，一來就開口喊我『姆媽』；我一聽，心裡一驚，天啦，真的是我四六的聲音！我們娘母子抱著哭了好長時間，最後菩薩說時間到了，亡子要轉回去了，我們才分開。」

蘇茹聽得滿臉惶惑，賴老婆子講完了，她怯怯地問：「你真的看到你的兒子了？」

「那還有假。」

「他是人的樣子還是別的什麼樣子？」

「你呀。跟你說不清，他是借馬腳⑥的嘴說的。」女人急了。

「你說你抱著他哭了好長時間，其實是抱著馬腳在哭，對不對？」我暗暗好笑。

「老爺，你……她那個時候不是馬腳，她的聲音、神態都跟我的四六一模一樣。」

「我不信！」蘇茹說。

「你不信？那你問老爺！」她看了我一眼，我沒做聲；她更急了，憋得臉都綠了。「你不信，好，我問你，楊仙姑姑她怎麼會知道我四六說話的聲音？我四六說話喜歡咋舌頭，你是不曉得，那就活脫脫是我的四六在跟我說話呀！」她說到這裡眼紅了。

「算了，我信。我們都信。蘇茹是逗你玩的。」

說了這句，我忽地覺得無聊極了。如此瑣碎的家長裡短，我居然摻和得熱之鬧之！把這些婆婆媽媽的東西，還是留給女人們吧！可我隨即否定了自己——男人在這個世上又怎麼可以沒有女人呢？

我怔怔地看著面前這一老一少兩個女人，徹底無語了。

⑥跳大神的人。

第七章 不能講的故事

1

我一生有五個女人。我相信，男人是離不開女人的。我不相信，沒有女人，男人會在這殘破的世間活出什麼滋味來。

家財萬貫，妻妾成群，永遠是男人心中最大的夢。男人刀裡槍裡、血裡火裡，都不過是為了天下美色。什麼志在四方，什麼萬里覓封侯，未必擁有九五之尊、位極人臣之後，換來的卻是青燈獨守，長夜孤淒？假如真是如此，這一部爭鬥廝殺得血流成河的五千年歷史，就會安安靜靜地只剩下薄薄的一頁，如同每天躺在我身邊的這個處女一樣美麗。

2

我的第一個女人是我的姐姐。我不想隱瞞。

那時我們並不懂男女間的遊戲，但我想，只要假以時日，我們就會摸索出它真正的內涵。這種遊戲是戛然而止的。一切皆始於昏睡的大娘突然醒來。

那天我放學後，我姐姐沒在院門口等我，我放下書包，跑到大娘的屋子裡，只見我姐姐正可憐巴巴地坐在那個女人的身邊，納著鞋底。

「姐姐——」

我的聲音還沒完全飄離我的嘴巴，那躺在躺椅裡的女人，猛地睜開眼睛，雙手撐著躺椅的扶手，一下坐了起來。她用好奇的目光看著我，然後點了點頭，說：「過來，喊我一聲！」我小心地向前跨了一小步，輕聲地喊了聲「大娘。」那最後一個「娘」字，細得吞到了肚子裡。

「長大了，長大了。」她喃喃地說。「今年幾歲了？」

「十歲。」我說，「姐姐，我們玩去吧！」

「男服學堂女服嫁。上學的人，哪有一天到晚粘著女孩子玩的，這是沒得出息的事，你曉得啵？」

我悄悄地把她上下看了幾眼，有氣無力地說了句「曉得的。」人準備走，心卻還在那間屋子那個人兒身上。我姐姐的眼睛一直把我送出房門依然收不回去。

這天晚上，我們在飯桌上久久地對視著，我的頭上突然一疼，安順福的一雙筷子狠狠地敲在了我的頭皮上。

「吃不言，睡不語。東張西望的，在外面別人要罵老子沒家教的！」

我嚇得趕緊埋頭往嘴裡死勁地扒飯。

「明天放了學，不要到處瘋跑了，到湖邊頭跟我上湖收花籃去。聽到沒有？」

我只得老老實實地點了點頭。

上了湖回來，我第一件事就是找我姐姐。可我四處瞄了瞄，跟做賊似的，沒一處有我姐姐的影子；又不敢問，連吃飯也沒了口味。飯吃到一半，我終於忍不住問：「我姐姐呢？」

安順福橫了我一眼，說：「吃你的飯，要你操什麼瞎心！」母親看了他一眼，又看我。我乞求般的眼神，讓母親看不下去了，她說：「你姐上繡樓了！」

「繡樓？」

「吃飯！」安順福一聲吼，把母親也嚇了一跳。但母親還是說：「女孩子過了十三歲，就要上繡樓的。古時候傳下來的規矩，你長大了就曉得的。乖，吃飯。」

這個飯哪裡還吃得下去。我胡亂地扒了兩口就擱了碗。剛出門，卻見劉媽媽在院子側門邊向我招手，我好奇地過去，她把我往裡引了幾步，說：「少爺，你怎麼連大戶人家的小姐到了十三歲上繡樓都不曉得？」

誰說我不曉得？我在小沙窪上「修屋」的時候，就曉得小姐住繡樓，公子住書房！那是大戶人家呀，就我們家挨得上邊麼？要是我姐姐算是大戶人家的小姐，要住繡樓，那我就應該是公子少爺了！劉媽媽雖然跟著她的小翠把我喊成什麼「少爺」，我也睡在了安順福的書房裡，可我曉得我不是少爺的命。這個世上，哪有像我這樣四歲挨打，五歲就下湖的少爺!?

「沾少爺的光，小翠跟著小姐上繡樓了……要是我那兒不死，少爺也就有個書僮了。可憐我那兒就那麼死了……」劉媽媽還在嘮叨個沒完，我可不想聽她這一套。我只是惦記我的姐姐。我問她，我們家的繡樓在哪裡？她破涕為笑，說就是天井後面的那一重閣樓。

「哦！」

我拔腿就往屋內跑，差點跟安順福撞了個滿懷。

「到你前面去，中門以北，除了吃飯，你以後不准進來！」

他的一聲暴吼，不由使我打了個冷噤，我感到好多地方都冒出了看我的眼睛，身上火辣辣的難受，便乖乖地縮進了自己的房裡。

躺在床上，我正兒八經地生出好好讀書的念頭來。可第二天，恩茂先生卻把我們放了假，說是接到朋友來信，他要到監利去講學十天。

安順福一聽，當即把我帶到了湖上。我蹲在他的挑劃子裡，又變成了他的第五隻鷺鷥。

十天後，先生竟是沒有回來，我只有繼續當我的鷺鷥。

半個月後，先生還沒回來，我仍然只有當著安順福的鷺鷥。

一個月過去了，先生仍沒回來。這時，大家開始私下裡傳——說先生在監利講學，被「長毛①」抓走了。

我問「長毛」是什麼？大人們顯得驚恐萬狀，安順福更是把我往外一逮，慌慌地便往屋裡趕。連著幾天，窩在屋裡哀聲歎氣，竟是沒有上湖。

我閒得無聊，瞅見安順福進了大娘的廂房，便輕腳妙手地溜進中門，本想到母親的房裡去，又怕安順福進來，便跑到後面磡子屋裡去找劉媽媽。

打開後門，母親也在後院裡，兩人正在擇菜。

「這幾天不要亂跑，就在屋裡玩！」母親一見面就嚴肅地吩咐我。

劉媽媽見我不高興，便說：「小少爺，世道亂，太太是為你好呢。」她這麼一說，我便想起恩茂先生來。

「劉媽媽，『長毛』是什麼？」我問。

「青面獠牙，吃人的惡魔……」

「劉媽媽，少說兩句，別嚇著了孩子！」

「是，太太。」

「去，到前面自己的屋裡去，小心被你爹看見。沒事就讀讀書寫寫字，不把幾個字都玩掉了。」母親毫不客氣地把我往外攆。

我趕緊往前面走，到了天井，我忍不住想到閣樓上去看我姐姐，正好安順福從大娘的廂房裡出來，我嚇得趕緊收回自己的腳步，往中門這邊走。他看了我一眼，連我喊他，他都沒理，就往後面去了。

坐到自己的床上，我腦子裡一直想著劉媽媽說的「青面獠

①當時對太平天國的稱呼。

牙」，恩茂先生被「青面獠牙」抓走了，那不就是被青面獠牙給吃掉了！心想，難怪爹這幾天不上湖的！心裡便怕得不行。

三個月後，就在我幾乎忘了恩茂先生時，先生卻派他的侄兒徐源來喊我上學去，說是上年交了束修的。

我再見到先生是在第二天，初一見面，差點沒認出來，他戴了頂瓜皮帽子，這才交九月，怎麼就戴上了帽子呢？先前，他是連十冬臘月也不戴帽子的呀！下課後，我們才發現，先生的那根油光光的辮子不見了，那帽子後是用絨線編的一根假辮子。

他們抿著嘴偷偷地笑了，但我卻想，那辮子是不是被「青面獠牙」給吃掉了的？

過了幾日，先生講「顏淵第十二」「子貢問政……」那一節時，他突然放下書本說：「國家為什麼要起刀兵？」他的問題我們哪裡回答得了，他看了我們一眼，自顧自地說起了他在監利被抓的事來。

原來他到監利，是應他好友程定山邀約而去的，到達監利的當天晚上，程定山為他接風洗塵後，兩人到長江邊上準備飽覽江色，不料，遇到了在沿江徵調民船的「長毛」，遂被挾持而去，一路上當牛做馬，苦不堪言。到了安慶，一個月黑風高之夜，先生起來夜解，恰逢官兵偷營，混亂間他趴在茅廁裡，半天不敢喘氣，幸好天色微明之際，忽地狂風大作，電閃雷鳴，先生爬起來就跑，這才撿了一條小命。先生說，第二天身上還有蛆在爬！

我好想問先生，「長毛」是否真的「青面獠牙」？但見先生兩眼含淚，便不敢做聲，先生手一擺，把我們放了學。我一路上想，等哪天先生好了，我一定要問他。

可第二天安順福到學堂裡跟先生說，家裡事多，以後，我就只上半天學了。

上午，我坐在恩茂先生的學堂裡；下午，我蹲在安順福湖中的挑劃子裡。

坐在學堂裡，我再沒了先前的興致，那些書本上的句子，每一個字都被我摳出來放到嘴裡咬碎了再惡狠狠地吐出來，把恩茂先生的侄子弄得總是隔一會就站到我的旁邊，敲了我的桌子，要我小聲點。而在湖上，只有入水的那一刻，我是衝動的。隨後便是無休止地下網、收網，放花籃、收花籃，施毫子、收毫子。在這個時候，想變成一條魚，成了我唯一的嚮往。

在水裡，只有一條真正的魚，才是幸福的。

無望的孤苦中，竟是連夢也懶得理我，只是每天早晨睜開眼，那杆小槍直直地挺著，在東天微迷的晨熹裡，挑著未知的渴望。

3

就這樣，在恩茂先生和安順福的手裡，我的身子慢慢打磨到了十五歲。

在早春一個有些清冷的夜裡，我渴望的夢終於轟轟隆隆地來了。我睡在我姐姐的懷裡，她的手引導我向著一個深不見底的地方，把我的衝動與賁張的激情深深地插下去，我不停地往那深不見底的地方衝擊，卻又無法深入地焦躁煩亂著，突然，一個久久關閉的閘門在我的身子裡，猛然打開，暢快的宣洩生生地撕碎了我的夢。我從惶惑與不安裡醒過來，發現兩腿之間濕津津的一片……

我換下來的那條褲子，在我上學之後，被我母親捧在手裡，至少看了一炷香的時間。劉媽媽好奇地問：「三太太得了什麼寶，這麼個看法？」

母親臉一紅，笑著說：「可不是個寶。少爺成大人了！」母親說著這句話時，像一個情竇初開的少女。

「是啊，是啊。該跟少爺找個媳婦了！」劉媽媽說著眼便紅了，「要是我的兒還在……」

「看你，又來了。」劉媽媽趕緊掀起衣襟，沾了沾自己的兩隻眼角，臉上擠出笑來。「三太太別惱我，我這也是跟少爺歡喜呢！」

「劉媽，幫著打盆水來，我要親自洗少爺這條褲子！」劉媽媽愣了一下，嘴裡連忙應著，「我就來！」說著邁開小腳，顛顛地進了廚房，又顛顛地端著一盆水出來了。我母親把那盆水接過來，將我的那條褲子，小心翼翼地浸了進去。

我姐姐這時在小翠的服侍下，從繡樓上下來要去看她的母親，問我母親：「三娘，說什麼呢？我怎麼聽說是得了什麼寶貝？」母親還沒來得及開口，劉媽媽搶過話頭說：「可不是個寶貝，少爺可以娶少奶奶了！」我姐姐睜大了她的眼睛，不知所措地驚在那裡。母親說：「別聽你劉媽媽她瞎嚼舌頭！」母親說這話時，橫了劉媽媽一眼，那眼睛隨即梭過來瞟了我姐姐一眼。我姐姐當即車轉身回了她的繡樓。

這天晚上，我從湖上回來，安若男突然來看我。我差點瘋了——「姐姐、姐姐、姐姐！」她將我一把抱進懷裡，她熟透了的身子，讓我渾身打著顫。我的下身呼地一下就挺了起來，我掀開她的衣服，我吃過的那兩個小青果，如兩枚熟透的鮮桃，顫顫地聳到我的眼裡，我差點把夢裡的醜事在光天白日裡演了一遍。她奮力地推開我，恰在這時，安順福的聲音尖厲地在前廳響起，我情慾的山峰一下坍塌了，像當頭挨了一棒的一隻餓狗，狺狺地哀叫著，絕望地看著她走了。

第二天，天還黑沉沉的，安順福就把我從床上喊了起來。我們上湖時，天才只有一絲濛濛亮。他駕著船，什麼話也不說，船像一條逃命的魚，慌裡慌張地一直往前衝。他既不要我下網，也不說下水收花籃，顯得詭精詭詐的。好幾次我都想開口問他，但話到嘴邊，生生地被我嚥了下去。這個家裡，他說一，我能說二麼？總之，他有他的安排，聽他的安排就是了。等船靠了岸，天已大明。這時，他才告訴我，說是讓我跟人去巴東挑鹽。

我驚愕地看著他，他根本沒有理我的意思，在前面自顧自地邁開了步。我四周打量了一番，眼前是一處有百來戶人家的小鎮子，密密麻麻地擠在一條河的兩邊。安順福在前面已經跨過了一座橋，我趕過去一看，那橋欄杆中間的一塊石匾上，寫著「陟屺橋」三個字。但我仍不知道這是哪裡，我想問他，他在前面不歇步地走著，像鬼趕著他似的。我不得不小跑幾步才追上了他的腳後跟。

這樣又走了一會，轉過一個彎，眼前又是密密實實的一排房子，跟前面的房子一樣，擠得差不多都要出汗了。這時，他在一戶有門蹲子的屋前停了下來。那屋的院子門半敞著，他用手一推，人就跨了進去。

我跟進去，已有一個大個子男人陪著安順福迎到了門前。大個子男人臉上長滿了鬍子，看著有些嚇人。一見我，安順福就說：「兄弟，我把他就交給你了。」那神情，就像把自己的心肝寶貝摘下來的樣子。

大鬍子走上前，在我的肩上捏了兩下，他沒和我說話，轉過臉對安順福說：「你放心，出去是個毛孩子，回來就是一條漢子。」

院子裡，肩上早已挑著鹹魚的十多個男人，同時笑了起來。我挨個地看了他們一眼，看見他們放肆笑著的眼眶裡竟都汪著一泡眼淚。我也傻乎乎地笑了起來。

安順福的臉卻在我們的笑裡，窘成了一張烤糊的鍋貼餅子！

事已至此，我只能接受他的安排了。他們早已為我預辦了一擔四十斤重的鹹魚。我把那擔鹹魚拎了拎，覺得沒什麼，輕著呢。

也就是這一拎，通往巴東的小路，就載著一個又一個淫蕩的故事，向無盡的遠方滾過去了。

4

「早先有這麼一個老鰥夫，辛辛苦苦將兒子拉扯大了，幫兒子討了個媳婦兒；看到小倆口如膠似漆，多年不知肉味的老傢伙動了凡心。這一天，實在忍不了啦，便跑到河邊自己弄了起來。媳婦出來找公公回去吃晚飯，正巧看見公公拿著一片芭蕉葉自言自語道：『兒啊！莫怪爹爹狠心，如果不是你娘死得早，你也不用飄流在外啊！』說著把葉子放到河裡去了，側身看見後面有人，回頭一望，只見媳婦兒的臉紅得像豬肝，知道是被撞見了，只好硬起頭皮問：『哎！怎麼站在這兒都不叫我？』媳婦回答說：『剛剛公公送小叔坐船離開，我不敢打擾啊！』」

笑從他們的嘴裡炸出來，和著扁擔的吱嘎聲，把壓在我肩上的重負也嚇跑了。但我不懂他們為什麼要笑，這好笑嗎？

我還沒弄懂，另一個故事已經開始。

「這是一個苕姑娘，娘兒倆住在一起。一天，她姆媽有事要出門，苕姑娘問：『姆媽，晚上我跟哪個睡呢？』她姆媽說：『隨你。』第二天，她姆媽辦完事回來問：『你昨天晚上跟哪個睡的？』她說：『我跑到村頭跟隋禮睡的。』她姆媽一聽，嚇壞了，忙問：『姓隋的那小子欺沒欺負你？』苕姑娘高興地說：『沒有，他抱我的頭，我抱他的腰，中間還插了一把鍬，好好玩。』」

他們又是放浪地笑。

「為什麼中間插了一把鍬？」我問邊上的一個人。知之為知之，不知為不知，是知也。我想起孔大聖人的話來。

「小子，你褲襠裡的東西不就是一把鍬。」

「安順福的兒子問什麼？」

「他問中間那把鍬。」

他們不得不停下來，笑使得他們變成了一團酥軟的泥巴。他們趴在地上，肚子裡的笑像開水一樣不住地往外翻滾著氣泡。

「哎喲，我的肚子快笑破了，安順福養了個活寶貝。」

望著他們快活的樣子，我滿臉羞赧。

因為我，他們歇息下來。有人仰著脖子喝了水；有人把纏在腰裡的炒麵拿出來舔了幾口，又重新塞到了腰裡。

「別歇了，像這樣三個月也到不了巴東。」

大鬍子爬起來，挑著他的那擔一百五十斤重的鹹魚，還有我的那擔四十斤的鹹魚和我們倆的乾糧，像一隻昂著頭嘎嘎亂叫的公鵝，在前頭率先走了。

我空著手走著，夏三九走到我的跟前問我：「小雞巴，今年幾歲了？」

這是他和我說的第一句話，粗野得跟走草的狗差不多。

「十五。」

他把我上下打量了一遍。我也把他上下打量了一遍。這傢伙一張刀條臉，渾身好像只有骨頭似的，他一說話，嘴和鼻子間就會現出兩道深深的酒溝，鹽幫裡的人都喊他酒哥。從他哈出的氣裡，我果真聞到了一股發酵的酒糟味。

「小雞巴還嫩得很啊，只怕連老大的雞巴都扛不起，你他媽也來跑鹽幫！」

他們哈哈大笑起來。笑過了，有人接口說，老大的雞巴也真他媽野，我看跟驢子的那玩意差不多。又一個傢伙接口說，他婆娘又瘦又小又乾，怎麼經得起他一搞？他們就又是笑，我望著幫我挑著鹹魚的大鬍子，心裡生出莫名的衝動，眼便直奔他的腰際而去。他的褲子至少有四尺的腰，肥大的直襠任他有多大的傢伙也顯不出山水來。

「笑什麼呢？頭一天就這麼磨蹭，什麼時候才能到啊？」大鬍子在前面回過頭對我們喊著。嘻笑的傢伙們便斂了笑，有幾個忙忙地往前趕過去。夏三九油腔滑調地問我：「鹽幫裡好不好玩？」

我沒理他，緊走了幾步，趕上大鬍子，從他的肩上接過了自己的擔子。

大鬍子叫胡大成，是我見過的最粗壯的男人。據說他在鹽幫裡，差不多總是挑著兩副擔子，他像一條傳送帶，輪換著把一隊人的擔子挑到他的另一個肩膀上，讓像我這樣的東西或者身子虛了的傢伙，殘喘苟且。

我挑著鹹魚沒走上一里路，大鬍子就又從我的肩上把擔子接過去了。

「你沒挑過擔子的嫩肩膀，第一天悠著點。肩膀是慢慢練出來的。」

說也奇怪，挑著擔子走路，腳是一步趕著一步；閒下來，腳下卻彷彿慢了半步似的。一慢下來，就又被夏三九纏上了。

「老大你得把他喊師父。小雞巴，聽到了吧？」

我沒回他的話，在我心裡其實早就認了他這個師父。他跟恩茂先生一樣。我想，恩茂先生教我認字，大鬍子這是教我做人。

「小雞巴，我跟你講講你師父和師娘的事，你把耳朵張開了好好地聽。你師父跟你師娘，跟你的爹媽不同，你師父一年有半年不在家，在家的半年一個月跟你師娘只睡一次。懂不懂男人和女人睡覺，啊？不懂不要緊，過不了幾天你就要懂了。我跟你說，你師父跟你師娘睡之前，先是打酒、割肉。只要看到他打酒、割肉，你師娘就哭，知道你師父要做那事了。你師父傢伙大，所以他一個月只做一回；做多了，你師娘只怕早就死了。就是每個月做一回，你師娘也要倒床半個月。有一回，你師父要到巴東去了，打了酒割了肉，和你師娘溫存了一番，你師娘一副活不過來的死樣子，也不送你師父；你師父褲子一穿，挑起收來的鹹魚就走。沒走多遠，你師父想起跟巴東那邊的女人買的東西忘在屋裡了，就回頭去取東西……」講到這裡，他停下來問我：「你說，你師父他看到了什麼？」

我哪裡曉得。再說，這樣的故事也太葷了點。我想走，他一把拿住我說：「狗日的，老子讓你聽悶②，你還不想聽。你師父一腳踏進門，看見你師娘正跟另一個男人疊在一起！」

「狗屁，不相信！」在鹽幫，我第一次發表了我自己的觀點。

「喲，小雞巴日的，你還曉得衛護你的師父，有點良心。你跟老子還小，還不清白。今天教你點乖，以後好曉得哪門玩女人。女人是個怪物，她要麼不開葷，開了葷沒有不想男人的。你想，你的師父一年有半年不在屋裡，就是她不想，保得住別的男人不打她的主意？你師父的傢伙大，給你師娘的是痛苦；別的男人沒那麼大，給你師娘的就是快活。你想，你的師父走後，你師娘她還忍得住？她不去偷才怪呢！」

「酒哥，你瞎說吧，你是怎麼曉得的？」邊上一個滿臉長著酒刺的傢伙，忍不住插進來問。他叫鄭來財。

「瞎說？老子跟你瞎說？我親眼看到的！」

「後來呢？」

「後來老大把她綁在床上，說，平時我總是心疼你，沒想到委屈你了，你沒吃飽。好，今天我讓你吃個飽。老大這一頓操，把她的子宮都差點搞破了。老大幹完了，跑到他丈人家對丈母娘說，你過去照顧你女兒幾天，我有事要出門。說完就走。聽說，老大的女人回家得了場大病，拖到第二年才勉強下床！」

……

5

淫蕩的故事在第一天讓所有的人都忘了肩上的重擔。一不

②白占便宜的意思。

留神，太陽就掉進了遠處的一棵楝樹上的老鴰窩裡，我們便歇息到路邊的一家客店裡。他們解開帶來的燒酒，像喝水一樣把它灌進了喉嚨。他們喝夠了，想起了我。

「來，小雞巴，你也喝一口。」夏三九招呼我。

「我不會喝。」我說。

「鹽幫裡的人哪有不喝酒的。來，喝一口，給我酒哥一個面子！」他握著酒罈，歪歪扭扭地走到我的跟前。

「喝呀。喝呀。」

其他人則在一邊起哄。

「我不喝！」

我站起來，我才懶得理他，沒想到他竟把我按倒在了板凳上。

「不喝，是不是？」他一點也沒有發火的意思，說話慢條斯理，像一頭老掉了牙齒的黃牛，拖著一架吱吱嘎嘎的破板車。手上卻一點也不含糊，他用了十足的勁把我壓在板凳上。「你不喝，我就灌。」

巨大的酒氣在一股白亮亮的液體裡發散出來，直撲我的嘴和鼻子。我不停地掙扎，酒被我的臉甩成了一串串晶瑩的珠子，飛濺到昏暗的客店裡。

「行了，別浪費酒了。」同伴過來奪下了他的酒壺。他們扔下我，笑著回到他們的桌上。

我像從湖水裡上來一樣，用手抹了抹臉上的酒珠，我第一次嘗到了酒的滋味，又甜又辣，還有點火燒火燎。我的怒火突然消失得無影無蹤，一種特別讓人舒服的感覺從火辣辣的臉上擴散到了全身，發脹的肌肉一下鬆軟下來，我想睡了。

「快看，小雞巴醉了。」鄭來財喊了一聲。

「這麼快，真他媽嫩。喂，我們把他的褲子扒了，看他的小雞巴紮毛沒有！」

「夏三九，我日你的媽，你跟老子小心，老子永遠記住了你！」他們興奮得像一群看見臭屎的狗，嗷嗷叫著撲向我，把我壓倒在草鋪上。我破口大罵，我越罵他們越高興。

他們要的就是這個刺激。

我終於被他們剝得赤條條的，他們當中不知是誰還使勁地把我的命根子擰了一把。

「狗日的，這麼點小雞巴就要開葷了！」

他們忿忿不平。

在嫉恨與懷想裡，我們從色彩斑斕的夢裡醒來。

「快起來，起來屙尿。」

夏三九吆喝著，他在客棧的大屋裡扭著他的身子。老闆和夥計正張羅著早飯。我還真的夾著一泡尿，但夏三九把我當成他還在尿床的兒子吆喝，使我憋了一肚子氣。我從帳子裡爬出來，差點摔在地上。我的腳像剛從屜子裡蒸出來的發糕，凹凸不平的地皮爭著往腳底的肉裡擠，骨頭在堅硬的地皮上被頂得往邊上一滾，我趕緊把先落地的腳提起來，換上另外一隻，沒有用。兩隻腳在地皮上的感覺完全一樣。一夜之間，我成了一個瘸子。

夏三九停下他正扭動的腰，看著我。

「你還是回家吧。安順福三個婆娘才弄出這點種，不放在屋裡好好養著，也是他媽的一個怪氣。」

我瞪了他一眼。大鬍子幸許可以看扁我，他夏三九是個什麼貨色，我再怎麼著也不會輸給他。

我把踏下去的腳重重地踩在地上，把另一隻腳高高地提起來，然後再使勁地踩下去。腳底似刀在剜著。我忍著，一步、兩步……五步之後，針刺的疼痛，變成了麻酸酥癢的滋味。我輕鬆地從夏三九的面前走出門去，掏出襠裡那把光溜溜的茶壺，把隔夜的剩茶倒在小客棧的土壁子上。

夏三九從屋裡趕出來。

「想喝茶，過來喝。」我轉過身來對著他尿。

「放你娘的屁，老子給你喝還差不多。」他往邊上走了一截，裝模作樣地到襠裡去掏。我還沒尿完，他襠裡已沒法往外冒水了。

「看什麼看？」

「你不是要尿麼，怎麼沒尿出來，小心憋死了。」

他想衝過來找我的晦氣，我扭轉水槍，一通狂掃，使他無法近身。

「小雞巴，老子路上再慢慢收拾你。」

那擔一百斤重的乾鹹魚，在他還來不及收拾我之前先把他給收拾了。他剛上路，額上便虛汗直冒，熱氣騰騰。早晨的風，帶著一絲涼氣，挑著擔子還有人說冷。走了沒兩里路，他跟從水裡上來似的，渾身濕淋淋的，兩條腿哆嗦著，被人挪到了最後。

「三九，你不舒服？」

大鬍子把我的鹹魚放回到我的肩上，從他的肩上拎過他的鹹魚。他象徵性地掙扎了一下，鬆開了握著扁擔的手，慘白得看不出一絲血色的臉痛苦地扯了一下。

「老大，我，我……」

他想說句什麼，但他說不出來。不管他說什麼，丟人就是丟人。一個長年跑巴東的鹽幫漢子，跟一個剛出道的雛似的，這臉不止在我的面前掛不住，在鹽幫的哪一位面前也掛不住。我歇過了，精氣神正足，我走過他的身邊，我看了他一眼，他竟然不敢接我的目光。

他就跟一條沒出息的狗似的，挨一磚頭就夾了尾巴逃得屁滾尿流。

看著他那副德性，我的心裡生出幸災惹禍的快感，那同樣咬著我的肩膀的擔子，似乎也顯得輕了許多。

這一天，大鬍子肩上的另一副擔子，就在我和夏三九兩人間換過去換過來。

我空著手走的時候，總是挨著他，看他額頭上如噴泉般湧出的汗珠。我故意問：「酒哥，你哪裡來的這麼多水？你該不會是把早晨我灑在牆壁子上的那泡尿偷過來了吧！」

他狠狠地剜了我一眼，看起來，今天他是連說話都怕岔了氣。

我怎麼也沒想到，到了第三天，一心想看別人笑話的我，出了天底下最大的一個醜。

我以為我就這樣磨出來了，錯了，當我睜開眼時，我就曉得這天的路，要比第二天難上一千倍。

我從歇息的地方把那擔鹹魚弄到屋外，我一下絕望——四肢哪怕稍微一動，就是撕裂般地疼，它們鑽進心裡，心就像躺在砧板上被一把銹蝕的刀子割著；我的雙肩腫脹的地方，血紅的肉正在往外滲著黃水，我的雙腳破裂的水泡上又堆出了水泡。我咬牙，我咬得牙幫發脹，還是不行。我不等大鬍子從我的肩上拎過我的鹹魚，就把鹹魚連同那根可惡的扁擔甩到一邊，然後一屁股坐到地上。

這一刻，微涼的地皮比我的親娘老子還要親上一百倍。

「安順福，我日你媽！」

平生第一次，也是唯一一次，我罵了這個人。

大鬍子把我扔在地上的擔子揀起來，放到他的肩上，說聲快跟上來，便往前走了。我沒有理他。他走了一百步後看我還坐在原處，他挑著兩擔鹹魚回來了。

「起來。」

他拉我。我沒動。坐著的舒服，在這一刻也許死亡都無法將之撼動。我索性睡到地上。大鬍子大吼三聲「你起不起來」。吼十聲也沒用，我不會起來的。他惱了，放下兩副擔子，用繩子把我拴到他的腰裡。拴吧，拴吧，看你把我怎麼樣！這個狗東西，他把我拴好後，拖著就走！我的身子把路上的灰、土塊、雜草、狗屎、牛糞都刮了起來，灰氣、臭氣裹住我，爭先恐後地往前推湧著，人成了一把碩大的掃帚。我不得不老老實實地站了起來。

「胡大成，你不得好死。我要把你殺了，把你剁成八十八塊。我要剮你的皮，抽你的筋。你出門撞鬼，下水淹死。你生的兒子沒得屁眼子……」

我把能想到的話都罵了，他沒有睬我。我故意向後仰著，我讓你力大，我累死你，把你累趴下。在我的東倒西歪中，他的後背滲出的汗迅速地打濕了他的衣服，貼到他的脊背上，那滾動的肉團便在我眼前一聳一聳。我罵得舌乾口燥，直到再也沒有力氣罵了，便像一個酒鬼似地跟著他，跌跌撞撞往前走。

我無計可施，我想不出在這個時候，還有誰來幫我。就在我絕望之際，我的心口忽地一動。是啊，我怎麼把我的乾爹給忘了！

我驚喜地把乾爹從衣領裡掏出來。我的內心嘶喊著：乾爹呀乾爹，你救救我，救救我！我活不過來了！乾爹，你看到沒有，我被人拖著在走；我渾身沒有一處不在疼，我的腳上堆滿了水泡，我的肩膀磨破了皮……

我嘮嘮叨叨無休無止地向他訴起苦來，心裡的那張嘴說得差不多起了泡，總算是停了下來。我感到眼前一花，愣神之間，身子似乎飄了起來，那些水泡從我的腳底飛到空中，在風裡飄來蕩去，亮晶晶的水珠在太陽光裡閃閃爍爍；我看見肩上磨破了皮的兩塊紅肉，貼到了大鬍子的肩上，他的背影拼命地塞進我的眼裡，我看見熱汗像水一樣漫過他的後背，那一聳一聳的肉團，把我的心扯得一顫一顫。我想起了「無羞恥之心，非人也」那句話，頓時無地自容。

「把擔子給我，我自己挑！」

我趕到大鬍子邊上，像恩茂先生第一次要打手心時的惶恐。

6

「這小傢伙邪門了。剛才還是一副快死的相，現在是怎麼回事？」

「他的脖子上戴著一尊菩薩。我看見剛才他把菩薩從脖子上拿出來看了後，他就從老大那裡接過了擔子。莫不是他真有菩薩保佑？」

我聽到了他們的議論。

「天啦，這麼小一點，他是哪裡來的『將』？」夏三九驚呼道。

「不會吧！」鄭來財瞪大了眼睛望向我。

「什麼叫『將』？」邊上一人問。

「這你都不曉得，就是『小身子鬼』啦！」

「不會吧，他這麼小，才十五歲，他敢『叫枯』？」那人說。

「什麼叫『叫枯』？」邊上另一個人問。

夏三九問那人：「人有三魂六魄，你懂不懂？」那人雞啄米似地點頭。夏三九看了他一眼，接著說：「人死之前，三魂六魄中的兩魂和六魄其實早已上路，留在身子裡的只有一魂，所以人才走也走不動，爬也爬不動。『叫枯』就是人死了，從埋到土裡的那天起，你每夜子時到他的墳頭去喊他的名字，一連喊上七七四十九天，那人還沒走遠的一魂，就會出來跟你打架。你打贏了，他就成了你的『將』；你打輸了，他就把你的三魂六魄帶走。他做了你的『將』，你想要他做什麼，他就做什麼。你可以把他放在你的指甲裡，也可以把他縫在你的衣服裡，或者像小傢伙樣，把他藏在身上戴的東西上。總之放哪裡都行，所以又叫『小身子鬼』！」

「是不是真的？」有人插嘴問。

「當然是真的。你沒見人死之後，家裡人哭得要死要活時，別人勸的是句什麼話，是『節哀順變』這四個字。什麼意思？就是說要讓亡靈能夠『安心地去』。我告訴你們，陽間的哭聲，對於死者，就像鎖在腳上的鐐銬一樣，有千斤之重。那只剩下一魂的亡靈，怎麼拖得起？所以，信佛的人死了，家裡人是不哭的，只念經。念經，尤其是念「往生經」，就像是把死者扶上車子一樣；這樣，他剩下的一魂就能儘早跟已經到閻王那裡報到的兩魂六魄會合。只有三魂六魄聚齊了，才能把陽世的賬在閻王那裡了啦！你們想，『叫枯』的人，在他的墳頭徹夜不休地叫喚，那豈不比哭一會兒厲害上百倍千倍？七七四十九天，把石頭喊四十九天，只怕都可以喊答應！何況他才剛死，這麼拼命地喊，該是有多麼重要的事，你說他能放得下？他能不回來？」

夏三九說他姥爺手裡就曾有過一個小身子鬼。說那是餓死在他姥爺家門口的一個討米佬。「小傢伙十歲不到，我姥爺把他埋在自家的院子裡，每天夜裡，就在院子裡喊他的名字。四十九天後，那小傢伙從墳裡一出來，見不是自己的親人，而是一個不相干的人要把它捉去當『將』，當即就和我姥爺打了起來。那一場打，真是天昏地暗。我姥爺雖說沒有老大那麼大的力氣，也算是膀大腰圓，那一年三十六歲，血氣正旺，沒想到竟不是那小討米佬的對手。要不是一隻黃鼠狼幫忙，我姥爺早就一命歸西。」

講到這裡，夏三九嚥了口唾沫。鄭來財聽得入了神，急著問：「黃鼠狼還會幫忙？」夏三九看了他一眼，說：「這也許是命該如此吧，那只該死的黃鼠狼不來偷雞，那隻大公雞就不會在那個時候叫起來。牠一叫，鬼就慌了，一慌，就走了神，走了神就敗了。」夏三九說，他姥爺得了一個小身子鬼，到處風流快活，成天花街柳巷，最後不知所終，報應都降到了他的兒女身上。他說他的三個舅舅，兩個小姨媽，和他的娘不出五年，先後死了。夏三九說到這裡，滿臉悲戚。

「這種事缺德。」他說，「老天爺不依的，要折陽壽的！」

「是啊，是啊。」有人附和說，「閻王要人三更死，絕不留人到天明。小身子鬼的兩魂六魄早已報到，最後一魂卻遲遲不來，閻王豈不惱怒？盛怒之下，遷怒於『叫枯』者，勢所必然。」

「我不信。」有人說。

我聽見夏三九「嗤」了一聲，顯然是極度的不屑。我回過頭，見他正把肩上的擔子往另一邊挪，這一挪，挪得他呲牙咧嘴。

「我信。」鄭來財說，「酒哥姥爺跟我爺爺最好了，我爺爺老講的，那一年，酒哥姥爺來了，我爺爺把我奶奶趕到一邊去，跟酒哥爺爺倆睡在一張床上，兩個人一夜沒合眼，躺在被子裡說話。說著說著天就快亮了。我爺爺說，你睡會吧，我在湖上下了幾個花籃的，我去收幾條魚回來，叫你嫂子起來熬了湯，我們喝點早酒。酒哥姥爺要跟我爺爺去，我爺爺死活把他按在了床上，披了襖子就出了門。那天正是霜降的日子，天還只一粉粉亮，小北風颳著，要是往日，人剛從被窩裡出來，怎麼也會打個激靈的。我爺爺說，那天沒有。他撐著船到了湖心，用撐篙挑起一隻花籃，那花籃還沒出水，我爺爺就聽到一個聲音：『這隻沒有。』我爺爺四下裡一看，滿湖裡哪裡有一個人，他疑心自己聽錯了，也沒在意。等到花籃離了水，那花籃裡果真什麼也沒有。我爺爺這下心裡犯了疑乎，便又去挑另一隻花籃，就在撐篙下手之際，那聲音又來了：『這隻也沒有。』我爺爺心裡驚了，那聲音好像就在耳朵邊上，他左右看了好幾遍，不要說人，連魚鷹子都還沒起來呢。我爺爺心裡說了句：『出鬼了！』但他還沒在意，挑起花籃一看，真的什麼也沒有。他又把撐篙伸進水裡，準備去挑第三隻花籃，那個聲音又來了：『這隻有！』這時，我爺爺的心就炸開了，但他還是毛著膽子把花籃挑了起來，花籃還沒出水，裡面的魚就跳開了。我爺爺這下才真的怕了，他丟下花籃，回頭就往湖邊趕，船還沒停好，跳上岸就往家裡跑。

「我爺爺還沒到家，就看見酒哥的姥爺迎了上來，見面第一句就說：『我曉得把你嚇狠了。你穿錯了衣服。』撞到一個活人，我爺爺亂跳的心才稍穩了些，往自己身上一看，是啊，這不正是昨天他來時穿的衣服嗎？再看酒哥的姥爺，身上正穿著我爺爺的褂子呢。我爺爺趕緊脫下身上的衣服和酒哥的姥爺換過來，問：『你怎麼曉得我今天早上嚇狠了的。我是真的快嚇死啊！』酒哥的姥爺一邊穿衣服一邊說：『我的這件衣服上有將，就縫在領子上。』我爺爺聽了這話，愣在路邊，什麼話也說不出來。等他回過神來，酒哥的姥爺早走遠了。」

「我們去問小傢伙，不會他真的有『將』吧！」

幾個人緊趕慢趕圍了上來。沒等他們說話，我先開口了。

「你們說的我都聽到了，我才不是什麼『叫枯』，什麼『將』，什麼『小身子鬼』呢。我跟你們說，我的是菩薩！」我把我的乾爹從胸前拿出來給他們看。「你們要是再瞎說，我就讓我的菩薩教訓你們！」

看著我的乾爹，他們伸了伸舌頭，都噤了聲。

「看你的樣子，菩薩一定在你的扁擔上綁了紅絲線了。就跟當年的觀音菩薩一樣，她看到跟秦始皇修長城的人們遭孽，就在他們每個人的扁擔上綁了一根紅絲線，結果大家挑了一天的石頭，還是樂呵呵的。後來當官的把這件事跟秦始皇說了，秦始皇把所有的紅絲線都收了起來編了根鞭子，據說，那根鞭子把山一抽，山都嚇得自己走……」

這個故事倒是讓我聽得津津有味。他們要我歇下來，說想看我的扁擔上有沒有紅絲線。就在這時，一朵烏雲遮住了太陽。幾個人一愣，相顧看了一眼，跪在了我的四周。

「安兄弟，求求你的菩薩，讓你的菩薩也保佑保佑我們吧！」夏三九滿嘴的酒糟味噴了我一身。

「他是我拜記了的乾爹」。

「那我們就求你的乾爹吧！」

我歇下我的擔子，把我的乾爹從胸前掏出來，捧在手心裡，我雙腿一盤坐了下來，我給我的乾爹建了一個肉身的神位。

他們巴巴地磕了幾個頭後，我說：「乾爹，你都聽到了，這趟路真不是人走的，大家都快走死。讓我們順順當當地到巴東吧。另外，讓酒哥今年討個老婆。」

夏三九一愣，說：「好好好，安兄弟，沾你的光，我夏三九今年討個老婆，明年生個兒子，我跟你提一百個紅雞蛋去。」

……

拜了我的乾爹後，大家果然走得輕快多了。這樣，我們比預計的時間提前兩天到達了巴東。午後，當巴東的山脊呈現在我們面前時，我們齊齊地喊了一聲：

「菩薩保佑！」

7

「哦呵啦——」

十來個精瘦的漢子突然一聲喊，向我們奔來，正在喘氣的我，嚇得慌亂地去看大鬍子。他們的臉上都漾滿了笑，沒有一絲怯意，這讓我驚奇不已。那些漢子奔到近前，嘴裡不停地喊著「稀客」，搶上來就把我們的鹹魚擔在了自己的肩上。其中一個搶我的鹹魚擔時，我遲疑了一下，才將手鬆了開來。

「這是個嫩客！」那漢子說了這麼一句，兩邊的人都笑了起來，把我鬧了個關公臉。笑過後，沒有人再理我，都跟挑著自己魚擔子的漢子說笑去了。那個挑了我的魚擔子的漢子，也跟我搭訕，他說話，彎彎拐拐的，我聽不大清楚。胡大成過來對我說：「你就跟他走，吃了飯，晚上我們再會面。」說完，他趕上幾步，從挑他魚擔子的漢子肩上，強行把魚擔子又給搶回來了。兩個人就爭個不休，大家都聽他倆的，去了，挑我魚擔子的漢子就不再纏著我講話了。

沿一條雞腸子般的小路往山裡走，轉過一個山嘴，眼前突然一寬，平展展的一塊場子，跟安氏祠堂門前的場子差不多。是了，那邊上也有一座小屋呢，只是太小，跟個茅廁似的，裡面正往外冒著香煙，莫非那就是他們的祠堂？恁小，能供個什麼東西？邊上一棵碗口粗的榆樹，大概長縮了筋，樹皮的摺子比八九十歲的老人的皮還難看。再往前，則是魚鱗似挨疊著的一些低矮的房子，要不是屋頂支稜的茅草，很難把它們跟石頭分辨出來。

那些漢子把魚挑進一間高大點的屋子後，回過頭來把我們領進了他們的家門。夏三九專門過來和我一起，說我第一次，有些規矩搞不清楚。這讓我心裡暖烘烘的。我們一進門，屁股還沒坐穩，一位年輕女子，便端來兩大碗水面上漂著芝麻、蔥花的熱茶請我們喝。那茶新奇，人更新奇，頭上銀晃晃的帽子，上面插滿了銀葉子打的各種花飾和鳳凰之類的鳥，一走路，叮噹地響。

我好奇的眼睛碰到她熱情的眼神，心便亂蹦亂跳，忙低了頭去看那碗茶發呆。夏三九說這是油茶，要我嚐一嚐，說蠻好喝的，是待貴客的。茶還沒喝完，兩碗荷包蛋又端出來的，每個碗裡四個。我可是餓壞了，一口氣就把四個荷包蛋吞到了肚子裡。然後，那女子又給我們一人一碗用水泡著的米籽，米籽上面一大坨豬油。夏三九說，這叫「炒米籽」，好吃得很。說著他「呼哧、呼哧」就喝了起來。我學著他小心地抿了一口，一股香味直沖鼻子，舌頭感覺甜津津的。等我們喝完了這碗「炒米籽」，挑我魚擔子的漢子，早點了一桿煙，這時遞過來讓我們抽。夏三九說這叫「毛把煙」，抽了蠻提神的。我實在不想抽，又怕得罪了那漢子，只得接過來猛地吸了一口，沒想到那口煙被我吞到了肚裡，嗆得我鼻涕眼淚都出來了。咳了好一陣，總算是順過氣來，煙是再也不敢抽了。漢子在我咳嗽之際，端了一盆火出來，夏三九便把屁股底下嘎吱嘎吱響的竹椅子一挪，坐到了火盆邊。時令剛過中秋，在路上月亮才圓了沒有幾天，有必要烤火麼？我雖心存疑惑，但也跟著把屁股底下的竹椅子挪了過去。好奇怪，人一挨火盆，便覺得有些冷了。那漢子把一個土罐子放到火盆上，手裡不知握的些什麼，一骨腦兒都丟了進去，又在我們邊上放了一張小木桌，然後拿了三個土癟子碗放在上面。忙完這些，他就陪我們坐在火盆邊，和夏三九你一口我一口地抽起了「毛把煙」。不一會，那土罐子裡煮的東西開了，漢子便用一個抹布將罐子拎起來，往三隻碗裡倒，流出來的是黃亮亮的水。我困惑地看了夏三九一眼，他咧著嘴說：「這是『沙罐茶』。來，喝茶。」那漢子嘴裡不知說著些什麼，夏三九笑了，對我說：「他說，『飯後一袋煙，快活如神仙』；『飯後一杯茶，舒服比菩薩』。」漢子聽了夏三九的話，便嘿嘿地笑。

我們喝著茶，那女子又拿出一大團麵出來。我一直沒敢看她，這時再看她，她對我微微一笑，我的身子一緊，有一種掉進湖裡的恐懼，卻又充滿不自主的欣喜，忙又把頭低了，心卻拼命地找尋著那微微的一笑。那漢子似乎對我毫不在意，他在火盆上放一口鐵鍋，然後把手上那一團麵揪一小塊，在手裡捏幾下便貼到鍋裡。夏三九說，這叫「燒粑粑」。「燒粑粑」烤好了一塊，夏三九讓我先嚐。我接過來，吹了吹，吃到嘴裡，覺得很粘。過細地揣摩了一下，我懷疑多半就是我們平常吃的湯圓，只是做法不同。我沒有問夏三九。

他倆一邊烤著「燒粑粑」，一邊有一搭無一搭地聊了起來。聊著聊著，兩人的眼睛就往我的身上瞄。他們在說我。那漢子說話，時間長了，我也能聽懂一些。剛說了兩句，又扯別的去了，我也就沒了興趣。

失了興味，我就開始想那女子，眼巴巴地望著她消失的地方，盼著她再次出來，再次展顏一笑。可她再沒出現。先前她出來的時候，我不敢看；現在她不出來了，我又巴巴地盼。我心裡罵了自己一句沒出息，便覺得無趣得很，不知怎麼就睡過去了。臨睡前，還聽夏三九說：「小傢伙一路上累慘了……」但我真正能確定聲音時，卻是胡大成在外面的吆喝，我身子一聳，從椅子上站起來就往外走。眼睛一下沒回過神，就覺得外面漆黑一片。連著眨了幾下，才發現天還只是煞黑時分。

夏三九也在我的後面趕了出來，大鬍子他們早已在另一間屋前等著我們了。我們會合後，便跟著漢子們往前走。

轉過那個山嘴，眼前忽地一片火海。山腰的那個平台上，插滿了無數的火把，熊熊燃燒的火把吐著松脂的清香，一隻大鐵鍋裡剛剛宰殺的一頭大黃牛在開水裡翻滾。那些年輕的女子，彷彿從地裡拱出來一般，一律身著豔麗的裙子，頭戴銀光閃閃的帽飾，亮在我的眼裡！山風把她們的裙子掀起來，像一隻隻漂亮的蝴蝶，翻飛在肥白的大腿邊。我的心突突地亂跳起來。

據說，這是一支「逃亡」的土人③，其先祖乃弒父殺弟的百里俾。說起來，那要算是明朝手裡的事了。百里俾的爹叫田秀，是當時容美地區最大的土司頭子。百里俾是他的長子，可惜是小老婆養的。明弘治十八年，百里俾趁田秀出外巡邊，一口氣殺了他的大老婆養的六個兒子，沒想到，尚在襁褓中的七哥俾，被乳母用自己的兒子把他的命從百里俾的屠刀下換了出來。百里俾見絕了自己的競爭對手，索性一不做、二不休，在半路伏擊了他爹田秀，於是當上了容美最大的土司。十六年後，被乳母用親生兒子換了一條命的七哥俾，逃到湖南桑植的娘舅家後，已長大

③據載，土家族原為「巴子國」後裔，唐宋時自稱為「土家人」，簡稱「土人」、「土民」；而他們稱漢人則為「客」、「流」。

成人，在舅父的佐助下，殺奔容美，把百里俾殺得落荒而逃——從百年關逃到漁洋關，後來竟不知所終……

充滿血腥的往事，讓人噓唏不已，而眼前的情景，卻讓人心旌搖盪。

「看，這是『擺手舞』！」

夏三九咋乎個不停。三十個女子在火把的中央站成縱隊，手、肩、胳膊、腰、屁股、大腿、膝蓋、小腿，就像一個人擺動似的；忽地散開站成橫排，那個活泛，簡直讓人懷疑她們肉裡還有沒有骨頭；若是圍成圓圈，那腰身就跟手上飄搖的手帕一樣……

「看，這是『單擺』。現在換『雙擺』了，轉過來，這是『迴旋擺』！」

夏三九內行得不得了，我心裡第一次對他生出崇敬來。「迴旋擺」後，她們扭著靈巧的腰身，轉入火把的陰影裡，竟不知消失在了哪裡。我癡癡地望著那片暗影，恨不得一步跨過去，成為她們手上的一隻帕子才好。

那些精瘦的男人上場了，我一點興趣也沒有。就在我失落不已，我們突然被人圍了起來。我嚇得晃了晃頭，發現正是剛才那些消失了的女子。她們的腰間，這時都掛著一隻小腰鼓，頭上的裝飾，在火光裡更加耀眼。

我還在發懵，她們腰間的小鼓已響了起來。夏三九一聽到鼓響，便像一隻母雞挓開翅膀撲騰起來。大鬍子碩大的手掌也在空中胡亂地開始揮舞。鹽幫裡的人全都在七搖八晃的。沒想到，他們竟是這樣的不要臉，可他們不要臉的那副德性，讓我羨慕不已。

「嫩客，跳呀，你跳呀！」女人們嘻嘻哈哈地笑起來。

在這之前，我根本不知跳舞是怎麼回事，我只看過不多的幾場花鼓戲，那些戲子咿咿呀呀唱個不停，我知道那不是跳舞，可我唯一曉得的就只有這些。我呆站著，不知手腳如何動作。她們把我推過去推過來。我只得笨頭笨腦地摹仿她們的動作，大約跳了三個段落，我的手腳已能和鼓點子配合了。

「嫩客，跳得好，跳得好。」

我在女人的讚美聲裡跳得更加起勁，我忽地覺得她們敲擊出來的每一個鼓點和唱出的每一個音符，都要把我的心撥動一下。我的身子在鼓聲中，像魔鬼施加了魔法，手揮著，身子扭著，腿高高地踢起來。動作的幅度越大，那鼓聲和歌聲越能沁入到心的深處。她們齊聲為我喝彩，歡呼聲在山谷裡撞來撞去，巨大的回聲蕩漾如湖裡的波浪。她們的鼓越敲越快，鼓點彷彿用鞭子抽著我，我感到只有在空中翻滾，才能避開牠的抽打。熊熊的火光和激越的鼓聲使我無法選擇。我扭動腰身，腿和背彎成一把大弓，然後把頭從地上拔起來。我從女人圍成的圈子的這一邊翻到了那一邊。巴東女人的歌聲停了，採茶舞停了，她們把腰鼓拼命地拍打，那激越的鼓聲變成了千軍萬馬，使整個山谷都顫抖起來……我翻完最後一個，鼓聲忽地停了，連同燃燒著的火把也一齊熄滅了。山谷裡巨大的寂靜猛地撲過來。

「啊——」

女人們尖叫了一聲，我還沒明白過來發生了什麼，就被她們壓倒在地上了。我吸進的一口氣只吐出了一半，嘴早已被另一張嘴蓋住。在我的驚愕裡，一隻綿軟的舌頭伸進我的嘴裡，螞蟥般地吸吮起來。這讓我想起我的姐姐，可是連這一點她們也沒讓我辨到。我感到我的臉、我的額、我的耳朵，到處都是吸吮的嘴巴。有人解開了我的褲帶。我想掙扎，可我的手，我的每部分身子都有人捧著、親著，我掙扎的力量細弱得如同一個病人最後一口游絲般的氣息。我赤裸地呈現在大鐵鍋黯紅的火光裡，襠裡的那東西就進到一個柔軟的穴中。我想起了安順福，掙扎的身子一下安靜了下來。我感覺天邊最白最溫柔的那朵雲正把我裹了起來，把我全身吞了進去。

「啊——」

又是一聲尖叫，壓在身上的重負和流遍全身的情慾突然消失，熄滅的火把亮了。睜開眼，在女人圍成的圈子裡，我赤條條地躺在正中。

歌又起了，鼓又響了。狂歡重又開始。我跳起來，扯上我的褲子，亂蹦亂跳的人們，讓我沒有時間去回想剛才的一幕，我加入到他們中間，跳得精疲力盡，滿身臭汗。

大鐵鍋裡翻滾的牛肉熟了。我們舀起木桶裡的酒，嚼著女人為我們割來的牛肉。巴東的夜，像我們從瓦子湖邊挑來的鹹魚一樣，被酒香和肉香醃透了。

篝火晚會持續到第二天凌晨才散。巴東的女人們亂哄哄地擁上來，把我們擁進她們的懷裡。把我摟在懷裡的女人在我的臉上親了一口，她從場邊的木架上抽出一隻火把，向場外走去。她唱起了一支軟軟的歌，這支歌便在所有巴東女子的口裡唱了起來。我躺在她的懷裡，也暈頭暈腦地哼唱起來，由著她的推力往前走。一星一星的火把便散了開來，像落到山谷裡的一顆又一顆星星。歌聲漸漸小了，到最後只有她在我的耳邊輕輕地唱著。我最後的記憶是她把我抱起來，我像一個嬰兒蜷著身子縮進她的懷裡……我醒過來，卻是在一間灑滿了陽光的房間裡。我和她赤裸在那巨大的土炕上，夕陽的一縷光芒正照在她的大腿上。一掠而過的膽怯被堅挺的衝動完全取代，我爬上她的肚皮，她醒過來，幫著我進入到她的身子裡。就如此，在完全清醒的情況下，我成了一個真正的男人。這時，我才來得及看我眼前的女人。天啦，這不就是那個讓我渾身發冷的年輕女子嗎！此刻，我呆呆地看著她，她長得非常好看，那雙眼睛望著我時，我又生出掉入水裡的感覺。

「多大了？」

她把我的臉親了十個地方後，捧著問我。

「十五。」

「喊我姐姐！」

她的口氣和安若男一模一樣。我曾和安若男在一起沒有研究清楚的問題，現在我已有了完整的答案。我恨不得一步就跨進家門。我再一次衝動起來，這一次我在她的身上把自己弄得渾身是汗。我看見在我的衣服邊上，乾爹正冷眼看著我。我水淋淋地從女人的身上下來，想用衣服把乾爹的眼蓋住，手上的汗卻滴到了乾爹的身上。我把乾爹用衣服裹著走到房門口，我猛然驚醒，那漢子呢？他會不會就在門後？我的手停在了門閂上。見我怔怔地發呆，那女子從炕上下來，把我重又抱回到炕上，從她身子裡發散出來的氣息使我熱血重又翻湧，我把衣服往邊上一拋，返過身再一次撲到她的身上……

我們的吃食就放在房間裡，火盆只要用火拖一挑，就能燃起花樣的火焰，沙罐茶、油茶整日冒著騰騰的熱氣。就這樣，我和她在床上沒日沒夜地過了四天。

第五天，我已經忘了鹽幫，也忘了安順福，甚至忘了安若男，那女子卻毫不客氣地把我請出了她的閨房。她一大清早就爬起來開始梳妝，我癡癡地看著她從光裸的身子，到一身盛妝。她要我走的時候，我羞愧地把自己的衣服往一絲不掛的身子上裹，逃也似地從炕上下來便往外走。

「你的東西掉了。」

那女子喊我，我回過頭，她正拎著我的乾爹。

「這是什麼菩薩，蠻好看的！」

我從她的手裡把我的乾爹搶過來，乾爹的身上我淌下的汗漬清晰可見。我一邊給乾爹擦著汗漬，一邊匆匆地往外走，那女子在後面說了些什麼我沒有去聽。

「你不該來巴東。」我彷彿聽到乾爹的責備。

「乾爹，你知道這不是我的主意。」誰都知道，這是安順福的主意。我急切地在心裡為自己辯解著。

「你犯了十惡業中的邪淫罪。」我分明聽到一個聲音，它是那麼的義正詞嚴。

「這不是我的錯，我有什麼辦法？當時我喝醉了！」我大聲地抗辯道。

「你會得報應的！」

我恐懼地看了一眼我的乾爹，「這是詛咒嗎？」我問。沒有任何回答！我聽到的只是鹽幫的人在遠處喊我的聲音。我小心翼翼地把乾爹重新掛回到我的脖子上。

8

胡大成說得對極了，我從巴東回來時，已是一條漢子，已是一個標準的男人。我跨進安順福的家門時，安若男正坐在門前的廊柱下，專注地看著公雞往母雞背上爬。

「姐姐！」

我的底下呼地一熱，挺了起來。我丟下鹽擔，張開我的臂彎。我是多麼想她呀！在我的喊聲裡，她驚慌地抬起頭，滿臉緋紅，似笑非笑了一下站起身，抻一抻坐皺的裙子……我已無法支持自己，我的心早已撲過去抱住了她。她突然轉過身，望天井裡飛奔而去，那雙小腳把窄窄的樓梯踩得篤篤地亂響。我愣在院子裡，手足無措。這時，安順福從他女人的房裡出來了。

「回來了不進屋在外面幹什麼？你挑的鹽呢？」

對，我想起我到巴東去的一個重要的任務——為這個家挑回生活所需的鹽。我把丟在地上的鹽包撿起來，跟在安順福的後面沮喪地進了堂屋。

我依然怕他。

他把我領到那間供著祖宗牌位的昏暗的屋子裡。這間曾經關過安生的屋子，在這之前，始終對我關閉著。我跟在他的身後，他深重的影子被裡面黯淡的燈光推到我的身上，一股冷氣夾著霉味撲了過來。他挪開他的身子後，我看到供桌上擺著數不過來的靈牌子，每個靈牌子前面都燃著三炷香，彎曲的香煙在頭上糾結成團，讓人覺得鬼氣森森的。安順福燃了三炷香插到供桌前的大香爐裡，然後退到蒲團上磕了三個頭。

「跪下給祖宗磕頭」。他板著臉，嚴厲的語氣近乎呵斥。

我不得不跪下來。

「祖宗有靈，保佑我安順福後嗣不絕！」他站在邊上不停地對著供桌上的一大排靈牌子作揖。他心事重重，欲言又止的樣子看起來可憐巴巴。

按說，這天晚上安若男應該出來陪我吃晚飯，可是沒有。他們的表情就像從來沒有這個人似的，我問了一句，安順福說自己吃自己的。他們越是這樣做，我就越想知道是怎麼回事。

思念已把我的心撕成了一縷一縷，每一縷上都寫滿了對她的牽掛。晚飯後，我躺在母親為我新鋪的床上，如同懷裡抱著一隻蠢蠢欲動的刺蝟。

我要去繡樓看我的姐姐！我一定要去！

可繡樓的樓梯在天井裡。從我的房間去那兒，必須經過對面大娘的房門；過了中門，那裡還有我的母親；至於安順福會歇在他的那個女人的屋裡，我更是一頭霧水。要是被安順福知道了，他會把我怎麼樣呢？我又不幹什麼壞事，能把我怎樣？我只是看看我的姐姐，說出去也是天經地義。是的，我沒有什麼錯。

我爬上了繡樓，所過之處，沒有任何一絲異響，這讓我心裡一陣狂喜。

雖然我是第一次上來，卻是熟門熟路。小時候，家裡的哪間屋子我沒爬過？我輕輕地將門一推，房門竟然開了。

我沒看到服侍她的那個丫頭，我沒想為什麼，看到她我已完全忘了上樓前的初衷，每一個毛孔都流淌著情慾！我撲到床前一下就壓到了她的身上。

「你要死了？快把門關上！」

我慌慌地把門關好後，再一次撲上了床。我一上床，就熟練準確地讓她嘗到了做一個女人的滋味。我從她的身體裡出來時，她把一塊沾有血絲的白布從她的身子底下拉出來給我看。

「這是哪來的血？」我問。

「還有哪，就是你剛才進去的那裡！」

啊，女人還會出血？我在巴東可沒看到女人出血！看我發愣，她戳了我一下，尖厲的指甲在我的額頭上留下了一彎新月。

「我從沒和人做過這種事，我要你賠！」

她哭了。這個曾經時時呵護我的人，哭的是那麼傷心，簡直天塌地陷一般。這一刻，我應該為自己的冒犯，乞求她的原諒才是；但我卻在想，女人和女人原來還是不同的，她竟然會有血從那裡流出來！她那裡面有什麼東西被我弄壞了呢？要我賠，這東西我怎麼賠？我隱隱地明白了些什麼——巴東的女人在我之前，一定多次接納過別的男人，而我的姐姐她可是第一次才有男人，這個男人就是我啊！這不需要任何懷疑，從小到大，我可是看著她長大的！我離開她不過就是在鹽幫的一個月。可是，在這短短的一個月裡，我卻已是一個真正的男人了；她呢？她就在今天被我將之變為一個真正的女人了！我忽地覺得男人對於女人是負有一種責任的。一個女人把身子交給了你，就是把自己的所有都交給了你，你怎能對她不好呢？這麼一想，我把我的姐姐緊緊地抱在懷裡，幫她擦去了眼淚。

「還疼不疼？」

「開始有一點，後來就不疼了。」

「舒服嗎？」

我不知道我為什麼要問這樣一句，她不看我，把頭拱到我的懷裡，我倒在床上，她趁勢把我壓到她的身下。我又有了感覺，這一次完了後，她給了我一個大嘴巴。

「你忘了喊我姐姐。」

我臉上火辣辣地疼。臭婊子。我心裡真的想罵她。

「你現在成了我的女人。」

「我不是你的女人，我是你的姐姐，你喊了我十五年姐姐。」

「我不會再喊了。」

「我要你喊，我永遠都是你的姐姐！」

我從她的屋裡出來，我的臉上又挨了一嘴巴。安順福在安若男的門口守著我。

「孽畜，跟我到列祖列宗的靈位前去請罪。」

他揪著我的耳朵就往樓下拉。我的魂這時早已不在身上，我是怎麼從那麼窄小的樓梯上和他同時下來的，我一點也不知，滿心裡只有怕。他喘著粗氣，再一次把我拉進了供祖宗的那間屋子。一進去，我便老老實實地跪在先前跪過的蒲團上，我就那麼傻傻地跪著，沒有磕頭。安順福似乎也忘了我，他自顧自地一個勁地磕頭。他磕了一臉淚水。

「畜生，你做的是欺師滅祖的事，你曉不曉得？如果我把你交出去，就要把你沉湖的。你跟我記好了，今天我看在祖宗們的份上，饒你一回，要是還有下次，我先打斷你的狗腿，再把你交到祠堂裡沉湖。滾！」

我確實被他嚇住了，呆在家裡大門不邁，二門不出。吃飯的時候我也是低著頭，怕和他的眼光對上，偶爾對上了，我就趕緊把頭低下去。安若男從那天起，人雖還在繡樓上，可吃飯又跟從前一樣，和我在一個桌上了。她在飯桌上有說有笑，甚至還往我的碗裡夾菜。

「多吃點，這次到巴東受苦了。」

天啦，在這個家裡這是我第一次聽到有人提到「巴東」兩個字。我想哭，我有一種孩子見到娘的感覺。我不由看了一眼我的母親。她這時的眼神差不多要成第二個大娘了。面對安若男的熱情，我茫然不知所措。

9

我老實了一天，第三天晚上我又上了安若男的床。

真是色膽包天。

但我得說，我的初衷的確是去告訴她安順福的警告的。她根本不聽，我一進去，她就把我抱進懷裡，嘴在我的臉上胡亂地吮吸起來。

「我怕，我會被沉湖的！」我可憐巴巴地說。恐懼讓我無法堅強。

「你放心，沒事。」

她幫我脫下衣服。她的動作讓我想起那些往事，我的底下頓時有了感覺。可是我怕，我真的怕。「爹說過要是再被他發現了，就把我們交到祠堂去，三大爺會把我沉湖的。你還是讓我走吧！」

「乖，來，來。對，這才乖麼。不怕，我們不怕。」

不！我怕！一個冷噤猛地襲過全身，我一下便泄了。她惱怒地一腳把我從床上踹了下來。

「滾，我討厭死你！」

她的聲音足以驚動安順福。我從她的房裡往外走，我想只要我一拉開這扇房門，安順福的耳光就會再次甩到我的臉上，然後把我綁起來，押到祠堂裡。三大爺坐在那把檀木椅子上，聽完安順福的話後，從供桌上請下一個紅漆木盒，打開，從裡面拿出一串竹簡攤到桌上。三大爺從頭往後看，看到其中一根時停下來，用手指著上面的字，一個一個地讀出來。讀完了，他把他的那桿旱煙深深地吸上一口，眯起眼，看我五花大綁的熊包樣，然後把那口煙子緩緩地吐出來。吐完後，手一揮——拖出去，沉湖。幾個人一擁而上，把我拖到湖邊，在我的腰裡拴上一塊大石頭，然後把我抬起來，一起喊：一、二、三。我便被拋起來，在空中劃道弧線跌進湖裡，在濺起的水花中，腰上拴著的石頭拖著我迅速地往下沉。黑白無常坐在湖底的水草裡，看到我沉下來，一把將我抓到手裡，說，走吧，我們等你多時了。他們用鐵鏈鎖著我的脖子，把我拉過奈何橋，帶到陰森森的地府。判官拿出一個大簿子，查看一會，說，這人犯有邪淫罪，丟到油鍋裡去。兩個惡鬼過來把我叉起來，舉到一個燒得沸騰的大鼎前，說聲去吧，我就落到了油鍋。我身上的肉迅速地往下蛻，一眨眼，只剩下一副白骨在油鍋裡面翻呀翻……

我的手放在安若男房門的門閂上，就像放在滾燙的油鍋裡一樣，疼得我往後一縮。我就要去死的一個人，一個馬上下油鍋的人，我還怕什麼？左右是一死，何不好好地進入到這個女人的身子裡面，盡情地享受一番後再去死！

我反過身來猛地撲到安若男的身上，把她好好地折磨了一番後，爬起來就走。我走出她的房門，外面朗朗夜空，一輪孤傲的月芽，從天井的上方，把它的清輝灑了一地，帶著湖水腥氣的夜風輕輕地搖著門前的柳條。安若男在她的房裡喊我，要我別走。

這是安若男在我這裡得到的第一次滿足。

安順福彷彿消失了一樣，再沒有出現在我和安若男之間。可我每晚都提心吊膽，從她的身上下來我就痛不欲生，總認為走出她的房門就會被安順福送去沉湖，每一次都是快活了去死的絕望！

「我懷孕了。」

一個月後的一個晚上，我在她的身上下來時，安若男輕描淡寫地說。

「你說什麼？」

我沒聽清楚，但我感到她宣佈的不是一個讓人高興的消息。

「我有了你的孩子？」

她的神態顯得從容，透出了即將為人母親的幸福，而我卻嚇了個半死。

「完了。完了。」

這一次誰也救不了我。只怕乾爹也不行！

有了上次的經歷，我再也不敢帶著乾爹與女人在一起了。

我回到我的房裡，我跪在床上，把乾爹從枕頭底下拿出來捧在手心裡，我乞求的聲音充滿了恐懼。乾爹一言不發。我知道他不會答應我的。怎麼辦？我絕望地幾乎要瘋了。

安若男從她的房裡趕過來，將我抱在懷裡。

「你哭了？」她用手摸我的臉，我的眼淚打濕了她的手指。

「姐，怎麼辦？我真的會被沉湖的！」

她在我的絕望裡笑了。那種笑透著莫名的詭譎；詭譎中，還帶了一絲對我作為一個男人的蔑視。她笑過後告訴我，在我去巴東的日子裡，她被她爹嫁給了瓦子湖另一邊的一個活死人。那個人在她嫁過去之前，已臥床三年，三天喝不完半碗粥。她嫁過去，那人只活了不到半個月就死了。在我回來的前一天，安順福把她接了回來。她說，你別怕，我就說我肚子裡的孩子是那個人的，是那個死鬼留下的。我驚奇地看了她一眼。她那詭譎的笑還在臉上。天啦，難怪她一點也不在乎。

雖然如此，安順福就會放過我麼？不，他不會放過我的！我一心活在沉湖的陰影裡，苦不堪言。我明顯地瘦了，而安若男卻在家裡放肆地展示著她的妊娠反應。

面對我的憂懼，安順福連正眼也沒看我一下。大娘和我的母親也徹底把我忘在了一邊，成天圍在安若男的身邊。她想吃什麼，她們馬上就去做什麼，可是安若男吃什麼吐什麼。妊娠反應折磨得她奄奄一息。有一天，她轉到劉媽媽的屋門口，看到小翠正吃著那些用生鹽水泡的蘿蔔、白菜，她像餓狗見了屎一樣，賴在那裡，拼命地嚥著口水。

「小翠，你吃的什麼，聞起來好香，給我嚐嚐吧！」

「小姐，這是我們下人吃的東西，只怕不乾淨。」

「給我嚐嚐，聞起來好香的。」她把人家要吃一天的菜幾口就吞下去了，她吃食的樣子跟一頭豬似的。

「我要吃劉媽媽屋裡的泡菜！」她一進門就大喊大叫。安順福和她的女人以為天塌下來了，驚恐地奔了出來。「我要吃泡菜！」她再一次予以強調。安順福和他女人這才反應過來。

「你想吃酸的，是不是？」安順福問。「酸男辣女！酸男辣女！」安順福情不自禁地念叨了兩遍，立即吩咐劉媽媽進來趕製泡菜。那一陣子，整個屋子到處都彌漫著一股酸酸的臭味，直到她的兒子出生。

那段日子，家裡出出進進沒有一個人理我。

10

安順福為安若男的兒子舉行「洗十」大典的排場，讓我目瞪口呆。雖說他只殺了一頭豬，可魚卻是整整一船，鍋匠④四個，蒸籠借了兩副，加上家裡的一副，三副蒸籠把魚肉的香氣蒸得使安家窪每個人都饞涎直流。他更放肆的是給他姑娘的兒子取了個「安子」的名字。

就是這個名字，讓我隱隱地看出事情的蹊蹺——我覺得他根本就無意阻止我和我姐姐上床！難道不是麼？他把我送到巴東應該是一場有意為之的預謀。在那裡，我成了一個真正的男人；在那段時間裡，他安排了我姐姐的婚事。我甚至感到，正是他蓄意地推動著這場通姦的每一個環節！為什麼？

那個時候，我怎麼也想不過來，那可是亂倫啊！

如果加上他四歲打我的那兩巴掌，這是他給我的第三個疑問。

帶著這個疑問，我在安若男兒子的「洗十」大典上，當著所有人的面，把盛著滿滿一杯酒的酒杯摔碎在了地上。

「恭喜你當舅舅了。來，我敬你一杯。」安順福的一個遠房老侄子，端著酒杯到我面前要跟我喝一杯。他把我的酒杯從桌上端起來，塞到我的手裡，把他手裡的酒杯碰過來。那叮的一聲脆響，在我聽來就像一個嘴巴扇在我臉上的聲音。

我一仰脖，把手裡的酒灌進喉嚨。我沒有坐下去，只覺得腳下的地開始晃起來。我醉了。一杯酒就把我灌醉了?!我把客人的酒杯從他的手裡奪過來斟滿，然後再給自己斟上，我舉起酒杯準備回敬客人，卻沒把酒杯捏住。酒杯落地發出驚心的碎裂聲。

「怎麼了？」安順福在正席上陪著三大爺，他站起來，大聲地問。

「安子他舅醉了。」給我敬酒的客人趕緊回話。

「順福管教無方，三哥萬勿見怪。」安順福向三大爺賠了小心，過來吩咐安生，「還不快把他扶進去。丟人現眼！」

他這後一句是說我。我恨他，我恨不得像我手中的酒杯那樣，把安順福這個天大的喜事摔個粉碎。

我躺在床上，怎麼也想不通：我、安若男，我們是姐弟，我們是血脈相連的至親，這是天理人倫不容的罪惡，這是禽獸不如的勾當，安順福他難道不知道？這不可能，哪有做父親的為自己的姑娘兒子拉皮條的！那麼，是我冤枉了他嗎？是啊，他曾打了我一嘴巴，他曾警告過我！可是，可是這能改變既成的事實嗎？

④廚師。

為什麼？

為什麼？

我想不清楚這一切。

安若男的兒子滿了月，她到我的房裡來了，沒等她開口我就把她往床上拉。她沒有掙扎，我們迅速地做了想做的事。

「聽說你在安子洗十那天摔了酒杯，你是故意摔的，對不對？」她整理好衣服後責問我。

「是又怎樣？」

「你呀，這麼大個人了，怎麼這麼不聽話？」她像小時候一樣，輕輕地摸著我的頭髮。我撥開了她的手。

「你們還想哄我？小心我把它說出去！」我氣鼓鼓地說。

「你瘋了？你會被三大爺抓去沉湖的！」

「哈哈哈哈。沉湖，你還想嚇唬我？不錯，我是該沉湖，可是更該沉湖的只怕不是我，是你，是爹，還有那個孽種！」

「你！……那是你的兒子！」

「我是他的舅舅。」

「你這個沒良心的，從小到大，我哪一點對你不好？」話說到一半，兩行清淚滑出了她的眼眶。

她真的對我很好。

看著她，我徹底無語。但這兩行眼淚一下坐實了那個陰謀！安若男，她知道一切，在那個陰謀中，她扮演的是一個什麼角色呢？我緊緊地抓住她的雙臂，用力地搖了搖，我要她回答我！我的心狂風般地怒吼著，可我的嘴巴卻抿得緊緊的。

我把她丟在我的房間裡，自己跑到小沙窪上一直坐到天黑盡了才回來。

我盡力地裝著無事人一樣，看見她和她的兒子就躲進房裡。而她卻頻頻地到我的房間裡來。她一進來就脫我的衣裳，像一隻狗一樣地在我身上亂舔。舔得我快要爆炸了，她卻死活不讓我進入到她的身體裡面。任我怎麼求她，她就是不同意。我受不了了就在她的身上到處掐到處捏，她從中反而得到了滿足。她滿足後丟下我就走，我不得不自己解決。當那些東西從我的手裡射出來時，我抱著枕頭哭了。這個可惡的女人，她有了兒子，她會害得我斷子絕孫的。

這一向來，安順福卻總是催著要我跟他下湖，說他像我這麼大的時候，早就自己放鷺鷥了。這一天，他又責備我：「你一天到晚，死生板氣地給哪個看？」

「我不下湖！」我毫無顧慮地回答道。

他尖利地看了我一眼，問道：「你想怎麼樣？」

是啊，我想怎麼樣？我回答不了他，也回答不了自己。我只覺得我現在的位置尷尬不已！這個家裡，似乎連我站的位置都已沒有，我能怎麼樣？

「我要去巴東！」我突然脫口而出。

「你妄想！」他把碗使勁地往桌上一礅，碗裡的飯濺出來，桌上、地上到處撒的都是，害得幾隻狗，在我的腳底下亂竄。母親和大娘都噤了聲，只有安若男的兒子不知死活，這個時候哭了起來。他的哭聲，如一把尖刀把我的心狠狠地剜了一下。

我收緊我的眼光，陰鬱地看著他。

「我就是要去巴東！」

我的話音一落，他操起椅子就對我砸了過來。我一閃，椅子砸在我剛才坐的長板凳上。嚇得我冷汗直冒。要是我不閃，我的腦袋就在他的椅子底下開了花！我惶恐地從桌子邊跳到一旁。他竟是沒有停手的意思，那把還在他手裡的椅子再一次向我砸來！

「狗日的，老子把你養得有了息了，你敢頂嘴了！」

我算是嚇愣了，母親把我往外一推，我一個趔趄，差點撲倒在地。「快跑！」我一下醒悟過來，撒開腳丫就往院子外面跑。跑到門前的大路上，往後一看，安順福手上的椅子不知何時換成了一根扁擔，他圓瞪的雙眼，像一頭眼紅的牛一樣嚇人。我一驚，慌忙踅上屋山頭的小路，往湖邊跑，跑了幾步，一回頭他竟還趕著。

俗話說，趕人不過百步。他這一趕，卻是從家門口，趕到小沙窪，又從小沙窪趕過米倉河，直到我往祠堂裡跑，他才在米倉河口收住了腳步。

我坐在祠堂的涼亭裡，心兀自亂跳不已，等我喘勻了氣，才無趣地往回走。他怕祠堂裡的人看到，我也不想和什麼別的人打招呼。

走到桃花林我再也不想走了，我躲到一棵桃樹上，直到看著他上了湖，我才下來回家。

一進院子，我就看到我母親正焦慮地往外望，我想她是擔心我呢。安若男卻像無事人一樣，在院子裡晾著她兒子的尿布。

「姆媽，你過來。」我沒有看人，對母親說了這句，就往後走，一直走到母親天井邊上的廂房門口才停住。

「我要錢，你給我五吊錢。」

「你真要去巴東？」母親疑惑地問我。

我咬著嘴巴，不想說什麼。剛發生的這一幕，還不能說明問題麼？

母親歎息了一聲，進屋拿了五吊錢出來，我接了就往外走。母親在後面喊我，我沒有回頭，我聽到了她的抽泣聲，我仍然沒有回頭。我走過院子時，輕蔑地看了安若男一眼。

在瓦子湖邊的幾個場口，好不容易收了五十斤鹹魚，我便和我的乾爹，孤獨地走上了那條通往巴東的小路。

第八章 巫之戰

1

今天，我以野種的身分，回頭再看那一陰謀，我想，當陰謀第一次在安順福的心裡燃起時，他一定沮喪極了——這個不知來路的野種，不僅要在未來的日子裡，供他吃、供他喝，到最後，還要把自己的女兒送到他的床上，讓他白白地糟蹋！這麼想著的他，一定揪著心地疼。

那年除夕，他將我狠狠地往死裡打時，應該說，那個陰謀已然成熟。他當時其實是在打他自己！

我要感歎的是，這個陰謀從我三歲多就已點燃，實在是太早了點啊。我真想問他一句：有這個必要麼？俗話說：假子不假孫。何況整個安氏，除了安生和他自己的女人外，沒有人不相信我是他的兒子。他的女人顯然不會背叛他，就是安生，他也用偷看女人洗澡這一招將他拿住了！那麼老實的一個人，到現在我問他，他的身子都還禁不住哆嗦！他的預防措施其實十分成功。以他那麼聰明的一個人，應該感受得出！可是……

正胡思亂想著，二弟來了，說安午突然病了，大燒大冷。我一愣，忙問他請人看過沒有。他說請了，吃了三天藥，一點效果都沒有。他陰鬱的臉上，彷彿已結出了霜花一般，看來事情的確是嚴重了。

「前幾天不是還好好的？」我問。

「前天陡然起的。我以為過兩天就會好的，沒想到……」

沒想到什麼？我等著聽，他卻沒了聲音，像掉了魂似地看著我。

「不會是跟我原來一樣打擺子吧？」

「打擺子要麼在上午，要麼在下午，只一陣兒，過了就好了。他是燒完了就喊冷，過會兒又渾身燙手，沒個歇的時候，只怕不是打擺子！」

「不行就跟他請陰陽先生看吧。現在就去請，不要耽擱了。」我知道他等著我的分派，這麼多年，他還是這個習慣。

他前腳出門，賴老婆子後腳進來了，說剛遇到秋棠，秋棠說安戍也在大燒大冷，太太要她去土地廟裡求一道符去。

「什麼？」這一驚非同小可。「太太呢？」我問。

「秋棠說正跟少爺求解呢。」

「求解？她曉得解個狗屁！趕快叫她去請醫生。對了，二老爺去請陰陽先生了，你趕緊去說，陰陽先生來了讓他一道給看看！」

賴老婆子走了，我越想越不對頭，兩個人同時大燒大冷，這也未免太湊巧了點吧！我的心裡升起一股不祥之兆——究竟出了什麼？莫非我這兩個兒子……

升起這個念頭，我不由打了個哆嗦。人吃五穀雜糧，哪有不生病染災的？是啊，沒事，他們吃兩副藥、燒兩張紙就會好的，跟「死」扯不上關係！但這種安慰在我心裡，一點作用也沒起。我越是不想「死」，「死」卻像跟我作對似的，死死地纏住我的腦子不放——滿腦子似乎都是它——死死死！莫非我的這兩個兒子真的也要死了麼？如果我連這兩個兒子也死了，哪會讓天底下所有的人都笑掉牙齒的——曾經有十二個兒子的東西，最後竟死成了一個孤老！

不，我不是孤老相！夏三九曾說過，孤老相的男人人中是不長鬍子的。我的上髭長得到處都是。夏三九說的應該是對的，要不我怎麼生了十二個兒子！

假如這兩個兒子也死了呢？

我不敢往下想。如果假設成真，所有的人都只會想一個問題，那就是我做盡了壞事，這是我傷天害理的現世報！

我傷天害理了嗎？

我的確做過不少壞事，但我相信，無論找誰來評判，那些事與「傷天害理」都是絕對扯不上的！

我曾經以為，兒子對我來說，就跟湖裡的魚差不多，怎麼也不會有完的一天。我總相信，天老爺再怎麼和我作對，我十二個兒子，也對付得了他的！莫非就是因我曾有過這樣的心思，天老爺現在要叫我明白，究竟是他狠，還是我無知不成？

想起年少時的輕狂，我連打了兩個寒顫。

我趕緊讓蘇茹去徐妙玉那裡，要她趕緊到我這裡來，我要她當面給我講講，她的兒子到底怎麼了！蘇茹有些遲疑，我看出來了，可現在哪還管不得這麼多。

「你快去！」

房間裡只我一個人後，一種深深的落寞壓上我的心頭。我不斷地強迫自己什麼也不想，可但那些雜亂的念頭，卻像要漫過堤壩的洪水。迫不得已，我把「什麼也不想，什麼也不想……」念出聲來，那些洪水才稍稍退了些兒。

蘇茹終於回來了，我從床上掙起我的頭，大張著嘴，把渴望的眼神急切地砸向她。

「老爺，太太讓我跟你說，叫你不要操心。她說沒事，說不能來看你，說在廟裡許了願的，回家還要吃十天齋呢。」

她臉上有些木然，不知是不是在那裡受了氣，但我現在對這個沒有興趣，我只想知道我的兒子會不會死！什麼叫我不操心，什麼許願吃齋？她這說的是些什麼話？我的兒子可是在大燒大冷啊，她這是在玩什麼花腳烏龜？由著她胡來，這個無知的女人會害了我的兒子的！這麼一想，我恨不得分身去兩處看看——看我的兩個兒子究竟病得如何！看徐妙玉和二弟究竟請了些什麼人在為我的兒子治病！可恨我這身子，躺在這裡連動一下都是那麼吃力。

我的心空虛得疼了起來。

蘇茹過來安慰我，叫我別急，嘴裡是賴老婆子的那句老話：「吉人自有天保佑。」她說著，坐到我的身邊，把我的手攬到她的懷裡，那種異樣的溫暖，使我的心跳得更加煩亂。

什麼時候我有過這般焦慮？我曾經以為自己對這兩個兒子沒有一點好感，但此時，我看清了我自己，我其實是愛我這兩個兒子的！

在蘇茹的安慰裡，我的心開始生出一絲安寧，便分外地盼著賴老婆子快點回來。也不知過了多久，在這個小女人的撫慰下，我好像有那麼一會兒睡著了，我聽到了自己的酣聲。不，是腳步聲。對，來人了！我趕緊讓蘇茹把我操起來。蘇茹在我的背心裡墊上兩個枕頭，我便直直地望著屏風，果然是賴老婆子回來了，後面跟著安生，還有二弟！

「快告訴我，究竟是怎麼回事？」我急不可待地問。

他們三個人對望了一眼，想說又不想說的樣子，急得我恨不得掰開他們的嘴才好。看我著了急，二弟說：「大哥，我……」我的後面那些話，他把牠吃進肚子裡去了。

「出了妖娥子，還是天要塌了？有什麼不能說的？」

「老爺，我說了你不生氣。」賴老婆子也跟著拿腔拿調，我氣惱極了，吼道：「快說！」

她拿眼看了二弟一眼，然後才望向我說：「老爺，兩個少爺都是被人施法釘住了魂魄……」

「什麼？你再說一遍！」

我的心一梗，如同喉嚨裡被人捅進了一根筷子似的——又疼又慌又喘不過氣來。蘇茹的小手緊緊地攥著我的手。「老爺，沒事的，沒事的！」

「誰釘的？」我兩眼直勾勾地望著二弟。

他終於開口了，「大哥，我不知怎麼說！」

「什麼時候了，你還婆婆媽媽的？」我是真急了。

我看見他的喉嚨嚥了口唾沫，那胸腔子像浪簸了兩下。

「是嫂子！」

「放屁！」我脫口罵了他一句。話音落地，我就後悔了。我怎麼這麼不冷靜！「你怎麼曉得的？」我努力平復自己狂瀾般的心緒。

「昨天我趕到安午那裡時，他的舅倌①已經跟他查了，說他的魂被人拘走了。我叫他趕緊把拘的魂給追回來，他說對方強得很，拿不回來……他查了查，方位正是嫂子住的那個位置。」

我一下不知說什麼，看著他，他的臉像雨後的地面，被人踩滿了腳印。我看不下去，把眼光移到安生和他的女人的臉上。安生垂著的頭，看不到臉上的表情；賴老婆子那雙眼正乞求般地望著我。我一下回過神。

「安戌呢？」

「七少爺的舅倌懷疑七少爺的魂是太太請人施法拘走的，所以，他便施法把十一少的魂也拘了過來……」

「孽畜！」

我大叫一聲，心中竄出的怒火燒碎了我努力平復的表情，我要蹦起來狠狠地抽這兩個傢伙四個大嘴巴，我要用腳把他們往

①男方對妻子兄弟的統稱。

死裡踹！這樣的事要是傳出去，可是天大的醜聞，十八輩先人都要被人戳了脊樑骨罵的！我這是作了什麼孽，要遭如此報應？不，給我把這些孽障全都叫過來，全都叫過來！你們沒聽到嗎？快去！快去！

我的心彷彿炸裂了一般，我張開嘴，卻一下沒能發出聲來！

「老爺，老爺，你怎麼了？」

蘇茹，我的喉嚨——啊！啊！

「痰卡住了老爺的喉嚨……」

是痰卡住了我的喉嚨麼？不，是我悲憤得說不出話來！這人倫喪盡的瘋狂，怎麼這麼輕易就上演了呢？這骨肉相殘的悲劇，怎麼就沒人制止呢？這滿眼愁慘一片，是人間，還是地獄？那邊兩座插到雲裡去了的高台，誰搭的？搭它做什麼？台上有人！那人怎麼踏著天罡八卦步，揮著地煞七星旗？我得細細端詳端詳。我看清了：這邊台上，是位道長，鶴敞斜披，踏罡踩斗，七星旗一揮，滿空星雲流轉；那邊台上端坐的是一位道姑，雲髻高聳，手持「太上急急如律」權杖，正發蠟念咒，邊上一位童子，身著玄衣，手持桃弓柳箭，躍躍欲射，權杖揮處，天旋地轉，鳥不敢飛，雞不敢啼，狗不敢叫，豬不敢哼，連塵土都不敢揚起半粒。難怪滿眼愁慘一片。

這是陽間，還是陰間？

記得我在陽間是癱在床上的，我現在哪有一點癱子的跡象，如此說來，只怕是在陰間了，那就是說我死了！——真是「生不認魂，死不認屍」麼？不對啊，常聽人說，死人是要被黑白無常拘到地府裡去的！假如我是死了，黑白無常哪會這麼便宜我，讓我在這裡看風景！

對，我沒有死。

「太太，不得了啦，老爺他走了！」

誰在喊？哪個老爺走了？老爺走到哪裡去了？

「少爺，老爺他死了！」

這又是誰的聲音？少爺是哪個？老爺是哪個？真有人死了？管他呢，只要不是說我就行了。

「太太，這怎麼辦？少爺還大燒大冷不？不管怎麼樣，都要趕緊過去，等一會，族裡的人、四十八垸的人就都過來了，要是少爺不在跟前，這孝子答禮怎麼辦？」

太太？大燒大冷？族裡的人？四十八垸的人？孝子？什麼亂七八糟的，我怎麼一句也聽不懂？

「七少爺，您這身子……我背你過去！」

「沒事，安伯，我好多了，就是腿軟。」

這些人真是煩。那兩座法壇呢？怎麼一轉眼，什麼都不見了？不，那個女道姑的法壇還在，她怎麼睡著了？那小傢伙還是那麼神氣活現。

「別過來，小心我一箭射死你！」

「你是誰家小孩？」我問他。

「呸，誰是小孩？我乃巫術大君座下黑衣童子！你是誰？」他厲聲反問道。

對呀，我是誰？哦，我想起來了，我是安可喜。我笑著告訴他。

「嘿嘿嘿。」他得意地一笑，「你就是安可喜啊，你的女人徐妙玉請我來，把你的兒子安午的魂拘了起來，你要不要看看？都說人的魂魄只有閻王才管得了，你看本黑衣童子不也同樣可以把你兒子的魂拘了起來！哈哈哈哈……」

我想起了！我想起了！

拘魂，對，拘魂！原來是你這個小東西在作怪，看我如何收拾你！

我毫不猶豫地撲過去，拳頭、耳光……我叫你得意！叫你得意！「你把我兒子的魂交出來，你要是不交，我今天就把你打死！」他被我打得鼻青臉腫，毫無還手之力，我掐住他的脖子，他哆嗦著從他的黑衣裡子中掏出一個木牌來。我一把奪過來，只見安午被死死地用針釘在上面，他看到我立時淚流滿面。我攥住那三根鐵針便拔，手指卻被人狠狠地咬了一口。那三根針上跳出一個小鬼，「誰人敢動我的釘魂神針！」我一愣，照著它就是一個耳光，它靈巧地一跳，閃開了我的巴掌。我見它跳開，便再一次去拔那三根針，我的手指又是鑽心地一疼，它又咬住了我的手指。我怒不可遏，一張口，將牠的腦袋咬住，一錯牙，喀嚓一聲，那顆桃子樣的東西滾到了舌頭上，我舌頭一翻，牙板一錯，將那顆「桃子」在牙板上死命地磨了起來，直到嚼成了一團稀絨才狠狠地將之吐了出來。那團稀絨一落地噴出一股黑煙逃走了。我將那三根釘在安午身上的釘子拔了出來，安午長吐了口氣，從木板上爬起來跪到地上不停地給我磕頭，「多謝爹的救命之恩！」「多謝爹的救命之恩！」

我把他拉起來，那黑衣童子不見了，我四周看了看，哪裡有什麼法壇。安午呢？分明在我眼前的人，這是去了哪兒！我一下茫然不知所措，四周空蕩蕩地讓人害怕。是誰在哭？我側耳細聽，那哭聲像水一樣漲了起來，我滿身子都沾著了嚎啕大哭：「老爺啊！」「老爺啊！」「老爺啊！」「大哥啊！」我看見很多人從門框裡出來，從我身邊水一般湧了過去。在那片嚎啕大哭和嘶叫聲裡，便加進無數的細語，像戲水的鯽魚。「聽說族長走了！」「就在一炷香之前走的！」「怎麼回事？」「聽說是為了一件事，族長氣極了，一口氣沒回過來就走了！」「什麼事把族長氣成了這樣？」「不曉得！」「我聽說，兩個少爺這幾天都在大燒大冷，兩家屋裡都請了人在作法！」「莫瞎說，這話說不得的！」「我沒瞎說，是太太屋裡的秋棠親口對我說的！」「你還說！」「族長的兒子這麼多，現在只剩兩個……」「你說的什麼話？你還是不是個人？族長對安氏那還用得著說，你說這話就不怕爛舌頭？」「我不是你那個意思？我只是說……」

2

我好奇地跟著他們進了一座院子。我一眼就看到了我的兩個兒子，看到了徐妙玉，看到了蘇茹，看到了二弟，看到了安生和他的女人。他們這是怎麼了，怎麼都趴在床上一個滿臉是皺紋的老東西身上哭個不停。

「老爺他是怎麼走的？」徐妙玉忽地住了哭聲，抬起頭厲聲責問二弟。

二弟那粗重的皺紋裡，到處都是眼淚，兩個眼角上還掛了豆渣似的眼屎；鼻槽裡清鼻涕被他粗硬的胡髭挑著，倒有些像早間草葉上的露珠。聽到徐妙玉的責問，他用袖子在臉上抹了一把，鼻子還忍不住抽泣了兩聲，跟個小姑娘似的。

「大哥是被氣死的！」

「是哪個氣的他？你說出來，我要他（她）抵命！」

「嫂子，明人不做暗事！」

「你把話說清白，什麼明人不做暗事？未必還是我不成？」徐妙玉咄咄相逼的架勢，二弟哪裡是她的對手。

「嫂子，你真要我說？」

「你說，你今天不說我還不依！」

二弟的臉憋得跟一塊醬臘肉差不多，他把鼻子捏了捏，往自己的褲子上一抹，目光一下變得狠狠地。我看得心裡一驚，我還從來沒看到過他這個樣子呢。

「好，你要我說，我就說！——大哥不在了，我也不想活了！你要問哪個把大哥氣死的，我告訴你，就是你把他氣死的！」

「什麼？你，你含血噴人！」徐妙玉有些懵了，是啊，這是個從來沒見過的二弟呢！不過，只是那麼一瞬的慌亂，徐妙玉就回過了神，她穩住陣腳後，不甘示弱地問：「我怎麼氣他了？我已經有十幾天沒跟他見面了，光是在廟裡我就住了十天。哼，我曉得你看我不順眼，現在好，你大哥不在了，你可以為所欲為了！你欺負別人可以，想欺負我，只怕還不行！你今天跟我講清楚，我是怎麼氣他的！他走的時候，在他跟前的明明是你，賊喊捉賊，看不出來啊。你現在倒打一耙，沒這麼便宜！」

「嫂子，我還喊你最後一聲……」

「承你抬舉，當不起！」

「你，你不消拿話堵我得，我問你，安午的魂是不是你派人弄的鬼？」

「那這麼說，我的兒子就是你們弄的鬼了？」

「我告訴你，大哥就是聽到這件事後，一口氣沒上來走的！」

「什麼魂的鬼的，父老鄉親們，伯嬸大媽們，你們看看，他們兩個人現在不都是好好的!?」在大家一片嘰嘰喳喳的議論聲裡，她轉過頭手指著二弟，「你空口白話，你好歹毒，你……我的天啊，老爺，你咋就這麼走了呢？」說著她無限委曲地趴到床上那個老東西身上嚎啕大哭起來。「你丟下我們孤兒寡母受人欺侮！你睜眼看看，你睜眼看看啊，你一生一世以為忠厚老實的一個人，你看到他的嘴臉了吧，他一肚子壞水啊……」

二弟的身子，被所有的目光射成稀爛的一團肉絨。在徐妙玉的哭聲裡，他一屁股坐到床沿上，把那具屍身的一隻手緊緊地攥在手裡，張開他被鬍髭覆蓋的雙唇，連喊三聲：

「大哥，大哥！大哥——」

那聲音如同一條發瘋的黃牛。

天啦，莫非床上僵臥著的那具屍體就是我麼？我有這麼醜？這麼老？那臉上的皮，簡直就是一張雞皮；那猙獰的骨頭，要不是那層皮裹著，只怕就是一個骷髏了。我羞愧死了！這麼醜，這麼老的一個東西，就是每天被那個叫蘇茹的女孩抱著捂著的我麼？蘇茹呢？哦，她怎麼躺在了賴老婆子的懷裡？賴老婆子怎麼在掐她的人中？她昏過去了嗎？

我來不及細看，因為二弟那牛吼的聲音又響了起來，這一次比上一次還要厲害，差一點要把屋頂掀翻了。我不得不把眼光從蘇茹的身上移到他的身上來。

「嫂子，我最後再喊你一聲。」他已放開了床上那個我的手，他站了起來厲聲道：「是我氣死了大哥，是我說了你們的事後，大哥吼了一聲，就再沒回過氣來！我這就隨大哥去了——我石荒兒生是大哥的人，死是大哥的鬼，大哥到哪，我就到哪。不過，走之前，我有一句話勸告你：以後不要挖心挖肝地害人了，會遭報應的！」說著他的頭仰著看了一圈屋頂，大聲說：「大哥，等等我，我來了！」說完，身子猛地對著南牆撞去。

我嚇了一跳，趕緊將他攔腰抱住。可他的頭還是撞到了牆上，血從他的頭髮林子裡湧了出來。

「來人啊！」我大喊。安生、安午趕了過來，一邊一個操住了二弟。

「快叫人請醫生去！天啦，這是怎麼了，一天之內，這屋裡死了一個，昏了一個，現在又撞了一個！」賴老婆子先是吼，吼著便哭了起來，哭著又罵了起來。「老爺，你睡在這裡倒是安逸呢，你趕緊活過來吧，你這一走不打緊，這屋裡還讓不讓別人活？」

她的話讓我打了個激靈，啊，原來我是死了？我說呢！照她這麼說，我還真不能死了！可是，可是，那個又老又醜的軀殼我實在不想再進去！

「讓我死，讓我死！我要跟大哥去！我一定要跟大哥去！」二弟醒過來了，在安生的懷裡掙扎著站了起來，他要第二次撞牆。

蘇茹在賴老婆子的懷裡也醒了過來，她掙扎著也撲到床上來，低低地抽泣著。「老爺，你別走得太快啊，我要等晚上才能來。你在那邊慢慢地走，你一定要等蘇茹啊……」

我實在看不下去，也聽不下去。我歎了口氣，不得不爬上床去。

第一個聽到我歎氣的是蘇茹。她一把抓住我的手，大聲喊：「老爺醒了。老爺沒死。老爺沒死啊！」

徐妙玉大吃一驚；二弟還在安生的懷裡掙著，聽到這聲喊，頂著滿頭的血撲到我的身上，只喊了聲「大哥——」便再也說不出話來，兩隻眼泉眼似地直往外噴水，頭上的血已流到他的額前，寬大的皺紋引著牠們正向兩邊的太陽穴流去。這張臉像一處剛剛廝殺過的戰場，慘不忍睹。

「你看你，我哪有這麼容易就死！快去找人給二老爺敷藥！」

「安午已經去叫醫生了。」安生說。

「哎呀——我的老爺啊，你呀你，你害得我好苦啊！」我幾乎忽略了徐妙玉，她這一聲黃腔走板的哭叫，把我嚇了一跳。她把我的手從蘇茹的手裡奪過去，順勢抹了一把淚，然後再摸我的手背，她的那泡假惺惺的淚便全揩到了我的手背上。

「好了，還哭個什麼？我這不是好好地！」我可不想當她的抹布。「安生，你扶老二去休息，讓人好好調理調理。」

「大哥，你怎麼樣？」

「我這口氣上來了，一時半會死不了了。叫大家都散了吧。你快去包一下！」

「我沒事！」

「什麼都別說了，聽話！」我像哄小孩似地說。他看著我，淚更洶湧地漫了出來，沖進臉上的血漬裡，左一道右一道的。安生過來要扶他，他把安生推到一邊，望著我說：「大哥，那我就去了！」說了一步三回頭地往外走。剛出門，我聽到外面驚呼了一聲，我讓賴老婆子出去看看。她出去後進來說：「是二老爺摔倒了。」

「啊！他人沒事吧？」

「應該還好吧，他自己爬起來的。」

「你快去幫安生，有什麼事隨時來告訴我！」我想不出別的辦法，我只能做到這些。看著她出了門，我對蘇茹說：「送太太回去！」說著我的手努力地從她的手裡往外抽。

她尷尬地站起身來，看了蘇茹一眼，然後對我說：「我自己回去就行了，你自己多休息。」說著她招呼她的兒子。

「蘇茹，幫我把手揩一下。」見她走了，我立即對蘇茹說。

蘇茹把我的臉和手仔仔細細地擦拭了一遍後，我不知說什麼好。想了半天，我問她：「今天把你嚇壞了吧？」

我這麼一問，就見她的眼裡淚花一轉，撲簌簌地滾了下來。她望著我，忽地撲到我的被子上，一把抱著我，在我的身上嚶嚶地哭了起來。我的手哆嗦地放到她的肩膀上，輕輕地拍著，口裡喃喃地念叨著：「別哭，別哭！」她哭得更厲害了，身子一聳一聳的。

我不知所措，這丫頭如此在意我的生死顯得沒有多大道理啊。可是，她的一舉一動，分明沒有一絲做作，就像面對她至親至近的人突然死了一樣地哀慟。難道這才是我的真愛麼？

我年輕的時候，她在哪裡？

「蘇茹。蘇茹。蘇茹！」

我的心一連聲地喚著她。

可她不過是個孩子，不過是二弟為我找的一個捂腳的丫頭，一個送水遞湯的使女；她不是我的女人，我的女人在哪裡呢？

我不得不想起我的五個女人——我的姐姐、唐清妹、安玉蓮、鄧琪芝、徐妙玉，可是，現在沒有一個人還能給我溫暖，還能給我愛啊！

我的手在蘇茹柔軟的背心裡輕輕地撫著，這一刻，撫著她，分明撫著我的至愛！

賴老婆子是怎麼進來的，我們都沒注意。她咳了一聲，我們才看到她已站在了屏風前面。蘇茹趕緊鬆開我坐了起來。那迷濛的淚眼像雨後的春泥，我看到賴老婆子的眼裡充滿了妒意，她的眼死盯著蘇茹，蘇茹便低了頭，端起臉盆走了。

那女人盯著消失到屏風後的蘇茹，一雙渾濁的老眼還不肯回來。

「情況怎麼樣？」我冷冷地問。

「哦！」她一愣，忙說，「二老爺要我過來跟你說一聲，他沒事，只是破了點皮，叫你不要擔心。」

「醫生來了麼？」

「來了，這話就是醫生說的。二老爺叫我來告訴你一聲。」

「太太那邊怎麼樣？」

「我從她門口走，沒看出什麼異樣，沒得一絲聲音。」

「那好，跟安生說，叫他伺候好了二老爺自己歇息去吧，你們不要到我這裡來了。」

賴老婆子走了，我喝了碗蓮子粥，便早早地讓蘇茹睡了，這丫頭上床沒多久就睡著了。

這一天真的把人折騰壞了。

3

第二天醒過來，日子似乎也帶了傷疤，一下還不了原。我想，我得跟徐妙玉好好地談一談。

我要賴老婆子去把她請來。叫賴老婆子鄭重地告訴她，這一次我「請」她。這老女人疑惑地看了我一眼才走。她走了，我讓蘇茹把凳子擺好，把茶也給她倒來，再把我扶起來在床背上靠著，然後要她到外面去玩，沒我的鈴聲不要進來。

徐妙玉來了，臉上沒有一絲表情地看著我。她還是像先前一樣，把擺好的凳子往外拖了一尺，用手抹了一下才坐。坐下來後，看到還冒著熱氣的茶，她說話了：「人呢？」

我讓賴老婆子出去。她問要不要把蘇茹找來，我沒好氣地說，不要。她愣了一下，看了我們倆一人一眼，訕訕地走了。她走後，我轉過眼冷冷地看著徐妙玉，我其實還沒想好究竟怎樣進行一次正規的談話。這麼多年，我們之間，似乎從來都陷在狎暱之中，哪一個眼波不帶著幾分曖昧？就算我有時呵斥她幾句，可只要她的一泡眼淚，我就立馬奉上了我的暖語溫言。今天，這關「女人淚」是否又要使我全軍覆滅？

「這丫頭越來越沒規矩，這是跑到哪裡野去了？」她倒是來勁了。我最聽不得就是她說什麼規矩。越是沒規矩的人，越是成天把規矩掛在嘴邊上。

「不要總說別人有沒有規矩，別人有沒有規矩並不重要，重要的是自己得先要有規矩才行！」我並不想傷她的自尊，我實在是看不得她這套「強盜的姆媽坐上席——假裝正經」的樣子。

「我什麼時候不講規矩了？你，你今天跟我把話說清楚！」她的一雙眼向我逼了過來。

我知道，我們的談話開始了。

「徐妙玉！」我清了一下嗓子，第一次鄭重地使用這三個字。「今天，這個屋子裡，只有你我二人，你現在，老老實實地告訴我，是不是你叫人把安午的魂給拘起來的？」

她在我提到她的名字時，愣了一下，等我說完了，她的臉一板，那上面頓時佈滿了一團團肉疙瘩。她陰沉沉地看著我，一字一頓地說：「是我怎麼樣？不是我又怎麼樣？」

「你為什麼要這樣做？」我不急不徐地問道，沒有加上我的憤怒。

她哼了一聲，惡狠狠地說：「誰擋我兒子的道，他就得死！」

「安午他擋你兒子什麼道了，啊？」我有些激動起來。

「除掉了他，就沒人再跟我的兒子爭了！」她真是恬不知恥，這樣的話從她的嘴裡出來，竟帶了一分驕傲！

「你應該曉得，他們都是我的兒子吧？都是流著我的血的至親骨肉吧？你叫他們兄弟相殘，你死了是要下油鍋的！」

「只要能讓我的兒子坐上族長之位，我就是下油鍋也值得！」

「你！」我氣得一下說不出話來。我深深地呼出一口氣，把我的心努力地平靜下來後，我問她從哪裡學來的這門害人的邪術。

她陰惻惻地說：「告訴你也不妨，在楊林口找楊仙姑姑學的！這是最厲害的一種拘魂術，我就是要他死！」

「你——你不是說你到廟裡去了的？」

「這十天，我根本沒去什麼廟裡。」

「好。很好。」

「我搞不好藏著掖著的事，是什麼就是什麼。你想怎麼樣？」她挑釁地望著我。

「我想怎麼樣？我不想怎麼樣。我只是想提醒你，你費了這麼大的心力，算得上是挖空心思了，可結果怎麼樣？你贏了嗎？安午死了嗎？你的法術呢？」深呼吸使我翻滾的情緒終於流到了一條平緩的河道裡。她怔怔地看著我，從她發愣的眼裡，我看到了她的驚慌。

「想知道為什麼嗎？」我幸災樂禍地問道。

她咬了一下她的下唇，頭往斜裡偏了偏，盯著地面不再看我。

「其實很簡單，自古邪不勝正，這個理你不會沒有聽說過吧？古往今來，還從來沒有哪一個邪魔歪道能橫行於世而不敗的。『多行不義必自斃』。俗話說，舉頭三尺有神明；人做事，天在看。天行正道，這才是至理。我希望你能從這件事情中，汲取深刻的教訓。做人一要堂堂正正，二要問心無愧。」

我看見她偏向一邊的臉上，有淚在上面滾了起來。她把雙臂抱到胸前，一隻手支住了鼻子，那抽泣聲便不停地傳了過來。我以為她要說些什麼的，可從她捂著的嘴巴裡，一直沒有發出聲音來。那流著淚水的眼睛已經有些紅腫了。這一刻，她顯得是那麼可憐而無助。

「我可沒說你什麼，事實擺在我們面前，是事實教訓了我們！」

淚水已淹沒了她的手指。我倒是想知道，她這是委屈的淚，還是悔恨的淚呢？

「你說話呀！」我逼著她。

她把頭偏過來，用拇指和食指把下巴抹了一把，滿眼淚花地望著我，說：「你要我說什麼？我們孤兒寡母的……」

「你當我死了，你們孤兒寡母？」

「你，你幾時管過我們？」說完，她眼裡的水嘩嘩地淌了下來。女人的看家本領使出來了。

「別哭了！」我今天是做了充分準備的。「這件事，你以為是哭可以解決的麼？」

「那你把族長的位置傳給我的安戌不就什麼都解決了！」她突然冒出這麼一句，實在大出我的意料。

「你醒醒瞌睡吧，就目前這個樣子，你說，這可能嗎？」我本已軟得快要一塌糊塗的心，不由再次生出厭惡。「你怎麼就不明白我的苦心？今天，我為什麼單獨跟你講這些？好好想想。你腦子裡要是一直擰著這一根筋，那你以後就別怪我沒提醒你！你走吧，算我今天白說了！」我說著就要拉動床頭的那根繩子，卻見她一下跪在了我的面前。

「老爺，是我錯了，是我錯了！你說，安戌他還有沒有機會？錯都在我，跟我的安戌沒有關係啊！」

我叫她起來，我真的要拉鈴鐺了，但我還是送了她八個字：知錯能改，善莫大焉。說著，我拉響了鈴鐺。她趕緊站起來，把臉胡亂抹了一把，說：「我先走了！」

4

她前腳還沒跨出屋門，蘇茹早已從簾子後面露出整張臉來。

我讓她把我扶下去躺一會兒，我還要見安午的舅倌，那個同樣設壇拘了我兒子的傢伙。

躺了會，我要安生去通知安午。安生出去了一會，把安午帶來了。安午說他的舅倌昨天已經回去了。我說不行，回去了就到他家給我把他叫來。他惶惶而去。到了下午，他的舅倌站在了我的面前。我叫安午出去，卻留下了安生和蘇茹。安午的舅倌中等身量，臉上一望，確有幾分清氣。

「親爺②叫小侄過來，不知所為何事？」他先開了口。

我讓安生伺候他坐，讓蘇茹給他倒茶。面對一個外人，我不想單獨和他談話。等這套客氣講過之後，我毫不客氣地問他為何拘我兒子的魂魄。

他不慌不忙地說：「……我李清雅也算飽讀詩書之人，近年更是修真養性，斷不會無緣無故做此傷天害理之事。要不是萬般無奈，哪會出此下策！這是有損陰騭的，于修真了道一行，乃是大敵啊！」說到這裡，他意味深長地看了我一眼，說：「我知道親爺是個義人，瓦子湖誰人不知，誰人不曉，沒想到，我們的

②兒女親家間，下一輩對上一輩的稱呼。男的稱「親爺」，女的稱「親娘」。

親娘……」

我故意咳了起來。等蘇茹一通忙活後，我叫他說說那天的情況。

他又看了我一眼，說：「那天，聽說親爺出事了，我就立即解了法術。其實，我也沒想真的為難親爺的小公子，我們畢竟是親戚。把他捉來，只是想給對方一個警示而已。所謂『殺人三千，自損八百』。害人終是害己，親爺，你說是不？」

「正是。」我說。

他不無憂戚地說：「李某這次行事荒唐，雖情非得已，卻是造孽深重。李某自當清修懺孽，也望親爺贖小侄冒犯之罪！」說著他一揖到地。揖完後，便向我告辭了。

看著他走，我竟是悵然若失。

為什麼別人家的孩子這麼懂事，而我的兒子，卻一個個如此不堪？這兩個不爭氣的傢伙我要不要見見他們呢？

算了。我自己勸自己，他們倆雖說讓我失望太多，但這次也算是無辜的受害者，這個時候把他們找來，無非是訓斥他們一頓，於事毫無補益。可是，就這麼由著他們的性子下去，實在太可怕了。我要尋找一個方法，是的，我要改變他們！可是，就像徐妙玉一樣，這一輩子我都在想著怎麼改變她，直到今天，她哪一點變了呢？

這麼一想，我不禁絕望了。

5

二弟頭上的傷完全好了。他來我的房裡時，那疤已結了痂。

他依舊是那麼硬朗，只是頭上一大塊頭發被剃了去，顯得有些不當人子。他說外面陽光很好，便把窗戶打開了。我一下便看見掛在樹枝間晃蕩的陽光，心也有了一絲明亮；我聽到風掠過湖面啫啫的笑聲……

「只能開一小會兒，二老爺讓我跟你說一聲，他說外面風還是大了點。」

蘇茹從外面進來，身子沾滿了陽光的碎屑，愈發明豔動人。我既為她高興，也為她悲哀。如花的年華是如此讓人歆羨，可她卻只能陪我這半死的活人。

「讓二老爺多開會吧，我想聽會湖水的聲音。」

水對於我是親近的，我的一生與水緊緊連在一起。設若沒有這水，我的一生會當如何？這樣的問題也許我的乾爹也回答不了，生命豈是可以隨意假設的！

我想起了我的爹，想起了我那變成了魚的爹。牠游到哪裡去了？聽說魚都是嚮往大海的，我的爹他最終是否到了大海？大海是怎樣的呢？江河湖海——江有江的氣勢，河有河的風度，湖有湖的胸懷，那麼海呢？這一生就要如此完結於床榻之上了，年輕的時候，我怎麼就沒有生出看一回海的念頭呢？生命中的很多要義都在無知無覺中荒疏掉了，這樣的人生其實可憐極了！

「老爺，你在想什麼？老爺，你哭了？」

蘇益之的女兒發現我眼角有淚，她用毛巾輕輕地為我擦著。溫熱的毛巾熨過肌膚的感覺真是讓人舒服。

「我沒哭。」

我哆嗦著把她的手摸到我的手裡，那柔嫩的、發散著處女幽香的肌膚，如同擦過我眼角的毛巾輕輕地拂拭著我孤寂的心。

我需要她。

我讓她放下毛巾，躺到我的身邊。她躺下後，張開雙臂抱住了我。

從她體內發散出來的熱量源源不斷地流入我的血管，但我身內的寒氣太多，太重，她的溫暖無法讓我還過陽來。我不知怎麼就又想起了徐妙玉。這麼多天了，她居然沒有來看我！

這個可惡的女人，她為什麼不來看我？她是內心充滿了羞愧？還是在躲我？

躲吧。我倒是要看看她如何躲得過祠堂裡的那把檀木椅子！

二弟來把窗戶重新釘死了。

今天的天氣真好，從釘死的窗戶縫隙裡，金色的陽光依然那麼濃烈。在這樣的冬日裡，就著這樣的陽光，偎在牆根下，讓太陽暖暖地曬著，不會比圍著紅紅的小火爐、品咂著醇香的老燒酒差多少。如果曬著曬著，就那麼睡過去了，該有多好啊！

我曾經千百遍設想過的老年圖，竟因為這張床而讓我受盡凌辱。

一樣生，百樣死。

這老話真是一點也沒說錯。

6

十天之後，徐妙玉終於來了。

她站在我的面前，一臉的倦怠。我沒說你坐之類的話，她自己把凳子拖到屁股下坐了。我等著她開口，我要看一看從她的嘴裡現在還能說出些什麼。

「這幾天我快累死！」

活該。我在心裡說道。

「我看我真的是老了！」

你才知道？

「老爺這幾天飲食怎樣？」

你不得不佩服她的能耐，兩句話，她就找到了下驢的坡。

「回太太，老爺……」

「你這幾天在做什麼？」我打斷了蘇茹的話，我才不想讓她在我這裡重新頤指氣使。

「我，我又到廟裡吃了十天齋。在廟裡的這十天，真的跟在家裡不同。在廟裡，心裡就跟一碗水樣的，平平靜靜的，什麼事都懶得管了。一回來，心氣就不寧了。也是記掛你，要不是記掛你，就出了家，也沒有什麼捨不得的！」

瞧她那情真意切的神情，你怎麼會把想方設法捉我兒子魂魄的那個女人安在她的身上！這一刻，你能相信的只可能是「孝悌忠信禮義廉恥」這八個字了！

「呸。」

我奮力將一口惡涎吐向她的臉，那口挾裹著我的憤怒的涎水卻落在了我胸前的被子上。蘇茹慌地將它捏到手上，然後把被子扯了，用毛巾不停地拭。

我看到她的臉紅了。

奇怪，她竟還曉得臉紅？這麼說來，她還是有一絲羞恥之心的。我嫌惡她的心，就因為她臉上飛掠而過的這一絲羞慚之色，開始動搖了。

「這一次不是到楊林口去了？」我砍了一下她的筋，我不會讓她這麼消停！

「老爺，還說這話有什麼意思？我去廟裡，是想做場法事，一是幫那個木匠念場經；再則，跟我那不爭氣的兒子解個劫。這孩子這一向來，總是疙疙瘩瘩的。」

聽到這裡，我哼了一聲。

我本來是想繼續挖苦一下她的，想了想，還是打住了話頭。我相信人總是向善的。我死死地盯著她看，那死魚般的眼珠裡渾濁的一絲微光，竟也把她逼得低下了頭。看來，她應該還是知道「羞恥」二字的。

自從她來看了我之後，日子差不多就又過回了原樣。

蘇茹要我講故事她聽，我竟沒了興趣再去翻那些陳年的爛穀子了。其實是沒法講。巴東的山洞，我能講麼？我和我姐姐，我能講麼？那些細節，想一想，我都臉紅，我怎麼可能講給一個十五歲的處女聽啊！

這幾天，她在賴老婆子的指導下，開始給我做靸鞋了。那納鞋底的手，好幾次把手戳出了血。我讓她算了，她根本不聽。

「老爺我一時半會還不得死呢，那鞋不等著穿。」我說。

她的臉一紅，小嘴嘟了起來，那神情越發讓人覺得有趣。

「老爺，我不准你說這種話！」

「老爺我都看到狗獾子③在屁股後面哼了，不說這種話還說哪種話。」我話音未落，淚已從她的眼裡漫了出來，這讓我不由慌了手腳。「好，是老爺錯了，我再不說這話了。別哭了，你一哭，我就心慌。去，乖乖地把淚擦了，要不這小臉就皴了！」

她把鞋底抱在胸前，發起呆來。

「喂——」

我不得不提高嗓門，把個呆子驚他一驚。她撲哧一聲笑了，那掛著淚花的臉，笑起來有說不出的嬌媚。她用袖子畫個八字，那臉上就風清雲淡了。她偎到我的身邊，把頭埋到我的胸前，任我將手插入她的髮間。

「老爺，伺候你一輩子就好了！」

「苕丫頭，那老爺不活成老烏龜了。像這個樣子，我才不想活呢。」

③狗獾子多以墳場為穴，吃死屍為生。

「不麼，我要你一直好好的，等到我都老了，你還是好好的！」

「……」

我的手心湧起一股熱流。

「天天都像現在這樣，該有多好啊！」她把我的手從她的頭上拿下去緊緊地捏在她的手裡。我的心猛然生出愧疚，忙把那隻枯朽的手從她柔嫩的手裡抽了出來。

「去把你賴媽媽叫來，我找她有事。」

她一愣，趕緊放下手裡的活，望後走了。

7

賴老婆子來了，我吩咐她找個裁縫。我記得我那幾個女人都還有好多布料子丟在櫃子裡的。「請個裁縫來，給茹丫頭熱冷四季的衣服各做兩套，你和安生也一人做一套過年穿的衣服。」

「茹丫頭，看老爺疼你，快你老爺磕頭！」說著她自己先跪了下去。「我代老頭子多謝老爺了。」

蘇茹驚喜地看著我，說：「我這身上穿的不是衣服？我不做新衣服！」

「苕丫頭，這是老爺疼你！先前的太太們進門，哪個不是從頭到腳都是新的？」賴老婆子說著從地上爬起來。她這句話把蘇茹說得滿臉緋紅，把我也說得不自在了。我真不是這個意思。

「老賴，你這張嘴盡胡扯三六九。算了，你先去找布料子，沒有的話，叫老二讓人去買！」

賴老婆子一走，安生就來了，一進來就往地上跪，說了一大堆的感謝才走。

第二天，裁縫來了。蘇茹去做了「比子」回來，隈在我的身邊，像一隻小貓。這之後，做好一件衣服，她就拿過來穿給我看，我看過之後，她就脫下來，放到櫃子裡。

我算了算，大概做了八天，這衣服才算全部做完。賴老婆子穿著新衣進來，那蔥綠的金花緞襖面子，開著白色的小花，一下把她顯得年輕了二十歲不止，讓我不由生出一句感歎：這婦人年輕時不知有多麼妖冶呢。她男人那麼早就死了，在跟安生打夥之前，她只怕過得轟轟烈烈！

「老爺，沾你的光，這衣服還穿得出世吧？」

「蠻好，穿得出世。」

「茹丫頭，你怎麼還不敵我這老婆子，把新衣服穿上啊！」

「醜死了，我才不穿呢！」

「嘖嘖，這麼俊的丫頭反說醜，是笑我老婆子吧？」

「哪裡，我是真不習慣。」

「人家把這新衣服做了，是用來壓櫃子的，要不，這櫃子長了腳就跑了！」我跟她開起了玩笑。

「到底是年輕人，臉皮子就是薄，不像我們這老臉不怕醜！」說著，她再一次向我道了謝，我的耳根子才清靜下來。

看蘇茹不自在的樣子，我說：「我們再開始講故事吧。這回老爺給你講他自己的故事。」

「好啊好啊，我去叫賴媽媽也來聽吧？」

「你想讓她來聽，那就讓她也來吧。」

這丫頭像得了什麼寶似的，站起來就往後面跑去了。

第九章　瓦子湖的戰役

1

在我獨自去巴東的日子裡，瓦子湖東的李家垸，把三大爺七十三歲的老爹，從他的床上擄走了——三大爺乖乖地當了一回孫子，簽下每年進貢制錢十五吊，開放瓦子湖上安氏的整個水面這一恥辱的賣族條約。

安氏家族是瓦子湖邊的一個大姓，三千人只多不少，如果加上與安氏聯姻的部分，這是一個龐大的群體，李家垸最多不超過六百人。

一隻螞蟻，竟把一頭巨象咬了深深的一口，這個臉算是丟大了。

二十年前，李家垸曾為湖面興風作浪過一回。那時，坐在族長之位上的就是三大爺的老爹，老太爺率安氏子弟，重創李氏，把李氏族長的一條腿也給廢了；最後望著哀嚎哭泣的李家垸一眾老小，老太爺慈悲心發，向他們開放了四百畝的水面。

一晃二十年，李家垸復仇來了。

三大爺親自送去十五吊錢，把老太爺換了回來。老太爺一踏進安家窪，三大爺便把一紙贖身契撕了個粉碎。

紛飄的紙屑還在空中飛舞，停靠在安氏祠堂前的大沙窪裡的十五條大船已野鴨般貼著湖面拍水而去。安氏家族的青壯漢子們，揮舞著漁叉、弓箭和大刀片子，浩浩蕩蕩殺向湖心的戰場。

既是爭奪水面，那就在湖面上見一真章吧。

我帶著唐清妹從巴東回來，還沒進屋，正趕上這趟渾水，便跟著大家到湖邊準備去看熱鬧。大家纏著我問東問西，對唐清妹的來歷根底興味盎然，都說，「當心你爹打死你！」

我怕他們的話嚇著了唐清妹，不時地把話題往湖上引。湖上的事，根本沒在他們心上。他們一致認為，李家垸這是在找死——二十年前的教訓看來還不深刻，既然如此，這次，安氏就再用他小小的一個指頭，好好地教訓一下這個不知天高地厚的東西，讓他再長一回記性。他們得意地說，二十年前，李家垸的族長腿子斷過一回，這次，他們新族長的腿子只怕又要斷了。

一行人調笑著我，終於來到湖邊，看著湖心裡李家垸可憐的八條船、四十個人，面對安氏衝過去的十五條船，一百二十人，大家都有些不落忍了。

「李東彪，帶著你的人馬滾回李家垸吧！」三大爺的大兒子那中氣充沛的斥責聲，從湖中心傳到岸邊，在岸邊激起一片笑浪。「李東彪，上天有好生之德，本少爺這就放你一馬……」湖水漾過來的大笑，更是讓人生出過年期盼一台大戲的渴望。

李家垸的船隊沒有一句回言，他們默默地將船往安氏船隊逼來。幾乎是一眨眼，兩支船隊就交上了手。

我看得真真切切：安氏的男人們還未投出手中的漁叉，一個個就像出圍的鴨子，爭先恐後地趕著自己跳進了湖中；李家垸人手中的漁叉，射入水中又被叉柄上的索子抖回手裡，然後再次飛射而出……初冬的湖水裡，那些慌亂躲閃的人頭，便在漁叉的起落之中，發出鬼一般的嚎叫……

唐清妹渾身瑟索不已，一雙手死死地攥著我的胳膊，那正在向周圍說著我的笑話的人，湧到喉嚨裡的詞句，突然卡在了喉嚨裡，半天，那些笑話轉換成為恐懼的驚叫，像一隻隻無頭的蒼蠅到處探聽著「怎麼回事？」

我的眼移到了三大爺的身上，他站在湖邊的涼亭裡，昂著的頭，愣然地打了一個冷噤，兩行清冷的淚珠，從他微微內陷的眼裡困惑地滴落到腳下的青石板上。陪在一邊的安順福，面如死灰。

「發蠟！」

三大爺大吼一聲，從涼亭裡跨出來，奔到湖邊的香案前。那攤軟的一堆蠟淚邊上，新發的一對紅蠟隨即被插進香爐，閃爍的紅光在初冬的寒風裡掙扎著。三大爺雙膝一彎，跪在香案前，口裡高喊著列祖列宗的名諱，頭低低地伏在沙灘上，叩首三遍，站起來，手一揮，湖邊的二十條船，一百六十人的隊伍，再一次向湖心衝去。這一次，他們在接近對方的船隊時，和先前的情景沒有多少區別，還沒和仇家相交，就又自動地跳進了水裡。

回到涼亭裡的三大爺，連大氣都沒喘上一口，一切就又結束了！三大爺的雙膝顫顫地抖著，已無法承受內心的驚恐與悲憤，硬生生地砸在了涼亭的青石板上，一下老了。眼眶裡不停滾下的淚渾濁不堪，漫洇到粗大的皺紋裡，讓人不忍目睹。

「老天啊，這是要滅我安氏不成？」

悽愴的呼號被瓦子湖的波浪摔碎在大沙窪上，破碎的浪裡，我看見了絲絲血色。四周呼兒喚爺的哭聲，在瓦子湖邊掀起一股陰風，揪扯著人的毫毛，吹得骨頭隱隱生疼。

2

我看到了鬼！

湖中心李家垸新族長的手指上蹲坐著五個小身子鬼，正呲牙咧嘴放肆地笑著。就是這五個東西，李東彪手一揮，它們便撲到安氏船上，把安氏那些精壯的男人掀下了湖！

按夏三九的說法，得到一個小身子鬼就得「叫枯」七七四十九天，那亡魂出來還得跟人拼死一搏，能夠得手已屬萬中之一！李東彪竟然同時擁有五個，他是怎樣得到的呢？

好奇與震驚交聚於心，使我不知所措。但身子卻忽地一震，一個悲憤的聲音在我的耳邊吼道：

「去殺死它！」

是我的乾爹麼？我趕緊把乾爹從衣領裡掏出來，但我從他的臉上看不出與往日有任何區別，可我分明聽到了那決絕的吼聲。是的，我要去殺死它們！

人和人相爭，乃是本性使然；人與鬼勾結，則是邪惡。

我忘了身邊還有一個女孩，我的心，這一刻，唯有憤怒。我向高高的指揮台擠過去，邊擠邊喊：

「三大爺，李東彪的手裡有五個小身子鬼！」

三大爺差不多已經瘋了，從涼亭的青石板上爬起來，他再一次發出了征戰的命令。他要親自上陣。可這一次沒有像前兩次那樣有人站出來，他挑選出的安氏最精壯的漢子，已經全部葬身在瓦子湖裡了，剩下的老弱病殘，誰還有能力上湖一戰？哭泣在瓦子湖邊一下凝固了，所有的眼光齊刷刷地聚集到他已老邁的身上——就在這眨眼之間，他的三個兒子中的頭兩個已成了水中冤魂。

我爬上涼亭，安順福把族長正緊緊地抱在懷裡：「……三哥，要去也得是我去！」他話音未落，看到從江踏子上往上爬的我，他把三大爺往邊上一放，口裡罵著「雜種養的，你還曉得回來?!」身子便欲從涼亭上跳下來。昏了的三大爺似乎回過神來，長臂一伸，已經翻過涼亭的安順福，竟是被他一把薅住了。

「可喜，你剛才說什麼？」三大爺看來心裡清白得很！

我急不可待地把我看到的一切告訴給了他。我沒有看安順福，三大爺滿眼的哀傷與驚恐，讓我心疼不已。

「你是怎麼曉得的？」三大爺使勁地眨了眨他內蝹的雙眼。那裡面平時盛滿的威嚴，早已蕩然無存，就連下巴上的那撮山羊鬍子，也萎成了幾根枯敗的荒草。

我是怎麼曉得的，這個問題倒問住了我。我，我就是看見了啊！我不知怎麼跟他解釋。周圍的人紛紛搶著說：「只怕是有點鬼氣！我們的人還沒和他們交手，就自己跳到水裡去了，不是鬼在作怪還有別的不成？」

三大爺終於也悟出了這一點，他問我怎麼辦？我說，我去！

「你？」

安順福驚愕地張大了他的嘴巴，臉上的肉隱隱地抽搐了兩下。他的動作完美地演繹了對他幾世辛苦得來的這個唯一的兒子的疼愛和珍惜。

「好。」

三大爺站到涼亭口上，望著波浪滾滾的瓦子湖，大聲喊道：「安氏在瓦子湖邊立足百年，今天到了生死存亡的關口！我現在宣佈：誰能殺退仇人，誰就是安氏家族第十八代族長！」他喑啞的聲音越過淒迷的淚眼，滾到了湖裡，像一塊薄薄的瓦片，在水面上漂出無數勾連的圓圈，最後被湧過來的浪頭吞沒了。

凝固的哭聲中，仇人的槳聲已能聽得清清楚楚。那槳聲，如同一種召喚，我的血在這可怕的寂靜裡翻騰而起。

「誰願跟我去湖上殺敵？」

我站到三大爺的前面，對著黑壓壓的人群開始招兵買馬。

「我！」

一個一臉憨相的男孩，吼了一聲，跳到我的旁邊，他敦實的身子，蓄滿了力量。我還沒來得及和他說聲「多謝」，眼裡如魚跳水一般，一個接著一個蹦上來了七個男孩。三大爺看著我們，臉上老淚縱橫。

「我安氏今天落得只有九個孩子去抵擋仇家了，安氏列祖列宗在上，請你們保佑他們吧！」三大爺再一次跪下來望天禱告。

「你叫什麼？」

我問第一個跳上來的。

「我叫樊顯能！」第一個跳上來的沒回答我，第二個跳上來的卻搶著開了口。他把兩隻泥巴坨似的拳頭揚起來，在面前抖了抖。他那虎頭虎腦的樣子，讓我覺得好親切。

「安大哥，我叫安明護。這是我哥，他叫安明遲！」

又是一個搶話的傢伙，一對圓圓的眼，眼珠子都似乎在鼓勁；他的哥，倒顯得安安靜靜，眼角浮著一絲笑，兩隻眼彎彎的，像要飛似的。

「安大哥，我叫胡錢億！」

「我叫林學禮！」

「我叫賀啟智！」

「我叫童有信！」

沒有一個肯落人後的，我連忙說「好好好！」雖然我滿心歡喜，但我知道，這時候可沒有時間打鬧。想到時間，我的眼不由掃向湖裡。兩戰下來，李安垸的人再沒把安氏放在眼裡了，他們在湖心的水面上，竟發起了炭火爐子，每一隻船上的人都圍坐在船頭喝起了小酒。我不由抽了抽鼻子，一股蔥薑蒜和著酒的香味，直往鼻子裡鑽。收回眼，我雙拳一抱給他們作了一揖，「多謝各位！多謝各位！」

他們鬧鬧嚷嚷的，嘴裡喊著「殺呀，砍呀」，彷彿即將開始的是一場十分有趣的遊戲似的。但我知道即將開始的乃是一場生死搏殺，來不得半點馬虎，我必須讓他們知道這一點。我把他們邀到湖邊的香案前，雙膝一彎先跪在了沙灘上。他們一見，紛紛學著我的樣子，也跪到了香案前。

我說我們這一跪，就是生死與共的兄弟了……

我的話音未落，他們像得了財喜似的，便你一聲「大哥」，他一聲「大哥」地喊開了。我不得不說，「好了好了，我們還是先磕頭吧！」三個頭磕了，我的心裡默默地念叨著：列祖列宗，我安可喜和這八位兄弟馬上就要上湖殺敵去了，請你們和我們一起上湖吧！

從沙灘上爬起來，我命令他們除了帶上自己最拿手的武器外，每人準備五柄漁叉，一人一條小船。

安氏族人一聽，爭著四處去找漁叉。那個一直沒報上名來的，從身後一位老者的手裡拿了把鐵鍬！這是什麼武器？虎頭虎腦的樊顯能不知從誰的手裡拿了根酒盅粗的齊眉棍過來。安明暹、安明護兩兄弟身背著兩把弓推搡著逗著樂；我一看，差點沒背過氣去，那哪是武器，純粹是小孩子的玩具。其他幾位有拿胡叉的，有拿鐮刀的，有拿扁擔的，有拿釺擔的。那個叫什麼？什麼信？對童有信，他拿了一把拿豬的點刀。我其實連他們還不如，兩手空空。好在這時，大家為我們抱來了一大堆漁叉，我趕緊把牠們分派下去。

我們一上船他們就過來了。

李東彪看著我們哈哈大笑。

「安順達，你還是乖乖地投降吧。你們姓安的是不是死絕了？派幾個毛孩子跟我打，你信不信，我一揮手就把他們捏成了灰，我勸你不要再害命了！你們安氏所有的湖面，從今天起，就是姓李的了！趕緊跟我磕頭說好話，我還可以賞一口飯你們吃！哈哈哈哈。」李東彪的聲音如同旺福寺裡的銅鐘，湖水被震出了一層雞皮疙瘩。

李東彪是端著酒杯說這番話的。岸上和湖裡都沒有一個人答他的話。我們緊握著漁叉的手，關節都在啪啪地響。船無聲地向對手逼近著。李東彪站著說完了話，轉身坐下去就著小巧的炭火爐，跟他的人嘻嘻哈哈地喝起酒來。先前兩百八十個青壯漢子，都不過是一堆草灰罷了，我們這九個半大的孩子，只怕連坨鼻屎都不如。

我們的船和他們的船剩下只有四丈遠時，李東彪右手一揮，喊聲：「去吧！」我們理當應聲入水，可這次，我們一動不動。就在他們愣神之際，我們之間的距離，迅速縮短到三丈五尺、三丈、兩丈……

「射——」

我手中的漁叉在這一聲吼裡，脫手而出，一下掀翻了李東彪船頭上的炭火爐，沸騰的魚湯四濺而出。那圍在湯鍋邊的四個人，叫聲「我的姆媽」，捂了臉就往湖水裡跳。那柄漁叉兀自在抖著自己的叉竿，而另一柄漁叉早已飛掠而至。我們手中一共有四十五柄漁叉，而仇人不過四十。面對飛蝗般的漁叉，他們像驚慌的老鼠，四處亂竄。八條船一下翻了四條；另外四條，則如水洗一般，一個人也沒有了……

在紛亂的人浪中，我看見李東彪和他的五個小身子鬼，在水裡游得像一條黑魚。我撐篙一點，船便箭一般往前而飛。乾爹從我的胸前飄到我的肩頭，又從肩頭飄回胸前，如蕩著了秋千似的。我一直趕到湖中心才追上他。我把他逼到一副絲麻網裡，將之活捉了。

挽救安氏家族這樣偉大的壯舉，就由我們九個半大的孩子輕易完成了。我們九個人站到三大爺的面前時，他沒有宣佈我為安氏家族的第十八代族長。他目不轉睛地盯著李東彪，叫人把他綁了押入祠堂的土牢裡，他說他要剮他的皮，吃他的肉，點他的天燈。其他的人則忙忙地駕著船到湖裡尋找屍身和可能活著的人去了。

我們站在漸漸沉寂的大沙窪上，突然顯得孤零零的。

跟著我上湖殺敵的兄弟們傷心極了。

胡錢億說，安順達一族之長，剛說的話，還冒著熱氣，竟然就可以反悔，實在不是個東西！

「言而無信，君子不恥。」

他們叫著嚷著，而我知道這毫無用處。族長哪有這麼簡單讓出來！我的心重新回到唐清妹的身上，我只想快一點帶著她離開這讓人尷尬的湖邊。

我對他們說：「只當平常在水裡玩似的，大家回吧。」然後拉著唐清妹的手，走出了人群。

3

回到安順福的家，我在湖邊的事，安生已傳遍了這個屋子的每一個角落。我老遠就看到了劉媽媽和小翠站到院子門外，望著這邊。當我拉著唐清妹的手走到門口時，她們全都愣住了。

我笑著對唐清妹一一介紹：「這是劉媽媽」，「這是小翠」，「這是安生哥」，「這是我姆媽」，「這是大娘」……唐清妹便一一地喊了她們。劉媽媽挨到我們身邊，把唐清妹上下打量了個遍，一把將她的手捉到自己的手裡，拍了兩下，竟哭了起來：「要是我的兒還在，他也到了娶媳婦的時候。我的那個兒啊……」

母親慌忙把劉媽媽的手從唐清妹的手上拿開，說：「跟你說了好多回了，你又來了！」母親有些生氣，她看了一眼唐清妹，走到安順福的大老婆跟前說：「姐，他回來了你就安了心，還是回屋歇著去吧。」說著便扶著她進去了。

跟著她們倆，我的眼光落在了安若男和她身邊那個小男孩的身上。她斜倚著門框，冷冷地看著我們；那個小傢伙則纏在她的腿邊，好奇地往我們這邊看一眼，又抬頭看他的母親。

兒子！我的兒子！

我衝動地向她們母子倆走了一步，但身子猛地哆嗦了一下。不，那不是我的兒子，那是安若男的兒子。

「我要洗澡。」我說。

「少爺，我這就跟你去燒。」小翠說著屁股一掀一掀地跑了。

我沒有喊她「姐」；她也沒看我，目光完全移到了唐清妹的臉上。從她和她兒子的面前走過時，我面無表情地對唐清妹說了句：「這是我姐和她的兒子。」唐清妹忙喊了她，她的手伸向她的兒子時，小傢伙害羞地縮到了她的腿空裡。她嘴裡還是說了句「長得好機靈」，安若男卻咬了牙幫，沒有搭她的訕。我扯了唐清妹一把，將她拉進了自己的廂房，閂好門，便急不可待地將她擁入懷裡。

「我們到家了！」

我想親她時，卻發現她滿臉是淚。

「怎麼了？我們到家了，再也不用怕了！」

是啊，那晝伏夜行的逃亡，那風餐露宿的提心吊膽，一切都遠離了我們啊！

「我想家！想爺爺！」

哦，家！家！家！這只是我的家，我還不能讓她明白這就是她的家！是的，這還不是她的家，她的家裡，有那個對我有救命之恩的老人，有那個把他唯一的孫女交給我的老人，有那個用他的生命給了我今生最深切的愛的老人……我永生永世也不會忘記！

我的心不得不再一次踏上那條通往巴東的小路。

4

我和我的乾爹，挑著一擔五十斤重的鹹魚，孤獨地走了半個月後，不知如何就偏離了原先的道路。一路走，一路歇，我們到了一處開滿鮮花的山谷。

我沮喪的心總算亮了一下，我丟掉肩上那個灰頭土腦的鹹魚擔，一頭撲進花的懷抱。我抱著滿懷的花，用臉不停地摩挲著它們，就像枕著女人肥白的大腿……在初夏暖暖的陽光下，在花的蕊心裡，我睡了過去。

是怎麼得罪那群蜜蜂的，我不知道。我是在尖利的疼痛中，從夢裡跳起來的。睜眼只見面前如同起了一陣蜜蜂的旋風，牠們分明要把我裹進漩渦之中。我嚇得雙手狂揮。那旋風不斷沒散，反而如深黑的雲般向我壓來。我折下一根樹枝，猛烈地進行反擊。一通狂掃，牠們屍橫遍野，但我的臉、脖子、手臂，卻時不時撕裂地一疼。沒多久，身上便如同著了火般地焦疼，而我眼裡，那團蜜蜂的烏雲，正遮天蔽日而來……

我嚇得兩腿一軟，差點癱在地上。

絕望帶來的恐懼，完全擊垮了我，我倒拖著那根樹枝，轉身便逃，突然眼睛劇烈地一疼，我趕緊丟掉手中的樹枝，用手護住雙眼，手背上立馬有無數的鋼針釘了上來，就感到頭頂上、衣服上、腳面上密密實實的磚頭瓦片壓了上來，又像被埋在一個土坑裡，胸口一下氣悶難擋，腳沉重得再也邁不開了……在異常清醒的意識裡，我慢慢地向地面倒去。

「你賠，你賠我蜜蜂！」

這是我從昏睡中醒過來聽到的第一句話。我借著腫得只剩一條縫的間隙看到了一個女孩。我想，她一定很美，但她的美離我遙遠極了，就像她的聲音一樣，細得像一縷從耳旁拂過的微風。

半個月後，臉上的腫消了，我的眼睛完全向我證實了最初的判斷，她是一個十六歲的美麗的少女。她晶瑩的眼裡，彷彿沉入了兩顆晶亮的星星，在漆黑的夜裡向我召引。我一看見她，就愛上了她。

她是一個孤兒。我們在山上寒冷的夜裡，圍著火塘，她的爺爺讓我看到了那一場血腥的祭祀——在山中一座土王廟前的廣場上，在人們載歌載舞的狂歡中，一對年輕夫婦被祭師推擁上前，端坐到廣場中央。一時間，人們紛紛向他們叩首，鮮花不停地灑向他們身上，美酒不停地澆向他們身上。當鮮花粘滿他們的全身，當美酒浸泡住他們的雙腳，一蓬烈火轟然而起……

我呆呆地聽著，那遙遠的悲傷使面前這個十六歲的少女淚流滿面。那個時候，她還只是一個未滿周歲的孩子。

「那是為了酬謝我們的先祖廩君。先祖廩君為了巴氏的生存，與豺豹熊羆鬥到最後一刻，死了魂魄還化為白虎保佑著我們。為了使他重新獲得力量，我們必須用人血祭祀他。」老人的嘴巴緩緩地吐著這些字，使山中的夜顯得更加清冷。我不由自主地把身邊的一雙小手抓到手裡緊緊地捏住。

祭祀之血，須得取自一對少年男女，祭祀時割開他們的手腕，待血流滿一缽為止。凡是割血之人，會被派去養蜂，這相對輕鬆一些，因為他們多半活不長久。祭祀的少男少女能活下來的，差不多都結成了夫婦。先一輪祭祀之後，唐清妹的父母便被定為下一輪祭祀的供品。她母親的母親不忍孩子割血，便與男方商量，既然命運讓他們走到了一起，不如現在就讓他們成婚吧。他們破壞了規矩。破壞了規矩，就必須付出相應的代價……他們這一老一少，便因之得到了養蜂這一職業。

「爺爺，把清妹嫁給我吧！」聽完這淒美的故事，我跪到了他的面前。

「只怕不行，你是漢人，我們是峒人①。自古『蠻不出峒、漢不入境』，這又是壞規矩的事，要割鼻子的。」那蒼老的聲音，充滿了憐愛。

「那我不走了，我就是個峒人！」我的手裡依舊攥著那雙小手，唐清妹的臉羞成了山谷裡一朵嬌豔的杜鵑。老人看著我，眼睛濕潤了。他起身從床底拖出一個灰舊的木箱，皴裂的粗手輕輕地拂拭著箱子上面的灰塵，生怕驚了箱子裡的什麼東西，良久，才把箱子打開。裡面只是幾件疊放整齊的衣服。我好奇地望著他，他嘴裡喃喃地念叨著什麼，我一下沒能聽清楚，等我反應過來，只聽他嘟嘟囔囔地似乎說：「……我等著……這一天來了……」我緊張地看著他，他念叨完了，從箱子裡拿出一根長長

①當地漢人將別族人統稱峒人，非指後來劃定的侗族。

的布條來，像變魔術似的。我真的有些疑惑，明明是幾件衣服，怎麼就變出了一根花布條呢。

「來，孩子，是山神的手把你牽到我的面前的，是土巴人的祖先讓你開口向我求婚的！孩子，我成全你！來，來裹上我們土巴人的包頭吧，從今天起，你就是我的孫子！」我乖順地任他將我從上到下打扮了一番。我看不見我的形象，但我看見唐清妹笑了。

「我帶你去燕子潭照個影吧。」

說著她拉著我就往外跑。

燕子潭在山崖的下面，那是一泓深不見底的清潭。要去那，得要翻過兩道山梁。霧氣如同蒸鍋揭走了鍋蓋，我們連路都得摸索著落腳。當我們翻過第一道山梁時，縹緲的雲霧裡突然傳來嫋嫋的歌聲——

高高山上高高岩②，
高岩上頭一株槐。
風不吹來槐不動，
妹妹（你）不來哥心痛。

高亢的男聲，如劈浪而來的一條小船，在茫茫的湖面上時而跌入浪谷，時而沖上浪巔。那歌聲又分明是一隻靈巧的魚鷹，我感到牠奮力拍打的翅羽拂過了我的臉頰。

池中鴛鴦成雙對，
園中蝴蝶雙雙飛。
魚兒永遠不離水，
哥哥永遠不離妹。

淒婉的詠歎，在霧中格外地揪人心尖。我緊緊地攥著唐清妹的手，坐了下來，彷彿看到那失意的男子正悵然地望著心上人的方向。我緊緊攥著的手不由加了把力。

他的心上人在哪裡？他等得到他的心上人嗎？我渴望那鷹般的聲音，更渴望那風雪如浪、攝人心神的詠歎；但茫茫的霧海卻如溺水的石頭，再也沒有一絲漣漪。這時，一串銀鈴般的聲音猛然穿過眼前的霧雨，潺潺而來。啊，是他夢中的女子來了麼？

清早起來霧茫茫，
鷺鷥飛到田壩塘。
螞蟥纏住鷺鷥腳，
小妹心掛牽情郎。

清冽的歌聲，在霧中如一隻黃鸝婉轉而出，我的眼如同我的心一樣，陡地亮堂起來。莫名的衝動讓我只想拔開眼前層疊的霧幛，想看那女子是怎麼從山巒間升起來的，想看那飄搖的裙擺是如何款款而動的！

心往神馳之際，那男聲嘹亮而至，先前淡淡的落寞與憂怨一掃而光，如一隻快活的雲雀——女子便在這歡快的叫喊裡，愉悅地應和著。

我不由將唐清妹攬入懷裡。「你一定也會唱，是不是？你教我唱吧！」她斜偎在我的懷裡，望著我，那如霞的紅唇輕輕地

②岩字在這讀ai（陽平），湖北土音。

翕動著，那歌便如同歇在耳輪上的一隻蜜蜂，嚶嚶而鳴，綿柔得漫山遍野而來——

郎是天上一條龍，
妹是地上一朵花。
龍不翻身不下雨，
雨不澆花花不紅。
郎穿白衣坐船頭，
妹穿花衣坐彩樓。
心想和你搭句話，
船要走來水要流。
妹子打起青陽傘，
好比鯉魚跳上灘。
鯉魚上灘用網打，
撒網容易收網難。
……

我們坐在山谷的邊上，忘記了一切。日子竟就如水般地流淌著走了。爺爺說，到了大雪封山的日子，祭拜了清妹的爹娘，就讓我們圓房。

我們盼望著雪快點兒來。

那天，我們正在燕子潭邊聽著霧裡的山歌，掰著手中的包穀，唐清妹忽地驚恐地說：「我聽到土司老爺的人在罵爺爺！」

我們穿過濃霧往回趕，果然看到爺爺站在家門口，正低三下四地向一個人賠著小心。那人五短的身子，一臉的橫肉，嘴裡惡狠狠地說：「……那只有按老規矩辦了。你的孫女兒我得帶走！」那傢伙說完，就找爺爺要人。

我們恰在這時撞開了濃霧，撲進他的眼裡。

「這小子是誰？」

他看到我，大吃一驚，那兩隻眼像狗的鼻子，上下把我嗅了個遍。「唐老頭，嘿嘿，你的膽子真的大得長了毛啊，你竟然私藏漢人！」

「他不是漢人，他是我們土巴人！」

「哦？是我們土巴人，那開口說幾句話我聽聽，我看他學得像不像？小子，你說你是哪一鄉哪一寨的？土司老爺叫什麼？」

我一聽，愣住了。他不再理我，拉著唐清妹便走。「去見土司老爺去！」他對我說，「小子，你等著吧，等著祭祖吧。」

爺爺曾告訴過我，漢人入峒，一旦被捉，則是祭祀他們祖先最好的祭品。但這一刻，我沒有去想這個，我眼裡只有唐清妹。她在那個男人手裡，回過頭望向我的眼，絕望得天塌地陷！我操起一根木棍，想也沒想，就向那傢伙的後腦勺劈去。他的頭往邊上一偏，竟躲過了這重重的一擊；慌亂中，他丟下唐清妹拔腿就跑，口裡大喊道：「殺人了！殺人了！」

我闖下了塌天大禍。

一切皆是因為我的無知，使得她們的蜂群三停死了兩停。沒有一定量的蜜蜂，她們便無法向土司繳納足量的蜂糖！按規矩，交不上蜂糖，唐清妹就得被土司收為性奴以抵債；而私藏漢人，且毆打土司家丁，我們將被五馬分屍。

「孩子，收拾了快逃！」

我們沒有逃出多遠，土司老爺的人就追了過來。那隻兇惡的狼狗在一處懸崖邊追上了我們。老人拉住我的手，把唐清妹的手放到我的手裡，「我把我的孫女交給你了，你要好好地待她！」說完他轉過身抽出腰間的砍刀，迎向撲上來的狼狗。狼狗把他撲倒在地，他抱住狼狗最後喊了一聲：「快走！」便和狼狗滾下了懸崖……

5

我用唇輕輕地把她的眼淚撮進嘴裡，她突然緊緊地抱住我的腰身，把頭深深地埋進我的胸前。我把她的頭攬著貼到我的胸口，讓我激烈的心跳告訴她，這一生，我會好好地愛她的！

他們把水燒好了，我讓她去洗，她困惑地望著我。我把她抱到一邊，輕輕地放好，我走出房門，大喊：「姐姐。姐姐！」

在我的喊聲中，安順福的大老婆走了過來。

「喊什麼喊？」

這個死了又活過來的女人，一臉冷漠。

「我叫我姐姐拿幾件衣服來，不行？」我回以冷漠。

「沒大沒小的……」她沒說完，我已看到了我的姐姐。哦，還有我的兒子。不，安若男的兒子。

「姐姐，把你的衣服給兩套清妹先穿一下，我明天就扯布去跟她做！」她那曾讓我掉進去差點淹死了的兩隻眼，直勾勾地盯著我。她徑直向我走來。我看見她手裡拿著疊得整整齊齊的一摞衣服，她經過我的時候，我聞到了淡淡的梔子花香。她走過我，母親把跟在她屁股後面的她的兒子抱了起來，望我一笑。我從她走進我房裡的背影上收回我的眼睛，我一下原諒了她。

我走到母親的身邊，伸出手，在她兒子的頭上摸了一下。

母親對小傢伙說：「喊舅舅。」

我像吃了一隻蒼蠅似的，原本活泛的臉，凝成木然。我轉過身，走到前廳門外，一屁股坐到了江踏子上。

晚飯時安順福仍沒回來。我告訴母親，族裡這次死了好多人，祠堂裡這會兒不定怎麼個忙法呢。母親「哦」了一聲，便叫小翠把菜端到我的房裡。小翠像穿花的蝴蝶，端一盤菜看一眼唐清妹，把唐清妹弄得坐不是站不是。小翠前前後後一共端了八大盤菜來，我房裡的那張小茶桌都擺不下了，我喊母親過來一起吃，母親說：「我們有，這是特地為你們做的，讓你姐姐陪你們吧。」我便去閣樓上喊安若男。她沒搭理我，從房裡出來，用她尖尖的手指把我的額頭狠狠地一戳，什麼話也沒講，丟下我便下了樓。我的心百味雜陳，看著她下到了天井，我才從閣樓上往下走。等到我進房，她已熱情地和唐清妹說起了話，我坐到桌上，竟不知說什麼好。正悶悶地吃著，突然有人跑來喊我，說李東彪不見了，三大爺的小女兒安玉蓮也不見了，三大爺讓我馬上過去。

聽到這一消息，我心裡一喜。但表面上卻一派鎮靜，把碗裡剩的小半碗飯扒到了嘴裡才站起來。唐清妹癡巴巴地望著我。我在她的肩上輕輕地拍了拍，對安若男說：「姐姐，你慢吃！」然後，對唐清妹點了點頭。

走出安順福的院子，我不由得長舒了一口氣，卻見八個跟我上湖的傢伙齊整整地站在月光下，這一驚，非同小可。

「大哥，我們在等你！」

就好像他們已跟隨我出生入死幾十年似的，驚奇的心一卜湧滿了溫暖！

「你們怎麼會在這兒？」

「我們料定今晚還會出事的！」他們說。

我認真地把他們一人看了一眼，心裡想，難怪這幫傢伙敢跟我上湖呢！

「那我們這就去李家垸吧。」我說。

「不，大哥，我們應該到祠堂裡去。」他們冷靜地望著我，說話的叫什麼？對，叫安明護，兩兄弟中的弟弟。「我們要他們把族長的椅子讓給大哥坐了再說！」他的那雙圓圓的眼，這時瞪得像兩枚銅錢。

這傢伙看起來好眼熟，一定在哪裡見過。唉，都怪安順福，一個族裡的人竟讓我如此陌生！我正活動心眼，只聽他們一起吼道：「對，我們要他們把族長的椅子讓給大哥坐！」

我的心頭一顫。他們哪裡曉得祠堂留給我的記憶並不是愉快的，五歲的懲罰，至今還有隱然的長疤。很長一段時間，我被安順福折磨得死去活來時，我總以為那就是祠堂惹下的禍根。在我的記憶裡，我恨那座深黑的大宅子。

但此刻，在他們的吼聲裡，我卻生出莫名的渴望。

於是，我帶著他們便往屋後的小路上跑。

我們住在米倉河的西邊。從這裡趕往祠堂，走門前的大路，要過穀囤子橋；過了穀囤子橋，順米倉河東堤往北走半里路，才能到。我覺得這太遠了。如果抄小路，從竹園過去便是桃樹林，桃樹林後是我姐姐的槐樹林，再後面就是小時候我時常玩耍的小沙窪了。順著小沙窪跨過米倉河，一轉彎祠堂就在頭上了。

路過桃樹林時，我們匆匆的腳步聲和喧嘩，把早已歇息的鳥兒，驚飛到夜空中，那些嘶啞的鳴叫，使夜陡地添了幾分詭異。

等我們趕到祠堂，祠堂裡燃著的兩口油鍋正不住地往外吐著愁慘的火光。三大爺在安順福和族人的中間像一頭受驚的母豬，不停地竄著。

「李東彪跑了，你曉不曉得？」三大爺看到我，撲到我的面前，一把將我抓在他的手裡。

我不客氣地掰開了他的手。

「怎麼辦？怎麼辦？」

他急切地問著我，說他的女兒安玉蓮肯定是被李東彪抓走了，要我快點想辦法，把他的「蓮兒」給救回來。我故意問：「不是去走親戚了？」

「沒有，挨晚還和她的姆媽在一起吃了飯的。天都黑了，走什麼親戚？」他對我會問如此愚蠢的問題，流露出明顯的憤懣，卻又無可奈何。

「我想看一看土牢。」

我不知道這一刻，自己為何會有這種想法。

一路上，義弟們用惡毒的言辭和厭惡的口水，譴責了安順達背信棄義的無恥，我多半是受了感染。你們可以設想一下，在一天之前，我還是安順福眼裡該把褲子剮下來，跪在地上打屁股的傢伙。「狗日的，拿了五吊錢，跑了七個月，老子還沒找你算賬。」也是在這一天之前，如果我在路上遇到安順達，絕對要恭恭敬敬讓到一邊，低著頭喊他「三大爺」，他高興才會用鼻子哼一聲。可是現在，安順福和安順達恭順地在前面給我引路，像兒子伺候著爹。

土牢其實就是祠堂後的一間土坯屋，是早年修祠堂時堆的，看與不看都是一樣。他們在後悔著沒有安上鐵條，沒有多加人手。這有什麼用呢？李東彪手握五個小身子鬼，就是用鏈子把他鎖起來，也無計於事。我想得出，李東彪是怎樣要他的小身子鬼蒙住看守人的眼睛，又是怎樣要小身子鬼打開鎖的。他從土坯屋裡出來的時候，安玉蓮可能正好吃了晚飯從家裡出來；李東彪的五個小身子鬼把她一架，她就不見了。我往土坯屋裡看了一眼，裡面早已換成了看守李東彪的兩個族人。他們見了伸進去的火把，從牆角裡跳出來，撲到火跟前。

「三大爺，我求您，別把我沉湖。我上有七十歲的老母，下有兩歲的兒子，您饒了我吧，我今生做牛做馬報答您！」他們把我當成了三大爺。

「三大爺，把他們倆放了吧。」

三大爺和安順福一愣，他們互望了一眼。

「放他們？按老規矩，他們該沉湖！」

「這不關他們的事，我跟你們說過，李東彪的手裡有五個小身子鬼，除非破掉他的小身子鬼，否則，誰也鬥不過他。」

「那你有沒有辦法？」

「先放了他們再說吧。」

他們倆跟孫猴子從五行山出來差不多，徑直跪到我的面前。一大堆感恩戴德的話從他們的嘴裡淌了出來，直到我們回到祠堂裡，他們才從地上爬起來。

安順達進了祠堂，連正中的那把檀木椅子他也忘了坐。我卻沒有客氣，在邊上的一把椅子上坐了下來，義弟們則站在我的身後，這有些像劉備劉皇叔的架式。安順達就焦躁地在我們面前走過來走過去。

「三大爺，不急，坐下來我們好好地商量商量。」我一下覺得自己底氣十足。

「有什麼好商量的，我知道大侄子你有辦法，我求你救我的蓮兒了！」

安順達兩手一拱就要下跪。我倒是非常想讓他給我下跪。他給我下跪，我擔心安順福會氣個半死，大病三個月！這麼想著，我趕緊起身制止了他的這種企圖。

「要救人可以，你把族長之位讓給我們的大哥！」

又是那個叫安明護的。這傢伙是個典型的愣頭青，眼神要是能吃人，只怕他早把安順達的骨頭都嚼碎了。

「放屁！」

我們都還在安明護的話裡發愣，包括三大爺也是一樣，他的兒子安明貴卻早已清醒過來。

「你找死！」

這回是樊顯能，他說著就要撲過去。我趕緊伸手把他擋住了。他那捏得咯咯響的兩隻拳頭，只怕打得死老虎。

有些問題只是蒙著一層紙，戳穿了就行了，其他的都沒有意義。但我的義弟們和安順達的兒子卻像公雞彼此怒視著，我害羞似地把頭偏向了外面，我沒看安順福的表情。

「好吧，要是你這次救回了我的蓮兒，我就傳位於你！」

聽到「傳位」二字，我的心頭鹿撞地一跳，偏向外面的頭，趕緊轉了過來。

「不行！即使他救回了我妹妹，也只能是有了這種可能而已。安可喜，我要跟你公開比一比！」安明貴向我發出了挑戰。他可能從他爹在瓦子湖邊說，「誰能殺退仇人，誰就是安氏家族第十八代族長」時起，就開始琢磨這件事了。真難為了他。

看著他那雙跟他父親一樣，微微內𥅄的眼，我同意了他的提議。

我點了五十個人，包括安明貴在內，加上我的義弟們，我們連夜趕往李家垸。

李家垸其實是挨著安家窪的，只是被青魚嘴往湖裡一翹，看起來便有隔湖對望的架勢了。

在路上，我說，我們兄弟這次不按年齡來排，我們按白天上來的先後順序排，他們說大哥說怎樣就怎樣。我呵呵一笑，便開始一個一個地問了起來。到這個時侯，我才知道，第一個跳上去的那傢伙，名字叫石荒兒。好怪的名字。樊顯能第二個跳上去，是老三；那兩兄弟，當哥哥的是老四，當弟弟的是老五。胡錢億，這個名字也好記，他是老六；林學禮老七，賀啟智老八，童有信就是那個拿殺豬刀的，是老九。

我們只當安明貴不存在似的，一路嘻嘻哈哈，便到了李家垸。

6

李家垸處在極度的恐慌中還沒喘過氣來，聚在李家祠堂裡的一大幫人要超過我們三倍還多，但他們毫無鬥志。他們驚恐不安地把安玉蓮推出來，用刀抵著她的脖子的那雙手不住地抖著。

「哥哥，救我！」

安玉蓮嘶啞的聲音像一把鏟子鏟過一口破損的鏽鐵鍋。安明貴從我的義弟們的後面往前擠。

「擠什麼擠，站後面。」三弟樊顯能不耐煩地呵斥了他一句。安明貴在我身後惱怒地哼了一聲，安玉蓮的眼光便打到我的臉上，她絕望而狐疑地看了我一眼。那已經蓬亂不堪的頭髮，讓人很難看出她的美貌。她的臉上毫無血氣。

「李東彪，把人放了吧，我保證我的人不傷害你們之中任何一個。」

我要化干戈為玉帛。

「你們欺壓我們幾十年，我們夠了，大不了拼個魚死網破。」李東彪滿腔悲憤，「二十年了，我們還是那麼一點水面，天災人禍不斷，靠著這湖卻眼睜睜地讓人餓死，我們過不下去啊！」

我以為李東彪的心裡只是仇恨，他這句話讓我的心動了一下。

「李東彪，你把人放了，我保證你們有更多的湖面。」

「你算老幾？我為什麼要相信你？你們姓安的從來就是言而無信！」

「瞎你的狗眼，你敢跟我們安氏第十八代族長這麼說話！」又是五弟。

這一聲憤怒，使背後躁動起來。我沒回頭，但我看到被挾持的那個女人，萎靡的眼神陡地一亮，隨即惡狠狠地向我戳來。

「好，既然你是安氏的第十八代族長，那我就信你。我這就放人，但你必須跟我寫一個出讓湖面的文契！」

「行。」我說。

「不行！」那個女人居然在刀口下掙扎著向我吼了一聲，她厲聲斥問我：「安可喜，我問你，這是不是我爹同意了的？」

這女人真他媽不知死活。我心裡惡毒地想，把她丟在這裡，讓李氏人人奸之看她找誰去問她爹同意沒有這一狗屁。

我以為安明貴這時會跟著他的妹妹向我發難的，但背後卻風平浪靜。我三兩筆一揮，便簽下了出讓湖面的文書。

李東彪捧著那墨汁淋漓的一張紙，突然跪在我的面前。

「李家垸的生死存亡就交給你了！」

我不知所措，便伸手拉他。他死死地伏在地上，要我答應他這個請求，否則，他就跪死在我的面前。我答應了他。我說，只要我能在位一天，姓安的有飯吃，姓李的就絕不會餓肚子。他聽了我的承諾從地上爬起來，表情凝重地向我鞠了一躬。

「叫人快請靜遠法師來！」他吩咐過後，然後坐在地上。

我不知他要做什麼，卻見他雙目緊閉，一聲不吭。

「阿彌陀佛。善哉。善哉。」

一聲莊嚴的念佛聲從背後驀然響起，我忙回過頭，只見旺福寺的靜遠和尚領著兩個弟子，正緩步走了進來。我們趕緊讓開一條路。靜遠和尚走到我的面前，雙手合十，我慌地回了一禮。

「施主仁慈之心，會有福報的！」

「你來了？」李東彪張開眼，我看見他的眼裡再沒有一絲的怨懟之色，竟是盛滿了欣喜。他翻身跪到靜遠和尚的面前，說：「我跟你走！」

眾人一片愕然。似乎意識到了什麼，李家垸的人齊刷刷地全跪在了地上。

「族長，你不能丟下我們啊！」

他們哀哀地乞求著。我看見李東彪淚流滿面。

「大家請起！這是我與靜遠法師事先約定好的。我想憑一己之力改變一切，可惜我輸了！各位父老兄弟，我李東彪原想為大家做一點事，但天意如此，我又怎能違抗？我連喊五個亡魂，雙手沾滿鮮血，這等罪孽，百死難以贖身，我又怎配做你們的族長？你們另選一位有仁有德的人吧。你們放心，剛才你們也聽到了，安氏的第十八代族長已親口答應過我，你們今後的日子會比跟著我好上一百倍的。你們讓我走吧，這等罪孽，死了是要墮阿鼻地獄的，給我一個懺悔的機會吧！」他逐一將跪在地上的人雙手扶起。

靜遠和尚一直沒有做聲，他悲憫的眼神裡，是無盡的愛憐。等到李東彪重又準備跪下時，他托住了他的胳膊，宣了一聲佛號，說：「李施主，我們回吧。」說著，一手撚動佛珠，一手在李東彪的頭上摩挲了一圈，然後做一個法印。我看到五具亡魂從李東彪的身子中，飛進了靜遠和尚手持的法缽裡。靜遠和尚將法缽緊緊蓋上，口中急促地念響梵言，念著念著，他的眼裡流出一股清亮的眼線。就在這一剎，李東彪仆地而倒，眾人將之救起，已是不能言語，只癡癡地望著我。

那五具亡魂中，我看到了李東彪的哥哥。就是二十年前被三大爺的爹打斷雙腿的前任李氏族長。據說他在床上癱了二十年，身上長滿了褥瘡，惡臭難聞。臨死前，他發下重誓，願領萬劫不復之罪，甘願化為「小身子鬼」來向安氏討還血債。他們兄弟倆就這樣在仇恨的驅使下合二為一。

仇，究竟是什麼東西，竟使人生放不下，死亦放不下？

在我呆滯的目光裡，靜遠和尚托起法缽，轉過身，念佛而去。李東彪如同一具牽線木偶，站起來，跟在他的身後，向夜的深處走去。他的背後，李氏族人再一次跪倒在地，哀哀地哭成一片。

7

旺福寺聳立在李家垸的西南方，是一叢有著三百多年香火的古剎，與安家窪只隔著一個荒水灘。枯水的季節裡，荒水灘見了底，無路條蚯蚓般的小路，便會從安家窪這一側爬到旺福寺的山門邊。虔誠的善男信女，把旺福寺的香火燒得十分旺盛。

我們跟在靜遠和尚的後面，在念佛聲和哀哭聲中，從蚯蚓般的小路上，回到了安氏祠堂。

安順達在祠堂門外執了我的手，我們一起走入祠堂。站到祠堂中間，我把簽下的文書交給他，他的臉一下變了。他從祠堂的中間，退到祠堂的最裡面，坐上了他的那把檀木椅子。

「混賬，哪個讓你做主的？我們憑什麼要給他們五百畝水面？照你這樣，再過二十年，豈不是又要向他們開放一次水面，那我們的子孫將來吃什麼？」

這倒是個問題，這個問題我還來不及考慮。不過，我相信我坐到他那把檀木椅子上後，我會把一切都做得服服貼貼的。

想到這裡，我冷冷地說：「『將在外，君命有所不受。』這句話三大爺是知道的。我這樣做，無非是不想我們姓安的再多一個寡婦孤兒。我想，我做的是對的。至於出讓水面一事，瓦子湖三十五萬畝水面，控制在我們手裡的將近十二萬畝，區區五百畝算得了什麼？況且昔日老太爺手裡，不也是出讓了八百畝水面。我們的子孫要吃飯，別人是現在就沒有飯吃。我希望三大爺深思。」

「安可喜，你太倡狂了！你在跟誰說話？」安明貴終於發話了。「在李家垸，我本來是要阻止你的，但我念在你也是想救我妹妹的份上，我忍了。你不要以為你是安氏的功臣！」

「請族長傳位！請族長傳位！」

義弟們突然吼了起來。我有些尷尬，尷尬中卻又興奮不已。實話實說吧，當我第二次從巴東回來時，我的人生毫無航向，對於自己究竟要成為一個怎樣的人，一無所知地惶恐著。我和唐清妹站到瓦子湖邊，看著安氏的男人被人像魚一樣地叉死在湖裡時，我要出手拯救安氏家族，那時，我壓根兒沒想過什麼族長不族長；即使安順達莫名其妙地在我已應承去救安氏後，再補上一句「誰能殺退仇人，誰就是安氏家族第十八代族長」，我也沒有把族長和自己掛上鉤來。但他在我要去李家垸時，再一次說要傳位給救安玉蓮的人，那時，我一下看到了我生命中唯一的一條出路，那就是——當族長！

我其實願意相信，最初的那一刻，面對家族生死存亡，他已完全拋開了自己的得失，他說那麼一句，絕對是出於內心真誠的渴望！他其實是一個不錯的族長。當家族的危難過後，他後悔了自己的輕率，這我可以原諒。但他在我要去李家垸時，再一次說出那麼一句，那就不再是簡單的輕率了，這一次，他把安氏族長之位，視著玩偶、誘餌而玩弄了！

我曾經有的憐惜和尊敬，再也無法在心裡生起。

現在，我覺得我已別無選擇。安明貴正一口一個要我不要癡心妄想。我沒回言，但在心裡，我明確地告訴了他，這個癡心妄想，我是想定了。

「安氏家族的族長，歷來都是由族中最優秀的子弟繼承，不是單憑一兩件事來決定的。這件事你可以問你爹，看我說得對不對。」

在我嘲諷的眼神裡，安明貴扯出了安順福。我和安順福不由對望了一眼。他沒讀懂我眼裡的意思，我也沒看穿他的心思；但有一點我們是共同的，我們都沒有做聲。

「如果你想當族長，那你就得過我這一關。你必須和我比試游水、下網、挑擔、鬥力、文章五項！我們五打三勝。你贏了，你就是安氏家族的族長繼承人，等我爹百年歸山，你才是安氏家族第十八代族長。如果你輸了，我也不為難你，我要你和你的八個兄弟再也不許見面！」

「想要把我們和大哥分開，你妄想！」這是四弟的聲音。眾人紛紛應和。

相對於我們的人多勢眾，他們父子倆在昏暗的油燈光裡，顯得怪可憐的。尤其是安明貴的一舉一動，讓人感到他正承受著挖心剜肉的疼痛，但他關於比試的一大套卻讓我欣賞起他來。

「我答應你。」

俗話說，得理不饒人。我饒他一回又何妨？儘管義弟們不同意我的答應，但我想，我要給他一個機會。

他要和我比試文章，他在恩茂先生的學堂裡讀過十年長學，而我是三天打魚，兩天曬網，這一項，他是穩操勝券。鬥力、挑擔，應該也是他的強項，他要大我三歲，骨胳比我粗，精髓比我滿，力氣自然也就比我大了。下網，我沒下過；他怎樣，我一無所知。我最有把握的似乎只有游水這一項。安明貴設置的這五個考題，看來是用盡了心機。

安順達說，等天氣暖和了再說吧。這一次，安氏死傷慘重，族內若再起爭鬥，如何慰祭亡靈？

我這時才發現祠堂的偏房裡已停滿了棺材，而院子裡趕製棺材的木匠，刨、鋸、錘、釘的聲音，每一聲都如同敲打在活著的人的心上。

我們默默地從祠堂裡退了出來。

8

公祭是我所見過的安氏家族最為浩大，最為隆重，也最為淒然的一次活動。死亡人數之多，涉及家庭之眾，前所未有。

失怙的幼兒，失夫的寡婦，失子的雙親，悲淒的哭聲，讓天空愁雲密佈；瓦子湖的波浪應和著這悲淒的哭聲，發出嗚咽的呻吟……

公祭在祠堂裡舉行了三天三夜，超渡的經聲，招魂的鼓聲，哭喪的鑼聲，成了一場洪水，安家窪人再一次遭受了一場滅頂之災。

這是一場無人救贖，而又心甘情願沉溺其中的災難。沉溺其中，親人就彷彿從未失去，如在眼前……但我和義弟們不在這場災難之中，我們行走在安家窪的溝溝坎坎上，尊重的目光在這時投給了我們，我們贏得了本該贏得的榮耀。

在六弟胡錢億的提議下，我們在安順福的院子裡舉行了正式的結拜儀式。我們擺好香案，供上劉關張的牌位，我於香案之上，奮筆揮毫——

俗言兄弟，皆謂一奶同胞。管鮑之交，世所稀矣；伯牙摔琴，知音絕矣。然玄德以販履之身，雲長以氓隸之體，翼德以屠夫之軀，桃園義結，勝過一母雙生。

天地茫茫，眾生芸芸。皇天垂憐，吾等九人，緣聚今生，意氣相投，恨不得同年同月同日生，願求於同年同月同日死。特於癸亥之年，十月吉日，歃血為盟，一效桃園之義——今生今世，禍福同當，富貴共用，生死與共！旦旦誓言，不敢有違。神明在上，祖宗在旁，違此盟誓，生不得善終，死不得善報！

我寫完最後一個字，咬破中指，在《結義辭》上按下了血紅的手印，我們殺了一隻沒有一根雜毛的白公雞，把牠的血淋到香案前的九隻盛滿白酒的碗裡，我們跪在香案前把印滿了血手印的《結義辭》用香火點燃，在《結義辭》淡黃的火光裡，舉起血酒一飲而盡。

這時，悲痛依舊籠罩著安家窪的天空，而我寫的《結義辭》卻傳遍了瓦子湖。

第十章 春節前的懷想

1

「那天我『身上①』來了，沒去，後來才聽說的。當時傳得可神了，說老爺，不，那時是少爺。說李東彪手握五個小身子鬼攪得瓦子湖煙沙無路，在一片鬼哭狼嚎聲中，少爺金盔金甲，手持一柄銀光閃閃的漁叉，帶領八位義弟浩浩蕩蕩向湖心殺去；少爺船過之處，煙沙如水一般四處逃散；少爺手中銀叉一揮，一道閃電劃空而過，頓時天清日朗；李東彪和他的五個小身子鬼，化成六條鯰魚鑽進湖裡就逃；少爺一見，腳踏一朵白雲，逐浪而追。追至湖心，少爺從腰間掏出一張網來，漫天漫地撒了開來；李東彪帶著他的五個小身子鬼，慌不擇路，一頭撞進少爺布在湖中的天網之內；少爺輕輕一拎，便將李東彪活捉了……」

「你這個賴老婆子，這張油嘴怎麼得了。」我笑著罵了他一句。

「老爺，你冤枉我了，這真是早年我做姑娘時聽來的。老爺，說出來也不怕你笑話，當時，是個姑娘就想嫁給你呢，聽說你從巴東帶了個女子回來了，大家私下裡沒少咒她的！」她說著看了蘇茹一眼。蘇茹的臉微微一紅，埋下了頭。

我有點惱了。「好你個賴老婆子，我說唐清妹怎麼一到這裡就再沒開臉笑過呢，原來是你們這幫狗東西害的啊！」

「老爺，我跟你說，我可沒咒她，我只是羨慕她命好。你想想，從那麼大老遠一個鬼不生蛋的位置，竟有你這等好男子去把她帶了出來，這是命啊！」說到這裡，她歎了口氣，「老爺，你只怕還不曉得吧，我那死鬼，那次被李東彪他們掀到湖裡，腿子上還挨了一漁叉。」她說完，又歎了口氣。

「你的第一個男人比我還大？」我呷了口茶問。

「是啊。他要大我五歲，比老爺大了兩歲呢。」

「那一年我十九，他大兩歲，二十一，難怪得的。」安氏有個規定，男子不過二十歲，不算成人。

「老爺，你說，那李東彪手裡真的有五個小身子鬼？」

「你忘了三大爺派出去的那些人是怎麼死的？忘了你第一個男人腿子上是怎麼挨的漁叉？」

「怎麼忘得了！我一直想不通，別人都怕他的小身子鬼，老爺，怎麼就你一個人不怕呢？」

「嘿嘿」，那一戰後，除了深知我底細的安順福和他的女人，除了不肯失去族長之位的安順達父子；就是安生——這個曾

①即月經。

經見證了我身世來歷全過程的傢伙，也和安家窪的其他人一樣，不是把我當成精怪，就是把我當成神了——要麼避而遠之，要麼景仰有加！說穿了，我不過是沾了我乾爹的光而已。小身子鬼只是人剩在陽世的一脈孤魂，因了人的驅使，才敢如此膽大妄為；當牠們面對我的乾爹，便是三魂六魄俱全，也得匍匐束手，何況這殘缺的孤魂！

李東彪意欲借鬼自重，一錯也；戰時依恃於鬼，二錯也。一個人錯上加錯，焉有不敗！

我正想著如何不說乾爹，又能把這層道理表達出來，二弟一腳踏了進來。

「有事？」我有些生硬地問。

「大哥，明天就是小年了，祠堂裡……」

「祠堂的事，我說過幾百遍了，你看著辦就行，不要來問我！」我幾乎每年都是這樣說他，而他每年還是來問我。我真有點服了他了。

「那，那我就走了。」

他這一攪，我再也沒了講的興趣。賴老婆子見我懨懨的，也就知趣地走了。

我長長地歎了口氣，叫蘇茹坐到我的跟前。她坐好了，我卻不知說什麼。人在無聊的時候，時常會遇到找不著話題的尷尬。而最要命的是，每逢這個時候，又非得說話不可。若不然，雙方的關係就會莫名地受到損害。

人的情感有時竟是靠不停地翻動這兩片嘴皮子維繫的，想想也覺得可憐。

「今天是臘月二十三吧？」我無話找話。

「是的，老爺。」她小心翼翼地回答道。我那無力的手在她的頭上拍了拍，她忽地轉過臉，嘻嘻地笑著對我說：「老爺，明天是小年呢。小年要祭灶的呢，要祭灶王爺和灶王奶奶呢！」

她這麼一說，倒勾起了我四歲那年第一次跟著安順福祭灶的記憶。我問她，她爹平時是怎麼敬灶王爺的。她說她爹就是在供灶王爺灶王奶奶的神像邊貼一副對聯，再上一炷香就完了。

「我聽我姆媽說，灶王爺和灶王奶奶，這天要到天上向玉皇大帝彙報人間這一年發生的事去。我爹磕頭的時候，總是說：『灶王爺、灶王奶奶，您老二位，一年辛苦了。您二老是我們一家之主，平時裡孩子們不懂事，要是有什麼得罪了二老的，還請大人不記小人過。二老是神呢，再怎麼也不會跟凡間的孩子們見氣的！』對了，我姆媽這天要熬麥芽糖，麥芽糖熬好了，我爹便把第一碗糖端去供到神龕上。一邊往神龕上放，一邊說：『二位尊神，一家之主，多謝您二老一年上頭，對我們全家的保佑，這第一鍋糖，給二老嚐嚐，您二老吃了糖，上天言好事，回到了下界就保我們平安！』」

比照蘇茹家對灶王爺的安置，安順福的那一套實在太古板了。我把響鈴拉了一下。安生和他的女人進來後，我問他們，新的灶王爺請回來了嗎？安生說，十天前就到觀音壋②請回

② 地名。當時方圓二十裡之內最大的場口，逢年節便開市。

來了。

「麥芽今年生得多不多？」

「回老爺，跟去年差不多。」賴老婆子說。

自從我病了，這敬灶王爺的事，我就沒怎麼管了，甚至連問也沒問。但我想，多半是安生倆口子在做。我是一家之主，灶王爺也是一家之主。一家之主敬一家之主，兩者才相等相配。但我這個樣子，怎麼見得了他們！我對他們說：「今年，我想讓蘇茹代我敬。」他們倆一聽，好奇地看了我一眼，又看蘇茹。蘇茹的嘴張了張，卻沒發出聲來。「你們別擔心，她還是個孩子，灶王爺和灶王奶奶會喜歡的。」說到這裡，我提高了聲音，「灶王爺，灶王奶奶，今年我又敬不成你們二老了。你們看，我這身子，污穢不堪，要是到你們面前，怕是要衝撞兩位大神了。我讓蘇茹代我來給二位裝香、磕頭，她還是個孩子呢，金貴著呢，精靈著呢！」我大聲地說到這裡，望她們笑了。蘇茹的臉開滿了三月的桃花，一掐准是滿手嫣紅。「好了，灶王爺和灶王奶奶都聽到了，他們也答應了。我跟你們說，麥芽糖熬好了，趕緊壓米籽糖，熱呼的米籽糖最好吃了！」

聽我這麼一說，幾個人臉上都浮上了喜色。

「老爺，明天我早點把麥芽子剁出來，天一交黑，我就熬糖，第一鍋糖出來了，我就壓米籽，壓出來就拿過來讓你嚐鮮。看我說的，把自己的涎都快說出來！」賴老婆子嘎嘎地自個笑了起來。受了她的感染，我們也都笑了。

這一天便在期待中不知不覺過去了，第二天，天還沒黑，蘇茹便跑來跟我說：

「老爺，麥芽子剁好了。」

「老爺，麥芽子在鍋裡已經熬開了。」

「老爺，香準備好了。」

「老爺，我的心裡好慌，不曉得怎麼說。」

「老爺，我把麥芽糖放在灶王爺、灶王奶奶的面前，我跟他們說了，老爺身體不好，要不老爺就親自來了。我說要他們原諒老爺呢。我還說，這麥芽糖好甜，您二老就多吃點，上天可別忘了說好話呢，明年老爺好了，老爺就會親自來敬你們的。我把香點燃後，又給他們燒了一沓黃金大寶，那黃金大寶的灰捲起來都落在了那碗糖裡。灶王爺和灶王奶奶肯定是高興了，我又給他們磕了三個頭呢！」

我看著她只是笑。她在我的笑裡，不好意思地跑了。就在蘇茹來來回回的跑裡，年的氛圍徹底渲染起來了。

「老爺，炒米籽了。陰米炒的米籽好香，我跟老爺拿了一小碗來了。賴媽媽說了，讓老爺先嚐嚐鮮，等會冷了切成塊後再給你送來。」

蘇茹拿來的，準確地說，應該叫「糖米籽」。

米籽糖的製作是有規矩的，尤其是安順福家裡的米籽糖更是整個安氏最講究的。米是選的上好的血糯，入冬後先將血糯浸泡一夜，第二天一早上甑蒸熟，然後在通風處慢慢陰乾，這就是「陰米」。炒「陰米」用的沙，得要開水煮沸三次，見不著一滴渾濁後，曬乾方可下鍋的。真到了壓米籽糖時，還得選小籽紅衣花生，將之起酥，磨成和陰米大小相當的樣子，再配以白芝麻，拌勻後，淋上熬好的滾燙的麥芽糖，等到麥芽糖完全滲透並將米籽、花生、芝麻裹在一起，能拉出長長的芡來了，再放在長條的木筐裡，用木抿子將之抹平。壓米籽多半是用量米的「升子」，結結實實地壓上幾遍後，就等它變冷了。冷後把長長的一條用刀切成薄薄的片子，這時，一塊米籽糖才算是真正的誕生了。

糖米籽則是剛拌了麥芽糖的米籽。這樣的米籽沒有冷卻後的脆，但我從小就喜歡吃這種米籽。

蘇茹用湯匙餵了我一小口，還沒進口，那撲鼻的香讓我恨不得自己拿過來往口裡猛扒幾下，方才解饞。但我知道自己這根老朽的舌頭，只能細細品咂這一美味了。我的舌頭左右翻攪，饞涎便重演著兒時的溫馨——這溫馨如古舊書頁的沉香，又如雛雞嫩黃的絨毛。正得意間，牙齒被咯得一跳，一股酸水從脊背上噴濺而出。

「怎麼了，老爺？」

我知道這絕對不是沙子，這是一粒花生仁。這一刻，我想把自己的無奈完整地掩飾起來，便把口中之食用舌頭翻了一個跟頭，強迫著它們往喉嚨裡走。但是我的努力最終還是失敗了，它們停在喉嚨裡怎麼也不肯下去，我不得不伸長我的脖子，一個惡臭的呃便重重地衝了出來，燻得我的淚往外一湧。

蘇茹嚇得趕緊給我餵水，我連吞了兩口水，氣才順了，那些梗在喉嚨裡的食物也就跟著水落到了肚子裡。

「老爺，都是我不好。」

「瞎說，是老爺自己沒用了。這東西不是我吃的了，你拿去吃吧。」

「老爺不吃，我也不吃。」

「聽話，老爺現在就要看著你吃。快，往嘴裡餵。怎麼，還要我餵不成？」

在我的逼視下，她不好意思地往嘴裡抿了一小口。

「好吃吧，這是老爺小時候最喜歡吃的了。到外面去吃，在這裡，看著我，你放不開的。」

「老爺，你……那我去了！」

她如一陣風似地從我的眼裡捲過簾子，再一次颳起了我對年輕的追悔！

什麼時候，美味、美貌……就不再屬於我了呢？

我和我姐姐啃著米籽糖的情景，分明就是昨天。

2

「姐姐，姐姐，姐姐……」安若男的手裡不知什麼時候就多了一塊米籽糖。我抽了抽鼻子，真的好香啊。「我要吃，姐姐！」

「你喊我——」

「姐姐、姐姐、姐——姐——」

「嗯。弟弟好乖。」她把米籽糖往前一遞，我一抓過來就往嘴裡塞，兩個腮幫子立馬鼓了起來，卡幫卡幫的咀嚼聲便噴了出來。

「慢點！」她把我的臉捧在她的手裡，然後狠狠地在我的額上啄了一下。我恨不得一口把一整塊米籽糖吞進肚子裡的想法便平息下來，嘴裡的咀嚼也顯得有條不紊了。

「姐姐，劉媽媽他們今天還弄不弄別的好吃的？」

「好吃佬！一天到晚只曉得吃。」

「哪裡，我只是問一下。」

「哎，弟弟，你曉得不，今天晚上高大爹嫁姑娘呢！」

「曉得，就是老鼠子娶媳婦！」

「呸，臭嘴。不能說老鼠子的，要說高大爹。不是娶媳婦，是嫁姑娘！」

「那老……高大爹嫁姑娘，哪個娶媳婦？還不是另一個老……另一個高大爹不就變成了娶媳婦？」

安若男一下沒話了，但我的耳朵卻到了她的手裡。她把我的耳朵揪著，輕輕地搖上兩下，又擰我的嘴巴，然後說：「不聽話，這嘴巴就喜歡亂嚼。」

我看著她笑了。「本來麼。」她的小手搖著我的耳朵時，好舒服啊。她擰我的嘴巴，卻有點疼。

「快點吃。吃了我們叫三娘教我們剪花，高大爹嫁姑娘，我們要送禮的！」

「好。」說著我便往我和母親住的房裡飛奔而去。「姆媽、姆媽，老鼠子過喜事要送禮呢！」

安若男慌了，一把將我薅在手裡，在我的嘴上打了一下。

「打嘴巴，跟你說了，不能叫老鼠子的，還有，不是過喜事，是嫁姑娘。」

母親不在房裡，我們倆鬧騰的動靜便大了起來。這時，大娘、二娘、我母親一下全站到了我們面前。

「鬧什麼？」大娘一臉嚴肅。「年跟前的，咋咋乎乎的沒家教！」她說這話的時候，看了我母親一眼。母親在那一眼裡便低下了頭，臉頰也微微地紅了。

「高大爹嫁姑娘，姐姐說要我姆媽教我們做禮物呢。」

「人蠻小，心還操得蠻大。」二娘說我。

我吐了吐舌頭，看了安若男一眼。我姐姐的臉羞得紅撲撲的。

「你就讓三娘教教我們吧！」她搖著她母親的胳膊，撒起嬌來。

大娘臉色顯得更不好看了，用鼻子哼了一聲，說：「去年你不是跟著學了的？」

「我忘了，只記得糊箱子了，我想跟三娘學剪花。」

「一個姑姑娘娘的，正經地是紡線織布、裁衣做鞋，學這些沒正經的東西有什麼用？」

「不，我就要學。」

「好啊，你還敢強嘴，看我不打爛你的嘴巴！」她蒲扇般的手掌跟著就揚了起來，手掌沒落下來，二娘一把將她抱在懷裡。「大姐，年跟前，你可不要動氣。小孩子，調皮，不懂事，就由著他們吧。再說，孩子們曉事早也不是壞事，你千萬莫氣壞了身子！」

二娘的力氣顯然比大娘大，大娘在二娘的懷裡一個勁地蹦。「男兒，你少跟那些來路不正的……」

她這句話沒說完，自己噤了聲，目瞪口呆地看著我。

我渾身一哆嗦，嚇得不由往我姐姐的懷裡一拱，像一隻驚破了膽的小雞崽。姐姐的身子也在抖著，但她卻把我緊緊地摟在懷裡，那顫抖的手在我的背裡輕輕地拍著。二娘趁勢把大娘擁著往前面推走了。

我從我姐姐的懷裡扭過頭看過去，大娘在二娘的懷裡也正扭頭過來看向我們。我看到她的眼裡似乎要淌出血來，那微微張著的嘴巴，掛著白沫，喘息的粗氣把那嘴角的白沫牽扯得搖擺不定。我趕緊把頭重新埋進姐姐的懷裡，雙臂將她的腰身死死地抱住。

這時，一雙溫暖的大手搭到了我的頭上，我抬頭一看，母親蓄在眼眶裡的那團淚水，恰好滾了出來，亮晶晶地在她光潔的臉蛋上滑行。她把我和我姐姐的手牽在她的手裡，把我們領到她的房裡，並輕輕地掩上了門。

外面雖說與我們隔絕了，但我們的心都還橫著剛才的一幕，回不過神來。忽地一聲嘹亮的雞鳴，在窗戶沿子上叫了起來，那隻蘆花大公雞叫完了，還在窗紙外咯咯地呼著地上的雞婆子呢。母親把窗子一拍，大公雞嚇得打了個趔趄，雞爪子把窗戶紙蹬了個大洞，慌地張開翅膀，咯咯達地叫著飛跑了。我看了一眼我姐姐，忍不住噗哧一聲笑了出來。

……

回憶的劃子，不經意就漂進了這處汊港。這麼多年了，我始終覺得，只有四歲那年的春節才是真正的過年。想是那一年，記憶裡纏了太多的故事吧！

記得我在公雞的叫聲裡笑了之後，我問母親：「大娘今天好大的火氣啊。」

臉上還掛著眼淚的她，用手背拭了一下臉，又用雙手把整個臉洗了一遍，說：「我們來剪花紙吧。男男，把我的包袱拿過來。」

我姐姐便把她的小簸子拿了過來，她打開那厚厚的書包，五顏六色的絲線和各式各樣的花型就跳入我的眼裡。

「姆媽，真好看。」

說著我就往她的身上擠。她騰出一隻手把我往她的懷裡攬了一下，我撒嬌地撲進她的懷裡，把臉貼在她的乳房上不停地拱著。她攬著我的手，則在我的肩膀上不停地摸著。我哪裡還管什麼花紙，什麼老鼠子嫁姑娘、過喜事，這一刻，我恨不得鑽進她的懷裡才好。但就在這時，她推開了我。

「別鬧，別鬧。」

我像沒有聽到似的，依然在她的身上撒著野。她這次用力地把我推開了。「小心你爹來！」這話讓我渾身打了一個激靈，望她吐了吐舌頭，不捨地在她身邊坐直了身子。但那誘人的肉香卻一陣陣地往我的腦子裡鑽。

「……這是被子，要八鋪八蓋。一共十六種花色。還有冷暖四季的衣服，也得幫它備齊。跟人嫁姑娘一樣，這叫『添箱』……」

她們忙她們的，我癡癡地坐在她們中間，一會兒看看母親，一會看看我姐姐。我姐姐還小，看不出什麼女人的特徵。但我曉得她和我是不同的，然而不同的只是她的衣服有花，而我的沒有。母親則有高高的胸脯，那高高的東西像兩塊冒著熱氣的發糕呢。那兩塊發糕究竟長得什麼樣子呢？我忽地有了種想看個清楚的衝動。我被我自己的想法嚇了一跳。我抬眼看她們倆，她們誰也沒注意我。母親這時正手把手在教安若男剪花紙。她們正剪著的是一條蔥綠色的褲子，一隻腿已經剪好了。喲，還有花邊呢。

「姆媽，真好看，我也要穿這樣的褲子。」

安若男抬頭望我笑了，說：「你變老鼠子啦？你變了，我就天天跟三娘給你剪這樣的褲子穿！」

「瞎說，這話說不得的。」

我和我姐姐幾乎同時吐了吐舌頭。「高大爹，你千萬不要見責，小孩子說話沒得忌口的，您大人有大量！」看著母親惶恐的祈禱，我們不由把脖子往頸子裡縮了縮。

一下午我們都在忙著，到了吃晚飯，沒見著大娘，我也沒在意。等天完全黑下來後，母親帶著我和我姐姐，在一個大老鼠洞跟前，把那些花紙裝在一個敞著的小紙箱裡，放在它的門邊，又沿著牆邊放了幾塊米籽糖，還在幾個牆角點了幾盞小燈。

我好想這一夜不睡啊，我要看高大爹是怎麼嫁姑娘的，他們是否也有花轎，也有人吹嗩吶？是不是也吹「嗚哩嗚哩吶，從窗戶裡拱出來③……」他們放不放鞭呢？那鞭有沒有引線？

可是做完了這些，母親就把我趕到自己的床上，強迫我閉上了眼。她說，高大爹嫁姑娘，人是不能看的。要是我們沖了他的好事，牠就要咬我們的衣服，吃我們的飯菜，啃我們的屋樑，我們一年都不得安逸的。她要我把眼睛閉得緊緊的，不出一點聲音。

我聽話的把眼緊緊地閉上了。母親出去後，我想，我不睜眼，用耳朵聽不妨礙他們吧！這個念頭在心間閃過之後，我其實就已經睡著了。等到我睜開眼時，外面已經大亮，我從床上一蹦而起，趕過去看昨天放的東西，哪裡還有他們的影子。我四下一看，大人們早就忙開了。我問正在掃地的劉媽媽，看到高大爹沒有？我們昨天給他們「添箱」的東西，他們收到沒有？

劉媽媽看著我直笑，說：「小少爺，都收到了，都收到了。高大爹還要我跟你說『多謝』呢！」

「真的？」

「假不了。」

我喜滋滋地準備去找我姐姐，只聽母親喊：「過來洗臉。」我便不情願地走到她面前。「姆媽，高大爹……」我還沒說完，一個濕漉漉的毛巾便蓋在了我的臉上。我的臉在毛巾下面亂扭著，那毛巾正好把我反反覆覆擦拭了個夠。等到我的臉從毛

③照著嗩吶的音調而編的調侃的話。小孩子不明究理，往往信以為真。

巾底下掙脫出來後，我氣鼓鼓地說：「姆媽，高……」母親根本不讓我開口，便推了我一把，說：「好了，快去吃花糕。」

恰在此時，我姐姐的聲音脆生生地穿堂過屋飄了過來：「弟弟，快來。」我便丟下母親，循著聲音，飛了過去。

3

……

臘月二十四，老鼠子過喜事。

臘月二十五，家裡殺年豬。

臘月二十六（lu，陽平），糍粑打得裝滿屋。

臘月二十七，收的收，洗的洗。

臘月二十八，家家把糕打。

臘月二十九，秀才對子寫酸手。

臘月三十大年到，守歲守到金元寶。

這歌我們都會唱。但殺年豬卻不是在臘月二十五裡，真到這一天，還怎麼醃製臘肉呢。

安順福的年豬每年都是冬至日那天殺的。用安順福的話說叫「冬至取斬」。這大約是戲看得多了的緣故。

殺豬佬總是在我剛放下碗筷，他就進了門。串在挺棍上的幾把刨豬毛的鉋子，在他肩上跟著他震動的步幅叮哩咣當地亂響著，油汪汪的大皮圍裙在他的胸前，水紋般地折疊著。每年來我們家殺豬的這個殺豬佬並不魁梧，但一看就覺得他長得有力氣，兩個腮幫子尤其打眼，鼓鼓的，在臉上顯得不相宜的彪悍，一雙眼睛充滿了血絲，天生地籠著幾分煞氣。

年底要殺的這頭豬，是他春天來劁過的。記得那天，他把那頭小花豬壓到自己的胯子下，用刀在牠的腹部劃出一個寸把長的口子，用一根鐵勾子七一撓八一撓，然後把一截腸子挽到他的手上，一刀子下去，那截腸子就被他割了下來。這之間，小花豬的哭喊聲慢慢地由開始的尖利變得淒迷。他可不管，似乎一切都不是他幹的。他悠然自得地順手一揚，那截腸子便直往豬屋頂上飛去。「甩上屋，三百六（lu音）。」他嘴裡說了這句，把刀子和勾子放到面前的盆子裡，用手挑了點水，在小花豬的刀口上拍了拍，便把小花豬放了。小花豬踉踉蹌蹌地站起來，往前走了一步，差點摔倒，好不容易穩住了身子，痛苦地叫喚一聲，才死命地跑了。

他忽地身子一探，把我抓到手裡，另一隻手一下就把我的小雞雞攥在了他的手中。他的手伸到面前的水盆裡，水盆裡的刀子和勾子上的血絲還沒散盡，那一縷血紅讓我渾身汗毛倒豎，偏他的手已拿到了刀子。我嚇得拼命地往外掙扎著，我感覺我的小雞雞快要被掙脫掉了。他的手一鬆，我一下跌坐在地上。他嘻嘻哈哈地笑了。而這時，劉媽媽把一大碗雞蛋端到了他的面前。他笑著說：「跟你把個小雞巴騸了，免得以後害人！」

「呸，荒坵。這話也是瞎說得的，小心爛你的嘴巴。」劉媽媽啐了他一口，趕緊把我從地上拉起來。「到前面去玩，這些下人的事，你這當少爺的少看。」

我悻悻地走到前面，我姐姐迎上來問我怕不怕？我說怕。整個人蔫蔫的。

這是上年的事，到這年底殺豬了，我還是怕。誰知那傢伙又會想出什麼鬼點子來害我！我早跟劉媽媽說了，我要豬尿泡的——豬尿泡用灶灰碾了之後，吹起來就是一個球，我喜歡玩球！

「姐姐，我們不看殺豬，我們跳房子去吧。」

「好啊好啊。我還以為你要去看呢。」

「我才懶得看，再說，哪個不曉得，還不是刀子一捅進去就完了，然後用刀在豬腿上割個口子後，用挺棍捅進去在牠身上亂捅，再就是吹氣，吹鼓起來後放到開水盆子裡一燙，然後用鉋子把毛刨乾淨不就行了。」

「嘻嘻。也是的。刨乾淨了開膛就成一塊塊肉了，我們就有肉吃了！蒜苗子炒肉，端進端出。弟弟，我好像都聞到香味了呢！」

我們一邊往外走，一邊說著話。正好碰到從外面進來的安生。

「喂，安生哥，跟我們跳房子吧。」

「嘿嘿，有事，有事呢。」

「有麼事？我問你個事行不？你說要是殺豬佬一刀把豬沒殺死，豬子跑了怎麼辦？」

「瞎說。」

「有沒有這樣的事？」我姐姐問。

安生四下裡瞄了一遍，壓低聲音說：「去年，順財叔④他們家的豬就是一刀沒殺死。殺豬佬準備來吹氣時，那豬子從勤凳⑤上爬起來就跑……後來聽說趕了好遠才把牠趕到，聽說還把殺豬佬咬了一口。」

「啊!?」

「聽說殺豬佬回去病了三個月，差乎把命都丟了！」

「啊——」

「有時候，主人屋裡也不順遂的……」

後面驀地傳過來豬的嘶叫聲。安生話沒說完，丟下我們急急地就往後跑。這個時候，我實在是沒了跳房子的心思，便跟著安生的背影趕到了後面的院子，幾個人正把那已長大的小花豬從圈子裡往外趕。大花豬似乎預感到了自己的死期，死活不肯出圈門。安順福拉著拴在牠耳朵上的卷子，把耳朵都要拉破了，牠就是不肯往前走。殺豬佬兩大步跨過去，雙手一伸，把牠的兩隻耳朵搶在手裡，一聲吼：「把牠的尾巴攥住！」來幫忙的隔壁三爹，便兜到大花豬的屁股後，把牠緊緊夾在襠裡的尾巴揪出來，兩個人便把大花豬架出了豬圈。大花豬拼命地掙扎著，身子往前一拱，竟把殺豬佬拱了個趔趄，手裡緊緊攥著的兩隻豬耳朵也隨之鬆開了；揪著豬尾巴的隔壁三爹，被狂奔的大花豬帶得飛跑起

④ 安明志的爹。

⑤ 舊時靠手藝賺錢的行當稱為勤行。殺豬為勤行內的一種，所以，殺豬用的大長凳子被稱為勤凳。

來，根本煞不住腳，只得放了手；安順福手中的卷子已從大花豬的耳朵裡，掙了出來。大花豬望著我和我姐姐待著的後門口衝了過來，嚇得我倆趕緊把門抵上了。就聽見殺豬佬在外面吼道：「你跟老子邪了，看老子怎麼收拾你！」我想把門再打開點縫兒，安順福一聲喝：「把門關緊！」我身子一抖，安若男把門拴子抽出來，把門徹底閂上了。

「走，我們還是跳房子去。」

我不情願地跟著安若男走了。這時，大花豬又聲嘶力竭地叫了起來。我想，牠肯定重新被殺豬佬抓到了手裡。「把牠提懸腳。提懸腳了，牠就沒法拱了。」殺豬佬的聲音透過門縫傳到我們的耳朵裡，我聽到了他的喘息，也聽出了他的得意。我看過他殺過一回豬，他把豬頭抱在自己的懷裡，把那把一尺來長的點刀在接血的盆子上磕兩下，口裡咕噥句：「豬啊豬啊，你莫怪，你是陽間的一碗菜。」那個「菜」字出了口，那把一尺來長的點刀便捅進了豬的脖子裡，然後往外一抽，一股血箭就跟著噴了出來……

「哇——」那致命的叫聲響起來了，是點刀捅進了大花豬的脖子裡！我把安若男的手抓到自己的手裡，使勁地捏了一下。

「姐姐！」

安若男拍了拍我的頭，我們便走出了陰沉沉的房子。

4

打糍粑我是記得最清楚的。那得先蒸糯米。蒸糯米最怕的是甑子說話。

甑鍋裡的水鼓肚鼓肚地響個不停，要是這樣，就算你把柴燒完，就算你把鍋燒穿，甑子裡的米還是米。那一年甑子就說話了，劉媽媽來喊大娘。大娘一聽，神色一凜，先是在舂台上的神龕上裝了香，然後又點了香供到灶台上，口裡大聲地說：「是爹和媽回來了吧？你們倆不著急，還早呢，跟你二老準備了的，三十裡會給你們的。不在這裡開玩笑了，到邊上玩去。」說完，那甑鍋裡的說話聲並沒有停下來。大娘不高興了。「哎，是哪個啦？怎麼這麼不知事，不通皮⑥？是爺爺還是奶奶？是叔叔還是伯伯？是舅爺還是姑爹？是爺爺奶奶的話，你們也該去托生了，還來開這種玩笑？是叔叔伯伯，舅爺姑爹的話，不是我說你們，你們年跟前的，跑到侄兒、外甥屋裡來開什麼玩笑？你們回自己的家裡去啦。好了好了，我跟你們給錢，你們到屋山頭去拿。拿了錢就回去，再不來了！」大娘這一番禱告下來，便把一刀火紙拎了，從灶裡揀一個火頭，到院子門外把火紙燃著了。「都來拿。都來拿。」在大娘的吩咐聲中，那火紙灰便在空中亂飛而去了。

⑥指什麼話都聽不進去。

我跟在大娘後面往外走，一雙手把我緊緊地拉住了。

「別出去，小孩子火焰⑦低，遇到了可不得了！」

「姐姐，是不是真的有鬼？」我問。

「瞎說。」

這時，便聽到屋裡劉媽媽的聲音傳了出來。「好了，大太太，甑子不說話了。」

我跑到灶台邊一看，甑子上的米果然熱氣騰騰了。

舂糍粑的工具家裡是現存的，就在天井的水井邊。幹這活至少要兩個人，一個人踩踏板舂，一個人操臼窩裡的糯米。操米我是不敢插手的，得跪在地上——後面的踏板翹起來後，跪在邊上的人，一是要操臼窩裡的糯米，一是要從邊上盆裡捧上水灑在懸起的石杵上。那懸在頭上的石杵，一不小心砸在頭上，只怕連命都要丟了的。她們說，要是砸在手上，連骨頭帶肉就砸成了肉漿！我就跑去踩踏板。我哪有什麼重量，整個人站在那塊踏板上，踏板紋絲不動。

操臼窩的活是劉媽媽的；踩踏板的活重，家裡沒有男人，便由二娘和母親來做。還沒開始，我已站到踏板中間的支架上。等開始了，二娘和母親就一上一下地把我顛過去顛過來。

跟著她們忙前忙後，其實是想吃「拉糍粑」，就是剛剛舂好的糍粑。劉媽媽從臼窩裡拉出一大砣，在手裡團上幾下，那一團軟絨絨的東西就到了我的手裡；然後，她再團一砣遞到我姐姐的手裡。我們倆已經吃上了，她再團一小砣給她的兒子。她的兒子還小，雖說能滿地裡跑，這會兒怕他闖禍，將他放在枷椅子⑧裡坐著呢。就在我們吃著拉得老長的糍粑團子時，劉媽媽已把臼窩裡舂絨的糯米翻上一邊，踩石杵踏板的這時便會把臼杵緩緩地落下來，不落實馬上再踩了起來。如此幾番，那團絨般的糯米表面就漸漸地平整了，然後臼杵高高地翹了起來，舂窩裡那團軟絨絨的糯米就被劉媽媽挖了出來，壓到事先放在一邊的簸箕上。那簸箕上先已撒上了一層薄薄的麵粉，劉媽媽便把那團糯米往兩邊伸，一個扁平的圓形的糍粑就在簸箕裡誕生了，幾天後風乾了起來，就可以吃了。

我們每年大約要打六到八個糍粑，起來後，把它切成條，浸在水裡。浸的水是大寒那天的水，這樣浸到六月天，糍粑拿出來還是新鮮的。

到了臘月二十七，該收起來的，那就要在往後的幾天再也看不到才行。比如農活上的工具，湖水上的網具，平時用了沒歸位的東西，那都得撿得順順當當；舂台、神龕，渣子堆、茅坑都得收拾處理。要做清潔的做清潔，要出坑的出坑。

凡是身上的、床上的還來不及洗的，這天一律要換下來洗。這一換，就等三十裡晚上那個大澡了。

到了二十八，年的氣氛就濃得化不開了。

這天是打魚糕的日子。家家戶戶刀與砧板那個響法，跟鼓

⑦ 指人在夜晚透出來的一種煞氣。

⑧ 舊時兒童坐著玩的一種椅子，有點像舊時囚犯帶的枷。

點子似的。要不，就是馬蹄亂踏一氣了。

是肉不見肉，是魚不見魚。這魚糕在瓦子湖傳了有多久，沒有人說得出來。很多人說是源於一個皇帝。說是他當了皇帝不知還那裡登基好，有人就說荊州是個好地方，東接什麼什麼，南達什麼什麼，西連什麼什麼，北通什麼什麼，總之是天花亂墜。誰知那皇帝不為所動，聽他那手下說了半天，忽地問：那地方有沒有好吃的？那人一聽，連聲說：有啊，有啊，獐兔雉鹿、魚蝦鱉蟹自是不必說了，最奇的是一道菜，是肉不見肉，是魚不見魚……這麼一說，那皇帝便把都城定在了荊州。這說法，我是不相信的。

實際上瓦子湖只是喊它「糕」，要不就喊它「頭子」。那是瓦子湖人每逢喜事的第一道菜呢。人都說「無糕不成席」。皇帝老兒他管得到我們這裡來麼？

這天還要蒸「蒸菜」。

逢到家裡蒸「蒸菜」，我和我姐姐就要唱：「苣蕒菜，蒸蒸菜，好吃的婆娘拿碗來。」但我們家蒸的並不是苣蕒菜，而是菠菜、南瓜、蘿蔔絲。這是素三蒸，還有葷三蒸，扣肉、排骨、魚架。

苣蕒菜在冰凍後的饑荒裡，我是第一次吃，它的葉子總是兩片連在一起的，葉子的邊上像鋸子齒似的，開著淡淡的黃花。一看就是苦命的菜，入嘴生澀，實在難以下嚥。現在再想那首歌謠，倒覺得很有幾分道理在裡面。好吃跟懶做是連在一起的，一個人不做事，穀不會自己長出來，魚不會自己跳上來，那還不落得只有吃野菜的份。可是她因為懶，野菜也不知怎麼弄，便只好拿碗挨家挨戶地討了。

這般高深的東西，一兩句戲言就表達得如此明白，這比寫在發黃的書頁上，詰屈聱牙的那一大堆話不知強了多少倍。

可惜，那時不懂，只是到了今天，有了這種閒暇，才突然想起這兩句唱詞，也才發現智慧肥沃的土壤，竟是在荒野草叢之中呢。

臘月二十九，秀才對子寫酸手。

那個時候，每每看著那大紅的紙上泥金的字，我的心就生出莫名的莊重來，這一天，我基本上是不會亂說亂跑的。安順福請來寫對聯的是鬍子爺的三兒子，那一筆字，好得沒法說，他卻沒有進學，這也是個怪事。鬍子爺五男二女，我就佩服他的這個三兒子。當時把他當成了天人一般，腦子裡一個勁地想的就是「星宿下凡」這四個字。神往不已的同時，卻也懊喪不已。自己怎麼就寫不了這些東西呢？自己怎麼就不是天上的星宿下凡呢？

幾年之後，上了恩茂先生的學堂，從恩茂先生的嘴裡得知自己也是塊讀書的料後，再到了臘月二十九，看著鬍子爺的三兒子那一手字，心中便有了一種躍躍欲試的衝動，但始終是沒有那個膽量。鬍子爺的三兒子總是帶兩支筆——一支大筆、一支小筆，一方硯台，一塊鎮紙。大筆是用來寫「天地君親師」這五個字和大門口的那副對聯的，小筆則是寫後門和各廂房門的；所以，總有一隻筆是閒著的。可是每當我一提筆，鬍子爺的三兒子便會從我的手裡把他的筆拿走。

「這筆你可不能瞎拿啊！」

安順福也就惡狠狠地瞪我一眼。過了小年，家裡基本上看不到安順福的人影，他大多在祠堂裡忙，但二十九寫對聯這天，他是必在家的。神龕上方「天地君親師」這五個斗大的字，他得自己親手貼上去。

我自己寫對子是到了當上族長之後。這個時候，我才知道，「天地君親師」這五個字，不是一般的人可以寫的，一般的人寫的那是作不得數的，是受不起香火的。那五個字，供的可是五尊神呢。安順福說，規矩大的，那是要從祠堂裡請回來的。

鬍子爺的三兒子走時，安順福用荷葉包了一塊半尺寬一尺長的臘肉。鬍子爺的三兒子接到手裡喜滋滋的，說聲「多謝」便屁顛顛地走了。

那個時候，我便強烈地渴望自己長大了也跟人去寫對聯，也得一塊半尺寬一尺長的臘肉屁顛顛地往家裡走呢。

安順福家裡的團年飯總是在大年三十。兄弟叔伯多的人家這一天吃不過來，也有臘月二十八、二十九就團年的。

5

既然記憶在四歲那年盤桓不去，我不得不再次想起安順福打在我屁股上的那兩巴掌。

便是現在，我也不知，從何時起，他的心就開始巴巴地疼了起來的？

他比誰都清楚我對於他的意義——這樣一個野種，雖說保全著他的顏面，卻又天生地無法融入他的血脈。眼看著我一天大似一天，眼看著我就要吃他的穿他的，在他死後，再由我無度地揮霍他祖祖輩輩積攢下來的錢財，而等著他的卻是地獄裡的拔舌極刑——在收養我的這一事件上，他上欺神靈，中欺祖宗，下欺族人。他的罪愆是深重的，除了欺誑，最不可饒恕的是他就此將祖宗的血脈斷滅了。

我敢肯定，自從他想到這些之後，他從祠堂裡每天回來，絞得他腦子鮮血淋漓的便是我的每一個笑聲了。那個時候，他看到我，肯定就跟看到魔鬼一樣。

可是，一切已是無法挽回！收養兒子，上得稟神祭祖，下得昭告四方親友。他想都不敢想重新這麼來一次。若真是這樣，祠堂將如何處置他？以我當了這麼多年的族長來看，我也不知；但我相信，絕是輕饒不了他的！首先，無子的那一懲罰是逃不脫的，再一層欺師滅祖之罪絕對是要定的。我不知定了這「欺師滅祖」之罪後，該受何種懲罰。想來，安順福作為安氏祠堂裡的執法長老，他自己的心裡是清楚的吧。

我想，那個時候，他成天想的應該是如何從既定的錯誤裡，尋找一條拯救自己的路來，於是，他想出了把我當成人種的陰謀！

我的姐姐，那個時候還沒過童關⑨，作為爹的他，就已在想著如何把她送到男人的床上而再一次逃過安氏所有的眼睛，這的確是太殘忍了點。

是啊，放在誰的身上可能都承受不來！

成為一個男人的女人與成為一個男人的女兒，這中間有著多遠的距離？戲文裡常說，百年修來同船渡，千年修來共枕眠。自己的女人是千年修來的緣份，那麼，父女之間，至少也不會少於九百年的奇緣吧！不然，怎麼會說，女兒是娘的心頭肉，是爹的酒罈子呢？

他恨我是應該的，他大年三十狠狠地打我屁股也是應該的。

我敢說，他永遠也沒料到事情的發展會成為後來的樣子。我不僅白白地占了他的女兒，我還強行搶走了安氏的族長寶座。

其實在他把我從洪水裡抱起來的那一刻，一切就無可更改。

為什麼一定要說我是野種？看看我為安氏做的一切，我當得起安氏最孝順的子孫！我對得起安氏列祖列宗！對得起安氏的男男女女！這樣一個人是野種又有何妨？

……

⑨民間以十二歲為童關。十二以前，火焰低，可以看見鬼神；過了十二歲，火焰漸高，看不見鬼神。

6

「老爺，你在發什麼愣？」

蘇茹是什麼時候進來的，我竟然沒有察覺。看著她嬌憨的樣子，我忽地想，這就是我的女兒啊。

「來，坐過來。」

她坐到我的身邊，我哆嗦著將她的手攥到手裡，我閉上了眼。幽暗的眼幕裡，我正牽著她的小手，在瓦子湖的沙灘上跑著，她小小的身子，只有我的腰身高呢，她一路嬌笑著，喊我：「爹，爹。」喊著：「我要金盞花，我要銀盞花⑩，我要蜻蜓，我還要蝴蝶。」我樂呵呵地說：「好好，爹幫你摘，爹幫你抓，爹幫你捉。」她纖長的小腿，在沙灘上剪起一股小小的煙塵，我一彎腰將她抱起來，放在自己的肩膀上。「爹，我好高啊，我好高啊！我看見湖心裡好大一條魚，牠在跳呢。爹，牠跳得好高呢！」我望著湖，那碎玉般的一池瓊液，看得人醉意醺然。

我的酒罈子，我的酒罈子啊，她正坐在我的肩頭呢……

⑩一種盤狀的花，有黃的、白的等顏色。

第十一章　唐清妹

1

什麼時候，男人的夢就成了妻妾成群？

古舊的書簿裡沒有我要的答案，似乎這是亙古就有的事。

聽人說，猴王奪位，打得你死我活，其實是為了那群母猴子。想想猴子，再想想人，不會人就只有猴子那點德性吧！

但我有五個女人，卻是迫不得已。

我不想騙你們，也不想騙自己，這五個女人之中，我最愛的女人是唐清妹。這一生中，只要我想起她，我的心，就會揪成一團。

我原本打算回來後，就和她成婚的。如果安順福反對，我就跟他分開過。他總得要分一點家產給我吧。最不濟，他也得分兩畝地和一頭牛給我，這就夠了。我有手有腳，挖八分田的土磚，用不了三個月，我就會壘一幢屬於我們自己的新屋。但是，瓦子湖一戰改變了一切。

那天晚上，我到李家垸救了安玉蓮，從祠堂裡回來時，已是後半夜了。我推開房門，唐清妹不在我的房裡，我大吃一驚！心裡隨即掠過他們把唐清妹抓起來沉了湖的念頭——就在我離開祠堂去李家垸這段時間，安順福回到家裡，他得知唐清妹的來歷後，便將之綁了，將之押到湖上，把她丟進了湖裡；我甚至想，晚飯母親之所以不同我們一桌吃飯，只怕就是有這個想法！這麼一想，我的身子驚出一身冷汗。我衝到天井發瘋似地喊了起來：「清妹！清妹！」要是這個屋子裡沒有了這個人，我不知我會做出什麼事來——是放火燒了這個屋，還是操刀殺了這個屋裡的人!?

繡樓上的燈光，在我的喊聲中跳著一亮。

「我在這！」

「半夜三更，小聲點！」

這兩句話幾乎同時鑽進我的耳朵。我一聽，便往樓上跑。安若男卻在樓梯口把我給堵上了。「你自己睡自己的，這麼晚了，你上來幹什麼？你還讓不讓人睡？」

我上來原本是想要唐清妹下去到我的房裡睡去的，安若男這麼一堵，我覺得這個話再也說不出口。我們還沒有圓房呢！我訕訕地對安若男說：「那，那我去睡了。」說完越過她，對裡面的人說：「你，你也早點睡，我沒事！」唐清妹淚光盈盈地望我點點頭。

母親起來了，說是要安置我洗，我怎麼說她都不肯，非要自己動手。看著我的腳放進了洗腳盆子裡，她才去睡。我洗完了，安順福才回來，我喊了他一聲，他沒理我，一聲不吭便進了大娘的東廂房。

我實在是太累了，沒了揣度他的心思，腦殼一挨枕頭，就睡得跟死人一樣。

第二天眼一睜，我又往樓上跑。安若男再一次攔住了我。「你怎麼一點也不怕醜，一大早就往這兒跑？爹說了，清妹最近就住在繡樓裡，等祠堂裡的事消停了，開春後，就跟你們圓房。」

唐清妹聽了安若男的話，滿臉羞紅地看了我一眼，把頭低了，對我說：「你下去吧，聽姐姐的安排。」

「爹呢？」

我順便問。

安若男不屑地說：「爹只怕在湖裡已收了半船魚了，哪像你睡得跟豬似的。」

我說爹只怕不是去湖裡收魚，而是到祠堂裡辦喪事去了！安若男一下愣了。我把她抱起來丟到一邊，強行闖了進去，拉了唐清妹的手對她說：「姐，清妹要是少了一兩肉，我找你賠啊！」她趕過來，擰了我的耳朵，說：「你越來越不怕醜了，趕緊下去吧。」我呵呵地笑了。這時外面一黑，我抬眼一看，是小翠端著早餐來了。「走吧，我讓小翠伺候你的美人，少不了她半兩肉。」安若男把我往外一推。小翠從我的身邊擠了進來，一邊從盤子裡往外端著早餐的盤碟，一邊說：「少爺就在這兒吃吧，我下去把少爺的拿上來！」

「你發昏？這裡是你將來的少奶奶的閨房，哪裡容得下個臭男人！」安若男柳眉倒豎，把小翠和唐清妹都弄了個不知所措。我不由收了嘻笑的臉，沉下臉說：「鬧著玩的，值得冒火麼？」說了這話，我無趣地轉身就走。

我在廚房裡胡亂扒了幾口飯，劉媽媽挨到我的身邊想跟我說話，我沒看她，她訥訥地嘟噥了兩句，母親不悅地說：「你讓他好好吃飯！」劉媽媽便老老實實地坐回到灶門口去了。我不好意思地看了她一眼，覺得她比前一天看到的樣子又老了許多。我收回眼睛時也順帶看了母親一眼，母親自顧自地擦著灶台、案板。我便低了頭吃自己的。等我從廚房裡出來，義弟們早已聚在院子裡了。就是在這一天，我寫了那篇著名的「結義辭」。等我們從香煙裡爬起來時，義弟們便軟磨硬纏地把我弄出了院子——

2

我們首先去的是二弟的家，這應該是他們編排好了的。

一到二弟家，二弟便丟下我們，把他們家的兩隻老母雞趕得魂飛魄散。那兩隻可憐的扁毛畜生，笨拙的翅膀在半空中張合了幾番之後，絕望地鑽進屋邊的一蓬茅草堆裡，把個屁股撅在外面，讓二弟逮了個正著。二弟的母親笑嘻嘻地把兩隻雞一刀一個，放到早已燒好的開水裡，三兩下就褪盡了毛。他爹就是那天給他遞鍬的那位老者。老倆口在廚房裡忙壞了。沒多大工夫，一座酒席就辦好了。我們便呼三喝四地亂喝一氣。

酒至半酣，我突然問二弟，那天他是怎麼想的，那麼多人都被李東彪趕到湖裡殺了，他為什麼還敢站出來，並且是跟我這樣一個嘴上無毛的傢伙，那不等於白白送死嗎？

二弟摸了摸他的後腦殼，望著我只是憨憨地笑。

「你們看，這就是瓦子湖上殺敵的英雄，像個怕醜的小姑娘！」我調笑起他來，他的臉完全成了煮熟的蝦米。

「喜少爺，我們荒兒跟他爹一樣，一扁擔打不出一句話的！」二弟的父母都站在桌子邊伺候著我們，聽了我的話，他父親只知道搓手，他母親忙笑著替她兒子解圍。

「大媽，您不能這麼喊的——喜少爺，狗屁。我跟您的兒子是結拜兄弟，以後我就是您的兒子！」我真誠地對她說。

「哪可當不起的。」她臉上的笑收了起來，雙手捧在心口。「罪過。罪過。」

這話說的，我們可是剛喝了血酒，手上滴血的地方還隱隱地疼呢。我站起來，對我的義弟們說：「我們既然是喝了血酒的生死兄弟，兄弟的父母就是我們的父母！」說著，我率先跪到地上，他們一見，咚咚咚，跟著我，跪了一大片。這下可忙壞了兩位老人，拉了這個拉那個。我們完完整整地在地上給二老磕了三個頭後，才爬起來繼續喝酒。

到這時，我才曉得，我的八位義弟，只有四弟、五弟是安氏子弟，其他的都是雜姓。二弟他爹說，他們是他老爺爺那一輩逃兵荒過來的，先是在瓦子湖邊的一塊荒坡地上落了腳，農活多的時候就到安氏祠堂裡打打短工，漸漸的人就熟了，三代人下來，除了年節進不了祠堂，其他時候，倒也跟安氏族人差不多。他爹說，他爺爺死的那年，正好二弟出生，所以他爺爺就給他取了「荒兒」這麼個名字。我說怎麼取這麼怪怪的一個名字呢，原來是這個原因。

二弟說他跟我的理由，是因為一個夢。他說先一天，他和他爹做了一個一模一樣的夢，夢見一個身戴菩薩的人，拉著他就往前走。他爹和他在家裡想了一天也沒想出是什麼意思。差不多要忘了那夢時，他在湖邊看到了我，看到了我的乾爹。他說他就想起了前一天的夢，所以，他毫不猶豫就跳了上去。

這個理由實在太玄乎了，大家嘖嘖驚訝不已。

「你呢？」我問三弟。

三弟摸了摸他的腦門，粗聲粗氣地說：「大哥，你不知道，我看人打架手就癢！那天，看到李家垸的人我就氣，好幾次都要出湖。可我不姓安，三大爺不要我。那兩發人都滾到湖裡去了，我就曉得第三發輪到我了。果然，就看到大哥你跳上去招兵買馬了，我心裡那個癢啊，還沒來得及摳一下，二哥就跳上去了；我那個急啊，就別提了。二話不說，趕緊從人堆裡擠過去了。大哥，你曉得我的名字叫『樊顯能』，有了這麼個機會，我還能不顯一下『能』!?」

我哈哈大笑。他虎頭虎腦的樣子，實在讓人覺得有些可愛。

「四弟呢？」

我問到他時，他把五弟拉了起來，說：「他叫護生，我叫遲生。大哥，你忘了，我們小時候在小沙窪上……我們在祠堂裡……」我愣住了。天啦，這就是曾經占滿我童年所有思念的那兩個傢伙？我死死地盯著他倆，想從他倆已長滿了鬍髭的臉上看出童年的影子——那細長的眼睛，那圓圓的眼睛……看著看著，我忍不住呵呵地笑了起來。

「快說，那天祠堂出事後，你們挨打沒有？」

「怎麼沒打？」他們倆互相看了一眼，五弟搶著說：「我爹一頓差點把我打死，他被罰著在祠堂裡做了十天白事，還賠了五斤香油，害得我們一年都沒得油吃！」他那雙眼又瞪圓了。

「算了，今天高興，不說這事。」四弟那雙細長的眼，一看就透著善良。一個善良的人有時也能如此勇敢，真是難得。

「那你們為什麼要跟我上湖呢？」

「這還要說，那個時候我們就喊了你『大哥』的，你忘了？」

「沒有！」我怎麼忘得了。那一聲「安大哥」，在很多被安順福不當人的日子裡，都溫暖著我！

「我們一直都想再跟你玩的！」

「是啊。遲生哥，不，現在應該喊四哥了。四哥經常跟我說起你，說你被你爹看得太緊了，天天下湖。那次聽說你去了巴東，可把我們急死了，要是曉得信，我們也會去的。這回四哥看到你，就趕緊往前擠。你不曉得我小名為什麼叫『護生』吧？他爹是我爹的親哥，我大伯生了三個都沒養下來，到了生我四哥時，正趕上我也出生了，我只比他小半天，差一點，我就當了哥哥。所以大伯說他是『遲生』。算命的說我命強，我爹就說，你命強，就護著你哥吧，就叫『護生』吧。所以，我挨打都是跟我哥挨的！」

「好！」

我把他倆摟到懷裡，他倆也緊緊地抱住了我。

「乾。為我們兄弟重逢，乾！」放開他倆後我端起酒碗，一仰脖，乾了個底朝天。

「嘿嘿嘿嘿。」

我們你看我、我看你，咧著嘴苕頭巴腦地笑了起來。

「來來來，大家把酒都滿上，全端起來，為我們十四年前的兄弟今日重逢，乾！」

大家又是一飲而盡。

放下酒碗，我看著六弟，這傢伙長得還蠻清秀的，就是那雙眼生差了點，看人總是斜斜的，讓人一看，就知道他肚子裡鬼點子多。我問他什麼理由，他不好意地把他的鼻子揪了兩把，說他的理由說不出口。

「說。難道是想偷人不成？」我樂呵呵地說了一句粗話。

「說就說。」六弟在我的粗口之後，變得理直氣壯起來。他說：「我是怕別人占了便宜，這都怪我爹跟我名字沒取好，叫個什麼『胡錢億』，偏是一分錢都沒得！說來丟人，當時我覺得他們年齡跟我差不多，他們都上了，我要是不上，那不就吃了大虧？所以，我趕緊就上去了！」

「想占便宜是不是？現在你覺得占到便宜沒有？」

「當然占到了，這個便宜還得了。明天大哥往族長的椅子上一坐，我老六胡錢億，大小也是個長老。」說著他笑了起來，「我就是喜歡占便宜！」

「敢把心裡話說出來，算你有種！好，七弟——林學禮，該你了。」

林學禮說他衝上去，是因為他爹在家裡老是打他，他每次都想還手，又不敢。一看這次可以打人，他想自己不敢打爹，打別人還不行嗎？

我一聽樂了，這倒真是個不錯的想法。

這個辦法只怕在安順福的身上也用得著呢。這麼一想，臉上的樂與心裡的笑，就攪在一起了。看來七弟對他的爹也是又愛又怕。

而八弟說他只是愛湊熱鬧。他說他當時什麼也沒想，只是覺得熱鬧到了那個地方，他就得擠上去湊一分子。他說：「我爹說了，我這麼一擠，跟自己下輩子擠了個前程呢！」

「前程？」

我會給他們什麼前程呢？我的心生出莫名的凝重來。

不等我發問，九弟搶著說：「大哥，你信不信，我從七八歲的時候起，就一直在尋找機會，可沒有一次我覺得對於我是真正的機會的。這一次，我一看，覺得真正的機會它終於來了……」

酒把我的神志浸泡得已有些麻木了，「便宜」、「前程」、「機會」這樣的詞，在我腦子裡只是閃了一下，便隨著洶湧的酒嗝遠走高飛了。

3

我們一家一天，喝了一個輪迴後，喝出了一套程式，三杯過後，必須演幾路拳腳。這是六弟的主意，他是個一心想占便宜的人，他可不想在來年的比試中，讓安明貴占了便宜！

這天，又輪到了二弟請客。酒至半酣，我想起了唐清妹。望著外面蒙眼的雪花，酒對於我，突然無情無緒。

很奇怪，這一陣子，安順福就跟那天晚上一樣，彷彿我根本不存在似的。每一照面，我都感到他有一種匆匆而逃的感覺。漸漸地，我也不想看到他了。我心甘情願地被他們架著四處狂喝濫飲，說穿了，只是為了逃避。是啊，我不光想避開他，我還想避開安若男。

如果把巴東放在一邊，安若男實際上是我真正意義上的第一個女人。

我曾經是那麼地愛她，也曾經那麼地恨過她，現在，我想遠遠地離開愛和恨，在心中只想裝下一片親情；可是，她和她身邊的那個小東西，都讓我無法做到這一點！

過去我所深愛的那個女人，現在我所深愛的這個女人，每天同時出現，每天逼著我去面對，我的心如何承接？

我的逃避，使唐清妹陷在繡樓裡痛苦不堪。

她既不會繡花也不會繡朵，一雙大腳，要是放在先前，這在安家窪，還不把人笑死，光是唾沫只怕就得讓安順福跟我大戰一場。但世道偏偏變了，現在，沒有誰敢笑話我，然而，這一切，卻改變不了唐清妹在繡樓裡度日如年的現實，沒幾天，她的小臉已瘦了一圈。

從她迷濛的眼裡，我明白了一切。

我讓小翠帶上喝的水，坐的墊子，擋風的衣服，遮雨的傘，陪她去看湖，看池塘，看四周的葦子……「總之，別悶在這狗屁的繡樓裡了，悶在這種地方，遲早要把人悶出毛病的。」

小翠滿口應承，要我放心，說她什麼都曉得，說她當年跟安若男時，哪一件事都是她操辦的。

那天，我沒有徵求任何人的意見，親自將她們送出了門。安若男、大娘、我母親在各自的房裡隔著窗櫺看著這一切。我回屋喝了口水也準備走時，安若男在中門那兒喊住了我：「你過來下！」我從她的臉上竟然看到了從前那個時候，我渴望看到的神情。

哦，不！不！

「什麼都別再說了，姐！清妹的事，你也別管了。她是山裡人，沒有我們這一套，別什麼繡樓繡樓的，讓她快活些吧，算是我求你的一件事了！無論誰說，你都要替我打個圓場。她無爹無媽，爺爺也因為我死了，我不想再委屈她，就是這樣！」

說完，我頭也不回地走了。

從那一天起，她差不多每天都流連在瓦子湖邊。湖對於這個只見過淺淺幾許溪澗的女子是神聖的。她已見過深秋澄澈的湖水，見過風暴中拍天的巨浪，但我想，這雪中靜若處子的湖，與她更相宜些。

我要陪她去看雪。

這是個看雪的日子，我出門的時候，雪就埋住了腳踝，潑天潑地地從天堂門口掀下來，扯不斷繭！

她會不會已經去了？

那會是怎樣的一種感覺呢？會不會像我第一次赤腳走在小沙窪上那般張致？會不會像我一樣張開雙臂撲進雪的懷裡？我曾用舌頭舔過毛絨絨的雪花，那滋滋而響的冰涼，透著甘冽的芬芳……想到這裡，我丟下酒碗就跑。

二弟的家，差不多在安家窪的最東邊。順著湖，我一路狂奔。

雪已經停了，天地間一片純淨。我踏著埋過小腿的雪，沿著瓦子湖，穿過祠堂前面的大沙窪；越過早已埋在雪裡的米倉河，踏上了兒時玩耍的小沙窪。我聽到了歌聲，聽到了被風馱著的紛飄不定的歌聲。

我凝神側耳，耳渦裡卻只有嗚嗚的風響。我高一腳低一腳撲進那片槐樹林，腳下一虛，整個人往前一栽，啃了滿滿的一口雪，涼得心一跳，四肢卻漫出少有的舒坦。我索性吃了一口雪，像隻雪雞子，蓋著軟軟的雪被，不想爬起來了。

那歌聲又飄了過來，像蠶絲般鋪滿天空，晶亮地繚繞在雪地上方。我一愣神，哪裡還有歌聲，分明是哭聲，嗚咽在風雪之中，如泣如訴。

是唐清妹！

我聽出來了，是她！

「……

翩翩舞蹈晶瑩雪，
請你停腳歇一歇，
我今問你一件事，
開口欲言心滴血。
峒鄉一日三入夢，
一別天涯家成空。
我心一想我爹媽，
要把女兒的事情告訴他，
我在哪天隨人來！
我在哪天隨人嫁？
兒今遠在千里外，
不能祭告爹和媽。
雪花姐姐我求求你，
求你替我把爹媽祭。
請我爹媽放寬心，
女兒如今已成人，
不用成天把我念。
我心二想我爺爺，
雪花姐姐快快去，
去把我爺爺看一看；
爺爺為我把命送，
我在這裡享安逸。
爺爺，爺爺我泣聲喚，
你的骸骨在懸崖底，
不知今生我唐清妹，
能否為你去收取！
雪花姐姐你下大點，
一下下得滿山澗，
下了你就不要化，
替我把爺爺埋好啊！
姐姐你是雨的精，
姐姐你是雨的魂，
我今心中把你拜，
你要為我解疑難。
你說這公婆好不好？
你說這大姑她拐不拐？
你說我那有情人，
分明有情又有膽，
他將待我有幾分，
把他真心用我身？
羞人答答問完了，
你卻默默不做聲，
只有北風呼呼地吹。
你飛東來把我笑，

又飛西來笑我癲。
恨我被你風雪笑，
恨我孤身一人多淒然。
我欲尋個說話人，
只有風雪有誰憐？
哪怕有個媒婆在，
串來串去兩邊轉，
我這心兒也不會這般亂。
死媒婆，癩媒婆，
你在哪裡蹭酒喝，
為何你不來找我？
都說你，
豬頭臉盤尖尖腳，
一張嘴兒兩邊嚼；
都說你是害人精，
我說你比爹媽親，
你說什麼我都聽。
為何我命這般硬，
剋死爹媽剋死爺？
為何我命這般苦，
嫁人一嫁千里遠，
月圓月缺離故土？
爹呀爹，
你長哪樣我沒見，
你可知我在人間多艱辛？
媽呀媽，
你長哪樣我沒看，
你生我就是要我遭劫難？
我本巴東土寨人，
如今在這湖水邊，
水如天來湖如海，
魚作鳥飛鳥成魚，
叫我如何不傷悲？
……①」

她坐在竹林那邊的湖岸上。那段堤像一堵頹圮的高牆，湖水把它沖刷得如山般的陡峭，現在被雪厚厚地裹了，更增它的威儀。她坐在那裡，蔥綠的棉襖，彷若一株盛開的幽蘭。

身邊的世界已經完全離開了她，沒有人來喊停，她會一直哭訴下去的，就跟書上說的那種鳥樣，唱到唇破血流，唱到力竭身死！

「小翠呢？」我一把將她抱進懷裡，她癡癡地彷彿還沒有回過神來，我為她輕輕地撣著頭上的積雪。「清妹，都是我不好，害得你哭了！」

①土家人的習俗，婚前要哭嫁。內容有告父母、姐妹，以及對婆家的擔憂，甚至罵媒人等，無所不包。

她仰起臉，掛著淚痕的臉竟給了我一個笑靨。「我沒哭，我心裡高興著呢，就是想說話！」

「好好好，我們回家去。我發誓，以後每天都陪你說話！」

「我，我不要你陪。男人有男人的事，不用管女人的！」

「小翠呢？小翠——」

「少爺，我在這！」

聲音從坡崖的下面傳來。我生氣地呵斥道：「你在野什麼？你不給少奶奶遮傘，膽子不小啊！」

「別說她，是我要她去玩的。我就想自己坐一會兒。」

「少爺，少奶奶從那麼遠的地方來，你可不能只記得自己玩啊！」小丫頭竟然教訓起我來。

「話多，我還沒得你清白？」我沒好氣地說。然後將唐清妹的手捉到手裡，冰得我心裡一驚。「小翠，快把東西收了回家。你不能再凍了，再凍下去要生病的。」

她突然急促地對我說：「我求你答應我一件事，你不答應，我寧願在這凍死！」

我要她說，什麼事我都答應她。她說，她想收小翠做自己的妹妹。

「啊！」

我愣住了。下人就是下人，怎麼可能隨便做妹妹呢？

「你剛才說了，什麼事都答應我的！」見我發愣，她的眼裡頓時湧滿淚花。

「少奶奶，這可使不得，老爺知道了，要打死我的！」

小翠驚恐地看著我。唐清妹往前一爬，跪到我的面前，淚從她的眼裡洶湧而出。我趕緊把她一把抱了起來，摟進懷裡。

「你想怎樣就怎樣。」

她從我的懷裡掙了出來，望著我說：「既然你同意，那我們今天，就在這雪裡，在這湖邊，讓湖神為我們姊妹倆做個見證！」說著，便拉了小翠，「來，妹妹，跟姐姐跪下來！」

「少奶奶，這使不得的！」

小翠嚇得趕緊往地上跪。唐清妹一把抱住小翠，哭了。「妹子，我的好妹子，姐姐在這人世孤身一人，你就是我的好妹子！我不是你的少奶奶，我是你的姐姐！」

小翠也抱著唐清妹嚎啕大哭起來。

「好了，都起來吧。小翠，喊姐姐！」

小翠怯怯地喊了一聲「姐姐」，然後爬起來幫著我把唐清妹扶了起來。看兩人都平靜了，我警告說：「在家裡，你們不能亂來，該喊什麼還得喊什麼，不然，家裡要翻天的。沒有外人，或是出來了，由著你們！」

4

我一連兩天都在家陪著唐清妹，大門不出，二門不邁。這時，我才感覺家裡似乎一切都變了。

變化最大的當然屬於安順福了。先前，我單知道他不願看到我，現在發現，他一鬼早就出了門，說是下湖，也沒見他提什麼魚回來。再說，這麼冷的天，上湖的意義也不大。說沒下湖，他一天到晚都不在家，人又待在哪裡呢？我去祠堂瞄了瞄，被鎖卡死的祠堂，靜得讓人覺得寒磣。再一個，就是他不再跟我們同桌子吃飯了。他從外面回來，不是在我們吃過之後，就是面對一桌子人等他，說句「你們先吃吧」，然後扛把鍬，又出去了。更多的時候，他從外面回來，恰是我們吃過了之後，他顯然是算計過的。

他現在差不多不進天井，回來後就坐在前廳裡，母親便把給他留的菜端出來，他就有一口無一口地喝他的悶酒。

我喊了他好幾次，他都只是用鼻子「嗯」了一聲，眼睛連看也不看我一下。我一賭氣也懶得理他了。

義弟們天天派人來叫我，我原本是想和他們少來往，跟著安順福上湖去的，見他這麼一副死樣子，我心一橫，又跟義弟們混到一起了。

「大哥，你可千萬不能丟下我們不管啊！」

「大哥，我們可是在菩薩面前發過誓，有福同享，有難同當的！」

「大哥，你可不能兒女情長啊！」

「大哥……」

「大哥……」

這幫傢伙，一人一句。差點把我煩死。這一次，我們去的是老三的家。演了一路拳腳，自然又是老一套——喝酒。他們興頭高得很，一個一個跟我乾，我乾了八大碗，丟下碗就往外跑。

我跑了半天，抬頭一看，竟是二弟的家門口。

「安大哥，怎麼是你啊，荒兒他們呢？」我敲門進去，把兩位老人嚇了一跳。

「我？」

一愣之下，我想到了鬼打牆？除了四弟、五弟，其他的幾位義弟，都住在安家窪的邊兒上，一路上荒坡、孤墳不少。李東彪手裡五個小身子鬼，見了我的乾爹都跟耗子見了貓似的，區區一個鬼打牆奈何得了我麼？

「我正有事找他們呢。他們去哪兒了？」我隨口扯了個謊問。

「荒兒一早就出去了，說是這兩天都在你那裡！」兩位老人狐疑地望著我。

「怪了。那我去找他們。」

我撒了個謊，歪歪倒倒地再一次走進漫天的銀白裡。走著走著，雪又大朵大朵地飄了起來。走到大沙窪邊的槐樹林時，我的身子忽地打了個激靈，似乎乾爹在胸口將我捶了一下。我還沒回過神來，一根虎口粗的棒子對著我的頭就砸過來了。我頭一偏，棒子擦著我的耳朵砸在肩膀上。我疼得往上一跳，酒醒了一大半。

「來人啊，來人啊！」我一邊跑，一邊喊。義弟們正順著湖邊在找我，聽到我的聲音迅速趕了過來。「快，有人想殺我！」

「哪兒有人？沒有啊！」

我回頭一看，後面的確沒人，只有那些亂飛的雪花被風攪著，爭著往我的腳窩裡填。四下裡看看，只看見祠堂的屋脊影影綽綽，像一個不懷好意的人伏在那裡偷窺。要不是我的耳朵一陣陣焦疼，我真懷疑撞到鬼了。擦傷的地方滲出的血，等我回到屋裡，它們已經結成了痂，肩膀上瘀青了一大塊，高高地腫起來，像糊了的鍋巴。

我千真萬確遭到了人的暗算。

我非常清楚，這件事絕對和我想當族長有關。三弟第一個嚷著要去找安明貴算賬，我斷然地制止了他們。「捉姦捉雙，捉賊見贓。」空口無憑，會被人反咬一口。但我發誓一定要查個水落石出。

義弟們盯上了安明貴，一連三天，他們沒有盯出任何有價值的東西。安明貴不過是吃飯、拉屎、屙尿。這之中他出去打了一次獵，沒有什麼收穫，只逮了三隻兔子，碰到我的義弟，也是一副沒情沒緒的死樣子。倒是他的爹碰到四弟時，主動上前和四弟說了話。

這是從來沒有過的事，難道那個掄棒的是安明達？

我還沒有從遭遇暗算的憤怒裡走出來，媒婆卻進了門。

「恭喜福老爺生了一個這麼有出息的兒子！」

毛鳳喜跨過我家門檻時，臉上的笑擠成了一團，但真正吸引我的是她的髮式。她把她的頭髮挽在腦後，用髮網收了一半，另一半用簪子簪了個雞尾巴，挓在頭頂上像一把小扇子。她的臉瘦了點，笑起來皮擠皮，卻擠出幾分騷味來。她不笑倒有幾分俏在臉上，那是她年輕時的殘痕，現在她長天白日都堆著笑，並且手要揮一揮，頭晃一下，把頭上的小扇子搖幾搖，十足一副媒婆的嘴臉，不騷都不行。

我正送我義弟們出去，她討好地望著我，我沒理他。

出了門，我聽到安順福哼了一聲，算是用鼻子做了回應。他那杯小酒每天似乎都喝得有滋有味。

「福老爺，你不知道，這幾天我們家的門檻兒都快踏破了。」

從她薄薄的嘴唇裡溜出的每一個字都如長著翅膀的飛虻，嗡嗡地讓人心煩。

「哪是你們家的事，你跑到我們家來說什麼？」

「福老爺，怎麼不關你們家的事，要不是你們家的事，我毛鳳喜可不敢隨便跨福老爺您的家門！」

「有事你就說，我不喜歡七繞八繞的。」送走了義弟們，我往回走正好看見安順福的臉垮了下來。

「福老爺，老太爺要把三大爺的蓮姑娘許配給您家的喜少爺呢！您說，這是不是天大的一件喜事？」

我一聽頭一懵，槐樹林子裡的一記悶棍在我心裡窩了一大團火，我恨不得把這個人撕成八十八塊，現在卻要我娶他的女兒，這可能嗎？

「這，這……毛嬸娘，這不是說笑吧？」安順福的兩道眉毛在他的臉上一收一放，像兩條蠕動的毛毛蟲。

「看福老爺說的，這種事，打死我，我毛鳳喜也不敢拿來說笑。」

「毛嬸娘，其實我也正準備這兩天去你哪裡！」安順福突然滿臉堆出笑來。

「福老爺找我有事？」毛嘎子顯得異常興奮起來。

「找你還不是想給杯酒你喝。」

「要跟喜少爺找媳婦？」

「嗯。」

什麼！莫非他要請毛鳳喜來為我和唐清妹做媒不成？

「看看看，這就是個緣份，福老爺一動念，那邊老太爺就發了話，這事還有說的！」毛鳳喜那一張嘴完全咧了開來，若是塞進去一把水瓢，只怕還可以帶個雞蛋。

「不過，毛嬸娘，我請你是……算了。不過，你是曉得的，一個房族……」安順福的話說得吞吞吐吐的。毛鳳喜接過他的話頭說：「曉得，曉得。喜少爺和蓮姑娘正好出五服呢，看你怕的。古時還有兄妹成婚，再說，這可是老太爺的意思，老太爺把日子都定了——臘月二十四。老太爺有個不明理的地方麼？再說，三大爺可是要把位傳給喜少爺的！」

按說，這時候我應該衝進去一口回絕，可就在這時，我的心忽地生出一個惡毒的想法——我想起了從李家垸的祠堂把她領回來的那一幕，那時她高傲得就像皇帝的女兒似的！現在他們家又暗算了我一棍子，我只有把她壓到身子下面，好好地日一次，才算扯平。

我從外面一步跨進去，滿口答應了他們。

5

臘月二十四，老鼠子過喜事。

安順達在老鼠子嫁姑娘那天嫁他的姑娘，好讓我有個媳婦過年，這也算是一番美意。

唯一令我擔心的就是唐清妹。我不知她如何回應這件事情，也不知道如何安慰於她。連著幾天，她卻無事一般，這讓我忐忑的心終於放了下來。

臘月二十四轉眼就要到了。二十三裡，義弟們跟著毛鳳喜，把安玉蓮的箱籠抬了過來。鞭炮一放，家裡頓時有了喜事的氛圍。

西廂房裡這時成了最熱鬧的地方，看熱鬧的和幫忙的擠成了一堆。在這片亂哄哄的人群中，七弟顯得內行極了，只聽他一會說，床怎麼怎麼擺；一會又說，衣櫃應該放那邊才對。我樂得自在，便轉到了後院。

後院裡，安生在幫焗匠師傅架大灶。雞子、魚、肉擺滿了案板。大娘、母親、我姐姐和劉媽媽在一大堆菜裡忙著。劉媽媽見了我，眼又不對了，我知道她要說什麼，趕緊走開了。

從後院回到天井，看到小翠正逗著安子在玩，我不由看了一眼繡樓。小翠喊了我一聲「少爺」，安子一連聲地喊了我兩遍「舅舅」，我匆匆地應了聲，逃一般地邁過了中門，恰好看到安順福從外面扛著一張方桌進來，我趕緊迎上去，幫他從肩上卸了下來。

「爹，打算一起開幾桌？要借幾張桌子，我這就讓他們去搬。」我討好地問。

他面無表情地看了我一眼，說：「八桌一起開，前廳裡四桌，院子裡四桌。」

「好好好。您先歇著，這事交給我來辦！」我說著便到自己房裡，讓四弟給七弟打下手，繼續佈置新房，其餘的人跟我去搬桌子、板凳。

一通忙下來。七弟出來喊我去驗收，我進去一看，大吃了一驚——安玉蓮的陪嫁，實在太過豐厚了！從床到坐的凳子，從洗臉的盆子到屙尿的夜壺，是應有盡有。也真難為了四弟、七弟。他們倆竟將它們擺得井井有條，一眼看上去，真是賞心悅目。

六弟笑著問：「七弟，你該不是結過婚吧，怎麼什麼都曉得？」

大家都笑。七弟衝六弟說：「六哥，你看大哥結婚，是不是欠了？跟你說，我們兄弟結婚也要按順序來，你想結婚，趕緊催二哥三哥他們！」說完自己嘿嘿地笑了起來。

「各位兄長、哥哥們，小弟我求你們了，你們可要快點給我娶嫂子啊，要不，可等死我了！」九弟趁機插科打諢起來。鬧著要糖吃的有，要酒喝的有。時間已過午，我們便擁到後院去吃飯。

正陪著義弟們海吃海喝，我突然聽到了歌聲。那細軟的歌，如牛毛般的春雨，不知不覺就濕了我的衣裳。我放下酒杯，義弟們也聽到了北風中穿空而來的歌聲。我站起來，丟下他們，順著屋邊的溝渠，走到那片沒有桃花的桃樹林。我就知道是唐清妹，她依舊坐在上次那個坡岸上。殘雪之中，她如一隻失群的孤雁。

我沒有繼續往前走，我真的無法面對此刻的她。義弟們默默地站在我的後面，沒有了剛才的嬉鬧。

「嫂子哭了！」

不知誰說的這麼一句。我先前還以為她跟上次一樣，是在唱著呢，這時仔細一聽，這不是哭，是什麼？

「……

風在天邊獨自飄，
飄到哪兒哪兒了。
爺爺啊爺爺，
你為我來把命喪，
丟我人間受恓惶，
無爹無媽苦命的人，
誰為她出頭為她忙？
爺爺呀爺爺，
是你生生將我丟。
千般疼來萬般痛，
刀割的傷疤自己嘗。

說得恩愛如蜂糖，
眼睛一眨夢一場。
自己未婚先做了小，
先進門來算哪遭？
不過籠中一隻鳥。
離山離水容易離，
如今回去路無一。
天高路又遠，
山陡水又險。
有腳難走千里路，
有翅難飛萬重山。
世間多少負心漢，
清妹我如今怎麼辦？
都說男是門前樹，
樹大根深立得住。
都說女是水上浮萍草，
浮萍無根到處飄。
……」

「大哥，去把嫂子接回來吧，這北風頭上吹了會生病的！」四弟勸我。

「算了，讓她哭吧，哭了就會好的。」我生硬地轉過身，往來路上走。

「大哥，我看安明貴的妹子不娶也罷。她哪一點比嫂子強?!」三弟憤憤地說。

「是啊，我們去抬箱子時，安明貴一句話都沒說，一臉的陰氣，就像我們是到他家放搶似的！」五弟也開了口。

「都別說了。娶是一定要娶的，你們等著看吧。」

這句話說了出來，我長長地出了一口惡氣。有些事，永遠只是一種策略和形式，這個我不會說破。

6

臘月二十四這天，我們跟著毛鳳喜到達安順達的家門時，卻沒有鞭炮迎接我們。我讓義弟們把炮仗放了足足有十萬響，還是沒見他們家的人出來。幾個幫忙的迎出來說，安明貴不見了，三大爺和老太爺都出去找了。

安家窪的規矩，沒有哥哥把妹妹背上轎，這女人是走不出娘家的門的。安明貴這是擺明了要讓我難堪。按說，我要生一肚子氣，義弟們就是這樣，可我偏不急。安明貴想跟我玩，我就跟他玩，這個女人我是娶定了。

我倒要看他如何收場。

我悠閒地坐在他們屋外搭的涼棚裡喝茶。鑼鼓家藝停了響，響了停，我嘻嘻哈哈地和義弟們說著笑話。沒有人明白我為什麼還樂得起來。

我們從上午巳時一直等到下午酉時，我煩了，再沒有玩下去的興趣。

「走，回家。」我扯下身上的紅緞子扔到地上，「把轎子燒了，我們走！」

「使不得，萬萬使不得！」安順達的親家一把抱住我，對義弟們說：「你們還愣著幹啥？現在只有搶親了，快衝進去，把人搶走吧！」

義弟們發一聲吼，衝進去把安玉蓮搶出來，塞進花轎裡抬起來就跑。我回到家，他們把什麼都準備好了，單等著我去拜堂。

「拜什麼堂，啊？誰願拜誰去拜！」我怒不可遏。「他媽的，太過分了，太過分了！」我罵罵咧咧地走上繡樓，連鞋也沒脫就睡下了。

「喜少爺，人都進了洞房你就別生氣了，起來拜堂吧！」

我不知道姓毛的女人這個時候怎麼還有臉來勸我。怪不得別人喊她「毛嘎子」。在安家窪，上了年紀卻辦事不周全的女人，就被叫著「嘎子」。姓劉就是「劉嘎子」，姓馬就是「馬嘎子」。在安家窪最有名的當然是這個「毛嘎子」了。

「滾開，小心我打你兩嘴巴！」

她真的打了自己兩嘴巴。「該打，該打。喜少爺，我跟你跪下了。」說著，她身子一矮，人便跪在了我的床前，說：「人已經搶回來的，沒有送回去的理啊！」

還別說，我當時真就想把她送回去。他們不是想玩我嗎？我倒是要看看究竟誰玩誰！可是，唐清妹也跪在了我的面前，她一句話沒有，只有兩行清淚。

我不得不從床上爬起來，他們把我扯落的紅緞子又掛到我的身上。我走出唐清妹的房門，看到安順福站在天井裡，一臉冰冷。

我把安玉蓮從洞房裡牽出來，草草地行了禮，又牽回洞房後，我就重新回到了繡樓。

「你怎麼又回來了？」唐清妹臉上的淚還沒乾。「你不能在我這裡，你今天要是在我這裡，你就是趕我走！」那淚重新漫過舊時的河床，我的心顫顫地疼了一下。

「對不起！」我的心對她輕輕地說著，但開口卻說：「誰趕你走，我又沒瘋！」

「我不管，反正你今天不能在我這裡，你在我就走！」

我沒有辦法，只得回到安玉蓮的房裡。她一個人坐在房內，蒙在她頭上的蓋頭已經被她撕下來了，她看到我進去又蓋了上去。她等著我去掀開。我坐了很長時間，說沒說句什麼，我現在實在是記不起來了。我只記得我在床上還是把她裹到了自己的身子底下。第二天，我發現她的身子底下乾乾淨淨的。她是不是個處女，我一直沒有弄清楚。我從安若男刻意向我展示的紅裡，我知道了處女與非處女的區別。我相信我和唐清妹在一起時，我也會在她的身子底下發現那一抹美麗的紅。可此時，我在安玉蓮的身上卻沒有見到一絲色彩，這讓我有些惱火，我甚至懷疑他們這麼匆匆忙忙地把她嫁給我，就沒安什麼好心。我跟她睡了一夜，就再也不願上她的床了。我纏著睡到了唐清妹的床上，唐清妹喊來了我的姐姐。

安若男過來看了我一眼，丟下一句話，轉身就走。她說：

「我管不了他？」

唐清妹又喊來了我的母親。母親坐在我的床面前，久久地看著我，看得我在床上實在睡不下去了，只得坐了起來。

「姆媽，這事你別管。」我沒好氣地說。

「瀾兒，姆媽不是要管你。你大了，你的事你自己做主。清妹是個好孩子，你就這麼著，不想給她個名分？」

「姆媽，舉行一個儀式就算是有了名分麼？女人真正的名分是男人的心給的，不是儀式給的。對了，姆媽，這是我和清妹兩個人的生辰八字，」我拿出早已寫好的一張大紅紙條，塞到她的手裡，「你幫我拿到祖宗面前燒了，稟告祖宗們，我安可喜真正的妻子是唐清妹！我才不需要什麼狗屁婚禮，我也不需要別的女人！」

母親站起來默默地走了。

就在這一夜，唐清妹成了我的新娘。

7

我們從繡樓上搬了下來，住到了天井的東廂房裡。二娘沒了，這間房一直空著。奇怪的是，安順福在這件事上，竟是一句屁也沒放。我們沒有一件像樣的傢俱，但我們過得幸福極了。

安玉蓮獨守著華麗的新房，她的言行漸漸地有了些異常。我發現她看我和唐清妹的時候，她的眼會變得特別亮，會讓人感到那種即將爆炸的危險。

幸好這時，她的爺爺死了。

她之所以成為我的女人就是她爺爺的主意。我不知道這個老東西為什麼要如此，他第一次看我的時候，我就覺得他想占我的便宜。果然，他把他的孫女這個禍害塞給了我後，兩腳一蹬走了。安順達派人讓我去奔喪，我才懶得去呢。

「姑爺，族長老爺說了，你一定要去。」安順達派來的人對他忠心耿耿，他勸我，「你娶了我們家姑娘，三天沒回門，老太爺才氣病的；你這次要是還不去，只怕下不了台！」

這是威脅。我是可以威脅的麼？

「你回去轉告你們家老爺，就說我不想去，我倒要看他能把我怎麼樣。」

哪有逼人去奔喪的。跟我玩橫的，我眉頭都不皺一下；跟我論理，我還聽他三分。他的那個女兒我是怎麼娶進來的？那是搶來的。既是搶來的女人，我到哪裡去認她的家人？有誰見過山大王搶個壓寨夫人回來，還去拜望了老丈人的？我不去。

「你必須去！」安順福從他的房裡出來命令我。

「為什麼？」我冷冷地看著他。他沒有理我，而是對安順達的家人說：「你回去對三大爺說，我隨後就來，姑爺和姑娘也隨後就回來的。」報信的人走了。他對我說：「你不是作為他的女婿去的，你是作為安氏家族未來的族長去的。族裡死人生娃是天大的事，作為族長，一定要去撫慰或道賀。記住，你不屬於任何一個人，你屬於整個安氏家族。」

安順福的話使我第一次感到震驚。這一陣子，他幾乎沒跟我說過一句話。我怪怪地看著他，他避開了我的眼，自己先行走了。一路上，我嚼著安順福的話，便慢慢地有了一個族長的派頭。到了靈堂，安順達在靈前爬爬地磕著頭，答謝著每一個前來弔唁的人。我燒了紙跪到蒲團上時，他沒有答禮。我從蒲團上爬起來，看了他一眼，他也正看著我。

「三大爺，你要保重身體。太爺他老人家走的是順頭路，享福去了。」

安順達看我的眼神變得讓我不敢與之對視。他的眼要剝我衣褲似的！我一路上想好的幾句話，只說了這麼一句就再也說不下去了。我被安順福激出來的豪情，在這時還是化成了零。

奔喪回來後，我又和義弟們鬼在一起講習了兩個月的文韜武略，我們做好了比試的一切準備，但我們卻被告知，安順達將守孝三年。也就是說，所有的一切都需要等到三年之後。我覺得整個人一下子空了，虛飃飃地找不到一點兒事做，我便和安順福商量，讓他給我們打兩條船，買幾副網——我準備帶我的八個義弟上湖！

「你還曉得搞事？就玩啦！」

「爹，你這說的是什麼話？」我不允許別人無端地誹謗我。

「你真要下湖，我明天託人再去買四隻鷺鷥回來，你和我去放鷺鷥。」

「那我的義弟們怎麼辦？」

「什麼仁弟、義弟的，還當個真？」

「爹，你說這話只怕不對吧！我說句不該說的話，爹你今天在這裡吃著花生米，喝著小酒，你敢說沒有我的義弟們出生入死，你還能喝這酒，吃這花生米不？」

他看了我一眼，低了頭去咂他的小酒，不再理我。我生氣極了，站起來準備走時，他忽地開口說：「不是我捨不得幾吊錢，他們雖說有恩於祠堂，可他們畢竟是異姓之人，這湖水，歷來都不讓外姓人沾的！」

「這事你不消操心，我去請鬍子爺他們出來給我做主。再說了，我們交湖水錢，你們一吊，我們兩吊；你們兩吊，我們就四吊，這總可以吧！」

「這不是錢不錢的問題。算了，還是我去跟鬍子爺他們商量。」

見他這麼說，我趕緊拍他的馬屁：「就曉得爹是菩薩心腸，我代我的八位義弟多謝爹了！」

我不知道安順福如何跟鬍子爺他們說的，反正，過了兩天，安順福請的木匠，就在大沙窪裡開了工。我把這事跟義弟們一說，他們高興壞了，成天堆在大沙窪上，幫木匠打起了下手，這倒讓我解放出來了。在等船的日子裡，我一心一意陪起了唐清妹。

湖邊的桃花林是我們去的最多的地方。那時節正是陽春三月，豔麗的桃花在嫩綠的枝葉間熱烈地噴吐著她們的芬芳，惹得蝴蝶、蜜蜂成天戀在她們金黃的花蕊間。

我們在桃花林裡鋪上涼席，任三月的陽光穿過樹葉灑在我們的身上，時不時便有花瓣從枝頭飄落而下。我把它們收集起來，一瓣一瓣貼到唐清妹的臉上。在桃花的映襯下，她的臉比花還要漂亮。我忍不住把我的臉也貼了上去……睡久了，我們就到湖邊去撿瓦片來打水漂。每當瓦片蕩擊的小圈鉤連著飄向湖心時，她的眼就瞇成一線，呆了。她喜歡蹲到水邊，用手不停地舀水，然後目不轉睛地看它們從指縫裡流走。偶爾的小浪會嚇她一跳，而洶湧的大浪會把她嚇得躲到我的懷裡。這樣的時候，我就用我的雙臂把她緊緊地護在胸口，而她總是溫順得如同融化了似的，我便不由得一陣狂吻。吻不夠了，我就把她抱進桃花林，把她輕輕地放到涼席上……

那個時候，美麗的桃花林就是我們的新房！

看著我和唐清妹每天成雙入對，安玉蓮從她娘家回來後，眼裡收斂了的光芒，又漸漸灼盛起來。

先一天，義弟們來說，船已經打好，已經刮了灰口，上了桐油，過兩天就可以試水了。我聽了，便決定第二天抽時間帶了唐清妹去看看。這天出門時，一隻母雞在前面廂房的甬道裡邁著八字步，竟是不想讓路。我跺了一下腳，牠偏了腦袋看了我一眼，仍是不緊不慢地走著。唐清妹看著牠，不禁笑出了聲。這要算是她踏入這塊土地後的第一次笑了。那對淺淺的小酒窩，笑起來彷彿就有蜜從那裡往外淌似的，我在巴東是見識過的。我盼著這流蜜的笑已經大半年了，我當時就想把她抱到床上去。

「哪裡來的騷×，這麼賤！」

安玉蓮這個婊子真不是東西，她從她的屋裡衝出來，開口便罵。我們跟著母雞已走出了前廳。安若男正從院子外往裡走，聽到罵聲住了腳，看著我們。唐清妹的臉痛苦地抽搐起來，眼裡頓時湧滿了淚水。

我勃然大怒，轉過身，搶上一步，使勁地在後面那張臉上搧了一巴掌。

「當我的女人，最起碼的是口裡要乾淨。」

清脆的掌聲未落，安玉蓮殺豬般地嚎叫一聲，向我撲來，張開的十指像兩柄五齒釘鈀，築向我的面門。我擰著她的胳膊將她拖出前廳的門檻，往外一送，她就跟一堵頹圮的牆一樣，唏哩嘩啦倒了。

她在唐清妹面前誇耀的三寸金蓮，根本無法支撐她養尊處優的軀體。她從地上爬起來成了一件為難的事，她努力了兩次均未成功。她索性睡到地上，從門邊滾到江踏子下的院子裡。一隻母雞托著那隻蘆花公雞，兩隻屁股還沒來得及湊到一起；安玉蓮的尖叫嚇得蘆花公雞從母雞背上飛起來，在空中丟下一灘稀屎，咯咯噠地騰出中央的位置，縮到牆邊的柴禾旁，驚慌地看著她把那幾灘冒著熱氣的雞屎裹到自己的身上。

「安可喜，你不得好死，你斷子絕孫，你祖宗十八代都下地獄。」她在地上一邊滾一邊惡毒地詛咒我。

「滾，去死吧！」

安若男剜了我一眼，上前把她從地上抱了起來。她一站穩，身子一挪，便嚎叫著衝出了院子。我真想把她拉回來，再給她兩嘴巴，但我惦記著唐清妹，我不知她現在怎麼樣了。她沒有在這裡看安玉蓮在地上滾動的樣子，她回了她自己的房間。我趕進去的時候，她坐在床頭早已淚流滿面。我只得軟語輕言地向她陪起不是來。我用盡了能用的手段，說光了能說的好話，她的淚才漸漸地住了。

這時，外面鬧嚷成一片。

「安可喜，你跟老子活得不耐煩了！」是安明貴的聲音。這個臭女人，她竟回娘家搬來了救兵！我在心裡狠狠地把她罵了一句，起身就往外走。唐清妹一把抱住了我。同時我聽到中門的門閂聲。

我從窗子裡往外一看，是我姐姐。

外面罵聲更大，「安可喜，你縮在屋裡當起了烏龜？你在湖上的威風呢？」

我掙開唐清妹，我姐姐擋著中門門閂，厲聲問我：「你想幹什麼？」我沒理她，趴在門縫裡往外一瞄，安明貴的身後至少有五個人，手裡拿著弓箭、刀叉，牽著兩隻狗子。看來他們是又去打獵了。那兩隻狗子叫得比安明貴還要兇，真是狗仗人勢。劉媽媽正在天井裡打水，這時放下水桶，攔到我的面前，說：「少爺，你可千萬別出去。」說著，三個女人，把中門給我擋死了。

「你個㟄佬，狗婊子出來，老子看你是個什麼金×。你是個金×，老子也要跟你撕爛。」

安玉蓮衝到中門前，把中門捶得山響，門閂在門槽裡驚慌地亂跳。我要衝出去，唐清妹死死地把我抱住了。

「明貴侄子，有話好說，有話好說！」

我聽到了安順福的聲音，他今天沒下湖？

「老子跟你們沒什麼話好說的！」

「安生，去把三大爺請來。我倒要看看三大爺在你這個老子面前怎麼說！」

安順福顯然是氣壞了。好歹他也是族裡的一個長老，平時有事沒事都是和他爹坐在一起喝茶的，沒想到他的兒子今天倒高了他一輩，成了他的老子。我在門背後，聽到了他咻咻的出氣聲。

「叫我爹來也不行，你的兒子打我妹妹的時候，你在哪裡？你怎麼不讓人去叫我的爹？你看！你看！」安明貴把他的妹妹，拉到安順福的面前要他看。

安玉蓮向安順福訴起苦來。

「他打了我一嘴巴，還把我摜到地上用腳踢！」

「沒大沒小，也不知道羞恥，我是你的公爹，看什麼看！你丈夫教你還教錯了不成？」

是啊是啊，他這句話回得真是好！

「你少放你的屁，你以為你是誰？你的兒子把我的妹妹打成這樣，你還有理了？給我砸！」

安明貴這個狗東西他砸了前廳的桌子、椅子、花盆、花瓶，東西被砸的聲音響成了一片。唐清妹抱著我的手抖個不停，她的臉緊緊地貼在我的背上，我感到了她的無助，我恨不得衝出去把安明貴兄妹倆好好地修理一番。但是她的手死死地抱著我，我無法移動半步。他們踢打累了，到安玉蓮的房裡把所有的陪嫁一洗而空。

義弟們在湖邊久等我不到，趕過來時，看到滿院狼藉，只問了句「誰幹的？」等他們知道是安明貴幹的後，沒說一句話，扭頭就跑。他們衝進安順達的屋裡，把安明貴打了個半死，把他的家砸了個稀巴爛。

就此，我們開始了逃亡的日子。

第十二章
亂七八糟的腦殼

1

「蘇茹，銷寒圖這兩天沒塗了吧？」

「嗯，我這就來塗。」

她的小嘴嘟了起來，那兩片鮮紅的嬌唇怎麼看怎麼動人。她把胭脂拿過來，銷寒圖上便重新綻放出兩朵鮮豔的臘梅。她的手指上沾了一片胭紅，她看了我一眼，那種難以覺察的神情從她的眼裡一閃而過。我想，如果我再年輕些，這時候的她肯定會把那指尖上的胭紅抹到我的臉上。徐妙玉那個時候，就是這麼做的，她在做之前，那種神情跟此時的蘇茹一模一樣。

但她什麼也沒做，她轉過身洗了手，低頭坐在我的床尾，手伸進被子裡，她準備幫我捏腳了。

不。這麼清純美麗的一個女孩兒，我都讓她做了些什麼啊。看著她，我心裡充滿了羞愧。

「蘇茹，那個水甕子呢？」

「老爺，您——我，我……」她的聲音低到了她的肚子裡。

「沒有，老爺我想讓你回家去一趟，你看可好？」

她的眼裡分明閃爍了一下，但隨即黯淡下來。

「老爺，我哪兒也不去。」

「苕丫頭，看你說的。回去玩三天再來。」她定定地看著我，不知如何是好。「去呀，去把水甕子給我找來。」

她這時才回過神。那隻水甕子就在八仙桌上，她把它拿在手裡，小心翼翼地擦拭著。那隻灰不溜秋的水甕子，在她的手裡開始亮了起來。她終於覺得自己把它擦好了，便把它灌滿開水，塞緊甕口，然後用毛巾包裹得緊緊的。她掀開被子，把它輕輕地放在我的兩隻腳的中間。就在水甕子落床的瞬間，她忽地把它提了起來，迅速地打開裹著的毛巾，將裡面的水「突突突」地倒在了水盆裡。

她背對著我，我看到她的肩輕輕地聳動了幾下，我似乎聽到了抽泣聲。

「怎麼把水又倒了？」

「我不回去。」水倒乾淨後，她轉過臉來，望著我笑了笑。那臉上分明還掛著沒能擦淨的淚痕呢。

「你看你……」

「老爺，你別說了，我不會回去的。」她說著走到我的床邊，用她的小手揭開被子，把我的雙腿攬進她的懷裡，她的整個身子都壓在了我的身上。這一刻，我沒有感到一絲的負擔，相反，我倒生出一種衝動，我不由將我的手放在了她的秀髮上。

……

外面的門響了，蘇茹從我的身上彈起來，趕著整了整衣服，又用手理了理散落的雙鬢。

進來的是二弟。

二弟站在我的床前，花白的鬍渣戳在他臉上又寬又深的皺紋裡，白花從眉毛裡飛出來，把他變成了一個地地道道的老頭。上次剃去的那塊頭皮，已長出了寸把長的樁子，看起來，還是有些讓人心裡發慌。他已是有孫之人，我還在讓他為我當差，我太過分了！

「二弟啊。」

「大哥！」

「是，大哥。」

「今年六十五了吧？」

「我們打李東彪的時候，你十八，是不是？」

「是啊，大哥！」

「算起來，你跟我四十七年了。」

「我還想再跟大哥四十七年呢。」

「蘇茹，給二老爺看座。」

蘇茹給他搬過來一把椅子，又伺候我躺了起來。她真是一個善解人意的姑娘。

「二弟，這個年過了，你回家吧。」

「大哥！」他從剛坐下的椅子上一下跪到在我的床前。

「你這是幹什麼，快起來！」

「大哥，不要趕我走啊！」他的眼裡滿含淚水。我想把他扶起來，這個鞍前馬後服侍了我一輩子的一個男人啊！

「起來，你這樣子，是想我快點死吧？」

他一愣，不情願地收起了他的腿。可是只一下，那兩個膝頭，重又重重地叩在了地皮上。

「大哥，你不要趕我走，你答應我！你不答應，我就不起來。」

「你起來，算我沒說。」

他爬起來的動作真讓我羨慕，我只比他多長一歲，我已是如此不堪，而他的腰板還顯得那麼有力。這傢伙！

「守著我這麼一個癱子還蠻有趣是不是？你不回去，你兒子還以為是我這老不死的東西不知死活呢。」

「大哥，你是在罵我？大哥——」

「我罵你幹什麼？你又沒錯！」說到這裡，我歇了口氣，「你要真有錯，你的錯就是跟了我四十七年，你還賴在這裡不肯走。」

他的淚滾滾而下，那蒼老的水珠，在溝壑縱橫的坡面上，像氾濫的洪水一般。我無法不無動於衷。「大哥，」這浸透了淚水的字眼，在軟軟的田壟裡，鵝黃的葉芽已成絨絨厚氈，沒有堅硬再忍心加諸於上。「我石荒兒從娘胎裡出來就是跟大哥生的。大哥要趕我走，就是要我的命。我知道我事沒做好，惹你生氣了！我，我把從祠堂裡這麼些年得的銀子，全部還給祠堂！大哥，我只求你不要趕我走……」

「胡說！我一個癱子，是怕你厭，怕你兒子厭。」

「大哥，他敢他就不是吃白米飯長大的，是吃屎長大的！」

「他四十了吧？」

「今年四十二了。戊辰臘月初五的。」

四十二歲。「我的兒」比他差不多要大四歲，假如他活到今天，豈不是已經四十六歲了！四十六歲，我在幹什麼？我是乙巳的，四十六歲，是庚寅。那個時候，我帶著四十八垸已經修了十四年大堤了。要是「我的兒」還在，所有的問題是不是就迎刃而解了呢？今天，我第一次沒了這個自信。

那把烏赤的檀木椅子，他一歲零八個月的時候我讓他坐過，可是——那竟然就是命運的岔口啊。

想到「我的兒」，我就感到累。

2

我能不累嗎？我已癱在床上六年，那魂魄早已準備動身，哪裡還經受得住這種折磨！

可不是，每當我恍惚之際，我就像在趕路。走啊走，走個不停，前面山路嵯峨，水路縈回。我精疲力竭，我想停下來休息，我想回頭，可是身後卻了無歸路。蘇益之的女兒總是在這種情況下把我叫醒。醒過來，我滿身大汗，渾身乏力。

「老爺，你打起精神來，打起精神就會好的。」蘇益之的女兒僅僅只有十五歲，她說的是真的麼？是否真的只要我打起精神，我已上路的魂魄就後重新聚攏到我的身上？

其實我並不是怕死。

八弟曾說，死，不過是回家而已。

回家的感覺是最讓人激動的。梁園雖好，非久留之地。我死後，只有一個要求，就是希望我的兩個兒子，在我的墳前搭一個草棚，守上七七四十九天。聖人說，要在父母墓旁守上三年才算是為人之子，我有點不相信。他爹死的時候，他姆媽只怕生都還沒生他。他姆媽死時，他幾歲？他跟他姆媽是否守了三年，書上並沒有記下這個。記下的只是說他到處找他爹的墳，想把二老合葬在一起。他如此焦慮，其實大有玄奧，關於這個問題，八弟說得非常有道理。

我怎麼又瞎扯起來了？這樣東一下，西一下，不跟先前一樣了麼？這樣胡扯，只怕扯到天上，也扯不出一個頭緒來。還是說我那兩個兒子吧，他們在我死後是絕不可能為我守上三年的，最怕就是他們三天也不守！我不想有人把我從墳裡喊出來去做小身子鬼。我在床上癱了這麼多年，精枯血竭，我哪裡還有力氣去打架？我不可能打贏任何一個人的。做了小身子鬼，閻王就要把我打入另冊；入了另冊，我就永生永世都不得超生了。

我給他們留下了這麼多的銀子，一百兩銀子守一天，不不，一千兩一天如何？看在銀子的份上，他們會給我守滿七七四十九天的！

「大哥！」

二弟還在我的床前呢。我強睜開眼，我看到他滿臉的惶恐。

「你先去忙吧，不要胡思亂想了，聽到沒有？也不要有事無事都來問我，也不是頭一年。祠堂裡、家裡一大堆事……你別守在我這裡。」

他無聲地走了，但我看出了他的沮喪。

唉，這日子過的，什麼時候是個頭啊！年來年去，怎麼就過不出點新意來呢？不會這兩千年，一點變化都沒有吧？

我不由想起「傷心秦漢，讀書人一聲長歎」的句子來，這詩感歎人世的變化還得了！「舊時王謝堂前燕，飛入尋常百姓家」，分明就是滄海桑田；可「人世幾回傷往事，山形依舊枕寒流」，它又分明沒有變。

這變與不變，究竟是什麼在作祟呢？

恩茂先生曾說，天不生仲尼，萬事秉燭遊。想想秦漢以下，王朝可謂更迭百變——看來他們都沒有「乾元用九」。那他們用的是幾呢？我知道這是混賬話，不能說的。那麼，是否可以說，這更迭百變的怪胎，都是有了孔聖人的結果？

恩茂先生曾經說過，儒家是米店，道家是藥店，釋家則是個雜貨店。他說沒了這個米店，我們就得餓死，所以，我們這個世道總體是不變的；偶爾出點毛病，到藥店裡去抓幾副藥吃吃就好了；平常沒事，就到雜貨店裡逛一下街，見到有用的就買，都沒得用就看個熱鬧。

記得那天，我和八弟坐在大堤上，看二弟帶著人在已修好的堤段上栽樹，不知怎麼就聊起了這個話題。八弟聽了米店、藥店、雜貨店之說後，毫不客氣地說恩茂先生那是胡扯。

他說三代以前，天沒生仲尼時，該成聖的成聖，該成仙的成仙，還搞了個「大同」、「小康」出來；自從有了他，「朱門酒肉臭，路有凍死骨」，幾成人間常態！他悲憤的樣子，讓我吃驚不小。

「大哥，你是讀過司馬遷的《史記》的，司馬遷怎麼說他的？『惶惶如喪家之犬』，這就是『米店』開張時的情況。始皇帝看不得他們與裝神弄鬼的一夥人勾結，一怒之下，一坑了之；再一次開張，是在漢武帝的手裡，差不多一開張，西漢王朝就再也賺不到錢了，不幾天，店鋪就盤給了他人①。到了東漢，這家米店開沒開張，很難說，反正在大街上是沒看見它的招牌。到了『東漢末年分三國，烽火連天不休』之時，只怕連掌櫃的都逃兵荒去了。談玄的兩晉，是米店的又一次大破產，試圖開張差不多就到了南宋末年了，那試營業的米店，摻雜使假，被官家明令禁止②，可惜還來不及真正查處，蒙古人的馬蹄踏來，一時間，玉石俱焚。米店真正興隆是在前朝和本朝。也不知那個小和尚③從哪裡弄來宋時的配方，這米店賣出去的糧食，人一吃，皇帝一二十年不上朝，連文武百官都不認得，天下照常運轉如常，倒也顯出奇功之妙；所以本朝入關之後，便全盤接管了，繼續賣得不亦樂乎。

「秦朝人沒有這個米店，空著肚皮一掃六合，天下束手；漢初沒有這個米店，倉裡裝不下，爛在外面的聽說是『粟』和錢串子④；唐朝貞觀之治、開元盛世，也不是吃這個米店裡的東西撐出來的；就是宋，《清明上河圖》上，什麼沒有？偏是沒看到這家米店。

「開這家米店的，加起來，不過五百年歷史；五百年之外，歷史倒寫滿了豪氣與驕傲。所以，我不同意他的米店之說。但你得承認，它的確可以活人。南方人以稻米為生，北方人以麥子為生，胡人以牛羊為生，不都在活人？」

……

3

「老爺，廚房裡的『頭子』蒸出來了，我給你拿了點，你嚐嚐！」

蘇茹突然跑了進來，嚇了我一跳，這才想起今天是大年三十呢。等會就要吃團年飯了。蘇茹過來扶著我，她的身上少女

①西漢末年，百官進表要求王莽既皇帝位，孺子嬰不得已將皇位讓了出來。
②官家指朝廷。當時程朱理學被視為偽學，被明令禁止。
③明朝開國皇帝朱元璋，小時候父母雙亡，做過和尚。唐朝尊崇老莊，因為姓李的緣故；明朝敬奉程朱，也是同理。
④漢初「文景之治」，天下富庶、國庫充盈，銅錢堆放在倉庫裡，連繩子都爛了。

特有的幽香好聞極了，我撫著她光滑的頭髮，不由嘆惜了一聲。

「老爺，你歎什麼氣啊？」

「我想起了很多以前的事。」

「是關於太太的吧？」

「不，是亂七八糟的一些事。」

那真是亂七八糟，我跟她說不了，跟誰也說不了，就是當時我和八弟，也沒法將之理出個頭緒來。蘇茹看了我一眼，說：「少想。心裡靜，人才不躁。」這話有道理，我咧嘴笑了笑，伸嘴把她餵過來的「頭子」咬了一小口。

「嗯，不錯。」

她還要餵我，我卻沒了吃的興趣。我要她去廚房玩，別管我。等她走了，我一下想起安順福來。

此時此刻他在幹什麼呢？

自從修了新屋，我們就再也沒在一起團過年了。

我修了新屋，他說什麼也不肯來住。他不來，我的母親就只得待在他的破屋裡。這讓我很惱火。我好說歹說，大半年的日子就在我的唾沫裡消磨掉了。我一發狠，便把八抬大轎歇在他的面前。一見轎子，他像個無賴似的，睡到地上又是滾又是罵。

「忤逆不孝的畜生，你要我走，我就死在你的面前！」

他的那副德性，實在丟人，讓我羞愧不已。我忙叫轎夫們撤了轎子。

想想我修新屋子的初衷，豈不是想讓一家人住得更好一些，豈不是給他臉上貼金——讓他過兩年就能一享四世同堂的天倫之樂！但我們卻就此分道揚鑣。

人都說三十六歲是個坎。我的這個坎算是沒有爬過來。我確信從那一年起，我的人生便開始走下坡路了——誰說不是？他再也不肯見我，我就等於失去了雙親，跟著失去了唐清妹，失去了我姐姐，失去了我的長子……直到栽倒在地，便失去了一切。

這失去的一切，再也無法挽回！不，他還在，我的母親還在！我總是想，要是我的雙親能在我的身邊，我是絕不會走到今天這一步的！

我真想現在再去請他一次，他畢竟養育了我一場。俗話說：鴉有反哺之義，羊有跪乳之恩。我這麼做豈不是連禽獸都不如？

可我做過多次努力，沒癱倒之前的那些年，哪一年我不是跪在他的門前，苦苦地求他來和我們一起團年？可每一年，他都沒有理我。

今生今世，我們父子一場，就這樣做成了仇寇。

孔聖人說，天下無不是之父母。這當然是我的錯了。可我不服啊！你們給我評評理：就算我是野種，可這天下抱養的、過繼的，沒有一千有八百，父子間親如骨肉的，不在少數；雖說心有隔閡的，也大有人在，可人家，怎麼也不至於反目成仇啊！

佛說：一切皆有因果。

真正看透人生的，天上地下，唯此一人。我這時一下豁然，恩茂先生真的說錯了，佛開的絕不是雜貨店，他開的才是真正的藥店⑤，只是下的藥劑太過威猛，人不敢服而已。我好想八弟還在我的身邊啊，要是他還在，我把這個想法告訴他，他不定多麼高興呢。

孔聖人的店鋪裡，貨色最打人眼目的，是「有教無類」這款大路貨。標籤上注明：一不教女子。女子無才便是德。二不教民。民可使由之，不可使知之。三不教無束修者。聖人曰，自行束修以上，我未尚不誨也。四不教愚笨者。朽木不可雕也。五不教小人。「吾不如老圃也」。

這「有教無類」，改成「有教分類」方是貼切。

今天看來是出鬼了，我怎麼就跟八弟穿一條褲子了呢？先前他跟聖人過不去的時候，我還總是說著聖人的好呢。比如上面說的「有教無類」就是我那時的法寶，只要我祭出，八弟就會啞口無言，可今天，我竟是把它徹底推翻了。想想也是，春秋戰國時候，諸子百家，差不多都在著書立說，廣收門徒，平民教育，只怕多了人去！單單他這一家，合了後世當道者的心，所以，需要萬民匍匐於地的皇帝，抬了他的莊罷了！

這是一個讓人頭疼的問題，八弟不在了，已經沒了談話的對象，這個問題便成了一個無聊的問題。我這個樣子，躺在床上，實在是一個無聊至極的人；一個無聊的人想想無聊的問題，正是一件十分合適的事。

可憐我這個樣子，原諒我好不好?!

這樣吧，我講個故事給你們聽。這是一個流傳遍地的故事——說的也是春秋戰國的事。那時，楚國紀南城外有個客店老闆很怪，凡來投宿者他都要盤問一番，然後再安排房間。他把客店裡的房間，分成上、中、下三等。上等房，通風向陽，臥具整潔舒適，供誠實、忠厚的人住，且住宿費打對折；中等房，背陰嘈雜，臥具雖也整潔，但住宿費照單全收；下等房，則與馬棚相連，低矮、陰冷、潮濕，最要命的是馬糞的臊臭味，熏得人連氣都不敢吸，且房價翻倍。

店老闆還專門寫了副對聯貼在客店門外——「不論人貴賤，專辨言是非」，橫批「客分三等」。

孔子在陳蔡被楚王救出來後，到了楚國，聽說有此一處客店，離開時，特地帶著門徒來住此店。店老闆依例言道：「我這裡的規矩，想來客官已聽人說了，不論何人，我都得先問上一問，然後才能決定他住哪一等房。」

孔子環顧了一下自己的門生，笑著說：「好啊，請問吧。」

店老闆回之一笑，問道：「您今欲往何方?」

孔子答曰：「天下無道久矣，我欲周遊列國，推行仁愛之政。天下四方，皆是我所要去的方向！」

店老闆聽言，未置可否，指著眾門徒問：「諸位父母健在否?」

子路、子貢搶著說：「我們父母全都健在！」

店老闆一聽，臉色一沉，指著下等房說：「您只能住本店

⑤佛教的根本，乃是應病與藥。

的下等房。」

孔子不以為然地反問道：「為什麼？」

店老闆冷笑一聲，說：「記得你曾經教導別人，『父母在，不遠遊，遊必有方』，可你剛才是怎麼說的？身為師長，言傳身教的重要，想來你比我更清楚，似此出爾反爾，誤人子弟不說，虛偽是我平生最恨！」

孔子聽罷做聲不得，在場門徒也個個面面相覷。

恰巧這時，鐵拐李打此路過，也欲投宿，見此情景，心生不平，便一瘸一拐擠上前來，對店老闆說：「你知道你面前的是誰嗎？這是孔聖人啊！」

店老闆看了鐵拐李一眼說：「本店『不論人貴賤，專辨言是非。』無論是何人，在此店中，就得『客分三等。』」

鐵拐李愣了一下，說：「這樣吧，你有本事就問我，問不倒我，我可是要帶孔聖人一起住上等房的！」

大家一聽，精神來了，這小小的店老闆怎麼會是神仙的對手，神仙可是能知過去未來的啊。大家的眼睛一起盯向了店老闆。只見店老闆看了鐵拐李一眼，不慌不忙地問：「你膀子上吊的是什麼東西？」

鐵拐李一聽，得意洋洋地舉起臂上的葫蘆說：「諒你也不知，這是寶葫蘆。」

「寶葫蘆裡裝著什麼？」店老闆跟著問道。

「仙丹。」鐵拐李說。

店老闆追著問：「仙丹有什麼用？」

鐵拐李嘿嘿一笑，說：「我這仙丹能醫百病，能救萬物，有起死回生之功！」

「呸。盡是大話！」店老闆指著下等房，不屑地說：「你也只配聞馬臊味去！」

鐵拐李這一氣，渾身都抖了起來，鐵拐在地上亂搗。「你憑什麼說我說了大話？」

店老闆冷冷地說道：「你的仙丹既然能治百病，那你的這條瘸腿怎麼沒有治好？」

……

這個故事是八弟講的。每次在他的故事面前，我也啞口無言。想想，這個世界真的是很荒唐的，聖人有時候無法自圓其說，神仙有時候無能為力，就是這麼簡單。我們凡夫俗子，懵懵懂懂，無知無覺也就成了本分。

要是你們允許，我再想一下我的乾爹吧。

可是乾爹沒什麼好想的，想來想去，都只覺得對不起他，在這個塵世中，我實在無法照他說的那一套去做。

還能想誰呢？

想別人多半是得罪人，那就還是想我這個野種吧。

4

八弟說，聖人多半是偷人養的！說這種事，《詩經》裡記載得多了。那次胡扯我沒讓他說下去，但那些吞鳥蛋懷孕⑥，踩大腳印生兒子⑦的記載，只要稍稍動一下腦子，只怕就會穿幫。我倒是服了他們的爹，這明明就是偷人，怎麼還讓她活下來，且把孩子生了出來？看來，那個時候，是不興「坐豬籠」的。這個「坐豬籠」又是從什麼時候開始的？又是哪個發明的？興許就是那些私生子吧。

算了，這些事糾纏起來真的沒有意思。孔聖人早說了：「為尊者諱，為賢者諱。」這些不光彩的醜事，就一床錦被蓋過去了，你好我好，大家好。要不是這樣，他老人家的爹，就真不是個東西了，那就是一個十足的惡棍、強姦犯了。

我又想起八弟對聖人的誹謗來。他說，任是哪一個來說，任是哪一種考證，都無法說服他心中的成見，他只相信司馬遷《孔子世家》裡的記載。

到了今天，我覺得八弟說得真的有理。你們試著想一想吧——

假如真是自己的女人，而且是去敬神，兩人會在野外苟合麼？香湯沐浴，齋戒三日，這敬神前的起碼要求，不會是後世興起的吧！就算顏氏女沉魚落雁，讓男人一見魂就不在身上了，那麼，在家的時日，必是「春宵苦短日高起」，「春從春遊夜專夜」，大戰過無數回了，豈有一出門，又要在野外發洩之理？況且，那個男人據說已是六十多歲的老東西，若真如此，那是怎樣的神力，何等的偉壯！若從女方來說，既是他人的合法女人，既是男人如此依戀的尤物，為何至死不在夫家？再不濟，到了要生孩子這等兒生母死的關口，夫家也得有個口訊不是！但《孔子世家》裡沒有看見婆家來放個屁，也不見娘家去問個罪，這也太不近人情了吧？顏氏女至死不告訴她兒子下種的是何許人，這也是一奇。我想，只怕連她自己也不曉得才是真的！

你們可能沒有這種感覺，但我有——我也是野種啊，無爹無媽的恓惶，那是常人所不能體察的。那個時候，周禮盛行，家廟林立，無根無柢的一個人，在那個時代根本無法立世！便是我，何嘗不是如此——假如安順福敢於面對現實，當著安氏所有人的面宣佈我是一個野種，我立馬就會遭致所有人的白眼，甚至有被逐出族外的可能。想想吧，一個與安氏毫無瓜葛的人，把安氏折騰了這麼多年，這是怎樣的滔天罪惡！所幸，安順福不敢面對這一現實，我這安寧的一生，都託庇他的恩澤呢！

沒有什麼值得猶豫的了，我儘快把族長之位傳給安午就好了。

這樣，安氏就真正回到了安氏人的手中！

這一想法，讓我激動不已。在我的激動裡，徐妙玉來了。屏風後轉出來的她，滿身是風的殘痕。她有好幾天沒來看我了呢。

「這幾天我忙死了，總想來看你，總是抽不出身來。」

她推擁著她的聲音走到我的面前，順手把一張凳子拖到自

⑥商的祖先傳說是吞鳥蛋而生的。

⑦周的祖先傳說是履大人跡有感而孕的。

己的屁股下坐了。屁股與凳子剛挨上，又想起什麼似地站了起來。她向前走了一步，突然把手伸進我的被子裡，她的手捏住了我的腳。我的心裡頓時湧出一股暖流，她充滿了肉感的肌膚讓我的心是多麼地熨貼舒暢，像在春天的桃花林裡吸滿了桃花的芬芳，像啜吸了滿口清晨的露珠……

「不錯，今天腳還蠻熱乎。」說著她縮回了她的手，我的心便生出溺水的感覺。

「你說你快忙死，你在忙什麼？」

「這幾天我把爹的墳重新修了一下。本來要跟你商量的，怕你不舒服，就沒跟你說。」

「這是正事，沒看出你還是一個孝順的女兒！」

她兩眼怔忡地望著我，不知不覺就濕了。「我是不孝，還不是為了你！」

這倒是一點不假。她把程旺成的休書甩給恩茂先生時，她連一句話也沒說，就鑽進了我的被窩。恩茂先生氣得當場吐血，三天後一命嗚呼，她不得不從我的床上下來去給她的父親守孝。可是「五七」未滿，她就又爬上了我的床，我趕也趕不下去；過完了「五七」，她便再也沒去看過黃土下的父親了。這個時候她哭，我不想惡意地揣測她是做戲，我相信她是真的想起了她的父親，她是真的為自己的不孝而懺悔了。

人啊，到了這把年紀，往往會為年輕的無知而羞愧的。

「好了，都過去了這麼久，你也沒什麼錯，他把你嫁到那樣一戶人家，也是迫不得已；你從那裡逃出來，也是迫不得已。既然都是不得已，有什麼好歉疚的！」我想幫她擦掉臉上的眼淚，可我的身子使我做不到這一點。

「今天我還跟你姐姐把燈也點了，還到湖裡也把燈點了。」她一邊擦著臉上的眼淚，一邊說。

「你怎麼想到給她們倆點燈？」我好奇地問。這兩處燈年年都是二弟去點的。

「唉，說了你不信，我最近不知怎麼就特別想她們。你姐姐我跟她打的交道不多，但你這個弟弟，她是真心疼你的，這我還是看得出來的。她兒子也不再了，我一想心裡就慌，就想跟她點盞燈，這樣，她過年就不會太孤獨了。湖裡的那位，我曉得你最疼她。想想她也遭孽，一個人跟著你從巴東到這個地方，無親無故的，連個兒子也不在身邊。要是她還在，我們也好是個伴吧，沒想到，她就不在了。這麼一想，我就不知不覺去了。」

我靜靜地聽著，她的這些話，給我很大的安慰。我便想了一個很怪的問題——徐妙玉的兒子，他為什麼就不能成為我最喜歡的兒子呢？

他從他娘隆起的肚皮裡鑽出來長了兩年，還是動不動就咧開嘴哭得死去活來，尤其是半夜三更像鬼嚎一樣，鬧得全家上下雞飛狗跳。我不得不讓人去請王道士，他說這是「夢婆婆」在跟孩子開玩笑，他用黃裱紙寫了二十張「天黃黃，地黃黃，我家有個夜哭郎，過路君子念一遍，一夜睡到大天光」的貼子，讓我們貼在十字路口。過了三天，他真的睡安穩了。在這一點上，他跟「我的兒」區別太大了。我記得他長到五歲了，見到我還是一副要哭的相；而「我的兒」從八個月開始，「爹」這個稱呼就沒離開過他的嘴巴，無論我離開他多久！

「我的兒」生在多事之秋，而他生在一切都順風順水的那幾年裡。難道如此，就註定了他的平庸？我是那麼地喜歡他的母親，就跟我喜歡「我的兒」的母親差不多。對於他的出生，我的心境與對待「我的兒」的出生幾乎一般無二，可是他卻沒能成為他。這是誰的錯呢？我不知道。也許這之中不存在對與錯，只存在差異。據說，世上沒有同樣的兩片葉子，何況是兩個人呢。

他的母親不是「我的兒」的母親，他註定也就成不了「我的兒」。即使是唐清妹本人又能怎麼樣，她也再生不出另一個「我的兒」來！

但女人是那麼的奇怪，她只要觸動了男人心底的隱痛，就會莫名其妙地讓男人酥軟成一團泥巴，再也無法堅強。而這個女人你一生也就不會放棄了，她做什麼你都會覺得她好，即使她放出的臭屁，你也會覺得「不勝馨香之至」。即使你是一個浪蕩成性的花花公子，你身邊睡過的女人你自己都記不清楚之後，唯一讓你能想起的女人還是她。

是啊，我怎麼忍心讓我愛的女人絕望呢！

我看著她，內心痛苦一片。

5

「蘇茹呢？怎麼把你一個人丟在這裡？」她打破了沉默。

「哦，我讓她到廚房裡看她們忙去了。」

「你就寵她呢。不過，千萬不要寵過頭了！」

她的話說到一半時，對面的簾子掀了起來。蘇茹聽到了她的後半句，站在那裡進不是退不是。

「蘇茹，又有什麼好吃的，快讓我嚐嚐。」我故意大聲地喊。

蘇茹紅著臉，端著碗蒸菜，走了過來。

「太太來了！」她小聲地和徐妙玉打了個招呼。

「你也去忙吧，團年的事看他們忘什麼沒有；忘了，你給提個醒。」我不等她開口，便催她走。她重重地看了蘇茹一眼，站起來，要走時，對蘇茹說：「別像稀奇似的，馬上就團年，給老爺吃這麼多，等會還吃得下？」

「是，太太。」

等她走了，蘇茹尷尬地端著碗不知如何是好。「蒸的什麼？讓我嚐一口。」我故作輕鬆地問。

「算了，都是我的錯。」

說完，她把碗往桌上一放，人便一屁股坐到了桌邊的凳子上，一隻手蒙住嘴和鼻子，望著屏風，一行淚就從這邊的眼裡滾了出來，想來那半邊也早是淚珠滾滾了吧。

我沒勸她。其實我不知說什麼。

這種女人與女人之間的戰爭，我經歷得多了，我那時採取的是迴避，唯一出手的是唐清妹受到欺辱的那一回。這倒不是說蘇茹比不上唐清妹，而是因為，她並不是我的女人！

再說了，蘇茹固然是好意，徐妙玉的話也挑不出毛病，你讓我在兩者之間如何選擇？

「別哭了，跟我拿茶來。」我冷冷地說。我得提醒她。

她趕緊用手抹了一把臉，匆匆起身去給我泡茶。

茶來了，她臉上的淚痕還沒有消褪。我接過茶，呷了一小口，便不想喝了。

我實在是太老太老了，坦白地說，我的心仍是渴望女人的，但我更知道，我承受不起任何一個女人的愛了。在這一刻，我竟是如此渴望有人進來喊一聲：「團年了！」

可是，沒有人來。讓我不得不面對這無奈的尷尬。

蘇茹忽地轉過身，伏在我的身子上，把我的手緊緊地捏住了。

她們的激情，從來都只為豪氣的雄性而沸騰。女人拒絕平庸，我清楚地知道這一點。

徐妙玉對我毫無興趣的原因，真的如她所說，她老了？不，絕不是。她厭惡我，其實是我再沒有一絲豪氣能讓她激動而已。她經歷了我大部分的英雄時代，而那個時代，在我癱軟的身子底下一去不復返，她怎麼還會有激情？而蘇茹，她心甘情願地伺弄一個又老又醜，渾身散發著霉氣的癱子，正是那些讓人心血澎湃的過去，她不曾經歷過。她伺弄我，就如同撿拾著那些神秘的碎片。色彩斑斕的碎片，給她無限的嚮往。

要是往日，我的手會落到她的頭上，輕輕地把她的頭髮梳弄；但此時，我的手懸在她的頭上，怎麼也落不下去。

我已是一無所有啊！

「老爺，我想聽故事了！」那小女人從我的身上爬起來，望著我。「你說你的義弟們開始了逃亡，他們後來呢？」

這是她第一次問我「後來呢」。對，我還有故事！

第十三章

冰涼的墨玉

1

起初，逃亡就是一場遊戲。

那個時候，我們在湖上，駕著安順福為我們打的兩條小船，或是躲在茭草排邊，或是含著荷梗潛在水底，都沒有一絲怨氣，我們覺得，這是我們應該承受的。

每當從湖上擺脫了安明貴的跟蹤，與義弟們在湖中某個小島上會合時，我的心底就會滋生出一種成就感。看著他們就著我帶來的吃食和白酒，狂呼濫號，心中唯有喜悅。

但我怎麼也沒想到，這場遊戲竟要進行如此長的時間！

過了冬至，義弟們在湖上已是無處可躲，安明貴還在各家各戶勒逼著他們的父母，要他們交出兒子的下落；安明貴也仍舊派人盯我的梢；就連安順福在家裡也不再給我好臉色看。一開始，他對於這件事，睜一隻眼閉一隻眼；可現在，他每天進進出出都板著臉，好像要吃了我似的。我的心便對安明貴父子生出怨恨來。

在這件事上，我幾乎找不到一個可以商量的人。

再一次擺脫了安明貴的跟蹤後，我第一次覺得自己無臉見這群為了我，而有家不能歸的兄弟了。我們縮在一條敞篷船裡，外面已是北風呼嘯，可艙內的我卻汗流滿面。

「他媽的，我們就這麼回去，看他安明貴能把老子怎麼樣！」三弟第一個吼了起來。

「對，我同意三哥的意見，大不了，我們跟他拼了！」五弟跟著附和道。

「各位兄弟，是大哥對不起你們！」我不怪他們，放在誰身上都會急。「為了我的一點破事，把兄弟們害成了這樣，我對不起大家！」說著，我給他們一人作了一個揖，我是真心實意地表達我的歉疚。鬧嚷嚷的他們面面相覷，一下誰也不再開口。這種冷場反而讓我的心裡更加難受，我簡直不敢再看他們一眼。

「大哥，就這點小事，看你為難的！」我不知誰的手搭在了我的肩膀上，抬頭一看竟沒辨出是誰，我才知道我的眼裡蒙滿了淚光。我趕緊連著狠狠地眨了幾下眼睛，這才看清是八弟。

「唉——」我不由歎了口氣。

就見八弟跟我剛才一樣，抱拳四下揖了一揖，說：「二哥、三哥、四哥、五哥、六哥、七哥、九弟，我有個想法，不知妥不妥？」

「你快說。都火燒屁股了，你還做文章！」三弟是真的急了。

八弟清了一下嗓子，不慌不忙地說：「我想，從今天起，我們分成三組。一組四個人，專門在湖裡捕魚；一組兩個人，在岸上負責把魚換成米和油鹽醬醋茶，並負責租房供弟兄們晚上吃飯睡覺；再一組也是兩個人，則負責盯住安明貴的人。我們十天一換。大哥以後就不要再來了，大家說怎麼樣？」

「這怎麼行？」他們可是為我遭的這個罪，而我卻把他們拋下不管，不要說我是他們的大哥，就算是一般的朋友，說出去也丟人。「我第一個不同意！」我說。

「大哥，你聽我把話說完。不知大哥想過沒有？你隔兩天就來看我們一次，這對於安明貴來說，其實是一種極大的滿足！」

「為什麼？」我沒來得及問，四弟搶先問了。

「四哥，你想想，雖然說大哥每次都把安明貴的人甩掉了，可大哥那是費了多大的心力！安明貴雖然抓不到我們，可也說明我們怕他，在躲他，是不是？我甚至懷疑，他現在是故意擺出這種姿態，就跟貓玩老鼠似的，他巴不得我們躲他一輩子才好呢！那樣，這個族長，大哥就沒法當了！你們說，我們能讓他的陰謀得逞嗎？」八弟說到這裡，我已是目不轉睛地看著他了。我相信其他人也是一樣。只見他歇了口氣，繼續說：「所以，我們現在不能被他牽著鼻子走。我們自立後，大哥不再來看我們，你們想，安明貴不就成了一隻瞎貓？時間一長，沉不住氣的就是他了！到那個時候，主動權就會重新回到我們手裡！」

「好，妙！」六弟聽到這裡，喊了一嗓子。「老八，你這名字起得好，賀啟智——聰明，有智慧。大哥，就這麼辦，我倒是要看看，究竟是哪個先沉不住氣！我們八個人中，除了四哥、五哥，其他人的爹媽都是靠跟人幫工把我們養大的；我們現在無家無口，只有嘴巴一張，難道還怕餓死不成？」

「老六，你說的什麼鬼話，為大哥做事，從小四哥和我就是心甘情願的！」五弟急了，眼又瞪圓了。

「就是就是。老六，你得跟我和你五哥陪不是！」四弟說完，嘿嘿地笑了起來。

六弟便一口一個「得罪」。氣氛一下又跟沒上湖的那些日子一個樣了。我詳細地問八弟，是否心中有合適的位置。八弟說不要我操心，要我快點走。

「大哥，你以後就在家多陪陪嫂子，她不容易！」我一愣，呆呆地看著說話的二弟。這傢伙一棍子打不出個屁來，一開口卻偏是點中了我心中的隱疼。我的眼裡，那個已有了五六個月身孕的女人，便不停地走來走去。我真的想一步就跨到她的面前，去分擔她的痛苦與恐懼。可是，眼前的這八個人，我怎麼可以就這樣走啊！

他們看出了我的猶豫，一個勁地嚷著要我快走。他們一臉輕鬆，我知道，那是故意做給我看的！我已沒有留下來的任何藉口，可我的心又不願就這樣走，在我踏上那副「挑劃子」時，淚一下湧滿我的眼眶，我將手中的撐篙往湖中使勁一點，「挑劃子」受驚地往前一竄，淚便從我的眼眶裡摔了出來，等船劃了快有十丈遠了，我才回過頭，我看見他們正在船頭、船艙、船尾向我揮著手呢！我的淚一下洶湧而出。

過了三天，我又悄悄地上了湖，可這次，我幾乎找遍了過去他們待過的每一個小島和每一處岔口，連一絲影子也沒看見！過了十天，我又一次上湖，仍是沒有找到他們。大年三十，我不顧安順福陰沉的臉色，挨家挨戶看望了義弟們的父母，他們拉著我的手，眼裡都含了淚，卻沒有一句責備的話。從義弟們的家裡出來，我一個人獨自在小沙窪邊坐了半天，直到唐清妹挺著個大肚子來喊我，我才回家。

過了年，一開湖，我就再一次找遍了所有的地方，這一次和上兩次一樣，我的心不由揪了起來。隔三差五，我就出一次湖，滿湖地飄著。

就在這樣的日子裡，「我的兒」出生了。

那天，我從湖裡回來，他已偎坐在他母親的懷裡。

「我的兒！」

我湊上前，急不可待地用手去摸他的小臉。從未經驗的柔嫩，讓我的心顫顫地一跳，我慌亂地把手移到他母親的乳房上，那光滑、細膩、柔韌的質地，讓我的底下呼地蹦了起來。我忙看了她一眼，她專注虔敬的神情，如同廟裡蒙著神光的菩薩，我趕緊移開了我的手，卻又不自覺地伸向了「我的兒」。那用蛋清凝出的鼻子、眼睛，要是有風，只怕就會蕩出一串串的漣漪；那鮮豔的雙唇裹著我曾經的寶貝，正有滋有味地吞吐著；那粉紅的乳頭，在豔麗的唇邊如一隻驚慌的兔子，盤在窩邊蹦進蹦出。我的憐愛從每一個毛孔裡湧出來，我把他的小嘴從乳房上拔了下來。

「我的兒，快喊我『爹』！」

他初涉人世的日光，困惑地在我臉上看了一下，「哇」地哭了。他母親嗔了我一眼，趕緊把乳頭塞進他的嘴裡，他立即停了哭。小嘴在乳房上一拱一拱，乳汁滑下喉嚨的聲音，咕咕地響。

「我的兒，慢點，小心嗆了！」

說著，我又從他的嘴裡把乳房拔出來，用手扣住乳頭；他像一隻小狗，在我的手背上亂嗅。從我粗礪的手背上沒能找到香甜的乳頭，他身子往外一翹，大聲地哭了。

「討厭，讓孩子吃！」

唐清妹撥開我的手，把乳頭重新塞進他的嘴裡。這一次他用一雙小手把他的糧倉緊緊抱住，貪婪的饞樣看起來有趣極了。我不忍心再捉弄他了。我的兒，快長，長大了爹就當了族長，爹一老就把族長之位傳給你！

望著正埋頭小心伺弄著「我的兒」的這個女人，我真想跟她說聲：對不起！謝謝你！

在生命誕生的歷程中，她經受的恐懼和那種不可思議的堅強，哪一種不讓人肅然起敬？我不知道男人有什麼資格瞧不起女人？然而，男人竟然就這樣瞧不起她們已經幾千年了！是哪個天殺的，第一個輕賤了生養我們的女人？又是哪個天殺的，要讓這種無恥、無知、無賴、無禮、無情成為一種文化的？

我真想把這幾千年早該謝罪的懺悔，用我的嘴把它說了！可我話未出口，卻吞了一口涎水。那口饞涎滑下喉嚨時，跟「我的兒」剛才喉嚨裡的聲音，一分錢不找！

「想吃不?吃一口！」

那聲音驚動了唐清妹，她抬頭看我一眼，笑著把另一個乳房挑到我的面前，乳汁一下射到了我的臉上。我一口將它噙到嘴裡，像往常一樣用力一吸，唇齒間頓時湧進滿滿的一口奶，嚇得我趕緊鬆開了。

「好不好吃？」唐清妹問我。

「好吃！」

真的好吃。淡淡的，香香的，略略有點甜味。

「再吃一口。」

「不！」

那一刻我感到吸入嘴裡的哪裡是一口奶，分明是滿滿的一口血，我的臉「騰」地紅了。

對不起！

對不起！

我要把我吸的這口奶，不，這口血為她補回來！我要每天為她捕兩條鱖花魚！

捕魚，是我擅長的。我曾是安順福的第五隻鷺鷥呢。每天，我提著兩條鱖花魚，就提著我的激動，望著家，遙想著我心愛的女人、心愛的兒子，一路飛奔。我怎麼也沒想到，當我第二十八次飛奔之時，安順達竟在半路裡把我的鱖花魚和激動，同時摔死在了地上——他的兒子帶著八個精壯的漢子，把我抓進了祠堂。

2

關我的地方，曾經關過李東彪，也關過李東彪逃走後，看守他的那兩個人。

土牢裡潮濕而陰冷，四面的牆壁上掛著滲出來的水珠，有幾隻蚯蚓從牆壁上爬出來在地上一伸一縮，找著自己的食物；土狗子則在頂層的泥巴裡，忙忙碌碌地挖著隧道，偶爾探出牠的頭喘一口氣又埋頭工作去了。底下則汪著淹及腳背的髒水，上面結著綠色的霉斑，一絲陽光從頭頂上方射進來，我看見霉斑間縫的水裡，無數的小蟲子正扭動著黯紅的身子。我立馬感到小腿奇癢無比，就好像那些小蟲子正順著汗毛孔不停地往我的身子裡鑽，那尖銳的嘴巴正不斷地吸食著我的鮮血似的。

站在蟲子扭動的髒水裡，想著當初我從這裡放走看守李東彪的兩個人時的風采，恍如隔世。似乎一眨眼，我就是那兩個人中的一個，救救我！救救我！

可是，我想不出救我的人會是誰。

「乾爹，我快死了嗎?」在水裡站了三個時辰，我變成了水中的一根稻草，只要半寸高的一絲小浪，就可以把我吞沒。

我一遍又一遍地問著我的乾爹。我每問一遍，心中似乎就聽到一個安慰的聲音。在這種安慰裡，我的心漸漸平靜了下來。

救我的人，終於來了。

他們一共四個人：一個捋著銀白的鬍鬚，一個拄著龍頭拐杖，一個瞇著兩隻小眼，一個抱著雙手在胸前抖著。

那捋著銀白鬍鬚的是鬍子爺，就是那個坐在桃花林的柳蔭下和刁子魚玩耍的鬍子爺。他的那蓬鬍子，如同飄在胸前的一片潔白的雲彩。那拄著龍頭拐杖的，我喊他「龍頭爺」；那瞇著兩隻小眼的，我喊他「瞇子爺」；那個抱著雙手在他胸前不停抖著的，我喊他「跳手爺」。

這是安氏祠堂真正的四大長老。

我在他們的八隻眼裡，手腳並用地從陰森潮濕的地牢裡爬了出來。那一刻，我委屈得只想抱著他們大哭一場，但站在他們背後的安順達，使我想哭的心變成了要殺人的衝動。我努力地克制住了自己，冷冷地哼了一聲。在這聲冷哼裡，我要取而代之的決心再也無法動搖了。

「鬍子爺」們和安順達的爹同輩，他們四人曾經輔佐過上一任族長。他們在安順達的爹的手裡，掌管著安氏家族的錢糧、戒條、安全、婚喪四把鑰匙。安順達的爹把族長的檀木椅子傳給他的兒子時，他們連同他的爹一起隱到了幕後。他們頤養天年的夢，被李氏的侵犯攪成了一泡黃湯，他們親眼目睹了安李兩姓的血戰，甚至承受了後人亡逝的悲痛。我對於他們，只怕跟他們的第一個女人差不多，我相信他們在睡夢裡一定夢見過我。

「你憑什麼關我？你還有沒有王法？」

我站在祠堂正中，聲色俱厲地質問落坐在檀木椅子上的安順達。

他傲慢地看了我一眼，陰惻惻地說：「你以下犯上，罪該沉湖。關你尚是看在族中四老的份上，薄責於你。你小小年紀，休得如此放肆！」

四老尚未落坐，我顧不得了。

「以下犯上？我冒犯過誰？信口雌黃，豈能服眾！」

「你們聽聽，他這是跟一個長輩在說話嗎？」安順達在那把檀木椅子上，把他的重心不停地從左邊移到右邊，又從右邊移到左邊。內心難以抑壓的怒火，燒得他狂躁不安。

「聖人云，言而無信，君子不恥。與君子交，我安可喜當然也就變成了謙謙君子；與小人交，何禮之有？」

「放肆，你說誰是小人？」

「誰言而無信，我就說誰！」

「反了，反了！來人啊，給我拉下去亂棍打死！」

四老這時方才坐穩。面對長輩，他做得並不比我好。假如我有他那把年紀，在他那個位置上，我會一一地把四老安置好了，才會去找自己的位置，我會由著那個無知的小兒去鬧。穩沉、莊重、寬容、氣度、自信、尊嚴，就會在這短短的一口茶之間，統統貼上他的顏面。可是，他沒有，他跟一個無知小兒早已吵翻了天。他這荒唐的命令虧他說得出口，這個時候，誰來執行，誰又敢執行？

現任的四位長老，一聲不吭。這之中有我的爹安順福呢！

在顏面喪盡的尷尬中，安順達的兒子不得不替他爹跳了出來。

「你派你的八個義弟砸了我們家，你這不是以下犯上是什麼？人證、物證俱在，你休想抵賴！」

這個不要臉的東西，虧他還有口說，我的八個義弟，不正是因為他，在湖裡東躲西藏？想到這裡，我更是怒火萬丈。

「你憑什麼說是我派人砸了你們家？是你聽到還是你看到的？不錯，我的義弟是砸了你們家，砸了又怎麼樣？安氏祖宗有靈，正是防著那些別有用心的人濫施刑罰，早就訂下戒條；我的義弟犯了哪一條，自有公論。我倒是想問問四老，那些藐視族規，私設公堂，囚我於土牢者，又該當何罪？我要提醒在座的各位，在瓦子湖邊，我是當著全族人的面，取得了下一任族長資格的，如此對待下一任族長，請問居心何在？我懇請四老，能否讓我安可喜一看祖宗立下的戒條？」

現任長老中，掌管戒條的是安順福。四老示意安順福從神龕上請下錦盒。安順福搬過梯子，小心翼翼地從神龕上拿下一個積滿灰塵的盒子，祠堂裡頓時灰氣撲鼻。安順福把盒子放在供桌上，解開裹在上面的黃綾，戰戰兢兢地拿出用牛筋串起來的七塊竹片。竹片上用刀刻出的字填上的油漆已開始脫落。

安氏乃安息王子①之苗裔。蒙天恩神眷。延嗣不絕。特與諸神盟誓。守此戒條。

一、忤逆不孝。弒父鴆母者。五馬分屍。

二、犯上作亂。欺師滅祖者。凌遲處決。

三、奸殺他人妻子丈夫者。活埋陪殺。

四、男女勾搭成奸者。沉湖。

五、偷盜他人財物。據為已有者。砍手挑筋。

六、毀壞他人財物。杖笞一百。雙倍賠償。

這是我第一次看到安氏戒條。

我把那七塊竹片反覆地看了兩遍，我沒看出它對於我的義弟們有多麼大的不利。根據戒條，我的義弟充其量不過犯了毀人財物之罪，打一百下屁股也就完了。但同時，我也沒有找到我想找的東西，我失望極了。

「他們犯的是犯上作亂這一條，按戒條應凌遲處決！」安明貴搶在他爹的前面說。「他們衝進族長家中，眼裡根本就沒有尊卑上下，這不是犯上作亂，又是什麼？」

安明貴的話，讓我血往上一湧。

「如果我的義弟們要凌遲處決，那你應該第一個凌遲處決才對。你衝進我們家不僅砸壞了我們的財物，你還當面辱罵安氏家族的執法長老，意欲毆打安氏家族下一任族長，你才是真正的犯上作亂！」我最想說的其實是，安順達身為一族族長，縱容自己的兒子犯上作亂，他要判個管教不嚴之罪。可惜，這一點戒條上沒有！

「你，你……」他一下語塞。

「你你你，你什麼？難道事實不是這樣的嗎？你想狡賴不成？」

①黃帝的兒子昌意生二子，長子顓頊，繼承帝位。次子安，封於西戎，後建立安息國（在今伊朗）。安息國王傳位到太子安清時，他不願當國王，出家為僧，于東漢桓帝建和二年（一四八年），回到中國河南洛陽，宣傳佛教，隨後定居，子孫世代姓安。

「你血口噴人，你打了我的妹妹，我才到你們家去的！」

「打你的妹妹？那是我的妻子，你可能忘了吧！試問，我教妻何錯之有？」這一招，是我從安順福那裡學來的。「聖人云，在家從父，出家從夫。女人不遵三從四德，乃是有違婦道，其父兄有不可推卸的責任。你們不思反悔，竟邀強人闖入夫家大打出手。請問四老，天理何在？」

我此話一出，安順達父子倆目瞪口呆。

「順達侄，我看就這樣吧，」「鬍子爺」趁勢說：「這件事就到此為止。幾個孩子在外也有年把時間了，也不容易，他們也得了教訓；安瀾抽空讓他們回來就完了。你對他們說，回來後，不要再生事了。」

「龍頭爺」兩隻眼看我時，瞇著一汪笑意，顯得生動極了。他抿了抿嘴，接過「鬍子爺」的話說：「這幾個孩子都不錯，上次也算是立了大功，就算他們將功補過吧。另外，你既當著祖宗神靈合族老少的面，說過要把族長之位傳於可喜這孩子的話，我看，就讓陰陽先生擇個吉日，讓可喜在祖宗神靈的面前行個大禮，這事就成了。順達啊，你也老大一把年紀了，很多事做起來力不從心。趁我們四個老不死的還有一口氣，把這個大事辦了，我們過去對列祖列宗，還有你爹也好有個交待。」

我萬萬沒想到，「龍頭爺」一開口竟是「逼宮」這一齣戲！

安順達在他的檀木椅子上再也坐不住了，我看見他臉上的每一塊肉都在哆嗦。「四老的話言重了，我安順達秉承祖宗遺訓，不敢稍有懈怠，雖不說有功，但也算是盡心盡力。李家垸一役，實乃妖人所為，非人力可及，安某自忖無過。今四老為一黃口孺子，如此相逼，敢問此舉，置祖宗成法何在？置戒條何在？」

安順達臉上的幾根焦黃鬍子亂翹，他厲聲責問四老。

瞇子爺從他的座位上站了起來，說：「李家垸一戰，安氏家族死五十七人，傷八十三人，可謂慘烈空前。族譜載，安氏先祖從甘肅臨洮遷至荊山再輾轉至此，與當地豪族陳氏，大戰三十餘場，死傷尚不足一百。先祖因之痛心不已，親為之祭悼三月，猶不能釋懷；三月期滿，遁入空門，以懺前孽！今安氏死傷一百四十餘人，家家帶悲，戶戶見愁。你身為一族之長，既不知祭悼，亦不事撫恤。其子唯以狩獵為樂，驕橫無忌，毀人財物在先，謀人性命在後，實乃以一己之私欲，奪天下為己有，何談祖宗成法，宗室戒條？向使先祖設此四老之制，正為節制不肖後人，陰圖己私於非常！」

瞇子爺的口齒居然這般伶俐，實在讓我又驚又喜。我不由得意地把目光扭向那把檀木椅子。我看到坐在上面的那個人，面如死灰。

「四老苛責於我如此，可歎我安順達忠烈一門，你們卻視而不見。李家垸一役，我三子亡卻二子，失子之痛有如切膚！慈父年已耄耋，為仇人所擄，悲憤而終，使我大孝加身，合族同悲，誰又撫恤過我，誰又安慰過我？而安可喜不思族仇，私自割湖於敵，縱仇人逍遙於世，何功之有？聖人曰：婚姻大事，父母之命，媒妁之言。安可喜遠涉巴東，私相授受，有違聖人古訓，何德之有？安氏立族，當傳有德之人，似如此不肖，豈堪重任？傳位之說，恕難從命！」

「成大事者，不拘小節。非常之人，乃行非常之事。況傳位之說，非他人所為，實出於汝口，莫不想食言而肥麼？」要是平時，我絕對會大聲叫好的。「再說『父母之命，媒妁之言』出於哪位聖人之口？你也進過學的，算半個有功名②的人，翻開《詩經》十五國風，哪一篇寫過這八個字？『關關雎鳩，在河之舟。窈窕淑女，君子好逑。』『野有蔓草，零露瀼瀼。有美一人，婉如清揚，邂逅相遇，與子偕臧。』嘿嘿，哪裡有『父母之命，媒妁之言』？若是食古不化，焉有安氏今日？」

這張嘴怎麼得了，也虧得他這麼好的記性！

安順達父子徹底啞了口。但他還是祭出了他的法寶——安順達說他大孝在身，無論什麼事，都須等他為父出靈③之後再議。他說：「你們不至於陷我於不忠不孝吧！」

這個無賴，他用他的爹把所有的人推開了。

我從祠堂出來，直奔湖心而去。

3

人都說「心有靈犀一點通」，這一次，我一出湖，就找到了我的義弟們。

義弟們回來後的第二天，「我的兒」正好滿月。

在滿月酒席上，他們吃著雞蛋，從我的手裡把「我的兒」搶過去，「我的兒」變成了一個玩具，在他們的手裡傳過來傳過去。

借著滿月酒，第二天，我又把他們邀來。

他們玩夠了，瘋夠了，我問他們，為什麼前一向時找不著他們，前天一出湖就找著了？他們詭譎地笑了。

五弟說：「要是放在過去打仗，老八可是當大將軍的料。哪兒該埋伏，哪兒該放哨，他肚子裡是一套一套的。要說放哨，當推老七和老九。尤其是老九——童有信——這名字上有個『信』字，天生就是幹這通風報信的料，精得就跟猴子似的，就差安家窪打個屁他都曉得了。不瞞你說，大哥，你只要往湖邊上一站，我們兄弟就會曉得。我們說好了，一定不能讓大哥你再找到我們，要不，你就又沒完沒了了，那不好死了安明貴？你看，八弟這招靈吧，安明貴果然先沉不住氣了！」

五弟說到哪個，我的眼就盯著哪個不放，我把他們看了一圈，看得他們一個二個都不好意思起來。「弟兄們這次是真的辛苦了！」我站起來，挨個地給他們作揖。

② 這裡指童生。

③ 父母死後，三年內，其亡魂仍在所居屋內；三年期滿，方可將之請出，為其立碑，是為出靈，同時孝子孝期滿期。

等我作完了揖，三弟說：「大哥，我覺得這湖上也蠻好玩的，乾脆，我們再鬧他一次，逼著他們把族長讓給大哥，什麼出靈出鬼，我一天都不想等！」

他這一說，跟點燃了火藥引線似的，八個傢伙都氣昂昂的。我趕緊把三弟壓在了他的椅子上。

「鬧什麼？」我還沒來得及說話，安順福不知從哪裡過來了。義弟們趕緊站了起來，你一個「伯伯」，他一個「伯伯」地叫了起來。安順福不知答應沒有，義弟們的聲音太吵了，我的耳朵裡一片嘈雜。等他們喊過了，總算靜了下來。只聽安順福說：「安氏再怎麼說，也有幾百年的基業，這族長說給誰就是誰？誰想當就誰當？凡事都有個度，胡鬧！」

安順福說完，拂袖而去，快出院子門甩過來一句話：「都跟我散了，各回各的屋。明天起，跟我去學耕田，二十歲了，屁都不會一個！」

這是說我，也是說我的義弟們，我們互相看了一眼，下窘在了那裡。

安順福有三十五畝田。十五畝水田，二十畝旱田。十五畝水田，其實只有八畝田作得了數，那是每年都得栽上秧的。另外七畝，有三畝栽一半，另外四畝，栽兩廂算是應個景。水一來，就打了丟手，白浪費種子；盼的是萬一水不來，那就和了個大和，至少要收三年的種子。

二十畝旱田和八畝水田，都租給了別人，就是那七畝每年淹水的，也大半讓人給租過去了。他自己只種牛屋邊上的三塊田，一塊有三分大，一塊七分，最大的一塊有一畝半。水一來就淹，沒得人租，所以，他自己種。他讓我跟他去學耕田，實在只是一個說辭。不過，安順福沒有冤枉我，這麼些年，我除了上次跟著安生扶過一次犁把子外，就再沒摸過它了，唯一做得來的農活，就只是扯秧。但那也是好玩，站在秧田裡，用安順福的話說，那哪是在扯秧，那是在餵螞蟥。

但安順福的「屁都不會一個」，我還是不同意，湖裡的活，我哪一樣拿不起來？農活他說我不會，他只怕也會不到哪裡去。

見他走了，我笑著說：「別聽他的！」

八弟說：「我覺得安伯伯說得有道理，凡事都有個度！既然安明貴的爹在祠堂裡，當著四位老長老的面說了，等他的爹出靈了再說，那我們就等；要是我們這個時候再冒失去鬧，那就是把手指頭餵到別人嘴裡，我們不能做這樣的苕事！」

這八弟，真不簡單。他此話一出，大家都不再鬧騰了。我趁機把他們解散了。

第二天，我早早地起來，吃了早飯，到蹲子屋裡去找安生。劉媽媽說，安生早就走了。劉媽媽看我的樣子怪得很，但我這時顧不上想其他事了，一聽便忙忙地往地裡趕。還沒到，就看見兩個人在那裡耕田，一個是安生，另一個我以為是安順福呢，走近一看，卻是二弟的爹。

「二叔，你怎麼來了？」我趕緊問。

「嘿嘿，反正沒事。」他憨憨地一笑，跟著牛走再不理我。我在田埂子上跟他走了幾步，脫了鞋捲起褲子，便跳到田裡。

「二叔，我今天來學耕田的，你教我吧。」我把泥水濺得到處都是，沒走兩步，自己的身上差不多就沒有一處還是乾淨的了。

「嘿嘿，這活哪裡是你幹的。」

「二叔，你放手，讓我來。」我把他手裡的犁把搶了過來，犁卻停了。我一看，牛也正回頭看我呢。「走，你回過來看個鬼！」我說著自己笑了起來。牛沒理我，頭一伸，把邊上的一兜稗草用舌頭嬲到嘴裡，大黃牙板有滋有味地錯了起來。「走啊，你走啊！」我丟了犁把，對著他的臀部就是一拳，牠的尾巴一甩，刷了我一嘴巴，一股騷味直衝我的鼻子。

「會死的，沒規矩，這是少爺，瞎搞。起！」那牛便緩緩地邁開了四個蹄子，走了一步，牠還回過頭看了我一眼。「快上去歇著，這牛通人性，曉得哪個是耕田的，哪個不是耕田的。」

我站在泥水裡徹底苕了。

正不知如何是好，嘻嘻哈哈的人聲傳了過來，我往聲音的方向一看，那不是義弟們是誰？這傢伙們，怎麼又來了？

「大哥，我們都來跟你幫忙了，你說，有什麼活要幹？」四弟人還在三四十丈遠，就喊了起來。我沒理他。這農活我一竅不通，怎麼安排他們？我往安生的那邊走了幾步，問他有什麼事可以讓他們來做。安生說讓他們先扯秧吧，田這兩天就整出來了，然後就是栽秧，先把秧從苗田裡扯出來也行。

安生耕的是那塊七分田，二叔耕的是一畝半，那塊三分田，則是下的秧苗。

我討了這個主意，心裡踏實多了。我從田裡爬上來，迎著他們說：「要搞事，就是扯秧！你們在這裡等著，我回去拿紮秧草。」他們都說：「你快點。」我轉身沒走兩步，就聽見他們跟二弟的爹打招呼。打完了招呼，我聽四弟說：「二叔，你半夜裡只怕就來了吧？」四弟的話讓我不由回頭看了一眼，是啊，這麼大一塊田，已耕得差不多了，這得多久？我的心說不出的熱流一滾，腳步不由得快了起來。

回到家，安順福正從湖上收花籃回來。大娘見我一身的泥，眉頭皺了皺。母親的嘴巴動了下，想是要問我，看了安順福一眼，也沒做聲。安若男出來瞭他兒子的衣服，見了我，笑道：「像個泥猴子，這是玩的哪一齣把戲？」

我橫了她一眼，跟安順福說：「二弟的爹半夜就來跟我們耕田了！」安順福毫無表情地「嗯」了一聲。我又說義弟來跟我們幫忙了，我想讓他們先扯秧。他一聽，臉一馬，說：「胡鬧！田還沒整出來，先扯出來秧不傷了元氣？」說著他扛了把鍬就往外面走，我不知所措，便問母親，紮秧草在哪裡。

母親說：「你爹說不扯就不扯，還要什麼紮秧草！」

「不是，二弟的爹幫著把田已經耕好了，安生說，再耙一遍，耖一遍，就能栽了！也就明天的事。」我說。

母親「哦」了一聲，自言自語地說：「那倒是扯得了。」說著到礅子屋的柴房裡拿了一大把蕉草出來。我接過草，朝安若男狎了下眼，出門追安順福去了。

我們倆還沒走到田邊，只聽後面有人喊：「安叔，安叔，祠堂裡出事了！」

來人叫什麼，我一時怎麼也想不起來，只記得他家住在祠堂邊上。我看見安順福一愣，轉過身就往回走，也不跟任何人打聲招呼。

看著他的背影，我像是被他施了定身法似的。

義弟們從後面擁了過來。六弟說：「大哥，別犯傻了，我們也去看看。」他說著，從我的手裡把那把薅草拿走了。

我像解了咒似的，人一下回過陽來。於是，我們懷了看稀奇的心情往祠堂趕了過去。

4

祠堂裡早已擠滿了看熱鬧的人。我們一去，便有人把我們讓了進去。院子正中五花大綁著一男一女，男的跪在地上，女的跌坐在地上，抽抽答答的。邊上一人正罵罵咧咧。

這人我認得，他叫安明志。他爺爺在世的時候，曾經也是祠堂的長老，掌管戒條的。

安順福開始問案子了，原來，那跌坐在地上的女人，是安明志的堂客。她在桃花林裡與那個男的，赤條條地絞在一起，被安明志逮了個正著。安明志一怒之下，便將姦夫淫婦扭到祠堂裡來了，嚷著要安順福把這對狗男女沉湖。

安順福問完了案子，習慣性地往斜對面的檀木椅子上望了一眼。斜對面的檀木椅子空空如也。

「這個，這個……」安順福不知所以。

這時，人堆裡一個人走上前來，我一看，是安明貴。安明貴走到檀木椅子跟前，站住了。我以為他要坐下去的，但他沒坐。

「我爹傳話過來，說，照老規矩坐豬籠。」

誰都知道他在假傳聖旨，卻沒有一個人提出異議。因為安氏戒條明文規定：凡男女勾搭成奸者，一律沉湖。想來他爹在場，也不會有第二個結果。

「慢！」我的手有力地揮了一下，說：「族長重孝在身，此時斷不可妄開殺戒。」

他不出頭，我是斷不會出頭的。看我現在這個德性吧，褲管高捲，兩腳泥巴，哪裡像個人樣。我這是故意跟他作對。正所謂「凡是敵人擁護的，我們就要反對」。我篤定了要當安氏家族的族長，想成就一番事業，就得胡說八道，蠻不講理。

不過，話說回來，我覺得安順福問案也太過草率了。

我從戲文上看到的審案已經不算少了，在戲裡，審案講究的是人贓俱獲，豈可單憑一面之辭。戲如人生，人生如戲。

我站在祠堂的中間，旁邊有人對我說：「你到上面去。」我回過頭對那人笑了笑，我沒有必要站到那把破舊的椅子跟前。我站到那裡，會給人造成我怕安明貴搶走那把椅子的感覺。那把椅子註定是我的，我跟他爭，豈不降低了我的身分？

姦夫我認識，他叫邢昌。是邢兒台邢孝賢的二兒子。

邢兒台在安家窪東南，離安氏祠堂三里路遠，因為人少，大小事務都靠在安氏祠堂裡，它就跟安氏抱的一個兒子似的。

邢昌看起來有些文弱，鼻子底下竄出來的血，在唇上結了一條乾涸的痂殼，頭髮上粘滿了草和泥巴，一看就知道被人在地上打過。這麼五花大綁著，怎麼受得了！那個偷人的女人確有幾分姿色，臉很飽滿，眼睛像剛睡醒似的。安明志把這個女人紮得像個粽子，繩子從乳房間穿過去，把她的兩隻奶子勒得更加逗人了。

「邢昌，抬起頭來。你倆如何勾搭成奸，給我從實招來！」

我一聲喝問，事非曲直就如水銀泄地。

一個月前，安明志踏青途中，偶見李氏，頓起占有之心。那李氏十年前就與邢昌訂有婚約。安明志以勢凌人，迫著李家退了邢家的聘禮，將李氏娶進家門。邢、李兩小無猜，早已心許對方。李氏入了安家，誓死不從，暗底裡叫人約好邢昌，打算一逃了之。也是好事多磨，偏是讓安明志逮了個正著。安明志落了個人財兩空，便心生歹意，遂將兩人扭送祠堂，揑個通姦的罪名，以期一洩心頭之憤……

「來人，給他二人鬆綁！」

義弟們聽到我的吩咐，立即把他們解放出來。他們那樣子，有點像包拯手下的王朝、馬漢。

「你不能放走這對姦夫淫婦！」

安明志吼叫著撲向我。他沒跨上兩步，便遭到義弟們的攔擊。他竟然動起了手，捉住他的是三弟和五弟，這兩個傢伙豈是好惹的，兩人一用力，便把他按倒在地。雖是如此，他口裡卻仍是罵不絕口。三弟把他拉起來，照著他的嘴就是兩巴掌。他的嘴頓時腫了起來，嘴角往外滲出帶了涎水的血來。這下，他停了罵，兩隻眼睛使勁地瞪著我，恨不得把我撕了，放到嘴裡嚼成肉醬方才解恨。

「你有話可以說，你想行兇，那是自取其辱。」

我皮笑肉不笑地對他說。

笑過後，我聽到了他嘶啞的聲音，他說：「根據安氏家族戒條，凡男女勾搭成奸者，一律沉湖。你沒有權力放他們走！」

他這是提醒我，他爺爺活著的時候，也是祠堂的長老。我就事論事，管不了他的爺爺是誰。

「剛才我已問得清楚明白，邢昌與李氏乃是有婚約的，你從中作梗，逼搶民女，我沒判你個姦淫他人妻女就算便宜了你，你還有什麼話說？」

「我要見族長，你不是族長，你沒有權力管我的事！」

安明貴在安明志的詰問裡面露喜色，但我絲毫不懼。

我說：「李家垸一戰，我被當場指定為安氏家族第十八代族長，合族皆知。現今族長有孝在身，族中之事，我自當代理。莫說是你這點小事，就是再大的事，我也做得了主！」我說完故意看了安明貴一眼。

「哼！」他的臉上那絲喜色頓時蒙上一層死灰。他從那把檀木椅子跟前走到我的旁邊，說：「安氏家族數百年來，歷任族長乃有德者居之。試問，你有何仁何德，敢以族長自居？」他臉上流露的是傲慢和蔑視。

「挽狂瀾於即倒，解民於倒懸，非大智大勇無以為之，非大仁大德無以為之。這就是你要的仁與德！」

「大言不慚。就你這副德性，蓬頭垢面，說什麼大智大勇，大仁大德，你也不怕笑死人了！」

「的確不錯，我的衣飾從來都沒有你鮮亮，像你這種膏粱子弟，四體不勤、五穀不分，除了一肚子稀粑粑，也就剩這身衣服裝腔作勢了！」

「你！你等著！」

「隨時奉陪。」

看著他從人群裡灰頭土臉地擠了出去。旁邊有人說：「那這件事怎麼處理？」

我笑了笑說：「祠堂長老都在這裡，你們問他們吧。」說著，我便往外擠。我的義弟們跟著我擠了出來，這次我們走的是安家窪祠堂門前的那條大路，我們走了二三十丈遠，忽地哈哈大笑起來。

「大哥，你這張嘴怎麼這麼厲害？」六弟問我。我只是笑。九弟說：「大哥嘴裡的話，就跟舞著的一把刀似的，說一句話安明貴就挨一刀，說一句話安明貴就挨一刀。我真怕安明貴當時吐血呢！」

一路嬉鬧，我們又回到了先前的田邊。這時，二弟的爹那塊田已經耕出來了，差不多就快耙完，耙完了再打兩遍耖子，就可以栽秧了。

秧究竟扯還是不扯，一時定不下來。我把他們引到旁邊的樹林子裡去等安順福。往樹林裡子裡走的途中，我突然覺得我們這一大幫子人，要沒得點事做，遲早要生出事來的。我問二弟家裡有幾畝田。二弟說，大概有六畝旱田，都是開的荒。二弟說，在窪子裡圍了兩畝水田，那哪叫田，就是個水塘，到了冬天還有半尺深的水。三弟家跟二弟家差不多，也是開的六畝荒田。沒圍水田。三弟說，那有屁用，白費力，連個田埂子都壘不起來。四弟和五弟，到底是安氏的人，家裡既有水田也有旱田，水田各五畝，旱田各三畝，都是上一輩傳下來的；分家時，兩兄弟二一添作五。六弟、七弟家是四畝旱田，六弟家有一畝水田。六弟說，他爺爺的爹那一輩，給東家幫工，兩個人在湖裡下滾溝，遇到大風大浪，船翻了，他爺爺的爹冒死把東家救了上來，自己卻淹死了，就這樣，東家送了一畝水田他們。八弟家可憐，只有兩畝旱田；九弟家略好，有八畝旱田。

摸了他們的家底，我說：「田多也好，田少也好，我們既然是結義兄弟，那就是一家人。從今天起，我們就成為一個整體，一家家地忙過去。我們家田多，占了大家的便宜，我叫我爹收穀的時候，每人給一斗穀作為補償。其他家就算以工換工。我們自己的事做完了，我們就去幫族裡勞力有困難的人家，定幾戶後，一家幫一天。這個我跟它起了個名字，叫『互幫組』怎麼樣？」

「好啊，大哥。我第一個贊成。」八弟說，「這樣我們就會聚攢起真正的人氣，到時，只怕這個族長大哥你不當都不行了！」

「好倒是好，就是把大哥吃虧！」二弟嗡聲嗡氣地說。

「對呀，大哥，既然是以工換工，憑什麼你到年底還要出穀子呢？」五弟急吼吼地說。

其他幾位便跟著和了起來。我說：「我跟你們情況不同。一是我爹的田真的是多了點；二是我對於農活一竅不通，我這個工跟誰去換，只怕白送人家都不要！」還沒說完，我自己先笑了起來。

三弟說：「話不能這麼說，既是兄弟，吃虧討好都是有了，假如計較得那麼仔細，這還是屁的兄弟！」

「就是！」

「就是！」

……

這一吵像開了鍋似的。

就這樣，這一年裡，我們充充實實地過過來了。我學會了扯秧、栽秧、耙田、割穀、打穀、揚穀，還學會了分辨秧苗和稗子；沒學會的有下種、管苗田、耕田、打耖子。與上次我們的威名流傳不同，這次，我們的美名在安家窪無聲無息地流淌著。

5

安順達的三年孝期翻過年就滿了。他為他爹出靈的時候，我直接到墳上去放了一掛鞭，燒了一刀紙就回來了。他們父子倆都沒理我。

二月過完了，跨入三月。他們終於來通知我，要比試了。

比試那天，算得上是風和日麗。大沙窪裡擠滿了安氏的男男女女，老老少少。鬍子爺他們上一輩的四位長老坐一張桌子，安順福他們下一輩的四位長老坐另一張桌子。中間一個大香爐裡燃著一大把香，粗魯的青煙，東倒西歪。族長安順達這一天沒有到場。

隨著鬍子爺把那炷新燃起的香，插進那把已燃了一半的香的中間，比試正式開始了。

第一項比的是下網。

這一項不僅要比試誰的網下得快，下得好；最重要的是在一定時間內收網，看誰收得魚多。

要想魚多，就得懂魚信，會看水紋。

三月的桃花開遍了瓦子湖，妖豔的花瓣飄落在湖水裡，蕩著無邊的春色。這個時候，正是魚們交配的季節。這是安順福教我的。交配的魚兒大都圍著湖中的茭草排嬉戲著，這跟人偷情沒有區別。

偷情總是挑選僻靜的位置的。

安明貴划著船匆匆地往深水裡趕，我則到邊上的彎汊裡，圍著茭草排仔細地把船艙裡的絲麻網下到湖裡。安明貴下好網後，我才下了一半。義弟們在岸上一個勁地喊我「加油」。

我沒有加油。

我依舊慢條斯理地下著網，我得看清茭草與茭草之間水的深淺，看它夠不夠下網；我還得避開隔年的殘荷敗草，它們掛住了絲麻網，那就前功盡棄了。我和安明貴只有一炷香的時間。我下網便已用去了將近半炷香的時間。義弟們認為這一局我絕輸無疑。他們說我浪費了太多的時間，我把網下到寬闊的水面上，用不了安明貴一半的時間，我的網上已開始有魚了，安明貴說不定才把網下好。這一點我知道，安明貴從小嬌生慣養，哪裡會下什麼網。我犯不上跟他較真，我是做給安氏家族其他人看的。

我的悠閒和義弟們的焦慮攪在一起，就像那炷在香爐裡糾結的香煙。那炷香，在已經快燃盡的殘香裡，這時格外刺眼。它吐出的青煙，忽而奔湖上而去；忽而纏上安氏那八位長老，像是要對他們說些什麼似的。終於，它慢慢地散盡了最後一縷青煙，我和安明貴把船從岸邊劃出去收網。

我的網上纏滿了銀光閃閃的白魚。

這是一種漂亮的小魚，牠們透亮的身子，宛如一塊塊水晶，在陽光裡折射出眩目的光芒。彷彿那藏在肥白的肚皮裡的魚籽，也可以一粒一粒地數出來似的。這個時候最好是燒好火鍋，在滾撲撲的清湯裡，放一點薑末、蔥花，把白小魚放下去，滾上幾滾，就能入口。清甜的魚肉軟軟的，在唇齒間有一種粘糯的質感；那一肚子魚籽，便會散成一個個小小的魚蛋，在舌頭上亂滾；用牙將之夾開，沙、面、脆就一齊湧了出來，這時，再抿一口小酒，人就會飄起來。「綠蟻新醅酒，紅泥小火爐。晚來天欲雪，能飲一杯無？」白居易選雪的白和火的紅，是為了做詩。瓦子湖邊桃花如霞，碧藍的天空裡飄滿了如雪的白雲，湖水幽清，白魚銀亮，毫無刻意地做作，早已衝破了白居易的詩境，這時飲酒豈一個酣暢了得！「白小群分命，天然二寸魚。」杜工部把他的濃墨滴到這小小的魚兒身上，應該不是無緣無故的吧！

岸上的人為我歡呼起來。在眾人的歡呼聲裡，安明貴提著他收的幾條刁子魚，用仇恨的目光剜了我一眼，黯然地把魚提到八位長老面前。

義弟們真是輕狂無知，他們把我的勝利當成了他們的節日。我加入到他們狂歡的行列裡，有些忘乎所以。

比試游水，差不多又過了一個月。

義弟們知道我的水玩得好。我在安順福的手裡，五歲就下了湖，這誰都知道。

我一入水就把安明貴拋到了身後，我們要游到湖心的那艘船後再游回來。沒幾下，那艘船離我就只有二十來丈遠了。再看後面，那個在水中拼命游著的人兒，濺出的水花，大約離我也有二十丈遠了。就在我得意忘形之際，我的肩頭不知被什麼咬住了往下一扯，鑽心的疼讓我打了個哆嗦！天啦，我闖進了下在湖裡的滾鉤陣中！

滾鉤陣是專門用來對付瓦子湖裡成精的大魚的。那些在瓦子湖裡遊蕩了幾十年，甚至上百年的大魚，絲麻網對於牠們形同無物，即使是精編細紮的竹篾花籃，牠們也能輕易地毀而去之，但他們不過滾鉤陣。上千口甚至幾千口兩寸長的大滾鉤被繃得緊緊的，稍一受力就像一杆杆箭矢，飛射而出。那些成精的大魚，橫行無忌久矣，一旦受襲，怒不可遏，擺鰭鼓鰓，猛衝猛撞，殊不知正中下懷。幾千口滾鉤一齊射向牠，倒刺牢牢地抓著牠的肉身，越纏越多，越纏越緊……

我不能動，我要停下我所有的動作，就像一隻遇到猛獸的小動物，趕緊躺在地上裝死才對！

可我能不動嗎？我是在湖裡啊，身在十幾丈深的水中，我怎麼可能定住我的身子！滾鉤不時地紮進我的肩膀。

我小心地踩著水，小心地從身上摘著鋒利的滾鉤。滾鉤的倒刺無情地帶走了它嘴裡的肉，血從我的肩上噴了出來。我看見肩邊的湖水，帶著絲絲縷縷的血線蕩向天邊；我眼睜睜地看著安明貴從我的旁邊游過去了。

我不想成為一條失去理智的大魚，可我分明正在成為一條失去理智的大魚！

我看見無常從天邊飄然而至，它帶來的死的味道美妙極了，把我初時的惶恐驅逐到一邊，是那麼的恬淡、安祥——它用柔軟的白雲托護著我，緩緩地飛往天國，我聽到了隱隱的仙樂，聽到了六龍神馭的車輪在天壁上轔轔的滾動，那聲音，像清幽的泉水叮叮咚咚……

6

義弟們砸碎了這輛奢華的車子，把我重又帶回到這個塵世，疼痛一下撕裂了我的身子。

我迷迷糊糊地燒了三天。義弟們在我的門口散成一張鐵網，日夜守候在院子門外。唐清妹則徹夜坐在我的床前。第四天，我清醒了的第一個感覺就是餓。唐清妹端來一碗雞湯，「我的兒」跟著他的母親走到我的床前。我見到他就覺得傷痛完全好了。

「爹！」

他喊了我，我讓他坐到我的床沿上。我把他的小手捉到我的大手裡，肌膚相親的熨帖，加上唐清妹一匙一匙餵到我嘴裡的雞湯，我就覺得自己的心像洗過般的乾淨。擁有「我的兒」和我的女人，是多麼美妙的一件事啊！我不需要外面的一切。

「我的兒」目不錯睛地看著她母親的手，他側著的臉那團粉嘟嘟的肉像極了他母親的兩個奶子。我吮一口湯，他的小喉嚨就被逗得吞一口涎水。

「小饞貓！」我情不自禁地想在他的臉上擰一把，胳膊一動，扯著了背上的傷口，疼痛讓我叫出了聲。我的聲音嚇了「我的兒」一跳，他側過臉，狐疑地看著我，小舌頭還抵在他的上唇上，那樣子，我不捏他一下，心裡就像差了點東西似的，我換隻手在他的臉上捏了一下。

「給他喝一口！」我對唐清妹說。

「別管他。」

「給他喝！他喝一口，我喝一口。」

唐清妹把調羹送到他的嘴邊，他不好意思了。「我不喝，我不喝。」他說著不喝卻張開了嘴。我想笑，可是背心裡牽得隱隱地疼，我只得憋著，憋得我眼淚都出來了。

傷痛消失後，我違背了病中的夢想，急不可待地衝出了家門。

我與安明貴比挑擔他根本不是我的對手。我兩次去巴東的磨礪，給了我擊敗他的資本。我們在湖邊挑水，從大沙窪的湖邊，將水挑到祠堂裡的四口大水缸裡，誰先挑滿兩缸，誰就是贏家。我的一雙鐵肩雖被滾鉤掛破，但修補得已看不出一絲裂痕。等我的兩缸水已裝不下兩桶水了，他還差兩擔水呢。這一戰下來，他竟然歇了半個月，我懷疑他壓成了癆傷。

這種說法絕非虛妄。他休息了半個月出來和我比試打鬥，哪裡還像一個血氣方剛的漢子，我把他攥在手裡，就像捏著一團泥巴，一個回合下來他就認了輸。

義弟們覺得不過癮。

三弟說：「他媽的，這傢伙也太膿包了，大哥就這麼一招大反背，他就直挺挺地躺到地上不起來了。」

五弟說：「看他平常人模狗樣的，還以為他有幾手，沒想到這麼草。沒勁。」

他們在圍觀的人群中，見我把安明貴摔下去後，先為我叫了聲好，看安明貴躺在地上老不起來，他們急了。「你起來，你起來跟他打呀！」

「你們是我的兄弟，還是他的兄弟？」事後我問他們。八弟不好意思地說，想看熱鬧麼。

熱鬧不是好看的。這個世上哪有那麼多的戲可演，不演戲哪有熱鬧看？

安明貴打鬥一敗，索性取消了文章一戰。對於這一決定最失望的是恩茂先生。他是安氏家族專門請來的評委，這一決定使他有英雄無用武之地的悲哀。他在安氏祠堂裡像掉了魂似的，從這頭走到那頭。

「怎麼可以這樣？怎麼可以這樣？文章乃聖賢之道，含經天緯地之術，治國安邦之策，豈能小覷！」

他搖頭歎息不已。我不得不用滿口的「是是是」給他以安慰，他啜吸完了兩碗茶後，心情才平靜下來。安順福給他封了一吊制錢，他卓然變色，厲聲道：「此舉乃為選才，為蒼生黎民謀福，豈可被此銅臭！」說罷拂袖而去。走了十步，又走回來在我肩膀上拍了兩下，說：「當以蒼生黎民為重。」我在他的面前鄭重地點了點頭，他方滿意而回。

7

取消比試文章，是安順達親自出來宣佈的。他說，族長之位將擇日傳之於我，到時，他會讓人遍灑請帖，請四方鄉紳前來觀禮祝賀。不過，在傳位於我之前，他有一事須得當著族中四老的面，討個說法。

他要向我討個說法的問題是，我為何將自己的妻兒，遺棄娘家長達兩年，遲遲不願接回？

這的確是個問題。安順達要是不提出來，我只怕不會想起來。

「你安可喜馬上就要是一族之長了，可是，你連你的兒子是怎麼生的，你都不知道。你連做一個父親都做不好，你如何來做一個族長？」

他的女兒生了孩子他並沒有派人給我送信，我還是後來聽人說的。我聽到這一消息時，根本沒有把她和我聯繫起來。就像聽到一個與我無關的人得了兒子一樣，我該幹什麼還幹什麼。

「那是我的兒子嗎？」

我真的懷疑，但我不該說出來。這句話一出口，安順達的臉就紫了，他一時竟說不出話來。

「你、你、你……」

安順達哇地噴出了一口血來。我嚇壞了，像一個做錯了事的孩子，站在一邊不知所措。安明貴把他攙走的時候，他滿口鮮血地對我說：「安可喜，做人不可欺心，你要遭報應的！」

安順達調養了一個半月後，他堅持要我和安玉蓮的兒子合血。我認為沒有這個必要。我已做好了打算，不管安玉蓮的兒子是不是我的種，我都認了。並不是我急於想得到族長之位，就心甘情願地戴頂綠帽子。我是看到安順達口吐鮮血的樣子過於淒慘，我不想再一次傷害他。

「不，一定要合血！」安順達的口氣毫無迴旋的餘地。「安可喜，你知不知道，你的一句話會讓她們母子倆一生都抬不起頭。這血一定要合！如果他不是你的親生骨肉，不需你動手，我自會親手將這個不貞的賤貨沉湖，把她的孽種閹了賣掉；如果是你安可喜的兒子，你今天要還她們母子倆一個清白！」

「我怎樣做才算是還了她的清白？」

「你要當著族中四老的面給她們母子倆下跪，求她們原諒你，然後用八抬大轎把她們母子倆接回家中！」

「放屁！」

試著想想吧，一個給自己的兒子和女人下跪認罪的男人，他還有臉坐到祠堂裡的那把檀木椅子上？他還配當一個族長？

安順達這一招實在太過陰毒了！不過，他花的代價也太大了。他就那麼有把握他的外孫就是我安可喜的種？我可是清楚地記得，我從安若蓮的床上下來的時候，她的身下一片空白。她嫁給我的時候，已不是處女！我不計較就是抬舉她了，她不借坡下驢，見好就收，反而得理不饒人。我倒是要看看從這個雜種身上流下來的血，到底和我合不合。

這一次，安順達贏了。

我和安玉蓮兒子的血，在一個盛滿清水的銅盆裡，初時各自形成兩個不同的血幔，但慢慢的兩個血幔彼此開始滲透，最後融在了一起，把滿滿的一盆水染成了一盆血紅。

「安可喜，你還有什麼話說？」

「我，我……」我第一次覺得無話可說。

「你什麼也不用說，給她們母子倆跪下認罪吧！」

「荒唐。天下哪有老子給兒子下跪請罪的？聖人云，天下無不是之父母。」在事實面前，我不得不低頭，但要我給我的兒子跪下來認罪，這是萬萬辦不到的。「當初我們夫婦不過偶有齟齬，你們便橫加干涉。你的女兒既入我門，就當遵循我家規矩。我教她如何做人，錯在何處？她離我安家之門，非我所逐，乃其兄仗勢所為，我何罪之有？當其時，慘遭抄家砸室的是我，妻子被擄的是我，清譽受損的是我，到如今有錯的又是我，請問天理何在？你們擄我妻子，使我骨肉分離，有罪的不是我，而是你們！」

安順達被我氣蒙了，我生怕他再次吐血。自古是「清官難斷家務事」。四老你一句我一句，安順達便乖乖地讓我把我的兒子領回了家。這一天晚上，我第二次爬上了安玉蓮的床。

8

安順達讓出那把檀木椅子，是在八月十五。

那天早晨，我起床的時候，院子外的那棵大椿樹上，兩隻鴉雀子從一根枝頭跳到另一根枝頭，對著我的房門不停地叫著。我聽到安生在前廳裡對安順福說：「老爺，你聽，外面鴉雀子叫得好歡。」我沒聽到安順福的聲音。我把乾爹掛在脖子上，從天井後面走出來的時候，安順福和安生在門前的院子裡等著我。

「少爺今天好精神！」他說著一下跪在地上。「小的我討個賞，恭喜少爺，賀喜少爺！」

「好好好，快起來吧。」我回過頭吩咐跟在我身後的唐清妹給他封十文制錢來。唐清妹哪裡有錢！她一愣，立馬醒悟過來，昨晚上，母親給了我一吊錢，說：「備著急時用吧！」我當時就把它交給了唐清妹。見安生得了賞錢，劉媽媽和小翠趕緊也跪到地上跟我討賞，我同樣賞了她們一人十文制錢。

我看到老傢伙的眉頭在兩道眉毛間蹙成了一個大疙瘩。我沒管他，義弟們早已接到了院子外。我們一行人便浩浩蕩蕩地開到了安氏家族的祠堂裡。

祠堂裡已聚滿了人，四老早喝著了茶，我看見中間的那把檀木椅子用紅綢子蒙著，空在那裡。

我以為只要我徑直走上去，往上面一坐就可以了。沒想到他們攔住我，他們讓我和安順達跪在一起，然後四老逐一對著幾個靈牌又是燒香又是磕頭，完了先讓安順達去上香，安順達上完香，才輪到我。等我把他們遞給我的一炷香插到香爐裡後，「鬍子爺」把一塊黑不溜秋的東西，遞給安順達。安順達接了那東西後，高舉過頭頂，跪到地上，說他自從接任族長之位以來，夙夜憂歎，盡心盡力之類的話。說著說著哽咽起來，這讓我心裡難受極了。一個老年男人的哽咽，你得有點勇氣才能面對。我想爬起來，說，你別說了，我不當了，你安心地坐你的那把檀木椅子吧。

但我沒有發昏，我跪著，耳朵裡拚命地聽著他嘴裡發出的聲音。我把我的憐憫在心底用寒冰籠著，不讓它翻上翻下。他終於說完了，站起來時滿面淚水。

「請新族長跪接族長墨玉！」鬍子爺喊道。我看到安順達站了起來，我也想爬起來，但是他們不讓我跟著他爬起來。我差不多已跪了有半炷香的時間，腿子已開始發麻。

我跪著接了安順達遞到我手上的那塊黑乎乎的東西。涼涼的，但卻有一種異乎尋常的滑爽。

「請新族長起誓。」

這一程序我沒有料到。族長不是今天有人當，明天又有人當的事，我不知道有些什麼程序，實屬當然。但安順福他是知道的，他為什麼不告訴我呢？起誓！起什麼誓？我的腦子裡一片茫然。

在外人的眼裡，安順福在家裡肯定把這一套程序早就教給我了，說不定還演習過。可是事實完全不是這麼回事。當四老通知我，傳位大典定在中秋時，安順福倒是說了一大堆的謙虛話，不外是四老錯愛之類的。四老喝了茶臨走時說，傳位還照老規矩，有些地方你在家裡對可喜說說。送走了四老，他什麼也沒說，甚至連看我一眼也沒有。我跟在他的後面，重新走進屋裡，我以為這個時候他該說了，沒想到他像根本沒有剛才那回事一樣。他臉色陰鬱地進了供著他爹和他爹的爹的那間小屋子。我站在前廳裡發愣，唐清妹在天井裡向我招手，我才回過神來。到了房裡，她問我，爹好像有心事，樣子不高興，是不是你惹他老人家生氣了？我說，哪有啊。

現在顯然不是問他的時候，我稍一猶豫，立馬開口說道：「祖宗在上，我安可喜從今天起就是安氏家族的第十八任族長。我將不負祖宗與族人所望，我要使安氏家族老有所養；強不凌弱，富不欺貧。」

說完我便從地上爬了起來。

我如此之快地站起來是他們沒有料到的，他們以為我還要說些什麼；也許說完了，他們還要說上兩句，然後司儀宣佈我站起來，我才能站起來。可是我說了這兩句，我就沒詞了，沒了詞我還跪在那裡幹什麼？我爬起來的動作顯得乾脆利索，他們來不及阻止我。我站起來後，他們不得不讓我坐到那把檀木椅子上。裹著紅綢的檀木椅子，坐上去有點往外滑。必須努力地挺直了腰坐著，才感到踏實。

義弟們一見，帶頭跪到我的面前。那感覺真的好極了。

接下來應該是新老族長坐在一起吃團圓飯，共話今後如何把族裡的事情搞得更好，讓安氏家族如何更加興旺。可是，安順福沒等我的義弟們把頭磕完，便滿面怒氣拂袖而去。

看著他們父子倆的背影，好幾個人藉故上茅坑順著湖邊溜走了。

安順福也不知躲到哪裡去了，這讓我很是生氣。

我說：「今天這個飯，有人是成心要讓它吃不成了！看來我這個族長當的是名不正言不順了，是謀權篡位奪來的了！」

「可喜啊，你這說的是些什麼話？我們四個老東西還在，誰敢說你這個族長名不正言不順？誰敢說，啊？」鬍子爺那看不見眼珠的一對眸子，猛地往外現了那麼一下，他環視了一周在場的人，那樣子，就好像準備好了要吃人似的。

鬍子爺說：「這個飯哪個說不吃？有酒有肉，不吃是個苕貨。走，我老東西帶頭。」他邊說，邊笑哈哈地過來牽我的手。

看著他笑彌勒的樣子，我恨安順福的心便也淡了。偏廈裡碗筷碰磕的聲音已傳了過來。這是我大喜的日子，有人就是想要我不快活，我要是不吃這頓飯，豈不是正好遂了那些人的心願！

我不會這麼苕的。

我在祠堂裡的檀木椅子上坐了三天，第四天夜裡，我突然聽到「拖鷄」鳥的叫聲。這不祥的鳥，遠遠地發出一「拖」一「鷄」的聲音，我知道，安家窪有一個人要離開這個人世了。

「拖鷄」是兩隻鳥，牠們有公雞般漂亮的尾巴，頭上斜插著三根翎毛，身子乾瘦，腹上黑羽，一隻鳥在前，一隻鳥在後，在前的一隻叫「拖」，在後的一隻應「鷄」。「拖」就是把人的魂拖走，「鷄」則是把拖來的魂，嚴嚴實實地藏起來。安家窪人叫牠鬼雀子，牠們拖的都是必死之鬼。

第二天醒來，我覺得我該去探望安順達了。

我去的時候，他正大口大口地往外吐血。安明貴抱著他，驚恐地喊著：「爹，爹，你別嚇我！」我看到他的身子猛烈地抽搐了幾下後，歪在安明貴的懷裡。他的眼緊緊地閉著。我知道他不想看我。安明貴用毛巾將他嘴角的血輕輕地擦乾淨後，把他平放回床上。很顯然他已來日無多，我明白了，那「拖鷄」鳥是為他而來的，這讓我的心變得分外沉重。

這個世道，自古及今，男人的成功，就是與官場、權力緊緊聯繫在一起的。男人失去了權力，就等於失去了生命！「成者王侯，敗者寇」，沒有緩衝的中間地帶。

安明貴客氣地把我讓到客廳裡，他在我的面前低眉順眼，像霜打的茄子，已完全無法讓人想起這個人先前是那麼霸道、驕橫、狂傲。在這種人的面前我無論如何滋生不出勝者的自豪。他越是這樣，我反而負疚感越重。

我去看了安順達後不到十天，他就撒手歸西了。我送了一副挽幛和一副輓聯。

為了這副輓聯，我足足想了一盞茶的時間。我把紙裁好了，卻不知寫什麼。握著筆，安順達的一生就在我的眼前翻騰不定，他在祠堂裡吐的那口血猛地直衝我射來，我的心揪然一疼，我知道我該寫什麼了。

千古痛 瓦子湖水怒捲千層狂瀾

一朝逝 安氏老少永銘一腔赤誠

他這一生並無明顯的劣跡。在安氏存亡的緊要關頭，他做了一個族長應做的一切，他當得起這樣的蓋定。我燃了三炷香，在他的靈前真誠地祭拜了他的亡靈。安明貴跪在地上滿臉憂戚地向我回了禮。我把他從地上抱了起來，拍了拍他的肩膀，說：「兄弟，多保重，活著的人要緊。」我說完就後悔了。這種讓人噁心的智慧，怎麼可以用在自己的丈人的亡故上!?

我趕緊逃一般地離開了他的靈堂。

安明貴在家裡停了三天喪，請旺福寺的靜遠和尚給他爹

「開路」之後，就直接把他爹入了土。

第三天圓墳的時候，我再一次去祭拜了他。

第十四章
祠堂的歌唱

1

我們正講著，二弟來說團年飯好了，要扶我過去。

我讓蘇茹把茶給我，我呷了一口，二弟把我的那件狐皮襖子已拿了出來。這是我病倒後，他給我做的。一年只有三十這天，我這麼穿它一回。蘇茹把我稀疏的幾根頭髮又用梳子理了理，那一根焦黃的辮子究竟有多麼寒磣，我已懶得去想。

「大哥，我……」

「有事就說，別說半截話。」

「我……三嫂的兒子安亥回來了！」

「啊！什麼時候的事？」我定定地看著他，就像看一個不認識的人似的。但我隨即覺得不妥，便裝著淡淡地說：「回來了好，回來了好。人在哪裡？」

「在那邊大屋裡等著呢。」

我「哦」了一聲，讓他們抬我過去。

安生等在門口，二弟清了下嗓子，他就推門進來了。他們倆把我放在那把太師椅上抬著，蘇茹和賴老婆子拿著一應物什，我們一行人便往正房的堂屋走來。一路上，雪還擁著那些坑坑窪窪，把半乾不淨的白浮在人的眼裡，每一扇門窗上都見了紅，不是對聯就是窗花。他們在盡情地享受著屬於他們的日子。

快到正屋，所有的人都迎了出來。徐妙玉和我的兩個兒子上前一步把我的椅子攥在了手裡。跟著他們身邊的還有一人，差不多十八九歲吧，眼生得很。我想，這只怕就是二弟說的，我的那個叫安亥的兒子吧。

他冷漠地站在人圈外，眼珠子直盯盯地看著我。

兩張八仙桌已經擺滿了雞鴨魚肉。那羼合在一起的味道，在鼻子裡亂撲。四碗飯擺在正中那張桌子的四方，四雙筷子擱在上面。賴老婆子在神龕前拿了三炷香，蘇茹接過來在神龕前的蠟台上燃著了，遞到我手裡。我作了三個揖，蘇茹接過去將之插在了香爐裡。我從二弟的手裡接過水酒，把它一邊往地上澆，一邊說：「安家的祖宗，今天過年，你們也來喝杯酒吧。」一澆過了，徐妙玉把幾張黃表紙點著燒了，紙灰在空中飄飛著，他們便把放在碗上的筷子拿了下來。

我坐在上首，徐妙玉陪我坐在邊上，蘇茹則站在我的背後；下首是二弟和八弟的弟弟；左手是安玉蓮的兒子和徐妙玉的兒子；右邊是二弟的兒子和我那個陌生的兒子。

我身子沒癱的時候，每年是在祠堂裡團的年。我的義弟和他們的家人以及族中的長老，總是坐四大桌，熱之鬧之。我病倒後，祠堂裡的團年便取消了，但家裡這兩桌是免不掉的。八弟不在了，他的兩個姑娘也都嫁到別處去了，每年請就只能請他的弟弟了。二弟雖在這裡，但他的家人我得致以感激，他的兒子便成了他們家的代表。這差不多已是定例。其他人的家屬都不在這裡，那就免了，這怪不得我。

另一桌是下一輩女人和她們的兒子、姑娘。

這頓飯吃得異常沉悶，我始終沒有主動說過一句話。他們向我敬酒，我就象徵性地端了端那杯水。我吃的都是蘇茹幫我揀的，真難為了這孩子。我沒吃幾口，便不想吃了，二弟趕緊把我搬到西邊的房裡，讓我躺在床上休息。

這就是我曾和那個女人共同擁有的床，再一次睡在上面。那些無法抹盡的往事，這一刻便爭先恐後地往眼前擠。

我就是從這間屋子裡，把那個叫鄧琪芝的女人趕回娘家的。搬著指頭算算，翻過年就是十三年了！那個時候，我剛剛打完三年零六個月的「擺子」，是四月初的光景，她帶著她五歲的兒子，一步一個淚眼。

十三年，她的兒子已經長成了一個男人。那冷漠的眼，與始終和我糾纏不休的那些眼睛，是如此的相似——微瞘、陰沉。這證明我的判斷沒有錯啊！

那流轉不變的一脈眼神，裡面盛滿了對我的仇恨。先前是安順達、安明貴，接著是安玉蓮和她的兒子——那也是我的兒子，我要是不把他當成我的兒子，我怎麼會把他從祠堂裡領回來？隨著他們的逐一亡去，我以為那仇恨早已消泯，可誰知，那仇恨竟然換了一種形式。現在，它已不需要絲毫的內容，只是這種存在，已足以讓我痛不欲生。

那個女人，我怎麼能夠原諒啊！

她是四十八垸送給我的禮物，她是義弟們為我精挑細選的女人——你可是要來「母儀」天下的，你怎麼可以和我的兒子通姦!?

那兩雙幾乎可以重疊的眼睛，使我想起乾爹對我的詛咒，使我想起安順達對我的詛咒。詛咒竟然應驗得如此之快麼!?

「夫禽獸無禮，故父子聚麀。」陷我於禽獸的東西，正是我在祠堂裡不想認下的那個賤種！

當鄧琪芝的兒子喊我爹的時候，他肯定得意極了。我跟我的女人上床，我有清晰的記錄。我從牢裡出來後，我打了三年零六個月的擺子，她的這個兒子那時已經五歲。我起初沒有感到有什麼不妥，直到有一天，我發現他從她的房裡出來，我才把她跟我上床的事認真地想了一遍。

想來那應該是我坐牢的前一年吧，那個時候，我似乎從沒碰過她；那個時候，徐妙玉沒有一天肯放過我的。雖然她給我生了兩個一模一樣的兒子，著實讓我驚喜了一陣，但是他們沒有敵過徐妙玉對我的吸引。我在她的雙胞胎兒子抓周的那天，上過她的床，那一次枯燥無味，我以為她坐月子坐出了毛病，就再也沒理會過她。

她怎麼就讓他的兒子今天回來了呢？她自己為什麼不回來？是因為羞愧，還是因為怨恨？按安氏戒條，通姦是要坐豬籠沉湖的，而這種不知廉恥的亂倫，罪惡那是更深一層！至今，我依然不知如何處置才是合適的。據說，下到地獄，不貞的女人是要被鋸成兩半的，可男人呢？是否地獄也拿他們毫無辦法？既然如此，我又何必再生事端。況且家醜不可外揚啊。

他回來了，那就回來吧。

想想，這一切都是我的罪過。聖人云：「養不教，父之過。」

可要說我疏於教育，我只承認安若男的兒子我沒盡到責任。別的，哪一個我不是在他們垂髫之年就讓他們進學。他們捧著聖賢之書，咿咿呀呀，比我讀的書多得多。恩茂先生的侄子說他們讀不出來。他們讀不出來，我不可能鑽到他們肚子裡去。讀不出來，我也得讓他們讀。「子孫雖愚，經書不可不讀。」這一點我是做到了的。

我做到了，他們卻沒有做到。

他和她，究竟是誰勾引了誰？

雖然我說過我不再追究這個問題，但是，我卻阻止不了這個問題倔強地爬上心頭。現在想起，我的心仍是隱隱而疼。算了算了，誰做的孽誰自己得報應，我只得再次安慰自己。那個東西，不是被人把那根騷根都給割下來了嗎？這就夠了，我還要怎的？或許，他真是我的兒子也不是沒有可能；就算不是，我又怎麼跟人說呢？這個啞巴虧，就這麼吃定了吧。

2

「爺爺，過年好。」

那些跟我不太相干的小傢伙們，這時一擁而入，在我的面前跪了一大排。蘇茹聞聲進來，笑著把預先封好的銀子分派到他們手裡。得了銀子的紛紛站了起來，他們中間有幾個傢伙比蘇茹還要高出一個頭呢。這讓我吃了一驚，什麼時候，他們就已長成了如此這般？時間真的太過神奇了。

拿到銀子後，他們便一哄而散了。我猜不出他們手裡的銀子最後會轉換成什麼，正這麼想著，「大人」們也進來了。八弟的弟弟和二弟的兒子向我說了「多謝」走了，屋子裡剩下了該剩下的。

二弟把我扶著坐了起來。安午、安戌跪到我的面前給我請安。新來的兒子一見，也跟著跪了下來。往年這個時候，徐妙玉總是要說幾句恭維我的話的，比如，「新年萬事如意，身體康復」之類的；今天，她的嘴角不經意地翕動了一下，卻沒有發出一丁點聲音出來。

他們給我磕了頭，站起來，要是往常，我就會說：好了，你們回去吧，我也累了。於是，他們就裝模作樣地跟在我的後面，看著安生和二弟把我抬到那個小院的門口，便會說，爹，我們走了。然後走得如同鳥獸一般。但今天這句話會什麼時候從我的嘴裡滾出來，我不知道。我的眼光散漫地從他們臉上掃過，在剛剛加入這個團體的那個兒子臉上，我多打了個盹。我看到原先的兩個兒子，臉上的表情都有些走形。徐妙玉的兒子一雙眼不時向他的母親掃過去，他的母親卻入定般地看著自己的棉襖前襟上的一朵碎花。他看了好幾眼，都得不到回應，他的舌頭便伸出來把他肥厚的上下嘴唇舔了一舔。安玉蓮的兒子一雙眼則選中了自己剛磕頭的那個蒲團，死死地盯著它不動。而那個新來的兒子則望著二弟，他的目光把二弟掃得東倒西歪，使得二弟不得不從他的椅子上站了起來。

「大哥——」

我抬起頭，木然地看了他一眼。

「三嫂跟我說了，讓亥兒先回來看大哥。三嫂說，過了年她就回來看你！」

「哦。」

「爹，孩兒不孝，沒能時刻侍奉在您的跟前，孩兒跟您告罪了！」

鄧琪芝的兒子再一次跪到我的面前。他的頭在一躬一起之間，我看見他眼眶裡蓄滿了淚水，我的心軟軟地跳動起來了。

是我的兒子也好，是我兒子的兒子也好，畢竟他是我女人的兒子，這就夠了。殺人不過頭點地，我究竟要怎地才肯甘休呢？我將他們母子倆趕回去已經快十三年了，十三年，她所得的懲罰夠了。回來吧，都回來吧。

「今年十幾了？」

「回爹的話，今年十八了。」

「都讀些什麼書？」

「發蒙讀的是舊書，讀了三年，後來一直在新學堂讀書。年底畢業特來看望爹！」

「新學堂你們那裡也有？」

「回爹的話，兒先前在沙市讀了四年，後考到武昌讀了三年。」

「哦。你在沙市四年？沙市。」我喃喃地念叨起這個名字來。「他們——」我探詢地問。

「爹，三叔、六叔、七叔、九叔他們的孩子也蠻想念您的，都說要來看您，又怕您不見他們，所以，所以沒來。這次兒從武昌回來時，還到他們那兒去坐了會。他們得知我要來看您，特地讓我代他們問候您呢。」說著，他從身邊掏出一個包袱來，「爹，您看，這是三叔的兒子給您的鼻煙壺；這是六叔的兒子給您買的一方端硯；這是七叔的兒子給您買的一方古玉，這是九叔的女婿在廟裡給您求的一串佛珠。」

那四樣東西我瞄了一眼，心中不由歎了一口氣。想我那些客死他鄉的義弟們啊，他們的後代竟沒有一個願意回到他們父母生養的土地，這讓我真的很生氣。雖說是樹大分椏，人大分家，不是還有句話叫做「葉落歸根」嗎？父母祖宗的墳墓都在這裡，作為人子，怎麼能不回來祭祖？祭祖就是認宗。一個連祖宗都不認的人，還會牽掛我這樣一個毫不相干的癟子，我是無論如何也不會相信的！這四樣東西，現在於我沒有絲毫作用，我犯不著讓這些人惦記了。

「東西我不要，你還是帶回去吧，跟他們說，心意我領了。我的交情是跟他們父親的交情。我們說過，不求同年同月同日生，但求同年同月同日死。他們的父親死了，我們還活著，這是虧欠了他們的父親，我們只有到閻王那裡了這筆賬了，跟他們沒有什麼相干。他們不必記掛我，我也不想看到他們。」我說這話的時候，心情很沉重。鄧琪芝的兒子嘴動了一下，沒有做聲，他尷尬地收回了那四樣東西。我看到我的另外兩個兒子臉上同時一喜，可我的話還沒說完。「這些年，想來你們母子倆也沒吃什麼大苦。我這心裡也就安了些。你在新學堂裡都學了些什麼，說給大夥聽聽。」

「是，爹。主要的課程有代數學、格物、幾何、譯書、航海測算、地理、生理課等。」

「什麼叫做代數學？」

「比方說吧，瓦子湖裡有魚十萬條，每天打一千條，但是從外湖裡還要進來八百條，再加上休湖期，還有長大的魚，然後算瓦子湖裡的魚可供我們打多少年。」

「這不就是算術！我當是真的什麼新名堂。譯書就是講鬼佬的話是不是？」

「是，爹。」

「二弟，你還記得那年在沙市，那些鬼佬嘰哩哇哩的話不？」

「記得。那些狗東西也太欺負人了，我一想就氣！」

「你說幾句鬼佬的話讓我們聽聽。」

「爹，愛拉夫有。為細油爾─顧得黑襖死！」

「是這個腔調，這是些什麼鬼話？」

「爹，我說的是──我愛你，祝您身體健康！」

「哦，鬼佬的話裡也有這些東西？是了，他們家人之間肯定也是蠻和睦的，這些話自然是會有的。只是『非我族類，其心必異』。我看他們在沙市差不多沒做一件好事。」

「是，爹。英國人最近在沙市建了好幾所學校，還有教堂，最讓人感動的是育嬰堂，收留了好多遺棄的孩子呢。」

「不是說把這些孩子的心肝五臟挖出來製藥麼！」好幾年前在沙市聽說鬼佬在山東就是這麼幹的。徐妙玉聽到這裡，先前低著的頭忽地抬了起來，那肥厚的眼皮吃力地扯上去緊緊地盯著我看。吃驚的還有她的兒子和二弟，她的兒子張開的嘴，一時半會，只怕是合不上了，真擔心他的涎水流出來。只有安玉蓮的兒子沉得住氣，那雙眼依舊盯著那只蒲團發呆。

「爹，這是謠傳。您是知道的，那些孤苦無依的棄兒，在先前，除了極個別的被人收養外，大多不是凍死、病死，就是被野狗吃了，就像死隻螞蟻似的。死隻貓，還得掛在樹上；死隻狗，還曉得埋個墳。可那些棄兒，真的可憐，有的死了好幾天，都沒人收屍。現在人家外國人一管，是是非非就鋪天蓋地來了，您說這奇怪不奇怪？」

「二弟啊，我累了。」奇怪也好，不奇怪也好，總之聽他這麼說，我覺得心裡堵。

二弟趕緊站了起來，向門外探出他的頭，安生便進來了。

「爺爺慢走。」

「爺爺慢走。」

在這一片送客聲中，我被弄到了外面。

外面一如先前，太陽在薄陰的雲裡，偶爾有耀眼的光芒灑到地上那些殘剩的舊雪上，小刀子的風，即使不用力刮，人臉上也有被劃傷的疼。鞭炮在我的身後炸響了，鞭炮聲裡夾雜著孩子們搶奪的聲音。

「回來了就不走了。等我死了，你也好盡一回孝。」我在椅子上自顧自地說，也懶得管該聽的人是不是會聽到。

「是，爹。您老會長命百歲的。」

「百歲太久了。你要曉得，你活的這個世界與你學的那些東西差得很遠。那些東西，也不過是一些疇人之事、技藝之末，當不得飯吃的。孔孟之理、堯舜之道，這才是一個人安身立命的根基。雖說國門已開，新政已立，可是民智未開。世界大同，我是看不到了，只怕你也看不到，恐怕連你的兒子也看不到。這是我近來悟出來的。我華夏一族自堯舜開國、孔孟立學以來，幾千年的文脈人氣，想丟是丟不掉的。老祖宗選擇的東西，是最能活人養命的，只要有一分力量，就會有人死保不放，這個你要牢記。眼前的事，我們做眼前的打算。」

「謹遵爹的教誨。中學為體，西學為用。學校裡也是這樣強調的！」

哼哼，我心裡竟不住冷笑了兩聲。那個時候，我就跟八弟說過，有些東西，既然無法改變，你就得適應──別人吃肉，但你只能吃米！今天，我再次把我所悟的東西說出來，我就盡到了一個父親的責任，至於今後的路怎麼走，我兩眼一閉，想管閻王也不會同意。我不是一個保守的人，我從來不怕「始作俑者，其無後乎」的惡咒。我有十二個兒子，這天下第一惡咒，奈何不了我！二十四史上，想著改變的人，有幾個是成功了的？

「江山易改，本性難移。」「狗改不了吃屎！」

文雅也好，粗俗也好，總是說改變的艱難。

3

今年的團年飯算是自我癱倒在床後最熱鬧的一回了。回來後，他們忙忙地給我洗了澡，從裡到外給我換了身新衣服。我說新衣服穿著硌人，沒有舊衣服穿著舒服。蘇茹不高興了，說：

「老爺，過年都穿新衣服的，這才叫辭舊迎新呢！」

「好好。辭舊迎新。辭舊迎新。」

「老祖宗傳下來的東西肯定是有道理的。您這一身新衣服一穿，這身上的病也就辭了幾分去了呢。」

「那敢情好，那就真不敢動老祖宗傳下來的東西了！」

聽我這麼一說，蘇茹倒不好意思起來，背過身偷著笑了。笑過了，她轉過身俯到我的耳邊說：「哪兒不舒服，我幫你揉揉。」說著臉騰地紅了。

「現在哪裡都舒服了，你也去洗澡，也換身新衣服辭舊迎新，櫃子別再壓了！」

「老爺笑我？」她的小嘴巴撅了起來。

「沒有啊。看你那小嘴，都可以掛酒瓶子了。」

她一聽，嘴往裡一收，兩顆玉片般的小門牙咬住了朱紅的下唇。「那我去了！」那裹在錦緞裡的腰身分明地扭了一下，人便消失在屏風背後。

蘇茹剛走，二弟便來了。這個時候是他例行巡查的時間。

他一進來，就去伺弄火盆。要是尋常人家，這時便會架起早先挖好、曬過六月的大樹兜，發一盆大火。俗話說：三十的火，十五的燈。三十的火那是越旺越好，一直要燒到第二天不熄，來年就會紅紅火火。火燒起來了，然後再擺上米籽糖、糍粑、炸花生、麻花、散子和從城裡買回來的花花綠綠的糕點——雞蛋糕、雲片糕、麻占、桃酥……一家人圍著火，守著歲，有吃有笑，直到出行！

我屋裡的炭火過了冬至就沒有熄過，二弟這時把幾截大的木炭架了上去，綠盎盎的火苗跟鐵匠鋪裡的爐眼差不多了。

「坐。是哪個讓他回來的？」見到他我有些迫不及待地問。

「大哥，他們母子倆走的時候，你說過，過了十八歲再說。安亥冬月二十八的生，今年正好十八。」

我記起來了。那天，鄧琪芝抱著我的雙腿哭得死去活來，最後我是說了這麼一句的。十八歲再說，再說什麼呢？再說他是我兒子和他娘通姦養的雜種麼？

我承認我不檢點，我和安玉蓮第三次上床，曾被他的大兒子看到過。那個時候，她的第二個兒子已經七歲。那一天，我的心情很好，我從沙市的魚行回來，在湖邊的小沙窪上遇到了她的二兒子——他也正玩著堆房子的遊戲，我不由想起了自己的童年。他脆生生地喊了我一聲「爹」，我頓生憐憫。回屋後，唐清妹身子不舒服。我從她的屋裡出來，路過安玉蓮的房間時，心底驀然湧出一種衝動，想進去看看她在這間我曾經住過屋子裡，每天都在幹些什麼。我推門進去，房間裡很暗，她坐在窗台前的一個花繃子前，想是在繡著什麼東西吧。但我看到的卻是她驚慌的眼神，她的手停在半空裡，看清了是我，便埋下頭去。

我走到她的面前，她垂著的臉上，眼淚已淌成了兩條小河。她繡著的是一件枕頭套子，那上面的一對戲水鴛鴦，正交頸耳語呢。我的心顫顫地一抖，忽地覺得自己虧欠她實在太多了！手便情不自禁地撫上了她的臉頰，一躬身將她抱了起來，到門邊，用腳把門勾著闔上了，然後把她放到床上，輕輕地脫光了她的衣服。

我在她身上汗流浹背的時候，她的大兒子推門進來了，那一年他已過了十歲吧？我和他母親赤條條地絞在一起的樣子，讓他驚慌失措。比他更慌的是我和安玉蓮，我們慌亂地把可憐的幾件衣衫拉過來，蓋到自己的身上。

「出去！」我憤怒地吼道。

他站在門口一動不動，我抓起一個枕頭砸過去。蘆花枕頭差點砸中了他，他往後退了一步，又站住了。我不得不再一次大吼一聲，他這才慢慢地從門口消失了。我匆匆地穿上我的衣服便走。

我一直懷疑，這一次的經歷對於他是一種傷害。即使他後來有了自己的女人，他可能也無法原諒我對他母親的占有。這其實是他報復我的真正原因。他得逞了！真的得逞了麼？

這實在是個讓人頭疼的問題。

「你跟他們說，這幾天我想清靜點，誰也不要過來煩我！」我讓二弟吩咐下去。

徐妙玉還沒來，她遲早會來的。還有那個兒子。

我不想見，我誰也不想見。

4

可到了初三裡，徐妙玉還是來了。

她一進門就說：「原來你一直在等你這個兒子，難怪你對我這個樣子。你不同意，你就明說，你為什麼要給一柄長把子傘讓我撇著？你為什麼要折磨我？你既然把她們母子倆趕走了，你為什麼又讓她們回來啊？」

你們知道，我從來沒有想過要折磨她；我也從來沒有想過等誰。這幾天裡，我所遭受的折磨絕不比她小。

「你究竟為什麼要把她們母子倆趕回去？你一直都瞞著我，今天，你能不能告訴我？」

「我什麼時候說過趕她們了的？我只是說讓她們先回娘家住一段時間，等兒子過了十八歲再說。安亥是冬月二十八的生，這不剛好過了十八歲。」事情既已如此，我更不可能告訴她真正的原因！我敷衍她說：「我的雙胞胎兒子就那麼糊裡糊塗不見了，你難道不曉得？一個做母親的，連自己的兩個兒子都看不住，我要她做什麼？」

面對我的回答，她訥訥地說：「我也是這麼想的。」

「你這麼想就對了。」

她望著我，突然說：「我也不想跟你打啞謎了，你跟我說個落落實實的話，你把族長的位置究竟傳不傳給我的兒子？」

看著她那憂急交加的樣子，我忽地想要一要她，便說：「假如你是我，你會怎麼做呢？你倒是幫我出個主意。」

她毫不猶豫地說：「我就選我最心愛的兒子。皇帝選太子哪個不是選自己心愛的兒子，這歷朝歷代都是這麼過下來的！」

她說得沒錯，我是太過優柔寡斷了。不過，我要告訴她，我已經沒有了心愛的兒子。

「我曉得，只有那個姓唐的兒子才是你的心愛。」

我沒有回答她。我想，要是唐清妹還在，她是無論如何不會像面前這個女人一樣的。她可從來沒有向我伸過一回手啊！見我不理她，她兀自喋喋不休地說著。

「……難道你還能把這個族長帶過去傳給她的兒子不成？念在我們母子跟你這麼多年的份上，你的心就不能為我軟一回！」

我的心為她無數次地悸動過！我要怎麼跟她說呢？怎麼跟她說她才明白呢？我其實已經跟她說過無數回了，但她每次都以為我在故意為難她。

我敢肯定地說，族長給她的兒子，對於她絕非一件好事，她其實比我更清楚她的兒子是個什麼東西。我是真的愛她，才替她如此打算。就憑她們母子倆坐在祠堂裡，我敢說，不出五年，他們娘母子絕對身首異處；如果我找到一個合適的人選，至少終其一生，她還能落個平安入土。可是，這樣的道理，我是沒法向她說清的，她也是無論如何不可能悟透的。

想想吧，且不說族內的那些大大小小的破事，只說七十二垸這個堤還修不修？如何修下去？如果修不下去，又如何交待？就她兒子這個德性，連一個小小的學館都修出了人命，他又怎麼面對那一道百里長的巍巍大堤？

這一切都是我造的孽，如若一個平庸的父親，誰敢苛責一個平庸的兒子，偏是我出盡了風頭。

我其實樂得讓我的女人開心，我死後，管它下雨還是起風。沒有人能保得了萬世不敗。但一個將死之人，明明看出了她的悲劇，又怎麼忍心讓她上場呢！

「你沒得良心，你沒得良心。」見我一言不發，她嚶嚶地哭了起來。

「大過年的，你哭喪啊？要哭，等我死了再哭不遲。」這種胡攪蠻纏，讓人心煩意亂，我可沒有心事陪她玩這種遊戲。「蘇茹，送客。」

「你不消這麼絕情的！」

她走的時候，那耷拉著的眼皮狠狠地提了上去，她把這句話丟給了我。這個不知死活的女人，那話裡包裹的威脅可惡之至。我倒是要看看她能玩出什麼「八」字來。

5

憤懣中的我早已習慣了蘇茹的安撫。她坐在我的身邊，就是一劑安神清心的膏藥。我的氣總算喘得平和了，這時，鄧琪芝和他的兒子進來了。

第一眼我竟沒有認出她來，那種矜持帶著天生的富貴氣，我怎麼也沒有想到，這就是那個十二年前抱著我的腿子一把鼻涕一把淚的小女人。千挑萬選出來的女人，到底與眾不同。

「你還好吧？」她開口向我問候了，我才從遲疑中回過神來。

「啊，啊。」我不知怎麼回答她，忽地想起什麼似地說：「你坐。」忙叫蘇茹上茶。

她用手攬了一下身下的棉旗袍，看了一眼蘇茹。眼神空茫一片，似乎盛不下一丁點東西。她在我的床面前坐下來了，她看著我的臉，那神情竟像是看一個孩子似的，我從她的眼裡看出了母親的溫厚。

「你受苦了。」她緩緩地說著。天啦，這應該是我對她說的一句話，她卻對我說了。「生老病死，人生大苦，不過，也是修行的開始。」她說著雙手合十，但這個動作卻沒有完成，手在中途轉向了她的兒子，她把她兒子的手攥到了自己手裡。「這是你的兒子。你說過，十八歲過了再回來。你知道，他的生日是冬月二十八的。今天，我把他就交給你了。」

她牽著他兒子的手，人便從座位上站了起來，她把我放在被子外面的手拿到手上，然後，我的手和我兒子的手便疊在了一起。我感到我兒子的手冰涼冰涼的。他看著我，眼裡有一絲彆扭。

這時，蘇茹端著茶盤過來了。

「您喝茶吧。」

她回過頭，望著蘇茹點點頭，然後她轉過臉對我說：「謝謝你，我把你的兒子交給了你，我的任務就完成了。」有一絲笑浮出她的嘴角。「我走了！」說完，她放開我們的兩隻手，轉過身堅定地向門外走去。

「媽——」

她的兒子趕上她，把她拉住了。她把她兒子的手從自己身上拿開，我看見她的胸脯劇烈地起伏了兩下，她說：「這是你該在的地方，這不是媽該在的地方！」

「不，這是我們自己的家，誰也沒有權力趕我們走！如果媽不留下來，那我也不留！」

「胡說，你是怎麼答應媽的？」

她威嚴地逼視著自己的兒子。她的兒子在她的逼視下，一時間呆住了。她的雙腳堅定地往外再次邁去。

「小琪，是我錯了，留下來吧！」她的身子在我這聲輕喚裡閃爍了一下。「亥兒，把你姆媽拉進來，我有話要跟她說。」

她再次站到我的面前，矜持的臉上正淌著兩顆瑩亮的淚珠。她兒子知趣地退了出去；蘇茹上了茶後，也縮到後面的屋子裡去了。我欠了欠身，想伸手幫她擦去臉上的淚珠，身子只是微微地晃了兩下，人便歪在一邊，喘起了粗氣。她趕緊把我扶正，我重新坐好後，在她離床時，我的手拉住了她的衣服。「坐我身邊，別離開了！」她遲疑了一下，身子坐在床邊，但看得出來，她的全身關節依舊結著寒冰。

她真的是那麼美啊，你看她的額頭，竟然跟剛選美時見我一樣，還是那麼細膩光滑；她的眼睛——哦，我看出來了，這麼多年，她所有的秘密都藏在這眼睛裡，那曾經滋潤的一湖碧水，這時早已見底，我看見了水底的雜草。她的眼裡隱隱地佈滿了血絲，可以想見，她的心萌生出了要來見我這一想法後，只怕就沒有一刻的停歇。昨天的夜晚一定是一個不眠的夜晚。

「你是幾時回來的？」

「早上。」

她的身子沒有一絲變動，那聲音卻爬進了我的耳朵。

我想把她的手捉進我的手裡，我知道這樣做起來，動作會很大，會顯得誇張；在一個已有快十三年沒在一起的女人面前，我覺得有些難為情。何況她是如此冷漠。她從進來到現在，她沒有喊我一聲！

是人都看得出，她的心裡塞滿了怨恨。這怨我嗎？恩茂先生說過無數次的那句話，「夫禽獸無禮，故父子聚麀」……算了，再不想這些了。禽也好，獸也好，假如真的必須如此，難道還能重新來過一次不成？

「你為什麼要趕我們母子走？」

她抬起頭，目光直直地射向我昏聵的雙眼。天啦，她還好意思問！我怎麼說？我說得出口麼！

我那昏聵的兩眼不得不睜大一些，她迎著我的眼光毫不退縮。那是一個把什麼都看透了的人才會有的神情。這個時候，只怕連死都不能奈何她了。我不得不重新睄上我的雙眼，我的身體已沒有足夠的力量來支撐這種尊嚴。我長長地歎了一口氣。

「你真的不清楚自己做了什麼？」

「我想了快要十三年了，我始終想不明白。我識字不多，《女兒經》還是讀得下來的。我做姑娘時沒有什麼出格的；我做人妻後，也是恪守婦道的。從我一進安氏家門，你對我就沒正眼看過幾回。我這一生，唯一的錯就是參加那場選美。這就是命啊！」

是的，我承認，從第一天起，對於她我就沒有什麼熱情。她是三百多人裡選出來的花魁，她天生就是母儀天下的，可我要的不是那種。他們不知，她當然更不知。怪只怪四十八垸的那些人和我的義弟，究竟是誰想出的這個餿主意呢？現在已是無法問個清楚明白了。糊塗賬就這麼糊塗了吧。

但是，她不依。

她說她從一踏進這個家門，侍候公婆，敬奉丈夫，善待下人，只要一有空，不是績麻就是織布……她沒有說謊，雖然公婆沒要她侍候，其他的她倒真的差不多都是做過的。

「恩斷義絕，你總得讓我死個明白吧!?」她決絕地望著我。

「不要說了，真的不要說了，算我求你。」

「出妻七條，你說我究竟犯了哪一條？」

「我說了不要說了！」我的聲音大了一些，說完便有些氣喘，忍不住咳嗽起來。些微的力量在我的身上都是稀缺的，我用不起牠們。

她愣了一下，遲疑著說：「你要不要喝口水？」

我閉上眼靜了靜自己的心，然後睜開眼說：「沒事，我只是感到累。」我癱在床上，雖說唐清妹的死是最重要的原因，她跟那個小畜生的事，難道就沒有一點責任？她還敢問，可我卻無論如何也說不出口！她口口聲聲說我出妻，我哪裡說過，我只是要她先回去住一段時間，等她的兒子長到十八歲了再回來。現在不是回來了嗎？回來了就算了，回來了一天的烏雲就散了。可她偏要死死地咬住這塊臭肉不放，我算是服了她了。

「喝口茶吧！」她端起蘇茹給她上的茶，將我的頭攬入她的懷裡，把碗湊到我的嘴邊。我的心蕩了一下，這才是我的女人啊！我張開嘴喝了她餵我的茶水，我脈脈地望著她，再也說不出話來。

「看什麼看，不就是一個你瞧不起的賤女人！」她的臉重新起了水霧，像瓦子湖風浪來時的水面。

「別說了，是我不好！」

「七出之條，一是不順父母，二是無子，三是淫蕩，四是嫉妒，五是惡疾，六是兩舌，七是偷竊。」她喃喃自語道：「你的父母自我過來，終年不見人影，沒法侍奉，應該不是我的過錯。無子跟我不相干，我一生為你生了三個兒子。嫉妒說起來，我不能說我心裡沒有一點，可在人前人後，我沒擺過一回臉子，沒給過一回顏色，按說也算不上。惡疾沒有。擺弄是非，也不是我姓鄧的為人。我們鄧家人，手腳從來乾乾淨淨，偷竊也是絕難挨上的。七出之中，只有淫蕩，是我不知的！是不是我主動出來讓人挑選，你先就瞧不起了？你認為我這麼做，便是不守婦道了？要是這樣，也不是我的錯，是他們說要感你的恩，各家各戶遊說，跟我父母涎水都不知說乾了多少回，我父母才答應的；父母答應了，媒婆又拿著你的畫像跟我說了三天，我才答應。他們要我們出來供你們選，我們來了，你們卻瞧不起我，這天下沒有這個理吧?!」

看來這個問題今天是無法迴避了。「你跟安丑是怎麼回事？」我終於把埋在心底的塊壘吐了出來——你要，那我就給你！

「安丑是誰？」她茫然地望著我。

「安玉蓮的大兒子！」

「哦。啊！你懷疑我跟他——」她的臉一下漲得通紅，氣粗重地喘了起來。「安可喜——老爺——」她的聲音由激憤轉而哀吟，「你竟然懷疑我跟你的兒子，無恥，你無恥！」淚從她的眼裡洶湧而出，好好的一張臉，一下成了一堆亂泥。「為什麼啊？你今天要是不說，我到死也不會明白的。你，你是怎麼想到這一層的？你說，你說！」

她是做戲嗎？如果是做戲，哪倒是小看她了，她做得多麼逼真啊。可是，她有這個膽嗎？俗話說，做賊心虛。她為何沒有心虛？這麼說，真的是冤枉了她麼？我可是明明看見那個東西從她的屋裡出來的啊！

「那一次，……」天窗既已打開，何不說個清楚明白。可是後面的話，我實在說不出口。

「哪一次？」她愣了一下。

「……」我的血氣有些翻湧。她問我哪一次，難道她偷人的時候，會讓我知道麼？會讓我站在她們面前看著麼？

「我想起了。」她突然變得異常鎮靜，那彌漫於臉面的泥水，這時已經風乾。「那個時候，他不止一次去過我的房間。」

「哦。」我的心再一次疼了起來，這麼多年糾纏於我的痛苦，這個女人就這麼輕易地將它撕開了。這個臭婊子，她居然還有臉說，她居然還敢在我的面前擺出一副與己無關的架式。別以為我現在這個樣子，是人就可以到我的頭上拉屎拉尿。如果是這樣，哪可別怪我翻臉無情了！

「你知道他每次到我的房間去幹什麼嗎？」

「我倒是想聽聽。」我冷冷地說。

「你應該還記得，自從你不怎麼待見我之後，我就開始學著織布。是你派人從沙市給我賣的一台織布機回來的。」

這我記得。因為徐妙玉的緣故，我得讓她有點事幹。

「我每次織布的時候，你的那些兒子就在一邊瞧著熱鬧。有一天，織布機壞了，我不知如何辦才好，你的兒子們就動手這兒戳一下，那兒搗一下，結果越弄越壞。最後，安玉蓮的大兒子說，你們別弄了，讓我來。大家不信，他搗騰了半天，也沒弄好。大家沒了興趣，便各自散了。我也就回了自己的房。記得，我當時正坐在窗前想著心事，他突然跑進來跟我說，機子弄好了。我過去一看，真的，我又可以織布了。就是這樣，你的兒子，成了我織布的修理員！你的其他兒子，你的其他女人都知道。沒想到，就是這樣一件事，你竟然，竟然……」淚水再一次從天窗裡灑落下來，這一次她捂住了自己的臉，哭得整個身子都在顫動。我沒有勸她，只是艱難地抬起我的手，撫上了她的肩頭。我的手在她的肌膚上感受到了她內心劇烈地震盪！我的心一則欣喜，一則歉疚。這麼一個女人，從她當年想著嫁我的熱情，從她今天攬我入懷的溫存，這應是一個真正的賢妻良母啊，當初的千挑萬選真是沒有走眼，我竟是辜負了她！

這時，再細看她的眉眼，那一雙哀怨的眸子，不也是有那麼一點內凹麼！我的心一下釋然。

「我要立你的兒子為族長！」我的手在她肩上加了把勁，然後宣佈了我的決定。她抬起她的臉，用手巾擦去了滿臉的淚水，定定地望著我，說：「你錯了！」

什麼？這可是有人做夢也想得到的承諾啊！

「十三年來，我想了又想，思了又思，就是沒想到你心裡裝著的是這麼一回事。今天，你讓我有兩個啟發：一是，人無論心底有多麼善良，並不見得都能得到善報；二是，這個世道實在難以捉摸。我已沒想再在這個俗世裡生活，我這次來，只是把你的兒子交給你。從今天起，他的一切由你做主，你不用再考慮你曾虧欠我之類的事。你說這話，擺明是安慰我，等你清醒後，你就會後悔的。」

我的心一驚，手從她的肩頭掉下來，砸在了胸口，差點讓我沒回過氣來。

這個女人，我已完全陌生了。這是怎樣的十三年，她竟把一個懵懂的女人變成了一個睿智的哲人！屈辱與艱辛，帶給人的實在太可怕了。

「小琪，對不起，這十三年，讓你受苦了。」

「我不要你說對不起，做事的男人永遠是對的。我恨也只能恨我自己的命苦。」

「留下來吧，我需要你！」

「罷了，靜月庵的靜玄太師已答應給我剃度。」

「不，這個苦不該你受！」

「你呀，我留下來真的對你有用麼？」

這倒是個問題，但是管它呢。「你留下來吧，你留下來，我的病說不定就好了！」

她搖了搖頭。「你不需要我，你真的不需要我。我可以告訴你，自從我那兩個兒子不見了，我的心就差不多死了！」她忽地激動起來。「師太說得對，所受皆是苦。我才脫一苦，難道要再陷一苦？」

她的那兩個兒子，留給我的真是一個難解的謎啊。

6

這是一個讓人一想頭就疼的問題，她的那兩個兒子來得讓人有些措手不及。她剛進門，唐清妹就走了，那個時候，因為羞愧，我在她的身上沒有愛，只有發洩。發洩完了，我便沉溺於我的「琴棋書畫」之中，後來就有了徐妙玉……似乎是一眨眼，她就有了兩個兒子在她的胸前。

她的這兩個兒了，按順序他們應該排在第八位和第九位。我前面的三個女人，她們都會生兒子，可是沒有一個人給我生出雙胞胎來。按說，對於雙胞胎兒子，我會另眼相加，我也的確想做到這點，可是他們母子仨遇到了徐妙玉。那個時候，我被徐妙玉迷得三魂五倒，等我從徐妙玉的懷裡爬起來，他們已長到了進學堂的年齡。

兩個傢伙看到我如同看到一個陌生的怪物，我讓他們喊我，費了我十兩銀子。我先逮了一個，用五兩銀子讓他喊了我，一轉身，他就不再喊我，我生氣極了；但他們告訴我，這是另一位少爺。我不得不再用五兩銀子賄賂他。他們和我熟了，倒也討我喜歡，他們唯一的把戲就是讓我把他們分出大小，我使出渾身的解數，自以為記住了他們倆的不同，可是他們躲進房裡，不知怎麼做了一下手腳再站到我的面前，我就一塌糊塗。

在我「打擺子」的時候，他們已經開始和一個寡婦上床。那一年，他們剛剛十五歲，比我上巴東要早出半年。據說，兩個人輪流去和那個寡婦幽會，就像跟我玩的遊戲一樣。那個寡婦還不滿二十。兩年前，他的男人——五代單傳的一根獨苗，在一個下雨天被一聲炸雷劈成一截焦炭。新婚不久即寡的一個女子，被強逼在夫家坐堂招夫，為他們重續香火。說是入贅的人選已經定了，只等三年喪期滿了就要行禮。平日裡，她大門不邁，二門不出。

他們說，五月初五端午那天，寡婦在回娘家送端陽的路上，遇上了我的兒子。

寡婦扭著她的細腰，在蘆葦、雜草、苦楝、野薔薇和荊棘編織的大路上，邁著細碎的步子。這不難想像。可我想不出鄧琪芝的兩個兒子，是怎樣把她弄上手的。難道他們十五歲就已有了男女之間的經驗不成？

他們沒有性啟蒙是不可能的，如果沒有，他們就應該在學堂裡做一些孩子氣的惡作劇，比如趁先生上茅房時，抓一隻癩蛤蟆什麼的，放進先生的茶杯裡之類；他們絕不會像發情的公狗到處嗅著母狗的騷味。他們從學堂裡逃出來，把船駕出瓦子湖，這沒有錯，因為那個和他們上床的寡婦住在潘泊湖邊。從瓦子湖到潘泊湖中間除了內泊湖之外還有燕子湖。

這究竟是什麼的牽引，我不相信這只是一種偶然。他們從瓦子湖把船駕過去，以他們的體力應該已經累得半死了。他們拖著又累又餓的身子爬上岸來，恰好看到寡婦。情況難道是這樣？

可是光有這些遠遠不夠，這些不能把他們和她聯繫起來。

原諒我想像的貧乏，我真的無法想像我的兩個兒子是怎樣把一個寡婦勾上手的。我只能想，在我的兒子坐在湖邊的堤埂上發呆的時候，寡婦從湖邊的小路上婷婷嫋嫋地走進了他們的視線。他們便一下想起了曾經有過的經驗，或者說曾經渴望實踐的渴求。而這時，寡婦恰好小解，那豐滿的臀和曲折的夭嬌便撞疼了兩個童男的情欲。

我只能這麼想。他不像我和徐妙玉，徐妙玉一絲不掛地召喚著我，而我又有豐富得不能再豐富的經驗。難道他們也是如此？那個寡婦也是用一絲不掛的身子呼喚了他們？

我不相信。

他們說，可能是躺在路上裝病。這倒也有可能。

大凡經受重大變故後，人都會變得脆弱。二十不到就已守寡兩年，積德行善便會成為當務之急。當一個呻吟的病人出現在荒無人煙之處，她第一念便會想到菩薩的考驗。有此一想，她就一定會停下來，停下來她能做的只能是將他的頭抱進懷裡！若真如此，她溫柔的胸部便一定要貼上我兒子的臉……我兒子到了這時候，他會怎麼做呢？他傻呆呆地枕在她的乳房上，任情欲蓬蓬勃勃地燃燒，任她呼喚，一聲不吭？這不大可能。可事實是他上了她的身！那麼，他一定是要把她抱住的，抱住了是直接用嘴把她的嘴蓋住，還是別的動作？我無法知道。我的另一個兒子在一邊又做了些什麼？他們又是怎樣在蘆葦叢裡輪流地和這個寡婦行完了苟且之事，而寡婦一無所知的？或者說心甘情願的？後來他們又是怎樣玩起了三個人的遊戲的？

我只能用兩個字來形容他們——作孽。荒淫的遊戲維持了半年，在初冬的一個夜晚，他們在寡婦的床上被人逮了個正著，被人打了個半死。他們在家裡半個月沒法出門，半個月之後，他們把寡婦夫家的房子一把火燒成了灰燼，他們從此再也沒有回來……

關於他們的生死有多種多樣的說法，有的說他們當時被人活捉打死了，有的說他們放了火之後帶著寡婦逃走了。我願意相信他們帶著那個寡婦逃走了，可是這麼多年，不可能不見他們的。安氏家族在瓦子湖一帶雖說不上呼風喚雨，但賠一幢房子的能力還是足夠的。這說明他們多半已不在這個世上了。

我的眼裡始終一頭霧水，他們告訴我時，我正在湖心島上，打著我的「擺子」，半死不活的。但我一聽說，仍是即刻派人四處尋找。半年之後，他們的行蹤才有了上面那些朦朧的說法。

7

正是因為她的兩個兒子的死，我才發現她的第三個兒子來得有些蹊蹺，在她極度的悲傷中，我將她逐出了家門！

沒想到，我竟是錯了。這一傷害實在太大，放在任何人的身上，都是無法原諒的！我真的希望她能留下來。可是，我還能給她什麼呢？

「小琪，我真心地向你道歉。現在我說什麼都已經沒用，我也活不了幾天，你想留下來，是最好不過，我會給你應該得到的一切；你不想留下來，我也不為難你，我送你所需的開銷……」

我實在說不下去。

她忽地抓住我的手貼到她的臉上，我的手便在她的臉上輕輕地摩莎起來，那溫婉的臉龐，有多少年沒有人滋潤了啊！

「老爺，」她把我的手從她的臉上拿下來，望著我柔聲地喊了一聲。「我這一生並不後悔！」她俯身在我的手心裡親了一下，抬起頭，說：「我這一生都會記得你的。我放不下的只是亥兒，我走後，望你善待他。我不求他富貴，只求他這一生平安！」說完，她放開我的手，站了起來。「我要去我該去的地方了。」說著對我嫣然一笑，那笑裡分明含著無盡的淒涼。

我伸出我顫抖的手，無望地伸向她，嘴嚅動了一下，心裡再一次喊著她的名字，卻沒有發出聲來。淚艱澀地從我乾枯的眼裡擠了出來，蒙住了我的視線。

這個女人，這個被我冷落，被我冤枉的女人，就這樣走了。

我以為這一生，對於女人，我只是虧欠了唐清妹，原來，我真正虧欠的卻是這個女人！卻是這個真正愛我的女人！我的臉頰上還有她剛才攬我入懷留下的餘香——我的血分明在這一刻熱了一分，要是她一直在我的身邊，說不定我早就好了。徐妙玉什麼時候如此對待過我，可我一直把她當寶貝一樣留在身邊。雖然我越來越厭惡了她，可是，我卻從沒萌生過將她趕走的想法。七出之條裡，她不只占了嫉妒，我想，她應該還占了兩舌這一條，可是她卻有恃無恐地每天要脅著我！

人跟人的區別如此之大，這一次卻是我作的孽。

是的，她給我留下的那個兒子，我要用族長之位來補償於他！

做出這一決定，一種少有的輕快爬進我的心間。我拉動了床頭的那根繩子，蘇茹三步並著兩步趕了進來。

「來，我再給你講故事吧！」

那小女子像一隻乖巧的貓咪，縮在了我的身邊。

第十五章

半部《論語》

1

我怎麼也沒想到，關於三大爺到祠堂裡來的時間，會成為一個問題。

他們說，圓墳的那天就應該搭著一起，把他的靈位在祠堂裡安起來。

既然這樣，為什麼沒有一個人事先告訴我？

「我們以為族長曉得的。」

「我又不是神仙，憑什麼就該什麼都曉得？」我粗聲惡氣地說。

「再怎麼說他也是前任族長，人還是不錯的。族長給他寫的輓聯，不也是說『安氏老少永銘一腔赤誠』？我們是怕這樣一來，他的兒子有想法。」

這個錯，應該歸到安順福的頭上。別人豈不是想，他們爺兒父子在家不定怎麼個高興法呢，看來，多半是高興得忘乎所以了。可是，只有你們知道，安順福的臉上，從一開始就沒有一絲的喜色。在家裡，他連屁也沒放一個。

這可憐的人，我得救一救他。

我便從上次吃飯說起，我相信他們會想起那天的安順福的，這樣，他們也就會重新看待這一問題了。是啊，大家都需要緩衝的時間，好在重陽節也隔得不遠，我想等重陽節時，把族裡的老人請到祠堂裡好好聚一聚，順便把三大爺的靈位給安了。我裝著無事似的，「你們順便也跟明貴哥說一聲，讓他也好準備準備。」

這一天，我特別想和安順福談一談。回到家裡，家裡的幾個女人都說沒有看到他。我到田裡找到安生，他要我到三大爺的墳上去看看。

聽到這話，我的心一梗。我趕到三大爺的墓地，果然看到他坐在三大爺的墳前，一副十足的「孝子」樣，心裡頓生反感。我遠遠地看了他一眼，轉身就走。背後驀地傳來一聲喑啞的啼叫。我回過頭，只見那孤淒的瘞地裡，烏鴉的墨翅染黑了他的整個身影，厭惡中便生出可憐來。

重陽節到了，在一片念經打蘸聲中，安順達在祠堂裡終於占有了早該屬於他的那塊巴掌大的地方。

雖然一切順利，但我還是覺得這個族長有點難做，就跟新過門的小媳婦差不多——上有兩重公婆，下有多位姑子、小叔，都睜著眼，看你如何操持這個家務呢。

依我的想法，就是把三大爺的爹手裡的四大長老和他手裡的四大長老聚到一起，商量出一個治理安氏的方略，然後，我帶領我的八個義弟和全族青壯老少，按照治理方略去做就行了。

這其實是重陽節，我把大家召集起來吃飯的目的。可是，飯吃了，酒喝了，品著茶時，他們說，從來就沒這麼搞過。再說，安氏現在好好的，還要怎麼治理？當族長就是有了事處理事；沒事，自己生生地弄出個什麼事來，那是瞎胡鬧。

這對於我的雄心壯志是個沉重的打擊。恩茂先生說的「修齊治平」為何在安家窪就行不通呢？若如此，那又何來「大同世界」、「小康社會」呢？我實在有些不甘心，我說常聽各位前輩講，我們安氏一族可是從甘肅一帶遷到這裡的，如果沒有籌畫，這麼大的一次遷徙怎麼完成得了？俗話說：人無遠慮，必有近憂。安氏現在五年四澇，如何便可高枕而臥？先前李家垸一戰，我堂堂安氏竟一觸即潰，何也？我看，平時毫無準備應是最大的原因。我只要提到李家垸一戰，所有的人就都無話可說，安明貴更是將他的臉埋進了茶碗。我趁機說：「我們還是組織一個護族隊吧，這個護族隊就由我的幾個義弟來具體負責。」

義弟們有事可做，也算了了我的一樁心事。如果他們不能隨便出入祠堂，那我在祠堂裡就是個孤家寡人；我可不想成天看那些老傢伙的臉色，我得有人圍著我說話。哪一任族長，圍在他身邊的不都是跟他年齡相差不多的幾個人，我為什麼就要幾個老頭子圍在我的周圍成天指東指西？那樣，我還不如不做這個族長呢。

連著幾天，祠堂裡熱鬧得不行，因為義弟們開始選人建護族隊了。我讓四弟、五弟隨我在祠堂裡，其他六人一人帶五個人，六六三十六，天罡之數，我笑著說。可二弟不幹，他囁囁嚅嚅地又說起他的那個夢來。我們都笑了。五弟說：「二哥既然有夢，那我就去帶護族隊了。二哥，你到時別反悔啊！」五弟的話讓大家笑得更加放肆，二弟憨憨的一張臉，漲得黑紅一片。三兩天人就招齊了，看著他們一個個擒龍拿虎的樣子，我也興奮得不行。這支人馬一拉出去，哪個會是我們的對手！一高興，我就動了重修族譜的想法。這件事情，我想我得交給安明貴。他是我們這一輩裡，唯一進過學的童生呢。

我親自去請了我的這位大舅哥，他沒有怎麼說話，只是說聽族長安排就是了。這倒出乎我的意料之外。

第二天，安明貴挑選的三個人跟他同時到了祠堂，把那些積滿灰塵的舊簿子翻出來，墨香和紙香便在滿屋子飄蕩的塵埃中彌漫開來。

一連數日，我都是抱著「我的兒」去的。

義弟們帶著護族隊在大沙窪上下操，搞得湖邊上黃沙滾滾。「我的兒」坐在我的肩膀上看得笑嘻嘻的。

「二叔、四叔，你們怎麼不下操？」他奶聲奶氣地問我邊上的兩個人。二弟不知如何回答，只是苕一樣地笑著摸他的屁股；四弟一聽，樂了，說：「他們沒練好，所以天天都要練；我跟你二叔，早說練好了，所以就不練了！」

這傢伙不說實話，我覺得對「我的兒」沒有好處，我糾正他說：「你四叔他說瞎話，逗你玩的。我們家族大，每個人可不能都做一樣的事，祠堂裡還有人在寫字，這叫分工不同呢。」說到這裡，我便說：「走，我們到祠堂裡看他們寫字去。」

我們和安明貴他們打了招呼後，他們便埋頭做他們的事去了，氣氛有點沉悶。我本想把他們寫的東西拿過來給「我的兒」看，這時，便覺得沒了意思。

那把現在輪到我坐了的檀木椅子，上面蒙著的紅綢子還沒有撤下來。我一見，想都沒想，就把「我的兒」放了上去。

「我的兒，你長大了，爹就把這個位置讓給你坐！」

我說這話的時候，安明貴就在旁邊，我不由看了他一眼。安明貴的眼正看過來，四束光便碰在一起，他的臉一紅，趕緊低下了頭。

我得說，我真的不是故意刺激他。只因我太愛「我的兒」了，他粉嘟嘟的一團肉，在我的手裡見風就長。只要聽到他充滿奶香的嘴喊我一聲「爹」，我就什麼也忘了。我把他抱到祠堂裡，我能不讓他坐到那把椅子上嗎？他坐在紅綢子上就跟年畫裡的善財童子一模一樣。我要是掏得出我的心來，這時，我也會掏出來給他的，何況是一個族長。

「爹，抱我！」「我的兒」並沒有對裹著紅綢的檀木椅子產生興趣。

「乖，坐好，讓爹好好看看。」

他哭了。

我趕緊從檀木椅子上把他抱下來。我的心裡，對於他沒有顯出應有的氣派而隱隱有些失望。

回家的路上，我突然感到胸口一陣陣地發慌。把「我的兒」交給唐清妹後，我覺得睏得不行。一躺下來，我就看到了我的乾爹。我已經很久沒有和我的乾爹在一起說話兒了。

「乾爹！」我驚喜地喊了他。

「我該走了。」他說了這麼一句，就真的走了。我追著他的背影不停地喊著：「乾爹，乾爹，乾爹——」

我把自己從夢中喊了回來，醒過來的我，趕緊去枕頭底下摸——我的乾爹，渾身冰涼。我的心一驚，這一夜，我再也沒睡好。

第二天，我獨自去了旺福寺，我要將我的乾爹暫時送到旺福寺安頓下來。是的，我有了女人，有了兒子，這人世間的濁氣把他也燻得夠了！

靜遠和尚說，我的乾爹是尊未來佛。我讓人在一個檀木盒子裡修了一個精緻的神龕，然後把他安放在上面，在盒子外面，我為他開了一扇小巧的窗子。這就跟他的家一樣，打開，我就可以看到他；關上，他就可以休息了。

每逢初一十五，我便去給他上香。

每次上完香，我都會默默地在心裡發誓：總有一天，我要正式修一座廟，為他塑一尊高大的金身！

2

我照例是每天要到祠堂裡去。祠堂裡熱火朝天，護族隊的喊聲把原本低垂的冬雲都嚇得不知躲到哪裡去了。修族譜卻遇到了麻煩，資料的收集沒有人做。那些從已經破損的舊簿子裡發出來的枝枝椏椏，誰也無法準確地說出他們現在伸到了哪裡的天空。

這天吃飯的時候，四五十人鬧鬧嚷嚷中，安明貴跟我說了這件事。我說，這好辦，眼前不是現成的人，哪裡搞不清楚，只管說出來，我馬上就讓人去問。

我們正吃得熱之鬧之，有人進來告訴我，八大長老來了。我一驚，放下碗筷就迎了出去。

可不是，安順福這一發年輕些的，一人攙著一位年老的，正搖搖晃晃地望祠堂走來。我讓所有的人都別吃了，護族列隊迎接。

一陣叮哩咣哩之後，護族隊按六小隊整整齊齊地站在了祠堂門前。這時，八大長老也到了祠堂門口。我滿臉堆笑地迎上前去攙住了走在最前面的鬍子爺。安明貴跟在我的身後也攙住了瞇子爺。我的二弟和四弟，想攙扶另外兩位，卻被他們推開了。二弟和四弟尷尬得兩隻手都不曉得怎麼放了。我不由看了安順福一眼，他臉上毫無表情，他在頭裡，帶著長老們直接進了祠堂。

祠堂裡一片狼藉，桌上吃剩的飯菜，擺放無序的碗筷，濺落在桌上的湯汁、飯粒；地上魚刺、骨頭，以及吐的涎痰，真要稱得上是烏煙瘴氣。

「看看，看看，這成什麼樣子，好好的祠堂弄得跟牛馬場似的，罪過啊！這祖宗可怎麼安生？」我沒想到竟是安順福第一個開口。其他人一聽，都跟著嗟歎起來。

「爹，你什麼意思？」我臉一沉，說：「有什麼就說出來，我不喜歡聽這些打啞謎子的話。」

「怎麼這麼跟自己的爹說話呢？」跳手爺責備了我一句。

「這是祠堂，不是家裡。祠堂是說事的地方，不是擺資格的地方。」我自認沒有做錯什麼，我才不想受這不明不白的屌氣呢。

「是的，我忘了，你現在是族長！」安順福陰陽怪氣地說，「不過，我倒想問一問你，族長的職責是什麼？」

這倒是個稀奇！從我預備當族長起，他這算是第二次跟我提「族長」這兩個字了。他攢了如此之久，不會就是為了今天來出我的洋相吧！如此一想，我冷著臉，陰陰地問道：「你的意思顯然是我沒盡到族長之責了，那我倒要問問你，我究竟做錯了什麼？在你看來，族長究竟應該怎麼做才合你的心意？」

「你不知道是吧，那我今天就告訴你。」他顯然也是惱了。「我什麼都不想說你，我們這一輩人也就算了，你看看站在你面前的這四位老祖宗，這年齡加起來，都過了三百歲，他們來看你，連個坐的位置都沒有，你這個族長還當得蠻有趣？子不教，父之過。哦，你以為你當了族長，這天下連規矩都跟著你姓了？你開你的死洋葷。你以為別人會罵你？別人罵的是我這張老臉！」

我不禁想起四歲那年的除夕，內心沒來由地一陣惶惑。

「好啦，好啦。看你們父子倆，為祠堂的事怎麼就吵起來了。」鬍子爺是疼我的，我知道。他看著我說：「走，我們到後廳裡坐會兒。」

我木然地看了一眼安順福，他也正看向我。這時背後一暗，站在安順福邊上的幾個人，如臨大敵似地往他的身子後縮了縮。我不由回過頭一看，我的八個義弟已站到了我的身後。

「你，你們不要亂來啊！這裡是祠堂，你們想造反不成？」躲在安順福身後的一個人，哆嗦著嚷了起來。

我哈哈一笑，「造反！我的義弟要造反會等到今天麼？李家垸一戰後，我們什麼不都是一個『忍』字？造反，哼，想造反的只怕另外有人吧！」

「你，你你你……」

「鬍子爺，我們上後廳去坐吧。」我才懶得跟這些人扯什麼野棉花。

後廳裡供的靈位都蒙滿了灰，只有三大爺的那塊牌子閃著黑漆漆的亮光，那上面的金字正熠熠生輝著。

我的義弟們沒有跟進來，他們的身影在前廳的過道裡晃來晃去，安明貴卻跟著進了後廳。我挨著鬍子爺老一撥的四個人，坐在了左邊；安明貴挨著安順福年輕一撥的四個人，坐在了右邊。兩邊五比五，涇渭分明。

「爹，今天看來是有天要塌下來的事了，要不，你在屋裡就跟我說了，是吧？要不，你也不會把鬍子爺他們四老請了來，是吧？這臘月臘事的，有話你就說，不把我蒙在鼓裡！」我搶先開了口。

我看見安順福的嘴動了動，卻見鬍子爺抬手擋了一下，安順福便沒能開得了腔。鬍子爺的手放下來時，把我的手抓到他的手裡，另一手跟著過來，不停地在我的手背上摸了起來。

「可喜啊，可喜，我們幾個老不死的——不說我們了，在座的哪一個都是看著你長大的啊！」鬍子爺把我說得不好意思起來。「我活了八十三歲，就看到你這麼個娃兒心裡歡喜。你爹他也是好意，他覺得每天四五十個人在祠堂裡吃吃喝喝，是座金山也要塌的；你當然也是好意，李家垸一戰，教訓是用多少錢也買不來的，這護族隊不能說沒有必要。你爹他不是為個人，是為安氏家族；你也不是為個人，更是為安氏家族。這个是家事，所以，你爹不想在家裡跟你說。你爹的意思，是把這個護族隊取消了。李家垸一戰，雖說我們損失慘重，好在有你出來了，挽救了危局，這四鄉八鄰一時間，也不會有誰還敢來冒犯我們。但無事防備有事總是沒錯，依我看，這個護族隊既搞起來了，就不要散了，一個月集中兩次，練練胳膊腿腳就行了，一旦有事，也不至於忙人無計。可喜啊，就這樣，你說好不好！」

鬍子爺太厲害了，他這麼一說，我還能說得了半個不字麼？

這之後，我的義弟們有了個新名稱——八大金剛，成了廟裡的人物。

過了三天，眼看已是臘月十五了。幾個傢伙忽地跟我說，他們要娶媳婦了。

「嘿嘿，今年可有老婆過年了！」九弟尤其興奮，兩隻手不是捅這個的腰，就是掐那個的胳膊。「大哥，你曉不曉得，我們定好了的，等你一當上族長，我們就一起結婚！」

「這麼巧，人家姑娘都排隊等著你們？」我跟他們打起趣來。

「大哥，你還別說，現在我們哥幾個可是成了香餑餑了！」老七說這話時，一臉得意。

「哪個跟你們說的媒？」我問。

「嘿嘿，就是大哥的媒人毛鳳喜。」五弟憨憨地說。這傢伙從進來就一直笑著呢，那雙環眼，也變得細長可愛了。

我也為他們高興，這群少不更事的毛頭小夥們，現在總算要成家，要當大人了！我說：「那就在祠堂裡一起舉行婚禮如何？」

「好啊，我們也是這樣想的，有福同享，有難同當，可不能白說！大哥，我們還要請你當證婚人呢！」六弟說。

「會不會有人不同意，大哥？二哥、三哥、六弟、七弟、八弟、九弟可不姓安啦！」

四弟這個擔心多餘了，除了安順福敢說兩句之外，相信其他人還沒有這個膽。再說了，我這就去請四老，只要他們出面，看誰還敢放半個屁！

四老果然二話沒有，還答應到時出來當主婚人呢。鬍子爺說，幾個小傢伙要算是安氏的救命恩人了，入祠堂立長生牌位供起來都不過分，莫說是在祠堂舉行婚禮了！

事情就這樣定了，到了臘月十八，八乘花轎把祠堂門前的場子擠得滿滿的；十六位新人花團錦簇，就跟十六朵不同名兒的鮮花一般，一下全開在了安氏祠堂裡；八套鑼鼓家藝算是沒把我的腦殼敲破；那鞭放的，連瓦子湖的浪都忘記往沙灘上爬了。

我敢說，安氏有史以來，從沒這般熱鬧過！

禮成之後，十六位新人給四老、我以及各自的家長、來賓敬茶，那就真像蝴蝶似地在人叢裡飛來飛去；看熱鬧的，在祠堂內外，圍成了黑壓壓的螞蟻。

敬了一圈，他們問我，大嫂怎麼沒來？兄弟的媳婦不拜大嫂，這成什麼體統？

我本來是要帶唐清妹來的，她不喜歡人多，又正來「好事」，我就沒強迫她來。他們說既然大嫂身子不舒服，那我們這就去家裡問安去。這可讓我犯了難——安玉蓮剛回來那會兒，曾經跟唐清妹爭過大房，是我一力壓下去的，這一去，豈不又要刺激她！

「算了，算了，明天到我家吃飯，算是認親吧，今天事情多著呢。現在大家既已禮成，當先各自回自己的家，該祭祖的祭祖，該招待親朋好友的招待親朋好友！吹鼓手，把家藝都敲起來，新郎接新娘回家！」

鑼鼓家藝一響，鞭炮便跟著響了起來，義弟們也沒法跟我鬧了，趕緊引著各自的新娘子上各自的轎子去了！

第二天，我在家備了三桌酒席，把四老和現任幾位長老也請了過來，我們這兩桌在前廳裡，她們那一桌在天井裡。唐清妹和安玉蓮都出來陪了她們，大家心照不宣，一切就這麼稀裡糊塗地過去了。

好在年關將近，祠堂裡祭祖、做會、趕壇忙得不亦樂乎，我差不多每天都在祠堂裡忙進忙出。年一翻過來，我就一門心思地盼著龍日，想好好地顯擺一番。他們卻說今年「祭水神」，只需做幾道表，燒幾炷香和幾籮筐「善施①」就行了。他們說，祠堂的老規矩，得為老族長守三年孝。這讓我很是失望。

3

正月十四，義弟們跑來告訴我，他們請了一台戲班子，打算連著唱三天的大戲，我當了族長，他們新娶了媳婦，今年要好好樂一樂。我說不好吧，在老族長的喪期之內呢。三弟說，這是他們哥幾個自己出錢請的，跟祠堂沒關係；再說了，他們又不姓安，安氏祠堂裡的規矩對他們不能算是規矩的。

我一聽也覺得有些道理。再說了，這大過年，要是沒點動靜，會把人憋出病來的。

天還沒黑，義弟們就過來接人了，說戲台子就搭在三弟的家門口。我讓唐清妹去看戲，她不想去。怎麼能不去呢，我豈不知道我的義弟們，他們哪裡是想讓我開心，根本就是要討唐清妹的歡心。唐清妹曾說，她們那裡過年，又是唱又是跳，只怕一個月都消停不下來。這已是她到這裡過的第四個年了，這幾年，年年都是死氣沉沉的，她的心情就沒好過。

① 紙錢之類東西的統稱。

我把家裡的女人都喊到了天井裡，讓她們一起去看戲，唐清妹再沒有話說，這一隊浩浩蕩蕩的隊伍就開到了三弟的家門口。那邊早已把最好的位置預備好了，瓜子、茶食擺得滿滿的。

母親、大娘、安若男和她的兒子安子一桌，唐清妹、「我的兒」、劉媽媽、小翠一桌，安玉蓮和她的兒子一桌。義弟們的母親、媳婦和姐妹們也都過來了，和我們家的女人見了禮之後，也湊了兩桌。四周各自搬著板凳椅子的人已經擠得滿滿的。兩隻夜壺做的戲燈，掛在台上兩邊的柱子上，讓人浮想聯翩。

第一天唱的是《珍珠塔》。戲一開場，我們就溜了。六弟說，家裡早就準備好了，去喝夜酒。等酒喝完了，戲差不多就散了，來接人正好。

看戲回去的路上，唐清妹顯得興致很高；這也難怪，她那山裡，哪裡有這種戲，這要算是她的頭一遭了。

第二天唱的是《站花牆》，這天是在七弟的家裡喝酒。第三天要唱《四下河南》，我不想喝酒了，九弟急得鼻涕眼淚一大把。看著我最小的一個義弟，我哪裡還推脫得了。

就在我們滿口酒氣，步履踉蹌地往戲場裡趕時，三弟的堂弟從月影裡飛奔而來，他氣喘吁吁地告訴我，「我的兒」不見了。

我的酒一下就醒了，心裡重重地喊了聲：「完了！」一種長久壓在心裡的預感猛地爆裂開來，我的心刀絞地一疼。從他第一次喊我「爹」起，我就感到他要出事，他果然出了事！

「快給我找！」那尖利的聲音，像一塊瓷片子刮在另一塊瓷片子上。我顧不得身邊的這群人，也顧不得什麼路上有水還是有溝，拔腿就往前奔。

唐清妹一見我，兩腿一彎跪在我的面前。

「我的兒子，我要我的兒子！」

我一把將她抱住，安慰她說，我就是把瓦子湖翻過來，也要幫她找到她的兒子！

可我沒有找到「我的兒」。

「我的兒」彷彿從來不存在似的，我絕望地給了劉老婆子一記耳光，她嚇得躲到屋外的那棵香椿樹下，跪伏在地上，像一灘蹲在路中的烏黑的牛屎。

那天晚上，負責「我的兒」的是小翠。她們說，前兩天都好好的，第三天，「我的兒」看到一半睡著了，唐清妹怕他受涼，想回家去，劉媽媽說，她姨甥正好在這裡，她去讓他來陪小翠回去。她的姨甥是十五里來看她和小翠的，見正唱戲，就留了下來，當時正跟安生在一起。安生也說陪他們倆回去，大家便勸唐清妹留下來繼續看戲。可是安生說，走到半路，他們倆堅決不讓他送，他就回來了。那麼，小翠和他的表哥呢？

二弟和三弟、五弟，帶著十幾名護族隊員，押著劉老婆子，直撲她的娘家，終於把小翠和她的姨甥逮了回來，這兩個狗男女說，當時，他們走到一個稻場裡，見稻場裡有個守夜人搭的稻草洞，兩個人把「我的兒」放在洞門口，便鑽進稻草洞裡去了，等這兩個不知廉恥的東西從草洞裡爬出來，哪裡還有「我的兒」！

「我的兒」他究竟怎麼了，難道他飛了？難道他被狗獾子叨走了？

我手中的竹條雨點般地落在了這兩個狗男女的身上。我要把他們抽死，不打死他們，我心中的惡氣找誰去出？還有那個老東西，身為長輩，她難道不知道一個是她哥哥的女兒，一個是她妹妹的兒子？她如此安排，不就是安排他們通姦!?還有安生，這個東西大我八歲，他竟看不出這兩個狗男女被情欲燒焦了的心麼？要不是他說也陪著送「我的兒」回去，我的女人她會放心麼？他難道不該打麼？我只要「我的兒」啊！

驚慌、憤怒、惶惑過去之後，我想沒有人會恨我恨到要吃我的肉，寢我的皮的地步，如有，只有一個人，這個人就是安明貴。

我想起他來的時候，他從他的住處消失了，我們在茫茫的湖上守候了一夜，第二天他從漫天的大霧裡浮了出來，一點也不顯得慌張，神態安祥。難道不是他？

就在我驚疑之間，他派人給我送來了一封信。

我的老天，果然是這個雜種。他把「我的兒」綁到了湖裡。

他在那封信上說，心愛之物為人所奪的痛楚，他體驗得比我早，比我深，但我終究品嚐到了，「很好！」我讀到了他的得意，我可以想像他在囚著「我的兒」的船上，一邊看著「我的兒」哀哀地哭著，一邊研著墨在宣紙上寫下這兩個字的神情。他一邊剔著燈花，一邊用筆管把「我的兒」的下巴挑起來，「我的兒」連一點反抗都沒有。

他說：「我並不想傷害你，從我輸給你的那一刻起。可是你一而再、再而三地羞辱於我。按祠堂的規矩，圓墳就該把我爹請進祠堂，你沒有，我原諒你；你在祠堂裡當著我的面，向我示威似地故意把你的兒子放到族長的椅子上，這是往我的傷口上撒鹽，我原諒你；你的義弟們，這些並不是安氏家族的人，在我父親的靈位前，披紅掛綠，拜堂成親，我仍原諒你！可是，我父親——那也是你的岳父啊，他屍骨未寒，你不僅大年三十沒有到他的墳上去給他點燈②，十五未過，你竟請來戲班子，終日縱酒尋歡，置族規於無物！我知道你勢力大，又有四老寵著你，但我得告訴你，每個人都必須為他自己的所作所為付出該付的代價。

「在你痛定思痛之後，你可能會醒悟，奪人之物只有歸還才是最好的方式。你還我所失，我還你所失，我們兩不相欠！」

我看完了信，愣了。義弟們要衝過去把安明貴碎屍萬段；而我清楚，「我的兒」柔弱的生命在他的手裡如同一隻螞蟻，他有足夠的資本和我交易。

我只能答應他，別無選擇！

我把那塊墨玉拿出來準備給安明貴送過去的時候，義弟們跪在地上哭了。他們要請族中四老。我知道，這場遊戲裡沒有四老的角色。

交接的儀式非常簡單，我在安氏祠堂裡，沒有他爹把這塊墨玉交到我的手裡時的悲戚，我有的只是焦慮，我恨不得墨玉從

②當地有給亡人臘月三十點燈的習俗。尤其是新亡人，必須連點三年；親人則不得外出，必須等過了正月十五方可出門。

我的手裡交到他的手裡，「我的兒」就到了我的手裡。可實際的程序並不是這樣。安明貴得到了墨玉後，他跪在地上久久不願起來，我知道他在向他爹報喜。我不得不催促他趕緊「交貨」。他慢慢地站起身，緩緩地坐到他夢寐以求的檀木椅子上。

當真實確鑿無二地一次再一次地得到驗證後，他抬起頭，定定地看了我一眼。他看夠了，朱唇輕啟，悠悠而道：「你把我的東西還給了我，我絕對會把你的東西還給你。」

義弟們像關在籠子裡的一匹匹狼；但我不能發作，我只有等。

這個過程是漫長的，漫長得超過了我第一次去巴東的距離。在這段距離中，把我從土牢裡救出來並把我送上檀木椅子的四個老頭，還沒進祠堂門就喊著我罵開了。

「安可喜，你個混賬東西，一族之長你說送人就送人，你把祖宗放沒放眼裡？」

我不想聽，我的心裡沒有一點空間還能盛下「我的兒」以外的東西。我想把祖宗放眼裡，可是，誰來救我的兒子？

「安明貴，你的爹要是泉下有知，他絕饒不了你！」

我的淚在這一刻，灌滿了眼眶。在一片迷濛中，我聽到一個又一個聲音。

「我安明貴坐到這把椅子上，只是坐到了我應坐的位置上！」

「放屁！」

讓他們放屁去吧，我只要我的兒子。

「我的兒」在他們的唇槍舌戰中被人抱了進來，我一把搶過來將他緊緊地捂在懷裡，我的淚便滴落到他驚恐的臉上。我抱著「我的兒」從圍觀的人中走了。

「我的兒」回來後便發起了燒，渾身炭火一般，他曾比天壁還要清澈的雙眼黯淡了。二十天後，「我的兒」在他母親的懷裡，渾身抽搐，大睜著他的小眼，死了。

「我的兒」死了！

他兩歲還差四十五天死了！

我在瓦子湖邊的桃樹林裡，在我和他母親相親相愛的那塊地皮上，給他挖了一個墓穴。我願意用「墓穴」這個詞，其實，我只是在樹林裡簡單地挖了一個坑。他們安慰我，說他是個化身子，前生跟我和唐清妹有段緣未了，今生他是來了緣的；緣了了，他就走了。

我相信，真的，我相信。人若無緣，對面不識；人若有緣，千里咫尺。何況我們還成就父子一場。但我只問一句，安明貴在這之中他算什麼？

安明貴在他的熱被窩裡被我的義弟們用麻繩捆成了一團肉粽，那塊墨玉揣在他的懷裡溫潤而滑爽。我把它在手心裡反覆地掂了又掂，最後，把它放到「我的兒」的手裡，然後向那個薄薄的小棺木上灑下了第一鍬土。

安明貴再沒有活下去的理由。這不是我的意思，這是義弟們的意思，也是族中四老的意思。我讓他自己選擇，他選擇了沉湖。

他在他的腿上自己綁了一塊足有五十斤重的毛石，他跪在大沙窪上，磕了三個頭說：「爹，我盡力了！」然後爬起來，抱著那塊毛石走進了湖裡。

那對通姦的男女，在那個老女人的攙扶下，拖著傷痕累累的身子，第二天，走了。第三天，安生也走了。

4

家裡一下死寂一片，唯一活躍的是安玉蓮。她像不知道她哥哥被我沉了湖似的，一改往常紮在房裡的習慣，時不時就到天井裡擺了花繃子繡起花來。

這惡毒的女人，她這是生生地撕著唐清妹流血的心啊！

「我的兒」在唐清妹的懷裡嚥氣的那一刻，要不是我緊緊地把她抱在懷裡，她只怕跟著她的兒子就去了！她在那抔黃土上，雙手扒得鮮血淋漓。她說，哪怕是幾根白骨，她也要！她說，她的心被他帶走了，她的魂也被他帶走了。她說她的兒子，沒有得罪任何人，他那麼小，他還沒滿兩歲，他知道什麼？「你們大人的事，你們自己解決，你們為什麼要扯我的兒子啊？」

塵土和著她的鮮血飛滿天空。

有一次，我把她從墳頭抱起來時，我已看到了「我的兒」那口薄皮棺材！就是在這樣的日子裡，她的第二個兒子在她的腹中開始了艱難地生長。她渾然不覺，當劇烈的妊娠反應來臨時，連我也以為是她傷心過度——曾經蒙著處子光澤的臉，一天黃萎一天，顴骨在臉上凸成了黃土彌漫的土堆，那對百看不厭的小酒窩乾涸後，長滿野草。當胎兒在她的腹中不安地躁動起來，她才知道在這個不該生育的日子裡，她的另一個兒子來了。

她不哭了，不再去湖邊了。

但她只要看到我，就淚如雨下。我把她攬入懷裡，就像攬著一根石柱。而這根石柱，輕輕一擰，就能積成一窪淚波漣漣的池塘。

我不得不避開她。這樣下去，她會毀了她自己，同時毀了她腹中的孩子的。我雖然知道，卻無計可施。她的第二個兒子是命定的虛弱。他在繈褓裡，比一隻初生的狗崽大不了多少，骨頭到處凸著，好像皮已包不住了似的，用手輕輕一摸，那些脆嫩的骨頭，就在指肚下滾過去滾過來。他的哭聲聽起來像一隻饑餓的貓在叫，我的這個兒子羸弱得連哭泣的力氣都沒有。而他的母親還沒有從喪子之痛裡走出來，她的身體像風中搖晃的蘆葦，根本無法對她的這個兒子進行哺乳。我給他找了一個奶媽，可他怎麼吃進去就怎麼吐出來，成天嚶嚶地哭著，發著燒，滿身通紅，如同一團火。他的鼻子沒有一天是暢通的，兩道膿涎般的鼻涕把他的上唇腐蝕出了兩道糜爛的紅溝。

我為他請觀音壋的冷先生把過脈，請旺福寺靜遠和尚念過經，請龍王洲的王道士做過法，都無效應。

我不得不去請瓦子湖邊最有名的楊仙姑姑。楊仙姑姑快五十歲的人，看上去不過三十歲的樣子，曾經救活過死了七天七夜的死人，在瓦子湖的名氣像春天的雷聲，名字便由原來的楊仙姑變成了「楊仙姑姑」。她飽滿的臉泛著神采奕奕的紅光，一雙精緻的小腳，走起路來竟有穩如磐石的感覺，讓人一看就知道是菩薩附身的人。據說，附在她的身上的是觀音菩薩的母親——「觀音老母大慈大悲菩薩」。

我跪在「觀音老母大慈大悲菩薩」「過陰」的床前，懇求她救我的兒子，她猶豫了一下，說幫我去查一查。她查了有半盞茶的工夫，咿咿呀呀地唱道：

「安姓子弟聽分明，你兒如今身已野，三魂六魄無依靠。一魂跟著哥哥耍，玩的快活又逍遙；另外兩魂土地廟，已經長了寸長的毛。六魄悠悠無處落，肉身日夜不安寧……」

是的，他從出生的那一刻起，就沒有一天的安寧。「『觀音老母大慈大悲菩薩』你一定要救我的兒一命！」我的這個兒子不能死，他的存在，對於我心愛的女人是多麼重要，一絲一毫的打擊對於她，現在都是致命的。我相信觀音菩薩的母親是慈悲的，她能生出那個世間心底最慈、最善的奇女子，她一定是一個慈愛的老人。

「唉！」在我的乞求裡，她長長地歎了一口氣，說：「晚了，我幫你再查一查吧。」她沉默了很久方才重新開口。她說過五天看吧，如果他度過了這五天，她再來，那個時候她就有七成把握；如果度不過這五天，大羅神仙也枉然。

我們遵照吩咐，準備了四大籮筐的「善施」——火紙、黃表、沙衣、冥洋、玉皇錢、金條、黃金大寶……兩籮筐「善施」燒在了院子的西南角上，騰起的焰高足有兩丈，差點燃著了那棵香椿樹；另外兩籮筐抬到了土地廟後，在土地廟裡足足燒了一炷香的時間。打發了孤魂野鬼，敬了土地菩薩，單等第二天給他喊魂了。

「叫什麼名字？」

「還來不及取呢。」

「那喊魂怎麼喊？取一個吧。」

「他們這一輩，這是第四個，子丑寅卯，那就叫『卯兒』。」我實在沒了心情。

「那趕緊做道表，司命菩薩③、家神菩薩④、土地廟、祠堂，這四處都要燒。把取的名字告訴他們，到時，他們也好幫襯些。」

我便央楊仙姑姑代為做「表」，她的副手寫得一手好「表」，押蓋⑤最靈！第二天一大早，我就去通知了我們去土地廟要經過的幾戶人家，讓他們看好自己家的狗，最好是關在家裡，別讓牠到時叫出了聲。魂是最怕狗咬的，何況這是一個只有一百多天的稚子分散的孤魂！

這一天實在是太長了，在苦苦的煎熬中，安家窪終於靜了下來，我在「觀音老母大慈大悲菩薩」凡間替身的引導下，先到院子外去喊他和他哥哥玩耍的那一魂。我懷裡揣著他的一件小衣

③ 即灶王爺。

④ 即一戶人家正廳神位上供的神。

⑤ 開光的押蓋，也是不作數的。

服，楊仙姑點著了「善施」後，在一塊小木頭上扎了七口針，丟到火裡。她的嘴裡念念有詞，我聽不懂她在說些什麼，但我卻曉得，那個用針扎的小木人就是「我的兒」！聽說被針扎住的亡魂，是永世不得翻身的。「我的兒」他以無辜之身而夭，雖說上不得天堂，也不至墮入地獄啊！他在天地間無憂無慮地遊蕩著，他看到他的弟弟，他就牽著他弟弟的手走了！這要是人世間的圖景，我會多麼欣喜；可是，我們陰陽兩隔。「我的兒」，你不會因此，而犯下不可饒恕的罪責吧？不，不要啊，我真的想從火裡把那個木頭的小人搶出來，拔去扎在他心口的七口鋼針！

「安族長，把衣服拿過來。」

我機械地把衣服遞給了她，她在火上晃了兩下，緊緊地捏成一團。「卯兒，跟著你的爹，我們回家。」她把浴著火光的衣服塞到我的懷裡。「來，跟過來。卯兒，回來沒有？」她問我。

「回來了。」我趕緊應了她一聲。

「卯兒回來沒有？」她又問。

「回來了！」

……

進了屋，我把衣服從懷裡掏出來，蓋在我的兒子的身上。我感到他的身子哆嗦了一下。接著我們到土地廟裡給他喊另外兩魂。這一次，楊仙姑提了一隻裝有石灰的桶，從土地廟出來，走一步她就把桶放到地上，從桶裡掏出石灰在地上畫上一個圓圈。她說，長了毛的魂，輕易是喊不回去的，必須用一個圈把它圈起來壓住；另外，再把外面的野鬼擋住。那些鬼壞得很，它們手裡拿著一些花花綠綠的彩帶，嘴裡還不停地細吹細打，熱鬧得很，一不留神，這在外蕩慣了的魂就又被勾去了。

「卯兒回來沒有？」

「回來了！」

……

悠長而淒涼的喊聲，那一夜讓安家窪陰風慘慘。我提著的燈籠在路上滅了三次，每次我都毛髮亂豎；楊仙姑則穩穩地盤坐在裝著石灰的木桶前，高聲地誦起「南無阿彌陀佛」來。在她的誦佛聲裡，我的心便慢慢地趨向平緩，風也就從我們的身邊漸漸散去，於是，我再一次把燈籠點燃。

在「觀音老母大慈大悲菩薩」預言的五天裡，我的兒子在最後一天走了。自他從母腹出來的那天算起，他在這個世上活了僅僅一百二十二天。

就在這天夜裡，凝在空中遲遲不肯拋灑的雪花落了下來。第二天一早，我踏著淹及小腿的積雪，在「我的兒」的旁邊，將他埋葬了！

看著新雪裡那黑白間雜的一堆新土，我的心淚流滿面。我坐到小沙窪邊，瓦子湖的浪撲到我的腳下都像是在哭泣。

我忽地想起楊仙姑投在火中的那個小木人來，「我的兒」他現在好嗎？他會不會因為那七根扎在身上的鋼針而真的墮入地獄？

不，不會的。

既然他的弟弟註定不屬於這個世界，他帶走他，那就是正確的。一個人正確地行事會受到懲罰嗎？都說人間的事不平，到了陰間一切就會還以公道，若真是這樣，那我心中倒是得到另一種安慰。

也許這樣才是最好的結局！真的，我的兩個兒子他們在另一個世界，從此再也不會寂寞了！

我坐在湖邊，滿心充溢著無助、淒苦、遺恨，先前對於「我的兒」，還可以藉著仇恨來打發自己，這時，我連怨恨的對象都沒有了。

5

一連幾日，我像一隻瞎眼的野狗，四處亂竄，那一日，我坐在祠堂涼亭的台階上，遠處驀地傳來鑼鼓響器的聲音，我愓然而驚——又一個年竟然不顧我的悲傷，就這麼不知不覺地來了！安順福到祠堂來問我，我說，你看著辦吧。他冷冷地看了我一眼，那些該忙的事就在我的身邊有條不紊地忙了起來。

我忽地覺得我是那麼的多餘。

安氏族人日出而作，日落而息。有我，他們歡喜悲愁，終日勞碌；無我，他們勞碌終日，悲愁歡喜。家裡也是一樣，劉老婆子走了，她收養的那個女兒走了，安生走了，二弟的父親和母親見天就過來幫忙，其他幾位義弟的家人也是三不三就過來找事做，屋裡的事，田裡的事，都不要我操心。

我像一具孤魂似地遊蕩在安家窪的大路小路上，但我卻不是孤獨的，我的屁股後面，總是跟著我的八個義弟。

元宵節終於也過去了，悲傷也差不多疼夠了，驚蟄那一天，我跟著安家窪的男人下了湖。

我們九個人分成三組，駕著三條船像每一個安氏子弟一樣，到了中午就在船頭把新捕的魚剖了，用小火爐煮了，然後把大碗的燒酒灌下肚去。收網上岸，則把捕到的魚或醃，或逢集去換米、換油……這樣的日子，終於讓我從喪子之痛裡漸漸走了出來。唐清妹又開始站在院外，往湖邊的路上眺望了。和從前不同的是，她看到我遠遠地過來後，就從那條路上消失了。

在這種渾渾噩噩之中，我竟是混過了一年。可新的一年開始後，我依舊不知如何是好，便也依舊上湖，依舊喝酒。

那一天，我從湖裡上來，四老把我堵在了小沙窪上。我的腳還沒踏上沙灘，鬍子爺就說：「你看你成了什麼樣子，這樣下去，安氏家族還有什麼指望？你是族長，你不是一個打魚的！」

他顫顫威威地用拐杖不停地在地上搗著。我的心一片茫然。我呆呆地看著面前慈祥的四位老人，淚如簷前的雨滴，簌簌而下。

「好了，好了，孩子也怪可憐的！」

我酸酸的鼻頭忍不住抽了一下。

「明天是端午節，我們幾個老傢伙來跟你商量，今年趕一場『吉雀子』，沖一沖晦氣，你說行不行？」

我不知道「吉雀子」是什麼。他們說趕「吉雀子」是個古老的遊戲，非常靈驗的。既然如此，那就趕吧！

第二天，我到祠堂的時候，祠堂門前，黑壓壓的人圍著一群怪頭怪腦的「東西」。他們清一色的黃布對襟短襖，繫一塊紅邊的裙子，打著藍布裹腿，腳蹬麻耳草鞋，鞋頭上綴一團黃花，手裡擎一面黃旗，黃旗下無名指和小指勾著一面銅鑼，右手舞著紅綢飄帶的鑼錘。他們躬著腰，低著頭，兩根長長的野雞毛，向前戳著，迎著人亂顫。

「族長到！」

不知是誰喊了一聲，圍觀的人豁出一道縫，向我漫流而來。我的腳剛一踏入，分開的人流便如水一樣縫合起來，將我埋入人圈。他們猛地揚起頭，右手向外一揚，「噹」的一聲鑼響，把我嚇了一跳。更讓我吃驚的是，他們揚起的臉竟沒有一張是人的五官，盡是虎、豹、豺、狼的模樣，花花綠綠的。這些花花綠綠的東西左一跳，右一跳，每一跳都會爆出「噹」的一聲響。一陣急促的響聲過後，他們腳步由橫變縱，圍著我，已轉得眼花繚亂了。我記不住他們究竟轉了多少圈，只見他們時而前行，時而後退，時而低頭，兩臂開合之際，手中的鑼便與別人的錘撞在一起。在震耳的鑼聲裡，他們頭上的野雞毛，便如一把把撣子，在我的身上拂過去，拂過來。眼一眨，隊形又變，前面兩人抬手搭成一座拱門，尾巴便從拱門裡穿了過去，向兩邊分開的樣子，如同犁開的兩道泥巴。那翻捲的泥巴竟與那道拱門勾連起來，新的圓環便再一次箍住了我。他們圍著我不停地跑著，那鑼聲就如同一串炸不完的鞭炮。忽地幾扇門同時捲了起來，似乎所有的人都在門裡門外穿進穿出，每一次進門出門都要敲鑼，而每一聲鑼，都敲在我的耳邊。在我忙亂之際，他們一下散開，分成兩隊，口裡叫著「吉——」，便矮下身去，敲著鑼衝進了祠堂。我跟在他們後面進去，只見他們圍著那把檀木椅子跳個不停，手中的鑼也跟著不停地敲。一時間，整個祠堂便浸透了銅鑼的巨響，那聲音在耳膜上，像一根根小棒撥個不停。

他們一共三十六人，指揮這支隊伍的，手持一面白色鑲黑邊的旗幟。他手上的旗挽一個花，那些人就喊一聲「吉——」。這次我看清了，他們在祠堂裡圍著那把檀木椅子正轉了六圈，又反轉了六圈，然後，從祠堂裡衝出來，一左一右，將祠堂包了起來。二弟這時拿了六百六十六文銅錢到我的跟前說，鬍子爺說了，要給賞錢的。六六大順。我便把這六百六十六文銅錢交給那個領頭人的手裡，他把鑼伸過來，接了，口裡喊了聲「吉——」，所有的人便攏到他的周圍，排成六排，一齊摘下臉上的面具，高喊：「多謝族長，族長大吉大利！」然後重新戴上面具，口裡喊著「吉——」字，挨家挨戶趕過去了。

在這個凶歲惡月裡，吉雀子飛遍了整個安氏家族。

就在他們收起了五彩的羽毛後，鬍子爺和跳手爺竟然撒手歸西，這讓我再也無法無動於衷。

我知道他們是因為我的事而耗盡了最後一滴油。

送別了他們，我想，我應該開始一種新的生活了。

6

作為一個族長，自己的族人哪家有幾畝水田、幾畝旱田，幾條船、幾張網、幾隻鷺鷥、幾個勞力、幾個孩子、幾個老人，我其實一無所知，我這個族長真的很不稱職！是到了摸家底的時候了。

安家窪並非以祠堂為中心，是米倉河挑起了安家窪。在米倉河入口的東西，聳著兩段巍峨的土坡，天然地擋住了瓦子湖。這兩段巍峨的土坡，為了對付瓦子湖水，似乎已用盡了所有的力量，從湖邊開始，便一路高高低低地向南矮下去，在四五里外，竟是低成了一眼望不到邊的荒水灘子；只有米倉河是倔強的，從瓦子湖裡爬上來，像一條蚯蚓，把這片高高低低的土坡硬生生地拱成了兩半。兩道河堤，像極了女人豐腴的長腿。安家窪的子民便枕著這兩條溫暖的長腿，成了瓦子湖邊的第一大家族。在米倉河的盡處，她滋潤出了安家窪一百三十畝良田的所在——鍋台垸子！

可是瓦子湖卻放不過安家窪，每年漲水，它就會把湖水從西邊的蘆葦灘上逼進南邊的荒水灘裡；而荒水灘更是缺德，只要有水，必是往鍋台垸子裡趕。水大，三分之二顆粒無收；水小，三分之一成為泡影。水量適中的年份，五年盼不著一年。

安家窪只有米倉河西邊的腿彎子裡的四十畝水田，不怕水澇——安家窪人給牠起的名字叫「飯兒窪」。不怕水澇，必怕天干。不說也知道，飯兒窪上水困難，要麼從米倉河裡往上踏水，要麼從西邊蘆葦灘裡踏水。總之是不易，倒是時常巴不得漲點水才好。

幾時，鍋台垸子和飯兒窪都歌河連天，那連結米倉河兩岸的那座橋，就是名實相符的「穀囤子橋」了。在這樣的年成裡，這座橋上來往往的人們，哪一個都是準備在自己家裡壘自己的穀囤子的！

可這樣的年份，實在難盼，幾乎每一年，鍋台垸子南邊的荒水灘裡的野藕、菱角、雞頭米……都是安家窪人飯桌上的主食！

便是吃不飽，安家窪人也在無限地增殖。米倉河的兩條大腿早已擠不下安家窪的子民，向東西兩面擴展，已成必然。我們家就是最西的一戶。西邊人少，在瓦子湖和荒水灘之間，除了飯兒窪，滿眼都是高低起伏的坡地，像一張疙疙瘩瘩的癩皮瘡。東邊人多，一漫的旱坡，直抵李家垸，才被一座柴山⑥隔了開來。

查田時，正逢夏季漲水，先一天剛剛量過的一塊地，一夜之間便無影無蹤。到了秋天，它又不知不覺擺在了你的面前，讓人分不清哪一塊田是曾經核查過的，哪一塊田是夏天被水淹掉了的。而冬天大雪紛飛，整個世界白茫茫一片，連天地的界限都模糊不清，哪裡還有地裡的邊界！真正核查的時間，只能插在秋天和冬天的夾縫裡，另外的一個間隙則在春天和夏天之間。

---

⑥四面環水，長滿蘆葦的水灘。

一年下來，我的心中終於有了一本清清楚楚的賬。

這一年裡，讓我感觸最深的不是那些需要救濟的人，而是那些破爛的房子。蘆葦編的牆壁，茅草蓋的屋頂，穿風漏雨。有的人家裡，沒一件像樣的傢俱，甚至連個吃飯的桌子都沒有。這也難怪，只要漲水，米倉河的兩條腿，膝蓋以下就浸在了水裡；水稍大點，就淹及了大腿。年年遭洪水，年年建房子，哪裡還有這個心思，索性隨便對付了事。

我曾經發誓，要讓他們有飯吃，有衣穿！他們住在這樣的屋子裡，那飯吃的會有什麼滋味？衣服又能穿出什麼光鮮來？

這讓我一連數日，心情沉重不已。

晚上，我發現唐清妹的肚子又鼓起來了，不由欣喜萬分。對於我的欣喜，她表現出從未有過的冷漠。她甚至連我摸一下我未來的兒子，她都不讓。她說她怕，淚就湧滿眼眶，眼一眨，它們就叮叮咚咚。

她的悲傷使我無法承載，我不得不再一次遠遠地避開她。我坐在祠堂裡望著外面明晃晃的陽光，彷彿就聽到湖水在召喚著我。我覺得我只有勞作，只有在身體極度的疲累之後，我才能面對自己，才能讓唐清妹給我以溫柔關注的眼神。

我渴望那種眼神！

7

一個宏偉的構想，便在這時從我的心裡升起——我要用我畢生的心力，拆掉安家窪所有的茅草屋；我要為安家窪每家每戶建一幢水沖不垮，水淹不爛的火磚瓦屋！

我為自己的這一想法激動不已。

安家窪除了祠堂外，住在火磚瓦屋裡的沒有幾個人。就連安順福的屋都算不上真正的火磚瓦屋，他只是北面的那道牆是真正的火磚，其他的三面牆只有牆腳是用火磚下的，上面都是用挖的土磚砌的。

可挖土磚在安家窪是不適宜的，因為只有水田才可挖磚，旱田誰有那麼大的工夫上水？水不把泥巴浸透，怎麼壓得密實？壓不密實挖起來，磚豈不一下就散了！再說了，旱田作物的根都不發達，又粗又短又少，根本固不住土；哪裡像水田，長年浸泡在水裡不說，那些稻穀的蔸子，可是又細又密又長，一蔸挨著一蔸。但這麼一挖，上面的一層肥土生生地被挖走了，下面的土三年也還不過陽來，最重要的是安家窪的地金貴得不行，一年的口中之食都指望著它，誰也不敢誤了它。再加上水田本就低窪，這一挖，又低了差不多半尺，這塊田弄不好也就廢了。

安家窪只有安順福挖得起土磚。安順福有十五畝水田，三代單傳之家，有五畝良田，便會富得流油，所以他不在乎。

聽老一輩人說，當年修祠堂的火磚，一半是從外面買的，一半是請河南的師傅燒的薄片子磚——那座土窯在「飯兒窪」邊上，現在都還是好好的。我想了再三，決定再一次請河南師傅來這裡燒磚。

師傅好請，泗場裡有好幾對河南夫婦，都曾經燒過窯，一請就到。操心的是燒磚費草。安家窪人平時燒的多半是自家田裡的稻草和旱地作物的梗子，剛剛好，要燒磚就只能上湖砍柴了。好在湖上蘆葦、茭草、刺林子多得是。可單靠我和八位義弟顯然不行，於是，我把解散的護族隊重新召集攏來。

重新集合起來的護族隊員，個個精神頭十足。這次，我讓二弟和四弟也各自召募了五個人，這樣一加起來，我手下就有了四十八人之眾。

早晨，八支隊伍帶著各自的「兵器」，往廣場上一站，一派生機勃勃的景象。

早操之後，在祠堂裡吃了早飯，我們便浩浩蕩蕩地開進湖裡。

就這樣，我們一邊操練，一邊砍柴。當從柴山和荒水灘子裡砍回的柴草堆成一個個小山似的草垛時，我的心感到從未有過的踏實，彷彿就看到了一座座火磚瓦屋，正在安家窪破敗的茅草屋基上聳了起來。就彷彿看到恩茂先生憧憬的「大同世界」，正在緩緩地朝著安家窪走來。這個時候，再看著操練的安氏子弟，我突然萌生出讓他們讀書的想法。

試著設想一下吧，在五年四澇的安家窪，突然聳起不怕水淹水漬的一幢幢火磚瓦屋，在這些屋子裡進進出出的都是滿腹經綸的青年才俊，一個個斯斯文文，進退如儀，那該是多麼生動的一幅圖畫！

我和恩茂先生商定開辦一座晚上讀書的夜班，除了護族隊這四十八人外，我要讓每家每戶至少有一人的心智是讓聖人的教化感化過的。恩茂先生沒有猶豫，滿口答應，他只是說人不宜太多，試情況分期分批效果要好一些。我同意先生的話，於是把這四十八人分成兩批：一批是二弟、三弟、四弟、五弟和他們的手下，一批是六弟、七弟、八弟、九弟和他們的手下。這兩批結束後，再收各家各戶的。

夜學堂設在祠堂裡，開課的第一天，我去了。四十八人也都參加了這個開學典禮。看著四十八個大老爺們，擠在二十四張從各自家裡搬來的高高低低、歪歪扭扭的桌子旁，我不禁有些惶惑，這是讀書的料嗎？恩茂先生說古人七十而學，未為晚也，「朝聞道，夕死可矣。」恩茂先生的激情深深地感染著我，我對他們一下充滿了信心。

恩茂先生給他們開的第一門課是《三字經》。我入學門，恩茂先生給我開的第一課是「趙錢孫（生）李」。恩茂先生說，《百家姓》是純粹認字；而《三字經》除了廣博的文史知識，最重要的是它包涵了聖賢修身養性之道。對於這些已經錯過了最佳學習時機的人來說，既要認字，又要明白做人的道理，《三字經》是再好不過的一本書了。

不過，恩茂先生的確是老了。算來，先生應該六十有三了。聽說他四年前喪偶，那個跟他近四十年的髮妻竟沒有給他留下半根苗裔。不孝有三，無後為大。上前年冬至，先生新娶了一房女人，沒想到第二年竟喜得一女。含飴弄孫的年紀，終是有了一點肉血，先生所耗的心力之大，可想而知了。

先生除了第一天在晚學堂裡給我的義弟和護族隊員們發了

蒙之外，其餘的課都是他的侄子代的。侄兒代就侄兒代，只要有人教他們就行。

四十八人，一批上一個晚上，交替輪換。

看著義弟和安氏的護族隊員早晨習武，晚上習文，我的心情自從「我的兒」死了之後重沒有這麼好過。我也在家裡撿起了丟了多年的書本，並把安順福那一櫃子書搬到了我的屋裡。

8

三個月後，恩茂先生出來驗課，那天是二弟他們在夜讀班裡。沒想到，一本《三字經》，二十四個學生竟沒有一個人能完整地背下來。先生十分生氣。

教不嚴，師之惰。他說今天背不熟就不放學。

熟讀聖賢之書，乃是天底下頭等的大事，是修身立命之本，先生不敢稍有懈怠。先生讓他們一個一個挨著背給他聽。過了子時，終於輪到我的義弟。

第一個是二弟。先生點到他，他站起來顯得有些緊張。嘴張了幾次都沒能發出聲音。在先生嚴厲的眼光逼視下，他終於開口了，聲音不大，但吐字清晰，有一種結結實實的感覺。

「人之初，性本善。」他背了這麼兩句卻住了口。

「還有呢？」恩茂先生威嚴地問道。

「還有……」他猶豫了一下，嘴裡囁嚅著，「近、近……」

「近什麼？」先生厲聲而問。嚇得二弟身子一哆嗦，趕緊說：「看像近，走像遠。走不到，要兩天。瓦子湖，下大雨。四條蛇，奪紅旗……」

「停！你在背什麼？」恩茂先生不解地問。

「三字經」。二弟小心地回答道。

先生的臉一下黑了。手一揮，把二弟斥退了。

二弟還沒坐下，三弟卻毫不猶豫地站了起來，開口便誦：

「人之初（chuo），想老婆。性本善，瞎扯蛋。性相近，把嘴親。習相遠，一點點。苟不教，使勁搞。性乃遷，成神仙……」他的聲音洪亮而渾厚。

「混賬！」從先生的嘴裡終於蹦出了一句粗話。

這時，四弟也站了起來，他說他會背。說完他沒看先生的表情，而是昂著頭望著祠堂的屋頂，自顧自地背了起來。

「人之初，性本善。性相近，害大病。習相遠，不要臉。苟不教，來強盜。性乃遷，一天天……」

「住嘴！」先生把戒尺猛地拍在桌子上。

「先生，我還沒背。」五弟是四弟的影子。四弟背了，他不背，他這一晚上只怕連怎麼睡都會成為問題。先生把手一擺，示意不用背了，可是五弟已經開了口——

「人之初（chuo），先生碰了後腦殼（kuo）。性本善，師娘打破了花尿罐……」

先生的手哆嗦起來，嘴哆嗦起來，最後把戒尺往桌上一扔，丟下一句「朽木不可雕也，糞土之牆不可圬也」，拂袖而去。

這一結果，使我震驚不已。在湖裡砍柴休息時，他們把昨天背書的事情講給我聽，震驚過後，我又忍不住好奇。這些鬼話，是他們自己編的，我有些懷疑；可是，不是他們自己編的，又是誰呢？誰有這個本事？誰又有這個膽子？

二弟老實、三弟莽撞、四弟仁和、五弟好強，哪一個都不是偷奸耍滑的對象，只怕他們四個人還玩不出這麼多的花板樣。要是沒把他們分開，八個人在一起，這一齣戲不定會整出什麼花胡哨來！這麼一想，我不禁頭皮一麻。

「老二，你說說看，《三字經》你怎麼背成了那樣？」他們坐在我的面前，這個時候一個個循規蹈矩。

「第三句，我本來曉得的，就是慌，一慌就忘了。先生他一個勁地催，邊上人又不停地提醒我說是什麼什麼近，我一急，就背成了『看像近，走像遠』了。」二弟當著眾兄弟的面，臉紅了，他不停地用手搔著他的頭皮。

「你說的這句也有點道理。我在山裡時，就有這種感覺，看起來明明就在眼前的山頭，伸根竹篙子只怕都夠得著，真要到那邊，卻遠得不得了，就像你說的，『走不到，要兩天。』我不明白的是，你怎麼扯了『四條蛇，奪紅旗』這麼一句？」

「大哥，這個好解釋。」六弟插進來說，「大哥，你曉得的，有時候大風大雨，在野外常常會看見立著身子的蛇。聽老人說，這是蛇在比高。既然蛇有時候要比高，可不就是『奪紅旗』！」

六弟的話，倒讓我想起那年的竹園來——人和蛇還要比高，還要「奪紅旗」呢。這麼想，我不禁也覺得蠻有趣的，轉過頭問三弟，他的《三字經》又是怎麼回事。

他說他就覺得好玩，那麼背順口，要是不這麼背，他一句也不會。他那理直氣壯的樣子，壓根就沒有一絲難為情。

「大哥，三哥的《三字經》，剛才我仔細聽了，也不是一點道理也沒有。比如『性相近，把嘴親』這句，兩個人性情相近，那是很好的一對夫妻，是夫妻不親嘴還能幹什麼？還有『性乃遷，成神仙』。俗話說『江山易改，本性難移』，人要是能把自己的本性改變了，那不成神仙又是什麼？」

我知道了，這些狗屁的《三字經》都是出自我的這位六弟之手。我的心裡暗暗吃了一驚，但表面上還是裝著一無所知的樣子，依舊饒有興致地說：「聽你這麼一解釋，還真有幾分道理，那你再說說你四哥的《三字經》有什麼奧妙？」

「四哥的《三字經》有一句『習相遠，不要臉』。一個人要是習性與常人隔得太遠，只有不要臉的人才會如此。」

「有道理，那你五哥的呢？」

「五哥的我實在不知道怎麼會變成那樣，太高深了，理解不透！」說完他怪笑了起來。另外七個傢伙也跟著笑了起來。

「要是昨天是你們這一組，你們是不是也會像這樣胡說八道？」我面無表情地問他。

「大哥，我們不想讀書！」他顯然看出了我的心思。幾個狗東西一聽一起附和。這幫王八蛋，這不是陷我於不忠不義嗎？這讓我怎麼還有臉去見我的先生？

我想，我唯一能做的就是馬上去負荊請罪。

第十六章 春天來了

1

我歇了口氣，正準備往下講，忽地聽到大門一響，心不由水般地蕩了一下。這個時候會有誰來，莫不是鄧琪芝轉回來了！我癡癡地睜大眼睛盯著屏風，可轉出來的卻是徐妙玉。跟在她後面的，居然是二弟，這倒讓我愣了一下。什麼時候，這兩人竟走到了一起？後面還有人！啊，怎麼是安明志和鬍子爺？

我的心裡咯噔一響。鬍子爺還在？那跳手爺、瞇子爺、龍頭爺還在不在？

不不不，他們早就死了，死的時候，我還跟他們頂過孝服子的。我認出來了，這個是鬍子爺的三兒子，就是那個寫對聯的兒子，他怎麼不知不覺就長成了他爹呢？這也難怪，連他大哥也早就過世了！只是他現在每到春末夏初，到不到桃花樹下釣那些刁子魚？

「大哥。」

「老爺。」

「族長。」

他們幾乎是同時跟我打了招呼。

「你們坐吧。」我象徵性地動了動手。二弟過來將我扶了扶，把我後背的枕頭換了個位置。「蘇茹，看茶。」我沒忘記吩咐蘇茹。說完一看，蘇茹的茶盤早已端到了他們面前。

幾個人端到手裡的茶，還沒來得及送到嘴邊，徐妙玉就開口了。

「今天，我請二位老輩出來，也把他二叔喊了來，我就想當著他們的面問問你，這族規還要不要？」她耷拉的眼皮全提了上去，眼裡精光四射。

「什麼族規？」一聽到她的聲音，我的心裡就發堵。「你又找人來教我了？」

「族長言重了。身體可好？」小鬍子爺接口道。

「要死不活的。」我沒好氣地說。鄧琪芝事件之後，我對徐妙玉的厭惡無端地深了一層。

「族長，您消消氣。」安明志上次來的時候，是被我的二弟吼走的，這次他又來了，這人臉皮也真是厚得可以。「我們來也沒有別的意思，您看，眼睛一眨今年的龍日又到了。前幾年不說，只說去年吧，這河裡的魚蝦都跟出了嫁似的，連個人影都難得看到。別人家我不曉得，就說我們家吧，去年一年硬是從湖裡一吊錢也沒弄到。我可是連個「死鰟鮍」都跟它作了價的。想當年，您領著我們，一年下來，那銀子都怕數得。好在這幾年老天爺還算照應，當然不是沒發水，也是您老人家積的德，我們跟著沾光，一是築了道鐵一樣的堤垸，二是修了一道大堤，這幾年我們才沒淹過水。只是湖裡的生意越來越淡了。我們想只怕還是要祭『水神』才好。可您這身子，當然，您這也是為安氏操勞造成的，所以，我們想也該有個人接手為您分擔一點責任了……」

安明志一開口似乎就收不住場了。我倒落得聽聽，好長時間沒有聽到有人這麼跟我說話了。正聽著，鬍子爺的兒子卻打斷了他的話。

「族長，我算是比你大個十幾歲，我在這裡不是以老賣老。族長是讀過書的人，難道不知上古禹傳位於益的故事，禹的兒子啟最後殺了益。自啟之後，這公天下就成了家天下，且長幼有序，不然，大難至矣。」

「那你的意思是說，這個族長之位應該傳給安玉蓮的兒子？」我說這話的時候沒有看他的臉，卻盯著徐妙玉。徐妙玉顯然是急了，她的身子在座位上挪了一下，耷拉著的眼皮又急速地往上拉了起來，陰冷的眼光直刺鬍子爺的兒子，嘴張了張，想說什麼，沒來得及發出聲音，另一個聲音響了起來。

「族長大同世界的理想，我安明志佩服得五體投地。您在安氏家族做的哪一件事，我都是舉一百隻手贊成。鬍子叔是說，這選太子也好，選族長也好，都是一個理，要避免不必要的流血。天下為公，固然是人人追慕之盛世美境，可世風日下，幾千年後的今天只怕是不可能了。我跟鬍子叔之意是，雖說長幼有序，可天妒英才，現在剩下的，就只能看誰更賢明了。」

「那依你的，誰是賢明的？」

「舊時朝廷策立太子，天子所顧皆是朝中大臣。」鬍子爺的兒子說。

「這麼說，是要你們倆來定了囉？」

「族長，我倆算來也是癡長了七十多年，族中之事也算歷練了些，我倆的看法也算代表了大家的意見。」

「你們是想做商山四皓①？」我譏誚地說。

「不敢。」鬍子爺的兒子說著，那蓬鬍子便跟著抖。我忽地覺得他這蓬鬍子，沒有他爹的飄逸。我其實很想認真比較比較他們父子倆的這一蓬鬍子，但現在顯然是不允許了。

我盯著他的鬍子問他：「好一個不敢。那你們說，我這三個兒子中，哪一個最賢，哪一個最能？」

他捋了捋他的那蓬銀亮的鬍子，說：「以老朽看來，當是十一少最為賢能。」

「何以十一少便是最為賢能？他賢在何處？能在何處？」我問。

「要說十一少賢能，就是他的親民，隨和，不生事。您就好比是那創業之主，現在要的是守成之主。守成之主，最好的是清靜無為。昔日文帝、景帝故事，族長當是比區區清楚。」

①商山四皓，漢初隱居在商山的四個隱士，頗有名望。劉邦請之出山，不就。劉邦欲廢太子劉盈，其母呂雉請教張良，張良教其請商山四皓做劉盈的老師。劉邦見了，覺得太子羽翼已豐，遂取消改立太子的念頭。

好一個守成之主！就拿修學館這件事來說，他守得好成啊！想到這，原本平和的心境，忽地陰風四起，自己先打了個寒噤。

「你們以為安氏現在大勢已定，可享太平了麼？那我來問你們，聽說泗場裡現在煙館、妓院林立，這說明什麼？安氏族內，學館破敗，老樂堂成了聾子的耳朵，這又說明什麼？在你們眼裡，現在要的只是守成之主，我倒想問一下你們，現在還有何成可守？方今天下大勢，你們哪個睜眼看過一次？我的幾個義弟是怎麼死的，你們誰又能說出個子丑寅卯？你們蝸居僻壤，一旦風雲突至，滅族只怕即在眼前！」說到這裡，我上氣不接下氣。二弟忙把茶水餵到我的嘴裡，我一急之下，嗆住了。蘇茹趕緊把盂盆端上來接著，我乾嘔了一陣，總算平息下來。蘇茹放好盂盆後，擰了一個毛巾來給我擦嘴。徐妙玉耷著她肥厚的肉眼，這一刻，跟睡著了差不多。

這麼一說，我反而理清了自己的心緒，越發堅定了把族長之位傳給鄧琪芝兒子的想法。在我的這三個兒子中，只有他受的是新式教育。將來的世道，必是新興的世道，必是全新的天下。這個應該不會有錯的！

安明志和鬍子爺的兒子站了起來，我動了動手，示意他們坐下來。

我喘勻了氣，毫不客氣地問他們：「你們知道朝廷為什麼要廢科舉嗎？你們知道朝廷為什麼要辦洋務嗎？你們知道，沙市為何出現了洋人嗎？你們一口一個上古，一口一個成例——我倒是想問問你們，上古的時候，安氏在何方何地？」兩人被我問得啞口無言，面面相覷。

「族長，您說得對，我們坎井之蛙，只知道翻老黃曆了。」

安明志這一認錯，徐妙玉急了，她的眼皮連扯了幾下，胸脯不住地起伏起來，我知道她要大放厥詞了。

但我見不得她撒潑，我說：「我勸你們把眼光看遠一點，八國聯軍、洋槍洋炮、皇帝西狩、京城被焚、義和拳匪……這幾十年所經的事還少嗎？你們真的就沒有聽到一點風聲？就算天高皇帝遠，可是我的義弟們的死，對於你們就沒有一點警醒？難道那些真的只關乎我安某一個人麼？那些人真的只是我的義弟，真的跟安氏家族沒有半點牽連？他們的死，對於你們真的無關痛癢？我感到痛心啊，我為我的義弟們感到痛心啊，他們為了安氏家族，風裡雨裡，刀裡火裡，哪裡沒闖啊？哪裡不是把命都豁出去了？安氏能過上今天的日子，能起學館，能修老樂堂，能免水災，哪一樁哪一件，不凝結著他們的血汗啊？你們要守成，這成何來？」

徐妙玉在我這一頓炮轟之下，用牙咬住了她的下唇，硬生生地咽進了她的憤怒。

見要冷場，安明志說：「族長教訓得是。」

「我不是教訓你們。我是提醒你們想想安氏家族的昨天，再仔細看看安氏家族的今天，然後好好考慮一下安氏家族的明天。我勸你們不要學什麼『商山四皓』，你們也做不了。就算你們拼著要做，也只有二皓。」

「是是，我們這就回去好好反省！」

「慢，我還有一事宣佈。」幾個人定定地看著我。我嚥了口唾沫，喘了口氣，然後掃了他們一眼，說，「我決定把族長之位傳給——安亥。」

……

所有的人都瞪大了他們的眼睛。徐妙玉的嘴更是張成一個愕然的驚叫，卻沒有出聲。突然，她從座位上竄起來，瘋了似地一旋身，往門外奔去。她坐的椅子被帶得在地上歪了幾下，方才落實。

「族長，您休息吧，我們走了。」

安明志和鬍子爺的兒子，垂頭喪氣地站起來向我告辭。

送走兩人，二弟問我：「大哥，是不是真的？」

「你說呢？我能開這個玩笑？」我有些生氣了。

「是。大哥，我來安排，你說日子定在幾時？」

「日子倒不忙著定，你先對外宣佈，由他代行族長之職即可。在這個階段，你要全力輔助他，我再觀察觀察，如果沒有問題，那就舉行大典吧！」

二弟走了，我問蘇茹，對於十二少她有什麼想法沒有？蘇茹說，她什麼也不懂。我有些失望。就算她對十二少沒有多大印象，作為一個女人，她對於鄧琪芝應該是敏感的，她可以說說鄧琪芝啊！可是她什麼也沒說，但我分明感覺到她有一分落寞，卻又有一分不安。

究竟為什麼呢？

女人的心我已沒有能力去探究了。由她去吧。我這時分外渴望見到我那個最小的兒子。

2

「蘇茹，去跟二老爺說，叫十二少來見我。」

她出去了一會和二弟一同進來了。

「人呢？」

「回大哥，安亥走了！」

「啊！」

我的舌頭一下短了半截。

為什麼？

「是三嫂把他帶走的。」

怎麼會是這樣？鄧琪芝在我的面前，那麼鄭重地把她的兒子交到了我的手裡，為何臨走又把他帶走了呢？

「你趕緊去問，究竟是怎麼回事？」

「是，大哥。」

二弟一走，我感到心像癱了似的。我不願意設想，這是他們母子倆對我的報復，我更願意想，我的這個兒子還奶腥氣未脫，還在趕他姆媽的路呢！這麼一想，反讓我惶恐起來，這還不如他們是刻意報復我好些。因為那樣，至少可以說明，我的這個兒子長大了；若是後者，我竟要把族長之位傳給他，豈不是說明我太過輕率了！

我感覺被人重重地打了一嘴巴。徐妙玉沒的怎麼在背後得意呢！唉，剛才忘記告訴老二了，他去了，不說族長之事就好了。

「蘇茹，你快去跟二老爺說聲，叫他去了，只問為什麼，別的什麼話也不說！」

人說，兒子是前世的債主。今生他到你的名下來做兒子，其實是來討債的。我的這些兒子，前世我究竟欠了你們怎樣的債呢？

我拉響了床頭的響鈴，安生一路小跑地從後門進來了。

「我想洗澡。」我說。

逢到心煩意亂的時候，我總想到水裡去泡上一泡。

「我這就去準備，老爺。」過了一年，他似乎老得更有精神了。讓我的心恨得癢癢的。這樣的身板，為什麼是他而不是我呢？如果這樣的身板安在我的身上，現在我還會不會如此焦慮？

「老爺，我回來了！」那個小女人倚著門框嬌俏地望著我說。

「跟二老爺說沒有？」我焦急地問。

「二老爺已經走了。」

「我要去洗澡。」我毫無表情地說。

曾經的女孩，綺念叢生的那一瞬，她便長成了真正的女人。在冷遇中，她開始準備我的衣褲鞋襪了，她將它們整整齊齊地放到一個精緻的小籃子裡，我聞到了乾淨衣褲特有的芳香。

洗了澡，二弟還沒回來。雞子要上籠的時候，他才一臉匆忙地闖了進來。

「怎麼樣？」我急不可待地問。他說為我帶來了一封信，說是我的兒子寫給我的。

我接過信，並沒有馬上看，而是盯著他問：「她沒有說什麼？」

「嫂子說了，讓你多保重。安亥侄兒說，學堂裡連來三封加急電報，要他速回，他沒時間來跟你辭行了。讓我特別轉告你：他這個兒子，不會讓你失望的！」

「三封加急電報？那是個什麼玩意？」

「我想，大概是過去朝廷裡的六百里加急快報吧。」

「你看了沒有？」

「他要給我看，我，我沒看。」

「六百里加急快報！」那是事關朝廷機密大事，非朝廷重臣、封疆大吏不可動用的，否則便是殺頭大罪。「六百里加急快報」，難道我這個兒子，竟有這等身價不成？不，絕不可能。可究竟是怎麼回事呢？

我哆哆嗦嗦地打開信，一眼看過去，那一筆小楷倒是真有幾分功底。

父親大人，兒不辭而別，原以為送母歸寧，即刻便能再得重睹慈顏，不意，此一去，卻做了異域他鄉之客，何時再聆教誨，竟不可期也。

兩湖總師範學堂②，今年擬派留學生二十名。兒以甲等一級，幸忝列其間，實仰賴祖宗福德，父親威儀。香濤公③既歿，今次或為最後一批官派，機緣不再。

兒年中重蒙父慈，心感淚淋，而一見之緣，竟託之祠堂大任，感激之餘，實惶恐無地。聽二叔言及，父親大人為祠堂之事，憂慮再四而不能決，其心在究其得失利弊，深恐所託非人，而陷安氏於水火之中。此憂患之識，兒深為之感佩。

想我中華綿祚今日，五千年之久遠，朝野迭變，戰亂頻仍，其弊悉出於世襲之家天下。小到一家一族，莫非如是。所謂窮不過三代，富不過三代，一語中的也。

父親大人對族事憂懼，其識超邁時人；父即若是，兒豈敢冥昧？當借此之機，遠赴重洋，為家為國求一解鎖之法矣！

兒所憂者，為父纏綿病榻；兒所愧者，不能侍奉床前。然忠孝自古不能兩全，兒當先國事，而後家事也。

臨行之際，兒有一事奉懇，或曰一事不明——兒年近弱冠，少承父寵，雙親睽違，幾如孤雛！想兒慈尊，溫婉嫻淑，四德俱全，曾不有一絲半縷不貞，何以遭至出停之厄，冷宮之遇？縱相如詞工，怎解得十三年怨結？

②光緒十六年四月，張之洞于武昌營坊口都司湖畔創建兩湖書院。經費主要出自湘、鄂兩省茶商捐貲，故名「兩湖書院」。一九〇三年，兩湖書院改為文高等學堂，亦稱兩湖大學堂。不久又稱為兩湖總師範學堂。

③即張之洞（一八三七至一九〇九）。在湖北興辦多所新式大學堂。

以父之明，必有行事之由，兒不欲究其所以；以母之賢，應無披禍之因，兒不忍睹其枯槁。

聖人云：天下無不是之父母。其錯當在兒身！兒一錯，不當投胎為人；兒二錯，尤不當投胎二位膝下為人；兒三錯，不當思想；兒四錯，尤不當思想父母之情……有此諸錯，兒不欲生也。兒不生，則吾父吾母，猶不識也；兒不生，則無有今日之情殤！

兒今遠離，萬里之外，念及慈尊煢獨單影，心愴腸淒，痛感五內；欲承歡膝下，母發機杼之誓，兒敢不效孟子之行④！

兒此行，少則兩載，多則四年即還。

遠行之別，肝膽縈纏，千轉百回，既不能致達于父親，亦不知安慰于母親，惟淚傾如雨爾！

……

「你去吧，讓我靜靜。」我把信反扣在被子上，叫二弟回去歇息。

「是。」

他的背影消失在屏風之後，我聽見他對蘇茹說，要是一有什麼情況，馬上通知他。

我會有什麼情況？面對這封質問的信，我說不出我內心的感覺，唯覺紛雜而煩躁。我只能感歎：我最小的一個兒子也長大

④《三字經》裡的故事，原文為：「昔孟母，擇鄰處；子不學，斷機杼。」

了！同時我欣慰於自己識人之能——我的這個兒子沒有讓我有走眼之虞，雖然其志不在祠堂！

「蘇茹，趕緊叫二老爺進來！」我急急地喊著蘇茹。

「大哥，我還沒走呢。」二弟轉身就又站在了我的面前。

「你趕緊送兩百兩銀子過去，讓他在路上做盤纏。」

「安亥侄兒說了，他不需要盤纏，他考的是官費。」

「那，你還是送過去。」我固執地堅持著。

「大哥，安亥侄兒寫完這封信，就走了，這會只怕早上了船。這送過去……是否把嫂子接回來！」

「她肯回來麼？」

「這事，我來想想辦法吧。」

3

二弟走時，從他的背影裡我看得出他內心的喜悅。我也感覺心底有一絲歡喜。

「蘇茹，去把你賴媽媽叫來。」

我明明可以拉一下床頭的鈴鐺，但我不想如此。

蘇茹剛一出去，我就聽到賴老婆子嘰嘰喳喳的聲音遠遠地傳了過來，一眨眼，便到了門簾後面，「老爺要叫我，還用得著派你來，拉一下鈴鐺就行。老爺說沒說，叫我有什麼事？」「老爺沒說，老爺就讓我來叫你呢。」「老爺心情好不好？」「老爺先不好，後又好了！」

兩人說著話，門簾一掀，進來了。

「老爺叫一個下賤婆子，還用得著這麼大的架勢！」這個老女人誇張地說著，站到我的床面前。

「你面子現在越來越大了，我下次請你還準備用八抬大轎呢。」我戲謔著說。

「老爺，你今天氣色好。我巴不得你每天都有心情消遣我這個又老又醜的婆子呢。」

「好了，好了。我叫你來，是想跟你說，十二少他的姆媽要是回來了，你覺得她住原來的地方好，還是跟她換個位置好？」

「我說呢，這可真是好事。三太太我看著就爽氣，像個娘娘似的，走路說話都有板有眼的，不錯分毫。娘娘回宮，當然要住最好的地方。對了，老爺，娘娘她自己有沒有什麼要求？」

她要是有什麼要求就好了，我不過是一廂情願，但我不能跟這個女人說。「我就是想，她要是想回來，住的地方是不是要有個講究。」

「那當然。不是我賴老婆子多嘴，娘娘這十三年在外面肯定吃了不少苦，老爺得好好補償人家呢。」

「這不是找你商量，你們女人家猜女人家的心事，還猜不出來？」

「要是我呀！……」

「要是你，怎麼了？你倒是說呀！」

「要是我，只怕未必回來！」

「啊！」

我吃驚地看著這個女人，從她的嘴裡蹦出這樣一句話，是我怎麼也沒想到的。這麼說，我在她的眼裡一文不值？我的臉色不禁陰了下來。

「老爺，我說的話，你別生氣。你想想，她這一別十三年，現在再回來，第一沒得個說法；第二，這十三年她心裡不定怎麼想的；第三，我剛聽蘇茹說，十二少又去了一個叫美國的地方，她回來反倒是孤身一人；第四，沒準她還會怕起四太太來。總之，她現在回來落不上一件好，就算她要回來，多半也得看十二少回來後她答不答應！」

我把這個滿臉皺紋的女人好好地看了一眼，我問蘇茹：

「你說呢？」

「我不知道。」這小女子低垂著眉眼，滿臉羞紅。

接下來的消息，完全驗證了安生女人的話：鄧琪芝拒絕回來。她說，總有一天，她要回來的，但不是今天。

我的內心這一刻反而靜了下來。不回來就不回來吧。是的，終有一天她會回來的，那一天就是我死的日子。看來，活著，她是不會原諒我了。

不原諒就不原諒。正如強扭的瓜不甜一樣，我一定要她原諒了我才能死麼？閻羅王要是有這份好心，我倒是希望她永遠不原諒我了。可惜，該來的總是要來，該去的總是要去。

這一刻，我倒很想一見徐妙玉。這真是一件怪事。

我讓賴老婆子去叫她。

在等待這個女人的時候，我忽地想，「年」這個東西好怪啊，它沒來的時候，唯一能做的事就是盼著它來；一旦過了這幾天，萬事萬物似乎都長舒了一口氣似的；或者說那些曾經以為累贅、不堪的事情，也就做了一個了結，一切都可以重新來過一次了。

我感覺我這衰朽的身子，似乎也有了拋棄昨天的決心，我的內心在渴望著站起來，站起來！

4

「蘇茹，」這丫頭年後有些心神不寧。「你過來。」

她坐到我的身邊，那張小臉低垂著，顯出少女特有的嬌羞。

「桃花快開了，你也快走了。」

「老爺，我，我……」她拆弄著她的辮梢，呆滯的眼神裡，似乎那不是一根辮子，而是一條狗尾巴突然長在自己的頭上，人便被嚇住了。

唉，女大不中留。誰有福氣享受她呢？誰又有福氣配享受她呢？

其實，我沒有資格做如此追問！她伺候我的經歷對於她是恥辱的——一個捂腳的丫頭，那還不是早被那個老不死的占了，哪還能是黃花閨女？哪還能是乾淨的？就算退一萬步，那個老東西，沒得這個用了，你能保證他沒用手，沒用別的東西……總之，是好說不好聽！

是的，是的。我這個老東西並不是個檢點的東西，我年輕的時候幹過無數荒淫的事，我的那些女人，大多來路不正。一個見了女人就想上的東西，他能把嘴邊上的肥肉不啃上一口？這說出去，沒有幾個人會相信。

假如她不來我這裡呢？以她的那個家庭，她說過，她爹會把她為她的哥哥換婚的！那樣，是不是就好些呢？她來了，她那破敗如我身子的家庭，就像模像樣地立起來了，而她卻直不起腰了。

可她的確是清白的！

我的手不知不覺地放在了她的肩頭，這個舉動絕不是曖昧的。父親的手放在女兒的肩上，那樣不可以嗎？何況，我也許是她的祖父呢！

她要是嫁給鄧琪芝的兒子，應該是最完美的一件事了。可是，那個兒子，我是如此陌生。就連我把族長之位傳給他，他都棄之如敝屣，他又怎麼可能接受我為他安排的婚姻?!

徐妙玉進來了，我趕緊從蘇茹的肩上拿下我的手。這個動作太過詭異，加之蘇茹慌忙站起來的樣子，讓徐妙玉的嘴角泛起了一絲嘲諷的笑意。她抹去了這絲嘲笑後，質問我：「你叫我來，是什麼意思？」她顯得一臉不悅。

「叫你來坐坐，不可以嗎？」

她不來，我想她；她一來，我就心煩意亂。我原本躺著的身子，便不得不往下滑動，這樣，才勉強舒服一些。

「我知道，你就是想一刻也不消停地折磨我。我服你了。我服你了還不行嗎？」

我呆呆地望著她。天地良心，這一刻，我不是在消遣她，我是真的想她。為什麼不呢？鄧琪芝就那麼走了，而她是唯一留在我身邊的女人啊。這個時候，她在我心目中是最珍貴的！我忘了，她想不到這一層的。即使她想到了這一層，她也會說，我可不是別人的替身。

「你怎麼說都可以。你不想在這兒坐，那你就走吧。」

這麼長久的誤會之後，我們可能真的沒有必要坐在一起了。

「這就開趕了？」

「我怕你不想看到我。」

「是你不想看到我。」

「是我叫人把你叫來的。」

「那，那你說吧，我聽著。」

「我想聽聽，你喜歡聽什麼？」

她愣住了。在我們這十幾年的對話記錄裡，每一次都是她敗在我的舌頭面前。

「你，你……打人不打臉！那個剛見面才三天的，你就把族長之位傳給他了，而且還是當著那麼多人的面！你恥了我的臉，還要我望著你笑？你也太狠了點吧！」說著，她把臉往外使勁地一扭。

「我叫你來，是要告訴你，他走了，這下你該滿意了吧？」

「什麼？」她把臉猛地掉轉過來，錯愕的表情中，分明是一種驚喜。

「去一個叫『美國』的洋鬼子國家去了！」她有驚喜，我也並不悲傷。

「我有什麼好高興的？我看是你在得意吧！」她看出了我誇耀的神色？「走了又不是不回來。再說了，他走是他的事，你的心裡他是怎麼也走不了的！」的確，鄧琪芝的兒子哪兒也沒去，他就在我的心裡。這次，她總算聰明了一回。

「我的兒子是沒用，先前沒得別人會花言巧語，現在更比不上人家留洋出國。我的兒子再不是個東西，他也是你的兒子。你到底是怎麼想的？他哪一點不中你的意，你今天給我說個明白好不好？」

這個問題有些棘手。正如她所說的，那也是我的親生兒子啊。我並不想完全否定一個人。哪怕這個人我早已徹底絕望。

「你的兒子，你自己不清楚？」我跟她玩起了太極推手。

「我當然清楚，我的兒子不比任何人的兒子差。至少他的娘，在他老子身邊還算守得住！」

這倒真是她值得炫耀的資本。那麼，她應該得到怎樣的回報呢？

「我也不想你為難。你的想法總是有你的道理，我說出來，只是讓你明白，我徐妙玉也不是一無是處。」

我想想，我想想——天啦，今天這句話，只怕是這二十幾年來她最溫柔的一句了。就衝這一句就夠了，族長給她的兒子算了！

「你好好靜養，我這就走了。」

看著蘇茹將之送出屏風，我為自己的剛才的想法大吃一驚。鄧琪芝一泡眼淚，他兒子就得到了族長之位；徐妙玉一句軟話，他兒子也差點就要得到族長之位；那安玉蓮的兒子呢？安玉蓮已死了那麼多年，我殺了她的哥哥，她仍委身於我，這也不是常人能夠做到的，何況當年她健在的時候，我給過她一個好臉色嗎？我欠她的、她們家的，應該才是真正需要償還的債啊！

給誰？給誰？給誰？

誰也不給！要是能帶走，我就把它帶到棺材裡去！要是能砸碎，我就把它砸個稀巴爛！什麼狗屁族長，誰又必須要誰來管？誰又必須要誰來理？種好自己的那一分田——啊不，沒有田呢？還有那湖，它怎麼可以不再姓安呢？安氏從荊山過來的時候，這片湖沒有一個安字，現在它擁有了三十五萬畝的三分之一，失去了湖，安氏還有所謂的幸福麼？祠堂的存在每一天都是為了保衛這一切啊！泥巴只有團成塊才能砌牆，這麼大一個家族，怎麼可能是一盤散沙？你要侵占，他要掠奪，便是狗也是如此——一根骨頭還打得頭破血流。可是這種重擔難道就是這三個無知的東西能夠挑得起來的麼？

我兩眼一閉，哪裡還管得了這麼多！不，嬴政二世而亡落下天下笑柄，我可不想。我是個野種，野種啊，一個野種便是如此的結局麼？我不為安氏，我至少要為我自己的榮譽吧！

可是，這一切真的有意義嗎？正如我這衰敗的身子一樣，既然我曾經那麼充滿生機的手腳，也終於有了今天這樣的境況；

既然一切都會結束，難道安氏能夠例外麼？是否所有的結束都是天經地義？

這些無聊的問題，從什麼時候開始無休無止地糾纏我的，實在讓人無法理出頭緒。隨著蘇茹的到來，我原以為擺脫了它們，可今天，我看出來了，它們從沒有一天離開過我這衰朽的身子！我知道，如若無法擺脫它們，到死我也不會有片刻的安寧。

擺脫！擺脫！擺脫！

我一下從我臥了六年的床上自己坐了起來。我側身、拱起、挪臀一氣呵成。只是在下床的時候，我不得不借助於雙手，這一尺的距離，我用盡了平生的力量，額上佈滿了豆大的汗珠，但我終於像一個正常人一樣，雙腿垂在床前的踏板上，腳開始找著自己的鞋子。可是，踏板上沒有我的鞋子。

5

「老爺！」

蘇茹送了徐妙玉一腳踏進來，我們的目光碰在一起。她要踏下去的第二步，愕然之中收了回去，往外望了望，突然受驚似地跑到側門前，對外便喊：「賴媽媽，快過來，快來看老爺！」

我聽到了外面雜亂的跑步聲，以及嚷嚷聲：「老爺怎麼了？怎麼了！」

跟著，那門簾後擠進兩顆腦袋來。

「看什麼看，我的鞋子呢？」

「我的媽呀，你是自己坐起來的？」賴老婆子驚喜的臉上竟有淚花撲面。「蘇茹，老爺的鞋子呢？」

「我不知道啊！」蘇茹算是徹底苕了。

「老東西，你也苕了，跟老爺拿鞋來！」

安生被他老婆呵斥得暈頭轉向，他驚頭慌腦地四周看了一下，回過神來：「老爺，您還是先上床偎著，別著了涼。這鞋我得去找！」

「找什麼找，先在踏板上鋪上絮，讓老爺站起來再說！」賴老婆子再次命令道。

蘇茹慌亂地從櫃子裡拿出一床棉絮來，賴老婆子趕過去，將之接在手裡，兩人把它抻開，旋即鋪在了我的床面前。安生脫掉了他的鞋子，走到床面前，將我扶了下來。我終於重新架起我的腿來承受這不堪的身子了！我的身子哆嗦了一下，那種無力支撐的脆弱，讓我往邊上倒去，嚇得安生緊緊地抱住我的身子。那兩個女人嚇得叫了一聲，把鞋子往外一蹭就蹦到棉絮上來了，三個人將我擁在中間。

在他們的挾持下，我總算穩住了陣腳，但我明顯感到膝蓋骨在吱吱地響。這傢伙擱置了六年，是真的生了鏽了！

「扶我走兩步吧。我想走到踏板下面去！」

「老爺，我們扶你！」我聽得出來，賴老婆子是真的為我高興。「老傢伙，你小心！」她吩咐著安生。

「我曉得的。」安生嗡聲嗡氣地應了聲，我的身子便感覺到從他那裡傳過來的牽引力。我配合著往前挪動我的左腿。右腿抖了一下，牠完全沒有意識到自己這一下要承受整個身子的重量。好在左腿及時落地。這時，我站到了踏板的邊沿，只要右腳往前一邁，我就從踏板上下到了地面。心念未動，右腳已不管不顧地往前跨了，牠似乎是報復左腿先前的一跨。左腿委屈地努力了一下，我的整個身子往前撲著倒了。

虧得這一個男人和兩個女人，一具衰敗的軀殼，再一次挺直了。這時，我離開床已有了兩尺之遙！

六年來，我所深惡痛絕的床，我終於掙脫了它的囚禁！在這六年裡，每時每刻我都在心裡惡毒地詛咒著它。想來，是那綿延了六年的詛咒產生了效力吧，它終於承受不住，不得不將我放行了！

我緩緩地邁著我的雙腿，那步伐像螞蟻，還是蝸牛？管它呢，聖人可是說過「不積跬步，無以至千里」。信不信，就是我這個速度，用不了一天，我就會走到祠堂裡。

祠堂！

是啊，那可是六年不見的地方！

那可是曾經盛滿了我的榮光的空間！

那裡的牆壁還記得我的身影麼？

那裡的地面還能聞到我的氣息麼？

那把坐了近四十年的檀木椅子，還有一絲我的溫度麼？

……

走啊走。

我的心就想再一次走到那裡去！可我真的還能走到那裡嗎？我的眉頭微微皺了皺。

「老爺，你不舒服麼？」蘇茹焦慮地望著我，「要不我們還是扶你到床上去吧！」

「不，我還走走！」

走的感覺真是美妙極了，腳板心麻麻癢癢的，酸疼中有種說不出的舒服。

「安生，你稍稍把我放開些，你夾得太緊了。」安生遲疑地將我鬆了鬆。我的腿還是忠實於我的，這兩個老夥計真的不賴。先前的步子是拖著挪動的，現在雖還是拖著，但這兩個傢伙已有些爭風吃醋了。眼看著我就走完了這六尺長的棉絮。

「蘇茹，你去再拿兩床絮接上，我跟老頭子在這裡照顧老爺！」賴老婆了儼然成了這裡的指揮官。想來這也是一個善解人意的女人呢！我不由看了她一眼，她臉上那些深壑般的皺褶，除了生活的艱辛，其實每一條溝壑裡，流淌的都是善良，在我的眼裡，這一刻正閃爍著迷人的光芒！

我站在棉絮的邊緣，靜靜地等候著，如同站在瓦子湖高高的堤岸上，靜靜地等待那歸來的漁舟一般……

結束所有應該結束的吧，只有開始值得等待！

第十七章 有血的日子

1

什麼是開始？這是個難以回答的問題。我們身邊，每一刻都在結束，而每一刻又都在開始。

我們還是回到那天的湖邊吧，看看從那裡結束了什麼，又開始了什麼！

聽了他們在學堂裡的瞎胡鬧後，我的心沉重不已。坐在湖邊上吃了幾口炒麵，便開始想等會收了工，去恩茂先生那裡怎麼為他們開脫。偏是這個時候，八弟不知死活地講起了什麼聖人多半是偷人養的！那七個不要臉的東西，圍著他聽得有滋有味，他越發地顯擺了起來，嘿嘿地壞笑道：「其實我們大家應該好好地讀書的。你們曉不曉得，這種事，都記在一本叫《詩經》的書裡呢！」

「鬼吧？這號的事還敢記在書裡？」九弟的兩隻眼瞪得像癩蛤蟆似的。

「我問你們，為什麼老一輩人要說『私娃子聰明』？」

他說完，把他們七個人逐個地看了一眼，看向我時，我把臉一板，兩眼投到了湖裡。湖中招搖的茭草、蘆葦，晃得我的心越發地焦躁起來。我就怕恩茂先生昨天氣病了！想著先生拖著孱弱的身子，免費來給我們上課，我就感動得不行，可是他們卻如此侮辱了他！我越想心裡越不是滋味，而八弟還在說得有滋有味：「……雖說聖人大多是他母親偷人養的，但聖人卻是不許別的女人偷人的。什麼坐木驢，什麼坐豬籠，什麼鋸大腿，什麼投井，想出的懲戒之法沒有一千，也有八百；可惜，聖人的話跟放屁差不多，你們睜眼看一看，哪一朝哪一代斷過了偷人的故事？」

他這一問，身旁冷了場，他們顯然是回答不了他的問題。

這時，他又開口了：「我跟你們說，最讓人瞧不起的野種，就是做婊媽的偷人生出了你！嘿嘿嘿嘿……」

「搞事！」我忽地氣塞胸膛，站起來就往船上走。這說的是些什麼鬼話！

我聽到他們一陣慌亂。這一刻，我甚至想趕他們滾蛋！哦，我讓你們讀書還有錯？就算你老八有兩把刷子——我不管這些是你真從書上讀來的，還是聽別人說的，你有必要在這個時候跟我來這一招？這不是擺明了拆我的台嗎？這還是磕頭喝血酒的兄弟麼？

我把船撐到一處茭草排前，氣呼呼地揮著長柄大鐮就砍。那惡狠狠砍出去的刀，不知砍著了什麼，在一蓬茭草折斷之際，刀卻無著無落地一掠而過，在空中劃出一道銀白的弧線，噗的一聲深深地紮進船艙聳立的草山中；扯得我的身子在船頭上旋了半圈，眼睛的餘光裡一道白虹往上一彈。我感到船身劇烈地一抖，人便栽到了湖裡。等我奮力從水中掙出頭來，卻看到一隻巨大的鵝脖子昂在半空中。

啊——蛇！

是的，的確是一條蛇，一條巨大的水蟒——身子粗如墩缽，大張的嘴裡，兩顆讓人心生寒意的毒牙，掛著長長的毒涎。看不到牠的身子有多長。那張開的嘴巴，奮力地往外撕扯著，似乎想把天地都吞進牠的肚裡似的；那雙眼睛，射出的光芒像兩道懾魂的閃電；血紅的芯子，八字亂顫得讓人眼花繚亂。巨大的驚叫聲隨著波浪推到我的面前，靠近我的幾隻船一眨眼便成了空船。那昂著的腦袋，猶豫了一瞬，直奔我而來。我飛快地游到離我最近的船邊，抓過一柄漁叉，轉身就刺。漁叉帶著我全身的力量，射向牠七寸所在的位置！眼看鋒利的刃口就要撕開牠的心臟，牠的身子一挪，漁叉貼著水面滑過牠的腹下栽入水中。半空中，牠的尾巴向我橫掃而來，堆在船艙裡的柴草一下滿天亂飛。我一個猛子潛回自己的船邊。爬上船時，只見牠的尾巴已死死地纏住了那條船，在船體嘎嘎破裂的聲音中，那座草山迅速地矮下去，最後垃圾般地散在了湖水裡。我操起船上的漁叉，一振臂，三把漁叉前前後後從我的手中離弦而去，上上下下分三路射向牠的面門。帶著嘯聲的三把漁叉，眼看就要在牠的身上鑽出三個透明的窟窿，卻見牠的身子一扭，水面上，一個碩大的麻花倏地一滾，三把漁叉竟沒有一把挨著牠的身子。冷汗在我的毛孔裡猛然一迸，我的身子縮成一根僵硬的棍子。牠的嘴再一次撕開，身子一扭，便到了船前。我嚇得操起撐篙，往那張血盆大嘴裡插去；我感到套在撐篙頂上那尖厲的鐵頭，刺進了牠的喉嚨。霎時，我的船在湖面上像箭一樣地射了出去，人被甩到空中，那根死死攥著的撐篙還在我的手裡，但我的眼裡，卻沒了蛇的影子。我栽進水裡的一瞬，我看到船翻了，一條鞭子猛然抽在了我的背上，我一下什麼也不知道了。

……

我醒過來，就見筷子粗的雨，從上往下拉成了一根又一根白線，無休無止，彷彿天河的水直接連到了地上。閃電更是把天空扯得彎彎曲曲，炸雷恨不得把大地撕成碎片。我躺在草地上，背隱隱地有些疼，但全身卻被一片衣服遮擋著，像是誰給我打了一把傘一樣。

「大哥醒了！大哥醒了！」這一聲喊被一聲炸雷炸得四處亂飛，直往下奪的雨更粗也更猛了。

這是怎麼回事？我從草地上爬起來，人有點站不住，身子像散了似地往邊上一歪，把頭上的雨傘一下撞開，頭頂上密密麻麻地一疼。我完全想起來了！

「那條蛇呢？」我一把扶住四弟問。

「大哥，別管那蛇的龍的，我們快回家！」四弟焦慮地推著我就往回走。

「船呢？」我不舍地看著湖面。

五弟說：「快走，這荒坡野地，惡物太多！」

一路上，我問他們究竟出什麼事了？他們一個個都像啞了口似的，在巨大的雷聲裡，擁著我，破雨而行。正走著，二弟忽地說：「老七和老九，快回去叫家裡準備熱水！」七弟和九弟一聽，在雨中拔腿就跑，一眨眼，雨簾就把他們的影子吞沒了。

終於進了院子，唐清妹挺著出懷的肚子竟跑了下來，我不得不搶上一步，把她攥在手裡。

「你怎麼了？水已燒好了，快去洗澡。你們一人喝一碗薑湯吧。姐，他們來了！」唐清妹往屋裡喊。我看見安若男已在前廳裡擺了一桌子碗，正用一隻茶壺往碗裡倒。我抽了一下鼻子，一股辛辣撲面而來，我不由打了個噴嚏。

「快喝碗薑湯再去洗！」唐清妹從桌上端起一碗姜湯就往我手上遞。「你們快進來呀！」她說著又到桌上去端薑湯。

「嫂子，你別管我們，我們就在門外，這渾身是水的，進屋還不把屋裡弄得到處是水！」五弟說。

「沒事沒事，都進來喝薑湯吧。是兄弟還講這些，外面打雷，別站屋簷下！」安若男把八個碗都注上了薑湯，抬頭招呼我的義弟們。

「謝謝大姐！」四弟說，「大哥，人好些了吧？要不我進去幫忙！」

「沒事沒事，你們趕緊喝薑湯。喝了趕緊回家！」

「你放心，你去洗吧。」五弟說這話時，我已跨過廂房與前廳的門檻，安玉蓮靠在她的廂房門框上，見我進來，人往後一縮，不見了。五弟在後面問安若男，「大姐，老七和老九跑哪去了？」

「快喝薑湯。我叫他們到你們各家各戶通知去了。你們喝了薑湯快回家！這雨下得真是邪乎！」

我跨進中門，大娘牽著安子正往外走，差點和我們倆撞了個滿懷。她的眉頭皺了皺，往邊上一挪，說：「當族長也沒個樣，這忙得是哪一齣？」

「姐，熱雨淋了可是要不得，快讓他來洗吧。」母親在天井裡往一個大腳盆裡加水，熱氣騰騰中，母親看上去像個小姑娘。

雨打在天井上方的蓋子上，蹦蹦直響，一點也沒小；雷聲到遠處發怒去了，只有隱隱的恨聲，還在上方的天空裡吼著。

熱水裡泡著的感覺實在是舒服，可更舒服的，是泡了澡後鑽進被窩裡的那種安恬感。我幾乎什麼事都沒來得及想，就死死地睡過去了。醒過來，已是第二天下午。外面的雨還在倒水似地下著，我餓得不行，吃飯的時候，唐清妹告訴我，義弟們一早上就來看我了，見我沒事，坐了會才走。他們人也都沒事，叫我安心休息。

吃了四大碗米飯，人懨懨地真的又想睡了。

2

半夜裡，我被一聲天崩地裂的炸響驚醒，人便怔怔地再也睡不著了。恍惚中，有些尿急，便去床底下摸夜壺；一摸，竟摸了一手的尿！我嚇了一大跳。朦朧中，翻身下床，腳下踩得「咕唧」一響，這時，我一下醒過神來，那不是尿，是水。

屋裡進水了！

我的心陡地一涼，那水踏踏實實地淹過了我的腳脖子。要知道，安順福的屋場台子在安家窪要算是比較高的幾處屋場台子了。我們這兒都進了水，那別處只怕就是齊腰深的水了。

我叫醒了所有的人，他們張惶失措。我趟出門，外面的雨還下得密密實實的。我打了個寒噤，第一個念頭就是想要一隻船。可是船錨在湖邊，這麼大的水它們還在那裡嗎？我趟著水，奮力地趕到湖邊，我看到我的那隻大船還在，它的尾巴已經翹了起來，我趕緊起錨，沒怎麼費力，就把船撐到了屋邊上。等到我把一家人都搬到船上，天已大亮。唐清妹督著我換了身乾衣服，義弟們趕了過來。

「大哥，窯炸了！」

我的心一驚，夢中的那一聲巨響在心裡訇然爆裂。我彷彿看見洶湧的洪水沖進窯洞，窯洞的風火口裡高達一丈的火焰正在窯灶裡舔著那些紅汪汪的磚坯，涼冰冰的水一湧而進，撲到火的身上，火驚慌地往外一竄，卻被大水截斷退路。大火狂怒一吼，那天崩地裂的聲音就劃破黯紅的夜，劈開我的夢境。

土窯在飯兒窪的邊上，我還想著好事——如果安家窪所有的人都住上了火磚瓦屋，只怕飯兒窪要多幾畝水田出來呢！可此刻，那座土窯只剩下可憐的一點小土包，正冒著嫋嫋的白汽。

「河南師傅……」我說不下去。

「大哥，河南師傅倒沒得事。他說他肚子疼，剛好出去拉屎了。他說他拉的是灘救命屎！」

「那，跟師傅燒窯的是哪個？」我可沒心思開玩笑，趕緊問。

「是安明孝，他的兒子四六也在裡面！」

「什麼！他帶兒子去幹什麼？」

「還不是跟著看稀奇！」

我一下呆了。

雨這時比天亮那會兒小了些，還在淅淅瀝瀝地下著，我們穿著蓑衣，在船上默默地望著那縷白汽，一句話也說不出來。呼兒喚娘的哀號，這時從四面升起，四下一望，從水裡逃出來的人們，紛紛在往祠堂那邊湧過去。整個安家窪，現在只有米倉河口，那兩段高聳的堤壩仍傲視著滔滔洪水。

「我的兒啊，你的姆媽來看你了！」鬧嚷嚷的人聲中，這一聲淒厲的哭喊，突然衝撞而出。我循聲望去，只見一條小船正從穀囤子橋那兒往這邊撐來。撐船的是安明孝的哥哥安明禮，一道艙裡坐的是安明孝的爹，中艙裡是安明禮的女人和安明孝的女人。安明孝的女人正捶胸頓足地哭喊著。

該來的，終於來了。

我不知道如何去勸說這個悲傷的家庭和這個悲傷的女人。她一下失去了丈夫和兒子，她的疼比我曾經歷的竟是加了一倍，那該是怎樣的摧肝摘心啊！

我讓義弟們趕緊去聯合護族隊員，分頭去尋找被洪水圍困的人；我則在土窯邊靜靜地等著它們的到來。

「我的兒啊，我的四六，你的姆媽來了，讓姆媽跟你走啊！」女人哭著就往水裡跳，虧得被邊上的女人死死地抱住，那船差點翻在了洪水裡。

「四六他姆媽，你不要這樣。四六他走了，你還有三六和四九！」

在這句話裡，我想起了，安明孝的確是有三個兒子。

「叔，你們來了！」我在船艙裡和安明孝的爹打了個招呼。

「族長，明孝他……」安明孝的爹說不下去了，滿是皺紋的臉上，一下爬滿了淚水。

「族長，我的兒啊！」安明孝的女人從中艙裡蹦起來，再一次往水裡跳。弄得船頭的兩個人不得不蹲了下來。她邊上的那個女人再次死死地將她抱住。

安明孝的爹吩咐他的大兒子：「明禮，快把船撐回去，這樣搞，死了兩個還脫不了乎，只怕還得再死三個人才下得了地！」

船頭的男人急忙站起身，撐篙一點，船頭便開始往回打旋。「族長，我弟弟可是為族裡的事，她這孤兒寡母的，上面還有兩重老的，祠堂不能不管吧?!」安明禮說到這裡，撐篙又往下一插，船頭又回過來對著我的船靠了過來。「我這侄兒四六雖說是自己趕路趕來的，可不管怎麼說，也是因為要跟他爹打伴才來的……」

「四六他姆媽！四六他姆媽！」安明禮的女人抱著那女人，突然急促地叫了起來。

「怎麼了?怎麼了?」安明禮問。他爹轉過身，伸手掐住她的人中，那女人哇的一聲叫，在安明禮女人的懷裡悠悠地醒轉過來。

「叔，哥，嫂子，你們把二哥嫂子趕緊弄回去吧，她這傷心的人經不住水裡的風的，一切到祠堂裡好商量！」我實在看不下去。那女人每一聲哀哭，都讓我想起失去「我的兒」那些日子裡的唐清妹。

「那族長，我們就先回了！」安明孝的爹說。

看著掉了頭的船和哀傷的背影，我忽地感到喉頭發澀，這時才想起，從清晨忙到晌午，連一滴水也沒進喉。

3

等我終於坐下來要喘口氣時，關於這場三天兩夜不住點的大雨，有了三種說法：

第一種說法，說是那條蛇已修煉成仙，那日正準備飛舉上天，不意被我傷了。那蛇既已得道，自然有呼風喚雨的法力。為報我傷牠之仇，所以，降下這場罕見的大雨。

第二種說法，說那是一條小白龍，出來遊玩的，被我傷了，於是興風作浪，呼來暴雨，作為報復。

第三種說法，說那是「解蛟」——那條蛇是雷公和尚①苦尋不著的「蛟子」，現在被我找到了，雷公和尚便來解牠；牠跟雷公和尚鬥法，鬥了三天兩夜，雷公和尚才把牠制伏！

關於前兩種說法，我深不以為然，笑著說：「牠們要是真想報復的話，碾死我不就得了，下這麼大場雨不也太費手腳了？」

他們說，李東彪手裡五個小身子鬼，安氏兩百八十名青壯男人都跟玩意似的，你率八個半大的小子，就把他擒服了，誰不知族長你是個異人，一條蛇又怎麼傷得了你?!

我默然無語。這豈不是說，我惹禍，他們受罪？

既然這樣，我倒是願意相信那是「解蛟」了——當年天塌地陷，女媧娘娘可憐天下子民，補好了天後，到大海裡捉了四條鼇魚，讓牠們把地給撐了起來。這鼇魚好是好，就是肚子喜歡餓，要吃東西，不然，就會跑掉；女媧娘娘便把這個任務交給了雷公和尚。所以，雷公和尚隔一陣子就要出來幫牠找吃的。吃的找到了，要解上路，那可不是好玩的，於是就行雲佈雨，趁打雷扯閃之際，把東西給悄悄送了過去，這就是「解蛟」。據說，雷公和尚「解蛟」解的多半是在人間作惡的惡物，什麼長蟲、蜈蚣之類的；有時也解人——這人不是今生作惡，就是前世作惡來不及報應就死了重新托了生的。實在沒東西解了，雷公和尚就釣——在路上丟一個桃子、幾顆蓮子米等等，你要是貪便宜，撿起來吃了，那麼，馬上就會烏雲陡黑，將你作「蛟子」解走！

究竟是哪一種呢？

當年，我捉李東彪時，依仗的不過是我的乾爹而已，我哪裡是什麼狗屁異人。可是，現在乾爹早已不在身邊，難道……我得去問問他！

我見到了他，我跪到他的腳前，把我所有的疑問都說給了他。我苦苦地等了兩炷香的時間，沒有一絲一毫的啟示在我心裡泛起。李東彪把我從地上艱難地扶起來時，我的雙腿已麻得走不了一步路。他扶著我坐到邊上的禪座上，給我倒了一杯清茶，也是一句話也沒有。我望著他，他皈依佛門後，我們還從未有過一句半句的交談，這個時候，我渴望他說點什麼，也許他的話也能給我以啟示，可是從他的嘴裡出來的只是「阿彌陀佛」這四個字。我無可奈何地走出了寺門。

重新回到了祠堂，我讓他們在祠堂裡架起三口大鍋，用祠堂閣樓上儲備的應急糧，開始熬粥。

當大火舔著了那深黑的鍋底，族裡男男女女、老老少少，突然擁過來跪在了我的面前。

我以為他們是因為感激我的賑濟，可他們口裡說出來的話，讓我大吃一驚。

「族長，這不是熬兩三鍋粥就能解決問題的。這是東海龍王在發怒，你傷了他的三太子啊！」

我一下沒回過神來。他們喋喋不休，說那真的是東海龍王的三太子，三太子出來巡幸，卻被我傷了，老龍王一怒之下這才

①即雷神。

發了大水。我得趕快獻上三牲六禮，向受傷的三太子賠禮道歉，跪著求牠把水退走，不這樣，天要塌的！

在一片聒噪聲中，我終於明白過來。雖然我氣不打一處來，但我知道面對這些人，我不能生氣，我和顏悅色地說，那不是什麼龍王三太子，那就是一條蛇。我要他們起來，他們沒有一個人聽我的。

「你們這是幹什麼？」我不得不口氣嚴厲地質問道。

「族長，你要是不答應我們，我們就跪死在這裡了！」

「誰說我殺的是小白龍？」他們沒有人回答我，他們也不起來。「我問你們，先前五年就有四年澇，是哪個殺了龍的？」

「族長，往年發水，那水哪有這麼邪，都是五黃六月裡的事，哪有到了八月還發大水的？再說了，往年的水也沒這麼大。還有燒磚，好事的確是件好事，可是取了那麼多的土，說不準就動了太歲，傷了地氣，斷了龍脈；這還不說，你又帶人把湖裡的草全砍了，這蛇蟲螞蟻哪裡還有個安身的地方？」

「我的苦命的四六呀，你死得好慘，你死了你姆媽連你的屍身都沒得收的！我一把屎一把尿把你拉扯大，實指望我老了有個送終的人，沒想到，你倒在你姆媽的前頭走了。我的命好苦啊，我的兒啊！死鬼，你好狠心，你要走，你就自己走，你為什麼要帶我的四六走啊？你這個短命、自私的死鬼，我十四歲就嫁給了你，十五歲就跟你養了兒子，你讓我討了一天的好沒有？你死就死，你還我的四六啊！」

又哭又喊的這個女人我還沒來得及去安慰她，這是我的失職。我承認我遲了一步。這個女人聽說是出了名的快嘴，這一下死了丈夫和兒子，她要怎麼拼命都不算過分！雖然我知道她還有兩個兒子，還不至於沒了養老送終的人，但我能這麼對她說麼？

「那明明是條蛇，」我不得不耐心地向他們解釋。「我告訴你們，蛇就是蛇，永遠變不成龍的。即使牠修成了正果，牠也只能是個蛇仙而不是龍。誰要是再說哪是條龍，誰就是在罵龍，要遭報應的！」

「族長，當時你掉到水裡，你不知道，我們看得清清楚楚，牠往天上飛去了的！」

「我的苦命的兒啊……」

這樣一唱一和，配合得可謂天衣無縫。我面對著地上泥糊糊的一片人，手足無措。

「族長，你就請人做一場法事吧！就算你說的是對的，可哪一年發水沒做法事的？法事一做，那水就慢慢地退了。我們求你了！」

他們對我不住地磕頭，滿院子頓時一片額頭搶地的嘰嘰聲。

我說請旺福寺的靜遠大師。他們說這樣的事和尚不行，得請龍王洲的王道士。

龍王洲在安家窪西二十里，曾是長江潰口沖出來的一個沙洲子。

王道士羽衣鶴氅，駕一條大船，帶著八個簪抓鬏髻的小道士，把法壇擺在了瓦子湖邊的涼亭裡。涼亭裡鋪就的青石只差兩尺就已平水，稍大一點的浪湧過來，洪水就爬了上來，洗著供桌的桌腿。三牲六禮他們早就預備下來，我的任務只是跪在供桌下就可以了。我的那些被洪水嚇暈了的族人，虔誠地跟在我的屁股後，跪滿了湖邊。他們的膝蓋浸在水裡，彷彿跪在鋪著錦毯的蒲團上。龍王洲的王道士一手持劍，一手持幡，忽而指天，忽而指地。他的八個弟子，看著他的劍花，便時而敲磬，時而誦經。一時間，瓦子湖邊鼓樂喧天。我彷彿看到了滿天神仙乘鳳馭龍而來，踏雲攜彩而至，都停佇在半空，等著我們謝罪。王道士把劍一揮，我們便齊刷刷地低下頭叩到地上。王道士從供桌上拿起那道蓋著大紅寶鈐的箚子，望空揖了一揖，然後展開，朗聲高誦：

……

天地不仁。故世人無智。安氏族民以一己之私欲。奪天地之造化。伐木刈草。挖土築室。致使飛禽走獸失所。蟲蚜蚊蟻無依。白龍無辜。慘遭荼毒。清修毀於一旦。性命危在須臾。所造之孽。如深壑高丘。誠所謂。獲罪於天。無所禱也。是以洪水滔滔。沖堰決堤。淹田毀室。哀鴻遍野。然安氏之罪。罪不及無辜。今無辜者遭劫。其景之慘。其情之悲。感天動地。安氏族長安瀾痛悟前非。親率合族男女老少。齊聚於此。深懺前業。謝罪祈恩。

上天有好生之德。城隍真君。宅神土地。五道將軍。家宅大王。水草將軍。念四時八節供奉之情。懺悔祈福之誠。以達天聽。祈准水退民安。保其闔族安泰。四時無纖小之災。八節有泰來之慶。屆時再具香火。虔心供奉。

伏惟

饗觴

大清王朝辛未年八月×日

隨著三牲六禮傾入湖中那一刻起，洪水便眼睜睜地看著低了下去。第二天一早起來，安家窪所有的屋場台子差不多都現出了牆腳。

這一次，我算是討了個大沒趣。

我真的不懂我究竟錯在哪裡？我要讓安氏過上富足的生活，這一想法是錯誤的麼？都說神靈公正無私，他們竟然不欲我們過一天安生的日子麼？若不是，那他為何要讓那條蛇，不，那條龍來阻止我？若還不是，那這一場洪水究竟是怎麼回事？若真是如此，這樣的神靈又如何配受人供養、膜拜？

我不承認我有什麼錯，我是沿著聖人「修齊治平」的指引，奔著「大同」之夢而去的！難道人間的所謂理想都是荒唐的不成？

沒有人能明白我的尷尬，我的屈辱，我的悲苦，我的憂傷！

我再一次去了旺福寺，但我卻沒有進門。我坐在山門的石階上，絕望地看著洪水捲著混濁的浪花，舔著最後的幾級青石台階，它們一會兒湧上來，一會兒又退下去。就像我的心一遍又一遍喊著我的乾爹。可是一點用也沒有。我的心嚎啕大哭。

4

我病倒了，躺在床上發著高燒，說著胡話。唐清妹嚇壞了，她坐在我的床邊，握著我的手，不停地安慰我。她給我煎藥，給我餵藥，給我抹身子。我的額頭上不時承接著她溫濕的嘴唇，時而暖和，時而冰涼。

我感到溫暖時，她因熬夜而倦怠的雙眼，便讓我心生愧疚，我勸她去睡會。她總是搖搖頭，要我安心養病，說她沒事。

我感到冰涼時，恨不得她的唇永遠貼在那裡。我覺得我的心被堵得嚴實無縫，血淤滿胸腔，整個心臟憋得彷彿就要爆炸似的，嗓子梗得連氣都喘不過來。

走了的王道士又一次被請來，他在我的床前殺了一隻白公雞，把牠的血淋在床的四周。他說我中了邪，他把邪用這雞血鎮住了，過兩天，我就好了。

兩天過後，我真的好了，偶爾心慌氣短的時候，唐清妹便用她纖細的雙手撫著我的胸，我就會慢慢平息下來。

差不多拖了半個月，我才從床上爬起來。爬起來後，我把唐清妹緊緊地抱在懷裡，深深地吻了她。她沒有拒絕，她回應了我。我知道，我們徹底從那場陰影裡走了出來。

我為我重新贏回了自己心愛的女人而感謝這場莫名的洪水，感謝這場莫名的大病！

5

可洪水依然盤桓在牆腳地頭，站在稍高一點的坡地上四下一看，白汪汪的水面塞滿了眼睛。該收的穀子，一粒也沒能進得了倉，指望祠堂裡的稀粥，只怕到了明年開春，連種子都變成了稀屎。

四弟建議報災。

這一次，我把安順福那一撥的四個長老請到了祠堂裡。安順福一開口卻是叫我不要做夢。他說，往年縣官老爺的官船能在瓦子湖裡走一圈，就算了不得的恩典了，想要官府救濟，怕是窮瘋了吧。

安順福的話讓我羞愧無地。但四弟說，縣官老爺早不知換了多少茬了，老皇曆只怕不見得准。再說，賑災乃是他們份內之事，他們憑什麼不管？退一萬步，就算他們不管，那洪水也不見得就再漲了回來；萬一管呢？

這話有道理。我撇下了那幾個老傢伙，去恩茂先生那裡，央他寫這封受災求賑的文書。

恩茂先生研墨就寫：「……淫雨苦水相逼，房倒牆傾；顆粒無收，望歲之心皆付流水。祠堂積穀已罄，而洪水猶然未退。饑寒交浸，挨日如年。嗷嗷待哺之聲，充耳盈野。安氏所居，低濕易澇，五載之內，必有四淹；豐稔之熟，佐以野菽，僅得果腹。往昔未達上聽，蓋苦雨多集於六月之間，秋收猶有望焉。今歲，不特雨移八月，且洪水淩犯，致使到手之秋，灰飛煙滅。其情實不堪睹。素聞相公勤政愛民，救黔首于水火，解民命於倒懸，口傳碑頌。吾等餓殍，乞望垂憐，若得一米一粥，逃荒路上，即少白骨一具。上天有好生之德，聖賢有慈悲之懷。懇盼相公一憫蒼生，蒙恩之日，當銘碑旌表，頌深恩大德，贈萬民傘，永志不忘。……

四弟、九弟捧著求救文書，跳上船直奔荊州城而去。晚間回來，兩人怨氣衝天，說縣官老爺連面都沒見著，師爺說，我們這個災情算個屁的災，這三天兩夜的雨，使西荊河在河壋倒了堤，再加上漢江發了洪水，堤防潰倒，這一南一北，才引起瓦子湖湖水倒灌。「知縣大人正帶領人馬在河壋堵堤，哪裡分得出人手來管你們這點小事，你們自救吧。」

我一聽，心裡竟是一喜。都說這場大雨、這場洪水是我造的孽，現在看來不過是放的一個狗屁！什麼小白龍，三太子，扯他娘的鹹淡！

這一喜過後，氣卻不打一處來——眼看就要餓死人，眼看就要出門討米了，這還是小災？「這些狗官，說得好輕巧！」這豈不是又讓安順福看了一回笑話！

八弟看著我，冷冷地笑了一聲，笑得我身上汗毛一豎。這傢伙，怎麼這麼怪！「大哥，不瞞你說，從恩茂先生寫第一個字起，我就曉得他不會來。歷朝歷代，地方上的官吏，有了事，哪一個不是能瞞則瞞，能哄則哄，能拖則拖？」

八弟的這番話說得我有些發懵。說實在的，我並沒有與「官」打交道的經驗，難道他有麼？

「當官的，總是口裡說一套，實際做一套。大哥，我敢說，知縣大人絕對沒有帶著人馬在河壋堵堤！你信不信，要是我們說這裡出了一樁人命案子，他立馬就來了。」他那雙眼，這會兒陰沉得可以殺人。

「不會吧！」六弟說。

「怎麼不會。俗話說：行動三分財氣。那當官的，玉體金貴著呢，每動一次，那得帶六分財氣才行。一無所圖，是不可能讓當官的動心的。」

「為什麼人命案子他就會來？」九弟問。

八弟看了他一眼，鼻子哼了一聲，說：「人命案不可能無緣無故就發生的，不是為情所困，就是為利所動。這樣的事而要驚動官府，必是一方要討回公道——而殺人償命，天經地義；也就是說狀紙一遞，另一條人命就要準備去見閻王了。那被告能心甘情願去償命嗎？若是如此，當初也就不會去欠那條人命了！既是要保命，必是要讓知縣大人判他無罪；不用如山的銀子，知縣大人那根簽能隨便從簽筒裡擲下來？所以，只要是出了人命案子，在官老爺那裡，就是財氣大動了。既然財氣動了，那官老爺能不動麼？還有那黑心的，接了官司後，得了銀子，卻遲遲不予判決，等著兩邊上貢，那就比強盜都不如了！你說，當官的是對殺人案感興趣，還是對看幾個滿臉菜色的災民感興趣？」

「可惜，我們這裡沒有這樣的事。」七弟歎息道。

「喂，我們可不可以把它說成是個殺人的案子？我們也的確是死了人啊！」六弟問。

「案子？那殺人犯可是洪水。洪水連根毛都抓不到！」三弟說完壞壞地笑了。

「大哥，有了！這樣吧，我來寫這個狀子。」八弟忽地來了精神。

「行不？」我有點明白他的意思了。

八弟說：「知縣大人絕對來！」

四弟趕緊拿來了筆墨紙硯，八弟提筆在手，也不思索，筆便在紙上掃了起來……夏大典打死田奄進，證人易白亮……

大家一看，都笑了。狀子是六弟投過去的，縣官老爺跟著他的屁股就過來了。

我們在大沙窪上的涼亭裡，把他接上岸來。縣官老爺帶著仵作、書辦、師爺和六名衙役、二十人，威威赫赫。他一上岸就問誰是里正②。我們說沒有里正。縣官老爺那圓乎乎的臉立馬就拉成了長長的砧板子，胸前那隻鴛鴦撲楞著翅膀，也似要撲上前啄人似的。那張東瓜臉上肥嘟嘟的嘴撇了撇，牙疼似地撮了一下，兩片唇吧嗒出一聲「嗟」來。「那完糧是怎麼完的？」說完，他的頭往上一聳。

「回稟縣官老爺，每次都是小民送到糧庫裡去的。」

「你幹什麼的？」

我躬著腰，向他施著禮。四弟在旁邊說：「縣官老爺，這是我們族長。」

「哦！」他上下將我打量了幾個回合，問：「叫什麼？」

「安瀾。」

「嗯。」

我不知道他為什麼要這麼「嗯」一下。我以為他還要說話，恭恭敬敬地等著，結果沒了。就在我迷糊之際，師爺開口道：「安族長，你一族之長，不會就這麼讓縣官老爺在湖邊喝涼風吧？」

我趕緊說：「那是，那是。」

「你讓人把人犯帶過來，我們到祠堂去如何？」他明裡是徵求我的意思，實際上是命令我。

我說：「這個人犯不好帶，帶不動！」我說到這，就聽到背後有人偷偷地笑了起來，我仍是一本正經地說：「縣官老爺可否直接去案發現場？」

我說完，抬眼看縣官老爺的表情。他惡狠狠地瞪了我一眼，粗聲粗氣地說：「帶路。」

說完，兩名衙役打扮的轎夫便回到官船抬上來一乘綠呢小轎。縣官老爺一彎腰鑽進了轎子裡。

我們一行人擁著官老爺一行人，順著米倉河往南走，在那些被水浸泡的破茅草屋中間穿行。兩邊破損的茅草壁子上，水漬裡還粘著垃圾，刺人眼目。我特意往前跨了幾步，然後回過頭看了一眼坐在轎子裡的縣官老爺，他閉目養著神呢。走著走著，突

②戰國時，秦國在居民區內，設一裡之長。後世在縣級以下，設鄉和里，其中一「里」單位的長官為里正，負責「課督賦稅」等事務。

然哭聲大慟，縣官老爺在轎子裡這才睜開了眼睛。

眼前已是無路，唯有白亮亮的一片，間或有一穗穀子和稗草支稜出水面，都挑著白嫩的芽苞。四周圍滿了人，哭聲震天。見我們停下了腳步。縣官老爺問：「那些人為何慟哭？」

「回稟老爺，那就是苦主啊！」

「什麼？這麼多人，那出了多少人命？夏大典何在？」

「稟老爺，您眼前看到的就是案發現場。您看我們這裡四周到處不是水窪子，就是河塘，有一分地就是好多條人命的保障。老天爺可憐我們，在這鍋台坑子，給了我們這一百多畝的良田，這就是我們安氏全族人的命根子！可這次三天兩夜的大雨，瓦子湖水倒灌進來，把我們這一族人的命根子全給斷了！您說，這不是『下大點』惹的禍麼？『田淹盡』這泡在水裡的東西，哪裡還有命在！您看這眼前一片白亮亮的水，它就是證人啊！老爺，我安氏一族三千人的性命，您可得為我們做主啊！」我說到後半截，一彎膝跪在了地上。義弟們一見，也跟著跪在了地上。不遠處那些哭泣的姑娘婆媳，一見我們跪下了，一窩蜂地從那邊擁了過來，把米倉河這最後的一段堤，遮得黑壓壓的。

縣官老爺的臉漲成豬肝兩片。

「胡鬧。起轎！」

兩名轎夫，應聲而起。我從地上蹦起來，一把抓住轎杠。

「老爺，你不能走！你不能置你的子民的生死於不顧啊！」

「你想造反？」

「安瀾不敢。只求老爺賑濟我安氏三千災民！」

「你膽敢誆騙朝廷命官，罪在不赦！」

「小民知罪，此舉實乃情非得已。小民甘願受罰，只要老爺救我安氏全族！」說著，我跪在了他的轎前。四周鬧嚷嚷的，我聽到了叫罵聲。我不知他們在做什麼，這一刻，我的眼裡只有知縣大人。

師爺突然過來把我從地上拉了起來，說：「安族長，且請退後一步，知縣大人這就實地勘查災情了！」

「萬望師爺成全！」我感到意外，更多的則是感激。爬起來後，只見義弟們正與四個衙役推搡著。平時耀武揚威的衙役，那份跋扈這時早已跑到九霄雲外去了。而後面，護族隊把退路堵得水泄不通。我忙叫他們住手。

師爺焦慮地招我近前，說：「知縣大人憐你一片苦心，實地勘查，災情的確嚴重。擬撥五十兩賑災銀子給你們，你讓那些人散了吧！」

我一聽，高興地跳了起來，「真的？有五十兩銀子，那我們可就得救了！」我一想到得救，便又要跪下去，師爺挾了我的胳膊，說：「好了！」

我說：「我要磕頭謝恩呢！」我吞了口涎水，問：「那銀子什麼時候給？」

「你派人到縣衙去領吧！」

「多謝縣官老爺，多謝師爺！」我磕了頭，站起來對堤上的人喊：「縣官老爺答應給五十兩銀子我們，大家謝縣官老爺吧！」滿堤的人一聽，腦袋雞啄米地上下亂啄，嘴裡謝恩的話，如洪水一般湧了過來，全撲到縣官老爺的轎子上，他便氣急敗壞地領著他的一干人走了。

我派二弟和四弟去縣衙門卻只領回了二十兩銀子。他們說，管銀子的人說，受災的又不只我們一處，多的是了，銀子發不過來，只這麼一點。

二十兩銀子雖說少了點，有總勝於無。最關鍵的是我們讓老傢伙們看了一齣破天荒。我覺得再也沒什麼事好問他們的了。我讓祠堂趕緊拿四十吊錢出來，讓義弟們去岑河口買米。

那二十兩銀子卻是怎麼也捨不得用的——早先時，一兩銀子怎麼也得一千二百文制錢去換，現在可是三千文才行！二十兩銀子得要抵六十吊錢呢。

義弟們用四十吊錢從岑河口買回了四船大米。我原先想的是，這四船大米回來後，就發給斷炊的人家，當然，得是借。今年在祠堂裡借一斗米，明年還一斗穀。所有借糧的，都得上祠堂的水板。我不想有人白吃，我也不想有人混水摸魚。但四船白花花的大米擺在我的面前時，我忽地改變了想法。我讓已經快熄火的大灶再一次燃了起來，祠堂裡的粥要繼續熬下去。讓那些沒有氣力的卻要張嘴的人，繼續在這裡喝吧；那些渾身都是力氣的人，我給他們想了一條出路——把鍋台垸子那一百三十畝田給圍起來，讓洪水再也不能把它淹盡，就算再來個「夏大典」，我們也可以用水車把它往外踏了。我要來個土方奪糧，一方土一兩米。

轟轟烈烈的打圍堰就這樣開始了。

6

我成天不在家裡，沒想到回來的時候，唐清妹小產了。她虛弱的身子泡在眼淚裡，我不知對她說什麼。而她除了哀傷更多的是驚恐，她伏在我的懷裡，悲傷便又無邊無際地在我心裡生長出來。

圍堰上沒有什麼故事。開工後，祠堂門口的大鍋裡喝粥的人一天少過一天，都湧到了圍堰上，連七八歲的娃兒都跑去搬土塊了。男人打硪，女人打夯。我趁機偷懶陪了兩天唐清妹，隨便去祠堂裡看了一下。

在祠堂裡熬稀粥的是我的姐姐和那個死了丈夫和兒子的女人。我的姐姐是我特地央她去的。這饑饉之日，我實在放心不下別人；安四六的娘，她死了丈夫和兒子，我不得不給她特殊的照顧。

我一去，這個女人就迎了上來說，這幾天，天天都有到祠堂來告狀的人。

看來，她已從喪夫失子裡走出來了。她看著我的眼神，像天邊的流雲，像瓦子湖的水波。

我還沒來得及答話，就見幾個氣呼呼的老頭，拄著拐杖趕了過來。我把他們請到祠堂裡坐好，在他們哆哆嗦嗦的述說中，我得知了事情的原委。這一段時間，凡是沒有勞力上堤堰的人家，家裡不是雞不見了，就是狗被逮了，沒有一天消停。這還算好的，他們說，幾個婆娘還差點被人糟蹋了，鬧著要上吊！

我不得不從圍堰上把四弟五弟抽了出來，他們從原來的護族隊裡選了十個人，晝伏夜出。

蹲點的人撒出去，一個賊的影子都沒抓到，那賊卻被安明志逮了個正著。

賊叫邢昌。

這一對冤家。

安明志說，他們家先一頭牛不見了後，他就一直在蹲守，今天終於抓到了這個賊。

邢昌說：「我沒偷，族長，我每天都在圍堰上，回到家，頭一挨枕頭就跟死了差不多，我哪裡會去偷他的牛啊！」邢昌趴在地上，豆子般的眼淚，不停地打到地上。他的腿被安明志一扁擔砸成了兩截。

「你還想狡辯？人贓俱獲！」

「族長，不是的！真的不是的！您看我帶著畚箕和扁擔，我是去偷牛的？我是去上圍堰去的！我就想早點去，能多挑點土，多掙點米。沒想到走到半路，我見一頭牛跑了過來，牠到我面前正好站住了。天黑，月頭已經落了，也不知怎麼，就被一扁擔把我打倒在地。我這背裡也挨了五扁擔！族長，您要救我啊！我不是賊啊！我們全家可是指望我掙點米回去活命的啊！」

「你就說得天花亂墜吧，再怎麼說你敢說當時你不正牽著我的牛麼？」

「我是牽著你的牛，但我真的沒偷！真要說的話，我那是撿的！」

安明志冷笑了兩聲，說：「你這麼會撿，那你把我另外一頭牛也給撿回來吧，我出五兩銀子！」

看著邢昌那慘兮兮的樣子，我不忍心責備他。在圍堰上，他要算是最賣力的一個人了。只要我去圍堰，總能看到他。我不相信他會去偷牛，尤其是偷安明志的牛。安明志一天圍堰也沒上，說實在的，光這一點，我對他就沒有好感。

我說：「明志，牛你先牽回去；邢昌暫時留在祠堂裡，等查明真相後，再做處理。」

安明志一聽，不滿地問我：「人贓俱獲，莫不是族長還想包庇他不成？」

「你說呢？」他被我問得張嘴結舌，恨恨地看了一眼趴在地上的邢昌，牽著牛走了。

邢昌的斷腿已腫得跟吹了氣的豬腿差不多，我趕緊叫人一面通知他的婆娘，一面幫他請醫生。

當天下午，四弟和五弟就將真正的偷牛賊押進了祠堂。

我一看，氣不打一些處來。他們一共五個傢伙，都是安明武的兒子；也是安明志沒出五服的侄子。狗東西們，偷牛偷到自己的堂叔頭上來了，卻帶挈別人挨打！老實巴腳的安明武，怎麼偏就養了這麼五個揚長忤道的兒子！

四弟說，他們發現他們時，這幾個傢伙正趕著一頭牛飛奔，隱約看得到後面有一個人追著。當時，他們顧不得後面那個人，追著那幾個傢伙就上去了。那幾個傢伙一見慌了，丟下牛，分五路就逃。

四弟說：「我帶的只有三個人，這夥賊卻分了五路！我當時本想兵分四路追下去的，可一想，不行，兔子急了還咬人，便一面吹響牛角知會五弟他們，一面帶著三人全力追趕一個。我想，抓到一個就行，那幾個還怕他跑了！」

五弟說：「我一聽牛角響，正在附近，還沒想好往哪個方向追，就見一個傢伙高一腳低一腳奔了過來；我們幾個人從樹林裡衝出來，那傢伙跟見了鬼似的，自己先癱了，根本沒費力。從抓到的這傢伙口裡，我們得知另外幾個傢伙藏的地方，和四哥碰了頭，就把這幾個東西全逮到了。」

把他們關進祠堂後面曾關過我的那個土牢裡後，我趕緊把那個錦盒從神龕上請下來，打開了那幾塊竹片子。

他們犯的是「偷盜他人財物」之罪，按戒條，當「砍手挑筋」；如果糟蹋女人的事也是他們幹的，那就應了「姦淫他人妻女」這一條，得要「活埋」才是。

我得好好地把他們審上一審。

我把老大從土牢裡提出來，這傢伙一臉晦色，醬黃色的額上，幾道皺紋粗大得讓人一看就是愚蠢之相。

「說，偷了多少東西？」

他跪在地上，斜翻著兩隻小眼把我和周圍的人看了好幾眼，驚頭慌腦的。

「說，快說！」四弟和五弟在一邊不耐煩地吼了一聲。

「你信不信，我讓你求生不得，求死不得！」五弟說著做出動手的樣子。我不知道他如何便能使他求生不得，求死不得。為了配合他，我假裝著把他攔住了。

「耀新，」我親切地喊了安明武這個不爭氣的兒子一聲。我說：「不是我這個做叔的逼你，你看你，這麼大個人了，三十了吧，怎麼就不學好？大家都在圍堰上挑土奪糧，你爹五十多歲的人，他都上了圍堰；你們倒好，趁大家不在，到處偷雞摸狗。叔現在是給你認罪的機會。你想想，你偷牛被人抓了個現行，你還強得脫？你就是不做聲，難道就不定你的罪？那樣，你的罪比現在可就大多了！你把你的罪都招認出來，那就說明你有悔罪之心，叔再跟你求個情，大事說不定就能化成小事了，曉得不？跟叔說，你們是從幾時開始的，第一天偷的是哪家？偷的什麼？偷了多少？」

「叔，你救我——我該死，我……」他這一哭，那張肥厚的嘴巴便一五一十，來了個「竹筒倒豆子。」

「說，你們都糟蹋了哪家的媳婦、哪家的姑娘！」我窮追不捨地問。

「叔，我，我沒做……」他那雙綠豆小眼一輪，顯得慌亂不已，便趕緊把頭低了，再也不看我們。

我讓五弟把他押到邊上的偏廈裡先看起來，讓四弟把安明武最小的一個兒子帶進來。

安明武最小的這個兒子，看來還嫩得很。五官倒也有幾分清秀，只是右眉梢上有一道疤刺破了眉毛，讓他的面相顯得有幾分邪氣。

「說，今年多大了，叫什麼名字？」

「十九，叫運財。」他跪在地上，根本不往上看，聲音小得像蚊子叫。

我冷笑一聲，「好一個『運財』，你就是這樣把別人家的財運到你們家的？你是想活還是想死？」

他看我一眼，那頭立馬雞啄米一樣在地上搗了起來。「族長，我想活！我想活！」

「想活就跟你大哥一樣，老老實實地把做的壞事都給我說出來！」

這傢伙到底是年幼無知，經這一詐，劈哩啪啦全部吐了出來。他們一共強姦了三個女的——第一個是一個已經五十歲的婆娘，是在給圍堰上的丈夫和兒子送飯的路上，讓他們碰上的。當時，他們正逮了一隻小狗，在土地廟裡煮著吃了出來，老二看著那女的，說，老大，讓你開下葷吧。說著搶上前一把將那女的嘴捂了，就往邊上的樹林子裡拖……這五個畜生，按長幼之序，輪番上場……第二個女人是個三十多歲的媳婦，在湖裡挖藕，他們跳到湖裡，便把她往岸上拖；那個女人說，只要他們幫她挖了藕，她就讓他們幹。這五個傢伙立馬幫她挖了滿滿兩夾擔③藕，她便遂了他們的願。第三個女人，是個剛過門不久的小媳婦，在河邊清洗衣服。這次，那個小媳婦誓死不從，又是喊又是打。他們捂嘴的捂嘴，壓腿的壓腿，正要得手，卻被人撞破，嚇得趕緊趴在草裡跑了。

「你們就不怕人認出來？」我問。

安明武的小兒子說他們白天裡，臉上都抹了灶灰的。

一切都清楚了，我把他們五個重新關在了土牢裡。

雖然如此，我還是不敢輕易決斷。我本想去問乾爹，但我知道他不會理我；我也想過去問安順福，可一想他的那個樣子，我的心先自冷了。

我在祠堂裡猶豫了一天，一個決定在我的心裡跳了出來。我要給安明武一個機會，只要他能夠出錢，我們就兩清。兩吊錢一個人，他五個兒子，一共十吊錢吧。

四弟和五弟不同意，說這五個王八蛋，造成的損失少說也有一百吊錢，再少六十吊雷打不動；再說姦淫之罪，那是要「活埋」的！十吊錢，太便宜他們了。

話是這麼說，可事情已經這個樣子了，殺了他們又能解決什麼問題？再說，三個女人之中，頭兩個年紀畢竟大了，後一個也沒得手，想一想，安明武的大兒子已經三十出頭，連女人的腥氣只怕都沒聞過，這也算情有可原。

四弟、五弟雖是憤憤然，卻也不再說話。他們把安明武找來，安明武說，他一分錢都沒有，把那五個不爭氣的東西沉湖算了。我知道他是氣話，我說，你還是找三親六戚借一下吧。我心想，安明志家有的是錢，十吊錢對於他來說九牛一毛。雖說這五個不爭氣的偷了他家的牛，可再怎麼說，打斷了骨頭還連著

③一種勞動工具，把楠竹裁成一寸寬，四尺長，育成U形，將兩根U形楠竹用麻繩絞在一起即成。

筋——那開山的爺爺年年都還爭著燒紙磕頭呢。可三天過去了，安明武一個銅板也沒借著。

怎麼辦？

想想他們犯的兩大罪狀，一該砍手挑筋，一該活埋。兩罪合在一起，總之是逃不過一個死。既然安明武都說了「把他們沉湖」，那我就依他吧。

沉湖的日子我替他們選在三天後的冬至。

7

冬至那天早晨，我起來一看，地上積了薄薄的一層小雪雹子，天靜靜地凍在那裡，無聲無息，雪花飄起來時，竟沒有風，漾在空中旋轉著不肯往下落。

天地間冷冷清清的。

沉湖的事我早已忘了，我站在前廳門外不是等人，我看著雪景想著就要完工的圍堰，想著是不是再組織人，把裡面的積水踏出來撒上點蕎麥，開春只怕就能接上了。

屋內火盆溫暖的火光，從背後讓人感到安祥。唐清妹、安若男、安玉蓮都坐在火盆邊，火光在她們的臉上一明一暗地閃著。三個人都在納著鞋底，索子拉得嗚嗚地響。我忽地想把唐清妹叫出去，我們倆到湖邊去看雪。等會安若男就要去祠堂裡熬粥去了，剩下她和安玉蓮坐在一起還有什麼話好講？

擁著她柔軟的腰身，在鋪滿白雪的沙灘上，看水、看浪、看雪裡湖中驚飛的鳥。這已經是許多年前的事了。那時候，只要我開口，她就會答應；現在，她還會答應我麼？我不由舔了舔嘴。她剛小產，我怎麼忘了？這麼一想，我狠狠地拍了一下自己的腦袋。

「大哥，都準備好了！」義弟們在我猶疑之間擁了進來。

「什麼事？」

「大哥，你忘了，今天不是，安明武的兒子……」

哦！我想起了，今天是一個殺人的日子。

那五個該殺的傢伙頭上蒙著黑布罩，雪灑在上面，慘白的光芒透出一股濃烈的淒清之氣。他們的腳下拴著沉重的毛石，只要用船把他們撐到湖中間，然後丟在水裡，他們的小命在幾個氣泡之後就到閻王殿裡報到去了。

湖邊的涼亭用布已圍得嚴嚴實實，雪在它的四周飛舞著，我坐的那把檀木椅子早已擺在那裡，上面鋪著柔軟的絲棉墊子，面前是一盆紅旺旺的炭火。我坐到上面，手一揮，所有的一切既是開始，又會是結束。

我緩緩地從風雪中走過來，向檀木椅子走去，在涼亭與雪地的交接地，我的腳被兩個低矮的身子纏住了。

「老爺，求你給我留一條根，我安明武情願替他們一死！」

「我去沉湖，老爺，你把我沉湖，給我留個兒子！」

你安明武不是說讓我將他們沉湖的嗎？真要沉湖，你又不同意了？難道你兒子為非作歹，只是一場遊戲？難道族規戒條，只是一個擺設？再說了，這種不爭氣的東西，留與不留又有多大意義？

義弟們一擁而上把他們從我的腳邊拖走了。我坐到檀木椅子上，他們烏黑的手在義弟們的身上伸過來，無望地向我乞求。我的心軟軟地動了一下，我舉起來的手，僵在空中無法揮動；我再看黑布罩下的身子，他們都在抖著；抖著抖著，一下全跪在了雪地裡。

我要讓他們活下來一個！

「放開他，讓他們過來。」我命令義弟們鬆手。他們便再一次爬到我的腳前。

「求老爺開恩！」

「求老爺開恩！」

他們能說的只有這一句。

「起來吧，我答應你們，給你們留一條根。你們去選擇活的和死的吧！」

這是一道難題，這樣的難題我不想替他們做出選擇。這道難題該由安明武和他的婆娘來做，眼前這五個兒子分屬他們兩人。

安明武的前妻死時給他留下了三個帶把的玩意，老實而又單薄的安明武，如何帶得了這三個只知張嘴要吃的東西，他需要一個女人。這個女人來了，她帶來的是她和她前夫的兩個兒子。他們天生就應該是一家。五個傢伙在這之後的十年裡，和睦得就如同從一個女人的胯下竄出來的一樣。只有到了這時，生與死擺在他們面前的時候，他們才想起，他們並不是一個女人帶到這個世上的。

「爹，我要活！」

「姆媽，我不想死！」

「……」

五隻黑布罩滿地亂滾，安明武和他的女人爬向他們。當他們感到自己的父母到了他們跟前時，他們做出想抱住他們的樣子，可惜他們的手被反綁著，他們只能在地上像豬樣地拱著。我讓人把他們的黑布罩摘了，我看見他們的臉上糊滿了眼淚和鼻涕，他們月黑風高天裡做下那些勾當時的那股豪氣，一點也看不見了。真他媽的窩囊！

安明武扶起他和他前妻的三個兒子，女人便扶起了她和她前夫的兩個兒子，然後他們對望了一眼。

「姆媽，你去說，我不想死！」

「爹，是我，我是你的兒子，我要活呀！」

「我要活，我不想死！」

「我要活，我不要沉湖！」

「救我呀，我以後好好地侍候你們！」

安明武和她的女人茫然了，誰死誰活？他們做不了決定。

「你們是不是做不了決定，那就都死算了！」我冷冷地說。

「不！」

他們七個人同時迸出了這個「不」字。

「老三！」

「老五！」

「不，爹，你好偏心！」

「姆媽，你選我呀！」

我不願成為這齣戲的看倌，如果繼續看下去，說不定我會饒了他們所有的人，我知道自己的弱點，我不得不揮手。那三個沒有被點到名字的傢伙取下的布罩重又罩上了他們的腦袋，他們嚎叫的聲音從布罩裡掙扎出來，聽起來糊成了一片。

「還有一個不能活！」

這可能是我一生中做的最殘忍的一件事。我使他們夫妻生隙，兄弟成仇，父子反目，那活下來的一個還有什麼意思？我給了他機會，我只要十吊錢！十吊錢換五條人命！他竟是置若罔聞！祖宗成法，宗祠戒條，難道在他的眼裡真的只是擺設麼？

安明武不知所措，他的眼光在向他的女人乞求，而他的女人，憑著母性的本能，毫不猶豫地做出了選擇。

「族長，老五，我選老五！」

安明武的兒子暈倒在了雪地裡，安明武跪著的身子癱成一截枯柴戳在他兒子旁邊。那暈倒的兒子被拖到船上，四隻船飛快地向湖中心劃去，剩下的那隻空船在浪裡輕快地顛動著，貼在船身上的鋸齒般的薄冰，在浪裡一片一片地碎了。

8

現在該處理祠堂裡的傷者了。

我讓安明志來領人。他，拒絕了。

「想要我給他治傷，除非太陽從西邊出來！」他梗著脖子站在祠堂裡，擺出一副天第一，老子第二的架式。

「你講一講你的道理總可以吧。」剛殺了人，我不想發火。

「不知者不罪。」

「那罪是誰的呢？難道邢昌是被鬼摸了？」我乜斜著眼問他。

「誰叫他半夜三更牽著我家的牛！」

「事實證明你錯了，對不對？」

「那罪也不在我，在安明武的五個兒子身上。」

「安明武的兒子！嘿嘿，你的侄兒已經沉湖，難道還不夠嗎？」

「他還有一個小兒子活著！」

「什麼？」我無法形容我內心的震驚！就算那個兒子與他們家的血脈沒有關係，可那畢竟是他堂兄的女人的兒子，他不該冷血到這種程度！不，他這簡直是惡毒了！「活著怎麼了？是我讓他活下來的。但是，你要清楚，人是你打的，而不是安明武的兒子打的。」

「不錯，人是我打的，我說過不知者不為罪。另外，我想提醒你，根據安氏六條，你沒有權力要我這樣做！」他又在我的面前賣弄他對安氏六條的熟稔。的確，他懂得比我早。可惜，就像一個鑄劍師一樣，最鋒利的寶劍從來都只屬於真正的劍客，而鑄劍師除了鑄劍之外還是鑄劍。

「看來你打邢昌打得有理有據，我得獎點什麼東西給你才好。要不我叫邢昌來，讓他給你磕兩個響頭，感謝你把他的腿子打斷了，怎麼樣？」

他這下倒是愣住了。不過他沒沉默多久，便開口反駁我說：「我不管你怎麼說，反正一條，我就是死也不會給他治傷！」他跟我要起了無賴，這是我第一次和一個無賴打交道。

我問他：「邢昌是不是你打的？你說你就是死也不給他治傷，是不是？」

「你想怎麼樣？」

他問我想怎麼樣，我不想怎麼樣，我只想成全他。「來人，給我綁了，拉出去沉湖。」

「安可喜，我操你祖宗十八代，你敢！」

只要是我想做的事，還沒有哪一件事不敢的。他對我根本不了解。他一下被掀翻在地，三兩下就成了一個人肉粽子。

「我操你媽，你把老子放開！」

「不識抬舉的東西！」三弟罵了他一句，就聽肉和肉相擊的聲音傳過來，劈劈啪啪的，在祠堂裡撞得嗡嗡地響。他們把他拎起來時，他的嘴角掛了滿坡的血水。

被推搡到了湖邊，他還在罵罵咧咧。為安明武的兒子備下的沒用的那個黑布罩，猛地往他頭上一罩，他的腿看著看著就彎了下來，噗的一聲跪到地上。一股臭氣從他的身上散發出來。我以為他真的是條漢子，寧死不屈。要真是那樣，我倒是佩服他，把他放了。沒想到他如此稀包，還沒上船，屎就糊了一屁股。

「我錯了，我給他治，我給他治！」

我讓人揭開蒙在他頭上的布罩，他的頭在雪地上搗藥似地磕了起來。

「我從來不強人所難，你現在想好，後悔還來得及。」

「我錯了，我錯了！」

「曉得錯了就好，我不為難你，你說，你打算怎樣待邢昌？」

「我，我把他當我的爹來待！」

第十八章　支那蠻

1

我一直到現在都不懂安明志為何不願接邢昌去他家養傷。憎惡當然是最好不過的理由了。但依當時的情勢，假如是我，安明武的兒子一抓到，我就會想到自己必須把邢昌接到家裡來為他治病了。明顯理虧的事情，死不認錯，唯一的就是自取其辱。

在我看來，安明志應該十分爽快地答應替邢昌治傷才對，假如他真的喜歡那個女人的話。那樣，邢昌是絕對不會帶著自己的老婆住到他家裡去的。

我總想男人只要捨得下功夫，沒有勾不上手的女人。可是他偏要鬧，要鬧到屎尿糊滿了屁股，把自己的臉丟完了之後再同意，這時，不但邢昌敢住到他家裡，連他的婆娘也敢大大方方地在他的屋裡走進走出而心安理得了。

女人感到男人對自己存有威脅，其實是一個男人魅力的極端形式。當女人覺得男人在他的眼裡形如無物之時，即使你這時得到了她的身子，也不過是偶爾夢中遺精的一個翻版而已。

這最後的一點想法，是我現在想的，我可不想說出來。

也許我錯誤地估計了安明志，自從我把那個女人判給邢昌之後，他就對那個女人深惡痛絕了。也許他曾發誓再也不見那個女人了的，而我強迫他違背了自己的誓言。

這只能是一個懸案了，一個無聊的懸案。

2

「賴媽媽好遭孽。就那麼一下，丈夫和孩子都沒了！老爺，祠堂沒給她別的，就讓她熬了幾天稀粥？」蘇茹忽地問我。

「哪裡會呢。我記得是給她錢了的，去把她喊來問問。」

記憶是個很奇怪的東西，不知你們有沒有這方面的經驗。一個原本很熟悉的人，長時間沒有見過她，你的記憶就會幫你把她抹得一乾二淨，即使哪天你重新遇到了她，你仍然是陌生的；但隨著回憶的開始，那些失去的東西就會慢慢復原。

賴老婆子就屬於這一類，她過去留在我心目中的影像，比起現在她成天在我的面前出出進進，似乎還要真實分明，可在這之前，記憶對於她的留存，差不多是一張白紙。

「老爺，什麼錢啦？」她站到我面前，一臉疑惑。

我說剛才跟蘇茹講起了發洪水那年窯炸了的事，我記得後來祠堂裡給了你一筆錢的，我沒記錯吧？

「哦，是這回事啊，把我倒嚇了一跳。我還以為說我現在呢。當時是給了的，給了十五吊錢。」

「十五吊，不算少了。那個時候十五吊只怕要抵現在的五十吊值錢。我記得那時候四吊錢就可以買頭牛，現在聽說十吊還談不攏。」

「也不見起得，米還是沒怎麼漲。」

「那十五吊錢，你都用到哪裡去了？你上次說，我就想問你的，怎麼就捨不得花幾百錢，給你的四六念場經？」

我問了這個問題後，她的眼圈紅了，她撩起大襟擺把枯澀的眼角沾了好一陣，然後歎了口氣。

「老爺，你不提這事還好；一提，我就是火。當時，一聽說祠堂給了錢，我那死鬼的大伯子就說，他們爺兒父子都是為了火磚瓦屋死的，活著沒住上，這死了要讓他們住上。我問他死了怎麼住上火磚瓦屋，他說，除了要買上好的柏木棺材之外，那陰井①得要用三合土壘壁子。他這麼說，我能說什麼，只得託他去辦。光這一項就花了三吊。葬了人，我娘家的兄弟說，姐夫用命換來的錢，不能糟蹋了，死人既然已住上了火磚瓦屋，那活人更要住火磚瓦屋；我一想也是，這一下花了七吊。剩下五吊，大伯子說，得給他爹娘一人一吊，他弟弟死了，不能盡孝心了，這活著的人，不能讓人戳了脊樑骨。那也是人之常情，我沒說啥。大伯子接了那兩吊錢，說還有三吊，我要是嫁人，就自己做個陪嫁；我要是不下堂，就做個生活費。第二年，小兒子四九出豆子，豆花娘娘請遲了，又死了，那三吊錢湯裡來，水裡去，也就花了個乾乾淨淨。大伯子見我三個兒子死了兩個，就拿話擠兌我，到這時我才回過味來，他是想我的屋了。我心一橫，偏不走！老爺，你不曉得，一個寡婦拖一個孩子，那種日子哪裡是人過的啊！」說到這裡，她又抹起了眼淚。

「賴媽媽，你……唉，你現在總算好了！賴媽媽，你跟安生伯伯怎麼沒有孩子？」

嘿嘿，我倒是沒看出來，這個小女人還是個包打聽呢。

「我說了你也不懂，你叫老爺講給你聽吧。老爺，今天洗不洗澡？我這就去給你燒水吧。」說著，她站起來對蘇茹笑了一下，走了。

我記得我跟你們說過，她是在我這裡跟安生勾搭成奸的。也就是說，最早也只是六年前的事。六年前，她已經五十七歲了，一個五十七歲的娘們，怎麼還會生孩子？我可以和蘇茹講絕經是怎麼回事麼？

「老爺，我去收衣服了。」她像沒事人一樣，站起來徑直忙活去了，倒把我晾在了一邊。我楞楞地看著她玲瓏的腰身，我的心充滿了惆悵。

我想找句什麼話來說說，可一時，腦子裡竟是一片空白。

正無聊間，二弟闖了進來。

「大哥，只怕要出事了！」

我和蘇茹都驚得一跳。二弟已經很多年沒用這種口氣跟我

①即墓穴。

說過話了。他站在我的床前，滿臉的焦慮。

「這正月頭裡，出什麼事了？」我實在不解。

「安鵬回來了！」

安鵬？

「誰是安鵬？」

「大哥，你怎麼忘了，就是安明貴的兒子啊！聽說年前就回來了，我昨晚上才曉得信！」

安明貴的兒子？他叫安鵬麼？記不得了。我只記得那年，安明貴沉湖自盡後，他的堂客帶著他的兒子走了。只記得他們娘兒倆走時，小傢伙才只有四歲。

「四十幾年了，他們還曉得回來，這是好事啊。」

「大哥，你……」

「怎麼了？」

「聽說他回來後到處走串，逢人就講什麼『公』，什麼『和』。來者不善啊！」

對於什麼「公」、什麼「和」，二弟說不出個所以然來。我想，他多半是聽岔了。但我不相信安明貴的兒子能翻出什麼大浪來，我倒是生出想見見他的衝動。

「你把他給我找來，說起來我還是他的姑丈呢！」

3

安明貴的兒子兩天後站在了我的面前。他進得門來，讓我吃了一驚，站在面前的竟然是個道士，一臉的青癯之氣！要是他手裡再拿柄拂塵，倒真有幾分神仙的氣派。那柄拂塵現在被兩封「茶食」代替了。他是跟著安午進來的。蘇茹一臉的好奇，連看茶也忘了。

「姑爹，安鵬來看您老了，給您拜個晚年！」他放好「茶食」後，向我鞠了一躬。

「坐坐。我起不了身，怠慢你了！蘇茹，看茶。」蘇茹一慌，轉身便走。

安鵬落坐在我的床前，說：「哪裡，哪裡。倒是安鵬回來幾日，今天才來拜望姑爹，有失禮數。」

安午卻叫住了蘇茹，說他去倒。蘇茹不肯，我說：「你去找你賴媽媽玩會吧。」她遲疑了一下，走了。我收回眼神，望著安明貴的兒子說：「這麼多年，把你吃苦了！」

「哪裡。我娘現在過得蠻好的，我現在也過得好。」他顯得淡淡的，彷彿真的看穿了這個世道，修煉成仙了。

「哦。你這是在哪裡修行？」

他微微一笑，說：「回姑爹，侄兒沒有在哪個寺觀裡修行。」他轉過頭，想是準備看一下安午；安午正掀開簾子往廚房倒茶去。他收回眼，接著說：「表弟把您的情況都跟我說了，姑爹把安氏家族經營到現在這個樣子，實在是不簡單。安氏祖宗地下有靈，也一定欣慰不已。」他說到這裡，頓了一下，然後道：「不瞞姑爹說，我是從外面回來的，特地裝成這個樣子，怕不方便！」說著，他把頭上的髮髻取了下來，露出來的頭，寸把長，毛乎乎的，跟個刺雀子②差不多。他竟沒有辮子！

「你，這是……」

「姑爹，您別嚇著了，沒事。」說著，他又把那個道士髻端端正正地戴到了頭上。

我愣了愣，對他說：「你這次回來了就不走了，以後就在祠堂裡幫著做事吧。」

他把頭髮整理好了，說：「多謝姑爹。我這次回來，並不打算長住。一來是祭一下祖，二來是向鄉親們說說『善書③』。」

「祖祭了嗎？」我問。

「多謝姑爹關心，我到我祖父、父親的墳上看了看，也算是祭了他們吧。」

他淡淡地說來，在我聽著，心中卻是百味翻騰。望著他，我一時不知說什麼好了。

「姑爹。」倒是他開了口。「您也看到了，我這身打扮不倫不類。姑爹，我跟您說，外面的世道已經變了！」

「變了?怎麼變了?」

「韃子皇帝長不了了，將來的天下乃是共和的天下！」

「啊，共和?!」我癱軟的身子也不由閃爍了一下。這個「共和」可不是西周初年的那個「共和」，我在沙市的時候，就曾聽人私下裡傳過。「這話我們爺兒倆在這兒講就在這兒了，這話傳出去是要殺頭的！」

「謝謝姑爹。我也就是在您這裡，才敢這麼說一下。姑爹，我跟您說段『善書』吧。」

「好啊。」

「我帶了個漁鼓的，怕您不喜歡，我放在門外邊了。」

「沒事，我都是去死的人了，哪還講這一套。安午，你去幫你表哥把漁鼓拿進來。」安午端了茶正好進來。

安明貴的兒子趕緊站起來，把端著茶的安午壓在了座位上，說：「還是我自己去，這叫花子的家藝④，怎麼好讓表弟動手。」

見他出去了，我對安午說：「你看你表哥，深諳人情事故啊。」

「是，爹。」

他木訥地應了一句。我一下沒了跟他說話的興趣，便把眼閉了，專心等著安明貴的兒子。聽著那細碎的腳步聲，我睜開眼，他抱著漁鼓已坐到了我的面前。

「姑爹，您想聽老的，還是聽我新編的?」

「那就聽新編的吧，老的以前也聽過幾回，無非是積德行善、二十四孝什麼的，倒是沒覺得有什麼好聽的。」

②即刺蝟。

③道教勸人為善的一類唱詞本子。

④漁鼓多為道士用來講「善書」的道具。後來，生活困難者，也多有打著漁鼓乞討的。家藝，指藉以謀生的一種工具。

「那我就跟您唱個『支那蠻⑤的血淚』吧。」

「好。」

他把那個蒙了羊皮的竹筒子斜抱在左手臂彎裡，右手在羊皮上重重地拍了幾下，屋子裡霎時如同滾過一排巨浪，隱隱有竹碎布裂之聲遙遙地傳了過來：

「皇皇中華開國遠，天朝上國人人敬；夷狄蠻戎皆稱臣，四時貢賦獻不停。我今不說堯舜禹，我今不說秦漢唐。開口我說眼前事，話未出口淚先流。」

唱到此，他的右手四指連連滾動，恍若萬馬亂蹄。爾後四指一抹，屋內便如凝凍一般。

「喪權辱國何所始，起始肇禍鴉片煙。毒鴉片，害人命，弱我華夏坑我民。可歎林公挺身出，虎門一炬救大清。可恨清廷軟無骨，屈膝簽約在南京。開埠通商建租界，還要強割香港地。英國、法國兩個賊，藉口換約再開戰。奪我巍巍京都城，毀我錦繡中華園。白日搶了夜裡搶，為掩罪孽放火焚。放火燒了還不依，還要賠償他『損失』！海關本是國門口，英賊卻要他來守。沿海、內河皆易手，毒品鴉片遍地流⑥。

「毒鴉片，刮骨刀。不論你是龍虎身，不論你有萬貫財；龍虎刮成癆病鬼，萬貫家敗做乞丐。東亞病夫被人辱，華人如狗萬般苦。

「支那蠻啊、支那蠻，撫頤捫心坐長歎。

「一戰洋兵兩千五，二戰也只一萬餘；泱泱帝國人四億，直如羊被虎狼驅。巍峨宮闕九千間，可憐焦土生狼煙。帝死西苑不為恥，還京猶自慶升平。國都淪陷不亡國，金鑾變色不換代；夷狄訂盟紙三張，還來助剿『長毛賊』；天也眷顧地也寵，對此如此不歌舞！彈冠相慶正是時，說甚恥來說甚辱⑦。

「滿朝渾噩猶自誇，大餐饕餮誰能拒。

「法國佬，心不小，分肥京都意未了。趁著東南無人管，占了安南、廣州灣。得隴望蜀賊心貪，黑手頻伸雲貴川⑧。

「老毛子，俄羅斯，東邊占我興安嶺，西邊搶我阿勒泰。旅順、大連今再占，饞涎滴在長城畔。西伯利亞有多大？直如南邊十八省！白山黑水逼著搶，活活氣死李中堂。老毛子，罪孽重，罄其竹，難盡書。入我內地強徵稅，開槍打死九十人。強行入侵海蘭泡，老幼六千全被殲。屍身棄入江水中，江水嗚咽水斷流。江東有屯六十四，殺我同胞二十萬……

⑤當時列強對中國的稱謂，帶侮辱性。

⑥第一次鴉片戰爭，清政府與英法簽訂《北京條約》，割香港九龍。第二次鴉片戰爭，英法聯軍打到北京，搶劫圓明圓後，放火焚之。清廷被迫開內河航運，海關由英國人控制。

⑦都城失守、園林被焚、皇帝西狩，卻沒有亡國，慈禧當時認為這是個奇跡。

⑧一八八四年，中法戰爭爆發，清政府不敗而敗，法國不勝而勝。一八九八年，在帝國主義瓜分中國的狂潮中，法國把兩廣和雲南劃作它的勢力範圍，迫使清政府「准允法國自越南邊界至雲南省城修造鐵路一條」。滇越鐵路的修建，是以「一顆道釘一滴血，一根枕木一條命」的代價完成的。

「歌到此，淚漣漣，哀我同胞命何賤！

「還有那，倭寇賊；明萬曆，擾海疆，食我心，傳到今。甲午年，又挑釁。黃海戰，北洋殉。渤海灣內血浪湧，水師一軍全罹難。馬關條約催命符，內地沙市也被犯⑨。

「東四省，黑土地，三千里，膏腴地。兩個強盜涎水滴。一個名叫小日本，一個就是俄羅斯。兩賊在那遼河東，擺開戰場廝殺急。可笑朝廷稱中立，站在河邊看稀奇，這樣的政府誰不欺⑩？

「再來看那德國佬，掠奪殖民惟恐少，只恨遲來不恨早。一見他人侵我地，即揮老拳⑪來爭利。占了膠州想青島，山東從此鐵蹄罩。動輒焚村擄士紳，綁票勒索人齒冷。欲壑難填領八國，橫衝直撞掠華北。搶了擄了還不算，罰我同胞四萬萬，每人罰下銀一兩⑫。說什麼，海牙法庭有公斷；說什麼，目無上帝是異端。自古公理在強權，從來弱者少人憐。」

他的四根指頭屈起來，交替地在那塊羊皮上擊彈，那長不過三尺，粗不過碗口的一截竹筒，竟似激越的戰鼓。

「淚泣乾來血滴盡。兩千年，大變局。天地間，人思變。炎黃子，心不平，不甘辱，奮起爭。先進之賢林則徐，後進之勇孫逸仙。

「興中會，驅韃子，同盟會，建共和，捨生忘死為家國。真君子，好男兒，爭奮起，為民命。君不見，小鄒容，十九歲，《革命軍》，馬前卒，殞身命；汪兆銘，二十七，少年頭，不肯惜，刺載灃，歌燕市。女秋瑾，勝鬚眉，慷慨去，悲歌起，從容死，千秋義……」

唱到這裡，淚爬出了他的眼眶。

4

「安午，給你表哥打盆水來。」我不忍他痛苦如此。

「表弟，沒事，你坐。」他用手背使勁地在臉上拭了拭，對我一笑。那笑慘澹得讓人心底發酸。「姑爹，國難至此，侄兒不忍偷生。我這次回來，就是想做些基礎性的工作。」他放下漁鼓對我說。

「你莫不是要鼓動人們造反？」我不知這句話為何衝口而出。說完，我沒有看他，反而看了自己的兒子一眼。眼睛還沒落實，卻不得不再一次移向屏風後的大門。門莞子吱啞一響，徐妙玉轉了出來。

安鵬馬上站起來，臉迎著她喊了聲「小姑媽」。她根本沒理這個茬，惡狠狠地問：「我聽到說『造反』，哪個要造反？」

⑨在《馬關條約》中，沙市被逼成為通商口岸。

⑩指日俄戰爭。一九〇四—一九〇五年間，日俄兩國為了爭奪我東北進行的一場戰爭，清政府當時宣佈中立。

⑪一八九七年曹州教案發生後，德國藉口強佔山東。德皇威廉二世的弟弟公開叫嚷：「……如中國阻撓我事，以老拳揮之……」

⑫德國後為八國聯軍統帥。清政府與之簽訂《辛丑合約》，當時中國人口四億，每一人承擔一兩白銀的賠償義務。

我們都沒理她。她盯上了安鵬。

「哪裡來的個野道士，在這裡放什麼屁？討飯到門外站著，跑到屋裡來，膽子也太大了！」

「你胡說什麼？這是明貴的兒子安鵬，專門來看我的。我們爺倆說會兒話，你打什麼岔？」我好不容易找個人說幾句話，是誰告訴她，讓她來胡攪蠻纏的？

「說話，說話！哪個不能陪你說話，偏要跟這種人說話？年跟前，你不怕堵，別人看了心裡還堵呢。再說了，你這身子要的是靜養，不要有點兒興頭，就以為自己好了；你不知愛惜自己，那些人就更不知道愛惜你了！」說到這裡，他指名道姓地說起了安午，「外人不知道你爹的情況，你未必也不知？還不把人帶出去！」

安午和安鵬站起來訕訕地走了，我的眼不捨地一直將他送出門外。收回眼，我從徐妙玉的眼角看出了她的得意。

「你滿意了吧？人家四十幾年沒回來過，一回來，就被你趕走了！」

「你的話怎麼說得這麼難聽？我還不都是為你著想。」

「為我著想！哼，我心裡就想和他撮撮白⑬，聽聽外面發生的事情，你為我著想，就把他給我重新請回來！」

「你算了吧，安明貴的兒子，你跟安明貴是怎麼一回事，你心裡真的一點數都沒有？他為什麼四十多年不回來？那是人家心裡一直記恨著你！他為什麼現在又回來了？還不是聽說了你身體不好……聽說他回來四處找人，只怕不是那麼簡單的，只怕是衝著族長之位來的！」

是啊，不能說徐妙玉說的沒有一點道理。我和安明貴之間，一切真的已經完結了麼？我的心一下墜入黑暗之中。我拉了一下床頭的繩子，蘇茹立馬跑了進來，我讓她把我放平，我要好好地想一想這個問題。

可我想去想來，怎麼也想不出一個頭緒。從他的言談裡可以感知，他的眼界是寬闊的，他的心底是善良的，他的報復是遠大的……如若他真的只是為了報仇而來，我怎麼一點也看不出來？退一萬步講，他的確也是有資格坐到祠堂那把檀木椅子上的人選，若他真的優秀，倒也免得讓我再操心了！

我決定再跟他好好談一談。

這一次，我讓二弟把他半夜裡帶了過來。我先向他表達了我的歉意，他聽了，一下跪在我的面前，說：「是安鵬無知，小姑媽責備得有道理。其實我現在也不該來，只是不知姑爹有什麼要教育安鵬，所以跟著二叔來了。」

「我哪有什麼可以教育你的，我只是想聽聽外面發生的事。你接著白天的話頭往下講吧。」

「這，不合適吧！」他說著看了一眼二弟。

「老二，你別坐這裡，你先出去一下。」

二弟看了安鵬一眼，對他說：「你揀要緊的講，只有一炷香的時間啊。」

⑬即聊天。

安鵬默默地點了點頭。

二弟讓蘇茹給他點燃了一炷香，他拿在手裡出去了。

「姑爹，我總覺得二叔和小姑媽都不歡迎我。我不知怎麼得罪了他們？」

「安鵬，你講你的，別理他。」

「你別往心裡去，他們就是這個樣子，說話不曉得注意方式——直腸子——都是刀子嘴豆腐心！」我不得不安慰他。「你先講到了『起義』對吧？」

「嗯！」

「『兩千年，大變局』我記得你是這麼唱的。」

「是啊，姑爹！」

這麼說，天，真的要變了麼？其實我如何不知，如今，老毛子、洋鬼子、小日本，都欺到了我們的頭上，朝廷一味退讓，喪權辱國，的確是活得窩囊。想我四位義弟，在沙市，不就是吃了洋人的虧！可是，國家的將來，天下黎民的指望，難道就是他剛才說的「起義」、「造反」麼？我不禁想起了我最小的那個兒子，他也曾說過「遠赴重洋，為家為國求一解鎖之法」的話——我那兒子的「解鎖之法」會是什麼呢？等到四年之後回來，一切還來得及麼？我不禁分外地想念起我的那個兒子來！

想起我的兒子，我腦子裡一下全是恩茂先生講的兩天之後還在身上爬著的那些蛆蟲。他被長毛抓後，跟著他們從湖南洞庭到長江漢水，再到南京，生死數次，親眼見其燒毀村落，裹脅青壯，吃盡民糧，置萬家老少妻兒的生死于不顧，人性全然泯滅；可打的旗號，卻是替天行道……每言及此，恩茂先生總是擊節歎息，悵然良久。

記得恩茂先生回來後，念念不忘的就是其好友陳定山，不知其是否逃脫「長毛」魔爪，時時上監利探望。有一次出去了好一陣子，帶回來一本《賊情彙纂》，上面有一處是寫「長毛」東王楊秀清的，說他每次出行都要用一條三十六節長的龍燈開路；龍燈後面，跟二十對寫著他的各種官銜的綠邊黃心金字街牌，像移動的城垛；街牌後面由一面寫著「金鑼」的杏黃旗引導十六對銅鑼，巨大的銅鑼必須用人挑著才行；銅鑼後面，則是二十對綠邊黃心繡龍長方旗、二十對綠邊黃心繡虎正方旗、二十對綠邊黃心繡蜈蚣旗，以及高照二十隊、提燈二十隊、畫龍黃遮陽傘二十對、提爐二十對、黃龍大傘二十柄、參護背令旗騎對馬數十對；在這之後才是手拿刀槍的護衛隊。在護衛隊的簇擁下，方是東王乘坐的黃轎二乘和繡龍黃蓋一柄。轎後則跟千餘杆黃色大旗。這片黃漫漫的森林後面，是十位騎著高頭大馬執著明晃晃大刀的侍衛；再後面是鼓吹班子和音樂班子，人數與前面儀從相間……東王既是如此，天王豈不更甚！上面還記載說，壬子年冬，長毛攻下武昌，東王便在民間征女選美——令全城十三至十六歲的少女，全部向官府報到，違令者全家處斬。武昌城內，一時哭聲震天。逼不得已，父母只好以鍋灰為其塗面。誰知在報到處，東王早令人備下了一盆盆清水。東王在武昌城一下便選得美女六十人，挾之東去……

那個時候聽起來，只當是故事，今天憶及，竟是讓我打了個寒顫。

「安鵬啊，說到造反、起義，遠的我們不說，就說這太平天國的事，這反一造，給社會帶來的可是毀滅性的災難啊，幾十數百年積累下來的一點東西，一夜之間化為灰土，教訓不可謂不慘痛！」

面對我的詰問，他終於打開了話匣子。他說我的憂慮也是他經常思考的問題。他說：「其實每一次革命，都是被逼的結果！別朝不說，只說我朝——鴉片戰爭以後，朝廷面對洋人，打一戰敗一戰，割地賠款，曾經的天朝上國，顏面蕩然無存；大家痛定思痛，以為是洋人的船堅炮利——於是，辦洋務，建海軍，修鐵路，辦電報。大清國通過二三十年的努力，向外派留學生，向內請洋教練，號稱世界第六，亞洲第一的北洋水師終於建立起來了；可甲午中日一戰，北洋水師全軍覆沒。洋務夢一下碎了，大家也醒了，知道單單是船堅炮利起不了絲毫作用，得從根上尋找原因——於是，有了戊戌變法。可戊戌變法只堅持了短短的一百零三天，結果皇帝被囚、六君子腰斬、康梁亡命。到這個時候，您說，我們還能指望什麼？我們看到的是那個無知的女人向全世界宣戰，結果，加到我們身上的是恥辱的《辛丑合約》，是四萬萬同胞每人必須承受一兩白銀的賠款！姑爹，您說，這樣的朝廷，這樣的政府，如何去幫？如何去護？如何去信任？

「您說得對，太平天國背離了它最初的承諾，定都南京後，可怕地滑入了貪腐的染缸裡不知自拔，失敗從那一刻開始，就是註定了的。孫逸仙先生在思考太平天國一事時，曾說『它只知有民族，不知有民權；只知有君主，不知有民主』。但它至少給我們一個啟示，那就是——貪腐自私的政府不是天下人的希望！懦弱無能的朝廷並不是反不得！它還給我們另一個啟示，那就是——如果我們再走這條老路，即使僥倖成功了，也必定墮入這個文化固有的怪圈。」

「什麼怪圈？這個你倒是說說看。」

「姑爹，這個怪圈就是：統治者荒淫無度，官僚貪污腐化，蒼生啼饑號寒，暴民揭竿而起。成功了，便是天子；失敗了，若干年後，後來者再次繼起，直到這個皇朝最後覆滅；然後，新一輪統治者，又為所欲為……」

「嗯。」我的舌頭僵住了，就跟嚼了一滿口黃連似的，眼裡彷彿就看到了祖祖輩輩在奴役、殺戮中耗盡的一輩又一輩身影。真是「興，百姓苦；亡，百姓苦」。讀書人這一聲長歎，倒是看到了根上的齷齪，可是又有何用！

「安、安鵬啊，你給我說說，你們都在怎麼做？」

「姑爹，孫逸仙先生在日本成立了同盟會，提出『驅逐韃虜，恢復中華』的口號。要『驅逐韃虜，恢復中華』，第一是要剪掉這根醜陋的辮子，先從身體上不再做滿清的奴才，然後脫下這身長袍馬褂……」

「哦。辮子不蓄了，馬褂不穿了，這個，我想得通。這本就是咱們漢人的恥辱，不要倒也罷了。只是這皇帝倒了，敢情是由你們的人來當皇帝麼？」我直邁邁地問道。

「姑爹，我說了您只怕不信，以後再沒有皇帝了！」

「那有什麼？」

「以後是總統！」

「總統？那是個什麼玩意？不會就是皇帝換了個說法吧？」

「當然不是。皇帝是一家一姓的江山，總統得由天下百姓自己來選。天下百姓既可以把他選上來，他不稱職，也可以把他選下去！」

這倒真是件新鮮的事！「選」是個什麼東西？就算三皇五帝公天下時，也不是選的啊！

「姑爹，正因為沒有『選』，所以我們才形成了這樣一個『文化怪圈』！或者更準確一點，我們叫它『政治怪圈』吧！如果我們逐一地把每一個朝代拎出來仔細梳理一遍，您說，又有哪一朝哪一代不在這個『怪圈』裡打轉轉？就跟一頭拉磨的瞎眼驢似的！」

這傢伙口氣好大，歷朝歷代那麼多皇帝，在他眼裡，不過是一頭拉磨的瞎眼驢罷了！不過，平心靜氣地想想，他說的也是事實，哪一朝哪一代，到了末世，不是政治混亂、百官貪婪、綱常虛設？一遇天災人禍，天下大亂立至！

想想也的確可怕，這兩千年下來，細細地算下來，天下真正承享太平的日子似乎還不到三百年。究竟是哪裡出了問題，我真的想知道！

5

他望了我一眼，說：「姑爹，我們給這種政治拿了一下脈，發現問題的根就在於皇權無法節制！皇帝可以為所欲為，這就必然連帶著與皇帝有親緣關係的皇族和外戚，為所欲為；同理，能討皇帝歡心的人也就可以為所欲為了！這樣一帶，藤連瓜，瓜牽藤，遍及全國，那是怎樣的一個團體？到了地方，情況類似，省裡巡撫百官仰息，府裡知府唯我獨尊，縣裡知縣獨霸一方！什麼『王子犯法，與庶民同罪』，千年之內，能有一兩例應應景就算盛世了；幾乎從來就是『我即是法，法即是我！』睿智如唐太宗，也不能例外。」

這倒也是。我記得呂不韋說過：天下非一人之天下，天下人之天下也。他這話裡的意思，就有管皇帝的意思，結果，落了個夷滅三族。明朝有個叫黃宗羲的也罵過皇帝，說他是萬惡之源，「敲剝天下之骨髓，離散天下之子女」！安順福的那口書櫃裡，儘是這些「野」書。我喜歡讀這些「野」書。

我讓蘇茹在我背後墊了一個墊枕後，問他，這樣一來，不就一點尊卑也沒有了？

他望著我笑了。我被他笑得莫名其妙。

「姑爹，關於這個尊卑的問題，我覺得是一個十分可笑的問題。」

聽他這麼一說，我不高興了。這尊卑怎麼會是可笑的呢？

它可笑在哪裡？遠的我不想說，就說父子之間吧，這一尊一卑，難道不是應該的？難道是可笑的？

「姑爹，您心裡肯定不樂意我這麼說，肯定要說我是因為爹死得早，沒得家教……」

他提到他死了的爹，我便板不住臉了，忙打斷他說：「姑爹沒這個意思。」

聽我這麼說，他不在意地道：「我爹的確是死早了點，不過這樣也好，要不，今天我不定是個什麼東西呢！」

我默然不應，心裡卻在想，真要是安明貴還在，他的兒子會是怎樣的呢？這是一個很有意味的假設，會不會跟我的兒子一樣，還是……就在我胡思亂想中，他重新開了口：

「……三綱五常裡面，最蒙人的，就是把父父子子與君君臣臣等同起來。這是故意混淆是非，別有用心。父與子，是血胤相續的親情，便是禽獸也知；而君和臣，不過是主子與僕人的關係罷了。兩者如何能相提並論？每一次改朝換代，無一不是以摧毀尊卑上下而開始的！可一旦得了天下，又拼了命地講什麼三綱五常，上下尊卑。我真不知他們的臉面放在哪裡！這種自欺欺人的把戲，難道不是一場笑話？

「在這裡，還有一個很有趣的現象，就是我們對於像王莽、曹操這類人物罵起來，毫不留情；但對於差不多是同樣故事的李世民、趙匡胤卻幾乎全是溢美之辭！孟子曾跳著腳罵人『無君無父，是為禽獸！』可碰到湯武革命，也只好改口說：『獨夫民賊，人人得而誅之！』您說，這種為了自己的臉面，而隨意塗脂抹粉的文化，難道不可笑？」

他連著兩問，倒真是把我問倒了。是這腦子生銹了，還是因為長久沒有人來觸動這樣的問題，我竟一時反應不過來。我不由想，八弟要是還在就好了！這麼一想，更是想起了恩茂先生關於「米店」的話來。

「安鵬啊，」我問他，「你說說看，咱們這個文化究竟是怎麼回事？有人說是儒、道、釋三教合流；有人說是儒家占主導，道、釋兩家為輔助；還有人說是外儒內法。」

「姑爹，這個問題好大啊！不過，依我看來，這三教對於我們黎民百姓，都不過是一種形式而已，真正的中國文化，我看最接近兵家，行的大多是詭道！」

「為什麼？」

這小子莫非要學杜工部不成，語不驚人死不休？我在恩茂先生手裡雖說是三天打魚，兩天曬網，可書我差不多是沒離過手的。便是那些「野」書裡面，多半講的也還是「中正」、「仁和」，怎麼到了他的手裡，就成了詭道？

「姑爹，我想請您想一想，我們接人待物，最信奉的信條是什麼？」

「那當然是一個『誠』字了！」這個我相信我沒說錯。

「我完全贊同您的說法。」

嘿嘿，聖人就是這麼教導我們的，你小子敢不贊同！

我正得意，只聽他說：「其實，這個『誠』字，也只是一個形式，就是表面上做給對方看的。這個形式，所能體現的內容，只是主人如何殷勤好客罷了，跟『自己真實的心意』其實關係不大。面對陌生人，誰的骨子裡又不是『逢人且說三分話，不可全拋一片心』的戒備？便是面對熟人，也是本著『害人之心不可有，防人之心不可無』的原則的；因為『畫虎畫皮難畫骨，知人知面不知心』。我們在台面上，打恭作揖，看起來彬彬有禮，但心底裡想的都是如何不上別人的當，這才是我們接人待物的真實心境！人與人之間，就像兩隻刺蝟，從來都是防備與拒絕！您說這是儒家、是道家、還是釋家？而形成這種文化，說到底，乃是因為我們沒有一丁點兒的安全感。姑爹，您想想，我們這幾千年來，所面臨的事實就是，天下蒼生的喜怒哀樂，全繫於一人之手。這個人天縱英明，天下就跟著享幾天福；這個人昏庸無能，天下就生靈塗炭。哪會有一點兒安全感？正是這種在情理上荒謬至極的制度，綿延幾近五千年，所以這種世俗文化才深深地紮下根來。這與儒道釋是無關的。」

「蘇茹，給口茶我喝喝。」看著他講，我忽地覺得口幹。

蘇茹趕緊餵我喝了茶，她給我擦了臉後，勸我先休息，明天再講。

「沒事，難得有個人跟我講講。」我對安明貴的兒子說，「你接著講。」

「姑爹，我跟您先磕個頭。」他說著雙膝一彎，便又跪在了我的面前。

「你這孩子，起來吧。怎麼就又要跟我磕頭了呢？」

6

他認認真真地磕了三個響頭，才重新坐回到凳子上。「姑爹，我為什麼跟您先磕三個頭，我是敬佩您的開明呢。回來這幾天，我也接觸了一些人，能接受我這種奇談怪論的，您可是第一個。先不說別的，只說頭上的這根辮子，沒有一個不是心肝寶貝似地護著的，他們哪裡曉得頂在我們頭上的這根辮子，其實是用我們祖宗的血和屈辱絞成的。」

「也不能這麼說，『留髮不留頭，留頭不留髮』，你是知道的。再說了，你說的這可都是殺頭的事，誰敢附和你？誰吃飽了沒事自己找罪受？」

我嘴裡這麼說，心裡便想起三弟有一次說八弟的話來，「你這是吃飽了撐的。把你餓上三天，你就不會再想這樣的怪問題了。」這個時候，我忽地覺得三弟無意中說出了一個天大的秘密——細細地翻一下歷史，有記載的信史上，平民百姓能夠吃飽飯的日子可真是沒得幾天！想來，這該不是統治者秘不示人的法寶吧?!

八弟要是還在，他跟安明貴的兒子倒是一個對手，不知他們會不會就這些問題辯出個子丑寅卯來？

「姑爹，不知您發現這個問題沒有，在我們的所有典籍裡，像我們這種人，既無地位，又無價值，最貼切的稱號就是『蟻民』這兩個字。」

他提到「蟻民」，我就跟著想起了老子說的「聖人不仁，以百姓為芻狗」的話來。

「姑爹，您是知道的，中國的思想，在春秋之際，是一個大爆炸。諸子百家，紛紛著書立說，但專門論述『蟻民』的著述，卻是少得可憐。我大致看了一下，諸子百家，只有老子、墨子對人稍有關照；老子是無可奈何的一聲喟歎，墨子只留下匆忙奔走的黯淡的背影；稍後的孟老夫子僅留了一句『民為貴，君為輕』的警告而已；其他的則要麼是無謂之爭，要麼就是一心一意經營帝王之術。

「我有時想，三代及其以前，最高權位的取得，一是禪讓更替，一是諸侯王興兵取代。禪讓自然是沒有『蟻民』的份；『血流飄杵』雖然流的是『蟻民』的鮮血，在英雄譜寫的歷史裡，『蟻民』正是該著驅使的，根本不會去談什麼地位和價值！到了有人第一次喊出『王侯將相，寧有種乎』時，思想的時代又已經遠去；沒有了思想家，歷史就成了一個瞎子。姑爹，您看，秦以後，螻蟻般的我們，每一次改朝換代，都是不可忽視的力量；但有一點，不是被逼到賣兒賣女，人相互食的地步，螻蟻們從來都不會走上造反這條路的，正應了『載舟覆舟』這句話。我們剛才說，先哲的思想，大多是帝王之術，而每個帝王操著這套技術駕馭天下，卻總是把螻蟻們逼到無法活下去的路上，這個才是讓人最大的困惑！我們雖然不敢說先哲們的技術有問題，但至少有一點我們是看到了的——就是那些東西，帝王們真正吃起來總是腸胃不適，每次都上吐下瀉。從春秋以後，近兩千年的實驗，我們只怕可以得出這樣一個結論了，那些技術與中國的帝王將相，還不是一劑真正有效的藥方！」

「這還不就是你先前說的，皇權無法節制……」話一出口，我的心一驚，他這是生著法子在繞圈子把我給繞進去了！

「姑爹，我今天的話說多了點，您就當我是一個瘋子，千萬別放到心裡去。」他顯然也意識到了自己的不妥。看來他不是成心的。

「哪裡，你說的也不是沒有一點道理。不過，我倒是想問問你，照你這麼說，歷朝歷代就沒有一個清醒的？總有個把人想過這一問題吧？」

「您說到這一點，我想起司馬光來。司馬光的《資治通鑑》算是一本對北宋以前所有朝代的興衰看得最透的一本書，條分縷析，真要說是深中肯綮。但他對於他自己所在的北宋一朝，是如何作為的？那個時候，北宋積弱積貧，軍備廢馳，民生凋敝，外夷侵擾不斷，已到了非出手救治不可的程度。就是這個司馬光，面對王安石的變革千般阻撓，萬般攻訐，真正到了無所不用其極——新舊兩黨之爭達到了你死我活的程度。他上台後，不僅拼命壓制打擊改革派，把新法更是全盤廢除。您知道，他在《資治通鑑》裡口口聲聲說的，無一不是統治者要有度量，要善於容人、用人；針對他全盤否定新法，同為舊黨的蘇東坡稍有微辭，要求別人容人、用人的他當即將蘇東坡貶出京城。後來，北宋的滅亡恰恰就死在軍備廢馳上，被金人將徽、欽二帝擄去了五國城。您說，他寫那一部煌煌巨作，有個什麼用？真是可惜了那個『鑑』字！」

鑑，是照鏡子。看別人臉上的麻子，當然一目了然；要看自己臉上的麻子就不那麼容易了，一是必須借助鏡子，二是還得要有勇氣面對！

「姑爹，假如我說——『我們認為下面這些真理是不言而喻的：人人生而平等，造物者賦予他們不可剝奪的生命權、自由權和追求幸福的權利；為了保障這些權利，人民才在他們之間建立政府，而政府之正當權力，必須經被治理者的同意而產生』，您有什麼想法？這種思想，是我們的文化裡從來沒有的。剛才我和您既已說到這個『鑑』字，那麼，這種文化我們可以借鑑麼？」

人人生而平等？這怎麼可能！傳說女媧用黃泥巴造人的時候就是有分別的，一些人是她親自用手捏出來的，一些人是她捏累了之後用藤條甩出來的。人是生而不平等的。看來他在外面受人蠱惑不輕。可不管怎麼說，一個國家也好，一個民族也好，它的形成絕不是一天兩天，它既然能形成，而且存在幾千年，它就自然有它的道理，誰也不能輕易否定它的。

那個時候，我曾勸八弟老老實實地吃他的「米」；前幾天，我也曾警告過我的兒子，要他「眼前的事」做眼前的打算；現在，我也要告訴安明貴的兒子，我們有我們的實際情況。他應該多從這個方面考慮問題，可能才是真正解決問題的有效途徑！

「姑爹，謝謝您的提醒，我會考慮的。」他欠了欠身，對我說：「其實我也是好心，也是從統治者的角度為他們思考，我只是想他們能稍稍收斂一些，稍稍公平一些，稍稍把人當人一些；這樣，他們也許就不會走進那個怪圈了……姑爹，我跟您說句心裡話，雖然我剛才說了這麼一大通，其實我也不想革命，革命的成本實在太大。我也想大家平心靜氣地坐下來，有什麼問題攤開來在桌面上談……」

「是啊，是啊。你這個想法就是對的麼！我勸你跟你的人說，大家坐下來談麼，不要動不動就殺呀、打呀，都是炎黃子孫，都是華夏同宗，骨肉相殘，外侮才至。」

「姑爹，歷史上，哪一次變法都是想談，可哪一次不是以失敗而告終？我們眼面前的『百日維新』，也是想以最小的代價換取國家最大的利益，可是，結果呢？」

說到這裡，他停下來望著我，我看見他的臉上籠著一層陰雲，我找不到安慰他的話，只得楞楞地回望著他。默了默，我不由問道：「你先在『善書』裡說的『興中會』、『同盟會』，你是那個會的？」

「我哪個『會』也不是。我哪有資格參加，我只是聽過他們幾次演講。」

他明顯在瞞我，這個我一眼就看出來了。

我忽地感到累了。「今天我們就說到這裡吧。」我說：「回來了就好，回來了就不要走了，就留在祠堂裡幫著做點事吧。」

他的嘴動了動，我知道他還有話說。

我說：「好了，有什麼想法，我們下次再談。」

他站起來，和我客套了幾句，告辭了。

7

二弟手裡的那炷香還沒燃完，那星火頭，還吐著嫋嫋的青煙，他把它丟在火盆裡，坐到我的面前。看著他，我渾身舒坦。

「二弟，安明貴的兒子不錯啊，有見地，有想法，是個難得的人才啊！」我興奮不已。

「……」他看了我一眼，嘴唇動了一下，我以為他要說話的，可等了半天，他什麼也沒說。

「我現在有個想法，跟你商量下，我想要你好好地觀察他幾天——要是行，就把族長之位傳給安明貴的兒子算了，你覺得怎麼樣？」

「大哥!?」

「你不要著急。你也看到了，為了這個族長，你看都弄了些什麼事！這是個禍根，要了它，你大哥這個家只怕離家破人亡不遠了。我想好了，就這麼辦吧。」

「大哥，有句話我不知當說不當說？」

「你說。」

「我覺得這件事，還是從長計議。安午、安戌雖說有點少爺脾氣，但也沒有大的不是；還有，安亥也不是不回來了的！再說了，這安明貴的兒子，回來才幾天？這四十多年，他在外面究竟幹了些什麼，誰能說得清？我聽說，他到處宣講『革命』，這可是殺頭的！萬一是真的，大哥把族長之位傳給他了，那安氏說不定就是滅族大禍到了！」

二弟的話嚇了我一跳。有道理啊，我怎麼沒想到呢！他剛才說的那一通，哪一句話都是王法不容的。看來，我真的是有些急昏了頭。

「這事我再想想，再想想！」

二弟一走，我叫蘇茹給我抹了臉和腳。今天跟安明貴的兒子講了大半天，我想早點睡。可真的躺下來後，卻又睡不著了。這會兒，就想有人跟我再撮會兒白。便索性讓蘇茹去把安生倆口子叫過來。

今天是正月初十，還在過年呢。俗話說：過年過到十五六（音lu），拜年拜到麥子出。

賴老婆子一進來就嚷開了：「老爺，你的精神硬是越來越好了！」

我也覺得有種衝動，便吩咐蘇茹把糕點、果盤都擺上來。賴老婆子一見，陪著蘇茹忙去了，安生則往火盆裡又加了兩塊木炭。東西擺好了，賴老婆子望著我說：「老爺，再給我們講古吧！」

蘇茹附和道：「好啊，好啊！上次講到了殺人來了！」說完她吐了吐舌頭。

我讓安生把我往上扶了扶，說：「那好，今天給你們講一講大冰凍！」

第十九章
晶瑩的惆悵

1

冰凍是從冬至那一天開始的。雪連著下了五天，圍堰只能等著開春再煞尾了。

坐在火盆邊，我不由想起安明武的幾個兒子來。想著想著，忽地覺得自己太過狠毒了點。難怪這幾天，好多人見我臉都白了呢。

「爹呢？」我問。

「沒看見爹。只怕在大娘的房裡，我去找。」唐清妹說。

「算了。爹是在躲我。」

「躲你什麼？」

「我殺了人！」

「啊！」她停下了手裡正納著的鞋底，定定地看著我。我不知怎麼給她講。看著她的樣子，我不禁也惶惑起來。

正這時，隔壁的三爹從院子門前經過，對屋裡喊：「族長，湖裡凍著了！」說話時，滿嘴冒著白汽。我趕出去一看，只見他懷裡抱著一隻散架的木桶，肩上的扁擔撇著另一隻木桶卻好好的。

瓦子湖三十五萬畝水面，這得多冷的天才凍得住。我一點也不信，我覺得天並不是很冷。

隔壁三爹大約是看出了我的懷疑，說：「不信，你去看看，我這桶就是舀水時在冰上搕散的架！」他一臉的無奈，「周圍的水塘都結了冰，這一連幾天都是到湖裡給牛挑的水。今早上，我把桶往水裡一丟，蹦的一聲，彈起老高；我以為桶碰到了埠板，便斜了身子把桶往外一甩，想離埠板遠一點，沒想到，桶咣當一下，從手裡摔了出去，人跟著往前一栽，把我嚇了個半死，心想，糟了，這掉到湖裡還不得把人凍死！沒想到，人卻直溜溜地滑出了老遠。我這才曉得，這湖它是凍住了。我好不容易爬起來，一看桶，好好的一隻桶，就成了這一片一片，我就把它抱回來了……」

我到湖裡一看，苕了。放眼一望，整個湖面平展展光亮的如同一面碩大的鏡子，一路鋪過去，一直鋪到了霧茫茫的天邊。

這時二弟的爹過來幫我們飲牛，我趕緊迎上去，把他肩上的扁擔拿過來，使勁地在冰上砸了兩下，冰層把扁擔彈出老高，震得我虎口撕裂地疼；再看冰面只泛了兩個小小的白點，一眨眼就再難辨認清楚了。

「二叔，你等著，我回家去拿鐵錘！」等我把鐵錘拿來，這才把冰面敲開，我看了看裂開的冰，大約有半尺厚。

瓦子湖居然凍死了，這樣的情境並不在老人們的記憶裡；而我的記憶裡，瓦子湖只在彎曲的汊道裡有過一些薄薄的脆冰，在風浪裡時不時就被揉成了碎片。

冬至剛過，離臘八收湖的日子還遠著，船一律歇在湖裡，這時成了湖面上唯一的障礙。

安家窪的男男女女、老老少少，得知這一消息，都湧到湖邊來看稀奇。當他們揣著欣喜與忐忑走上冰面，而腳底的堅實使恐懼消褪之後，這一天成了狂歡的節日。

累了，自家凍在湖裡的船便成了他們最好的歇腳點，有的船裡還有存放的吃食，這時竟燃起了炊煙，只是取水讓他們頗費了一些周折。有好事的，就到處幫著找鐵錘或是帶有鐵頭的撐篙，砸開冰面這時成了一件十分有趣的事。水終於出來，小火爐也就在船頭吐出了悠悠的火苗，酒香與夾著蔥薑蒜味的魚香，讓人更覺得這樣的日子新鮮而又奇妙。

欣喜過後，湖上絲毫沒有解凍的跡象，幾場大雪後，安家窪人的興趣跑到了蘆葦灘、荒水灘以及柴山上，那些多年無法到達的地方，這時如履平地，凍僵的鳥和無數的鳥蛋，成了他們佐酒的佳餚——這半年來，嘴裡淡得只剩清水了，這時候還不開開葷，那真是對不起自己！那些漂亮的鳥巢，被調皮的孩子摘下來，玩不到半天，就拆得滿地狼藉。一時間，安家窪到處飄蕩著鳥的羽毛。

「狗東西們，明年還想不想活？」瞇子爺在他女婿的攙扶下，揮著手中的拐杖，在安家窪高高低低的路上追著孩子們罵著。

我聽人說了，趕緊迎了過去。龍頭爺是在圍堰的時候去的，四老中，現在就只剩瞇子爺了。

瞇子爺的眼藏得更深了，橘子皮似的眼瞼，擠得眼睛那地方，實際上只是一道皺紋而已。但他看到我時，那道皺紋卻如覓食的蚌殼一樣，張開了，那渾濁的光，在我的面前努力地聚了攏來，這時，如一柄出鞘的利劍。

「狗日的，不讀書，連『不伐童林』、『不捕母獸』、『不竭澤而漁』都搞不清楚！你讓牠斷子絕孫，老天爺就讓你斷子絕孫！」他那顫巍巍的手，已跟「跳手爺」沒有多大分別。「族長，不能讓這幫兔崽子瞎胡鬧啊！」他聚攏的那束精光，在我的眼裡一閃便熄滅了。

我趕緊答應了他，並將之扶回了屋裡。我立即派義弟們打鑼通知各家各戶，馬上從蘆葦灘、荒水灘、柴山裡回來，不然，按族規處罰。這樣，瓦子湖的鳥兒們才算逃過了一劫。

但我沒想到，第二天便傳來瞇子爺走了的噩耗。

安葬了瞇子爺，日子過得更是一天難似一天。若是以往，洪水過後，日子雖說也是艱難，但再怎麼艱難，也是度得過去的——首先湖裡有的是魚，再說野藕遍地都是，總能糊弄過去。這次縣上還給了二十兩銀子，所以，我讓祠堂裡稀粥整日熬著，原以為過個囫圇年還是沒問題的；開春後，春汛裡的魚又多又肥；野藕的嫩粘會抽得到處都是——有時候，家門口的土裡冷不丁也會鑽出了嬌嫩的荷尖，到那個時候，一切就都接上了。可是這一次湖給凍住了，堰塘給凍住了，地硬邦邦的跟鐵一樣。眼睜睜地就看著魚沒了，野藕沒了，藕粘還不到抽出來的時候，祠堂的存米一天少似一天。

饑餓猛然而至！

那些在冰層上鑿個窟窿守洞待魚的伎倆，每一個人都試過，可是如此捉到魚的，十人之中占不到兩人，就是那兩個運氣好的捉個一條兩條魚，又能有多大的用處呢？

那場洪水他們說是我殺了小白龍招來的災禍，這場冰凍再沒有人來承擔責任了。這時候，誰也說不上是怎麼一回事。

一時間，旺福寺人進人出。我本來也要去的，我的腳已經跨過了山門；那些在寒風裡凍得烏紫的嘴唇，喃喃地念著「菩薩保佑」而來，又喃喃地念著「菩薩保佑」而去的人，讓我止住了腳步。

為什麼面對如此之多的善男信女，所有的菩薩都無動於衷？我徘徊在山門口，與我乾爹曾經有過的那種親近感，被一種莫名的「怕」替代了！

但我沒有一天不去湖上，瓦子湖已經完全從眼皮底下消失了。雪在冰面上堆出了大大小小的坡坎，跟四周已沒有多大的區別，只有那些凍在湖邊的桅杆，在提醒著湖與岸曾經的邊界，而那些船，雪依著它們已壘出了高高的丘原。

眼看年關就要到了，祠堂裡最後的一粒米倒進那鍋清水裡後，剩下的就只有幾百升穀種了，這是來年活命的根子。我還想等等。等到這命活不下去了，根子也就不要了！

就像上次他們擠在祠堂裡要我向小白龍謝罪一樣，這次，安氏的男男女女又聚到了祠堂，他們告訴我誰餓得全身浮腫了，誰餓昏過去了！

到了這份上，我把穀種分了，望著手中分到的幾斤穀種，他們還是不願從祠堂離開。

「族長，我們再做一場法事吧，這不開湖，是要餓死人的！」

我略略沉吟了一下，答應了他們。我沒有理由不答應。但是，派到龍王洲去請王道士的人回來說，王道士自家門口的湖還凍著呢，他說這是劫數，誰也躲不過的。

聚到祠堂裡的人一聽，眼都直了，他們突然嚎啕大哭起來，拎著那幾斤穀種，一個接著一個從祠堂裡走了，哭聲沿著米倉河的兩條大腿，再蔓延到彎彎曲曲的小路上，將整個安家窪包了起來。

我坐在祠堂裡沮喪到了極點，祠堂裡還有七百多吊錢，十七代先人攢下的家當交給我，我守著這麼多錢竟要把人給活活地餓死了不成？安氏自落腳在這片遼闊的水域後，從沒有人外出逃過荒，難道在我的手裡這一切都成了過去？若真如此，等我死了過去，怎麼有臉去見列祖列宗？

2

就在我絕望之際，傳來消息說，岑河口的米市開倉了；沙市的米市開倉了；荊州城的米市開倉了。我毫不猶豫地派出我的義弟們帶上錢去買米。雖說我知道這個時候的米價如肉，但活命是最要緊的。

我讓二弟和三弟去沙市，四弟、五弟去岑河口，六弟和七弟去荊州城。他們帶著護族隊傾巢而出。一個個精壯的漢子，雖受饑餓，但比起常人來仍然精神百倍。望著漸漸遠去的三支人馬，我為當初組建護族隊的這一決斷而慶幸。這樣的三支人馬走到哪裡都是充滿了生機的。

二十吊錢，二弟、三弟從沙市糴回了十石大米；同樣是二十吊錢，四弟和五弟從岑河口糴回了十五石大米；而六弟、七弟從荊州城，卻只糴回了八石大米。往日一石大米，不過十文錢罷了，現在的米價，等於把銅鈿白白地丟到了水裡，可這是沒有辦法的事。我讓四弟、五弟趕緊帶五十吊錢，再去一趟岑河口，爭取讓大家過個見得著米飯的年。

他們毫不猶豫帶上人馬就走。他們這一走，竟是再也沒有回來。

他們說，惹禍的是「鬍子爺」的長孫安明士。

他們在岑河口米市一分鐘都沒耽擱，稱了米就裝船。

往日走岑河口都是用船，大大小小要拐八九個湖才到得了；現在一馬平川，到處是路，把米放在木板上，一個人用一根繩子拖著，即可頂得上五個人手提肩挑。總共三十七石半大米，二十來個人，有一半人甩著膀子在玩。大家都說，有了這一趟大米墊底，這個年就沒問題了，過了年就開春，莫非開了春，這湖還不開？

不知不覺，岑河口到瓦子湖的六十裡路便去了一半。安明士突然說木沉淵到了，他想去看看。他說，他爺爺說的，那裡的水最深，四兩黃絲達不到底。

有人說，現在到處都凍死了，只怕連位置都找不到。安明士說，水深的地方是凍不住的。他還說，要是那個地方真的沒凍住，整個湖裡的魚就都會跑到那裡去的！

大家一聽，興奮起來了。他說他曉得位置，就在前面那排櫟樹林子邊上。

說著他就自顧自地去了——人往前一竄，身子便在冰上滑出了十來丈遠。

他們說，四哥看到人人臉上都有好奇之色，便說，大夥歇口氣吧。幾個傢伙立即學著安明士的樣子，一路滑過去了。一轉眼，他們就到了那片櫟樹林子的另一面。

大家正講閒話，就聽那邊炸了鍋似地喊了起來：「小士掉到湖裡去了！」

他們說，那聲音在空蕩蕩的冰面上，就跟滾過一個炸雷似的，叫得人心裡一毛。大夥幾乎同時跳了起來，三兩下就趕到了那片櫟樹林子，眼前真的裂著一個簸箕大小的窟窿，那水寒光閃閃。

他們說，他們過去時，安明士正趴住一塊浮冰想往上爬，浮冰往邊上一溜，他就再一次落入水裡；他在水裡往上沖了兩下，便沒了力氣，眼看著往水底沉下去了。

他們說，四哥一見，沖過去就跳進了水裡，但這時安明士已不見蹤影。

他們說，四哥一個猛子紮下去，左等右等不見人上來；五哥說聲不好，肯定是被明士抱住了，說著就跳進了水裡。等到他抓住安明士的頭髮把他提出水面時，安明士果然死死地抱著四哥；五哥急忙掰開安明士的手，兩個人托著他的屁股，合力把他送到了冰面上。可是，四哥卻直往水底沉去，五哥轉過身，伸手一抓，沒有抓住。他們說，他們看到五哥猛吸一口氣，潛入水裡，四哥五哥就再也沒有起來……

我一聽，差點暈倒，看著躺在木板上已經半死的安明士，狠狠地踢了他一腳。

「混賬！」

我立即趕往出事地點。二弟、三弟、六弟、七弟、八弟、九弟，舉著火把，我們瘋了一般趕往那個木頭也會沉下去的深淵！

我們趕到那裡時，那個開裂的窟窿，浮冰已被薄薄的冰層凍在了一起。我們砸開冰面，放下「挑劃子」用長長的撓杆四周撓著，一無所獲。一夜之間，我們幾乎砸出了一塊二十丈見方的水面，可是我們找不到他們一絲蹤影。

當白晝的光亮掩盡了火把的紅光，在一塊浮冰的下面我看到了緊緊抱在一起的兄弟倆。不是他們死命地拉著我，我一定會跳下去的。

所有的人都知道，我的水性最好，可是我的水性再好，這時也救不了我的四弟！救不了我的五弟！

他們的遺體無法分開，冰將他們緊緊地凍在了一起。我們用火將他們烤了半個時辰，才將他倆分開。我們抬著他們的遺體，一步一祭地回到了瓦子湖。族裡上了年紀的老人聽說人找到了，齊集在鍋台垸子前的荒水灘邊迎候著我們，哭聲動天。我把他們安放在安氏祠堂的正廳裡，這在安氏前所未有，李家垸一戰的死者也只在祠堂偏室裡停放過。我命令全族三十歲以下的男男女女，一律為他們披麻戴孝。

我在祠堂裡掛起了四條兩丈長的白綾，我要給他們寫兩副輓聯。我的淚如同不斷線的雨水，滴落在硯台裡，我咬破中指，把我的血滴進硯台，我要用我的淚磨出墨汁來，我要用我的血磨出墨汁來，我要在這兩丈長的白綾上用我的淚來寫盡我的悲痛，我要在這兩丈長的白綾上用我的血來寫盡我的哀思！

四海共驚心冰窟無情人有情雙命換單命
五湖齊墮淚蒼天有恨人無恨千家哭一家

四弟五弟捨命救他人芳名永在
千家萬家焚香悼英靈美德長傳

可這蒼白的兩副輓聯，怎麼寫得盡我對他們的那份感情。

我一停下來，就聽見他們的聲音：「我們小時候在沙灘上的小水坑裡捉過花鯽魚，堆過房子……我們一直都想再跟你玩的！」「四哥經常跟我說起你，說你被你爹看得太緊了，天天下湖。那次聽說你去了巴東，可把我們急死了，要是曉得信，我們也會去的！」

斯言在耳，斯人已逝。我在香案前揮毫急書《結義辭》的情景，彷彿就在昨天！

我的心突然劇烈地抽搐起來，兩腿軟軟地再也支撐不了自己，我緊握著手中的筆，倒在了地上。

我聽到他們驚呼的聲音，之後我就看到了我的四弟、我的五弟，他們濕淋淋地站在我的面前，冷得直打哆嗦。我急得大喊：「來人啊，快生火，快燒薑湯，快燒熱水！」他們卻說：「大哥，我們要走了，特地回來再看你一眼！」說完人影一晃，不見了。「回來，給我回來！」我無助地嘶喊著。

他們永遠不可能回來了，而我卻在唐清妹的懷裡回到了這個世界。我醒過來，抱著我的女人失聲痛哭！哭過了，我再一次踏進祠堂。四弟、五弟已盛殮在趕制的兩口大柏木棺材裡。白坯的棺木，刺得人淚流滿面。

我們在祠堂裡做了三天三夜的法事，為他們招魂、為他們解劫、為他們超生……喪鼓徹夜響著，喪歌哀怨而淒涼的長調，像那些無家可歸的鳥兒們啾啾的哀鳴！

出殯的那一天，還沒緩過氣來的安明士，在他父親的攙扶下，披麻戴孝來到祠堂為棺木開路。

四弟、五弟是他的再生的父母，他這個孝子當得不怨。

我把他們埋在小沙窪邊上的槐樹林裡，我知道他們喜歡這裡，他們會在這裡，會跟夏天沙灘上玩耍的孩子們一起嬉戲的，他們會照看他們的！

……

3

這一年的新年就在這種氛圍裡來到了瓦子湖，安家窪在寂靜中迎來了新年的第一天。聽著遠處的鞭炮，湧上安家窪人心頭更多的則是落寞與對命運不可知的恐懼。

龍日過了，湖裡依舊沒有解凍，絕望與恐懼中的安家窪人，怎麼也沒想到，就在龍日的夜裡，冰凍了近六十天的瓦子湖開湖了！

這巨大的驚喜，終於沖淡了盤桓不去的悲傷。老天爺似乎為了報償備受折磨的子民，魚在這年春天，氾濫成災。只要是個東西，隨便在水裡一舀，就是活蹦亂跳的一大堆魚。一尺以下的魚沒人看得上眼了，牠們的屍骸扔得到處都是。腥臭就跟那場洪水一樣，鋪天蓋地；就連見了腥打死都要偷嘴的饞貓，這時見了魚也懶得叫喚了。

我的義弟們回來說，米鋪裡一擔魚換不到一升米，這讓我氣不打一處來。天天吃魚，好倒是好，可是不經餓，一天不吃五餐就慌得渾身沒一點力氣。一天要是吃五餐，讓人感到一天到晚好像都在飯桌邊和灶台上轉不過身來。一冬的柴禾，一個月就燒完了，最讓人心慌的是鹽，一個月要吃上往年半年的鹽。沒有鹽的魚吃起來全是腥味，人的味口就敗了，身子漸漸腫脹起來，腳步虛浮得再也抓不住地面了。

看著越來越多打著飄飄的身子，圍堰的收尾沒法做了，得要再打一遍夯，可是夯落下去卻舉不上來了。圍堰裡的水也沒人去排，站在水車的車梁上，那些翻動的踏腳拐，一轉動起來，人就發暈，天旋地轉。看著幽靈般晃蕩的族人，我想哭、想喊、想蹦、想跳，甚至有一種打人的衝動，想把某個東西撕成碎片的憤懣。可實際上，什麼也做不了，甚至連把這種感覺說出來也不能夠。

大娘偏是在這個時候走了。

她的病根是安順福種下的，安順福當然不會哭。我也沒哭。只有我的姐姐哭得死去活來，害得唐清妹跟著她整天淚水漣漣的。母親剛開始只是眼睛紅了一下，等到大娘的娘家來人時，她才陪著她們大哭了一場。沒哭的還有一個人，那就是安玉蓮。我們也只當她不存在似的，幫忙的多得是人。

出殯的時候，我這孝子磕了一路的頭。抬重的「八大金剛①」有意戲弄我，看著我的前面有水，他們便喊「落重②」，我就得趕緊跪下來給棺材磕頭，那是不能有一絲一毫的猶豫的。義弟們也跟著我為大娘披麻戴孝，六七個人擠在一起，有時路都沒有了，好幾次都跪到了路邊的水窪子裡；最老短③的是他們竟讓我們跪在了一灘牛屎堆上，好在那灘牛屎已經風乾，要不然，那個臭氣夠人聞的！

在等待她出七的日子裡，護族隊裡已有人全身浮腫了，我實在等不了，過了「五七」便去找大鬍子。

那個時候，聽夏三九說，大鬍子本是岑河口的人，後來搬到「陟屺橋」的。我在這兩處找了七天，也沒見他的蹤影；就連他的女人也不知去了哪裡。

我不得不去找夏三九。

我仔細地算了算，我們已有十三年沒有見過了。

夏三九住在上四十八垸的夏兒台。找到他的茅屋時，太陽還沒有出來，沒有褪盡夜色的幾團濃雲，像幾棵碩大的千年靈芝開在東邊的天庭裡，那些浮在半空中輕盈的薄雲，在滿天的霞光裡扭成雞狗的模樣，嬉鬧著。湖水推擁著，如女人手裡漂洗的被單，千折百柔，一不留神，紮堆的魚脊，聳在一起交合的喊喊聲，便盈滿耳朵。在這片聒噪聲裡，太陽羞羞答答地總算出來了。

我叫開他的門，迎出來的一個男人，使我差點以為自己走錯了地方。面前的人，比記憶中的大了一圈，幸好鼻翼連著嘴角的兩道酒溝還是那麼深沉；顯明的標記，讓我坐實了搖晃的記憶。他這是發福了，還是虛胖？眼瞼下兩大口袋贅肉，使他看上去就是一個老頭子了。他請我進屋，我說他只要告訴我胡大成的下落就可以了。他沒來得及回答我，從他的屋裡走出一個女人，沒有梳洗的頭髮，亂糟糟地攴棱在她的頭上，懷裡兜著一個小孩，小孩的眼睛看著我一眨也不眨，有些異樣。我一下想起他說

①將死人抬往墓地，叫「抬重」。抬重的人一般為八人，稱之為「八大金剛」，以驅鬼除邪。

②「抬重」途中，把棺木放到地上歇息，叫「落重」；孝子得趕緊跪下磕頭，意即求他們千萬別將自己的親人丟在這裡了。

③指惡作劇的意思。

的生了兒子給我提一百個紅雞蛋的話來。

「哪裡有兒子，連屙了三個丫頭，吃個屁。」

他說這句話的樣子，通往巴東的道路，一下鋪在我的眼前。這一瞬，那一切竟是美麗得讓人生出淡淡的惆悵。

「你站在這裡好看？進去，丟人現眼！」我那淡淡的惆悵，在他的吼聲裡徹底遠了。他的女人在他的吼聲裡，不情願地縮進屋裡去了。

「你還是這副德性？」

「不說這狗屁事。大鬍子，我真的不知道。」他顯得煩躁不安。我用不信任的目光看著他，他立即賭咒發誓。我不得不信了他。

「你找他有什麼事？」

「我想讓他帶些人到巴東去挑鹽！」

「巴東的鹽早就沒了，你不知道？」

「為什麼？」我一怔。

「記得我跟你說過，他們是一群『逃亡』的土人……」

對，我想起了，他是說過，說他們的先祖是一個叫百里俾的部下。百里俾弒父殺弟之後當上了大土司，沒想到後來被逃脫性命的弟弟七哥俾打得大敗，百里俾大敗後竟不知所終。

「你知道我們去的那個地方，那些女人為什麼那個樣子？」他把我往外引了幾步，離開了我的義弟們，忽地問我。

我的心一下亂蹦亂跳起來，多年來一直縈纏在心間，而又難以啟齒的問題，今天終於要有一個答案了。我好奇地搖了搖頭。

「我老實告訴你吧，」他憂鬱地看了我一眼，說：「她們其實是在借種！」

「啊！」

這一答案實在太出乎我的意料了。我的眼前，那些精瘦而矮小的漢子猛然站了一大排。

「我跟著大鬍子跑鹽幫，其實也就三次。那天你在那家屋子裡打瞌睡時，我才聽那漢子說出了原委。被七哥俾打敗後，他們這一支土人，便四散逃竄，但仍被不斷追殺，他們只好鑽山溝、藏密林，隱在那些鬼不生蛋的位置躲起來，後來七哥俾死了，可這種追殺卻沒有停下來。就這樣，幾代人下來，他們老的老，死的死，就沒剩幾個人了。因為居無定所，被人追殺，無法與外界通婚，他們的後代便只好在族內通婚。你也看到了，他們那裡的漢子，一個個都像餓死鬼似，又黑又瘦。聽說，更多的是殘疾兒，一生下來就被弄死了。

「你知道近親是不能結婚的，這樣生出的小娃子，大多有毛病的。這就跟種穀一樣。種穀你應該是知道的吧，那是年年都要選穀種的。他們沒有辦法，便派人四處尋找能給他們女人配種的人。在這種情況下，我們這些在外的『挑夫』，就成了他們最佳的人選——一來，能在外面跑的，大多是些身強力壯的人；二來，我們來就來了，去就去了，沒有麻煩。第二年大鬍子他們去時，我本來是要去的，恰好我爹快死了。你曉得，我媽因我姥爺『叫枯』死得早，我是我爹一把屎一把尿拉扯大的，我實在拋不下他；加之我爹又張羅要給我娶媳婦，說是要在閉上眼睛前，看到我成為一戶人家；所以，我就留下了。沒想到他們這一去，再沒有回來。鄭來財的爹找到我這裡時，我剛娶媳婦，還未滿房④，就跟他倆去了。到那裡一看，一個人沒有，到處都是石頭、瓦片和燒焦的木頭。我們在四周找了三天，才在十里外的一個地方見到了一戶人家。那戶人家告訴我們，說是有人尋仇殺過來了，當時殺聲震天。最後那裡住的人是不是全死了，還是又逃到別處去了，他也說不清楚。總之，他們住的地方，被一把火燒了個淨光。」

聽了夏三九的話，我的心咯噔往下一沉，眼裡那個和我睡過五個晚上的女子，猛地蹦出來揪得我的心好疼——她怎麼樣了？她逃過了那一劫嗎？如果，如果……她會有我的兒子嗎？

不會的。不會的。我安慰自己。

可是，從我與女人上床的經歷來看，我會給她兒子的！

「怎麼會是這樣？」我喃喃自語道。那是怎樣的一種追殺，為何三百年過去了，還不能停止？我不由想起了我和唐清妹被追殺的情景——那一場逃亡，彷彿就在昨天，我拉著唐清妹的手在山谷裡逃竄，石塊和荊棘肆意地割開我們的肌膚，吸吮我們鮮熱的血……

4

告別了夏三九，我的心堵成了一團。

那些無法改變的事情，我要努力地將之忘卻。是的，忘卻吧。現在我要拯救的是安氏家族，我在祠堂裡發下的誓言還有嫋嫋的餘音呢！

曾經被洪水、冰凍蹂躪的土地，劫難的跡象已是蕩然無存，蘆葦、茭草、荷葉在四周瘋長著，雖然離真正的夏天還有些日子，但它們撒潑的樣子，已很難不讓人想起這個季節就是夏季了。零星的幾隻水鳥伏在水面上，更多的躲進了蘆葦叢重新壘就的窩巢裡，天空中沒有它們翻飛的白羽，這個春天俯拾即是的魚蝦，消磨了它們的意志。

我歇腳的高坡，像一條魚背，孤獨地聳在水邊，它的腳下一條纖細的小道飄飄搖搖地隱在草叢裡，彷彿是一條正在爬行的小青蛇。我突然渴望有人從這條小路上走過，哪怕是一個盲人也行。我在心裡跟自己打了一個賭——如果我在這裡坐一上午，這條鬼不生蛋的小路上，有一個人走過，那麼安氏就有救了；如果日頭過了頭頂，這條小路上還沒有一個人出現，那麼，安氏這次就是凶多吉少。

整整一個上午，小路上沒有一個人影，就在我要絕望之際，我再一次看到了夏三九。

我得救了！安氏得救了！我心裡默默地念叨著。

④新婚夫婦，一個月稱為滿房，夫妻倆方可不同床，否則，不吉利。

夏三九果然是來救我的，跟他來的還有一個人。夏三九說，這個人認識一個大鹽販子。這話讓我精神一振，我馬上派義弟們帶著三十吊錢跟著他們走了。半個月後，義弟們挑回了六百斤細鹽。白花花的鹽堆在祠堂裡，我差點給他們跪下了。

聽他們說，這批鹽過了十道關卡才搞回來，他們白天睡覺，晚上趕路。六個人的腳上全是水泡。

「辛苦了，好兄弟，大哥感謝你們！」望著他們，我再一次想起了四弟、五弟。

我們立刻著手把鹽分派到每家每戶。看著族中老少那個開心的樣子，我覺得我這個族長沒有白當。可是等鬧鬧嚷嚷的人走了，剛才像座小山似的一堆鹽，只在地上留了些濕痕。我的心不由慌了一下。六百斤鹽，安氏平均每戶劃不到一斤半鹽。一斤半鹽能吃得了幾天？

「我要見鹽販子！」

在夏三九的安排下，我見到了鹽販子。鹽販子是當陽人，兩隻眼睛看人直勾勾的，一看就是一個精明的生意人。

「再給我搞一千斤鹽。」我開門見山。

「這個，難啦。」

「你開價吧，我安氏三千多人不會虧待你的。」

「族長，那就這個數。」他伸出一個指頭，「一千斤鹽，四十兩銀子，我自己送上門來。」

「你這可是天價！」

「風險大啊，你的兄弟們是知道的，撞到槍口上，那是要掉腦袋的！」

「我們沒有銀子，只有制錢！」

「那要一百二十吊。」

「行，就依你的。」

我讓祠堂裡把錢拿出來，帳房說，祠堂裡只有四十五吊錢了。我的眼一下直了。怎麼會只有這麼一點錢，先一年不是還有七百多吊錢的嗎？

「不錯。去年洪水族裡房子十之七八毀了，您讓每戶發下去半吊，一共四百六十三戶，光這一宗就是兩百三十一吊零五百文錢。前後兩次做法事給王道士一吊；安明孝、安四六父子倆的恤銀十五吊；河南師傅雖說磚沒燒成，但工錢不能一分不給，三吊。安明武您也讓人送了一吊，邢昌是三百文，旺福寺是兩吊。修圍堰，您說，一方土一兩糧，後來又加發一文錢，總計支付兩百二十七吊零五百三十六文。凍湖購糧，前三處是六十吊，後一處是五十吊，合計一百一十吊；四爺、五爺的喪事費兩吊，撫恤費每戶十五吊，共三十二吊；年底的租子您讓給免了，沒有一文錢的收益，又給房子毀了的四百六十三戶每戶三十文過年的錢，這一項是一十三吊零八百九十文錢；加上上次的鹽款三十吊，六年祠堂零用支出六吊，總計六百七十三吊零兩百二十六文錢。祠堂存錢七百一十八吊零三百四十七文，余錢四十五吊零一百二十一文錢。」

帳房這一路的賬算下來，讓我聽了一身冷汗。我想起了安順福，難怪他那一年見我們在祠堂裡吃喝，像要拼命似的。我也的確是太會花錢了。安氏十七輩子人攢下的七百多吊錢，我三兩天就給他們揰得零打零幹。

不行，我必須賺錢，至少安氏十七代先人積攢下的七百吊錢，我得給他們還原！

5

我坐在祠堂裡想了兩天，能想到的只是「靠山吃山，靠水吃水」那句俗話。瓦子湖的水裡除了魚，還是魚，而今年的魚尤多，多到養不活安氏族人了！這真是一個天大的笑話。我想起了當年在巴東的情形。

我要做鹹魚生意。

第二天，我又去了夏三九那裡。我把那當成寶貝的二十兩銀子交到了鹽販子的手裡。當第二批鹽堆到祠堂裡後，我問鹽販子，鹹魚山裡人現在還要不要？他說不清楚，但他說，可以試一下。於是，我讓他們把捕上來的魚在家裡全部醃成鹹魚。七天之後，他們把鹹魚交到祠堂裡，祠堂裡立馬堆起了一座魚山。但他們醃製的鹹魚，不是色澤難看，就是有一股臭味。按先前的規矩，一座魚山竟只選了八擔像樣的鹹魚來。

夏三九帶來的鹽販子把它全部買走了。

第二次他來的時候，到祠堂裡聞了聞，他唯一的動作就是搖頭。他說這樣的鹹魚讓他上次虧了大本，他只要色澤金黃，沒有異味的，別的給他他也不要。他從魚堆裡選了又選，挑了又挑。比上次還要大的一堆魚，他只挑了七擔。我們好說歹說，他又從魚堆裡挑了三擔，湊成了十擔。不過，這十擔魚的價錢不到先前八擔魚的三分之一。那些淘汰下來的鹹魚，在祠堂裡發出讓人頭昏的惡臭，我們把它丟在那裡，連老鼠也不吃。祠堂裡我三天沒有進去，他們把那些發臭的鹹魚清理乾淨後，用水洗了三遍，我進去，還隱隱地聞到一股讓人不舒服的怪味。

這一次，我們連鹽錢也沒有收回。

這做的什麼狗屁生意？像這樣下去，我何時才能把用出去的那七百多吊錢給他們團圓？

我吃下去飯了。

義弟們也跟著著了急。

二弟一個勁地歎氣；三弟說要是有地方可以放搶，他就去放搶；六弟說他做夢撿了好多錢，正準備交給我時，人卻醒了；八弟懷疑那個私鹽販子有詐……他一開口，七弟搶過話頭說：「自古無商不奸，商人的話跟婊子的話差不多。」九弟說：「我就不信我們的魚真的像他說的那樣是灘狗屎；看他那個樣子，尖嘴猴腮的，我懷疑他是在耍我們。大哥，讓我去吊這傢伙的線吧！」

「這是個好辦法，大哥，老九幹這事最有辦法了！大哥還記得在湖上吧？」老六激動起來。

「大哥，我聽夏三九說過，他要明天才動身，我趕過去還來得及。」

「好，你還是跟你七哥一起，一路上要小心，不要讓他發覺了。不管他做了什麼，都不要露面，你們只需要知道他是怎麼賣掉鹹魚的就馬上回來。」

送走了七弟、九弟，我的心湧起一種失落感，牠讓我再一次想起四弟和五弟來，也就再一次想起巴東之行。

要是四弟五弟還在，我一定會派他倆去巴東給我查個清楚明白。我的內心其實更想自己親自去一次，那個女子她怎麼了？可我知道，這是一個荒唐的想法！那一年我獨自去時錯過了，也就宣告一切均已錯過。更何況現在的日子，我幾乎不敢提「巴東」這兩個字。我不能撩開這層薄紗，唐清妹要是知道我想去巴東，她拼了命也會回去的。而她踏上那塊土地，她就再也不會回來了！雖然如此，但我背地裡，還是派了三弟和八弟。

我們每天聚在祠堂裡念著他們四個人，揪著心地等著他們回來。四十天後，七弟和九弟回來了，他們把那個私鹽販子罵了個狗血淋頭。他們說我們的鹹魚在大康⑤一帶好銷得很，那個私鹽販子至少從我們的鹹魚上賺了五倍還多。

接著三弟和八弟也從巴東回來了。他們說，那個地方只有一片荒草，什麼也沒有了，跟死了一樣！在他們的話語中，我的心生出無盡的惆悵，彷彿十五歲的巴東之行，就跟做的一個夢一樣！胡大成是夢，鄭來財是夢，鹽幫是夢；可是，夏三九是什麼？看著他們一路風塵，我內心的失落卻不敢表現出來。對於他們帶回來的三個想要鹹魚的遠安人，我的臉不得不堆滿了笑。

⑤四川江油一帶。

三個遠安人，加上七弟和九弟帶來的兩個人，五個人把白花花銀子和幾十串銅錢碼在祠堂裡，看得人眼發花。對於鹹魚，他們唯一的條件就是沒有臭味。這讓我有些激動，可我一時之間，上哪裡去弄這麼多沒有臭味的鹹魚。指望族裡那些人只有糟踏那白花花的細鹽。我決計自己親自動手，他們把魚送到祠堂裡來，我給他們錢；當然現在沒有錢，只能記在賬上。

這一次，對於魚，我挑選得很嚴——一尺半以上的才收；那些尺寸不夠，或是死了幾天，肚子都要爛穿的魚，得罪了，不要。再就是從族中的女人裡挑選了十個精幹的婆娘，讓她們專門剖魚；另外，我把族裡最會醃魚的六爹請來親自操作。

六爹的手藝果然和我們想像的不同，他要求我們不去魚鱗，不洗魚身，血糊糊的就往上面撒鹽。他說不去魚鱗，醃出來的魚，肉質嫩；不沾水，醃出來就是金黃的，而且有不易腐爛的好處。他有一把特殊的勺子和一隻小巧的羅篩，他在鹽堆裡舀出一勺鹽，倒在羅篩裡，把剖好的魚平鋪在大木盆裡，正旋三下，反旋三下，羅篩裡的鹽就一粒不剩，那條魚卻滿身是鹽，無一處不均勻。

義弟們給他打下手，他們從那些婆娘的手裡不停地把魚鋪到木盆裡，又從木盆裡把魚拿出來放進專門用來醃魚的大缸裡。這一天我們醃製了兩千條草魚，一千條鯆魚，五百條青魚。三天後，這三千五百條魚已經醃透，鹹魚特有的香味便充滿了祠堂的每一個角落。

六爹說可以曬了。這天早晨，東天的紅霞把瓦子湖染成了一池金水，搖盪的波紋金光四射，把那些攤開的魚，也踱上了金色的滾邊，看得我偷偷地笑了好幾回。可我們還沒來得及把魚完全攤開，早晨的紅霞忽地暗淡了，墨黑的雲團從西北的天邊壓過來，剛才的那一絲悠悠的細風，嚇得不知躲到哪裡去了。瓦子湖苕了似的，連一絲波浪都不敢泛起，只瑟索著顫抖的水紋，沙灘上兩隻孤單的野鴨，搖著笨重的身子，驚慌地挓開翅膀，滑進了湖邊的水草叢裡。六爹喊聲不好，我們趕緊把鹹魚往屋裡收。一早晨折騰出來的魚，重新放回到它們原來待的鹹魚缸裡，這時，一道閃電猛地撕裂了那快要壓到地面的烏雲，瓦子湖回過神來，從湖心湧起一丈高的浪，撲向岸邊，雨就在祠堂的屋簷上掛起了一道亮晶晶的簾子。

我慌了，望著老天爺愁眉不展的樣子，這雨只怕十天也下不完。要是這樣，那些鹹魚兩天後就會發臭，到時只怕連丟的地方都沒有。我站在祠堂裡發起了呆。義弟們在一邊大聲地罵著老天，而老天回應他們的則是一聲聲巨雷。

安氏家族最後的一筆錢，眼見著就要在這場雨裡黃湯了，難道安氏就這樣毀在我的手裡？這一刻我不得不再一次想起我的乾爹，一種被拋棄的恐懼襲上心頭。我站到門口，恨不得衝進雨裡把天上翻滾的雲扯到一邊，可理智告訴我，裝瘋賣傻沒用！我就那麼呆呆地看著如織的雨幕。眼前忽地劃過數道白光，定睛一看，原來是一隻隻穿過雨幕的蒼鷺，無畏地迎向扭曲的閃電，發出戛然的歌吟。我的心悸然一動，一絲亮光閃過我的腦子，生命的不屈與牠的奇蹟在我眼前鋪展開來了。

我趕緊讓人在祠堂的邊上搭上一個棚子，裡面用木架分成一層一層，隔半庹長的間隙鋪一塊板子，板子和板子的間隙裡放上筲箕，在棚子的底下再挖兩口大灶。

他們都不知道我葫蘆裡賣的什麼藥，不知道我在這樣的時候還要搞什麼鬼名堂，等到我讓所有的鹹魚睡到了木板上，他們才明白過來。六爹新奇地在棚子裡巡視了一遍，他沒明說不行，也沒說行，他只是笑。說族長是能人，我們大老粗不懂。

懂也好，不懂也好，只能這樣了。說是急中生智也行，說是病急亂投醫也可以，總之，我要試一試。我和義弟們在底下的兩隻大灶裡燒了三天三夜，把一座棚子燒成了一座磚窯。三天後開棚看貨，除了底下一層的鹹魚有了些平生不熟的味道，其他的鹹魚一律硬邦邦的，金黃的色澤像烤的上等煙葉，看得那五個等魚的傢伙眼都瞇起來了。

這一次，祠堂裡淨賺了二十三兩銀子！

望著白花花的銀子，我們大吃大喝鬧騰了三天三夜。什麼洪水，什麼冰凍，甚至連圍堰我也懶得想了。我一心想的是如何把這鹹魚生意做大。

一個月後，那幾個鹹魚販子又來了，在陪他們喝茶時，我說了我的想法。

他們說，做生意是要講究碼頭的。說我這裡進不好進，出不好出，哪裡能把生意做大。「再說了，這個生意，你能做，別人也能做。所以，你必須占個大碼頭才行。」

我問哪裡才是這樣的大碼頭，他們齊聲說——沙市。

第二天，我就帶著二弟和六弟去了沙市。沙市的魚行一溜兒開在便河東邊，只有賣鮮魚的，生意冷清得不行。

這也難怪，沙市才幾個人，本地本方不是做大事，平時哪個會專門買魚。這魚大多是荊州東城的旗人⑥買去了的。靠這幾個人來銷魚，生意怎麼做得大？

這一趟查看下來，我心中竊喜。

六弟說：「大哥，我們把這幾家魚行全部接下來。我看他們的生意，二十兩銀子他們就得出手。然後，我們主力經營鹹魚，附帶賣點鮮魚。坐在沙市，這可比我們在安家窪強多了。在安家窪，我們靠的只有一個瓦子湖；這在沙市，東面看過去，玉湖、谷湖、向湖、燕子湖、三叉湖、荒湖、白鷺湖……這些湖加起來，那魚只怕跟水差不多了。我們守著安家窪，年年還想著祭湖，要是坐鎮沙市，我們就只管收魚了，祭不祭湖，就是別人的事了！」

我不由看了他一眼，這傢伙的腦袋瓜轉得真是快呢。我這心裡正是這個想法。

回到安家窪，我起出祠堂裡所有的錢，總共是四十三兩銀子，趕到沙市，用三十八兩銀子盤下了五家鮮魚行，生意沒有一天停歇。

第一批鹹魚出手後，我們把五家魚行粉刷一新，掛出了「長興盛」魚行的招牌。

「長興盛」正對著隔河的「春秋閣」。我第一次看到它時，湧進腦子裡的就是四弟、五弟——要是他們還在，我一定要帶他們去祭拜關帝爺的。想想四歲那年的夏天，就是關帝爺讓我們走到一起的！要是他們還在，我會在關帝爺的面前，再寫一篇《結義辭》。但我的兄弟已經不全，我不得不打消這一念頭。我在魚行裡把我剩下的六位義弟叫到跟前，指著「春秋閣」說：

「你們看到了嗎？對面就是『春秋閣』，那裡供的是關帝爺。關帝爺生前是最講義氣，最重情義的。我們的『長興盛』位置選得好，我希望你們時時刻刻記住這一點，以關帝爺為榜樣。人家劉關張是結拜兄弟，我們也是結拜兄弟，他們是怎麼做的，我們就應該怎麼做！可惜四弟、五弟不在了，否則，我們兄弟九人當在關帝爺的面重新再結拜一次！現在我們做不到了，但我們只要看一眼『春秋閣』，心裡就要想一想兄弟情，你們做得到嗎？」

「做得到！」

「記住：兄弟同心，其利斷金！」

……

6

「長興盛」魚行因著先前的鹹魚客戶，生意好得超出了我們的想像，出貨進貨的船隻穿梭如織，寬闊的便河上桅杆林立，

⑥滿清軍隊駐紮荊州後，為避免滿人漢化，將荊州城從中一分為二，漢人住西城，滿人住東城，界限森嚴。

喧鬧的人聲和買賣的吆喝聲，穿透了只有三條街的沙市，直達外河——長江。

西北風起，滿沙市都彌漫著「長興盛」魚行鮮魚的腥味和鹹魚的香味。

這兩股味雜揉在一起，便擰成了一種讓人既恨又愛的羊膻味。循著這股羶味，梅苔巷一個姓簡的混混，糾集了十多個人，在「長興盛」開業一個月後，走進了魚行。

「哪個是當家的，跟老子出來！」

嚇得邢昌和幾個夥計慌地到處找我。我聞聲從烘烤鹹魚的棚裡出來，看到站在面前的那傢伙不由愣了一下。他的兩隻眼睛怪怪的——你要是單看一隻，無論是其中的那一隻，都是那麼和善、斯文；可它倆搭在一起，卻把一張臉扭得陰沉沉的，貪婪滿臉流淌。

「你是誰？為何來此撒野？」我用手止住了身後衝動的義弟們，盯著他的眼冷冷地問。

「老子行不更名，坐不改姓。沙市梅苔巷文武全才簡雙全！」

「久仰，久仰。既是簡兄到了，有話好說，上茶！」

「少來這一套。俗話說，行山虎不欺坐山虎。你講規矩的，每個月一百兩孝敬銀子送過去，萬事皆休，若是不然，老子就讓你捲舖蓋走人！」

「放你媽的屁！」三弟掙開我，衝上前揮刀就劈。那把剖魚的長刀還在往下滴著血呢。簡雙全和他的嘍羅嚇得怪叫一聲，奪門而逃。

大家哈哈大笑，都說：「吃個鹹蘿蔔乾子，就敢充齁。」

第二天開門，門口不知誰拉了一大灘臭屎。第三天招牌掉下來了。第四天，停在便河裡的船，讓人鑿穿了船底。我們這才意識到出問題了。我不得不派人晝夜在魚行四周巡邏，安靜了兩天，卻沒有了顧客上門。

九弟出去轉了半天，挨晚慌慌張張地跑進來說：「大哥，不得了，是有人發了話，說是哪個到我們這裡來跟我們做生意，有人就要下他們的胳膊、腿子！」

「肯定是那個姓簡的狗東西！大哥，我這就帶人去把這個狗東西做了！」三弟刀子一提就要出門。八弟忙把他攔住了。

「三哥，你別衝動，這事，我們坐下來好好想想。」

「還想個狗屁，老子最看不得這種人。老子跟他白刀子進去，紅刀子出來！」三弟氣咻咻的，跟只被惹毛的狗似的。

這的確是太氣人了。邢昌喊吃飯，我們都沒有興趣。若不是因為要換二弟他們回來，大家不會坐到飯桌旁。

「你有什麼好辦法？」飯吃到一半，我問八弟。

「我想，只要搞清楚這傢伙的老底就好辦了！」八弟說。

正說著，就聽屋外嘩啦啦一陣響，頓時臭氣撲鼻。我們趕緊打開門，昏暗中，只見門板上稀溜溜的物事，簌簌而下，全滴進屋裡。「啊，大糞！」惡臭熏得我喉頭一翻，剛嚥下去的飯菜，一下全倒了出來。三弟提起刀就往門外撲去，不料腳下一滑，摔了個仰面朝天，手裡的刀咣當一聲，甩出去落在了街心的青石板上。

「二哥，二哥！」三弟坐在街心狂呼亂喊起來，他的身上到處沾的都是糞水。

「怎麼了？啊！」在外巡邏的二弟、六弟、七弟同時驚叫起來。

「這是哪個狗日的搞的？」這是七弟的聲音。

「三弟，我這就提水給你沖！」二弟的聲音。

「狗日的，我們在河裡，他就是岸上；我們在岸上，他說到河裡！簡雙全，你個狗日的，太歹毒了，老子跟你沒完！」六弟跳著腳在大街上罵了起來。

八弟和九弟以及邢昌他們，已經在清理屋裡了，兩塊門板被下了下來，沖水只能一盆一盆地從廚房的水缸裡舀。八弟九弟一急，把廚房的水缸抬了過來。借著沖門板，門口的糞水也衝開了一些。我跳到門外。夥計們拿著木盆、水桶，跟著我湧到街上，幾個人排起長隊從便河裡提水上來沖街。忙了一炷香的時間，街上才看不到糞水的污漬了，可空氣中，臭氣依然。

我們坐在昏暗的蠟燭光裡，等著三弟。三弟在便河裡泡了兩盞茶的時間爬上來，換了衣服過來，我們還覺得他身上是臭的。

夜已過子時，遠處隱隱都有了雞鳴聲。我們關了門，正準備睡時，外面又響起人聲。三弟拉開門，提著刀就往外搶。我們也紛紛跳了出去。

街的不遠外，隱隱有一大堆人，嘁嘁喳喳地不知說些什麼，就見一個人望我們門面而來。從大敞的門內潑出來的光裡，我們手裡提著的剖魚刀，寒光閃閃。那人顯是意識到了危險，立即收了腳步，雙手不知拿著個什麼，在胸前一揖，說：「請問那位是『長興盛』魚行老闆？請借一步說話！」

「哪裡來的蟊賊？有說就說，有屁就放！」三弟一揚手裡的刀子，嚇得那人後退了一步。

「別亂來！」我把三弟往後拉了一下，自己迎了上去。

「我就是『長興盛』魚行的老闆安可喜。這位兄台夤夜到訪，不知有何指教？」我一邊作著揖，一邊往遠處看了看，那些隱隱約約的人已經踅身往黃家塘去了。

「安老闆好。是這樣的，我是『幫口』的，我們家老爺在『川渚宮』喝了茶回來，走到這條街上，便聞到一股臭味。這沙市地面的混混慣會搞這一套『潑糞』的把戲；我們家老爺早年來沙市時，沒少跟這種混混打交道，所以讓我過來看看。這是我們家老爺的『片子』！」說著，那人將手中的一個一尺長三寸寬的東西遞了過來。只覺得那物事金光一晃，我不知是個什麼寶貝，趕緊接了過來。

「那就這樣，安老闆，有事去『幫口』找我們家老爺。告辭了。」話未完，人已在三步之外了。

我們回到屋，把那燙金的「片子」看了半天，除了四個角用金箔包著，正中「何瑞麟」三個字，更是金光燦燦，只怕是用金子打磨好了，然後壓進去的。敢情就寫個名字在上面，犯得著這麼講究？這一張「片子」只怕不花上十兩銀子，怎麼也弄不下來——乖乖，這是多大的一個老闆啊！

第二天，六弟、七弟、八弟、九弟出去打探了一圈，「幫口」是幹什麼的？這「何應麟」何老闆是幹什麼的？一下子就水落石出了。

原來這「幫口」指的是「十三幫」的公所。道光之後，來沙市做生意的人多了起來，這些賺了錢的大老闆們，為了不受當地各種勢力的欺侮，便紛紛按籍貫結幫，漸漸地就形成了十三個大的同鄉會，外人就叫他們「十三幫」。

十三幫裡，最大的是漢陽幫，沙市八十八行，他們行行皆占；第二的武昌幫也是槽坊、齋鋪、絲煙鋪、醬園、酒樓、飯館、藥店，無所不包；此外，還有黃州幫、四川幫、湖南幫、河南幫、江西幫、南京幫、浙江幫、福建幫、徽州幫、太平幫、山陝幫，都有各自的勢力和地盤。

曾有童謠唱道：「燒雞子，鹵鴨子，湖南苕貨墊底子，本地哥兒不能伸筷子。」這說的就是「武昌幫」（燒雞子）和「漢陽幫」（鹵鴨子）勢均力敵；湖南幫的力量有限，只能作陪襯；而本地人，連說話的權利都沒有，就跟局外人一樣。

「十三幫」之間為了生意，摩擦不斷，矛盾重重。為了協調各種矛盾，「十三幫」便公推老總一人，從中調停，公所就設在毛家巷裡的旃檀庵。

據說，那一年漢陽幫和武昌幫，為了食鹽的起卸打了起來，直打得「鴨子（漢陽幫）不敢下便河，雞子（武昌幫）不敢上堤坡」；打得沙市半邊街市關了門；打得市面上一粒鹽看不見。最後，「幫口」老總出面，兩家在旃檀庵唱了半個月的戲，這事才算平息下來。

現在這一任老總，就是給我們「片子」的何應麟。這何老闆原是江西人，開有「景福公」鹽行、「景福公」綢緞行、「景福公」夏布行。

情況打聽清楚了，下午，我到一家茶莊買了一聽上好的「雨前茶」，用一個楠木雕花的茶筒裝著；六弟提了兩條十斤重的紅尾鯉魚，我們踏進了旃檀庵。

旃檀庵好大，從外街跨進銅包釘的朱紅大門，裡面有兩畝地大的一個空場子，正東面是一個戲台，北面正廳香煙繚繞，裡面供著觀音菩薩的法相，在大街上都看得見。見我們進來，一個五十來歲的半大老頭趕緊攔住了我們。我把揣在懷裡的「片子」掏出來給他看了；他細瞇瞇的一雙小眼，把我上下打量了一遍，說：「您來得真不湊巧，何老闆剛才出去了。要不，您留個『片子』，等何老闆回來了，我跟您遞上去？」

我哪來的「片子」！正要開口，六弟嘻著笑臉迎上去了，他的手裡不知什麼時候就捏了個銀錁子，往守門人的手裡一塞，那人臉上頓時春風撲面。

「兩位，何老闆是真的剛出去了。不過，我跟你們看看何老闆的長隨跟班在不在。」說著就往佛堂裡跑。

我們倆剛定穩心神，就見守門人引著個小個子中年漢子過來。

「是『長興盛』魚行的安老闆麼？」那中年漢子先開了

口。我一下聽出來，他就是昨夜送我「片子」的那人。我趕緊上前一步，雙手一揖，說：「老闆不敢，區區在下正是。」

「安老闆過謙，『長興盛』還是經營有方的——這沙市四周，百湖環繞，魚米富甲一方，這麼多年，竟沒有一個人能將之變成財富，我們家老爺時常感歎。現在終於有了這樣一個人，我們家老爺便十分關注你們魚行。我們家老爺常說：『誰叫他是十三幫的老總呢！』」

進了佛堂，看見香案上有香，我說：「何老闆，我想給菩薩上炷香！」

「別叫我『何老闆』，叫我何二。安老闆請便！」

我便在頭裡上了香。磕了頭起來，從六弟的手裡把魚接了，他也上了炷香，磕了三個頭。接著何二領著我們穿過一段長長的甬道，又走過一道迴廊，我們才在一處廂房裡坐了下來。我們把帶來的東西敬上，何二又跟我們客氣了一番，說：「我們家老爺，今天到湖南幫喝茶去了，特地讓我在家等著安老闆。」

我又說了一大堆感激的話。話音一落，六弟問：「何二老闆，您曉不曉得這梅苔巷的篖雙全，他是個什麼來路？」

何二笑了笑說：「沙市大大小小的混混，現在差不多都是『幫口』的下手。給點事他們做，他們骨頭都酥了。真有不要臉的，還鬧事，十三幫的大老闆拔根毫毛，就能把他壓死。有首詩，不知您二位聽過沒有？」

我們趕緊搖頭。

何二抿了口茶，又是一笑。「官場最重十三幫，凡事相邀共酌量。轎子跟班都擠滿，旃檀庵裡接官忙。」他搖頭晃腦的吟誦，充滿了得意。「荊州城裡，從知縣到知府再到綠營的將軍們，哪一個不跟我們家老爺稱兄道弟？」說了，他把頭搖了兩搖。

「那是，那是。」我趕緊說。

「安老闆，您回去，要是那姓篖的混混再來鬧事，您只要把我們家老爺的『片子』在他眼前晃一晃，識趣的，他就乖乖地走了人；不識趣的，您跟我一頓亂打，然後把人抬到旃檀庵裡來就行了。」

討了這個主意，我和六弟略坐了會，便告辭出來了。

一路上，我的心仍是有些沉重。事情要剛開始，這姓篖的說不定還會買「幫口」的賬；事情鬧到這地步，靠嚇唬只怕辦不到了。俗話說：和氣生財。自古打架無好手，不到萬不得已，我可不想真的動手。六弟見我滿臉心事，他說他覺得上次八弟說的有道理，應該讓七弟和九弟兩個去查一查那個姓篖的老底。

「有什麼用？」我有些不明白。

「大哥，我是這麼想的——現在的情勢呢，我們在明處，他在暗處。他想弄我一下就弄我們一下，不想弄就閒著，搞得我們疲憊不堪。如果我們把他的底細摸清楚了，那他就成了明處。到時，就不是我們防備他了，而是他防備我們了。大哥，你聽我的。」

看他神神叨叨的樣子，我多多少少有些明白了。

七弟和九弟倒真是鬼精的，只一天，就把姓篖的老底查了個清清楚楚。原來這傢伙是岑河口黃堰灘的人，十年前跟一個姓朱的到荊州城做小生意，錘錘白鐵，修修傘的，沒幾天他覺得不來錢，就拜當地的地痞流氓為師，因過於奸詐，被逐出師門，他便混到沙市，在梅苔巷站住了腳，專做偷雞摸狗的勾當。

有了這個底，按六弟的計畫，我讓人到岑河口的黃堰灘，端了他的老窩，把他爹娘老子弟弟妹妹四口人請到了沙市。說是簡雙全請你們去享福，喜得他們嘴都合不上了。我把他們安排在魚行裡後，再把簡雙全約來。那傢伙趾高氣揚地從外面進來，以為我們怕他了，服軟了，要向他孝敬銀子了，沒想到我們送給他的卻是這份厚禮。我多話沒說，只說了四個字「好自為之」，給了他二十兩銀子，讓他把一家人領走了。

他呆楞楞地看著我，看著看著，雙腿一彎跪到地上給我磕了一個頭，爬起來走了。

看著漸漸走遠的人影，八弟歎了口氣：「沒想到，這種人也還是個孝子！」

7

我們的生意立即恢復了正常，到了這一年年底，不僅還回了祠堂裡的老本，竟然還賺了近三百兩銀子。當我們從沙市大包小包地帶著我們買回的年貨時，所有人的眼睛都差不多紅了。

安順福劈頭給我的一句話便是：「你就這麼做生意去了？」

「不好麼？」

「你這是辱沒祖宗！」他的眼裡要是有跟火柴丟進去，只怕會騰起三丈高的火焰。

「安氏十七代人輾轉遷徙，難道不是為了活得好一點？活得滋潤一點？要想活得好，活得滋潤，不全都要錢嗎？我想千方設百計把錢賺回來了，你倒說我辱沒祖宗？你要不是我爹，我不懷疑你是妒嫉，也得懷疑你是神志錯亂！」他的臉一時烏雲翻滾。我實在是氣，仍不依不饒。「守著安家窪這鬼不生蛋的位置，五年就有四年澇，我就是光耀祖宗？一年三個月全族人喝稀粥、吃野菜、住茅屋，那樣，你倒心滿意足？你要是基著這種心，我都怕往下想你了！」

「你拿了安氏十七輩人好不容易攢下來的一點錢，自己做生意，安氏全族人就不喝稀粥、不吃野菜、不住茅屋了？」他理直氣壯地質問我。

看著他，我懂了！

懂了他，我竟生出想把他抱一抱的衝動。我覺得他的這個想法，是一個偉大而高尚的想法。要是常人，做兒子的賺了錢，當爹的不知有多麼高興才對，而他想的竟是整個家族，這不是高尚還能是別的什麼不成？

「爹，你放心，既然祖宗有靈，把安氏交到我的手裡，我這一生，也就交給這個家族了。」

他在我的這句話裡，卻皺了他的眉頭，轉身去了供奉祖宗的那間小屋。

我好奇地看了他一眼，沒再理會他。我到祠堂裡吩咐下去，今年，在祠堂裡吃團年飯，按戶頭，一戶一人。

祠堂裡整整忙了三天，臘月二十八裡，安氏祠堂裡張燈結綵，鑼鼓喧天，鞭炮震耳。祭過了安氏列祖列宗，二十八桌，同時開席。這在安氏族史上，又得是頭一遭了！

我端起酒杯，說，我希望安氏從今往後，年年太平，事事順遂。因為生意的原因，今後我可能待在安家窪的時間會比以前少很多，我不在的時候，祠堂長老要主動承擔起自己的承擔，比如祭祖、趕壇、做會什麼的；我的任務就是為安氏賺更多的錢，賺了錢之後，我們要修學館，要讓安氏子弟每一個人都能讀得起書；我們賺了錢，要修老樂堂，要使鰥寡孤獨人人有所養；我們賺了錢，要讓我們世世代代夢想的火磚瓦屋真正住上……我的慷慨激昂，使得這一安氏家族史上從未有過的團年大典一下進入高潮，酒喝得呼聲四起，我帶著義弟們敬了所有的人，所有的人也來回敬了我們。最後，他們走的時候，每個人得了半兩銀子的壓歲錢。

我們初四就趕往了沙市。

其實，我非常想在這新年的第一個龍日裡，祭一回水神，出一回「天方」。在臨去沙市之前，我在湖邊坐了半天。我的心，這一刻，想的全是「我的兒」。

如果「我的兒」還在，敬水神，他就會是那灶稟天告地的「人香」；如果「我的兒」還在，到了今年端午，我們就去參加縣裡的「龍舟」大賽，那個時候，我要做那鼓手，「我的兒」做那船頭的「妖童」……你們也許會說，假如「我的兒」還在，今天他已經快八歲了，他當不「人香」，做做「妖童」倒是勉強。你們錯了，在我的心裡，不論何時想起來，他都只有兩歲。如果你們說他長到現在，已經快要八歲，那你們告訴我，他長在哪裡？你們把他給我呀！

傷子之痛，只有身受的親人，才能體會那天遠地遙的無助！

想到逝去的親人，我又想到了四弟、五弟。這個年過得如此張揚，不過是顯擺自己賺了幾個錢而已。可賺了錢又怎麼樣？生命中最重要的那些人已經不再，這種張揚又有多大意義？坐在湖邊，看著滿湖的寒波，我甚至想，這種張揚，對自己隱隱地含著一種嘲諷。

我決定，終我一生，安氏再不會出「天方」。終我一生，安氏絕不去參加任何一種大型的遊樂活動。

沙市的生意是個很好的藉口。是啊，「幫口」初六裡要在旃檀庵裡唱戲呢。

旃檀庵的戲，我們無論如何是要去聽的。

俗話說：旃檀庵裡看戲——擠人。

我們去湊了這一熱鬧後，再去買鹽，那價格低得差不多就是進價了。

生意越發地好。我們醃制的鯉魚、草魚，據說一過三峽，當地人就會聞著鹵香，追著魚販子趕；連醃魚的汁水，都有人來買。

這一年，我們賺了差不多近兩千兩銀子。

我回到安家窪，很快，學館就辦起來了。本來是想依著祠堂而建的，但祠堂臨湖，保不准調皮的小傢伙們，到時不趁先生不備到湖裡去。這湖邊的小子，誰還不會個狗刨式。要真是那樣，出了事，就好心辦成了壞事。所以，我把學館選在飯兒窪南邊的一塊荒坡地上。裡裡外外忙活了近一個月，前面一個大院子，中間一字排著四間大教室，後面一個小院子，接一座兩重天井的住家。這個帶花園的學館，比祠堂還氣派。先生請的是恩茂先生和他的侄兒，我讓他們從徐家台全部搬過來，以後也不要走了，他們這一輩子就是我們安氏的先生了。恩茂先生激動得不知說什麼好，說他從十八歲開始舌耕生涯，還是第一次看到有人真正為全族子弟著想，修建這麼大的學堂的——這真是聖人出世啊！

他說得我怪不好意思的。

和學館並列著，我又修了個大院子，裡面東西向修了兩排小房子，從族裡把無兒無女的十幾個孤老接到了這裡。我原以為誰來照顧這些老人會是一件讓人頭疼的事。沒想到，安若男主動承擔了這一任務。唐清妹也要去。我可不願她去受這個苦。她沒理我，第二天，我去老樂堂時，她早已在那裡忙活了。

我沒說什麼。也許，這也是一種讓她忘記痛苦的方法吧。

我說過，我要為我的乾爹修一座廟的。現在，正是時候。瓦子湖邊的高坡地金貴得跟黃花閨女的奶子差不多。我左選右選，選在了鍋台垸子靠米倉河的一個三角地上。我要讓乾爹永遠守護著安家窪的米倉和鍋台！

報恩寺修了四個月，才告落成。花費銀子總計兩百二十三兩。落成的報恩寺，分山門、正殿、享殿，以及禪房。

報恩寺的落成開光大典在第二年的元宵節。看著從旺福寺請回來的乾爹，我滿心歡悅。我給乾爹塑了座差不多一丈高的金身，在金身的背心裡開了個暗室，把他的真身放了進去。背著所有的人，我把乾爹從那個紫檀木的匣子裡拿出來，把他重新貼在我的胸口，胸口便湧起一股溫潤的熱來。好長好長一段時間後，我才把他重新放進匣子裡，將他安放好。

主持開光大典的是旺福寺的靜遠和尚。在念經的和尚裡，我看到了身披袈裟的李東彪，我們目光相遇的一剎，他對我微微地笑了一下，我也滿心喜悅地對他笑了。這一笑，註定了他與報恩寺的緣分，他成了報恩寺的第一任主持。

做好了這件事，剩下的就是讓族裡人都能住上火磚瓦屋了。可是安家窪，五年就有四年淹，就算是有了火磚瓦屋，長時間泡在水裡，只怕也是要塌的。我想起那年修的圍堰來，這兩年都沒被淹！為何不在圍堰的基礎上，將整個安家窪也圍起來呢？

這是一個宏大的工程，我說幹就幹——還是老辦法，那年饑荒，按土方奪糧；現在豐年，那就按土方奪銀吧。十方土一錢銀子！

最讓人頭疼的是安順福牛屋邊上的蘆葦灘了，一路彎彎繞繞，繞到前面竟跟荒水灘連在了一起。再難我也不怕，我便依著十月的水腳，先用從當陽買回來的毛石給它下了一個腳，然後兩邊填土。

八弟第一個報名要回來帶人修堤。二弟說，我跟著大哥，大哥回去，我就回去，大哥在沙市，我就在沙市。其他幾個也嚷著說要跟我回安家窪修堤。

「沙市的魚行不開了？」我問。他們苕乎乎地看著我。我說：「安家窪雖說是我們的根，但我們的飯碗卻是在沙市。沒有沙市的魚行，我們談什麼修堤？所以，沙市的魚行這個飯碗，天塌下來也不能丟！丟了這個飯碗，我們就又只有跟從前一樣，喝稀粥，吃野菜了！我們現在七個人，沙市四個──老三、老六、老七、老九。沙市這邊，你們要聽你們三哥的話；老三你是個急躁性子，這個你要改，遇事多和老六、老七、老九商量。安家窪三個──我、老二、老八。老二，你要曉得你是所有人的二哥，不要成天只曉得說：『大哥到哪裡，我就到哪裡！』老八回去，主要負責堤的質量，哪裡土質不好，那裡夯沒打實，哪裡還要再打一遍石硪。老二回去，你主要負責土方的驗收，銀子的發放；我兩邊跑。前一段可能安家窪待得時間長一些，後一段可能魚行待得長一些。」

分派完了，大家便各自忙活開了。

錢真是個好東西，我們用了三春兩冬的時間，就將整個安家窪通往瓦子湖以及各個低窪之處的口子給堵死了。翻過年的六月裡，又是半個月的雨，圍堤出了幾處險情，好在發現及時，都沒釀成大禍，這次水一退，安家窪沒有一家進水！六月裡，安家窪的鞭炮竟然響了整整三天，這三春兩冬的辛苦沒有白費，怎麼能不讓人樂呢！

在這一年的秋天，鍋台垸子上下、飯兒窪四周，全都浸泡在歌聲裡，穀囤子橋終於把米倉河兩岸的歌聲連成了一片。那漂漂亮亮的火磚瓦屋，就在昔日的水窪子裡聳了起來，像六月雨後從草堆、樹幹、牛糞上竄出的蘑菇，一時間數都數不過來。

8

又到了春節，我知道安家窪所有的人都要來給我拜年，人人都是真心實意，可人一多，那就是一種折磨了。我讓三弟、六弟他們在沙市高價請了一台戲班子，正月初一上午就在祠堂唱開了。戲開場前，我借機給全族老少爺們拜了個年，然後對他們說，家裡就別去了，要給我拜年的，我們就在這裡互拜了。

大家熱鬧了一陣，戲才開始。

可還沒等我入戲，隔壁三爹來告訴我，說有好多人去家裡給我拜年去了，安順福怎麼也打發不走，那些人說一定要見我一面才行，安順福就打發他來喊我了。

我問：「誰呀？全族人都在這裡看戲，你叫他們到這裡來看戲吧。」

「少爺，他們不是咱族裡人！」

「哦。那是誰？」

「領頭的是位和尚。」

「和尚？」我倒真是有些吃驚了。「你不認得？」

「我沒進去，只在門口瞄了一眼，聽你爹說了就來了。你爹叫你無論如何都得回去一下！」

我到家一看，再次愣了，那身披袈裟的竟是李東彪！

「你怎麼來了？」我脫口而問。

「阿彌陀佛。貧僧給安族長拜年了，祝安族長新年大吉。」李東彪身後的四位漢子我卻不認得，李東彪話一落音，他們五人一起跪在了地上。我慌得把他們一個個從地上拉了起來。

「究竟出了什麼事？你們有事就說吧！」

在我這句話中，李東彪的眼裡滾出了兩顆碩大的淚珠。恍惚中，彷彿看到他頭上的香疤也在流淚似的，嚇得我趕緊眨了一下眼。這才確信，他真的哭了。

「安族長還記得那年貧僧不敬冒犯虎威麼？」

「怎麼好這麼說？快別這麼說了！」

「安族長可否記得你曾答應過貧僧——你說『姓安的有飯吃，姓李的就絕不會餓肚子』？」

「記得。記得。」

「安族長，如今安氏家族走到這一步，我們不是嫉妒；可是，再看看李家垸吧，不說前幾年的那場大水，就說去年那場水吧，全族人在水裡可是泡了半個多月，有好幾個人下半身都生了蛆！安族長，你既然還記得當年的承諾，你不可棄李家垸的生死而不聞不問啊！」

我的天老爺，他這可是抵我的老寶⑦！就在我愣神之際，他兩腿一彎，又跪在了我的面前；跟著他來的人，趕緊也跟著跪了。我去拉李東彪，他死死地伏在地上，說要我答應他的請求，否則，他就跪死在我的面前。這情景，這話語，使我一下回到了當年的那個夜晚。就跟當年那個夜晚一樣，這一次，在這青天大白日裡，我再一次答應了他。

正月初二，我到了李家垸，我想實地踏勘一下李家垸的形勢。古人曾說：「救急不救貧。」我可以給銀子他們，但是這解決不了根本的問題，水一來，一切就又會回到了零點。

小小的李家垸還沒踏遍，忽地又被另一撥人圍了起來。李家垸的人告訴我，這是附近四十八垸的代表，聽說我到李家垸了，都趕來見我。說他們垸小力弱，不漲水還是人過的日子；一漲水，牆倒屋塌，比畜生都不如。說他們誠心誠意想投靠安氏家族。說他們每垸每年進貢十擔精米、十擔鮮魚。他們跪在我面前的路上，黑壓壓的一片。「安族長，你就答應我們吧！你就是救我們出苦海的活菩薩啊！」他們呼喊得淚雨滂沱，我不知所措。

「大家快快請起，我安可喜何仁何德，能受此大禮！這麼大的事，你們叫我如何回答你們，我們到李家垸的祠堂好好商量商量吧。」

六七十人就這樣開進了李家垸的祠堂，把個小小的祠堂擠得搖搖晃晃。七嘴八舌一通議論，所有的問題最後歸結為兩條：一是沒有勞力，二是沒有能力。

是啊，這四十八垸連起來，彎彎曲曲，曲曲彎彎，瓦子湖只怕就有一百里路長了，沒有足夠的勞力，這螞蟻搬家，要搬到

⑦揭老底的意思。

何年何月？修堤春上抽不出幾天，接著就要耕田、下種；最好的時候只能在冬閒。可天寒地凍的，誰不想守著火盆享享福？把人弄到北風頭上去挑土，沒有點好處，誰願去呢？好處是什麼？饑荒時候盼口糧；平日時節，只怕還是銀子讓人眼饞些。這些小垸，少則二三十戶人家，多的也不過七八十戶罷了，三五百人；有的連個祠堂都沒有，有祠堂的，一年下來，連祠堂維修費都攢不下來，哪來的錢修堤？其實，以前的安氏何嘗不是這個樣子！

所有的眼睛都望著我。我不知道如何回答他們。不錯，我們的魚行一年的確能賺一兩千兩銀子，可是，我們真的就能夠支付這麼龐大的費用麼？這修堤，我本來一竅不能，但圍堰、圍堤修下來，我多少懂了點兒——既是修瓦子湖的大堤，那得修多高多寬才能擋住炸窯那年的大水？堤修小了，水一來它就倒，人力物力財力，就都打了水漂！另外，取土在什麼地方取？打堤基的毛石要多少？這引水渠怎麼修——我們是沾了米倉河的光，他們那裡都有這樣的好事麼？這鍬和畚箕、扁擔都由誰來準備？

他們說，這鍬和畚箕、扁擔，他們包下了，回去就動員各家各戶，到鐵匠鋪裡打鍬，砍了竹子扭畚箕。

我還是無法下這個決心。也不知是誰帶的頭，坐著的人，又一下全跪在了地上。

「安族長，你就帶領我們幹吧，我們四十八垸在堤成之時，給你修生祠，塑金身！」那說話的人，我根本不知道他姓甚名誰。可是我知道，這萬萬使不得。就算我答應他們，真把堤修好了，就值得活著就享受香火麼？

我的眼前一時青煙彌布，纏繞不去。那青煙中端坐的人竟然是我！不不不，那是菩薩！是我的乾爹才是正理！可我的腦子裡，這一刻分明揮不去那繚亂的青煙！要真是如此，那倒也是蠻有趣的一件事呢！

我扶起那位說要給我建生祠的族長，說：「我答應你們。」

我的話音一落，被我扶起來的人，掙脫我的手重新跪在了我的面前。

「安族長，請受我們四十八垸一拜！」

我無法不受這一拜。

就是這一拜，耗去了我整整十八年的心力。

第二十章 君生我已老

1

十八年，是個姑娘早就長成一朵花了。可我得到了什麼？

也許你們要說，他們要給我立生祠，把我當神、當菩薩一樣供奉起來，這還不夠？

不，我根本不想被人供在廟裡！當初，他們這麼說時，我的確激動萬分，我無知地以為，只要把我供在廟裡，我就是真的神、真的菩薩了；那我死後，見到我的乾爹，臉上該是多麼體面風光！我甚至幻想，我坐在中間，邊上是我的二弟、八弟——對，八弟聽說要修堤，興奮得兩眼都放出了綠光。我的三弟、六弟、七弟、九弟他們的魚行塑在東邊；我的四弟、五弟也該入廟，我相信所有的人都會同意我的想法的，他們的米船就塑在西邊。可是，當我從湖裡帶回徐妙玉後，遠遠地看到報恩寺時，我嚇出了一身冷汗。

就我這樣一個東西，還希圖成神、成菩薩？希圖被人高高在上地供奉麼？乾爹說，一個人要想脫離苦海，不墮地獄，除了一心向善、行善外，還得要不斷修行，不殺生、不偷盜、不邪淫、不妄語、不飲酒。像我這種吃喝嫖賭差不多占全的人，心生當神、當菩薩的念頭就應該是一種罪惡！這麼不要臉的事，我居然曾經恬不知恥地於內心沾沾自喜！

我可不想，後世哪一天落個鞭屍的下場！這種把愚蠢當成英明、把無知當成神武、把狂亂當成偉大的勾當，身後所剩的都不過是笑柄一堆！我總覺得，連從娘胎裡出來都要塗脂抹粉的歷史，實在是一種可憐的歷史。有了這種覺察，我對生祠索然無味了。

你們也許會說，有了那道百里長堤就足夠了，那道長堤就是你最好的紀念碑！孔子著《春秋》尚有後世獲罪的擔憂，而這道大堤為你贏來的只會是尊榮與感激！

我得再次說，你們仍然錯了。我得預先告訴你們，大堤修好的那年，我就進了監獄。

為什麼？

當初連我也不知道為什麼。

等到我跪在縣衙的大堂上，我才知道，耗盡我十八年心力，築起的這道百里長堤竟然落了個「毀湖澇田，巧取豪奪，掠天利以為己欲」的罪名。

「老爺，那些告你的人也太壞了點吧！老爺又出錢又出人，菩薩只怕也趕不上！」那個時候，我跟蘇茹想的差不多。雖說我從來沒有把自己和神和菩薩相提並論，但我自問，單就修堤這件事來說，我要算得上是一個好人的！好人卻得惡報，天理何在？良心何在？然而，面對蘇茹的義憤，我已不再有一絲怨氣。

「好了，看你這小嘴撅的，都可以掛一條鹹魚了。」她被我說得不好意思了，小嘴趕緊往後抿了下，粉紅的臉蛋便兩朵花開。那兩隻梨渦裡，儲滿了花蜜——春天已經來了，蝶狂蜂亂的季候裡，酣醉卻離我如此遙遠。

「來，扶我下來再走走。」

自從那天下地後，差不多每天我都要起來走上兩趟。我得說我還是有所進步的，現在，我只要扶著蘇茹，就能拖動我的雙腿了。到了滿是桃花的時節，我就可以不用扶任何東西，像個好人一樣，自己走了吧！我每一次下床，都做著如此的美夢。

蘇茹把我從床上穿了起來，我扶著她柔軟的肩頭，一步、兩步、三步……這一天的學習就又開始了。

「蘇茹，外面下雪了吧？」

從床邊我已走到了窗子邊，我忽地感到內心豁然一暢，像水洗過的沙灘。

蘇茹詫異地看了我一眼，說：「你站好了，別動，我把門打開看一眼。」她像放一枚雞蛋似地把我放好後，跑過去把門打開一看，連忙跑到我的身邊，把我扶住。她滿眼驚奇地看著我問：「你怎麼曉得的？」

「真下雪了？」

「下著雪花呢，一點聲音都沒有，你是怎麼曉得的？」

我說不清楚，我只知道我的心在一剎之間感覺到了天地間正在飛舞著輕盈的雪花。

人世常態，風霜雨雪。

風於我是刻薄的。尤其是乾瘦的北風，總是與我的骨頭作對，那樣的時候，只要我的心生出轉動的念頭，就彷彿聽到它們咯吱、咯吱的響聲，那種難言的酸疼便在四肢百骸間拼命地扭打著，無休無止。而我最不喜歡的則是霜，它讓我想起死掉的露水。趟著露水，心總是一片溫潤；而踏過霜凍的大地，心卻塞滿了寒意。我也不喜歡雨。瓦子湖是泡著雨水活著的。那些驚恐而疼痛的記憶，到了現在，猶然清晰如昨。它們敲打房頂的聲音單調而固執，就如同每一滴都打在心坎上一樣。這讓我總是想起徐妙玉，想起她那些重複了千百遍的話，那發霉、變味、腐爛的記憶永遠無法抹走。只有這輕揚飛舞的雪花於我是相宜的，我始終覺得它們是像「我的兒」那樣早夭的靈魂，是這些魂靈晶瑩的歌唱；它們砌出如此純淨的世界，是在向如我這般沉溺濁世中的人傳遞著天堂的消息啊。

我聽到了天堂的寧靜，感受到了天堂的安祥。

我渴望那種優雅而閒適的生活。縱觀我的一生，優雅與閒適我不知道在哪裡。這生命的謎底誰能解得開呢!?

「老爺，就下了個雪，你就發呆啊？」

這是雪的事麼？她不會懂的。想我在她這般年紀時，不也是如此這般麼！

我想笑一下，臉上的肉卻不肯配合。面對這該死的傢伙，我只得無奈地搖了搖頭。「扶我回去。」我說。

將我重新安坐在床上後，這小女子靠在我的旁邊，用她的小手托著我的老手：「老爺，我問個稀奇話，『長興盛』魚行的招牌是你寫的吧？」

「不是我寫的，是恩茂先生寫的。」

「我聽說，老爺的字寫得蠻好的。」

「哪個說的？」

「賴媽媽。」

「她？她什麼時候看過我的字？再說了，她只怕扁擔倒下來，連個『一』字都不認得！就算她看過我寫的字，又哪裡曉得字的好壞！」

「老爺，那什麼樣的字才叫好字呢？」

「想不想學？這樣吧，等天氣暖和些了，我教你！」

「我怕我笨，學不會。」

「沒事，人只要用心去學，什麼都學得會。」

是啊，別看她現在長得如此可人，若是一任如此，二十年或是三十年後，不過就是又一個賴老婆子罷了！古人曰，腹有詩書氣自華。那種高貴、雍容都裝在書裡呢！是的，她一定要讀書！無論是我好了，還是我死了，她的下一個任務就是去讀書。讓安明貴的兒子把她帶到沙市去上新學堂，帶到省城去上新學堂！

我彷彿已經看到一個女洋學生正盈盈地向我走來。

「老爺，太太她識字不？」她忽地坐直了身子，望著我呆呆地問。

「你曉不曉得恩茂先生是哪個？」

「老爺講過好多回了，是你的啟蒙先生。」

「這個不假。你曉不曉得他是哪個的爹？」

「不曉得。讓我猜猜——嗯，是不是太太的爹？」

「是。」

她一臉迷茫地看著我，竟是癡了。「你怎麼了？」我問她。她莫名地望著我抿嘴一笑，說：「我去給老爺倒茶。」那小腰一扭就到了屏風後。「啊，二老爺，您來了！」

她的話音剛落，二弟便從屏風後現了身。

2

「坐坐。」我趕緊招呼他。

「大哥，這幾天氣色蠻好的。」二弟坐在我的床前，把手伸進我的被子裡摸了摸。我已經能走了，這傢伙還不知道呢！其實，我現在就想下床再走會兒，讓他扶著我。心念一動，多年前，我和義弟們勾肩搭臂的畫面就一幅幅地在腦子裡不停地閃。

「安鵬這兩天在做什麼？」我想起了安明貴的兒子。

「聽說，他在酒場的茶館裡講善書。」我看得出，二弟陷在深深的憂慮之中，他的神色一片凝重。

「你派人聽過？」

「嗯。」

「你放心，出不了事的。我相信他有分寸的。」我說這句話時，蘇茹端著茶從簾子後面轉出來了。

「二老爺，您請用茶。」她把茶輕輕地放在二弟身邊的桌子上，然後把我的茶餵到我的嘴邊。我抿了一口，讓她放到一邊去。二弟看著她把茶放在了圍桌上，想起什麼似地，說：「大哥，蘇益之倆口子來了。我沒讓他們過來，怕大哥睡了，我先過來看看。」

蘇茹的身子一下僵住了。

「那快請他們進來啊。」

蘇益之，蘇益之！我終於想起來了。那個叫蘇益之的小男孩，是我在尋訪棋手的途中，遇到的一個小嚮導。那天，我的心情異常地好，記得那個時候大堤差不多就快完工了。可我記不得究竟是快完工的前一年，還是前兩年。這是個問題，不知蘇益之還記不記得！要是他真是那個小傢伙，而我現在卻讓他的女兒伺候著，這關係實在有點彆扭。

二弟領著兩個人進來時，那個男的，把我嚇了一跳。怎麼這麼老——兩個腮幫子都已塌陷；三道豎著的皺紋從眼瞼下沖刷而來，像崩塌的堤岸；一頭白多黑少的頭髮，被五六道抬頭紋托著似的，看來今天是認真梳了梳的，顯出幾分生硬。這模樣，我看沒有七十歲也有六十了吧。從我的記憶裡推算下來，我面前的男人應該只有四十歲才對。這不是曾經留在我記憶裡的那個小孩！我這麼一想，既有一分遺憾，又有一分坦然。世上同名同姓的人還少嗎？這只是一個巧合而已。

「給老爺拜年！」

「給老爺拜年！」

倆口子雙雙跪倒在我的床前。那小女子從聽說她的爹媽起，小臉就一片通紅，等她爹媽進門，她竟沒有喊他們。她的嘴動了一下，卻沒發出聲音。

「起來，起來，跪什麼？要跪，我得跟你們下跪才是呢。」我說的是真心話，我得感謝他們生了這麼好個閨女！「蘇茹，還不把你爹媽拉起來。」那丫頭往前走了一步，跪在地上的兩個人自己趕緊爬了起來。

「爹，媽，你們就空手來的？」這小東西，原來是想這出事！他們來看自己閨女，就算空手來，又怎麼樣呢？

「哪，哪能……」

「帶了，你爹媽恨不得把整個家當都搬來。」二弟搶在蘇益之的前面說。「雞、鴨、魚、豆餅、糍粑、灌腸、蹄子、米籽糖、花生、麻占、雞蛋糕、雲片糕……兩大口袋，跟搬家差不多！你媽本來是要拿到老爺屋子裡來的，你爹怕你嫌他土，不敢帶進來，都放在我那裡了，說是等他們走了，再給拿進來！」

二弟不是一個善言辭的人，這麼一大篇真難為了他。

「你看你，」我說蘇茹了，「不知道內情，就胡亂埋怨人了。」我不得不對蘇益之倆口子說，「來玩玩就算是抬舉我這個癱子了，還帶這麼多東西！」

「老爺，都是自家的一些出產之物，算不得什麼，哪裡還好意思開口說！」蘇益之的女人說。我仔細地看了她一眼，她倒似乎算不上老，那臉盤子很有幾分像蘇茹。她那雙眼也正看著我，我趕緊從她的臉上移開了我的眼。

「蘇茹啊，爹媽來了還不開心？快去倒茶啊！」蘇茹一聽，顛顛地就往廚房裡跑。看得出，這一次，她是真的開心了。

茶端來了，我看見那小嘴繃不住的笑，都藏在酒窩裡。

「爹，媽，喝茶。」

蘇益之機械地接了茶，女人卻是目不錯睛地看著自己的閨女。把蘇茹看得又不自在了。

「媽，你看什麼呀，眼神怪怪的！」小丫頭撅起了嘴。

女人在女兒的嬌嗔裡抿嘴一笑，說：「老爺，您這家裡的茶水養人呢。這自己養的丫頭自己心裡有數的，沒想到，這才小半年工夫，倒長得不敢認了！」

女人是不是天生都會說話？我不由看了蘇茹一眼，那小臉蛋真的是越來越水靈了，跟春天淋了一場透雨後的一棵嫩蔥似的。

「媽，看你說的，就不害臊，哪有自己娘老子誇自己家閨女的？」

「哪個誇你了，我是說老爺這是個福窩呢！你也不知是哪輩子修來的福份，怎麼就一下掉進這個福窩了！」

蘇茹望我一眼，慌地背過臉去偷偷地笑了。

這母女倆有趣。

「我這哪裡是什麼福窩。都是你生得人好，是你上輩子修來的福份。」我不得不應付一下她。我並不想和女人在這種問題上纏個不清。我對二弟說：「蘇茹的爹媽好不容易來一趟，今天就不回去了，住一晚，明日吃了晚飯再回去吧。」

二弟連忙答應。

女人客套地推辭道：「這怎麼可以，當不起的。我們說好了，來給老爺拜個年就走的。屋裡雞子、豬子都沒得人管呢。二老爺，您領我們去跟太太磕個頭了我們就走。」

「這說哪裡話。蘇茹，你去跟你賴媽媽說，讓她收拾間房出來。你們看，我這身子不爭氣，就不陪你們了。」

我這麼一說，他們便不好意思說了，只得站起身來向我告辭。

「老爺，您這讓我們兩張老臉生光了。您休息，我們明天再來看您。」

蘇茹看我一眼。我說：「去呀！」

沒想到送過屏風她就轉回來了。

「怎麼了？」我問。

「我媽不要我去，讓我……」她話沒說完，坐到床沿上，眼波一轉，忽地把頭埋進我的胸前，雙手將我緊緊抱住了。

我的手不由撫上了她的頭髮，然後撫過她的耳朵，撫過她的臉頰，往她的後頸子裡探了探，我的腹下在這過程中，竟然升起一股熱來……我的菩薩！我的神仙！不會吧？我可是臥床已有六年的一個癱子啊！我可是癱了六年後，剛能在人的挾持下勉強走上兩步的東西啊！我可是十年前就不知女人是何物的廢物啊！

我趕緊閉了眼，我怕自己出乖露醜！看看現實中我的德性吧，那一絲兒熱怎敵得過那依然僵硬的手腳？可那一絲熱，分明如一條拖尾巴蛆，拱得人無法自持——我閉了眼，那些瘋狂的念頭就可以蹦跳到十年前，甚至二十年前——不，我要回到還沒到鹽幫去的前面，只有那個時候的我才能配得上她啊！

我得承認，我愛上了這個小女人！但我也得告訴你們，這將是我今生最後的一個秘密，我將守著這個秘密，直至走進棺材裡去！

……

我生君未生，君生我已老。

我離君天涯，君隔我海角。

……

我的心想起了這首古老的歌謠，心空淚如雨下——然而，我聽到了門軸開啟的聲音。睜開眼，我看見徐妙玉從屏風後走了出來。

蘇茹慌地從我的身上爬起來，垂了手說：「太太請坐，我這就給您倒茶去。」

看著蘇茹失神的樣子，我真想叫她別動，就坐在我的身邊，她要喝茶，她自己去倒，不喝就拉倒。我想說，你不是伺候她的丫環梅香。我的嘴動了動，卻沒發出聲音。看著蘇茹的背影，我的心異樣地為她疼了一下。而那雙眯縫的眼睛，我知道她絕無好意，但我卻無法分辨裡面究竟藏著的是得意，還是嫉恨？

「你來了？」我不知為什麼要說這麼一句。冷場就冷場，尷尬就尷尬。她不怕，難道我會怕麼？可我偏偏先開了口。「蘇茹的爹媽來了，說是要去給你磕頭，你沒見到他們？」

她從上往下將我掃了一遍，揀了個凳子坐了，說：「沒有。」說了這冷冷的兩個字，她話鋒一轉，「安明貴的兒子究竟回來幹什麼的？」她的眼光，在剛才的冷裡，漲起了滿湖的洪水。我有一種被水淹沒的壓迫。

「他回來祭祖的。」我水性很好。

「只怕沒這麼簡單吧！」

「簡單不簡單，你有興趣，你可以去問他麼。你問我，我會讓你失望的。」跟她，我習慣了挑詞揀字。

「你就裝吧！我倒是要看你裝到什麼時候！」雖然我水性不錯，但這透著寒氣的涼水，卻浸得骨頭生疼。這時，我對蘇茹端來的熱茶渴望之極。

「我要喝茶。」我孩子似地說了這麼一句。

兩個女人都是一愣。蘇茹說跟我去倒，旋即轉身。徐妙玉愣了一下，站起來坐到床沿上。我還沒來得及猜測她的這個動作的用意，她卻把我的頭攬了，將手裡的茶杯湊到我的唇邊。我有點受寵若驚，這可是六年來的頭一次。我張開我的嘴，輕輕地吸了一口。細細地品咂了五六口，身旁響起輕輕的一聲咳嗽，我掙起頭看到蘇茹端著茶，已站到了我們身邊，她的臉緋紅如火。

「太太，您坐，還是我來吧。」

我再看徐妙玉。我怎麼也沒想到她會對蘇茹說：「你爹媽來了，你去陪你的爹媽吧，老爺這裡有我。」蘇茹顯然比我更意外。她的眼陡地一亮，看了她又看向我。我望著她咧了咧嘴，說：「還不快去！帶他們四處轉轉。」

「謝謝太太。」這丫頭說完，如同一隻輕盈的蝴蝶，從屋子裡飛走了。確信屋子裡只有我和徐妙玉後，我往她的懷裡拱了拱！我的後半生，這一懷抱差不多是我棲息最多的地方，癱倒在床的我，渴望這一懷抱，哪一夜不是我的夢！我從來沒有想到再次擁有，會是如此簡單。

一時間，縈纏於記憶裡的溫暖、馨香、熨貼，把我埋得透不過氣來。她的手在我的發髗裡，輕輕地梳耙著。我們就如此默默地坐著。在這種氛圍裡，我不禁想，假如此刻就死在這個懷抱裡，那一定是一個幸福的鬼了！

3

她的兒子打破了這一寧靜。他冒冒失失地闖進來，毫無顧忌地說：「你坐在這裡倒蠻安逸呢！」

「怎麼了？」徐妙玉驚異地問。

「二叔帶著一個男的一個女的，在找你呢。」

「啊！」

「是蘇茹的爹媽。他們說要跟你去拜年的。」

「哦。」

「就這事，你不曉得在家裡安排？」徐妙玉責問她的兒子。

「我怎麼沒安排？我讓二叔坐，讓下人給他們倒茶，他們都不聽我的，站了一下就走了。」她的兒子一臉委屈和憤懣。

「既然人已走了，你還跑來這裡幹什麼？」

她的兒子一愣，馬上說：「我來看爹不行？」

我的乖乖，這娘母子今天是怎麼了？我還從沒看到過他們這樣的對話呢。我也不知怎麼的，接著他的那句話，沒好氣地說：「我有什麼好看的，一個癱子？」

「老爺，孩子不會說話，他也是一片好心。」我知道他那句話沒有錯，我只是不喜歡他說話的那種語氣。「孩子成天在屋子裡念叨，說爹的氣色越來越好了。這孩子心裡有口裡無，不像別人瓜兒甜棗兒蜜的，他就是直邁邁的，吃虧就吃在這張嘴上。」從她進來到現在，她終於逮著機會誇她的寶貝了。不過，今天這語氣，似乎與先前的風格有了變化。「老爺，我要說這都是不開科①惹的禍，若是還開著科，他這不還在學堂裡讀著書！不讀聖賢書，哪能走天下。唉，從去年入冬以來，我每天都在屋裡督著他讀書。」

我眼睛一亮，我就喜歡聽別人說讀書的事。

我說：「你要真心想讀書，明兒我跟你二叔說了，送你去沙市讀書。現有個讀書的樣板在這裡，你弟弟讀書讀到洋人的國家去了。古人講：男兒志在四方。眼看著世道在變，老馬猶思奮蹄，終不成你年紀輕輕就打算一輩子蝸居在安家窪？就算是在安家窪，沒有開闊的眼界，豐富的閱歷，廣博的知識，安家窪交到你的手裡——往好處想，是無所作為，跟自生自滅差不多；往壞

①一九〇五年清政府廢除了科舉考試。

處想，亡族大禍只怕就在目前。你去讀書，只要能思上進，我就把安氏交到你的手裡……」

「還不快跟你爹磕頭！」我還想往下說，徐妙玉打斷了我。她的兒子倒也聽話，立馬跪在了我的床前。

「爹，孩兒聽您的話，一定好好讀書。」

「起來。」他從地上爬起來後，望著我的眼神充滿懷疑。

我可不是心血來潮，為什麼鄧琪芝的兒子一回來，我就決定將族長之位傳給他？就因為他一直在讀著書，讀舊書、上新學。把安氏交到這樣的人手中，安氏才有可能在這種世道重新燃起希望。為什麼安明貴的兒子一回來，我就決定把族長之位傳給他？他對人世的深刻體驗，對世事真切的體察，足以說明其具有大胸懷、大智慧，如此之人，我何須猶豫！只是我這癱瘓的身子，把我與這個世道遠遠地隔絕開來了——我既沒有能力，也沒有勇氣為安明貴的兒子，賭一把「成者王侯敗則寇」了。

我把我內心真實的想法告訴你們吧：我之所以不將族長之位傳給安玉蓮的兒子，絕不是因為安玉蓮讓我心生厭惡，我讓安午到祠堂管事，我的用意再明顯不過。雖然祠堂用銀無度這件事，他不需負責，但這與他平日在我面前的謙恭與謹慎，完全南轅北轍。我時常想，如果沒有了我，他會不會就是另一個楊廣②呢？雖然這是我的猜疑，但一個人的一言一行，讓人猜疑，這樣的人又怎麼能讓人信任？又怎麼會托之以重任？

我之所以不把族長之位傳給徐妙玉的兒子？說實在的，我總覺得他差根弦！學館一事，讓我實在太失望了。這點小事，竟辦出人命，其他的事我就怕想了。與其說他率真可愛，不如直接說他愚蠢更貼切。把一個家族交到一個白癡的手中，司馬衷③可是個活生生的範例。

聖人說，讀書可以醫愚。

他現在想讀書了，這的確是一種希望。

是啊——我先宣佈將族長之位傳給他，但他必須去沙市讀書；三年後，學業完成了，回來正式繼任族長之位。你們說這算不算一舉兩得？

「跟你爹磕個頭了趕緊回去讀書。」徐妙玉說。

她的兒子便「咚」地一聲跪在了我的床面前，磕了三個頭爬起來走了。徐妙玉見她的兒子出去了，滿面喜色地對我說：「這孩子真的越來越像你了！」

你們知道，這不是我想聽的一句話；但現在，我真的不好意思駁她的面子。我說：「我休息下，你自己坐。」

她幫著我躺在了床上，我再一次感受了她的熨貼。不由感激地看了她一眼。她嫻熟地操持著一切，給我擺枕頭，給我掖被子，用手柔柔地撫著我的臉，就像她從未離開過我一分鐘一樣，

② 隋朝第二任皇帝。隋第一任皇帝楊堅的二兒子，以欺騙手段讓楊堅廢掉太子，繼位後，本性還原，使隋朝二世而亡。

③ 西晉第二任皇帝，手下報告說，有人餓死，他驚詫地說，怎麼不吃肥肉？

這六年來，都是她在這裡如此細心地伺候著我似的。

我就在懷想與心滿意足中睡著了。

4

但我睡得並不踏實，門軸一聲輕響便把我驚醒了。我睜眼一看，是安玉蓮的兒子來了。

「四娘您在這兒？爹好些了吧？」

徐妙玉看了他一眼，沒有理他。安玉蓮的兒子一下就手足無措了。看著他，我的心頓生憐惜，趕緊對他說：「來了，坐吧。」

「是，爹。」他木頭木腦地說。

憑心而論，在我眼前的這三個兒子中，他是外形長得最像我的一個兒子。他有寬闊的額頭，他的眼睛承襲了他母親的模樣，褶皺成雙層的眼皮。應該說他是一個漂亮的男人。其實我的兒子差不多都要是瓦子湖邊的美男子，他們用我的精血做了他們的骨架，而大多能把他們母親的嫵媚帶上幾分。誰讓他們的父親母親都是瓦子湖邊最優秀的人精呢。

「你有什麼事嗎？」我問。

「爹。」

「有事你就說。」我知道我必須這麼說上一句，他才能開口。

「是，爹。我想，想今年把沙市的魚行再開起來！」

「這是你的意思，還是你二叔的意思？」

「爹，這是孩兒的一點想法。」

「哦。怎麼開？」

「魚行從三叔他們不在後，就一直沒向祠堂交過錢了，現在也應該收回來了！」

原來他想的是這一齣戲！我得明確地告訴他，在他三叔、六叔、七叔、九叔死後，沙市魚行就算沒了，就算跟我們安家窪沒有任何關係了！這是我當時做的決定——他們為了安家窪小一點說，就是為了我吧，幾十年下來，無論是出力也好，出錢也好，他們從來都沒皺過一回眉頭，到了最後把幾條命都搭了進去，我哪裡還好意思去使喚他們的後人？我當初說了，魚行他們想開就開，不想開就關掉。他現在又要去開，那不就等於說，當初我說把這個魚行給他們是給錯了？再說了，我和義弟，我們這一代人的交情，到我們這一代人就止了，他們這一代人，是他們這一代人的事，他有什麼資格用上代人來壓下代人？

「好馬不吃回頭草，我今天要正式跟你說，魚行從那年開始就不再是祠堂的了！你說想收回來，是絕對的一個錯誤！」我一臉嚴肅。

「是，爹。我懂了。」

「安氏今後的路如何走，每一步路都不可能是現成的。」

「爹，我覺得，我覺得……」

「你覺得什麼？」

「我覺得您是不是把事情想得太複雜了？」

「哼！」徐妙玉這一聲哼，把我嚇了一跳。我不得不把盯著安午的眼睛移到她的臉上。她的臉寫滿了怒氣，這讓我倒有些莫名其妙了。「你怎麼跟你爹說話的？」她質問安玉蓮的兒子。

「四娘，我，我……」

「你你你，你什麼？你說你爹把事情想複雜了，那就是說，你比你爹還行了，啊？大人說話娃兒聽，你媽跟你沒說過這樣的話？」這徐妙玉是怎麼了，吃了生飯頭子不成？安午的那句話有她說的這麼嚴重嗎？

「四娘，我不是這個意思。我……」

「那你是什麼意思？」徐妙玉步步進逼，安玉蓮的兒子哪裡招架得住，他趕緊老老實實地低下頭，再也不敢回一句嘴了。

「好了，好了。」我不得不出來打圓場，我說做生意的想法本身沒有錯，我只是不想因此而讓你們後一輩失和。如果這樣，我死了怎麼還有臉去見他們的爹娘老子？真要想做生意，何必老是惦著開魚行這一業呢。再說了，這經商是最末等的一行，當年我也是沒辦法了才想出這一招。「你們現在，旱澇都有保障，把根守住又有什麼不好，不一定非要經這個商不可麼！」

「是，爹。」

他在這裡討了個無趣，灰頭土臉地告辭了。人還沒走出門，蘇茹回來了。

看著她紅撲撲的臉蛋，徐妙玉放在我臉上的手，一下變成了一塊骯髒的破抹布。

5

「蘇茹，給我擦把臉吧。」話一出口，我就感到徐妙玉的手僵在了我的臉上。我可管不了那麼多，這一刻，我真的渴望那溫熱的毛巾捂在臉上的潤澤。就如同心間的野草，渴望一場透濕的春雨一般。雨如期而來，心間的野草便無邊地蔓生而起，一縷縷清香立時飄滿了我的神思。

「太太在這裡啊，我們四處找著跟您磕頭呢！」我吃了一驚，忙從毛巾裡偏出頭來，蘇茹的母親早已跪在了徐妙玉的面前。

「這怎麼好！這怎麼好！我當不起的！」徐妙玉這話說得很是得體。她把蘇茹的母親從地上拉了起來。

「都到哪裡轉了轉？」我問。

女人笑著臉說：「我們去學館看了，去老樂堂看了。老爺，您的心咋就這麼好的呢？孩子們有書讀，老人們有人養，每家每戶過年還發過年錢，天干不怕，漲水不怕，托生在您這手下，只怕都是八輩子才修來的福氣呢！」

「看你說的，大家選我當這個族長，還不就是指望我能跟大家帶條路走！」

「老爺啊，這當族長的天下何止一千八百，有哪個做得到您這份上？哪個不是猴子向火——往自己懷裡扒？您不僅對族裡人如此，這瓦子湖邊上四十八垸，下七十二垸，哪一個沒沾您的恩澤！」

「好好好，不說這些了。」我對徐妙玉說，「今天晚飯，你幫我陪一陪蘇茹的爹媽。蘇茹，帶你爹媽去用晚餐吧！」

被人當著面誇過去誇過來，我還是不大習慣。吃了晚飯，他們來向我辭行。

「不是說好了，今兒在這裡住一晚，明天吃了中飯再走的？」

「老爺，我們倒是想在這裡住一輩子都不走呢，可哪有這個福氣！這屋裡雞子、豬子、牛的，哪一個不要人管！」

「家裡不是還有她哥？你們不回去，未必她哥就不管？」我是真的想留他們在這裡住一晚上。

女人說：「老爺，說出來不怕您笑話，沾老爺的光，這幾輩人世才在我們手裡有了兩頭牛，老頭子每天都巴不得跟牛睡在一個稻草窩裡呢！這一晚見不到牛，不定出什麼妖娥子呢！」我再一次認真地看了一眼蘇益之。這真不是當年那個讓我想認他為兒子，想跟他結拜的小孩麼？真要不是才好呢，如果是的，說穿了，這臉還往哪兒去擱？

「那這麼說，我就不留你們了。」我從那張古舊的臉上收回眼睛。「要走，就早點走，要不天越挨越黑了。蘇茹，代我送送你爹媽。」

倆口子再次跪下了。

「你看你們，又來了。快起來。」

兩個人從地上爬起來，又要給徐妙玉磕頭。徐妙玉也沒拉住他們。好不容易準備走了，徐妙玉說：「老爺，他倆來一趟也不容易，我看，就讓蘇茹陪她的爹媽回去，這年還沒過完，順便也玩兩天！」徐妙玉這個建議讓我大吃了一驚。

看來，她是要陪我這個晚上了，記得我曾發過誓，在我死之前，我一定要再睡她一回。天啦，這個誓言莫不是要在今天實現了？誰在幫我？誰在幫我？

我躺在她的懷裡，我的手，像過去一樣，摸遍了曾經摸過的每一處山巒，每一條河流。她的手也放肆地在我的身上摸來摸去……我一閉眼，似乎就是滿地的芳草。但我不得不睜開我的雙眼，她的這個提議還在等待我的答覆呢。

「好啊！」我看著蘇茹說。這丫頭在我的眼裡，這一刻竟顯得那麼驚慌。

「老爺，這怎麼行！這怎麼行！」女人也有幾分慌亂。但我看得出，女人更多的是驚喜。

「這也是太太的一份心意。蘇茹，還不快去收拾，回去玩兩天吧。」我要實現我的誓言，這千載難逢的機會我絕對不能放過！絕對不能！

那丫頭咬著唇，從埋著的頭裡瞥了我一眼，一扭身走到對面的屏風後面去了。我就聽到屏風後面開衣櫃的聲音比以往重了許多。等她出來，那臉上竟像淋了雨似的。

「老爺，要不，就別讓孩子回去了！」女人顯得有些惶恐。

「怎麼就哭了？又不是不回來了？早去早回，就兩天，多一天我還不依呢！」我故意逗她。

她又埋著頭看了我一眼，這一眼跟先前不同，我看見有彎笑挑在了她的嘴角。她看過我後，對徐妙玉說：「太太，那我就走了。」說完，連看也沒看我一眼，人就到了屏風後面。

蘇益之和他的女人，賠了一串的小心，總算是走出了這個門。

屋子裡靜下來了，像深秋的池塘。

「老爺，你還記得我們第一次是怎麼見的面嗎？」她突然問我。

「記得，記得，我怎麼能不記得呢！」

第二十一章

蘆葦灘

1

佛說：凡事皆有因果。

若是如此，那這件事的因，種在那塊薄田裡呢？我仔細地搜檢了一下，事情的起因似乎應該從那場選美開始。這是不是有點冤枉了鄧琪芝？她跟這又有什麼關係呢？

我不知道。我知道的是，萬事萬物，只有回到原點才是正確的。

你們承認也好，不承認也好，我得說，我這一生真正的歡喜悲愁，都是從認識唐清妹開始的。

「我的兒」死後，我用盡所有的努力，希圖找回曾經的幸福，可我的努力一無所獲。這，你們都看到了。也就是從那時開始，我再也讀不懂她的心思。她是否也在尋找？如果是，那她又在尋找什麼呢？她巴巴地守在老樂堂裡，我幾乎是兩年沒有見到過她的人影了。

我不知道，我建這麼一座老樂堂是不是一個錯誤。

我渴望去老樂堂和她一會。我去過兩次，之後再也不敢去了。我一去，差不多一院子的人都爭著給我下跪。要知道，那可是些七老八十的老太太、老爺子啊——他們的跪，我一個後輩，哪裡受得起。他們可不管我去那裡的目的，他們想到的，只是如何表達他們的感激。

正因為他們的感激，我在老樂堂什麼也做不了。那兩次我都有種逃的意味。遠遠地望著那座院子，獨自地吞嚥自己的饞涎，便成了我經常的功課。我想我的女人啊！可這話我怎麼也說不出口？就算我厚著臉皮說出了口，又有誰來替我傳達？

我不是沒有女人，我的屋子裡現成地放著一個呢。但那個女人對於我，毫無意義。

家，開始不屬於我了——雖然那個時候，我已在學館的邊上，飯兒窪的西南邊做了新屋。那偌大的新屋裡，我竟找不著自己的位置。我的家現在只屬於大堤和魚行了。

大堤修到第六年的時候，沙市的四個義弟在菜花子黃了的時節，突然湧到我在堤邊的屋子裡。那原本是座小廟，他們收拾出來讓我住，我對這個地方特別鍾意，一住進來，就有一種別樣的親切。是啊，我現在的樣子，差不多就是一個和尚了。

他們說有事要和我商量。我不知發生了什麼，大吃一驚。他們一本正經地說出來的事讓我心慌了半天。他們說，他們要在瓦子湖區為我選一個女人。他們說，他們要用八抬大轎把她抬進安家祠堂。

這是誰出的主意，我問他們。幾個傢伙都不說，只是笑。這倒真的應了那句「飽暖思淫欲」的舊話。

「不妥吧？」我說。

「有什麼不妥的，以大哥的身分，別說是選一個女人，就是像皇帝一樣選上三宮六院，七十二妃也不為過！」七弟說。

好傢伙，這麼多的女人，我伺弄得過來嗎？

「在外面待得時間一長，怎麼就有了這麼多的花花腸子？」

「不是，大哥，其實我們也知道大哥苦的。」三弟說。

這傢伙也會疼人了，難得。知道我苦，那他們是怎麼知道的？難道是二弟說的？不會吧，他一棍子打不出個屁來；再說了，他又什麼時候離開過我一步？難道是八弟麼？八弟一門心思撲在大堤上，勘察、測量、驗收，哪一項缺了他都不行；這幾年，他是連沙市的門都沒踏過一步呢。

這四個傢伙，生意忙得他們腳不踮地，他們怎麼還有心思想這種花板眼？

可我分明需要一個女人。

四十八垸的大小族長第二天就把三百七十八名女子的花名冊呈到了我的面前。看著這兩撥分派我的人，我感到這其中藏著一個不可告人的陰謀。但這一回，我樂意被他們算計。

「各位，各位，這三百七十八名女子，我們得好好地選一選，只有真正選出賢良淑德的女子，才配得上我大哥。」六弟當著四十八垸族長說的這句話，讓我的臉像蝦子夾了一樣難為情。

「老六，看你胡扯。」我說了這句，撂下他們自己到堤上去了。

後來，我聽七弟說，我走後，老六和四十八垸的人，在一起商量了好半天，最後弄了個「選美八條」出來，交給了「媒婆」。

「什麼八條九條？」我好奇地問。

「就是選美的八條要求。」老七說這話的樣子，有點陰陽怪氣的。

我看了他一眼，問：「哪八條？」

他抿了抿嘴，又使勁地吞了口涎水，然後才說：「第一條：年方二八、黃花閨女，第二條：皮膚白淨細嫩，第三條：身上沒有異味、有香味最好，第四條：睡覺不打鼾、不磨牙，第五條：腳要纏得好、不超過三寸，第六條：要會生兒子，第七條：吃飯沒有聲音，第八條：要好看。」

看著他一本正經的樣子，我直想笑。什麼亂七八糟的，就說這第一條吧，人家閨女年方二八，能不是黃花閨女嗎？再說了，人家不是黃花閨女，能出來讓你選嗎？這第三條：身上沒有異味，有香味最好。我看，老六只怕是戲看多了的竅，莫不是天下真有「香姑娘」不成？再說第五條，腳要纏得好。這不扯淡，我什麼時候在乎過這個。安若男是個半拉子腳，唐清妹沒纏腳，我討厭她們了嗎？我沒有。安玉蓮的腳倒是纏過，纏過又怎麼樣？第六條更是混賬，人家一個黃花大閨女，你怎麼知道她會生兒子還是生閨女？七弟說我不懂，這一條是專門定給選美的人看的，讓她們挑人時不要走了眼。我問他誰是選美的人，七弟說選美的事由毛鳳喜全權負責。

她倒真是個不錯的人選，虧得他們想得出。

七弟說，毛嘎子當時對他六哥說，她要採用皇帝選妃的辦法來跟我挑選這個女人。我一聽笑出聲來，她是個什麼東西，難道她要跟我說她曾給皇帝選過妃子不成？七弟說，倒也不是，她說她的一個遠房姑姑曾被徵召過，沒選上，到知府衙門裡就給退了回來，她說她的姑姑在她們小的時候沒少給她們講。

「好，你說說她都定了哪些規矩。」他這麼說我來了興趣。

「第一是坐桶、第二是洗澡、第三是睡覺、第四是吃飯、第五是走路、第六是說話、第七是上妝、第八是女紅，也是八條。」我單知道老七機靈，沒想到他口才也這麼好。

「這麼多的名堂？什麼叫坐桶？」

「大哥，我不好意思說出來。」他的臉竟然紅了。

「有什麼不好意思，看你這幾年在外還是這麼沒出息。說吧，又不是你定的規矩。」

「那……毛嘎子說了，坐桶是檢查女子是不是黃花閨女的最好方法。她說在桶裡面鋪上一層灶灰，讓她們吃些黃豆後坐到上面。吃了黃豆要放屁，這時看桶裡的灰，灰要是散開了，就說明她不是黃花閨女；要是灰沒散開，而是一個小坑，那這個女的就是黃花閨女。」

「真的？」

「真的！」

「靈不靈？」

「靈。毛嘎子說，她姑姑當時就是坐桶起來，下面的灰散了才被退回來的。」

「這麼說，她姑姑不是黃花閨女？」

「也不是，她姑姑是小時候不小心，把那個地方弄破了一道口，就岔了氣，你說靈不靈！」

這倒讓我想起了安玉蓮，我和安玉蓮不就是這個毛嘎子撮合的！當年，她怎麼沒用「坐桶」試一下呢？

「那你說說後面的幾條吧。」

「第二條洗澡是看身上光不光滑，肉嫩不嫩，還有腳纏得好不好。肉頭是粗還是細，澡一洗就一清二楚了。第三條是睡覺，我不說大哥也曉得，這條是看她打不打鼾，還有睡相好不好。」

「等等，要是睡覺時，她假裝你怎麼曉得？」

「這個簡單，考核前，先讓她們一天一夜不睡，讓她熬得眼皮都睜不開了，她們想裝也沒辦法了。」

「這倒也是個方法，第四條是吃飯，想來也是把她們餓得前胸貼上了後背才開始的吧？」

「是的，大哥。」

「第五條為什麼要看走路呢？」

「那是看她的姿勢好不好。一族之長的夫人要是走路沒個看相，那不是讓人笑話；要是皇后娘娘，那可是母儀天下的。我們安氏，再加上四十八垸，大小也有一兩萬人了，也要有威儀不是？」

「那說話呢？」

「一個人說話太重要了，大哥你想，要是一個人說話不中聽，你一天到晚都面對著她，你怎麼受得了？要我說，這說話是最重要的。一是聲音要好聽；二還要會說話，也就是說出來的話讓人聽了舒服；三呢，還要懂說話的時機，什麼時候該說，什麼時候不該說，什麼時候該說什麼話。那學問大著了。」

乖乖，只怕皇帝選妃也沒這麼多規矩。我不禁對那個即將出爐的女人有些想入非非了，那當是：面若朝霞映雪，鬢如春雲染翠，眼似秋波凝江，領白而長，肩圓而正，背厚而豐，行動若青雲之出遠岫，吐音如流水之滴幽泉……

「大哥，你怎麼了？」七弟看出了我的異樣。我趕緊穩住心神，敷衍他道：「又不是選戲子，怎麼定了一條上妝？」

他意味深長地看了我一眼，說：「這個一開始我也不明白。我問六哥，我們給大哥選的可是賢妻良母，要看她上妝幹什麼？六哥只是笑，毛嘎子說，這個是為大哥你好，說你心裡自然明白。大哥，究竟是怎麼一回事？」

我明白？我明白什麼？

這個毛嘎子。

我心裡不由埋怨了一句，嘴上不得不老老實實地說：「不曉得」。

七弟狐疑地看了我一眼。我一下接不住他的眼神，把頭偏到了一邊。既然毛嘎子說我心裡明白，那我想她的意思肯定是說女人要善解風情，才算得上真正的女人吧。這也真是難為她了。

「別扯了，你去忙吧。」我說。

「還有第八條，大哥不想聽？」這傢伙意猶未盡。

「那個我知道，女紅當然要好，到時候，我讓她給你們每人做一雙老虎鞋。」

這是我的真心話。有時候，面對他們，我的心裡會出現一種父親般的慈愛。老話說「長兄當父，長嫂當母」，他們從十六七歲就跟了我，我是看著他們一天天長大的啊！

那女人終於選了出來，她的名字叫：鄧—琪—芝。

他們告訴我時，我心裡湧起少有的惶惑。第一，這件事自始至終沒有告訴過安順福，他連新屋都不肯過來住，這拜堂成親又是件大事，他會不會為難我？第二，我如何向唐清妹交待？

新屋的大院子差不多是個正方形，後面兩個角上，一邊一套兩進的房子；前面兩個角上，則左右各一套大三間的通房；中間前後四大間正房相疊，東西用兩間偏房圍成一個小花園。院子內，五套房子用迴廊相連。這次的新房設在中間正房西邊的廂房裡，與唐清妹東邊的廂房只隔一個正廳。這以後，我是進東邊還是進西邊？

這兩種憂慮壓在心裡，卻是無法說出口來。

大喜的日子，他們說，已經請人看了，三月十八。

他們問我具體怎麼操辦，我一籌莫展。三月十四，唐清妹找到了我，第一眼看到她，我恨不得找個地洞鑽進去才好。我問她怎麼到堤上來了，她沒回答我，卻說來跟我商量一件事情。我問什麼事，她說，她要親自為我操辦這個婚禮！我一聽，簡直傻了，她這是挖苦我，還是……要不，這荒唐事就當是玩的一場遊戲吧！我正要向她道歉，她已開口：「你是該找個人了！」

什麼？我愣得連舌頭都一下僵住了。

「自從踏進你的家門，」她說，「我差不多沒為你做過一件事。你什麼都不要說了，我只求你讓我為你做這一件事！」

天啦，這是怎樣的一個女人？哪有女人求著為自己的男人操辦婚事的？莫非她不是女人？

「我想，這個事就在祠堂裡辦。要是在家裡，你跟爹關係不好，他是絕對不會過來的，弄不好到時大家臉上都不好看。在祠堂裡，他過來最好；不過來，祠堂裡到處都是祖宗，該燒香燒香，該磕頭磕頭，你是族長，也不算失禮。你的義弟和四十八垸既然費了這麼大的力氣，想出了這麼個主意，到時這麼一大堆人，家裡也不方便，借東借西的，也麻煩人。我先來跟你說一下，日子也沒幾天了，我這就去請人來預辦。」

她說完了就走了。

這一刻，在我眼裡，她哪裡還是我的女人，她分明就是我的母親。

望著她單薄的背影，我的眼眶濕了。

事已至此，我只得回家去告之安順福。我們沒有能夠碰面，隔著門，我把這件事情說完之後，他在屋內一句話也沒說。

「爹，你十八裡一定要和姆媽到祠堂裡去呀！」我臨走，再一次對著他的房門跟他緊口。母親將我送到院子外的大路上，對我說：「你放心，我來慢慢勸你爹。」

辛巳年三月十八日，我再一次披上了大紅緞子。

這一年，我三十七歲。

2

唐清妹在祠堂裡忙前忙後，我儘量迴避和她照面的機會。其實我是多慮了，前前後後，她忙得腳不踮地，像排兵佈陣的將軍似的。她讓義弟們來跟我說，婚禮按她們那裡的儀式舉行。七弟說：「嫂子交待我了，大哥，先得坐『十弟兄』。」她們的規矩，我在巴東的時候，聽她爺爺講過，聽人說，出了荊州城往西不遠，男方也有坐「十弟兄」的禮興①，不知是不是從她們那邊傳過來的。這個時候，哪還有心思管這個，我的內心充滿愧疚，帶著這份羞慚，我老老實實地坐到了「十弟兄」的桌上。一上桌，羞慚又轉換成了傷感。義弟們嘰嘰喳喳地圍在我的兩邊，我不得不想起四弟、五弟來。要是四弟、五弟還在多好，可惜，他們空出來的位置不得不讓別人頂上。

兩張大方桌拼成的席面，在祠堂正中央，那上面的菜早已是盤壓盤，碟壓碟了。我被簇擁著坐在上首正中，只知道喝酒，筷子都快成了擺設。

跑堂倌把焗匠師傅剪的兩個大紅「喜」字，用描金紅漆盤子端上來已經好幾遍了。他問我「割花」——是「韭菜兜」，越割越發；還是「白菜兜」，一刀割。我還沒開口，義弟們差不多一起吼道：「當然是韭菜兜，越割越發！」他們可不怕焗匠師傅的圈套。

跑堂倌在他們的吼聲裡，喜得兩隻眼連縫都沒有了。跑堂倌把兩個「喜」字花端著，還沒進到廚房就喊了起來：「師傅，韭菜兜越割越發，上菜！」我們在前面都聽到了他發顫的說話聲；接著，就是蒸籠的開啟聲，那巨大的白汽順著走道便向我們撲來。

「急急忙忙，走上高堂，焗匠師傅拜上又拜上，刀把不正，切割不勻……」

我們的酒才剛剛斟上，新的菜就又上來了。剛撤下去的兩個「喜」字花，也就跟著又上來了，我們就再得出一遍銀子。

看熱鬧的人擠滿了祠堂，這可是安氏有史以來第一次。大家既要聽跑堂倌說些什麼，又要看他怎樣替焗匠師傅把銀子哄到手，還要看他在半路裡往不往自己的口袋裡塞小貨。

前前後後，這「喜」字花總共割了八遍，光從我的手裡跑堂倌就哄走了三十二兩銀子。他上一遍花，我就得出四兩銀子，他說那叫「四季發財」。我沒打半點嗯騰②，四兩銀子就丟到了他伸出來的大紅喜盤裡。喜得他鼻涕眼淚一大把。鼻涕是菜味熏出來的，眼淚是樂出來的。你去算算吧，我的每位義弟出了八

①方言，習俗。

②打嗯騰，方言，猶豫的意思。

兩，六個人就是四十八兩，另外三個人每人出了八錢，三八也是二兩四錢。這一桌下來，共收銀子八十二兩四錢。這可是天大的一筆財喜，如何不喜？

「十弟兄」席散了，新娘子便在鞭炮聲與鑼鼓聲中進了門。

安順福沒來，在我的意料之中。他不來，阻止不了我的婚禮。

我們在祠堂裡拜了天地、祖宗、神靈，然後回我們家裡的洞房。他們在洞房裡也為我們準備了一座飯菜。桌上的菜一共「六碗」，這叫吃「六大碗」。這一桌除了我和新娘子，還有兩個老婆婆，她們說她們是交親婆婆。我暈暈乎乎地喝了交杯酒，交親婆婆把新娘子的手放到我的手裡，又把我的衣服角拉起來，蓋在新娘子的衣服上，然後在新娘的耳邊小聲說：「男在上，女在下。記住了！」

新娘子臉上驀地騰出兩朵紅雲，我就恨不得兩個老婆子立馬滾出去。就在我這麼想時，她們果真站起來退出了洞房。我猴急地把新娘子抱進懷裡，就準備動手剝她的衣服。這時，義弟們一擁而入。把我窘得趕緊放手，新娘子低了頭不看他們，而我卻不得不打起精神來面對他們。他們把我往外趕。對了，這叫「趕煞」。說新娘子一路上吹吹打打，保不准野外的孤魂野鬼起了貪心跟過來，要是那樣，就會附到新郎身上。我跨出洞房，拼命往外跑，他們在後面拼命追，口裡不停地喊：「滾。滾。滾。」但我只跑了十丈遠，他們就把我重新擁進了洞房。這時，鬧洞房開始了。

他們沒大沒小，生著法子捉弄我們。我一腦殼稀粥，便由著他們鬧，直到他們自己累了，才漸漸散去。

……

第二天，是新娘子坐「十姊妹」。

安若男和唐清妹把新娘子夾在正中，跟我昨天一樣，不過今天只有一張桌子。安玉蓮坐在下首，從頭到尾，一句話也沒有。就連我姐姐也沒說上十句話，只有唐清妹，前前後後都在照顧著新娘子。

我感激地看著這個女人。

第三天，是回門的大禮——新女婿攜新娘子回娘家。第四天，接女方的叔伯嬸子、姑舅姨媽過來認親。這事忙完之後，婚事才算真正結束了。

第五天，吃過了早飯，我在走廊的盡頭遇到了唐清妹。她坐在走廊裡，穿堂風吹著她的頭髮和衣服，她讓我感到冷風拂面。她說她要走了，當時把我嚇了一大跳。

「什麼？」

我真願意是我的耳朵出了毛病！可是，我知道，我沒有聽錯！

「你不能走！」我的語氣急切真誠而焦慮。「是我不好！是我不好！是我不好！」那個開滿鮮花的山谷，她怎麼回得了！那土司、那狼狗、那慈祥的老人……我的心百味雜陳。

「我哪裡還有家可回！」她的神情黯淡而惆悵，睫毛一眨，一顆晶亮的淚珠滾過她的臉頰。在這一刻，我發現她竟還是那麼美，歲月在她的臉上並沒有留下明顯的痕跡。「我只想找個沒有人的地方，開幾畝地種上些菜花，再種幾十棵桃樹、李樹，然後養幾箱蜂。」

「在家裡養吧，我馬上讓他們在院子後面種上各種各樣的花和樹。」

「你還是讓我走吧，我從來沒求過你，這次就算我求你了！」

我怔怔地看著她。什麼時候，這個家在她看來便已是毫無留戀之處，而我竟是不知不覺！我知道她的主意定了就再也無法更改。

她要去的地方，是義弟們當年逃亡經常落腳的一個小島。那也許是楚王的一處墳塚。袁中道③從草市坐船去漢口，經過瓦子湖時，寫過三首詩，其中一首說：陵谷千年變，川原未可分。長湖百里水，中有楚王墳。這個家，在她的眼裡竟是不如一座死人的墳堆!?

我要她先在家裡住著，讓二弟帶人把那裡修好了再去，她勉強同意了。可第二天，她就跟著老二他們去了。

她一走，千挑萬選的那個女人，我再也沒了興趣。

好在沒過多久，她就開始了劇烈的妊娠反應，又是吐又是嘔，比當初安若男的反應不知要大多少倍。我找了個人去伺候她，便借機再一次住到了堤上的那座小廟裡。

3

二弟帶人在島上忙活了一個月才回來。我本來是要上島去的，可我已經無法面對那個人了！二弟說，他在島上跟她修了一處蜂房，買了兩箱蜂；修了三間她住的地方。二弟停了停說，大嫂把小翠她們一家接回來了，我們又跟她們修了住的地方。

「什麼？」我差點叫出聲來，心裡亂蹦亂跳。我一下聽到了「我的兒」喊我「爹」的聲音。但我一句話也沒說。

二弟進的料還剩了些，我讓他順便把學館修一下，再添一排房子，讓四十八垸想讀書的子女，也都來讀書。

這時候，正是瓦子湖漲水的季節，修好的那點堤，還起不了多大的作用，水稍大點，該淹哪裡還淹哪裡。幸好，這一年的水不算大，只是在等著水退的日子裡，我一下無所事事。

我每天必做的事就是到湖邊轉悠。天晴時分，可以清楚地看到湖心的那座小島，甚至連走動的人影都能分辨出來。想著那之中棄我而去的愛人，心便黯然至極。風雨之際，墨雲壓空，濁浪翻捲，想那人兒，寧願在那險惡之地，也不願回到我的身邊，心便悵然至極。每念及此，那種深極痛極的傷感，就會把我的心擰出水來。

有一天，我忽地生出想寫點什麼的衝動，我撿了根槐樹的枯枝，便在沙灘上胡亂地畫了起來——

雨至滂沱淚如傾，

③明後期公安派的領袖人物，反對擬古，獨抒性靈。

浪接愁思，
心立斜陽，
斷鴻悲啼。
煙嵐湖洲長鎖，
呢喃新燕雙飛。
沙石岸邊，
長向北望，
波湧難平。

我默默地把這幾行句子讀了一遍，然後用腳將之輕輕地抹掉了，我的心緒便略略平緩了幾分。轉身準備離開時，看著祠堂，心裡莫名地湧出一股酸楚，這光禿禿的祠堂，多像此時的我啊。我叫二弟到外地採購假山用的石頭，在祠堂門口堆了一座假山，又讓八弟到章華寺裡移來了三十幾叢萬竹，挨著假山種了一片竹林。我原以為這樣，坐在涼亭裡便會生出意想不到的激情來的。

可是一切依舊是那麼惆悵，那麼乏味。

我不知道我還能做什麼。可我分明又想要做些什麼。

坐得久了，想得久了，心便成了淤積的河床。淤積的河床需要疏浚，淤積的心需要什麼呢？聽人說，大喊大叫後心裡會好受一些。他們還說，痛哭一場也是一種辦法，找人傾訴也有效果，將所思所想行諸文字更有奇效……大喊大叫我怕嚇著了他們；痛哭一場，我還真有這個想法，可是看看二弟，我又能躲在哪兒哭泣呢？找人傾訴，誰是傾聽的對象，而我又說些什麼？

那麼，行諸文字？可我沒能成為一個讀書人啊，雖然我早已把安順福的那一櫃子書讀了個遍，那又有什麼用呢？聽說，讀書人是琴棋書畫樣樣精通的！是啊，在這湖邊，在這涼亭裡，擺上一把琴，焚上幾炷香，三五同好，彈著琴，下著棋；累了，便蘸了墨水，在宣紙上潑墨揮毫，筆下或驚雷滾滾、龍翔鶴舞，或鳥語花香、流水潺潺；要不就小船一駕，於浪波之上吟詩作對，那肯定特別有意思。若真是那樣，唐清妹一定不會離開我的！

託安順福的福，琴、棋、書、畫，我狗屁不通！聽人說荒湖裡一個朱姓小孩十歲不到就能吟詩作對。有人出一上聯：「東寺和尚進西瓜，些小禮物」無人能對；朱家小孩聽了立馬答以「南極道人拜北斗，天大人情」。又說，一次他爹背著他趕路，人見了，出一上聯：子乘父作馬；他對：父望子成龍。一傳十，十傳百，驚動縣太爺，縣太爺不信，要親自見見這十歲不到的小子。兩人路上不期而遇，縣太爺隨口問道：「爾童身穿紅袍誰家子？」小孩答：「你老頭戴烏紗哪朝官？」就這一聯縣太爺讓他參加縣試，他詠三管筆④一詩名動江陵。

三支倒筆寫青天，
雁作字行雲作箋。
雨洗何曾流墨水，
風吹哪見動毫尖。

④原江陵文化遺跡，南紀門與公安門之間的城牆上鑄有三管巨大的毛筆，直指蒼天，文革毀掉。

喜星零落點加點，
愛月娥眉圈中圈。
得意懶書人間事，
題詩自記門牛邊。

這樣的故事聽了讓人自殘形穢。恩茂先生雖說也讓我背過「雲對雨、雪對風、晚照對晴空」，但他說這些沒用，他說他要教給我們一些有用的東西。他的有用的東西就是讓我們成天在「之乎者也」裡面轉悠。這一切是否都是安順福暗地裡做下的手腳，不得而知。有一點我不明白，恩茂先生他憑什麼說我是塊讀書的料，他又憑什麼斷言我如果參加大考會三魁連中？

內心裡我真的想找恩茂先生問一問，可這無聊的問題又怎麼開得了口。

站在湖邊的涼亭裡，茫茫的湖水在我的眼裡捲著自在的波浪，魚鷹在空中嘎嘎地叫著，翻動的白羽配著雨傘般的綠荷，就像一幅不知在哪裡看過的畫。這是五月的季候，當晚霞吞滅了眼前的一切，我忍不住潸然淚下。時光的流逝，人事的無常，讓我的心黯然一片。那種渴望妙手丹青於胸，將這瓦子湖的晨光暮靄，潑在紙上的心，揪得我心裡一陣陣地疼！我在祠堂邊上的涼亭裡鋪開潔白的宣紙，我試圖勾描，可那粗劣的墨跡，像一條條僵死的水蛇！可我畫不了，畫不了啊！就像污辱了一個純淨的少女似的，我簡直不能原諒自己，看看眼前的一切吧——

斜陽遠山扁舟，

我的筆在紙上草出這行句子，讓我自己都驚了一跳。是啊，我畫不了，我可以寫啊，管它長調、短調，管它平平仄仄，我只寫我的心就夠了！對！

斜陽遠山扁舟，
漁歌晚唱黯水波。
黃花西風，
腸斷萍荷，
王氣零落。
蘆荻深處，
風煙凋零，
忠魂寂寞。
縱詞章豪壯，
萬斛珠，
又如何。
多情枉自腸斷。
恨汨羅，
五月端陽。
風分雌雄，
窺牆桃花，
音渺路陌。
往事流水，
五霸七雄，
風吹笑過。
問湖水，

當年風月春色，
留一片十分？

寫完了，我默念一遍，手微微地抖著，它似乎還想寫點什麼，我努力地想控制住它，可是它就那樣顫顫地再次落到了紙上——

瓦子澤國地，
雲夢猶未醒。
包茅藍縷路，
九歌離騷詩。
巴蜀荊門開，
淮揚雲生梯。
蓮鷗爭喧虺，
蘆荻荷相依。

手還在抖，我索性放開，倒要看它抖到何時才能停止！

瓦子湖懸日光梭，
星漉月淘逐逝波。
荊山璞玉諸候寶，
漳水巴茅百姓窩。
迷夢莊生蝴蝶舞，
狂吟接輿鳳凰歌。
時人欲解杯中秘，
煙波雪中覓釣蓑。

「蓑」字最後的一大點，落在了紙上，手終於不抖了。我回過頭，只見二弟看著我呵呵地傻笑。笑過了，他喊八弟。八弟正在祠堂裡做刖眼的模型，放下手裡的事，過來把這三個東西看了一遍，也喊好。但我深不以為然。二弟他爹是他爺爺討米用一隻籮筐挑過來的，他爹扁擔倒下來不識得個一字，他在安家做了一輩子長工最後才算是落下根來，到二弟這輩裡，還是他的東家發善心，讓他陪東家少爺讀了兩天書，剛認得自己的名字，你說他懂個什麼？再說八弟，他名堂倒是多，在我所有的義弟裡，要算個人才了，算啊寫啊，樣樣都會，可他在哪裡上的學呢？這方圓十里內，只有恩茂先生的學堂，可我在恩茂先生的學堂裡，從沒看到過他的影子！

八弟的爹，跟二爹的爹差不多，也沒跨過學堂門，人還沒有二弟的爹精神呢。顯然，他能寫會算的這一套，不可能是他爹教的。再說了，要是他爹有這麼好的學問，也不致於落得個逃荒的命吧。莫非，他是生而知之？或者，他遇到過異人？

「八弟，這詩真好麼？」我小心翼翼地問。

「大哥，只要是從心底發出的聲音，就是好東西。」

「哦！那平仄怎麼辦？」

「其實我不懂詩。不過，大哥，你是曉得的，平仄這玩意是唐朝才有的玩意。唐朝以前，可是沒有什麼平不平，仄不仄的。唐詩是好，但我看，也未見得比《詩經》上的詩還強吧？」

這話有道理，我不得不再一次把他認真地看了一眼。不過，我寫之前，心裡還是想著唐詩宋詞的，如果用唐詩宋詞的標準來定，這三個東西，算個什麼呢？

我決定找一個內行的人來評判一番。

4

我第一個想找的人當然是恩茂先生。可惜，他已是風中殘燭，我去的時候，正見師母把一碗醬湯似的藥水往他無牙的嘴裡倒，那藥水順著他的嘴丫子全流到被子上。他已是如此光景，我怎麼好意思把那也許是一文不值的玩意拿出來煩他？我想的第二個人是恩茂先生的侄子，他正教著族裡的幾十個孩子，我猶豫了一下，把他從眼裡剔走了。我想像得出，他除了說好之外，不可能說出第二個字來。

寫不出來對於我是一種缺憾，寫出來了，不知道好壞更讓人心煩。我這時就像一隻餓疼了的狗，到處覓食。

我去拜訪的第一個人是王子鳴，他住在郢城邊上的九里台。在瓦子湖西邊，只怕有六七十里的水路。去了我才知道，那是樊姬埋骨的地方，當地人又叫它「諫獵墓」。據說，楚莊王即位後好田獵，樊姬諫不止，便不吃肉食，莊王於是改過，勤於政事，楚國大治，遂稱霸中原。雖然我不是淫迭貪樂之人，所訪也非田獵遊冶之事，但我站在她的墓前，仍感到一股凜然之氣。

及至我坐到王子鳴面前，心裡兀自有些不自在。

聽人說，他彈得一手好琴時。我立時就聯想到了瓠巴鼓瑟、伯牙操琴⑤、廣陵絕唱⑥、胡笳十八拍⑦。我承認自己孤陋寡聞，我幾乎是第一次聽人把幾根粗細不勻的細線，撥得讓人心裡如此舒貼。當時就想寫首關於彈琴的詩，腦子裡卻湧出白居易的「大珠小珠落玉盤」。這麼一湧，我連開口的勇氣都沒了。

王子鳴的琴聲雖然讓我心裡覺得舒貼，但要加上激動二字，那是扯淡。

王子鳴對我的東西無法作出任何評判，我失望極了。不過，他說他要把我的詩詞譜成曲，這一下把我的失望沖淡了許多。我聽說過漢高祖有大風歌，項王有「時不利兮騅不逝」，我的東西要是唱起來是個什麼樣子，這倒的確讓人怦然心動。

我第二次去的時候，他把我的詩詞果真譜上了曲，他且彈且唱著實讓人開了眼界。這一次我大醉而歸。

會下棋的是馮士科。他說他的這個「科」字，實際上應該是爛柯山的「柯」字，不然，他怎麼也不會下棋。他說他學下棋是一個很偶然的機會跟一個和尚學的。

---

⑤ 瓠巴鼓瑟而流魚出聽，伯牙鼓琴而六馬仰秣。（《荀子‧勸學》）

⑥ 魏晉名士嵇康，憤世嫉俗、豪邁不羈，不容於世。臨刑前，「目送歸鴻，手揮五弦」，彈奏一曲《廣陵散》，慷慨悲壯，哀慟人心，遂成「千古絕唱」。

⑦ 漢末文學家、書法家蔡邕之女蔡文姬，父死獄中後，被匈奴掠去，居南匈奴十二年，育二子。後被曹操用黃金千兩，白璧一雙贖回，時年三十五歲。蔡文姬感念身世，作《胡笳十八拍》，後人形容其「可令驚蓬坐振，沙礫自飛……」

我找他時，頗廢了一番周折。他的家在瓦子湖的北面，我駕著船過去，第一天他不在家，第二天他不在家，第三天他還是不在家。我問周圍的人，沒有一個人知道。我沮喪地往湖邊走，遇到了一個放牛的小傢伙，我看見他在跟自己下成三棋，我好奇地和他下了一盤，那盤棋，他下出一副滑輪子，結果我一敗塗地。我殺心頓起，一連跟他戰了五盤，最後總算在大局上扳成了平局。他說，他們這裡有個人棋才下得好呢，我要是想下棋，他領我去。我問是誰，他說是馮士科。我驚得睜大眼睛，我可是找了他三天！他說，他的姆媽最近癱在床上了，在他大哥家裡，他每天在那裡伺候他的姆媽。

他在帶我去找馮士科的時候，我問他叫什麼？他說他叫蘇益之。我便生出把他帶回安家窪，每天跟他在祠堂的涼亭裡下幾盤成三棋的想法。但我隨即否定了我的想法，他怎麼可能到安家窪呢？我又怎麼可能每天跟一個小孩子在一起下這種弱智的棋呢？他虎頭虎腦的樣子，真是讓我心生百憐，就跟看到「我的兒」差不多。

蘇益之把馮士科從他哥哥家叫了出來，就向我告辭了。他說，他爹不讓他跟馮士科學下棋，要是知道了，要把他往死裡打的。我想問他個為什麼，可他看一眼馮士科，早牽著牛走了。

馮士科長得瘦骨嶙峋，一進屋，連忙去拿他的家當。他的這個家似乎只有他一個人似的，我不僅四下裡看了看，用蘆葦和茅草夾成的四面牆，掛著幾件破舊的衣服和兩掛紅辣椒和一把枯蒜頭。低矮的屋內顯得很暗，一張竹桌上放著一把缺了嘴的茶壺，白釉已多處脫落，更像是落在上面的灰塵。兩把竹椅東一把西一把。我正不知如何是好，他已從廂房裡拿出一副棋來。他一邊要我坐，一邊介紹起他的家當來。他說他這副棋是他用了一年的工夫用石子磨成的。我一聽，心裡頓生崇拜之情。順便把一把椅子拎過來塞到屁股底下。在竹椅嘎吱嘎吱的叫喚聲裡，我把棋子抓到手裡摩挲起來。光潤的棋子在我手裡把玩了好一會，馮士科不知從哪裡拿出兩個粗瓷大碗來，從桌上的壺裡滗出半碗水來，遞給我，順手把茶壺放在了地上。我接過茶碗，看著碗沿清晰的指羅紋，說，我不會下，我來只是想看看他與他的棋友下棋，或是聽聽他講講下棋的故事的，他失望極了。

「你真的不會下？」他有些不捨，我這麼大老遠地跑過來，一而再，再而三地找他，卻不會下棋，莫不是有病不成？

「真的，我就是來看你下棋的。」我老老實實地告訴他。

「那有什麼好看的。你不懂棋？我不相信。」他把他的家當一邊收一邊搖頭。先前眉飛色舞的表情在他的臉上變成了一堆僵硬的肉團。

我不讓他收，要他講講，或者教我。他不講，也不想教我，他只是搖頭，說要是我會下棋，他陪我三天三夜都沒問題，其他的沒興趣。

這一次的遭遇讓我再一次生出自殘形穢的感覺，及到我找到偃月城⑧裡的一位字寫得最好的秀才時，我的這種感覺才從

⑧據《江陵縣誌》記載，乃三國時關羽所築。

心底開始往外褪。

沒見秀才時，聽人說他真、草、隸、篆，樣樣了得，搞得我都不敢去見他了。沒想到我見了他後，卻生出不過如此的感慨來。想到馮士科一副高深莫測的樣子，心裡就不舒服。倒是王子鳴讓人生出幾分親近來。

寫字的秀才固然能寫真、草、隸、篆四體，可是他的字柔而無骨，尤其是他的丿法，尖銳有餘，而力道不足，讓人感到虛浮而不踏實。只要是含丿法的字，他就顯得重心不穩。姜白石說，用筆不欲太肥，肥則形濁；又不欲太瘦，瘦則形枯。不欲多露鋒芒，露則意不持重。他恰好反其道而行之。他哪裡算得上是個書家，在字的面前，他就跟一個奴僕沒有區別，亦步亦趨，不敢越雷池半步。心和手不在一起，心裡尚無完整的字形，筆已落在紙上。孫過庭的五乖五合，他從來沒有聽說過。在他的面前，我反過來當了一回先生。「神怡務閒，一合也；感惠徇知，二合也；時合氣潤，三合也；紙墨相發，四合也；偶然欲書，五合也。心遽體留，一乖也；意違勢屈，二乖也；風燥日炎，三乖也；紙墨不稱，四乖也；情怠手闌，五乖也。」「合者作書，乖者禁書」。他望著我目瞪口呆，以為我是專門來踢他的場子，拆他的台的。我看出他有了這種想法，起身告辭了。

對書，恩茂先生是苛刻的，我從發蒙的第一天起，他就給了我一個硯台，磨了滿滿的一池墨，我在他侄兒的逼迫下寫乾了硯池才讓我回家。從此，我的耳根子對於「側」如高山墜石；「勒」如玉板；「磔」如蒼鷹劃空；「趯」如蟹爪等等，一天也沒斷過。

我曾經設想過在這初夏時節，螢飛燕舞之際，邀上三五同志，聚為一堂，吟詩作對，撫琴揮毫，品茗手談，把酒傳杯，沒想到半月奔波讓我最初的興致降到了零點，最後聽說了皇陵塚⑨有個擅長丹青的，我連見也懶得見了。在這個慵懶的季候裡，我失去了生活的方向。

5

我讓八弟專心去研究堤壩的事。每年都要漲水，每年都要修堤，我們做了很多無用功，水一退，有些先前築好的堤就像被人抽了脊樑一樣，塌成一灘鼻涕，稀古隆冬。這個問題不解決，耗時耗神耗錢啊！這麼個修法，這堤怕是下輩子的事了。

我要二弟去沙市，成天跟著我算什麼？

他說他離開了我，心裡就慌。他說完了這話再也沒話了。

「你出去見見世面總可以吧！」我真的是服了他。「你不走，我走。」我一氣之下駕了船就走。到了湖心，我想了想，便去了王子鳴那裡。但這一次王子鳴不在家，真讓人沮喪。

我信水由船，我想，它漂到那裡算那裡吧。

就這樣，那個女人出現了。

你們能找出怎樣的理由，讓我相信這一切與命運無關才行

⑨此塚乃楚春申君之墓。

啊！你們說，為什麼那一天，我會對我的二弟生氣？為什麼那一天，王子鳴偏就不在家？為什麼那一天，我明知自己傷害了自己的二弟，卻一點不在意？最讓人奇怪的是，我躺在船上，風是怎樣和水合謀要把我蕩到那裡的？那個女人選擇「洗春」的日子，是不是也是受著某種難以抗拒的力量驅使？瓦子湖二十五萬畝的水面，湖汊如此之多，為何我們偏偏選擇了同一河汊？她下水的時候，是什麼讓我從躺著的船艙裡走出來的？為什麼我剛好出來，她恰好脫去上衣？

我記得，我從船艙裡一坐起來，就看到了她，就看到她雪白的兩隻乳房從鮮紅的兜兜裡彈出來！

那一霎，我的雙眼，如同遭遇兩隻利箭，血從眼珠的背後一下迸射而出，滿眼只剩下鮮紅的桃花，而每一瓣桃花都是一張貪婪的紅唇——時而一口吞掉那兩座肉墳，時而用顫顫的舌尖，托舉起兩座峭拔的雪峰，躍出水面。那豔麗的花瓣在水面追逐著，晶瑩的一對乳頭便驚慌地在水面上竄著，像兩隻交尾的銀鯽，激起的水花閃出炫目的色彩……

我努力地把持著自己的心神，從密不透風的桃花縫裡，驚鴻一瞥，竟看見她掛在船舷旁，那晶亮的水珠從她的手心撲上她的脖子，然後滾過乳房，那對粉紅的乳頭高高翹起，迎訝著天庭那輪奪目的太陽。她抬起左腿，蜷到胸前，最隱秘的部位忽而漾出水面，忽而沉入水下，那叢蓬鬆的野草在舒展與蜷曲間交替忙碌，細小的水珠有的如叮咚而下的山泉，不時劃出不易覺察的圓弧彈向半空……就是如此，那起伏的山巒，豐腴的平原，叢生的林莽，深幽的峽谷，在碧綠的湖水，豔麗的驕陽，蒼翠的蘆葦，如蓋的荷葉和箭簇似的荷花，以及水鳥、蜻蜓、錦魚的映襯下，奪走了我的一切！

我急湍的呼吸，在胸膛裡拉成了無邊的風箱，我的雙臂鼓成滿蓬的長帆，渾身的血液導引我撲向她，像一隻魚鷹，像一匹餓狼。

那豔麗的畫面頓時破裂成無數的碎片，她尖叫一聲，驚恐地竄出水面，逃進蘆葦叢裡。我追進蘆葦叢，搖著穗子的蘆葦不停地在我腳底下攔腰折斷，風捲動它們闊大的葉片，發出波浪拍岸的吼聲，太陽漏進的光斑，晃來晃去將獵物悄悄地隱匿起來。但我分明感到她誘人的肉香就在眼前。我不停地抽動我的鼻子，每抽動一下，一種周身舒泰的熨貼便流布全身，血管裡就翻出澎湃的巨浪。我發瘋地奔跑，發瘋地追逐，那種無望揪心的疼痛，眼見就要將我毀掉，就在這時，我聽到了她的尖叫。那尖厲的叫聲離我不過五尺，我一轉身，就看到了她。她的面前，兩條正在交尾的蛇纏繞著，吐著血紅的芯子，緩緩地蠕動著。她呆呆地站在牠們的前面，像一個呆子，我撲上去把她一把圈在懷裡，擁著她退後幾步，然後把她抱起來。她忽地勾住我的脖子，軟軟的兩隻乳房貼上我的前胸，那種異乎尋常的酥軟，像蚯蚓爬過我的脊柱，我不由自主地抖了一下。

我抱著她走了不到二十步，一塊床般大小的空地，長著柔嫩的水草，彷彿特意為我們準備似的，我把她放到草上，這時，我才來得及認真地看她。這是一張不敢用手過分揉搓的臉，像雞雛的弱羽。我小心地把她捧在掌心裡，她的眼從深不可見的地方映出我的臉來，長長的睫毛往外翻著，忽而一眨，我的臉便被關在門外，等她把門重新打開，我又從深得不能再深的地方衝出來。我把我的嘴巴蓋上她的眼睛、額頭、頭髮、耳朵、臉頰，最後停在她的嘴巴上。她的嘴迎合著我，那香甜的舌頭，是我今生從沒有過的經驗。

我經歷女人的次數已是無法計數，我也多次吻過她們。唐清妹也有這般香甜，但她的舌尖總是冷冷的，我們輕輕地一觸，她就離開了，她不讓我溫暖她；安若男留給我的則她那對還沒發育好的小乳房，那最初的美麗，每次想來，都如夢般的不真實了。安玉蓮可能是我唯一沒有吻過的女人，無論是她的嘴巴，還是那些動情的地方。至於他們選出來送給我的那份禮物，她的確不錯，可惜因為唐清妹，我失去了應有的感覺。

這個女人她是怎麼了？她竟給我初涉人世的新鮮，讓我神魂不能自持。完事之後，躺在五月的陽光裡，我不覺酣甜入夢。是什麼讓我驚覺而醒的不知道，迷濛的眼裡，是她漸漸遠去的船影。我一絲不掛地站在密匝匝的蘆葦裡，那句「孤帆遠影碧空盡」的詩，在我的心裡泛起銷魂的惆悵。

6

「她是誰？從哪裡來？到哪裡去？」我一無所知。

我忽地懷疑，她莫不就是傳說中的「青妝」鳥？

我見過「青妝」鳥，她們總是在蘆葦灘上孤寂地癡望著。修長的腿，秀頎的脖子，閃著幽藍的青光的脊背。一輩又一輩的傳說——「青妝」看到中意的男子，就會變成姑娘！

連結這個白天的夜晚，讓我輾轉無眠，第二天醒過來，對於自己並未枯萎異常驚奇，而驚奇的同時，她留在心底的愉快讓我亢奮得難以自持。我不敢戀床，戀在床上，那些無法啟齒的醜事就會發生的。我必須去蘆葦灘上守望這只美麗的「青妝」鳥。如果她真的是只「青妝」鳥，我願意她吸幹我的元陽，在她溫柔的懷裡慢慢地死去，然後與她比翼齊飛。

我再一次找了一個理由把二弟從我的身邊差走了。他一走，我便直奔蘆葦灘。但這一天卻是無望的一整天，沒有她的一絲影子，只有蘆葦搖出的風聲在耳邊響個不停。我一連在蘆葦灘等了五天，她終於再一次出現了。我們沒有一句話就進入了主題。她的四肢纏在我的身上，她的舌頭伸進我的嘴裡，攪動著我的每一個關節都在顫抖。她在我的底下拼命地扭動，突然叫了起來，頭往後仰去，整個身子從中部挺起撐成了一把彎弓。我嚇了一跳，停下來問她怎麼了？我看到她的臉上呈現出一種極其痛苦的表情，「快！快！」她急促地喊道，我這才明白過來。我幾十年在女人身上的經驗，在她的面前，如同一個白癡。

我疲憊至極，她白嫩的肉貼著我的身子讓我無限的滿足，在這無邊的滿足裡我睡過去了，等我醒來，陪伴我的再一次只有蘆葦葉擦出的窸窸窣窣的聲音。她這一次走得時間太長了，半個月的陰雨，熬得我竟鬼使神差地摸進了我姐姐的院子裡。天一放晴，我就直奔蘆葦灘而來。這一次她幾乎和我差不多同時出現在那塊小地毯上，她在我的底下完了之後，她要我娶她。

「你是誰？」我問。

「你不認識我？」她的驚愕一下變成憤怒，雙手猛地往外掀我。我的雙臂像絲瓜的藤子緊緊地盤在她的身上。她氣得滿臉緋紅，這使她更加媚人。

「我以為我遇到的是一隻漂亮的『青妝』呢。」

「你才是『青妝』！」

「對，我是一隻公『青妝』。可我從沒聽說過有公『青妝』的！」她笑了。趁著這機會，我問她認識我嗎？我想她會和我一樣的，那樣我們就可以打個平手。但是，她認識我。

「你不就是安氏的第十八代族長安可喜嗎？」她的語氣充滿了嘲諷。「你是不認識我，但我爹你不可能不認識！」

「你爹是誰？」

「徐恩茂。」

「誰？」

我幾乎不敢相信我的耳朵。

「你怕了？」她咯咯地笑了起來。她也許早就知道我在得知誰是她爹後會是這個樣子。在她的笑裡，我不得不放開她的身子，把丟在一邊的衣服抓過來捂住自己那個見不得人的地方。

這就是當年尿我一身的那個丫頭？記得當年，我去請恩茂先生來辦「夜學」時，她不知是兩歲，還是三歲，反正小得讓人不願去想她的性別。天啦，十多年之後，她竟眠在了我的身下。我為自己在她身上的行為感到羞愧、惶惑、驚慌。她在她母親懷裡的樣子，我還記得清清楚楚。我說讓我抱抱，師母便把她遞給了我，溫暖而柔弱的一團肉在我的胳膊之間毫無真實感，我逗了她幾下，她就將我尿了一身。我記得當時，恩茂先生和師母都不好意思，師母慌得要我把衣服脫下來，她幫我去洗。我笑著對師母說：「小師妹和我有緣。」

這就是我們的緣麼？

可是，她不是早已嫁人了嗎？

聽人說，她的夫家是程定山的獨生兒子程旺成。程定山乃監利程家嘴的首富，和徐恩茂乃同年秀才，兩人本就義氣相投，又同為長毛所擄，曆受生死巨變之後，兩人遂約為兒女親家。沒想到兩人均子嗣艱難，年過半百才有了這點血脈。程旺成比徐妙玉還小一歲，天生體弱多病。他的娘在生他的時候已經是四十三歲的高齡，生下他就到閻王爺那裡報到去了。程定山中年喪妻，晚來得子，一悲一喜，也就落下了病根。程旺成長到十一歲時，程定山決定把他送到沙市他堂兄的綢緞鋪裡去學藝。在秀才程定山看來，程旺成不適合青燈苦讀。程旺成長到十三歲，他已是風中殘燭，走到了人生的盡頭。徐恩茂念在同年之誼、生死患難的份上，把徐妙玉嫁過去讓他安心地閉上了雙眼。

那一年，應該是我娶了鄧琪芝的第二年吧。我沒有看她出閣，我是晚上去喝的酒。那個時候，我並沒想起她曾經對我撒過尿。我喝了她的喜酒，就到堤上去了。至於她長成什麼樣子了，我毫無興趣。

她說她跟程旺成並未圓房。程旺成給他爹守過了五七後，就跟著他的大伯離開了那個溫柔鄉。程旺成在走的時候很想帶她一起走，程定山的堂兄不許。程定山在臨死的時候特地囑咐他的堂兄，必須等到程旺成過了十八歲，再給他們圓房。他怕他的兒子一旦開葷，就再也無法收拾，因之而掏虛了身子！

程家嘴程定山裡外三層飛簷斗拱的大瓦屋，本該眾星拱月地捧著這個少奶奶，但程定山的幾個姨兒整天你撕我的臉，我撕你的臉，鬧得烏煙瘴氣。這便是她三不三就回娘家的理由。

可是，她沒有「洗春」的理由啊！

「洗春」是一個古老的遊戲，據說是那些失婚女人用來乞愛的。她的男人雖然沒有和她圓房，但她也不能算是失婚。可她卻像吃慣了人肉的饕餮，這也許才是她「洗春」的真實理由了——在那個女人堆裡，她早就無師自通了男女之事。

「我要你娶我！」她躺在我的懷裡再一次說。

「你的男人怎麼辦？」

「我不管。」

她不管，那我就必須管。

我在沙市臨江的一個小茶樓裡，看到了街斜對面的程旺成。他站在「茂祥」綢緞鋪的曲尺櫃檯後，青布長衫裹著他的身子，看上去還是個孩子，稚氣未脫的臉顯得乾瘦，兩隻眼睛怯懦地望著門外，見客進門，便點頭哈腰。我看了他一個上午。這麼一個稚氣未脫的毛孩，他爹程定山不讓他十八歲前完婚是有道理的。看著看著，我的心裡充滿了憐愛。

第二天我又去看他，我還沒進茶樓，一雙烏黑的手卻伸到了我的面前。我一驚，定睛一看，是個乞丐。看他那身坯，高高大大的，怎麼會成為一個乞丐呢？我正驚異，那乞丐看我一眼，身子一晃，便往回跑。我莫名其妙地看著他的背影，心中一動，遂跟著他趕了過去。

他見我追來，慌得便往一個巷子裡踅，我跟進巷子，卻發現是條死路，那乞丐已跪在了巷子中間。

「少、少，老爺！」

果然是他！安生。

「起來，你怎麼會在沙市？這麼多年，你都跑哪裡去了？」

他趴在地上，一個勁地磕著頭。

「老爺，我該死，我該死！」

「好了，事情都過去了這麼多年，還提它做什麼？你說一下你是怎麼回事吧！」

他就跪在地上，一把鼻涕一把眼淚地說了起來。原來，他果真跟劉媽媽有一腿，他們原準備懷上了孩子，就求安順福把他們合到一起；可劉媽媽的肚子一直沒有動靜，這事就擱起來了。後來小翠長大了，他們就不方便了，十天半月兩人不在一起，便想千方設百計地找機會。那次小翠不要他送，他一聽心裡高興得不行，馬上就回來了。後來出事了，他覺得自己沒臉待在家裡，又想劉媽媽，便跑去她娘家找。沒想到，劉媽媽的男人不知怎麼得知了，趕過來，把他一頓好打，將劉媽媽又搶回去了。當天晚上，劉媽媽卻一根繩子把自己掛在了房門上。他身上有傷，當年在我們家攢下的一點工錢，便交給了郎中先生。身子養好了，到處給人打工，最後聽說沙市事多，就到了沙市。沒想到，前一陣子染上了傷寒，這十多年攢的一點錢又泡了湯。最近身子虛，走路都打晃，便沒人請他，他已經三天沒吃東西了，餓得實在不行，這才出來乞討，沒想竟是碰到了我！

他那一身大骨架，這時真的只有皮包著了。想想，從我記事起，他就陪著我，人海茫茫，現在又能相遇，這就是一種緣份。又想起他說的劉媽媽上吊死了，我的心越發地不安。

唉——

我長長地歎了口氣，便把他帶回了魚行。

這件事讓我堅信，所有的事該發生的就一定要發生。我決計不再去看程旺成，不再讓他綿羊般孱弱的身坯軟化我的心腸。我苦苦地想了三天三夜，我想出了一個兩全其美的辦法。

我拿出五十兩銀子讓妓院的老鴇挑一個養著的女兒讓他開葷，進而讓他休掉家裡的土包子。

那個老婊子看到白花花的五十兩銀子，樂得老臉滿是桃花。她當下就訂了一個完美無缺的美人計。她親自到「茂祥」綢緞鋪，凡鋪子裡有的絹呀紗呀、綢呀緞呀，各訂了十匹，一結賬差二兩銀子，老東西便要程旺成跟她去拿銀子。程旺成跟著她到了一處小院，老鴇子進了屋卻不拿銀子，說是熱，叫小丫頭端了水出來讓「茂祥」綢緞鋪的少東家擦汗，她自己則說家裡沒有現銀，得去錢莊裡兌去。等她再進來時，小丫頭和程旺成已做成了一堆。老鴇子一聲叫，把程旺成嚇得跪在地上，她不費吹灰之力就把程旺成的休書弄到了手。

程旺成兩年之後死在婊子的肚皮上，這筆賬要算到我的頭上，我覺得有點冤枉。我第一次見那個老婊子時，就明確地告訴過她，她找的女人必須年齡與程定山的兒子相當，必須是從鄉下買來的，雖懂風月之事卻未接客。老婊子滿口答應了我。我還特地強調她進去的時間必須在他完事後。這幾條她事後說她完全做到了，我又給了她五十兩銀子，給那個女孩子贖身。老鴇子沒有一點不樂意。

我輕信了她的話，婊子的話自古及今沒有一句是值得信賴的。

程旺成和那個小婊子幽會了一個月之後，程定山的堂兄才看出來。程定山堂兄去訪老婊子時，她直截了當地告訴他，她們做的是賣肉的生意。程定山的堂兄一怒之下將侄兒趕出了門，而那個老婊子卻再也不讓他見那個小婊子了。程旺成便失魂落魄地守在老婊子的門口，在一個風雨交加的夜裡，被一個暗娼撿回家，沒幾天就染上了髒病，兩年後在白雲橋洞子裡，一個渾身長瘡流膿的乞丐，走完了人生最後的一段路程！

第二十二章

我的那些兒子

1

事與願違註定是人生常態。我們原本是要去想高興的事，結果卻想起了她曾經的「男人」。

這種卑劣、齷齪的記憶，使我對她的渴望從一壺開水結成了滿塘的冰凌。

她偎進我的身邊那一刻，我內心所有的想法都以為，我們擁衾而憶將會是一幅溫暖的圖畫，那喃喃憶起的過往，對於我的康復會是無價之寶的；可是此刻，我的內心除了羞恥，還是羞恥。我不由地問她，假如沒有那些見不得人的勾當，一切會是怎樣的呢？

她不願意和我探討這一問題。她責備我盡想些無聊的事。

無聊麼？如果真是無聊，那就徹底地無聊一回。你們說，在這件事情上，我和徐妙玉，究竟誰勾引了誰？

她不可能回答這個問題，而我又無法不想這個問題，我們便無話可說。這一刻，我分外地想念起蘇茹來。這小女子，她是怎麼了，她是怎麼嵌進我的生活的？曾經如此熟悉的人，現在卻如此陌生；曾經毫不相干的人，現在卻無限依戀。

好在夜已深了，我裝著睡了的樣子，緊緊地閉上了我的眼睛。她的手抱著我，身子貼著我，我得承認，沒有言語的侵擾，我心中的堅冰便慢慢地融化開來。真要命，她的手又一次在我的身子上游動起來。該摸的，她都摸了。雖然一切都顯得無動於衷，但我的內心卻是一個浪頭推湧著一個浪頭。我想起了我們在一起的歡愛，那一天，她把從程家集帶回來的一紙休書，往年邁的恩茂先生面前一丟，就爬過院牆鑽進了我的被窩。那時，只要她褪下她的裙子，抱著我，我就乖乖地繳了槍。現在我還要繳槍麼？我可是早已赤手空拳！這一刻，心谷裡兀自飛沙走石，身子裡卻一片明月。反覆地纏結、不住地逗弄，會不會持續整個夜晚？便是在這片明月裡，我也生出一夜長成十年的渴望。但這種渴望剛一升起，她的手卻停下了。是努力失敗後的氣餒，還是玩膩的玩具？我不想問她，再說了，也問不出口。還好，她的手沒有拿開，在我的大腿上輕輕地拍了起來。我暗暗舒了一口氣。那時候，她哄她的兒子是否就是這個樣子？這樣輕軟的拍打，真可以讓人一下變得柔弱無助。在我心裡，我的身子已鑽進了她的懷裡，那一片溫柔的雲便把我包裹起來。

我現在的瞌睡越來越多。是吃了瞌睡蟲，還是自己就是一隻瞌睡蟲？有時候，真的難以分清。總之，再睜開眼，已經是第二天早上了。等我想起昨天的一切，她早已把一切都準備好了。

「老爺，太太天剛粉粉亮就起來了，一直忙到這時候呢。」賴老婆子給她打著下手。

今天早上她都做了些什麼？竹筍尖炒豆腐乾、魚籽排骨湯、豆豉萵筍、油炸小刁子魚。真是她親自下廚做的？我探詢地看了她一眼，她沒理我，直接就伺候我喝起了蓮子粥。

她的動作，熟練極了。

真心對待他人，就不會有距離。

然而，這只是一種假象。我的心固執地這麼想著，那曾經的裂隙依舊流著潺潺的水聲。

「我來鋪絮吧？」賴老婆子問我。我吃過了，正在漱口。我明顯感到徐妙玉一愣。

「什麼？」

「給老爺鋪絮。」

「鋪……」

「鋪絮！」

「搞什麼名堂？鋪什麼絮？」

「太太，你不曉得啊，老爺會走路了。」

「啊！你，你會走路了？」她呆呆地望著我，看得我渾身就像長了毛似的。「你怎麼不告訴我？你怎麼不告訴我呀！」兩行淚珠滾出她肥厚的眼瞼。「這麼大的事你都不告訴我，你把我當成什麼人了？」她說著嚎啕大哭起來。

這有什麼好哭的，我有些不懂。我說我哪個都沒告訴，老二還不是不知道。

「就是啊，太太，看你，這可是件好事，怎麼弄得哭起來了呢？」安生的女人說得對呢，這傢伙還不敵賴老婆子明事理，關鍵的時候，總是對不上榫眼。

「真的，他二叔也不曉得？」她破涕為笑。

賴老婆子把五床棉絮已經鋪好。我笨手笨腳地想掀開身上的被子。她站在邊上，看稀奇似的。要是蘇茹，在這之前，她會把我操著讓我平躺在床上，把我該穿的褲子先給穿好，再把我扶起來；到了下床，我會要她幫著，也會讓她不幫我，等我挪到床邊，她就會給我穿上鞋子。但現在，我指望誰呢？我得自己來。我終於把被子掀開了，我的腿上只裹著單層的內褲，我要穿外褲，可我還沒有嘗試自己穿過褲子呢。我甚至不知道我的褲子放在那裡。每次脫下褲子後，蘇茹就把它們從我的身邊拿走了。我故意不說便往床邊挪。

「老爺，你怎麼就這樣下來了，你得穿上棉褲才行！外面冷得很，這從被窩裡出來，傷風了可不是好玩的！」賴老婆子的話，把徐妙玉鬧了個關公臉，忙問褲子在哪裡。

對呀，褲子在哪裡？

我想起來了，褲子在衣櫃裡呢。蘇茹把我的衣服從來都收拾得妥妥貼貼。她們一頓亂翻，總算找到了想找的東西。徐妙玉拿過來就往我的兩腿上套。我感到一股寒氣綁住了我的雙腿。蘇茹每次給我穿的時候，我感到的總是溫暖。是每次之前，她都將我的棉褲在烘籃上烘著，還是她拿來時在火盆上烤過？還是我心裡自己在作怪？我哆哆嗦嗦站了起來，腳底下冰得我不由叫出了聲。

「鞋，我的鞋呢？」我要坐回到床沿板上。身子順著意念往下一蹲，坐的動作變成了跌倒。嚇得正為我擼著褲子的徐妙玉將我的腰死死地一把抱住；我的重量帶得她的腳下蹬蹬蹬亂抖了好幾下，她的雙膝死命地抵住了床沿的擋板，才勉強撐住了我搖晃的身子。

說實在的，我並不感激她。我的坐姿只是有點不合規範而已，從踏板上坐回床沿，我還不至於坐不上。她的驚慌反而使我的這一動作變成了跌倒。

「媽呀，嚇死我了。平常都蠻順的。這丫頭把鞋又放哪兒了呢？」賴老婆子差一點就跳上踏板了，見我總算坐回了床上，她說：「我去把老頭子喊來吧，這萬一出了事，可不是好玩的！」

「沒事，你找鞋吧。」

鞋在踏板的抽屜裡找到了，我剛踏到鋪好的棉絮上，二弟過來了。六年了，我的眼睛和他的眼睛，第一次沒有角度地對在了一起。

「大哥——」

他那雙滿是灰塵的腳，不管不顧就踏到了潔白的棉絮上，他的雙臂將我緊緊地擁進他的懷裡。我本也想抱一下他，可雙臂酸麻，我使不上勁。

「大哥，這是什麼時候的事？我要把這一喜事告訴上四十八垸、下七十二垸所有的人，讓他們都來為大哥高興！」他放開我，說了這一句，淚水一下湧了出來，他身子一轉，跑到門口，兩腿一彎跪在了門檻邊。

「二弟，你搞什麼名堂？」

他沒理睬我，他一邊磕著頭，口裡一邊念念有詞。

「二弟啊，我跟你說，你千萬不要對外說，要不，我這兒沒一天清靜了。」他咕咕噥噥的，我也聽不清他在念些什麼，多半是他曾經許過什麼願吧。我管不了他這些，我只想清靜。

「大哥，那，那至少家裡人要知道吧？」他爬起來問我。

「你們跟他們說聲就行了，不過，沒必要到我這裡來。」

我看了一眼徐妙玉，然後拖著我的步子開始枯燥的練習。

我在棉絮上走一步，二弟便在地上走一步。

「你去忙你的，守在這裡幹什麼？」

「今天是大哥特別的日子，我想好好陪陪大哥。」

「我都走了好長一段時間了。」

「二老爺，老爺年前就能走了。」賴老婆子說。

「啊！大哥，你，你怎麼不告訴我？嫂子，你也不吱一聲！」他臉色大變。這些人都是怎麼了，這是什麼大不了的事麼？就跟天要塌似的！

「大哥，我，我……」

「我個什麼？你看你，該幹什麼就去幹什麼。」

「我曉得我老了，在祠堂裡只是吃閒飯，沒得什麼用了。可是，大哥，我石荒兒在神前發過誓：今生今世永遠跟著大哥你的！大哥，你真的嫌棄我了麼？」他說著，跪在了棉絮旁。

「什麼鬼話？你怎麼又跪下了？快起來，你看你，東一扯西一扯，這扯得上嗎？我就是想清靜。你看你，不讓你知道就是對的，你一知道，東裡西裡，來了這麼一大堆，搞得人心裡哪裡還靜得下來？起來吧，還要我來拉！」我真的有點怕他們了。「你嫂子也是今天才曉得。你們怎麼都是這樣！不走了，我要洗澡！」

「好好好。太太，你扶老爺上床坐著，我這就去喊老頭子來。」賴老婆子顛顛地跑了出去。

安生進來了，我對二弟說：「你就放心吧，我這都能走路了，你還有什麼不放心的。今天是元宵節，我曉得你來的意思，你去祠堂忙吧。」

他嘴裡囁嚅著說：「我跟大哥洗澡。」

「你瞎扯什麼？快去。」

他把頭低了，也不看我，跟著安生，直到把我送到浴盆裡，我再一次呵斥他，他才訕訕地走了。

2

等我洗了澡回來，站在門口迎著我的，竟是蘇茹。這讓我意外地喜了一下。這丫頭卻一臉平靜，好像她壓根兒就沒有從這裡離開過半分鐘似的。她的手伸到被子邊，開始掖被子，掖著掖著，我感到一隻手伸到裡面來了，然後我的手被一隻柔軟的小手輕輕地捏了一下。我的心異常地一蹦。

「怎麼就回來了？今天還是個年屁股呢，怎麼不在家陪爹媽把年過完了再回來呢？」

她不回答我，臉紅撲撲的。等安生把兩張床合好了，她早已把一杯清茶捧到了我的手裡。我輕輕地啜了一口，對徐妙玉說：「你回去歇著吧，這兩天也累了。」

「謝謝太太。太太代我受了兩天累，蘇茹給太太磕頭了。」說著她就要下跪。徐妙玉把她攔住了。

「磕什麼頭，老爺可不是你一個人的老爺！」徐妙玉酸不溜秋地說，把蘇茹原本就紅著的臉，弄得更是起了暈似的。這傢伙到底還是狐狸的尾巴——藏不住。

「好了，就不能讓我安靜會？叫你回去歇著難道還是句歹話？」

這句話，把她說了個沒趣，她嘟噥道：「我也沒說什麼，本來就是麼。」

「好了，好了。」說完我使氣地把眼閉了，把臉別到裡面。我沒看見她走時的窘態，但我想像得出來。

靜下來了。

我感到一股熟悉的氣息貼上了我的身子，我沒有睜眼，但我的手卻伸出被子，準確地摸到了那張粉嫩的小臉。心田剎那間如同乾涸的湖底，漫過油油的春雨。那一雙小手捧著我粗礪的大手，把那溫潤的濕唇印在了掌心，她的雙臂從天邊環護而來，從未有過的踏實讓我陷入酣甜的夢裡，一切都開始了輕盈地飛翔。

我還沒從夢裡醒來，就被徐妙玉和她的兒子吵醒了。

「爹，我媽說你能走了，我特地來看你了！」我睜開眼，卻見他的眼睛死死地盯在蘇茹的身上。沒出息的東西。我心裡罵了一句，故意咳了一聲，他才把眼光收回來。

「今天不讀書了？」

「老爺，看你說的，今天怎麼說也是個年尾，能不讓孩子玩一玩？過了這天就算真的收了心了，再讀書不遲。」

這女人一開口就是護短。不知狗改不了吃屎，是不是說的就是這回事。這讀書的事，從來都得趁早。這方面的古訓，難道她就從來沒有聽說過一句？

我毫不客氣地說：「讀書這事要是糊弄我，我今天把話說在前頭，吃虧的是你！」

「老爺，你就放一百二十個心，有我督著，包你滿意。」

正說著，安午和二弟也過來了。

「爹，我聽二叔說，您能下地走路了，我心裡高興，這就來看您了。」

敢情我成耍猴把戲的，都過來看稀奇了！我臉一沉，沒好氣地說：「你們不氣我，我只怕早就滿世界跑了！」我知道這是無名火。可這火就像擱在那裡的炭灰似的，風一捎，就直外往竄火星。

「老爺，你看你，孩子們都是好意，哪個做兒子的，不巴望自己的爹一天天好起來的，孩子們聽說你能走了，都把它當成了喜事呢，這來看你，你怎麼鼻子不是鼻子，眼不是眼的呢？」

徐妙玉這句話倒把我噎住了。那倒也是。我說了，這是無名火，是它自個兒往上竄的，我也不知為什麼。

「我曉得，你心氣強了一輩子，就巴不得安午跟他二叔，把祠堂弄得紅紅火火的，不讓你操心；就巴不得安戌今天就去沙市讀書，明天就一肚子學問，然後回來就接上了你的班，把那個堤繼續修下去！老爺，我沒說錯吧！」

徐妙玉這話真說到我的心坎上去了。我不由長長地吐了一口氣。我一世英名，要是身後沒個兒子站得出來，這是多大一個笑話啊！

「老二，明天一早，你就送安戌去沙市讀書！對了，花燈都準備好了吧？」

「都準備好了。我這來就是想跟大哥商量，大哥你也能走了，要不，今年也到祠堂裡看看花燈吧！」

「算了，我這一出去，看花燈就變成看我了。」

「不會的，我讓人前前後後照應呢！」

「那成什麼了？算了，我說了不看就不看了，就這樣吧，都去幹自己的事吧。」

都走了。挺好的，這元宵鬧完了，一年就真的開始了，該下湖的下湖，該耕田的耕田。「蘇茹啊，挨晚了，你跟你賴媽媽也去看花燈吧。」

「你不去，我也不去！」

「胡說八道，你跟我一個癱子比個什麼？」

「你哪裡是癱子，你明明能走路了！」

是啊，我是能走上幾步路了。我看著她，我想聽聽她往下怎麼說。她卻忙著到處抹灰塵去了。這才過了年，有灰麼？「別擦了，把手洗了過來陪我坐會吧。」

她遲疑了一下，放下手中的抹布，洗了手坐到我床邊。我把她的手拿起來，輕輕地握在自己的手裡，那沾著水汽的小手，如同一隻毛茸茸的小雞，綿軟輕柔。

想到新的一年每過一天，她離我而去的日子就又近了一天，這心裡不免就有些惆悵。所有的人都會有自己該做的事，難道我真的要她一直伺候麼？就算真的如此，那麼，我進了棺材呢？

是的，我曾說過，我要讓她去讀書的。可是，她能現在就去麼？就算她現在就去，她以什麼身分去呢？因為她伺候了我，我就讓她去讀書，這太讓人想入非非了。我一個要進棺材的東西自是不怕；要是別人亂嚼一句，對於一個黃花閨女來說，那是何等的難堪啊！

這是個問題。

我曾想過把她許給我的兒子，這念頭一冒出來，我就打了自己一個嘴巴！她可是曾陪我睡過的，乾淨又怎樣！別人會說，老子睡了的女人，兒子又睡！我這老臉還要不要？就算我不要這張老臉，她又怎麼可以出去拋頭露面呢？我其實很想收她為自己的女兒的，可世上哪有這樣的女兒啊！

兩個人坐在這裡，無話的尷尬實在讓人難受。

「蘇茹，我再講故事你聽吧。」

她看了我一眼，淡淡地說：「老爺，講講少爺們吧。」

她的話，讓我心中咕咚一響，就像誰在池塘裡丟了塊石頭一樣。我的那些兒子，就在這失去平靜的塘面，一圈又一圈地蕩了開來。

……

3

我一生用五個女人生養了十二個兒子，她們沒有給我生出一個女兒來，這是一件讓人奇怪的事。我敢說，但凡能夠養人的男女，都不可能如此。一個男人一生中只有一個女人，連生三五個兒子，算不得稀奇，但輪著讓五個女人為你生產，連一個女兒的新也嘗不到，這聽起來會讓人覺得不真實，會讓人懷疑這不過是無聊的書生編的一個蹩腳的故事而已。可是，你們反反覆覆想一想，我編造這麼一個蹩腳的「故事」，它對於我意義何在？這個毫無意義的故事，讓我的人生充滿了缺憾。

想起這些混賬東西，我便心亂如麻。成了人的他們，沒有一個讓我看得上眼的。《三字經》講，養不教，父之過。這的確是我的過錯，不是我不想教他們，只是我實在沒有時間。我把這個任務委託給了恩茂先生的侄子，但他教出來的東西，沒有一個達到了我理想中的要求。我和他們毫無感情。也許是我的性格不適合做兒子的父親，也許我的性格是一個極其優秀的女兒的父親。誰能說得清呢。自從「我的兒」走了，我就開始渴望女兒，就像別人渴望兒子一樣的迫切！難道我的性格就在這種不可抑止的渴望中，逆轉而偏執了嗎？

我一直以為安玉蓮的大兒子和鄧琪芝通姦這件事，是千真萬確的。可事實上，我誤會了她。但在沒有相信她之前，我在憤怒之後，卻驚出了一身冷汗，為我的女人沒有為我生出一個女兒而慶幸。如果我真有一個女兒，那種讓我悲痛而憤怒的醜事會使我發瘋的。我的兒子既然可以上我女人的床，為何就不會上我女兒的床呢！我的女人讓我蒙羞，我還可以咬著牙說，她與我僅僅只是床上的關係，我可以上她的床，也可以不上她的床，大不了最後，我把她的爹喊過來退貨罷了；可是，我的女兒，她的血管裡流動的是我的血，我不會允許任何人欺辱她的；而那樣，我就要為我的女兒去殺我的兒子！可我難道能容忍別人對我的兒子的傷害嗎？

鄧琪芝沒有回來以前，我無數次地陷入這個問題，痛苦萬狀。

我始終認為，男人是一切禍亂的根源。不是嗎？想想男人恃勇鬥狠的樣子，是那樣的粗鄙醜陋。珍惜一件粗鄙而醜陋的東西，有多大的必要呢？而女人是那麼的精巧細緻，輕輕地一觸你就會縮回自己的手──薄脆易碎的東西，就像我面前的這個人一樣，你不想珍惜都沒有辦法！

我這一生，註定無法體驗做一個女兒的父親的感受。其實，我又何嘗體驗到了做一個兒子的父親的感覺！當我的第一個兒子從他母親的腿空裡爬出來後，那種明知是自己的，卻又不能得到的遺憾和由此而生的焦慮，差點讓我發瘋。我不僅體驗不到做父親的感覺，甚至連多看一眼都不允許。

那些陰暗的日子啊！

她要我講一講我的兒子，我怎麼講呢？我的第一個兒子是我和我姐姐通姦生出來的，這個我能講麼？而且，這場通姦是如此精細策劃而實現的！

我的那個兒子，安順福給他取名「安子」。顧名思義，安家之子，安氏之子。這倒給了我一個啟示，「我的兒」死了之後，我乾脆把後來生的東西，按「子丑寅卯」編了號，再也不用為取個什麼破名字勞心費神了。

關於安子，關於我和我姐姐通姦生的這個兒子，面對蘇茹，我雖然說不出口，但我跟你們已經說過多次了。繼續說他似乎再也說不出什麼新鮮的東西；不，如果真是這樣，那麼，安順福就不是安順福了。

我三十六歲的時候，安子已經過了二十。

安順福從什麼時候開始思謀起了族長之位，我不知道。是從我坐到祠堂裡的那把檀木椅子上開始，還是從他要我去安順達家弔喪開始，亦或更早？也許，我的義弟們在祠堂裡第一次逼安順達讓出族長之位時，他就開始想了！他既然能把我從一個野種變成一個家種，保住他的長老之位；能讓我神不知鬼不覺地爬到他女兒的床上，為他傳下香火；那麼，祠堂裡那把檀木椅子幽暗的紅光，又怎麼可能不在那些失眠的夜裡對他閃閃發光呢！

這一計畫他究竟籌謀了多少年，沒有誰能說得清楚。

隨著兒子們的長大，原來的家裡忽然就人滿為患了。

解決這一問題，自然是我的責任。我原本想在老屋的基礎上再接上一重天井，那樣好是好，可惜台基小了，離湖又近。我決定重新做屋。我跟安順福商議的時候，他一臉木然，說我要修什麼都行，但他哪裡也不去，他修的這幢老房子，任何人也別想在上面抽一根檁子，揭一片瓦。

見他的鬼，我只是想讓大家都住得更舒適點，也是我孝敬他的意思，他倒以為我想他的檁子、磚瓦了。

我不想就這個問題跟他多說，我和二弟、八弟認真踏勘了安家窪周圍的地形，最後決定在飯兒窪，在學館的西南上建一套新房子。

四十八垸聽說我要蓋房子，一個垸子出了五條船，都擠到安家窪的湖汊邊，一時間，瓦子湖上，看過去到處是船。石灰遠一點，得要去當陽買；磚瓦沙市窯灣就有賣的。木匠、瓦匠、小工沒人去請，早擠滿了祠堂，只好分批才能進入工地。一個月後，五套迴廊相連的房子，就從設想變成了實物。

在我的計畫中，進門的右手住下人；左手用作客房；中間正房的前面四間，我和唐清妹住；後面四間安順福和我母親住；後面右手住我的姐姐安若男和她的兒子；左手則是安玉蓮她們一家子。

安順福不肯來在我的意料之中，安若男和她的兒子不願來卻有些出乎我的意料。安若男說她要陪安順福，說大家都走了，留他們兩老兒多孤單。

這讓我有點惱火。我修這麼多房子，上為孝敬父母，下為蔭庇子孫後代！父母兒子都不去，這算哪門子事？在我的內心，我從來把她的兒子都是當成我的兒子──本來就是我的兒子麼！我時常想，總有一天，我們父子會相認的！

我極力地勸說安若男：「姐，去麼！你要是不去，那爹就越發不會去了；爹不去，姆媽怎麼去得了？你們一家人一搬，過兩天跟安子把婚一結，翻過年生個大胖小子，爹和姆媽住在這裡想孫子重孫子了，我再做一下工作，他們不就搬過去了。做兒女的，哪個不想父母晚年過得幸福，我修這麼多的房子，不就是這個意思？你不幫我，反而跟著起哄！你說的倒蠻好聽，要在這裡盡孝，可實際上，你這是不孝！你想想，放著好位置不住，讓父母住在這陰冷潮濕的地方，那能叫孝麼？」

我這麼一說，安若男不得不向我妥協，不過，她說要住在一塊兒也可以，她要一個單獨的小院子，另開門戶，否則，她就還是住原來的地方。我當即倚著院子的東北角，在準備給她住的那兩進房子邊，給她修了一個獨門小院。可我沒想到，安順福把安子死死地留在了他的身邊。

安頓好了我姐姐，我再一次去請他。

4

我們坐在天井裡，他搓著一根麻繩，母親則納著永遠的鞋底。「爹，您就過去吧！那邊的屋子又寬敞又亮堂，再說，大家聚在一起，過不了幾年，您就是四世同堂了，這可是多少人求都求不來的福份呢。我就奇怪了，有福您為什麼偏就不享？」

我說這話的時候，母親停了手中的活，定定地看著我，重重地歎了口氣。母親這口氣歎得我心煩意亂。

「爹，你倒是說話啊！」我的語氣有些不耐煩了。

他依舊搓著他的麻繩，我在一邊氣咻咻地噴著鼻息。他忽地把手裡的麻繩往地上一摜，抬起頭死死地瞪著我。

「你要我說話是不是？那你聽好了！」我等著他說，他卻沒了詞。他猶豫了一下，頭一偏，對母親說：「去把門閂好！」

母親趕緊站起來，把手中的索子在鞋底子上不停地纏，小腳顛顛地望門口而去。安順福的眼盯著她的脊背，直看得門閂在門槽裡「哢」地一聲落實了，他才回過頭。我覺得他這時的目光，異常陰冷。

「你，你這個野種——」

我一愣，隨即火往上一竄，不就是上次讓人抬了乘轎子來嗎？我那也是好心，想往你臉上貼貼金——看，他好福氣，被兒子用八抬大轎請到新屋裡去的！哪個都會這麼羨慕你！就算你不喜歡出風頭，擺排場，你可以告訴我啊！你當時一生氣，我不就讓人撤了轎子？今天我一個人來，你怎麼還是油鹽不進？再說了，就算我一千個不對，一萬個不是，這世上，哪有做爹的這麼說自己的兒子的？

「你放屁！」我越想越氣。

他根本沒有理睬我的憤怒，那陰冷的眼神愈發陰冷。

「你不是我的兒子，你是我從洪水裡撿回來的一個野種！」這幾個字從他嘴裡惡狠狠地蹦了出來。「我一直想著要不要說，一直想著還是不說，是你逼我要我說，那我就說了吧。」

「不，我不是野種！」我脫口而出。

「我也想你是我的兒子，可是你不是！」他剛才的堅硬，化成一灘稀泥，顯得比我還要痛苦。我無助地跪在母親面前：「姆媽，他說的是不是真的？我真的不是你親生的？」

母親摸著我的臉，淚水滾出了眼眶。她點了點頭。

我的心一下沉到了萬丈深淵，一屁股坐到了地上。就聽安順福說：「我從湖裡把你撿回來，我想盡一切辦法，讓全族人相信你是我的親生兒子；想盡一切辦法，讓你長成男人，再把我唯一的女兒送到你的床上！你，你，你……」說到這裡，他身子一斜，從椅子上跪到地上。「祖宗在上啊，你們看著我安順福，你們曉得我只是不想被從祠堂裡趕出來啊！我只是想為安氏續上自己的血脈啊！可是，我怎麼也沒想到，他竟然篡奪了安氏的族長之位啊！」

不，我不能承認他說的這一切！我的姐姐不是他送到我的床上的，族長之位也不是我篡奪的，他撒謊！

我從地上跳了起來，厲聲責問道：「你胡說些什麼？哪個是野種？哪個是野種？」換成另外任何一個人，這時我都會當胸給他一拳！

在我的喝問聲中，他把臉轉向我，那上面竟然糊滿淚水。他的雙腿一挪，跪著的身子便正對著了我。「我求你了！我求你了！看在那個時候我把你從洪水裡撿回來的份上，你把族長之位傳給安子吧！再說了，他也是你的長子，按長幼之序，你也該傳給他！我求你了！我求你了！」

莫非我真的是個野種？我不禁打了個冷噤。

不！

「你就是說到天上，說到地下，我一句話：不聽、不管、不理。我再一次鄭重地告訴你：我就是你的兒子，我不是什麼野種、鬼種！」

「我求你了！我求你了！」他跪在我的面前，一口一個求我。我不得不把他抱起來，可是我一放，他又跪在了地上，像誰抽去了他渾身的骨頭似的。我的心也一下癱軟在地。

我開始有些相信他說的了。

看看旱不怕、澇不怕的安家窪，看看滿眼的火磚瓦屋，看看學館裡安氏的子女，看看老樂堂裡頤養天年的孤老，看看那終有一天要環護四十八垸的巍巍長堤……安氏前十七代族長，大約只有那一輩把安氏從荊山遷到這安家窪的族長，可以跟我有得一比吧！想想我為安氏做的一切，他沒有理由瞧不起我，沒有理由要將我趕下台去?!就算他再不喜歡我，他也沒有理由！唯一的理由就是我跟安氏無牽無掛！對了，再想想我與我姐姐那些不堪的往事，那個時候，我總以為是自己做的神不知鬼不覺，可是現在看來，要不是因為他的默許，那是絕不可能的！他明知一個是他的女兒，一個是他的兒子，他為何竟要默許?!

我沮喪地跌坐到椅子上，母親則掩面哭泣著進了她的房裡。看著那還在地上跪著的人，我說：「族長不當可以。不過，你說我不是你的兒子，那你就當著全族人的面把這件事說個清楚。還有，我把族長之位傳給安子，只怕你也得要讓全族人知道！他不是什麼遺腹子，他是你撿回來的那個兒子，和你姑娘通姦的野種才行！」我說到這裡，悲憤的笑聲從我的胸膛裡衝了出來——他一口一個野種，現在我要把「野種」還給他！「只要你敢說，我馬上就把這個族長讓出來！」

淚從我的眼裡滾了出來，朦朧中，我看見他驚恐萬狀地望著我，嘴大張著。忽地，他哀哀地哭了起來，頭在地上咚咚地不停地磕，邊磕邊說：「列祖列祖在上，我安順福這輩子欠了安氏的，我下輩子做牛做馬再來還吧！我不能說，我真的不能說。列祖列宗，原諒我吧！」他乞求完了，然後面對我，「你答應我，永遠也不要將這件事說出去。你答應我！」

這一刻，他顯得可憐極了，我一把扶住了他。

「爹，你快起來。我不相信你說的，你永遠是我的爹！」他在我的攙扶下重新坐到椅子上，他盯著我，那眼光熱辣得如同六月正午的驕陽。

「你走，我再也不想看到你！」

那熱辣的光芒一下陰風四起，我有點疑心他瘋了，便伸手摸向他的額頭，想看他是不是正發著燒，是不是因為發燒燒壞了腦子！他一把抓住我的手，再一次哀求道：「我求你了！請看在我當年救你的份上，請看在我把我姑娘許配給你的份上，你把安氏族長之位還給我們安家吧！要不然，我就是安氏的千古罪人啊！到時候，我只怕連死都沒得地方死啊！」

「不！我不是野種！」我奮力地摔開了他的手，氣急敗壞地往外走。

「你去問安生，我撿你的時候，他在場！」

「我誰也不問，我不是野種！」我怒火萬丈，狠狠地抽開門閂，摔門而去。

我倒真想問問安生，可那個時候，安生在哪裡？這我就奇怪了，安生在的時候，他怎麼不要我去問，現在連個人影子都沒有了，他卻要我去問！這擺明了是在說謊。想想他在我和我姐姐身上做的一切，我的心裡便釋然了。為了達到自己的目的，他會不擇一切手段的，我太了解他了。

修堤的事實在太忙，我懶得再去理他。不來住就不來住。我相信上次他在地上撒潑的樣子，那些來抬他的人，早將之傳遍了整個安家窪。誰是誰非，一目了然。忙到臘月二十七，我又去看他，他連門都沒讓我進。三十裡我再去，面對緊沉沉的門，他罵了我一句「野種」，讓我「滾開」。我把年糕，糍粑，他愛吃的桃酥放在門外真的「滾」了。翻過年的正月初一，我去給他拜年，他仍舊縮在他的屋裡，母親開門接待了我。我們母子倆坐在天井母親那間廂房裡，母親拉著我的手，不停地摸著，淚就滴在了我的手背上。

「姆媽，孩兒不孝！」我說著跪在了她的面前。

「起來，起來。」母親把我拉起來，掏出手巾拭了拭眼淚，說：「別惦記姆媽，別恨你爹！」

「我曉得。我就是不明白為什麼？」

「瀾兒，別說了，別說了。你做你的，姆媽高興呢……」說到這裡，母親掩著嘴嚶嚶地哭了起來。

我再一次去看他是要娶鄧琪芝了。他仍是不肯見我。到了這年臘月三十，我又去見他，我在門外喊他「爹」，這次，他默不做聲，我放下東西再一次走了。之後，連著兩年，我們依然沒有謀面。第三年他終於打開了門，和我一起坐在他爹傳下來的那張八仙桌的兩旁。

「安子是你的大兒子，這不需要我說吧？」他開口便問。

「我是他的舅舅。」我盯著他的眼睛說。

他的眼光仍然堅毅地盯在我的臉上。「你必須把族長之位傳給安子，你不是我們安姓的人，卻做了安姓的族長，要是安氏知道了，你會被沉湖，會被剁成肉醬的！你現在把族長之位讓出來傳給安子，這樣安氏家族就又回到了我們自己的手裡，你也可以平安無事了。」

「你這是癡心妄想！」我冷冷地說，「誰會相信你的謊言？誰會來反對我？你難道就沒想過，就算你說的是真的，安氏也絕不會將族長之位傳給出嫁女兒的兒子的，這樣的話，安氏豈不還是落在外人的手裡？」

「不，安子姓安，他身上流的是安氏的血！」他堅毅的冷漠，如一架沉重的石磯，毫不留情地砸向我的內心。我的心一下碎成滿地的血片。一種被徹底拋棄的恐懼使我的全身抖了起來。

「我可以答應你，但你得告訴安氏所有的人，這一切的罪過都是因你而起，我沒有錯。是你欺師滅祖，是你，是你！」

淚滑出了我的眼眶，我從來沒有這樣對待過他，也從來沒有因為一件事這樣憤怒過。他在我的憤怒面前，卻沒有一絲地激動，他平靜地看著我，緩緩地說：「不錯，這一切是我的錯，但你當上族長卻不是我的錯。我們畢竟父子一場，家醜不可外揚，這些事，我們父子倆私下裡將它就解決了，難道不好？難道非要搞得雞犬不寧，搞得流血殺頭才有意思？我一個要死的人，我怕什麼，你還是好好想想，答應我的要求吧！」

「不，我絕不！」

「人要知恩圖報，我一把屎一把尿拉扯大了你，你不能讓我死了連見祖宗的臉都沒有啊！」

「不，我是你的兒子，我不是野種！」

「我也想你是我的兒子，可是，你的確是洪水沖來的，你沒去問安生？」

「我到哪裡去問安生？你要問，還是你自己去問吧。」我再一次摔門而去。

一路上，我想著他說的「流血殺頭」的話，心像被人揪著了地疼。若是以我的能力，剷除他，不過是翻手之舉，但我絕不會做！我如此強硬地拒絕，他顯然不會就此甘休，他的下一步會是什麼呢？難道他真的要我流血斷頭麼？我不能主動出擊，甚至連防備都無法向人開口——我能說，我爹可能要殺我，你們給我防備點麼？那樣，將會是怎樣的一個笑話啊！沒有什麼時候，我如此無助而悲憤而絕望！

來吧，安順福，我靜靜地等著。

5

但我等來的，卻是安若男的兒子。

「我是你的兒子！」那天，他把我堵在了湖邊。

看著他我說不出話來，是的，他的確是我的兒子，是我頭胎的兒子。

……

「喊我爹！」

那一年他五歲，他獨自在小沙窪上玩著，他的母親坐在湖邊的槐樹林裡，就像早年帶我玩一樣。她仍舊打著那把已褪色的桃花陽傘，只是沒有了秋千。我從湖裡上來，我趕到他的跟前，跟他玩起了堆房子的遊戲。他開心極了，我在他爽朗的笑過之後求他喊我一聲「爹」。

「你不是我爹，你是舅舅。」他拒絕了我。

「姆媽，舅舅要我喊他『爹』！」他轉身就向他的母親告了我一狀。他讓我無地自容。

「你要自重，難道這還要我教你不成？你馬上要當族長的人，這事穿了皰，你不僅當不了族長，只怕連命也保不住。你忘了，這是要沉湖的！」安若男當即把我狠狠地訓斥了一頓。我沒有和她爭辯。

她不讓她的兒子喊我爹，我還不稀罕呢。那時，「我的兒」正在唐清妹的懷裡，抱著她的乳房正幸福地成長著，我已經有了喊我「爹」的人。

「爹！」

這是一個讓男孩猛地長成男人的字眼，是一個讓男人狹小的心胸一下遼闊成無邊的天空的字眼，更是一個讓男人剛硬的心瞬間化成一片軟泥的字眼……

可是，那個時候，他拒絕了我！

現在我得拒絕他。不是我心狠，要是我認了他，我怎麼向安氏家族交代？他安順福怎麼向安氏家族交代？也許的確沒有人可以撼動我，可是我自己怎麼做人？

我們父子倆在湖邊足足對視了半碗茶的時間，最後我拂袖而去。

那一次我是從蘆葦灘上回來的，天下著綿綿細雨，我的整個身心都沉浸在野合的激情裡，對於兒子不兒子這些破事，我一點興趣都沒有。

唉，說出來丟人啊，半個月的陰雨，不見野合的對象，情欲的煎熬，折磨得我見個母的就親切。我本是要去鄧琪芝的房裡，結果卻鬼使神差地去了安若男的那座小院——就是我現在睡的這個院子。

當我踏進這個院子的那一剎，我彷彿一下看到了我十五歲時的姐姐！她讓我生出少有的衝動，我在她的身上一連來了兩次，她淚流滿面。

「你怎麼了？」我幫她擦著眼淚，問她。

「這輩子我過得好苦……」她只說了這半句就哽住了。我知道她苦，我怎麼會不知道呢？她的苦就是我要逃向巴東的苦，我掙脫了，而她卻不能。

「你怪我？」

「我誰也不怪，這是我的命。」

她偎在我的懷裡，我想起她逼我喊她姐姐的樣子。我真的想再喊她一聲「姐姐」。我一生中，最美妙的時光都是在她的身上度過的啊！

「現在你說了算，誰也把你沒法。你認了安子吧！」她突然從我的懷裡爬起來，神情焦慮而痛苦。

「不。」我斷然地拒絕了她的祈求，我的眼裡一時間全是安順福的那張面無表情的老臉。

我怎麼也沒想到，安若男以她四十歲的高齡竟然讓我的種子，在她的肚子裡重新發出了芽。等我知道的時候，她已有了四個月的身面。當時，把我嚇了一大跳。

「是我的嗎？」這是下意識地一問，我連一閃之念的卑鄙想法也沒有。她面對著我，一聲不響，甚至連頭也沒有動一下。這種情形是我第一次見到，我先前認識的姐姐這時看不到一點影子了，她讓我不知所措。

「你怎麼不早點告訴我？」這又是一句廢話，她早點告訴我，難道我的種子就可以不在她的肚子裡發出芽來？

「你說話！」

「你要我說什麼？」

「說你心裡真實的想法。」

「我沒有想法。」

「你總不能就這樣把孩子生下來吧！」

「你怕？」

「你拉我上床就是為了讓我怕？」

「不，我只是想你！」

我相信她說的是真的，她是攥著我襠裡的東西長大的。從她的兒子出生起，從我決定再一次到巴東起，我們就註定了彼此隔絕！讓我算一算有多少年了吧——如果從她的兒子出生算起，那就是二十五年；如果從我邁向巴東那一步算起，那也有二十三年，在這二十多年裡，每當她看著我和別的女人在一起時，她是怎樣過過來的，真是難為了她。眼淚從她的眼裡流出來，已經鬆弛的臉把她的眼淚洇成散漫的一片，我的心軟了。

我什麼都不想去管了，她是個女人！我要讓她真正做回女人的美妙，其他的事，過了今夜再說吧。

第二天，她在老樂堂的水井邊跌了一跤，把我種在她肚子裡的那粒種子跌成了一團濃稠的血水。

我聽到這個消息時，正在查驗水淹後的堤壩，我當即趕了回來。等到我知道那粒種子已經化成一灘血水後，我大鬆了一口氣。從那個小院出來，我不由敬畏地看了它一眼，之後，我再也不敢踏進那個小院了。

大堤在最後一粒稻穀收進倉子後，如期再次開工了。

她的兒子到堤上找到了我。

「我要跟你談談我姆媽的事！」他用安順福般冷峻的語氣對我說。

「我沒有時間。」

他有什麼資格跟我來談他姆媽的事？這件事只有安順福才有資格跟我談。

他擋在我的面前，我把他撥到一邊，徑直走了。

三天後是二弟的兒子大喜的日子，我這個做大伯的為我的兄弟高興，晚上跟義弟們多喝了一杯。我從酒席上下來時，已是高一腳低一腳的了。

「大哥，你沒事吧？還是我送你回去！」二弟緊緊地跟著我。

「扯淡，你今天要是送我，你就是咒我！你要我背罵名，你就送我！」我一把將他推開。

「二哥，大哥說得對，你今天是不能走，有我們兄弟陪大哥就行了！」三弟說。這小子，還他們陪我就行了，瞧他那德性，能走到米倉河，我算他狠！老六呢？老七呢？老八呢？老九呢？早就不知到哪裡下豬娃子①去了，還送我！

「三爺，三爺，您也別送了，送安族長的任務就交給我們四十八垸了！這是馮氏兄弟，老大馮天虎、老二馮天豹，在天龍寺學過武；三爺，您放心，他們兄弟倆，傢伙是隨身帶的，我再派八個人，安族長明天要是少了根毫毛，您拿我是問！」說話的是四十八垸馮家垸子的馮族長。

① 指喝醉酒後的嘔吐

「老馮啊，你以為我喝醉了？我沒醉！」

「是是是，安族長海量，千杯不醉。」

「千杯不醉，你瞎說，我比他們少喝了三杯，要是那三杯喝下去，我也下豬娃子去了！」一個酒呃泛上來，我人往前一衝，他們趕緊把我擁住，我順勢便上了路。

從二弟的家回去，走湖邊是最近的。我高一腳低一腳走著。看得見祠堂了，我從大沙窪上爬上來，腳上的鞋卻不知去了哪裡，他們便到後邊去找我的鞋，我的腳卻一刻也停不下來，就這樣，一個人走進了堤邊的那片槐樹林。這是我第一次遭遇伏擊的地方，我正這麼想著，一個黑影從樹背後猛地竄出，直奔我而來，面門隨即被一股鐵器挾裹的冷風拂起一層雞皮疙瘩。我本能地往後一退，那黑影跟著往前一撲，我一慌，退到一棵樹旁，人一歪，那黑影手中的尖刀刺中了樹幹，他身子一擰，拔出刀，再一次向我刺來，我一下苕了，竟忘了躲閃。只見眼前刀光一閃——卻是馮氏兄弟手中的刀從面前劃過。那黑影往後一跳，狂嚎一聲，消失在了黑幕裡，他倆往前追了幾步，趕緊回來護在我的前後。這時，那幾個找鞋的人回來了，一個人被拌了一跤，爬起來，手裡竟多了條胳膊，那隻手還緊緊地握著一把尖刀。我吃了這一嚇，全身湧出一層冷汗，人一下完全清醒過來。我們燃起火把，跟著地上的血跡，一直追到了自己的後院。我感到不妙，頭皮陡地發麻，果然，我在安若男的房裡看到了他。安若男嚇得面無人色，她把他抱在她的懷裡，他那麼大一個男人在她的懷裡像一個乖巧的孩子，他的血已流盡了最後一滴。

安若男的兒子就這樣死了！

是我殺了我的兒子！

是我殺了我的兒子！

虎毒不食子啊！

也就是在這天夜裡，我的姐姐從我為她修的小院裡搬回到了安順福的身邊。她跟安順福一樣，把自己緊緊地關了起來。她連讓我看我兒子最後一眼的權利也沒有給我。

直到那一把讓人揪心的火，她算是徹底地把自己解脫了。

那一年是哪一年？我記不得了，我記得的只是，我在湖心島，在唐清妹那裡，我看見火起時，我正坐在島邊的冬夜裡。

那一把火，把我從湖裡再一次燒回了安家窪。我趕到火場時，二弟帶的人已經把火撲滅了，老屋天井以後的房子，全部化為了灰燼。火應該是從繡樓燃起的！那冒著濃煙的灰燼裡，那一團焦黑的肉塊，我把她緊緊地抱在了胸前，這就是我最親最親的姐姐啊！

姐姐！姐姐！姐姐——

……

6

我真的不願意想起這些。即便是今天，我的身子仍止不住地發抖。

我始終想不明白安順福到底為什麼要這樣做？你們想想，

如果安順福像培養我一樣地培養他的孫子，那他的孫子無疑是我所有兒子中最優秀的一個了，再加上他是我的長子，到了今天，這個族長之位豈不是非他莫屬？可是，他卻苦心孤詣地要把這一切都納入陰謀之中！

也許一切從陰謀開始，一切也就須得以陰謀結束。

我們來捋一捋事情的發展過程吧，起先，是安順福拒絕到新屋去住，這樣安若男便有了留下來的理由；他算准了我的虛榮，這樣，安若男提出要一個單獨的小院，我必定是滿足她的。第二步，他當面告訴我，我不是他的兒子，我是他從水裡撿回來的野種，他有恩於我，我如能知恩圖報，他自是求之不得。可惜，我沒讓他遂願。第三步，安順福向我提出，要我認了安子；如果我認了他，長子之位坐定後，當是必然的族長接班人。而且，我既已認了安子，也就坐實了亂倫的罪名，那時，他再進一步要脅我，我敢不答應？可是，我又拒絕了。第四步，讓安若男的兒子直接找我，也許我念在父子情份上，一切也就順利解決了。如若還是不行，那就得走第五步，那就是讓他的女兒再一次和我上床。這個時候，單獨的小院就派上了用場！天啦，這計謀，怕是諸葛轉世，也自歎弗如吧。走到這一步，我們兩人上了床，事情就可算是大功告成了。你們想想吧，只要我跟我姐姐上床，必有兩種效果：一是感化我，那可是我的第一個女人啊，我怎麼也要念一念夫妻的情份，只要我一動念，就會把族長之位給了她的兒子；另一個就是極有可能再造出一個兒子來，那是最好不過！到那時，看我如何交待，難道我可以背著亂倫的罪名繼續坐在那把檀木椅子上？若還是不行，安順福再公佈我是一個野種，雙管齊下，不愁我不乖乖地就範。可惜老天爺在這一環節上又幫了我一把！這一步失敗了，那就只有最後一搏了！這最後一搏，你們都看到了，它使我永遠失去了我的兒子，也使他永遠失去了他唯一的孫子！

我的姐姐，我曾經魂牽夢縈的女人，其實，我們倆都是那麼的可憐，這一生，我們不過是安順福的兩個工具而已！

我有時甚至想，包括他修那一排礅子屋，他的所謂「捉姦」，只怕都是一場陰謀。為什麼不呢？那個時候，對於我野種的身分，他還是提心吊膽的，以他的性格，必須將每一個知情人牢牢地握在自己的手裡，他才會甘休！

7

我的第二個兒子，就是在祠堂裡我不想認的那個兒子。這也是一個讓我無法向蘇茹開口的兒子。

這個兒子，他曾經不止一次地說過要殺了我，他要殺我的理由居然是給安明貴報仇。安明貴說到底不過是他的舅舅而已，他的身上可是流著我的血。這沒有假，我們在祠堂裡合過，他的血，鑽破我的血，我們倆融在了一起。

他在他舅父的家裡度過了兩年，這兩年我一無所知。坦率地說，我也不想知，我知道那些事情有什麼意義？他和他的母親一輩子不回來最好，可是安順達要我把他們領回去，而且要向我討個說法。

「那是我的兒子嗎？」我的這句話把安順達氣吐了血，不久，他就死了。那一年我的這個兒子只有兩歲，他和我同時經歷了這一切。兩歲的孩子就可以記到老不成？

我一直懷疑他上過我的女人的床，但事實證明我錯了。正如他說過他要殺我一樣，其實他一生中連向我舉過一回刀子也沒有。

在很多年裡，他對於我，幾乎是不存在的。

我把他從祠堂裡領回來後，隨便丟在了一邊，我覺得他沒有什麼值得我珍惜的，木頭木腦的，一點也不可愛，兩隻眼睛大生地有些浮腫，一看就不是個善屬之輩。這是我懷疑他的原因之一，我的種怎麼會發出這種芽出來，我不相信。可是我們的血融在了一起，我不信也得信。

我不喜歡他，他是安玉蓮的兒子這一點，並不是重要的，重要的是他生不逢時，他回來的時候，「我的兒」早已把我成天掛在他的嘴上了。「爹，抱我！」他見到我就向我張開他的雙臂，伸出他的小手——那嫩油油的小手，胖嘟嘟的粉臉，深不見底的眸子，密不透風的睫毛，那小鼻子，小嘴，小下巴，無一處不讓人生出愛來，我怎麼還會對一個總是流露出與他實際年齡不相稱的陰鬱的傢伙有興趣？

「我的兒」死了，他和他的弟弟到了天堂嗎？他應該在天堂裡的，他應該是天堂裡的金童。他到這個世界，來得乾淨，走得乾淨。而安玉蓮的兒子是要下地獄的！

我不是平白無故地就要詛咒他，他的雙手每一個指頭縫裡都流著骯髒的膿血，這樣的人死了不下地獄，地獄就會是座空城！

我是否真的一點也不疼他？事實不是這樣的。「我的兒」被那口薄皮棺材收殮了之後，我是準備要把對於「我的兒」的那份愛，傾注到他的身上的。我溫暖的大手撫上了他的頭，他轉過來就是一口，我的手掌鮮血直流。

那一天，我提著鮮血淋淋的手掌，足足愣了半個時辰。就此開始了我們父子陌路的一生。

然而，他卻一而再，再而三地強行進入我的生活。那天，他把我從他母親的身上趕下來後，我到祠堂裡剛剛坐定，就聽外面人吵、狗叫，鬧成一團。我打發二弟出去看個究竟，他出去轉了一圈回來，支支吾吾，想說又怕說的樣子。

「說，有什麼說什麼？」

「沒什麼。就是，就是……」他還是說不出來。

「天塌了？」我惱怒地斥問道。

「安丑把兩隻連襠的狗割開了！」

「什麼？」

「他用鐮刀砍的，公狗的雞巴連根被他砍掉了，兩隻狗屁股都是血，一邊汪一邊跑，不知跑哪裡去了！」

我目瞪口呆。

這個遭天殺的，他造的是斷子絕孫的孽啊！

我知道，他砍的不是狗，他砍的是我！為什麼？我那是愛他的母親啊！誰說不是，就在我把她抱起來的那一刻，我的心默默地對自己說著：「讓一切都過去吧，她是我的女人！」但是她兒子這一刀下去，把我們永遠地分割斷了。

沒過幾天，他的弟弟，那個在湖邊喊我的兒子，被狗咬得遍體鱗傷。我問他為什麼？他說那個畜生竟然跟一隻母狗交配。說哥哥抱著狗的屁股弄了半天，教他弄，他不知怎麼弄，就用棍子去捅，這樣狗就咬了他。三年後，潛伏在他身上的狂犬病發作了，他像一隻狗一樣地叫了三天三夜死了。

那個狗東西，過了十四，我就給他娶了個大他三歲的媳婦，讓他不再丟人現眼。第二年，他的頭胎兒子出生了，卻是個啞巴；第三年，他的第二個兒子又出生了，還是個啞巴。我聽到人們私下裡傳出來的話，說他兩個兒子的喉嚨，都是被他爹造的孽給堵住了！

最讓我塌頭的是那年，他居然把一個來給修堤送飯的中年婦女強姦了。那女人哭哭啼啼地爬到我的面前時，我怒不可遏！下令立即把他抓起來，但他們卻讓他逃走了。

就在這個逃跑的路上，他再一次獸性大發，見一個過路的女人便把人家往路邊的樹林裡拖，沒想到女人的男人正在樹林裡小解，聞聲出來，他已經脫了自己的褲子，被人一扁擔砸了個正著，然後被剜了騷根。他捂著那個血糊糊的空洞，跑了十里路，血流盡了最後一滴，死在路邊。那一年，他三十三歲。

你們不知道我的猶豫，到此刻，你們應該明白了吧，這就是安玉蓮養的東西！她那最後的一個兒子想要坐到祠堂裡的那把檀木椅子上，我要是讓他坐上去了，就是我瞎了眼！

想到他們，我就心血翻騰。

8

「老爺，你怎麼了？」蘇茹一邊用手撫摸我急速起伏的胸膛，一邊用她的臉小心地蹭著我，我的心才漸漸地安靜下來。

我的第三個兒子……哦，放過他吧！想起他，我的心裡依舊是疼的。

他要是活著，該有多好，他活著，他的母親就會快樂一生；他活著，我就不會躺在這裡為那把破椅子的歸屬勞心傷神了。他活著，到今年四十六歲，要是那樣，他早就有了他自己的兒子，說不定都有人喊他「爺爺」了，如果真是這樣，我會等到我臥床六年，祠堂裡的那把檀木椅子還空在那裡？不，六年前，也許更早我就會把族中的事物讓他料理，到現在他早已是安氏名正言順的第十九代族長了。可是他死了，死時尚不滿兩歲！

既然放過他，也請同樣放過他的弟弟吧，那個僅僅活了一百二十二天的可憐兒，我怎麼好對他還說三道四呢。

我的淚從緊閉著的眼裡，還是淌了出來。蘇茹沒有說什麼，她放開我的手，我知道她去拿毛巾了。是啊，那溫熱的毛巾，不一會兒就輕輕地蓋上了我的臉。

唐清妹其實還有一個兒子。她這個兒子在她身邊只待了一年，就送到廟裡去了。

她的這個兒子排在他們兄弟之中第六，排在他的前面是安玉蓮的二兒子安辰，就是那個跟母狗交合，染上狂犬病的賤種。

唐清妹在她第二個兒子死後，她幾乎懷一個流一個，這樣過了五年，她才重新有了一個兒子。

她的這個兒子，我們小心翼翼地撫養著，但他吃什麼吐什麼。我們請遍了所有能請的仙姑、道長，都無計於事，最後旺福寺的靜遠和尚說他與佛有緣，他過了周歲，我不得不把他送到旺福寺靜遠和尚的手裡，讓他捨身侍佛。三十年前，聽說他到九華山去了。更早的時候，我去看過他一回，他滿臉清氣，塵世之緣在他眼裡已經完全了斷，就是那一年後，唐清妹去了桃花島。

接在他們後面的，就是和徐妙玉的兒子爭奪那把檀木椅子的安午，他排行第七。

他和徐妙玉的兒子相比，他幾乎沒有一絲優勢！他的母親不討我喜歡，他的兄長不討我喜歡，他的舅舅謀殺了我的兒子，他的姥爺是一個不守信用的人。他應該知難而退，可是事實上他沒有，難道他本人有什麼出眾的地方嗎？這倒是一個讓人忽視了的問題。

安玉蓮的兒子又怎麼了！我不能因言廢人，因人廢言。他如果真的優秀，適合做一個族長，我會把族長的位置傳給他的。為什麼不呢？它對我又有什麼損害？我赤條條來，赤條條去，了無牽掛。

可是，想到他，我就不得不再一次想到了安玉蓮。

你們知道嗎？她在徐妙玉進屋後的那年冬至的夜裡，將白己掛在了走廊的橫樑上！

那天下著小雪，薄雪剛剛蓋住地面，我正準備起床，就聽外面喊：

「不好了，不好了！」

「什麼事？」我在徐妙玉的被褥裡問了一聲。這在以前是不可能的，可是現在有些規矩已經沒有了。

「太太上吊了！」

我的心一下涼到了底，我忙忙地趕出來，就看到她晃蕩在風裡的身子。

「把她放下來，你們在等什麼？」我吼道。這之後，她晃蕩在風裡的身子，便長久地在我眼裡晃來晃去，讓我想起她的惡毒。

按說，人都死了，再有多大的仇，都應該沒了，煙消雲散了！可我為什麼還不能原諒她呢？

我告訴你們，她的這一死法，是一種充滿惡毒詛咒的死亡形式。因為「吊死鬼」是必須換胎的，就是說必須有一個人跟她一樣，在她死的地方用同樣的方式吊死，她才會超生；不然，她就會鬧得所有的人都不得安寧，直到她找到替身為止。而新死的又必須有新新死的人來換胎，依此類推，以至無窮，最後的結果就是家破人亡。

我不得不讓人把那段走廊拆了，拆下來的東西我用一把火將之燒了個淨光。

當憤怒漸漸熄滅之後，再回過頭想想她的一生也的確是過於淒涼了一點。古人有詩「臥洞房兮當何悅，滅華燭兮弄素月」，彷彿是看著她淒清的一生寫就的。她甚至不能和我的姐姐相比，安若男並不缺少愛，她只是不能愛而已；而她真用得上「煢獨」二字。不錯，她有三個兒子，他們只是我偶爾與她三次上床的結果，她從我這裡沒有得到一個女人應有的滿足，卻把女人該受的苦全都嘗遍了。

她死時，安午不足七歲。記憶裡模糊的印象從那一天才正式開始。那時候，安玉蓮的大兒子，也就是我在祠堂裡不想認的那傢伙，已經結婚，安午就是跟著他長大的！

記得他三歲時，唐清妹有一次說他有點像「我的兒」。這不可能，我當時就提醒她，不要忘了是誰害死了「我的兒」的。唐清妹便不再說話。我說要是「我的兒」，他會比他好上幾十倍，甚至幾百倍。

人的心不是長在胸口正中的，它長在胸口偏左的地方。偏心是天生的。我憑什麼如此假設，他們都是我的兒子啊！

「我的兒」死了，我一直都在找一個可以替代的人選，我心裡的這份愛始終保留著一個空位，至今無人占領。

鄧琪芝的那對雙胞胎兒子，真的是個奇蹟——生是奇蹟，死是奇蹟。關於他們，至今一切都是傳聞。就算真如傳言所說，那也不是死罪啊！上四十八垸、下七十二垸，就這麼一點面子也不給我麼？也許他們早已超越了這一範圍，這個有可能嗎？那一年，他們才只有十五歲呢！假如他們有那麼大的膽子，那他們為什麼沒有去沙市？

對呀，上沙市找他們的三叔、六叔、七叔、九叔，在那裡，吃喝嫖賭，哪一樣不能隨他們的心意！

我不相信傳言。

可我相信什麼呢？事實是如此殘酷，兩個活生生的兒子，一夜之間，再也不見了！

安若男的第二個兒子，還留了灘血水；鄧琪芝這兩個兒子就如同從來不曾有過似的。

想想就氣人，這麼多的兒子，不是夭折，就是死於非命。不，我的十二個兒子，到現在為止，還有四個活著呢！

第一個是唐清妹的兒子，安巳；

第二個是安玉蓮的兒子，安午；

第三個是徐妙玉的兒子，安戌；

第四個是鄧琪芝的兒子，安亥。

……

9

祠堂的鞭炮響了。

「去看花燈吧，跟賴媽媽倆去。」我鬆開她的手，往那根油漬的麻繩摸去。

「老爺，你真的不去？」

賴老婆子進來了，我吩咐她們：「多玩會，屋裡有安生，不需要記掛我。」

「丫頭，你看老爺多疼你！」老東西用嘴一挑，打起趣來。

「賴媽媽，你少說兩句好不好？」

蘇茹什麼時候有了這種語氣？我驚奇地看了她一眼，她卻不看我；俯身把我的被子掖了掖，那身子幾乎貼在了我的身上。「我一去就回來！」她就像一個母親哄著趕路的孩子似的，這讓我心裡暖暖的。

就在這暖暖的豔陽中，她們走了。

第二十三章 「後芳」堤

1

大堤修到第七年，已顯示出了它的作用，這一年水不大，堤壩便將它們堅決地擋在了垸子外面。在堤上巡查的時候，我興奮不已，就覺得自己這一生總算做了一件真正該做的事，心中便湧起少有的欣慰。

也是因為大堤初顯功效，這一年一過霜降，上四十八垸的老少爺們都湧到了大堤上——挑土的人流中，有七十多歲的老者；有七八歲的少者；有大姑娘；有小媳婦。看得我眼裡一片潮濕！看著那在歌聲裡起起落落的大石硪，我的熱血翻騰不已……那道巍峨的大堤彷彿就已經聳到了眼前一樣！

「大哥，這堤該有個名字了。」八弟跟在我的身後，望著眼前沸騰的場景，對我說。

我覺得這個想法不錯，可叫什麼名字呢？他說，有個現存的名字，就叫「安瀾大堤」吧。我笑著搖了搖頭。我不是一個想著到處留名的人，我不過做了自己能做的一點事罷了。人生在世，有時能找到合適自己做的事，也是一件不容易的事情。想想李東彪跪著求我的情景，我只有羞愧——一個方外之人，滿心牽掛的，依舊是他的族人！什麼叫「赤子之心」？這就叫「赤子之心」！再想想四十八垸的族長們，他們何嘗不是人人都有一顆「赤子之心」！我常以為，人世間，唯有「忠誠」最珍貴，唯有「中正」最難得。在這修堤的十多年裡，我發現他們身上，人人兼具這兩大美德。可他們的美德，卻成就了我的虛名！每念及此，我就有種做賊的惶恐，就想把他們該得的還給他們！可我分明知道，在我的虛名背後，他們的「襄助」之功，我是永遠也無法報答的！對，就叫這道堤為「中襄大堤」吧！

「中襄大堤」。

我不由輕聲地吟哦了一句。於是，這個名字傳遍了四十八垸。可我怎麼也沒想到，就在第二天，我的名字出現在大堤上下打硪的歌聲中——

天生一個安可喜，
長戟金戈天賜予。
五年四淹水漶地，
如今有了中襄堤。
菩薩轉世安可喜，
修堤出錢又出力；
都說菩薩救苦難，
今日方見乾坤轉！

……

不能這樣唱，真的不能這樣唱！但我卻無法禁絕他們。我不讓他們唱，他們竟跟老樂堂裡的那些老人一樣，齊刷刷地跪下來求我！他們說，沒有什麼能夠感謝我的，我給了他們希望，給了他們祖祖輩輩都只有求菩薩也求不來的希望；而且，我為他們做事，他們還能得銀子，我不是菩薩，哪個還是菩薩？他們說，我比菩薩還要菩薩！要是不准他們唱歌，那他們每天挑土、打硪之前，就跟我先磕一回頭。

到了這份上，我還有什麼辦法！唱吧，唱吧。想唱什麼就唱什麼！

我就這樣被他們唱了十一年，眼看著竣工的日子就在眼前，所有的人都像孩子似的，最後一段堤，就只剩下種草栽樹了，龍燈已經從各自的祠堂裡請了出來，他們說，過兩天，四十八條龍燈要繞著這道百里長堤耍上三天三夜，一個垸子請一台戲班子，唱上兩個月……

我還沒來得及探究這近乎瘋狂的想法是否有必要，是否可行，縣衙的差役卻找到了我，他們拿著簽令，說是有人將我告了，著我立即跟他們回衙應訟。

告我？

我犯了什麼事？我成天堤上堤下，尤其是近幾年，我的腳步幾乎沒有離開過這道大堤，我怎麼會惹上官司？

「你們搞錯了吧？」二弟替我問了我最想問的這一句。

「廢什麼話，到了縣衙你就知道了。」八個差役，一鏈子鎖了我。

「你們幹什麼？放開我大哥！」二弟揪住鎖我的人，把他掀了一個趔趄。他正要解下我身上的鏈子，差役們的洋槍抵在了他的身上。

「嘿嘿，知縣大人早料到你們這幫刁民桀驁不馴，特地從東大人①那裡借了八杆洋槍。是不是想嚐嚐洋槍的火棗子？」

「二弟，不要魯莽。我行得端，坐得正，我就不信誰告得倒我！」我是知道洋槍的威力的。洋槍一響，連皇帝也得夾起尾巴，跑得屁滾尿流，丟下好好的紫禁城，讓洋鬼子又是搶又是燒的；長毛那麼厲害，洋鬼子的洋槍一幫忙，三兩天就土崩瓦解了……

二弟可不管那麼多，他憤怒地撥開指著他胸口的槍管。另外的槍托立馬如雨點般砸向他的額頭、肩膀、背心，他一下撲倒在地。

堤上的人紛紛拿起手中的扁擔、鐵鍬奔了過來。

幾個差役槍口一轉，一串火蛇從我面前竄了出去，撲向湧上來的人群。

「住手，你們要是再開槍，我就跟你們拼了！」我把舉著的幾杆槍管死死地攥在手裡。

「你快命令他們，叫他們不要上來，不然，我們就真的開槍了！」差役的頭頭，拿著一把短槍頂住了我的腦袋。我感覺到那支槍管在抖個不停。

「把槍拿開！我既非江洋大盜，也沒手沾鮮血，就算有人告我，誰對誰錯也還未定，你們這樣用槍指著我，只怕於理於法都說不過去吧？」他愣了一下，乖乖地把槍拿了下來。

「我可跟你說老實話，你的人，要是敢妨礙我們公幹，槍要是走了火那就不好說了！」

我把二弟從地上拉了起來，讓他趕緊去跟大夥說，我沒事，去應個官司就回來了。「你在這裡鬧，他們不知出了什麼事，把事鬧大了，出了人命，我這沒事的人，也成有事的人了！」

我這麼一說，二弟不情願地一步一回頭往後退著走了。那八個差役便押著我，匆匆地爬上了他們的船，當晚，我便蹲進了縣衙大牢。

2

第二天，我才知道，告我的是瓦子湖下游的七十二垸。

「……安可喜，妄自修築中襄大堤，實乃『毀湖滂田，巧取豪奪，掠天利以為己欲』。其罪有四：一、藐視朝廷、藐視大人。修堤一事，安可喜未經朝廷恩准，不向大人請示，眼中根本沒有朝廷、綱常、王法。二、殘民、害民。安可喜一心只想著他們四十八垸的好處，枉顧他人死活。三、堵死瓦子湖的地氣。大堤使南北氣流不通，天時不調，四時乖張。四、大肆毀湖，胡亂

①駐防荊州旗兵統領。

取土，致使瓦子湖瘡痍滿目。

「大人，安可喜修築『中襄大堤』乍看是件好事，細想，卻是罪惡滔天。歷朝歷代都沒有人想過要把瓦子湖圍起來，就是擔心無端圍湖，會給沿岸造成更大的災難！現在安可喜妄動修堤之念，果然給下游七十二垸三萬民眾，造成無法挽回的深重災難！這十八年，我下游七十二垸三萬條人命，日日饑啼，夜夜憂懼——吃的是野菜，嚥的是秕糠，睡的是泥台，住的是茅房；晴天滿地霉，下雨一屋泥，人人生瘡，個個染疾，冬春之季，風濕骨疼，如蛆附骨，生不如死！

「現在，我們屋無一間乾房，地無半壟打糧；他們卻豐衣足食，這巧取之證，昭然若揭！我們年年顆粒無收，他們年年盆滿缽溢，這豪奪之實，人神共憤！為獲修堤銀錢，他們在瓦子湖大肆捕撈——瓦子湖原來用撮箕都能撮到魚的，現在一網撒下去，只能撈幾個蚌殼——天利掠盡而已欲難填！長此以往，瓦子湖危矣！瓦子湖沿岸幾十萬人危矣！繼而哀鴻遍野、餓殍滿地，大人的仕途危矣！綱常社稷危矣！

「大人，求您為我們下游七十二垸三萬條人命做主啊！為瓦子湖沿岸幾十萬人命做主啊！剝去安可喜虛偽的清名，救百姓於水火！……」

這篇訟狀算得上是慷慨激昂了。

「毀湖滂田，巧取豪奪，掠天利以為己欲。」

虧他們想得出來！我真正氣的是這知縣，堂堂一縣父母，受朝廷天恩，時時事事想的都該是天下黎民的疾苦，想的都該是保一方安寧，懲惡揚善，弘揚正氣才是，這麼荒唐的狀子，先打五十大板才是，可他竟給接了下來！接下來也就算了，在事情還沒弄清楚之前，憑什麼對我又是洋槍，又是天牢，彷彿我是十惡不赦的江洋大盜，罪理昭彰，立地斬首即可似的！

我冷冷地看了一眼告我的那人——熊三元，我認得，下游熊兒巷的熊大族長！當年修堤之時，我曾派人去聯絡過他，他置之不理；七年後，大堤初具雛形，我又派人去做過他的工作，並讓他帶人參觀過大堤，記得我當時說只要他們出勞力，挑一冬堤後，每個勞力還有一兩過年的銀子，他仍是一口回絕。原來他想的是這一招啊！

說歷朝歷代都不圍湖，是為了瓦子湖的百姓，虧他不怕別人笑掉了大牙！瓦子湖五年四澇，人盡皆知，雖說一年豐稔能敵四年災荒，可那種數著米的顆數過的生活，是人過的日子麼？如果說，歷朝歷代覺得這種日子就是他們應該給百姓帶來的生活，只怕也正是之所以有這歷朝歷代的原因了！說我毀湖，我們連一鍬土都沒在湖邊挖過，我們取土，多從丘坡荒地下鍬，改造良田無數；至於地氣，我們那次動工之前，不是敬天禱地，不是安神秉土！況千百年來，水患無數，皆由治理方得利於蒼生，從上古大禹治水算起，治水成功之人莫不萬民仰戴——就說這擺在眼前的，號為「金堤」的荊江大堤吧，要不是它，荊楚大地，只怕還是一片澤國！我不相信，這擺在家門口的治水奇功，身為一縣父母，竟然毫不知情！漶漫不羈，港汊密佈的瓦子湖，明眼人一看，就知此湖非治不可。今日不治，他日必治；此朝不治，他朝必治。治湖即是毀湖，那白香山、蘇東坡只怕也就早成有罪之人了！說到澇田，那更是荒唐——過去五年四澇，現在有了這道大堤，四十八垸幾千畝良田，年年豐收，不知這澇田，從何說起？就算他們七十二垸的田比以前更糟，但這也絕非修堤之過！如果七十二垸也能修堤，那五年四澇的薄田，也就變成了年年豐收有望的良田，堤之功大矣！為了修堤，四十八垸，男女老少，一十八年，冬經三九，夏曆三伏，一鍬一擔壘起的這道百里長堤，如何巧取，如何豪奪？說我「掠天利以為已欲」——五年四澇的一塊窪地，請問天利在哪裡？不就是幾條魚麼？說我們捕魚無度，這魚生在湖裡不讓人捕，難道讓牠成精不成？再說了，他們又有哪一天不是在湖裡捕魚呢？我們的湖面大，那是先人掙下來的，先人留給我們的東西，他要怪，就只能怪他的先人了，他拿我撒什麼氣？不錯，我們開了魚行！可誰也沒說不讓他去開魚行啊！去查查我們魚行的賬看看，我們魚行的魚，十成有八成是周邊湖裡的魚，這在賬上記得清清白白！再說了，誰說瓦子湖現在只有蚌殼了？睜眼說瞎話，他就不怕死了割舌頭？說穿了其實一分錢不值，他姓熊的，不過是看著我們過上了好日子，心裡長毛罷了！我還真就不信這個邪，若人想要過一天沒有水澇天災的日子都會有罪，只怕這理走遍天下也說不過去！

「啪——」

驚堂木的暴響嚇了我一跳，抬眼一看，卻和知縣大人掃向我的眼光碰了個正著。看著他那腸肥腦滿的樣子，我就來氣，清官哪裡會是這個樣子！他那一擼滿手是油的一張胖臉，要是取了那個頂子，只怕跟個長歪了的西瓜不找錢。

「被告，你還有什麼話要說？」

這跟禿子頭上的蝨子似的，不是明擺著的嗎？就他姓熊的一通鬼話，難道還要我跟他辯個青紅皂白？我沒好氣地說，我無話可說。

「那就是說你認罪了？」

「我認罪？我認什麼罪？」

「放肆！本官已經給了你為自己辯白的機會，你既已放棄，為何還不認罪？」

「知縣大人，我看我認功還差不多吧？可我不貪名，不貪利，我只想為鄉親們做點實事，我不知何罪之有，如何去認？」

「大膽刁民，小心我判你一個藐視公堂之罪！」

「大人，小人可是遵紀守法，從不越雷池半步，何敢藐視公堂？」

「本官一片好意，讓你與被告對簿公堂，你卻胡言亂語，是何道理？」

「大人，我想提醒你，白永遠是白，便是埋在泥沙之中，也不能掩其白的本質；而黑就是辯白了，也還是黑，您說是也不是？」

「大膽刁民，公堂之上，豈是你逞口舌之利之所在。我來問你，你領瓦子湖上游四十八垸擅自修堤，可否屬實？」

「大人，修堤是為了保……」

「大膽刁民，本官問你擅自修堤，是否屬實？你只需回答是，還是不是！」

「是。」

「下游七十二垸自從你們修堤之後，年年受澇，此情是否屬實？」

「瓦子湖區五年四澇，人人皆知，怎麼能夠說是我們修堤之過？」

「不錯，瓦子湖過去的確五年四澇，可現在是年年受澇，你如何解釋？」

「大人，瓦子湖的水患到了非治不可的程度，他們不思進取，坐等天收，與我們何干？」

「大膽刁民，還要狡辯。本官念你也是一方縉紳，頗有名望，不辱你斯文，你不要以為本官軟弱可欺！你既已承認擅自修堤，而下游七十二垸年年受災，你也心知肚明，為何還不認罪？難道非得要本官動刑不成？」

我愣怔在大堂之上。知縣的一聲冷笑，讓我不由渾身打了一個哆嗦。

「本官念你也是一片好心，不過，好心卻辦成了壞事。為了給你一個警示，本官決定，判你罰銀兩萬兩。本欲命你將堤扒掉，念在四十八垸百姓十八年風霜之苦的份上，本官特發慈悲，給你免了！」

「我不服！我要上告！」

我顧不得咆不咆哮公堂了，聲嘶力竭地喊出了這一聲。知縣大人兩眼望上一翻，一根火簽飛了下來，我被重新投進了大牢之中。

我在大牢裡還沒坐穩，義弟們便來探監了。他們說，已經跟知縣大人的師爺談妥，交一萬兩銀子把我保釋出去。我一聽氣不打一處來。

「這世道還有沒有王法？」

他們沒有回答我這個問題，他們猜測，七十二垸之所以敢告我，一定是有人想借機敲詐。六弟說：「大哥，你想想看，這一百多里長的一道大堤，十八年的工程，這是怎樣一大壯舉；可是，在這麼一大壯舉裡，卻沒有一丁點兒『官』的份，這要是傳出去，『官』們的臉往哪兒擱？再者說了，既然我們能有這麼多的銀子來修這個大堤，可又有哪個『官』兒得過我們一兩銀子？要是這麼大一個工程讓『官』兒來做，『官』兒從朝廷至少可要二三十萬兩銀子，再加上往下攤派，只怕又得是二三十萬兩。這六七十萬兩銀子的生意，大哥就給人家『官』兒無聲無息地做了，人家『官』兒他能不生氣嗎？」

看著六弟不停翻動的兩片嘴唇，我問：「你是說這是知縣搗的鬼？」我真有些不信。

「是不是知縣，我們不清楚，明眼人一看就是無理取鬧的一件事，他卻如此鄭重其事，還派人手持洋槍去捕你，這難道還不能說明問題？大哥，再怎麼說，這也不過是民事糾紛，他憑什麼這麼大動干戈？」

想想也的確讓人委屈得慌！這走到天邊都有理的事，怎麼就被描成了「毀湖澇田，巧取豪奪，掠天利以為己欲」的惡魔呢？

「大哥，跟他們沒什麼好說的！四十八垸的人都來了！大哥，只要你一聲令下，我們就算拼了命也要把你從這牢裡救出去的！」二弟攥著鐵柵欄，他那樣子，恨不得把它扭成麻花才好。

「胡鬧！四十八垸的人，趕緊讓他們回去，不然會出大事的！」二弟這句話，把我嚇了一大跳，「是誰讓他們來的？」

八弟說是四十八垸自己組織了趕過來的，要不是他們壓著，只怕早衝進來了。

「大哥，你好冤啊！」二弟說著哭了起來。

「大哥，咱們認栽吧，誰叫咱們攤上這號父母官！我和六哥已經找了『幫口』老總，他答應幫我們出面打個招呼，估計八千兩銀子就可以搞妥。」七弟說。

我的腦子裡嗡地一響，人一下怔住了。八千兩！我倒不是心疼這筆錢，難道我真的錯了麼？

「你們是怎麼進來的？說，是不是也是花錢買通了關節才進來的？花了多少？」

「大哥，這不是錢不錢的問題！」

「告訴我，花了多少？」

「一個人五兩，總計三十兩。」

我一下無話可說。

「大哥，你坐在這裡，我們看著心疼啊！大哥——」三弟的聲音有些嘶啞，這時聽來，讓人感到分外恓惶。「我恨不得一刀剁了這個王八蛋！可大哥，你不能待在這種地方啊，我們兄弟怎麼可以看著你眼睜睜地在這大牢裡受罪呢！」

「是啊，大哥，人先出來再說，至於以後的事，我們不會那麼輕易放過不該放過的人的！」九弟也發了急。

我挨個看了他們一人一眼，說：「你們如果認為我有罪，你們就給這狗官去送銀子；你們要是認為我沒罪，你們就一分一厘銀子也不給這狗官。我倒是要看看，這世道究竟是怎麼黑白顛倒的！」

「大哥——」

「你們要還認我是你們的大哥，你們就照我的話去做。以後，你們也不要再出這冤枉錢來看我了。你們記住了，誰要給他一兩銀子，誰就不是我的兄弟。對了，老六，替我感謝『幫口』的老總，說我安可喜心領了。我已經快五十歲的人了，前半生，修了這道大堤，自認為算是一生沒有白活這一回；這後半生，我就來坐坐牢，把這王法天道試上一試，要是正了這王法天道，又算是功德一件，去死也值得了。你們去吧！」

3

一連數日，縣衙竟是沒了動靜，不過，在這縣大牢裡，我還是聽到了外面沸沸揚揚的人聲。這鬧嚷的人聲，把我的心懸到了半空，義弟們倒是沒有再來看我，只有邢昌每天來給我送飯。

「邢昌，他們在弄什麼？」我實在是擔心了。

「沒，沒什麼。」看著邢昌遮遮掩掩的樣子，我的心更加不安。外面的事絕對跟我有關，不知他們在怎樣折騰，千萬不能出了大亂子！

「差役大哥，這外面——」我試著不去理它，可我怎麼也無法安慰自己，這天晚上，我不得不主動地向他們問起了外面的事情。

那獄卒把我上下打量了幾眼，陰陽怪氣地說：「算你狠，這麼多人為了你，把個荊州城都快吵翻了！那些刁民也就算了，連商會『幫口』也為你說話。」

我不得不訕訕地給他賠了個笑臉。這一夜，我眼睜睜想了一夜，想來想去，卻尋不著頭腦，這時，我最盼的，就是能夠見上義弟們一面。我盼啊等啊，總算等來了邢昌。

「邢昌，快告訴我，外面究竟出了什麼事？」我迫不及待地撲到牢籠的窗子旁。

「沒，沒什麼。」邢昌還是那一套。

「邢昌！」我嚴厲地喝了一聲，「你老實告訴我，外面究竟出了什麼事？你要是不說，我就要罵人了。」

「老爺，四十八垸的人把縣衙圍了起來，東城的綠營兵過來抓走了好多人！六爺讓我不跟您說的！」

這一驚非同小可！

「邢昌，你趕緊把他們叫來，就說我急著要見他們！」

我決定認罪，決定出銀子，我不能讓四十八垸的人因為我而受這無妄之災！「我們手上還能擠出多少銀子？」我問匆匆趕來的六弟。

「魚行大約能拿五千兩。」

「祠堂裡歷年積攢的有三萬兩。老二，你與老八將之全部拿過來；老三、老六、老七、老九，你們去找找『幫口』老總，讓他幫著出出面，我的事小，四十八垸那些被抓到綠營的人不知受著怎樣的折磨呢？」

他們答應了一聲，各自去忙活自己的事去了。

銀子迅速地送出去了，差役把我從大牢提到大堂時，縣官笑咪咪地看著我說：「這就對了麼，簽字畫押吧！」

師爺把那張招供狀拿給我的時候，我連看也沒看一眼，就在上面畫上了我的名字。我走出縣衙大堂，義弟們早已等在門口。

「人都取出來了嗎？」我問。

「取出來了。」六弟小心翼翼地回答我。

「花了多少錢？」

「縣衙門兩萬兩一分不少。這狗官牙齒深得狠，死咬著就是不鬆口。綠營那邊是五百兩取一個人，一共三十人，共計一萬五千兩。」

我的心這一下梗得差點沒回過氣來。三萬五千兩，安氏開在沙市的「長興盛」魚行，豈不是就這樣破產了！

「他們人在哪裡？我要去看他們。」

六弟說事情已經談妥，先來接我，再去接他們。我們趕到東城綠營時，他們早已被丟在了兵營的外面，遍體鱗傷。看到我，他們還掙扎著想爬起來，我趕緊蹲下身扶住他們，淚一下湧出了我的眼眶。而那些如狼似虎的兵弁已開始呵斥我們了。我們將他們攙起來，默默地穿過張居正街折上黃金堂，再從三管筆那裡進入西城，然後轉到大北門，出城後再轉到草市就可以坐船回家了②。

這段路在我的腦子裡此刻是如此漫長，綠營離東門不過四五百步路遠，出了東門就是草市。可是那不是我們可以進出的地方，我們就跟狗一樣，只有這分割的隔離牆上唯一的一個小偏門，經過再三盤查後，方是我們出入的所在。出了偏門，知府衙門前的兩座石獅子一下撲進眼簾，我渾身莫名一熱，我看到了那豎立在門前的鳴冤鼓，我甩開眾人，搶上前去，一把摑過鳴冤鼓架上的鼓捶，奮力地擊向那厚重的牛皮。

「咚咚咚……」

巨大的回聲，震得我耳膜隱隱發麻，眾人目瞪口呆地立在了大街上。

值日差役將我帶進公堂，我一踏進去就有一種不祥的預感，我似乎看到了知縣大人，可大堂裡除了值日的差役之外，沒有別人。可我分明看到眼前影子一晃，隱入後堂去了。這不可能，我對自己說，我得振作精神，知府老爺就要出來了。

就在我胡思亂想之際，知府老爺在書辦、師爺、差役等一撥人的簇擁下坐到了大堂之上。

「何人鳴鼓喊冤？」一個聲音驀地響起，頗有幾分威嚴。

「大人，是小人有天大的冤情啊！」我恨不得一口氣就把我心中的不憤向他說個清清楚楚。

「你有何冤情，且給我一一講來。」我恭恭敬敬地望著上面磕了一個頭，然後抬起臉，我看到了知府老爺那威儀的面容，雖然鼻子以下被公案擋住了，但那炯炯有神的雙眼，正慈愛地看著我呢。

「大人，小民安可喜帶領四十八垸鄉親，修堤十八年，把瓦子湖五年四澇的水患之地，變成了年年豐收的良田。江陵縣知縣大人卻聽信奸人所告，判我『毀湖澇田，巧取豪奪，掠天利以為己欲』，勒索銀兩高達兩萬兩之巨！並借綠營之手，將我四十八垸鄉民抓進兵營，再行勒索之事，五百兩銀子取保一人，計索銀一萬五千兩；而我三十位鄉民，在兵營慘遭毒打，骨斷筋裂，體無完膚，其情狀悲苦無地，現一應人眾皆在知府衙門大門前，望青天大人明察，為我等申冤昭雪，還我鄉民一個公道！」

「原來鬧得這荊州城囂嚷不靖的就是你這狂徒，就憑你這弄事的本事，我看他人所言不虛！」

「大人，冤枉啊……」

「啪——」

驚堂木生生地把我的話掐斷了。

「大膽狂徒，這荊州城被你弄得烏煙瘴氣，我正要見見你是何方妖孽，你倒自己送上門來。要不是看在那三十個人身有不適的份上，這擾亂公堂之罪，先得打你三十大板再與你問話。來

②荊州城被強行劃為東西兩城後，西城的漢人要進入東邊的滿城，只能從三管筆附近那道隔牆上的一個小門進出，並被嚴格盤查。

人，給我將他亂棒叉出！」

幾十根棍子一下架在我的脖頸之上，胸口一窒，人差點兒跌坐到地上，一股巨大的拉力卻又使我不得不從跪著的地上站了起來，爾後便不由自主地往門外倒退而去。就在這時，我徹底看清了坐在高堂之上那張嘴臉——寬闊的額頭與挺直的鼻頭下，那一張薄唇的嘴巴上，長著幾根稀疏的焦黃鬍子，尖窄的下巴，使得頭上的頂子更顯得堂皇。

「走！」

差役們大聲呵斥著將我叉到門外，用力一推，我踉蹌了幾步，一個狗啃屎撲倒在地，那厚厚的塵土向四下裡扇起，血從我的嘴裡和著涎水淌了出來。

「大哥——」

「安族長——」

義弟們搶上來將我扶了起來，這個時候，我並不感到身上有什麼疼痛，我輕輕地推開他們，默默地往大北門的方向走去。這一路沒有誰說過一句話，只有沉重的腳步聲。我們就這樣，默默地回到了瓦子湖。

走上這道曾經讓我熱血沸騰的大堤，我的淚爬出了眼眶。

我讓他們把受傷的人送回家裡好好調養，讓祠堂無論如何也要想辦法擠出一點銀子出來，給他們把傷治好。我要他們都走，我要靜靜地在這堤上待一會兒！

「大哥——」

二弟不願離開我，我知道他的心思，可這一刻，我只想一個人！

他們終於走了。湖裡的風似乎這時才吹了過來，我破了的嘴唇哆哆嗦嗦，一種壓抑了太久的東西，從胸膛裡翻了出來，衝破喉頭，我哭出了聲。沒有什麼時候，讓我如此感到委屈，感到悲憤難抑！

為什麼？

為什麼？

吾民吾土啊，千百年來，你的希望究竟在哪裡？為何你所有的努力總是付之東流？為何你真誠地付出從來不能收穫尊重？為何每一絲幸福的嚮往都是那麼渺茫？難道你生著就是為了來受這無盡的苦難？

我不服！我不服！一萬個不服！

淚水慢慢地風乾了，冬日的天色在瓦子湖邊來得早一些，那些湖上飄忽的霧藹，加重了黃昏的暮色。我艱難地爬起來，一眼便看見了遠處六個徘徊的人影。我的心底猛然湧起一股巨大的熱流。我用手忙忙地擦拭了一把風乾的淚漬，大步向前走去。

日子還得過下去，有兄弟如斯便夠了！

4

「長興盛」魚行的生意沒有一天消停，即使義弟們不在的日子，也照常生意不斷。山裡的客戶聽說我們因為修堤被人告了之後，他們不僅結清了所有的欠賬，而且加大了訂貨量；「幫口」也多次派人前來慰問。這讓我的心開始暖暖地回陽。為了答謝各位，我們特地在旃檀庵請了三場大戲。

看戲時，「湘衡裕」紙號的葛梅生老闆和我坐在了一起，他問起我的事來感歎不已，說我實在太冤了，「你要上告，天底下沒有這個理的！」

我何嘗不想使沉冤昭雪，何嘗不想還四十八垸民眾一個公道！可是，「這上哪兒去告呢？」

「上省城啊！去撫台衙門告他們這夥狗官！」

「官官相護。萬一撫台衙門也是只黑烏鴉怎麼辦？再說了，這撫台衙門遠在武昌府，來回一趟都不是容易的事！」說到這裡，我忽地想，這「武昌幫」和「漢陽幫」不知有沒有人跟巡撫衙門說得上話。可轉念一想，我們在荊州本土，誰又跟知縣、知府衙門有多大牽連呢？想到這裡，心裡剛升起的那一絲兒熱，便涼了下來。

「安老闆！」葛老闆湊到我的耳邊喊了我一聲。我不由低下頭，小聲地應了一聲。「我倒是有一個關係，不知安老闆聽沒聽人說過？」

「沒有。葛老闆知道，魚行的生意，這幾年多是老三、老六他們打理，我差不多長年都捆在那道堤上！」

「安老闆，你真是個好人啊，少有的好人！就這麼一個好人，還背了這麼大一個冤枉，這也算是老天不開眼了！」

「葛老闆，您那關係是——」

「不瞞安老闆，湖北巡撫譚繼洵③譚大人，乃是敝人的大表兄！」

一驚之下，我慌忙直起身子，他正笑盈盈地看著我。我趕緊抱拳向他揖了一揖。「失敬！失敬！葛老闆，這裡太吵，我們上『同春和』茶樓坐坐如何？」

「『浙江幫』這個茶樓聽說裡面的『鐵觀音』三兩銀子一壺啊，貴得很呢！」

三兩銀子一壺的「鐵觀音」真的讓人唇齒留香，那含在口裡的一股水，流進的似乎不是腸胃之中，而是在沖洗著昏迷的腦子。活了這麼多年，我喝得最多的是「三皮罐」。在盛夏裡，在大堤上，一大缸黃亮亮的水裡，飄蕩著幾片銅錢般的樹葉，敞著淌汗的胸脯，用袖子抹一把臉上的塵土，然後灌一大瓢黃水入喉，那暢快如一匹奔馬絕塵；而這「鐵觀音」卻是湖邊煙雨中撐著油紙傘的妙齡女子，那一派柔媚旖旎，是適合這靜靜的黃昏的。

但我沒想到葛梅生會開出兩千兩的價格來。也就是說他幫我打贏這場官司，我付給他兩千兩銀子。

我呆了一呆，說：「我得跟我的義弟們商量商量！」

「不用商量了，大哥，就這麼定了。」六弟說，「銀子不是問題，雖然魚行裡沒有，我來想辦法吧」

七弟說：「大哥，我贊成六哥的意見。現在就是這世道，一切都明碼實價。」

③譚繼洵（一八二三至一九〇一），湖南瀏陽人，譚嗣同之父。

九弟說：「大哥，我也贊成六哥的意見，咱們出這筆銀子吧。現在只要朝廷有人的，都在公開攬訟。這葛老闆我跟他認得，人還是蠻忠厚的，上次『黃州幫』一個老闆幫人打官司，開口就是五成，這葛老闆所要不足一成，算實在的！」

我忘了告訴他們，葛老闆說了，能要回來的只有縣衙的兩萬兩銀子；綠營裡的那一萬五千兩，只能是被鬼摸了，無論如何也是要不回來的——那些八旗兵……葛梅生說到這裡時，大搖其頭，不再往下說。

六弟聽了，對我說：「大哥，就算那一萬五千兩被鬼摸了，那兩萬兩能要回來也不錯，給葛老闆兩千兩後還能賺回來一萬八千兩不是？」

九弟說：「這不是一萬八千兩銀子的事，關鍵是這口氣嚥不下去！咱們在瓦子湖還要活人！四十八垸今後能不能安生，都在這上面了！」

九弟的話說到了我的心坎上，我就是嚥不下這口氣。這口氣要是嚥下去了，那道堤只怕都不見得保得住。這一向來，四十八垸和七十二垸處在一起的幾個垸，人都不敢往堤上走，就跟女人偷了人似的！

「老二，老八，你們倆也說說看。」

「我聽大哥的！」我知道二弟會是這麼一句，我的眼睛望著八弟。我突然覺得，最近似乎很少聽到八弟的說話聲了。八弟可是所有義弟中，口才和文才都是最好的！

「我也聽大哥的。」

從他的口裡冒出這麼一句，使我不禁有些發愣，大家也都把目光投向了他。我們再也無話可說。

5

事情的結果開始變得毫無懸念了，過了年我們把銀子交到葛老闆的手裡，三月裡，譚大人到荊州府來巡視堤防，我們在他必經之路上攔轎喊冤，他接了我們的狀子，然後將與此案有關的一千人等拘到荊江大堤河工署，然後同著河工署總理、協理、荊州知府，直趨中襄大堤。

官們都小心翼翼地跟在巡撫大人身後；巡撫大人一言不發，默默地沿著大堤向前走著。就這麼無聲地走了一炷香的時間，巡撫大人忽地問河工署總理：「這大堤內外如此低窪，一俟汛期，湖水上漲，必然淹及四周，為何積年來從未想過築堤以濟民生？」

這真是句人話！我趕緊豎起耳朵。

「回大人，這瓦子湖乃地處江陵、荊門、潛江三縣之間，地偏人稀，溝塘甚多，灘塗密佈，每年汛期，雖然湖水內灌，但所淹面積終是有限，汛期一過，即無大礙，所以歷任知縣均以輕稞作為撫慰之策。大人深知『湖北政治之要莫如江防，而江防之要在萬城一堤④』。荊江地處江陵，下官常懷惴惴，不敢稍有

④即荊江大堤。

疏忽，年年歲修，『土費』拮据，徭役繁重，實無力顧及這內湖小患。望大人明察！」江陵縣知縣搶先跪在地上回稟。

「既是如此，那為何鄉民自己修造這道大堤，反而落個『毀湖澇田，巧取豪奪』之罪？」

這話問得好，我看見那肥頭大耳上立馬爆出了豆大的汗珠。

「這，這……」肥頭大耳結巴了。

「此案情由，本撫已然詳察——被告安可喜自丙子冬月帶領瓦子湖上游四十八垸開始築堤起，歷經寒暑十八載，耗銀四萬八千餘兩，修築環湖大堤一百零三華里，使得從前五年四澇的水漬地，成為現在年年豐稔的良田，誠乃上為國稞、下保萬民的義舉、善舉，卻不意身受囹圄之災，實乃朝廷之愧，百官之羞啊！各位大人，本撫之說，可否是實？」

巡撫大人此話一出，知府大人、河工署總理等一干官吏，忙稱決斷英明。譚大人走到我的面前，向我深深地鞠了一躬，這一驚非同小可，嚇得我趕緊往地上就跪。

「起來，起來。安族長大仁大義，受委屈了！」他執著我的手，將我扶起來時，那眼淚不爭氣地就漫了出來。

「來人！」

「喳。」

「給我把原告帶上來，重打一百大板！」

淚眼中，那永世不可忘記的身影被猛地掀倒在地，跟著劈啪啪的板子便起起落落在淚光裡翻飛起來。

「來人！」

「喳。」

「給我把江陵縣知縣的頂戴摘了！」

在我定定的眼睛裡，那個肥頭大耳，頂子一摘竟也鬼哭狼嚎起來。

「那兩萬兩銀了你怎麼吞進去的，就給我怎麼吐出來！無知奴才，枉讀聖賢之書，身為朝廷命官，食君之祿，卻不能為君分憂，這種蠢才要你何用！好好看看這中襄大堤吧，這每一寸土無不是血汗壘成，想想十八年歷酷暑經寒冬的黎民百姓，你怎麼忍心開口敲詐!?」

譚大人是真的生氣了，四十八垸的人聞訊陸續爬上了大堤，遠遠地圍觀著。譚大人對我說，叫鄉親們過來。

我扯開喉嚨一喊，大家看見我，都湧了過來。

「鄉親們，我是湖北省的巡撫譚繼洵，你們為自己的家園，修築了這道中襄大堤，你們辛苦了，在這裡，我譚繼洵要感謝你們！」說到這裡，譚大人向黑壓壓的人群深深地彎下了腰，我慌地在他面前跪了下來，大家一見，紛紛跪到堤上。「請起，請起，快快請起！」譚大人把我從地上扶了起來，又叫大家起來。「安族長是個少有的好人，義人！他受的委屈，本官不僅要還他公道，還要上奏朝廷，為安族長建造一座牌坊，以表彰他的大德義舉！」

這不是我所期盼的結果，我從來沒想過如此張揚，我趕緊說：「大人，我和四十八垸其實只要一個說法就心滿意足了，這建牌坊千萬不可！小民只是做了一點能做的事罷了。」

「你這一點能做的事，造福了成千上萬的人啊！」

「大人，這牌坊真的沒必要立，萬一要立，立個碑就足夠了；省下的銀子就用在下游七十二垸修堤吧。另外，我想斗膽對大人說一句，應該動員瓦子湖沿湖所有地方官，齊心協力修一道完整的大堤，要是那樣，才真是沿湖百姓的福祉呢。」

「說得好，本官將會認真考慮你的建議。」

「大人，小民還有一事相求。」

「請講。」

「熊族長也不是壞心，也是為下游七十二垸著想；現在刑也受了，就別再為難他了，讓他回去領頭修堤吧。」

「本官都依你的；不過，這個頭還得你來牽我才放心啊！」

「這……」我一下好後悔！我這是自己捉了蝨子往腦殼上放呀！指頭放到狗嘴裡，不被咬一口，只怕就是出了妖怪！

「安族長，你不會讓我失望吧？」

「大人，這，恭敬不如從命，可喜答應了。」自找的啞巴虧，就這樣吃定了。

「好！這才是男兒本色，才是我心目中的安族長。十年之後，我再來看你！」說到這裡，他的手在我的背上拍了一下，「老弟，人生在世不容易。有道是：『人過留名，雁過留聲』。有了這道堤，你會流芳百世的。對了，這道堤就叫『後芳堤』吧。來，我們擊掌為誓，十年後，我親手書寫『後芳堤』的碑文給你立在這大堤之上！」

6

巡撫大人走後的第三天，縣衙裡的差役用船給我送回來兩萬兩銀子。我們正準備往祠堂裡搬時，忽地有人跑來說，熊兒嘴的熊大族長上吊死了。不知是那個消息驚的，還是白花花的銀子喜的，總之，我一屁股跌坐在湖邊的涼亭裡，半天不知道說句什麼好。

二弟指揮人把銀子搬到祠堂裡收好後，到涼亭來叫我過去點個數，我的牙板哆嗦著，上下牙磕得蹦蹦直響。

「大哥，你怎麼了？」

「我冷，冷！」

二弟把手搭到我的額頭上，他的手好暖啊——比太陽至少要暖上一百倍！我沒有說謊，我就是曬著這晌午的太陽打起哆嗦來的。

「八弟！八弟——」二弟慌地亂喊。

他的聲音猶如一根繩子繫著我的心似地往外亂扯，我的心又疼又慌。我冷啊，冷！我把身子蜷了起來，恨不得四肢縮進殼裡，縮成一粒油菜籽才好呢。可我縮啊縮，身子壓得疼了，那冷還在！我知道，這是有人在往我的心裡潑著冰水，不然，我怎麼也不會冷成這個樣子！我八歲的時候，天下著冰凌，安順福把我逼到湖裡收花籃，我也沒這般冷過；在木沉淵撈四弟、五弟，整整一夜，我也沒這般冷過！真的是有人在往我的血管裡灌著冰水啊！

「冷……冷……」

從牙齒縫裡磕碰出來的這兩個字，自己也在打著哆嗦。

「大哥怎麼了？」八弟來了。

「大哥說他冷！」

「怎麼會這樣？快，快把大哥弄回家！」

他們倆抄起我就走。可我縮成一團的身子，怎麼也打不開，我渾身抖得讓他們無法支持。

「二哥，你把大哥抱緊了，我去祠堂裡搬張躺椅來！」說著八弟就往祠堂裡跑。我在二弟的懷裡瘋了似地哆嗦著，上下牙磕得像一掛放不完的麥子鞭。

「大哥，你怎麼了？你怎麼了？」他的眼淚砸疼了我。二弟，我本來就冷，你的淚也是冷的，你曉不曉得？你別哭，你抱緊我！我冷，你抱緊我好不好！我的聲音被我的牙齒咬得雞零狗碎，吐不成句。他還是哭，還是問我怎麼了，淚打得我好疼啊！八弟你快來，快來把你二哥趕走，我曉得你不會哭的，你比他有辦法！二弟，你的淚這是第三次打我了！不，又一次，五次，六次……

疼啊！

冷啊！

八弟你來了，你終於來了！是的，我要回家，我不要這湖邊的風吹我，我不要二弟的淚打我！

他們把我抬到躺椅裡，兩個幫手加上二弟、八弟，四個人抬著我，飛一般地往家裡跑，我就在躺椅裡不停地滾動著。

到了家裡，已經收起來的棉被從櫃子裡翻了出來，把我嚴嚴實實地捂了起來，可我還是冷！他們又加被子，直到屋裡的被子全部加到我的身上，我才有了一絲暖和。

我聽見大家長長地舒了一口氣，可我卻被人逼進了一條窄窄的巷子裡，肩扛著兩座大山，我嚇得拼命地逃啊逃，那巷子越來越窄，沒幾步，我就透不過氣來了，那兩座大山裡猛地伸出一雙手來，對著我的背心就是一掌，我便從半空中直往下墜——那真是萬丈深淵！

啪——

我摔在一塊堅硬的石板上，整個人破裂成一團肉醬，四散飛濺。那種撕裂的絕望與恐怖，使我用盡全身的力量喊了一聲：「救命——」

「大哥——」

「老爺——」

我的耳邊怎麼會有這兩種聲音？我定了定慌亂的心神，才發現自己睡在床上，身上堆滿了被子，那焦慮看著我的是我的兩個義弟和我的兩個女人——鄧琪芝和徐妙玉。

「熱！熱！」

他們慌亂地把被子，從我的身上揭走一床又一床。

「熱！熱！」

我一腳踹開了身上最後一床被子，我的身上渾身是水，像剛從湖裡上來一樣。我從床上坐起來，像狗樣大口大口地喘著粗氣。

「大哥，你好些了麼？」他們焦慮地問我。

「這多半是在湖邊遇到了什麼齷齪東西，我去找人跟你看一看。」鄧琪芝說。

「看這一身濕的，我去叫下人燒盆水跟你洗個澡，這樣穿著會著涼的。」徐妙玉說。

我泡進澡盆裡，一切似乎都風清雲淡。可我的心裡卻犯了糊塗，難道是熊族長找我來了？莫非真是我錯了？我的心尖一顫，想想譚大人的判決，不正是我用銀子買通的結果！

這麼一想，就覺得自己在這個世上真的欠了很多人的債，這虛空的四周，到處都是找我算賬的厲鬼——「老二，你安排人去熊家嘴弔個紙吧，封十兩銀子！」

二弟答應去了，我的心才慢慢地安穩下來。

鄧琪芝回來了，說我沒事，就是過路神的神風掮了一下，「可能有點麻煩，菩薩說了，過路神不是出來遊玩的，當時捉了一大窩『擺子鬼』，老爺這是惹了『擺子鬼』，老爺這是『打擺子』。菩薩還說了，說這『擺子』怕是要打三年零六個月！」

說完她低了頭，像是做錯了什麼事似的。

打三年零六個月的擺子！

我的心如同水面上的一個秤砣，一下沉到了水底。

我讓他們都走，我自己靜一會兒。他們前腳走，徐妙玉後腳就進來了。我忽地生出一種衝動，把她拉到床邊，就往她的身上壓……

第二天，什麼「擺子鬼」「搖子鬼」也沒有，我一切都和往日一樣，好好的。我決定親自去熊家嘴弔紙。我讓二弟把四十八垸的人都叫來了，畢竟以後修堤還得仰仗他們。他們聽說後，陸續趕到安氏祠堂裡來，就在我們吃了午飯前往熊家嘴的路上，我再一次冷得彈起了棉花。

一半人將我抬著往家裡趕，一半人被我逼著仍去弔紙。

抬著我的人，個個都被我冰冷的身子凍得打起了哆嗦；好不容易到了家裡，我又開始一個勁地喊起了熱。看來「打擺子」已是確鑿無疑了。

等我好了，弔紙的人給我回話說，這次，熊家嘴的人聽說我在路上突然發病後，沒有趕他們，不過，也沒人招待他們，他們燒完紙就回來了。

那就這樣吧，我專心專意地打我的「擺子」，讓一切都慢慢冷卻一下吧！

可我絕對想錯了，這「擺子」打了一個月後，我就失卻了所有的精氣神，像一具空殼似地每天一起床，就誠惶誠恐地等著，太陽一過門口，我就不由自主地「抖」了起來。他們說，這是「擺子鬼」在扯我！

所有的人都束手無策了，紙也燒了，表也做了，桃弓柳箭也架起來了，都不行，我依舊是太陽一過午就開始大冷大熱。我真懷疑，再這樣下去，總有一天，我不是冷死，就是熱死！

就在這時，唐清妹接我來了。

7

「你怎麼知道的？」她站在我的床面前，怔怔地看著我，一句話也沒有，只是眼淚簌簌地流著。「別哭，看你，還像個小姑娘似的。死不了的，菩薩說了，要打三年零六個月。」

我努力地想顯得輕鬆些，但我分明渴望著她的撫愛。已經有多少年了，我最愛的女人啊，你有多少年沒有撫摸過我的肌膚了？摸摸我吧，摸摸我！只要你摸了我，我就會好的！

她的手終於觸到了我的臉，卻是一片冰涼！這外面正是五黃六月，正是驕陽似火的盛夏！我捧著她的手，她遲疑了一下，從我的手中將手抽了出去。

二弟把我送到了她的湖心島，當年逃難的一個荒島，而今已是遍地桃花了。可我還來不及細細玩賞這島上的景致，那該死的「抖」便襲上身來。我被安置在唐清妹的床上，她自始至終執著我的手，沒有一刻鬆開。等那該死的熱褪下去後，一個小丫頭早已給我送來了溫熱的蓮子粥。她讓她下去，然後一勺一勺小心地餵進我的嘴裡。

我一下又回到了「我的兒」還在的那些日子！

「清妹，剛才那個丫頭是哪個？」

「是小翠的女兒。」

我雖然聽老二說過，但當我親耳從她的嘴裡聽到，我還吃了一驚。「怎麼回事？」

「是我讓二弟把她們找來的，當年……後來，聽說劉媽媽回去就上吊了；還聽說，那個男的落下了痼疾……一切都是命吧，為難她們能換來什麼？增加的只是自己的罪孽……」

看著她期期艾艾的樣子，那已成空殼的心這時分明再次疼了起來。我把她的手拿到自己的手中，不停地摩挲起來。這麼多年，這心間的疼何時能忘啊！

她就一直陪著我坐著，我跟她講那場官司的事，她靜靜地聽著，聽到要緊處，她的手就會在我的手裡輕輕地捏著我。我想把她攬進懷裡，她卻從我的手裡抽出了她的手，說你睡會，我去安排晚飯。從踏進島上的那一刻，煩躁似乎就離我而去，她要我睡會，我真的覺得累了。

晚飯後，她打來水要給我洗。她也太小題大做了，不燒不冷的時候，我可是個不折不扣的好人。

「我自己來。」我捉住她的手。

她從我的手裡想掙出去，我緊緊地握著她，她是那樣的倔強，默默地掙扎著，那雙眼一下注滿了淚水。我頹然地放開了她的手，把她一把抱住，我的臉緊緊地貼在她的胸前一動不動，我的心千轉百回地念叨著她的名字，念夠了，我放開她坐在她面前的椅子裡。她先給我洗了臉，再換了個毛巾給我擦了身子，又換了個毛巾給我洗腳——在她起起落落的身姿裡，我就再一次走進了那個開滿鮮花的山谷，那個少女就曾經這樣「伺候」過那個少年，那個霧靄迷離的清晨就再一次鋪展在面前，那濃烈的山歌便蕩滿了我的胸膛——

「清妹，你真好！」

「哪有。」

我想說你都把我當你兒子了，你還不好！可我不敢開口，我怕「我的兒」再一次傷害她。「別走了，晚上陪我！」她幫我鋪著床，沒有看我。

「我就在隔壁，有事喊我。早點睡吧，明天要起早床的！」

明天起早床幹什麼？我有點愕然。

湖心的夜晚，五月裡還頗有些寒意，擁著溫暖的蠶絲被，疑惑也無法阻止夢魘的侵襲，那些追殺、陷阱、孤獨、跋涉、負荷……自從惹上官司後就纏身不去了。這一次，我是在哭泣中被唐清妹叫醒的，天色泛著微茫的光，大約是湖水的反光吧。她給我穿衣服時，我要自己穿，她說你別動，我就跟個白癡似地。她讓我抬胳膊，我就舉手；她讓我抬腿，我就伸腳。她給我套上一件棉襖，剛從被窩裡出來，還真有些冷。她往我的頭上套了一頂帽子，就是那種狗鑽洞的帽子。有這麼嚴重嗎？我嘟噥了一句。她讓我別做聲，這時，腰裡分明一緊，我感到一根帶子束上了我的腰間，那條帶子還窸窸窣窣地響。我好奇地摸了一下，毛乎乎的！這一驚，讓我徹底清醒了。我看清了，她在我腰間纏的是一條虫子粗的毛蔞。

我驚疑不已，可我還沒開口發問，她的一隻手早已封住了我的嘴，另一隻手攥著腰間的毛蔞，便把我往外拉。

我們從大門出去，一路走啊走，一直走到島的西北角，眼裡除了水已經沒有別的東西了，我們停下了腳步。她從我的腰裡解下那條毛蔞。天色這時已有了一絲粉粉的豔光，我看見毛蔞裡纏著一張紙；她把那張紙小心地貼著那條毛蔞拿著，然後將它纏在湖邊上的一棵大柳樹上。

「你就在這裡等著，我們去哪邊有點事，帶著你不方便，等我們辦了事再來接你！」

她說完拉著我就走。我們在島上繞了個大圈，趕到東南的湖邊，天已大亮，她讓我摘下頭上的帽子，脫掉臃腫的大棉襖。就在這時，我聽到一聲喊：「大哥，快上船！」

我一驚，二弟正從湖邊的船上下來，手裡拿著我的一件薄襖，趕過來披到我的身上，然後擁著我就往船上走。

「清妹——」

「快走！」

看著她焦急的神情，我只得順著二弟爬上了他的船。這一天到了又該發冷的時候，我打了個冷噤，竟是沒有冷起來。到這時，我才醒悟過來，不由望著茫茫的湖面，心中充滿了感激卻又空得發慌。

8

晚上，我摸到徐妙玉的房裡，狠狠地將之壓在了身子下面。

第二天，我重新走上了大堤，四十八垸的人聽說我的病好了，都趕到堤上來看我。走到我曾經住過的小廟裡，我問他們下游七十二垸的堤怎麼個修法？他們說他們不合作，只怕這堤難得修，首先這勞力就成大問題了。他們說，四十八垸雖說可以出人，可這畢竟不是一天兩天的事；再說了，七十二垸的人見了我們不是厭惡就是仇視的眼光，我們卻要跟他們又出錢又出力，再怎麼犯賤，也不能這樣吧?!對，我們不欠他們的！「天作孽，猶可活；自作孽，不可活。」只有他們從心底裡湧起拯救自己家園的信念和渴望，我們才能去幫助他們！

佛度有緣人，況我等凡夫俗子！

可是，巡撫大人的十年之約，卻是頭上的一道緊箍咒。怎麼辦？

大家一籌莫展。

不過，在熊大族長七七尚未過完的日子裡，什麼都可能早了點。在這等待的過程中，我一下無所事事。

魚行的生意比先前還要好，我幾乎插不上手；祠堂裡的大小事務，二弟也已經上手；堤上種樹、種草、維護，有八弟和四十八垸的人在忙。

在這段無聊的日子裡，我發現了鄧琪芝的「姦情」，一怒之下，將她們母子倆趕回了娘家。

就在她們母子倆走後的那天下午，我再一次發起冷來，繼而又是熱得恨不能剮皮才好——那被唐清妹繫在湖邊上的「擺子鬼」又纏上了我！

徐妙玉聽人說，早晨起來，等太陽出來後，對著太陽放一盆清水，然後蹲在盆邊，看到了水裡的影子，用一個碗把那個影子扣住，人就會好。我聽她的扣了影子，一點效果也沒有。

二弟聽人說，寫了生辰八字，早晨起來，用貼身的汗褂子把生辰八字包了，將它釘在茅廁裡，「擺子鬼」就會被漚死。我聽他的，把一套嶄新的汗褂子用竹竿釘在了茅廁裡，一點用也沒有。

八弟聽人說，把汗褂子包了生辰八字，用罈子壓在床下。我又浪費了一套內衣內褲，結果還是發冷發熱。

四十八垸有人說，喝七顆菜籽，喝朝太陽的七朵胡椒花，我都照著做了，可我還是一過晌午，該怎麼著就怎麼著。

我開始感覺我只有幾根骨頭撐著我了。

唐清妹再次把我接到她的身邊，她每天陪著我，但這個時候，我已經沒有一絲氣力，就是在上午我也是蔫蔫的，打不起一絲精神，而到下午那冷熱過後，我就陷入昏睡。

那一天，下午是怎麼過去的，我不知道，太陽要下山了，我才發覺這一天我竟然沒有發冷，也沒有發熱，只覺得肚子裡有一股莫名的東西暖暖地往喉頭裡爬了過來。一驚過後，我知道，我好了。我屈指算了算，從我發冷發熱的第一天算起，到這個暮秋的黃昏，真的是三年零六個月，一天不多，一天不少！

摸著我瘦骨嶙峋的身子，淚水糊滿了唐清妹的眼簾。看到她消瘦的樣子，我只住了三天，就回來了。三年多了，我什麼事都沒過問過了。三年，這個世道還是先前的世道麼？我的心急渴地想知道外面的一切。

9

我得知的第一件事是：八弟走了！

二弟告訴我時，我無所謂地問了句：「他到哪裡去了？」

二弟說，他已經走了半個月了，他派人到處都找了，哪裡都沒有他的人影。這時，我才意識到事情不是我想的那樣。

「為什麼？他沒留下什麼話？」

「他只留下了五本七十二垸的地形圖，這是他這三年來偷偷畫成的，他把地形圖交給我的第二天，我就再也沒找到他的人了。」

「你怎麼不去告訴我？」

「我沒想到他會這樣的，我以為他去他姑娘家去散心了。這三年，為了這幾本圖，他算是吃盡了苦。」

我忽地感到我這個大哥做得太失敗了，這麼多年，義弟們的家庭生活，我幾乎從未過問一次。八弟他究竟怎麼了？

我讓二弟趕緊陪我去八弟家——八弟的女人是在我們修堤的第九年去世的，這我知道；我還知道他有兩個姑娘，早在他的女人去世之前就已出嫁。他的母親一共生了十個孩子，但只活下了他和他弟弟，他是第五個，而他的弟弟則是那第十個。他的父親在我坐上了祠堂裡的那把檀木椅子時，討了一個逃荒的女人，過了幾年，那女人因為思家，他跟著那個女人走了。八弟的家大致就是這樣。我們趕到他家時，只有一把黃銅鎖等著我們，在他弟弟家，我們得到了那把黃銅的鑰匙，打開門，屋子裡一股陰冷之氣撲面而來，我翻遍了屋裡的每一個角落，只找到了三本書和一首半詩。

那三本書，一本是《道德經》，一本是《文中子》，一本是《鏡花緣》。

那首完整的詩題為《壬申大水》——疊見水災不忍提，頻年洪水淹高低。波淩喬木鳥驚去，浪打後山猿自啼。我乏薪米炊日暮，人嗟饑饉散東西。何時米倉真囤穀，鍋台飯香慰庶黎。那半首詩題為《長夢》，只有四句：月沒露晞歲方晏，人衣沾霜無與歸。故土蒓鱸千里夢，草堂琴鶴十年心。這句後，有一句用墨重重地塗掉了。

我驀然想起那一次，我和他在沙市，他陪我去登春秋閣。

「大哥，站在這樓上，我眼裡看到的卻是我們瓦子湖邊的蘆葦，那蘆葦在風中一起一伏，就跟湖上的波浪一樣。大哥，瓦子湖在我眼裡真的好美！在沙市，我的手每接一回銀子，心就結一層綠苔。」

當時，我正想著關羽的忠義仁勇信，該用怎樣的事實來定義。他此話一出，我不禁輕輕地念叨起來：「登樓一望，唯見遠樹含煙。……不知道路幾千？天與水兮相逼，山與雲兮共色。」我笑著對他說，「八弟，你這滿口噴吐著仙氣呢！」

既然二弟早已尋遍了他的兩個女兒家，我又何必再去惹她們傷懷。我怎麼也沒想到，我從病魔之手掙脫出來，竟又陷在這讓人哀告無路的憂傷裡。

且不說早年的那些生涯，只說這修堤的十八年，他哪一天合過一次密實的眼，哪一天睡過安穩的覺……在我的憂傷裡，有一種說法傳進我的耳朵裡，他們說，有人看見八弟是跟著「青妝」走了的！

「青妝！」

那棲身於連天蔽日的蘆葦上的一種鳥。傍晚時分，落霞之際，孤寂地行走在蘆葦灘上的一種鳥。八弟會跟「她」走？我不相信。

不錯，「青妝」是神秘的，是會夜裡變姑娘的！在我的記憶裡，從沒看見過她們成群結隊，甚至兩隻待在一起。在我的眼裡，永遠是她形單影隻的背影，永遠給人形影相弔的悽愴。我曾在湖邊的蘆葦灘裡遇見過她，她呆呆地立在斜陽之中，呆呆地望著西天的暮色，那神情充滿無盡的惆悵。我記得那時候，正是「我的兒」死後不久的日子，我的內心灰暗異常，看到她，我唯一的想法就是偎著她，看盡西天雲霞。我急切地走向她，她轉過臉來，用審視的目光看著我，我不得不放慢我的腳步，在我幾乎就要挨著她時，她展開翅膀，輕盈地滑過天空。她的腿修長，腳趾鮮紅如火；秀頎的脖頸舉著長長的喙嘴，在天空中，如一杠飛掠的箭矢。偶爾跌入夕陽，在蒼翠的蘆葦上，她的脊背一片幽藍。據說，那便是魔靈的咒語，你就會追逐著她的翅膀而去。

我沒有隨她而去，是因為義弟們及時趕了過來。是不是那一次，我的八弟就已然被那魔靈的咒語擊中？我不知道，我知道的只是世世代代的傳說——「青妝」看到中意的男子，就變成了美麗的姑娘！

如果真是這樣，那倒讓我心安不少。為了大堤，他女人死在那個風雨交加的晚上。那天，瓦子湖的水一夜之間，連漲三尺，脆弱的大堤，到處都是潰堤的隱患。我早就聽說我的弟妹——他的女人，連著幾天都在咳血。我讓人把八弟從堤上拉下來，他只是走了十步遠，只是讓我看不見後，便返回到堤上。他對跟著他的人說：「大哥在這麼危險的時候，都寸步不離地守在大堤上，親自挑土，親自堵漏，作為曾經發誓要同生共死的兄弟，我能回去陪自己的老婆麼？」直到天亮，我才知道，他一步也沒有離開過大堤，就是在這個夜裡，他的女人永遠地離開了他。

那一次，我親自去燒了紙，四十八垸的族長親自把她抬進了墓地，親自為她打了「陰井」，可是這又有什麼用呢？我一直想著跟他再找一個女人，可是，他每一次都決然地回絕了我。

從那個夏天開始，很多時候，他就直接在大堤上帳子一扯，鋪一床蘆葦簾子就是一夜，是否就是在這樣的夜晚，他邂逅了「青妝」？也許吧，也許吧。我願意這樣設想，願意設想他是因為找到了他真正的歸屬離開我的，而不願意想他是因為對這個世界的絕望，厭棄而去的！這個世界再怎麼齷齪，不是還有我們在苦苦撐持嗎？

我坐在祠堂邊的涼亭裡，身邊放著他的三本書，我一遍又一遍地摩挲著，卻再也感受不到八弟一絲的氣息。

第二十四章 我的哭泣

1

怎麼這麼晚才回來？

「老爺，我們去請七姑娘了！」

「啊，請七姑娘了？靈不靈？」

「看老爺說的，心誠則靈麼。要是老爺去請，那肯定是不靈的。」

「誰說的，那我就請一回吧。」

「老爺，你是黃花閨女啊？只有黃花閨女才能請呢！」賴老婆子不懷好意地望著我笑了一下。

她一邊說著，一邊拿著從祠堂裡提回來的一盞小花燈，沿著壁子腳往外趕了起來：「蛇蟲螞蟻，孽畜們，出去出去，出去看花燈了，看了花燈就不再回來了。聽話的，明年我就帶它去看花燈；不聽話的，明年我就不帶它去看花燈了！」

這賴老婆子一口謊話，你叫人家看了花燈就不再回來，明年你上哪裡去帶牠看花燈？我覺得好笑，看了蘇茹一眼，這丫頭滿臉鮮紅；見我看她，竟是低了頭。就這麼分開了小半會時間，臉皮子就薄成了這個樣子？

我就在心裡盼著賴老婆子快點走。

「蘇茹，你怎麼不跟老爺倒茶去？這丫頭，過年過苕了！」賴老婆子把燈籠往圍桌上一放，竟是坐在了桌邊。「你賴媽媽也向你討口水喝。」

「這一晚上，你的嘴就沒閒吧？」我刺了她一句。

她臉上堆起一團笑來，說：「人老了，這嘴就碎。自己都不曉得哪裡來的這麼多屁話！」說完，上牙在下嘴唇上刮了一下。拂去這滿臉波動的褶子，這分明是一個嬌羞的憨笑。

蘇茹把茶端來了，我不渴，我讓她放在桌上。賴老婆子把茶水上的茶葉往邊上吹了吹，然後就發出吱溜溜的響聲。

「嗯，好香！」說著她努著嘴，又吹了一遭，然後有聲有色地喝了一口，重重地咂了一下嘴巴，望著我說：「老爺，七姑娘蠻靈的。」

「好了好了，睡覺去吧，時間也不早了。」

我才懶得跟她扯什麼野棉花。她以為我真不知麼，我姐姐當年請七姑娘回來後，對我眉飛色舞講了一遍又一遍。不就是用一個筲箕，把它扣過來，在筲箕口上綁一根筷子，兩個姑娘一邊一個把筲箕攥著；另一個姑娘點香、發蠟、燒黃表。黃表點著了，把它在屋子裡晃幾下後，丟到門邊上，嘴裡說：門神門神你莫管，請來七姑問年成。說完，燒香的就開始敲罄，端筲箕的就把筷子對著桌上鋪好的米，三個人便唱歌。

我記得我姐姐當時唱得我耳朵都起了繭，那一年我不知是八歲，還是十歲。記不住了，記得的只是當時覺得這一套姑娘婆婆們的東西，實在是有點膩煩。唱的是什麼「正月中，百草青」。我當時就跟她抬扛，說哪有啊，草的影子都看不到，青個屁。又唱「七姑要來早點來，深更半夜露水深」；什麼「打濕花鞋花不明，打濕頭髮梳不直」；什麼「前門進，搭高台，後門進，騎馬來」……我姐姐說，要唱好多遍。還說要穿什麼針，對了，是用筷子穿蠟燭上的針，說是穿進去了，筲箕上懸著的筷子便開始在米上寫字，這就表明七姑來了，門外的人就可以進來了，然後就問年成什麼的。

我不是不信，我跟我姐姐還請過筆仙，請過筷子神呢，我是不喜歡她賴在這裡罷了。

她很知趣，訕訕地站了起來。

「老爺的茶真香！」

「你這張嘴啊，你哪兒沒有？」

「有是有，哪裡煎得出這個味來！」她說著不懷好意地看了我和蘇茹一人一眼，這老婆子算是成了精。

她一走，蘇茹坐到了我的床邊，我拉著她的手問她家裡的事，又問她花燈的事，她說要給我抹臉洗腳時，我竟有點捨不得放開她的手。這一次她躺在我的身邊，我的手像個賊似的，一心一意想偷她的寶貝，但我還是克制住了自己。

不知怎麼就看到了唐清妹，她在湖中心喊我，可我卻沒有船；我想游過去，一下水，人就往水底沉，嚇得我趕緊從水底爬上岸來；再看她，她好像在一個山洞裡。一眨眼，我的面前，滿眼都是洞穴。我一個洞一個洞地找，卻又變成了捉魚，捉上來一條蛇，嚇得我趕緊往外甩，偏是沒甩脫，一看全身叮滿了螞蟥，我用火燒，螞蟥卻鑽進了我的肉裡，嚇死我了……我就聽到嚶嚶的哭聲，是蘇茹在哭，她說我打鼾她睡不著；我趕緊閉了嘴，把她往懷裡摟了摟，準備和她親嘴，一看卻是安玉蓮……不知怎麼，就看見一匹馬和一頭豬打架，豬哼哼地叫著向馬衝去，馬左一跳右一跳，像跳舞。旁邊有個人說，不是跳舞，是踏的八卦。我驚奇地四周看了看，哪裡有人，再回頭，卻見那頭豬躺在地上，幫牠搔癢的是一隻馬蹄；仔細一看，分明是一隻手，那人的臉卻怎麼也看不清楚……

我每天差不多都是在這些亂七八糟的夢裡醒來的，有時說醒，似乎一轉眼自己就聽到了自己的鼾聲；有時在夢裡，又覺得一切都是實實在在的人生。

2

今天是徐妙玉的兒子去沙市讀書的日子，我說不消來跟我告別了，他倒是真聽話；不過，二弟還是過來和我說了一聲。估計他們差不多到了沙市的時候，安明貴的兒子來了。

「是安鵬啊！你來了好，快坐。」

我突然覺得有很多話想要和他說。

「姑爹，我今天是專門來跟您扯閒話的，不知您有沒有時間？」他屁股還沒在凳子上落實就開了口。看來我們倆倒是蠻投緣的。

「有時間，有時間。」我趕緊說，我能沒時間？蘇茹的茶還沒倒來，他就開講了。

「姑爹，我上次來看您的時候，不知道您因為修堤還吃過官司，前幾天才聽他們說。這個事情太氣人了！」

「有什麼好氣人的，我們一修堤，水不就逼到別人那裡去了？」

他的話，沒有引起我絲毫的共鳴，倒使我想起了那句最惡毒的詛咒：「你個狗日的，讓你跟老子打三年零六個月的擺子！」在瓦子湖區，只要覺得別人虧欠了自己，就會用這句話詛咒他。而我那個時候，恰好就是打了三年零六個月的「擺子」——一天不多，一天不少。若說這不是老天爺降下的懲罰，只怕打死別人，別人也不會相信。

「姑爹，關於水患之害，幾千年來，唯一的辦法就是治理。您比我更清楚，大禹治水而得天下，李冰修都江堰才有天府之國。這遠的不說，就說咱這門跟前的荊江，要不是一道『金堤』，只怕長江兩岸，到現在還是雲夢澤國一片。您看哪一朝哪一代不設河工署專事治水的？豈有水害不治而有理，治水而有罪的道理？」他的這個激動，對於我已經毫無意義。

「算了，都是些陳芝麻爛穀子了。再說，官司最後不還是我們贏了！我現在愁的是，這七十二垸的堤還修不修得起來。」我是真愁。我這兩個兒子，誰又肩得起這個修堤的重任呢？

蘇茹的茶上來了，他接過去說了聲「多謝」，當即喝了一大口。蘇茹忙給他再次滿上。他把茶杯往自己面前挪了挪，突然說：「姑爹，您的官司，我聽說是送了兩千兩銀子才贏的？」

這句話從他的嘴裡出來，好刺耳！這麼說，我豈不成了利用財勢，顛倒黑白嗎？那熊族長的死……外面不定怎麼傳呢。唉，難怪我打三年零六個月的擺子！

他可能看出了我的不快，忙說：「姑爹，我這句話聽起來不好聽，可它是真正戳到了這個世道的疼處——您本來是做了一件於國於民都有利的大好事，結果卻成了使別人受害的罪魁禍首；您不行賄，就沒有任何一個衙門出來為你主持公道；您行賄，結果又有操縱訴訟之嫌！這樣的朝廷，哪裡是人活的地方，可我們卻這樣活了幾千年。更可悲的是，我們活在這其中竟不覺得有什麼不妥！」

我曉得他今天來的目的了，他絕不是來跟我說閒話的。今天我忽地對這種大而無當的空話，沒了興趣。不這樣活，你難道頂破天？就算頂破了天，這歷朝歷代還不都是一個樣！忍辱負重、苟且偷生，是平頭百姓的宿命，你逃得脫？又能逃到哪裡去？

「姑爹，您知道外國……」

他這話一出口，我的心像塞了一把茅草似的，渾身不舒服。現在言必外國，洋鬼子的國家真就那麼好麼？真就遍地黃金？真就有必要削尖了腦袋往那裡鑽？這在過去，不過是「竄伏蠻方」罷了，何時就成了香餑餑？不過想想，這洋人連皇上、老佛爺都怕，都被趕得西狩，倒也真不可小覷。鄧琪芝的兒子說「要尋解鎖之法」，說是公派，敢情朝廷也認為這救國之方在洋人哪裡？唉，就算真是兩千年未有之大變局，就算國已不國，可這裡只是安家窪，只是連知縣大人也懶得管的鬼不生蛋的安家窪！想到這裡，我不客氣地說：「不要跟我談什麼外國。」

「姑爹，這外國人的確讓人生厭，加在我們中國人頭上的差不多全是恥辱！不談也罷。」他的神情鎮定而泰然。「姑爹，我想問您一個問題：您說，我們平民百姓一輩子盼的是個什麼？」

「盼的是什麼——一是風調雨順，二是出個好皇帝，三是能有個清官。」這個問題難不倒我。

他聽了一喜，笑著對我說：「姑爹，您老說得太對了。風調雨順那得靠老天爺的施捨，我們看得到，卻摸不著。好皇帝雖說就住在京城的皇宮裡，我們老百姓卻既看不到，又摸不著。只有清官跟我們還沾點邊，可平民百姓要是不打官司，大約一輩子也不會跟官有什麼聯繫；等到受了欺侮，出了人命，需要見官時，才發現八字衙門大打開，有理無錢莫進來。也許您會說，歷朝歷代總會有一兩個青史留名的清官；的確不錯，我們把他們放大十倍，一二十個清官吧，可一朝官員，成千上萬，這一二十個人怎麼會成為我們的希望呢？」

「怎麼就不是希望？有總比無好，這個你敢不承認？」

「我不承認。姑爹，您可以罵我，怎麼著都行，我今天只求您讓我把一些話，在您面前說完。」他望著我的眼神充滿了期待。這有什麼了不得？不就是幾句瘋言狂語？再怎麼狂悖——就算喊「打倒皇帝」，天也塌不下來，地也陷不下去，我聽聽也不會馬上就死！

「你說吧。」

「姑爹，想來，您不會否認歷朝歷代充斥官場的大都是媚上欺下，貪贓枉法之徒吧？朱元璋對於貪官可以說是恨到了骨髓，懲罰之重為歷代罕見，捉到就『剝皮』；可是，明代官場之黑暗，只怕在二十四史裡，它要算頭一份了。明朝首開八股取士，您說這官哪一個不是飽讀四書五經而爬上仕途的？受聖人教化十多年，一朝得取功名，便是一個貪官，您不覺得這是對聖賢之道的一個絕妙的諷刺麼？」

「這——」他把我問了個啞口無言。

「姑爹，我要跟您說，清官其實是我們這種社會的一劑毒藥。歷朝歷代官場的真相，分明是爾虞我詐、賄賂公行，偏是有這麼一兩個無權無勢的清流，要出來擔當正義與道德的化身，讓人們不至於徹底絕望，讓人們相信這個世道還是可能有所希望的，讓人們相信這種教化還是成功的，一切乖謬的存在，就因為這一兩個人而被掩蓋起來，進而被人拿來愚弄天下！」

這是什麼歪理？我呆呆地看著他，竟是回不過神來。

「姑爹，我想說一下唐姑媽①——您是知道的，巴東那地

①即唐清妹。

方，改土歸流還沒多少年頭，聖人的教化相對而言，還算不得深入，而那裡的女子一生幾乎是不入學堂的，差不多要算是一張白紙了。可我聽說，唐姑媽心底特別善良，不僅在老樂堂伺候了七年老人，聽說，到桃花島後，把先前的下人一家還接了過來，那下人曾把她的親生兒子弄丟了，她卻待她如親人一般。這樣的品性操守，應該說是與孔孟之道毫不相干的！由此，我想說，離了孔孟之道，善良的永遠善良，醜惡的永遠醜惡；有了孔孟之道，善良的仍舊還是善良，醜惡的也仍舊還是醜惡！」

「照你這麼說來，教化不是一點作用都沒有了？」

「姑爹，據我的觀察，我認為，人群之中，天性善良的十之一二，天性兇惡的十之一二，剩下十之六七，則是需要教化的……」

「這麼說還差不多，教化之功，善莫大焉！」我等不及他把話說完，便打斷了他。

「可是，我們施行的教化卻存在很大的問題。」

「哦？」

「我覺得，我們這個社會，把一切責任都交由儒家來承擔，是一個絕對的錯誤。儒家文化的核心是『四維八德②』，這個當然是好——不怕您笑話，我甚至覺得，人類文化，只怕也沒有比這再好的理想了！但這又有什麼用呢？看看我們的實際情況，什麼時候，不是煙、賭、娼、嫖氾濫，不是幫會、盜賊橫行！再看歷朝歷代，哪一朝的官僚不是貪贓枉法？而哪一朝的平民百姓，大多時間，不是掙扎在貧窮、疾病之中？」

他這麼說，我不同意。我這個人，是相信命的，我覺得吃肉的是吃肉的命，吃菜的是吃菜的命。命不同有什麼辦法？

「姑爹，您說這一切都是命，我也不反對。就拿當官來說吧，這在我們看來，是最講命好命不好的了，但最早的官，靠的是自己的遊說，稍後則是舉孝廉，再然後才是開科取士③；這麼一看，哪個是該當官的命，哪個是不該當官的命，還不都是人弄出來的框框套套。再說了，有時候，改變人一生命運的，其實就是他身邊的三五個人，難道說，這三五個人就是命運之神不成？」

也是！我不由在心裡暗暗地附和了一句。這傢伙真是鬼得很，說著說著，我就著了他的道。

「姑爹，應該說我們的先人是充滿了智慧的。我始終沒有想清楚，到底是什麼原因，是什麼力量，使得那麼多的好東西到了後人手裡就變了模樣。比如老子的《道德經》，被人一弄便成了裝神弄鬼，畫符念咒的道士；孔夫子的仁義禮智信，被人一

② 四維，即禮、義、廉、恥。八德，即忠、孝、仁、愛、信、義、和、平。

③ 春秋戰國時尚遊說，孔子周遊列國即是為此；漢朝始舉孝廉；隋唐方為開科取士。

弄，出了個『道統④』；墨子原是提倡愛天下人的，結果後世全成了地痞流氓；法家本來是副鐵面孔，現在卻成了權勢者手裡玩耍的木偶；連如來佛到了我們這裡，也被弄成了『疏懶好吃』的花和尚……這種文化的變異，對我們這個社會和民族的戕害，我估計沒有一個人對其思考過！我敢說，如果不是洋槍洋炮打進來，我們不知還會弄出怎樣一個花腳烏龜出來！」

這傢伙是怎麼說話的？對祖宗這麼不敬，這是要被人罵「數典忘祖」的。我毫不客氣地教訓道：「再怎麼說，我們也是這種文化的子孫，你就是剝盡了這身皮，骨子裡流的還是牠的血，完全否定，只怕沒一個人會同意你的。這個文化千不是萬不是，它也是祖祖輩輩的血和肉凝成的，你能說不要就不要了？我看只怕沒得哪一個人有這個本事！」

「這個自然。我們從娘胎裡一出來，就落在這種文化裡，在我們看來，一切都是天經地義。就像每一個朝代建立之初一樣，沒有一個不是想傳之萬世永久的，可弄著弄著，就民不聊生！民不聊生，最後的一條路就只能是造反了！我覺得中國人最缺少的就是內省，說得倒是好聽，『吾日三省吾身』，但反省的內容卻從來不見載於何處。反省一詞，便不由人不懷疑只是一種幌子，一種欺世盜名的工具而已。還有一句『為尊者隱，為賢者諱』，我也是始終沒有想明白其究竟要達到什麼目的？如果說要達到建立道德的目的，那麼，建立這種虛偽的道德，又何敢談『道德』二字？」

「安鵬啊，如果姑爹不客氣地說，你這就是量小氣窄了。俗話說：宰相肚裡能撐船。做人也好，做事也好，要有容人、容物之量啊！海納百川，有容乃大。」我說完一下想起旺福寺彌勒殿裡的那句聯子——「大肚能容，容天下難容之事」，要真都容下了，何來「懲惡即是揚善」一句？

果然，他理直氣壯地回敬道：「江海不擇細流，固是美德，可泥沙俱下，魚龍混珠的悲歎，卻也透著深深的無奈。您說是不是？」

這個我真不能說不是！無話可說的我，便只好閉了嘴巴。

「姑爹，您想過沒有，在『容人、容物』這種雅量的掩飾下，偷笑的是不義，淚流滿面的卻是正義。姑爹，您不覺得，我們文化中的『仁者見仁，智者見智』，對這個社會的傷害是永遠無法彌合的？」

「啊！」

這下我實在是吃驚不小。怎麼連「仁者見仁，智者見智」都成了問題？這也太過了點吧？就是安明貴還在世，他只怕也不會同意這種說法，我得讓他知道，這世上的事，絕對不是桌子就是桌子，椅子就是椅子這麼簡單的。尤其是人心這個東西。俗話說：天大地大，不如人心大。天地萬物，本就難以認清，何況比天大的人心。見仁見智，豈不是一個必然的過程？這小子，我得跟他上上課。

靜靜地聽我說了一大套，他歎了口氣，反倒使得我有些難

④唐韓愈提出「道」和「統」這兩個概念，宋朱熹將之合而為一。

為情了。

「姑爹，您說的我是舉雙手贊成。但我們的事實是：各拉各的弦，各唱各的調，然後美其名曰：見仁見智。其實，在我們的歷史裡，仁和智從來就是水火之勢——一個最典型的例子，就是王安石和司馬光這對冤家。兩個人的文章、人品，都是當世的楷模，可在治國理念上，兩個人偏就南轅北轍，尿不到一個壺裡去⑤！」

好傢伙，怎麼說著說著就扯到尿壺上去了？這尿壺上得了台面麼？不像話。

「中國有很多問題都需要人出來理一理，但是，始終沒有這樣一個人。門戶之見太重，其實就是私心太重。」說到這裡，他突然打住了，吞了口冷涎水才又說，「我有很多想法，一直想找個人扯一扯。這也是我今天來找您的一個初衷。今天到您這裡來，把這一管之見說出來，就是想得到您的批評。」

「批評談不上！」我這人最怕別人謙虛了，別人一謙虛，我就有些把不住自己，忍不住就要奉承幾句。「你有些想法，還是能新人耳目的，說出來，讓我這昏聵的腦子淋點雨，也是件好事。你看我這腦子，長得都是雜草，沒一棵苗子了。」

我不想把氣氛弄得太沉重，不管怎麼說，他是信任我才找我來倒倒苦水；他想的對也好，不對也好，都說明他用了心，誰叫世道這麼艱難呢。

「謝謝姑爹。」

3

他說著給我續了茶水，自己端起茶杯，牛飲了一口，馬上續上。蘇茹跑哪兒去了？怎麼好叫客人動手！我不得不拉動那根油漬的繩子。

外面鈴鐺一響，蘇茹便跑了進來。賴老婆子跟在她的身後，見了屋子裡的人，嘴裡「噫」了一聲，然後喝問道：「這哪來的一個臭道士？」

安鵬趕緊從凳子上站起來，他的眼神求助地望向我，他顯然不知眼前是何等人物。

「這是先前你明孝叔的嬸娘，現在跟了你安生伯！」我跟安鵬介紹了，又跟賴老婆子介紹，「這位是明貴的兒子！」

「嬸母好！」安鵬恭恭敬敬地給她鞠了一躬。

「啊……」賴老婆子看怪物似的，把他上下打量了一番，說：「像，像，是老族長的孫子！是老族長的孫子！你們娘母子一走這麼多年，都上哪裡去了？怎麼就當了道士？你幾時回來了的？你一個人回來，還是跟你娘一起回來的？你娘可好？這回來還走不走？」賴老婆子恨不得把自己的肚皮都翻過來給安明貴的兒子看才好。安鵬不知從哪個問題回答起，嘴巴動了兩下，沒發出聲音，賴老婆子又開了口：「你坐，別站著，坐，坐呀！」逼得安鵬坐下了，她又說：「我來叫老頭子去，叫他也來認認

⑤王安石當時要改革，司馬光反對改革，兩人水火不容。

人！」說著車過身就往外走了。

「老頭子，老頭子，你看哪個來了？」我們在屋子內能清晰地聽到她的咋呼聲。「是老族長的孫子，明貴的兒子，當了道士……」

安鵬望我無奈地一笑。

安生進來了，安鵬趕緊站起來喊了聲「安生伯」，說：「您老身體可好？」

安生望了他一眼，眼睛裡湧出一絲欣喜的光，但隨即暗淡下去，嘴半張著，始終沒有發出聲來，頭不住地點。

「老頭子，你咋不說個話呢？」

「好好。」安生連說了兩個「好」，又沒了話。

「安生伯，你來坐。」安鵬殷勤地給他擺上凳子。安生火燙了似的，忙把他的手按住，接過凳子又放回到茶桌邊上。

「你不管我，你和老爺說話。說話！」他說著，人便往後退，「我就先走了！」順便把賴老婆子的衣服扯了一下。「記得代我問你娘好！」賴老婆子不情願地跟著他走了。

「我曉得的，多謝嬸母。」

「跟表少爺斟個茶，你也去玩會吧。」我對蘇茹說。

「別，別，我這茶杯還是滿的呢！」蘇茹提著茶壺有些不知所措。

「那就算了，你去吧！」

她如釋重負一般，放下茶壺便追著他們去了。

「講哪兒了？」我問。

「講到儒家文化啦。」

「那你接著講。」

「是，姑爹。」他還沒能從剛才的氛圍裡走出來，在我催他講時，他嚥了好幾口唾沫，情緒才轉了過來。「姑爹，我一直想一個問題，就是我剛才說的，我們這個社會，把一切責任都交由儒家文化來承擔，是一個絕對的錯誤——為什麼是錯誤，我不想說太多，這是時間和事實反覆驗證了的，沒什麼值得再說的；我要說的是，我始終認為我們的古人是充滿智慧的，您想一想，假如我們從老子的思想裡建立我們的政治倫理；從孔子的思想裡建立我們的家庭倫理；從墨子的思想裡，建立我們的法制倫理——那我們這個社會會是怎樣的呢？

「老子關於國家、政府和民眾的權利與義務，論述得實在太好了；孔子關於父慈子孝的理想，對於家庭是再適合不過的；墨子的兼愛、非攻，真正體現了公平與正義。可是我們面對這樣的智慧，卻走上了如此不堪的一條歧途，只落得現在一切都要向洋人去學！」

這倒真是個新問題，我可從沒考慮過。老子、孔子、墨子，這三人是我華夏民族史上當之無愧的大智慧者了。真要把他們三人的智慧融到一起，那絕對是值得我們期待的一件事情！

「姑爹，您是知道的：漢初，朝廷推崇黃老學說，從而出現文景之治，以至東西兩漢享有四百年國祚；唐初以老子為李氏王朝的祖先，結果誕生了貞觀之治、開元盛世。但這兩次，都是一種不自覺的行為；如果出現一位真正的智者，結合兩千年政治之得失，從而損益三家思想，然後行之於世，這樣的世道，將會是怎樣一番景象呢？」

他停下話頭，眼睛看著我，那神色卻是一片散漫。隔了好一會兒，他突然問我：「姑爹，您說這皇帝，他們坐穩江山之後都想些什麼？」

「當然是天下太平，長治久安。」我說。

他看了我一眼，我從他的眼裡看出了一絲不屑：「姑爹，您說他們希圖『天下太平，長治久安』，我一點也不反對，我想問的只是，為什麼弄不了幾天，天下就不太平了呢？天下就又易主換姓了呢？」

「這個……」我本是要說「皇室暗弱、臣僚貪墨、豪強割據」的，但我自己否定了自己，我知道我的話一出口，他必定會問我，為什麼好好的一個朝廷，搞不了幾天就「皇室暗弱、臣僚貪墨、豪強割據」了呢？

「姑爹，您說的皇帝希圖『天下太平，長治久安』，我以為這只是個人的欲望。個人欲望最大的特點，就是極端的自私。所以，天下既定之後，有頭腦的，就開始做剪除難以羈束的文臣武將、物色心腹託孤之類的工作，以為子孫後代謀劃；無知者，就直接撲進女人堆裡去了。這一模式，直接影響到了平民百姓。平民百姓溫飽解決之後，有頭腦的，就置田修屋，讓子孫進學修庠；無知的，便奔賭場、妓院去了。」

這倒也是，皇帝後宮的女人之多，當真是匪夷所思——「有不得見者，三十六年⑥」，這是從宮女的角度來說；從皇帝的角度來說，那就是為每天晚上睡覺發愁了⑦。

他見我不說話，兀自往下說道：「皇帝幻想的『天下太平，長治久安』，為什麼不能真正實現？原因就是歷朝歷代，朝廷從沒有建立起真正的『國家理想』。」

「國家理想，自古及今我們沒有這個概念。您一定會問，什麼是國家理想？要回答這個問題，我們首先得搞清楚國家是什麼。『國家是指被民眾、文化、語言、地理區別出來的領土，是一定範圍內的人群所形成的共同體形式。』很顯然，一個國家，它的主體絕不是取得統治權的那一小部分人組成的朝廷，而是普天之下一稼一穡的平民百姓！如果真要是國家的理想，那就應當是平民百姓的理想，是一稼一穡的理想才對。而我們現實的情況，恰好相反：皇帝想的是他的享樂和子孫萬代的統治權；臣僚想的是如何光宗耀祖、封妻蔭子；更有甚者，想的則是『彼可取而代之⑧』。上述種種，顯然與國家主體的理想格格不入。當這些政客們的理想成為國家的理想後，改朝換代就成了必然。中

⑥見杜牧的《阿房宮賦》。

⑦西晉第一個皇帝司馬炎，後宮女子多達一萬餘人，以至於他每天不知道在哪里睡覺才好。於是，他就乘坐一輛羊拉的車子，任憑羊停在哪里，他就睡哪里。聰明的姬妾，便用鹽汁灑到竹葉上，引羊停下來。

⑧秦始皇統一中國後，巡遊天下，項羽看見了他，對其叔父說：「彼可取而代之。」後來，果然推翻秦朝。

國歷史兩千年的演義，演得只是這一齣戲而已！」

他說完兩眼直瞪瞪地望著我。我不想再和他談論這樣的問題，你們知道，我最大的問題，一是有個人來代替我管理這個家族；一是這霉臭的病床，我已深惡痛絕。

4

「安鵬，你說，這人活著究竟是為什麼？」

他眨了眨眼，苦笑了一下，說：「姑爹，您這個問題，我實在回答不了。基督教說，人的存在是為了體現上帝的意志；佛教說，人是成佛的資糧；伊斯蘭教說，人必須順服上帝的旨意。這是世間三大宗教的大致情況。連基督、佛祖、真主都不能回答的問題，您讓我如何回答？」

我隨口一問，竟問了這麼大的一個問題，這倒讓我沒有想到。

他停了停，重又對我說：「姑爹，不知您想過這個問題沒有，就是人存在兩種屬性。」

「靈魂和肉體，對吧？」這是個白癡的問題，我想過無數回了。

「是的，姑爹。但現在更多的人開始質疑靈魂的存在。鬼魂之說，的確虛誕，不可把握，所以，『子不語怪、力、亂神』。這是他聰明的地方，他不想因之落人口實，我也不想。嘿嘿，我想跟您換一個詞——『精神』。也就是說，人有精神和肉體兩種屬性。」

精神也好，靈魂也好，反正就這麼回事。

「肉體的需求是吃喝拉撒。中國人大都停留在這一層面，這一層面最大的理想，就是吃好，喝好，過上好日子。這是很容易實現的一種理想，只要社會安定，人勤快，稍有頭腦，堅持數年即可。過上了好日子，進而置田置業、讓子孫進學之類，還是為了後代繼續過好日子這點想法。人在為過好日子打拼的時候，因為身子的勞累，精神的空虛便不會特別明顯；等好日子過上了，精神的需求就成了首要的問題。這時，大多數人便飲酒作樂，狎妓蓄娼、呼盧喝雉去了，最終耗盡辛苦攢下的家財，再次回到肉體需求上去。所以，中國人有句話，富不過三代，是非常有道理的。

「姑爹，我以為作為一個人，他的主體不應該是我們這具摸得著的肉體，將他的主體確定為人的精神，可能有些事情就可以避開了。我們現在耗盡一生心力的都是為了滿足這個肉體；如果反過來，我們將一生的精力都耗在精神上，人會是怎樣的一種狀態？其實，古人早已注意到這一現象，不然，他們就不會發明『行屍走肉』這個詞，您說是吧？」

聽到這裡，我倒是非常想把徐妙玉叫來聽聽！記得我曾無數次跟她探討過這個問題，她總是用「吃好、喝好，死了都劃得來」便把我給打發了；要麼就呵斥我「無聊」！最該聽的人永遠聽不到該聽的東西；不該聽的人，卻總是在一遍又一遍地聽著。

「所以說，人的精神也必須有理想才活得下去；而且，這是作為人本身的理想，是體現人作為人的標誌！

「在這方面，我覺得您做得很好。您是一個精神上有理想的人，並且在這種理想之上，建立了族長的理想。所以您建了學館，修了老樂堂，打了圍堰，您甚至把這種理想惠及到了四十八垸上萬的民眾，這是很了不起的一件事。姑爹，我說的這個族長的理想，就等同於我在前面說的國家的理想。我再跟它取個名字——職位理想。很顯然，下游七十二垸的所有族長，他們沒有職位理想；江陵縣知縣、荊州府知府，也沒有職位理想；這個職位在他們眼裡，只是謀取私利的工具！這是我這幾天反思您修堤這一壯舉反受牢獄之災的啟示。我甚至覺得，巡撫也沒有真正的職位理想，因為兩千兩銀子，他就站在了您這一邊；恰好您是正義的，正義便在他的手裡得到了伸張。我們可不可以想一想，如果您沒有這兩千兩銀子，或者說沒有葛老闆，這一事件將如何了結？瓦子湖邊的民風由此將會受到怎樣的影響，這個真是難以估計啊！

「所以政客的可惡與可怕就在這裡。

「自己沒有理想，為了糊弄人，他就必須假借他人的理想，這個時候，他就必定是到故紙堆裡找能滿足自己欲望的東西出來為自己臉上貼金，於是，聖人就出現了；所以，從一開始，政客的理想就是言與行的分離，其實這套把戲早就被人看穿。俗話說，『滿口的仁義道德，一肚子男盜女娼』，說的就是政客骨髓裡的那點花花腸子。」

他雖是在表彰我，但我卻想起他爹來。安明貴那個時候就是很善言辯的，捏著半張嘴也把人說得贏。他這兒子更是了得，我看活人可以被他說死，死人可以被他說活。我雖有心這麼打趣他們父子倆，但心底也不得不說，他說的的確有些道理。

這傢伙怎麼突然想起這一壺？

「姑爹，八叔一聲不吭就這麼走了，您是怎麼想的？」

「我是很佩服八叔的，這修堤築路說起來簡單，實際操作起來其實很複雜的。國外從事這方面工作的，那是專門學校培養出來的工程師才能勝任的。我這幾天，沿著大堤從頭至尾走了一遍，不說大堤的選址合理，基腳築得牢固，只說那幾十條引水渠，上百個涵洞、剅眼，修得實在是無可挑剔。您說八叔莫非是個天才，怎麼就無師自通了？」

提到八弟，我的心便往下一沉。十八年，不，包括前面的修圍堰，那是二十好幾年！一個人能有多少個二十幾年，八弟是用那流水般的時間熬出來的，其中的辛苦恐怕只有我才知道。我不相信他跟「青妝」走了的傳聞，也許他早就不在人世了！有人說，我們十八年的付出換來的只是一場牢獄之災，對他的打擊太大了。這我承認，那場打擊，對四十八垸誰都是一場傷害。正因為如此，我們才更應該兄弟同心，風雨同舟，共渡難關！事實上，我們就是這麼做的，他交給二弟的那五本七十二垸的地形圖，已證明了這一切，可他為什麼還是走了呢？

「我實在想不出他走的原因！」我不得不老實地回答他。

「姑爹，我胡亂猜測一下，您看有沒有道理。」

「說說看。」這是第一個和我主動提及八弟的人，我有些急不可待。

「姑爹，我覺得，是不是您的那場病，讓他看到了生命的脆弱？正如您所說的，打三年零六個月的擺子，的確是瓦子湖邊最狠毒的一種詛咒——您如此高尚的一個人竟然應咒而病，這讓人實在感到命運奇詭莫測！我想，可能就是這個原因，使得八叔對於生命產生了全新的認識，他要追索他認定的東西，但他又無法向您言說，所以，他把他在您今後可能做的事中，他應該做的那一部分提前做好了，然後走了。

「姑爹，我想說，您的人生理想，並不能完全代替八叔的人生理想。他作為您的義弟，他幫您實現了您的理想，這是兄弟『義』之所在。恕我直言，我以為兄弟之『義』，是怎麼也擋不住對生命終極追索的渴望的！所以，他走了。他不言一聲地走了，他只能如此。因為你們是生死相依的兄弟，是在神的面前發過誓的，他說什麼呢？

「假如我的猜測沒錯，八叔應該是一個以精神為主體的人，是一個覺醒了的人。您做的一切，雖然轟轟烈烈，但他只是您希望實現自己理想的一個過程，這個過程完結了，您仍然是無助的。所以，您剛才問我，活著究竟是為了什麼？這說明您依舊是困惑的。我無法回答您的這個問題，但世上的三大高人⑨卻給了我們如何活、怎麼活的答案。所以，我想，人的終極理想，可能就是實現靈魂真正的安寧。」

他說完看著我。他說我困惑，這一刻，我從他的眼裡看到的同樣也是深深的困惑！

我突然感到累。我四周看了看，蘇茹呢？

「我們改天再談吧。」我想起是我讓她出去玩去了的，沒有蘇茹在身邊，我不得不直接下了逐客令。

他連忙站起來。「姑爹，我幫您，您躺下去睡一會吧。」他說著，熟練地將我平放在了床上，這倒讓我有些難為情起來。

「姑爹其實蠻想聽你講的，這身子不爭氣啊。」

「姑爹，我瞎說八道的，口無遮擋，想到哪裡就說到哪裡，您千萬別見怪。」

「姑爹身子雖然朽了，但這『精神』還沒朽，下次我還要聽你講呢！」

5

我一躺下，就沉沉睡過去了。醒過來四周一個人也沒有。蘇茹這小女人跑哪裡去了？莫不是一直在外沒進來過？正這麼想著，就見二弟一腳踏了進來，我看見徐妙玉的兒子跟在他的身後。這兩個人不是要去沙市上學嗎？這時候了，難道還沒動身？

「怎麼到現在還沒去？」我沒好氣地問。

「大哥，我們去了又回來了。」

「啊，這麼快？」

「不快，早晨去的，現在天都開始打黑影子了。」

---

⑨指三大宗教的創始人。

「那又回來幹什麼？」

「爹，那個什麼新學被查封了，不准辦了，書讀不成了！」徐妙玉兒子氣衝衝地說。

「怎麼回事？說清楚點！」

「大哥，是這樣的，我問了——說是辦新學的校長是革命黨，說沙市新學完全成了革命黨的匪窩子。校長被送到省裡砍了頭，老師們都被抓的關起來了，學生全部遣散回了家！」

「……」

我震驚之餘，卻是失望之極。我把他倆挨個看了兩個來回，說：「既是這樣，你們回去休息吧。」他們要走的時候，我沖著他們的背影，沒好氣地說，「給我把蘇茹叫進來！」

我的聲音很大，他們人還沒走，蘇茹就從後門進來了。敢情她沒在她賴媽媽那兒，就一直站在門外麼？雖說是過了正月十五，小北風還是吹得人直縮脖子的。

「二老爺。少爺。」她的聲音最後吞進肚子裡去了。徐妙玉兒子的那雙眼恨不得把她吃下去才好。沒出息的東西！我在心裡狠狠地罵了句。俗話說，稀泥巴扶不上牆——難道說的就是他？

歇了會，終於喘過氣來了。那丫頭還木木地站在那裡！我生氣是生氣，可我沒生她的氣啊。

「站著幹什麼？來，坐我身邊來。」

她抬眼睃了我一眼，低著頭走到我的身邊。

「我睡了蠻長時間？」

「嗯。」

「你一直在門外面站著？」她的手在我的手心裡像兩塊冰疙瘩。

「表少爺走了，我進來看你睡了，就……」她把話吞進了肚子裡。

「苕丫頭，表少爺會吃了你？站到外面幹什麼？」我跟她開起了玩笑。

「沒幹什麼。看鳥雀兒打架。」她顯得慵慵的。「我又聽不懂，坐在屋裡礙手礙腳的！」

她撅著的嘴，要是早年的我，肯定會撲上去啃上一口；但現在，我的心只願意將之化為一種憐惜。

「你看你這張小嘴嘟的，把人都嘟醜了！」

「本來就是個醜八怪。」

「誰說的，我們蘇茹要是都是醜八怪，那瓦子湖邊就沒有一個美人了！」我把她的臉蛋用手指羞了羞。「你覺得表少爺怎麼樣，我跟表少爺說說，讓他把你帶出去上新學，見大世面去！」

「我才不呢。我看他怪頭怪腦的。」

「怎麼怪頭怪腦的？」

「說不上來，只是覺得他蠻怪的。」

「喲，我們的小蘇茹幾時學會看相了？」我用手把她的鼻子刮了一下。她順勢撲到我的被子上，我的手不由落在她的背上，輕輕地撫了起來。這一生我還有什麼可求的？想想從我記事到現在，哪一個時段，陪伴我的不是這世間最好的女子！等我把族長之位交出去後，哪怕立刻去死，我也能把眼睛閉得緊緊的了。

正想著，那撲在我被子上的女子，將我整個身子攬入了她的懷裡。她的臉貼到我的脖子上，我感受到了處子急越的心跳。我忽地感到脖子裡像有一隻螞蟻爬似的，牠讓我渾身不自在。但只是一瞬，我覺出那是一滴水珠正滑過我蒼老的肌膚。

這孩子抱著我哭了。

6

一連幾天，我都覺得恍恍惚惚。每次醒來，蘇茹都不在屋子裡面。我本想喊她，每次話都在舌尖上打住了。

天氣是一天暖過一天，想來外面的草也綠了，花也開了，一個十五六歲的小女孩，正是撲蝴蝶的時候，陪著我這麼個暮氣沉沉的病人，的確把她憋壞了。玩會兒吧，她是屬於這春天的陽光的。

我慢慢地從床上掙扎著自己爬了起來。每天堅持練習，我已能拄著拐杖邁過門檻了。既然老天重又給了我這絲力量，我得重新開始自己打理自己的生活。我剛坐到床沿上，腳在踏板上哆哆嗦嗦地撈著鞋子時，門猛然被推了開來。

我吃驚地抬頭一看，原來是徐妙玉和她的兒子，不，後面還有蘇茹。這孩子看來是嚇壞了，滿臉紫紅。徐妙玉擋在前面，她進不是，退不是。

「老爺，你今天跟我說個實話，是不是我的安戌讀不成書，這族長就沒他的份了？再說，這讀不成書，也不是他的錯！」她不等我開口，就氣勢洶洶地問我道。

我的腳一慌，反而撈到了鞋子。我本來想站起來的，想了想，我沒動。

「問個屁。你從前年問到去年，從去年又問到今年，他幾時有個實話給你？我懷疑他早就曉得沙市的新學沒辦了，故意演的這齣戲。我們娘母子被他賣了，還在幫他數錢呢！」

這有人下無人教的東西，他這是在跟他的爹說話麼？我的手抖擻著去摸床頭的拐杖，我要狠狠地敲敲這豬樣的腦袋，讓他好好長長記性。

「蘇茹！蘇茹！」

我需要她幫我一把。蘇茹的身子閃爍了一下，我看見她身子往前掙著，卻掙不過來，似乎手腳被什麼捆住了似的。我搖了搖頭，使勁地眨了眨眼睛。我看清了，她的那隻嬌嫩的小手被徐妙玉的兒子粗野地緊握著。

「我跟你說，從今天起，不，從現在起，你別再喊蘇茹了。從這個時候起，她就是我的女人了！」

「什麼？」我身子一歪，從床沿上摔了下來，我的手在慌亂中不知抓住了什麼，人才沒有倒地，但兩隻膝蓋卻跪在了踏板上。我看見那個被男人攥著的小女子，身子往前又掙了掙；男人使勁一扯，又把她扯住了。沒有人幫我，我自己爬得起來！我一手使勁地抓著拐杖，一手探著扶住床沿，我不相信我爬不起來。我的膝蓋抬起來了，抬起來了，可雙臂酸得我直打冷顫，我的手一鬆，雙膝重新落在了踏板上。徐妙玉冷冷地看著我，她後面的兩個人，又扭了起來，不過，終於也像前面的這個人一樣，都變得冷冷的了。

「天啦，怎麼了？」後門吱的一聲打開了。一愣之下，安生和賴老婆子衝到了我的面前，將我重新扶到床沿上坐好。看來是我慌亂中手扯到了那根繩子，他們來得正好。

「太太，出什麼事了？」徐妙玉的臉背了過去。我看到賴老婆子的嘴突然僵成一個黑洞，順著她的眼光看過去，我再次看到了那兩隻緊緊攥在一起的手。

「安生，去把老二叫來。把安午也順便叫過來。」我冷冷地說。

「你叫二叔來也沒用。」徐妙玉的兒子死死地瞪著從他面前往外匆匆走的安生，那話卻是說給我聽的。「書讀不成了，族長也就沒戲了，這我知道。我也不再想那份心事，我現在只要蘇茹！」

「你個沒出息的東西！」徐妙玉補了這麼一句。

「媽，你就別說了。我不是個苕，你這麼可著勁地為我出力，爹就是不鬆這個口，這不是明擺著的？現在，我們一切都來明的——安午哥得族長，我得蘇茹，就這麼著了！」

我的心一陣緊似一陣地往裡收縮著，一種擠壓的疼，讓我額頭上滾出了汗珠。我忽然有種頓悟的感覺。那天，蘇茹抱著我哭，我就應該醒悟過來的！如果我猜得不錯，應該是從她回娘家之後算起。是了，是了！這是誰在其中牽的線呢？我必須知道！

二弟和安午差不多是前後腳進來的。他們一進來，就看到了那兩隻還連在一起的手，臉上都是一驚！

「你們幹什麼？成什麼體統，放開！」二弟厲聲地喝道。

「二叔，你不用這麼兇得，今天我是豁出去了！」那傢伙梗著脖子，一副不要臉不要皮的樣子。「這趟沙市之行，我算是把什麼都想清楚了，我放棄族長之位，換一個女人不過分吧？」

二弟被他弄得下不了台了，他先看了一眼徐妙玉，然後再看我。

「他二叔，你也算是當家人，我兒子他是頭豬，在這裡丟人現眼，我也沒想到他竟是這麼不成器。」徐妙玉的一雙眼誰也不看，挎著的兩塊臉皮就像兩塊豬板油。「他既然走到這一步，我這個做娘的，也只好順著他了。我們母子倆從今往後，不再與任何人爭強鬥狠，我希望當著你們兩位的面，把話說個清楚，我們今後的日子也不希望別人打擾！」

「辦不到！」我斷然地否定了她的請求，「這麼沒出息，不配做我的兒子！」我真的是恨他，但我更恨那個小女人，竟就這樣輕易地從我這裡走了！我從來沒有想過占有她，可是，她畢竟是從我這裡走出去的，這如何向外人說去！我一直以為安玉蓮的兒子和我的女人有一腿，沒想到，現在卻是徐妙玉的兒子要讓我無臉做人了！

「給我把這兩個東西關起來，家法伺候！」

「這……」

二弟遲疑了。「賴、賴姐，你不是說這事老爺他是同意的麼？」

「老爺！」賴老婆子在二弟的詢問裡，跪倒在踏板底下。「這都是七少爺讓我做的！」

我的眼不得不轉向安玉蓮的兒子。安玉蓮的兒子依然像從前那樣，張了張他的嘴，沒有聲音出來。到這個時候，一個徹頭徹尾的陰謀已暴露在眾目睽睽之下，他還能裝，真不簡單啊！

「說！」

我吼出了我的憤懣。

「是，爹。」

這種腔調騙了我三十五年啊！

「爹，自從上次您決定把族長傳給安戍弟弟後，我是打心裡為他高興。因為我癡長了幾歲，在祠堂裡理事也有了幾年，可能讓弟弟有些誤會。我想，反正您一直都是非常喜歡弟弟的，所以，我就找到了賴嬸娘，讓她跟蘇茹說；賴嬸娘告訴我蘇茹同意了後，我就去找了弟弟。恰好十五那天，您讓她們倆去看花燈，我們就安排他們倆見了面。我想只要弟弟主動跟您提親，您怎麼都會同意的。這樣，他當了族長，想起我曾經是他的媒人，也許就不會太為難我了。關鍵是，我有好幾次在您這裡，見弟弟看蘇茹的眼神都與別人不同！君子有成人之美……」

「好了！」

我粗暴地打斷了他。他要盡了陰謀，竟然還在我的面前說什麼「君子」，這個卑鄙的小人！他的心裡，這一刻是無盡的得意，我看得出來。老天啊，這樣的東西，為什麼要是我的兒子啊？

「滾，都給我滾！」

我話音一落，徐妙玉抬腳就走。她那雙兇惡的眼珠子上，浮著不易覺察的笑意。那個跪在踏板上的老女人，要是我走得動，我不會這麼輕易地就讓她溜掉的，我要狠狠地踹她一腳！安玉蓮啊安玉蓮，我為什麼要跟你脫三回衣服？你的怨毒真的就那樣深？竟是深到了胎氣裡面麼？你的這個兒子，從我記住他的第一天起，他對我就像今天一樣；可只有到了今天，我才知道，他那張臉皮的後面才是他真正的嘴臉！你自己起來看一看，你看我說錯沒有，他這一刻從我這裡走出去的背影，都流淌著下流！那個俗氣的小女人還蹲在這裡幹什麼？哦，她在哭。這一刻才知道了羞恥麼？可憐我一直為她盤算，怎麼讓她有個真正的出路！走啊，你不就是想早點離開我這個癱子麼？這時候還能留在這裡嗎？石荒兒啊石荒兒，我從來都以為你做的事是萬無一失的，你終於還是走了回眼吧！

「滾，永遠不要在我眼裡出現！」

覆水難收——我活得已到進士之際，才第一次懂了這個詞的真正含義！

偌大的三間房，現在只剩我一個人了，淚湧滿了我枯澀的眼眶。我憑什麼哭？為這些東西，我還值得哭麼？我撈過拐杖，把床頭的銷寒圖戳了下來。我要毀掉一切，毀掉能夠記憶的一切！可我身邊夠得著的只有腳下的兩隻鞋，我把它們從腳上艱難地蛻下來，哆嗦著用拐杖一戳，卻沒戳中；我用拐杖去掀，它倆卻在踏板上轉了個圈！這可惡的東西，連你們都在嘲笑我？我打死你們，打死你們！你們也知道疼，知道躲閃？它倆逃到踏板底下，那張著的豁口分明是一種輕蔑！不爭氣的拐杖，你、你也是個指望不上的東西，要你何用？我怒火萬丈地把它從手上趕走，它卻蹦到茶桌上，把那套紫砂茶具全部踢到了地上，咣噹噹——茶壺、茶杯碎了一地。

「為什麼都要和我作對？為什麼都要和我作對！」

可憐我此刻，連問的對象都沒有。一切都是你這該死的床，不是你把我捆在你身上這麼多年，我哪裡會受這個鳥氣！你說，你說啊，為什麼你要捆著我不放，你這該死的東西！我知道了，你是徐妙玉的同謀，你早就跟她算計好了，她才把你送到我的面前來，是不是？百事我都以為自己精明，到頭來，你們都在算計我啊！

我的心往湖底深深地沉了下去……

7

「大哥——」

誰抱住了我？我還有救麼？誰有這麼寬大的懷抱，誰有這麼溫暖的懷抱？是我的爹，還是我的媽？我的心大聲地喊著「爹——姆媽——」

我睜開眼，是那個跟了我四十七年的男人。

淚從眼眶滑到臉頰上，那枯乾的臉皮有一種鹽浸的疼痛。我慌地收住了我的淚水，老天爺，你竟然連悲傷都不允許我了麼？好吧，我聽你的！我臉上是什麼？怎麼又有了淚？我沒哭呀！哦，是從天上落下的淚雨！老天爺，你也為我哭了麼？不，是我的二弟！兄弟，你怎麼哭了？你為哥哥我哭麼？想想我的一生，是該哭的，那就哭出來吧，哥哥我承受得起！

我的淚再一次從眼眶裡漫了出來。

我往他的懷裡偎了偎……我看見他把我放在床上，給我蓋好被子，擦了臉，然後輕手輕腳地出了門……我跟著他走。我為什麼要跟著他走？他從來都是跟著我走的。對，我要去找唐清妹，那不是我姐姐嗎？哦，是安玉蓮——那半張頭髮遮蓋的臉，想嚇我？我不怕，滾開！小琪，我看到了你的兩個兒子——你看，你快看，他們倆在湖邊玩呢！兩個調皮鬼，看爹不打你們的屁股……手上怎麼全是水，不，是淚。誰在哭？徐妙玉麼？我撩開帳子，這女子是誰？是蘇茹！蘇茹，你跑哪裡去了？你怎麼了？什麼，你怕？你怕什麼？別怕，不是說好了，你跟表少爺到省城去上洋學堂！你過來呀。別往後退，別往後退，再退就掉湖裡了！啊——蘇茹！蘇茹！快來人啊，快來人啊——

「大哥，大哥，你醒醒，你醒醒！」

「老爺，老爺！」

「老爺怕是被惡夢纏住了。」

「老爺，你醒醒，你醒醒，我是小翠，我們全家伺候您來了！」

什麼，做夢？我做夢了麼？那個小女人——算了，我再也不會去想她了。

「你們……」看著滿屋子的人，我竟有種透不過氣來的感覺。「老二，你把他們弄到我這裡來幹什麼？」

「大哥，你醒了！」

「老爺！」

「老爺。」

幾張嘴同時喊我，我沒有答應。

「老爺，二老爺讓我們一家人來伺候您了！以後，我男人跟您洗澡，我燒火打雜，兒子和媳婦讓他們下田，屋裡端茶倒水，就由我的么把子⑩伺候您。到今年下半年她就十三歲了。」小翠把她說的人，一一指給我看。

我的眼停在了她男人的身上。這就是當年害得她弄丟了「我的兒」的男人麼？我真想現在就問個清楚明白。可事情已經過去了四十四年，若是拿人來量，一個人從娘胎裡出來，四十四年，只怕已經可以抱孫子了；也就是說，如果「我的兒」還在，說不定，我已經有人喊我「太爺爺」了！這麼遙遠漫長，可我為何還是忘不掉他？四十四年可以讓一個人從童蒙無知長成鬍子斑白的爺爺，可「我的兒」，四十四年在我的心裡，依舊只有兩歲！

要是「我的兒」還在……

要是「我的兒」還在……

可是「我的兒」四十四年前，拜賜這一男一女早就不在了，如今她們卻已是兒孫滿堂……罷了罷了，我還能怎麼樣?!

「你們下去吧。」我只想一個人靜一會兒。「二弟，去跟我把安鵬找來！」

我已想好了一切。

---

⑩最小的一個孩子。

第二十五章
湖中的桃園

1

看著二弟出門的背影，我簡直不敢相信，我的八個義弟，如今就只剩下他一個人了！我相信，若是我的義弟們還在，這眼前的一切絕不會發生！真的，絕不會發生！可是，老天爺嫉妒我，那麼早就奪走了我的四弟、五弟，而他最無聊的，是讓我的八弟出走，在我還沒有從痛苦和沮喪裡走出來，他的魔爪又伸向了我的三弟、六弟、七弟、九弟。

那一天，那一天，它為什麼要來啊！

記得邢昌來報信的時候，天還沒亮。

「老爺，出大事了！」

我靸著鞋子慌慌張張地從床上爬了起來。嘴裡說著「不慌，慢慢說」，心裡卻亂蹦亂跳。邢昌被露水打濕的身子，正冒著騰騰的汗霧。

「四位爺被抓起來了！」

我剛從被子裡爬出來的身子，受此一嚇，像風中的一片樹葉，飄了起來。邢昌一把抱住我，我才穩了下來。

怎麼會這樣？

我和二弟在趕往沙市的水路上，邢昌把事情的經過原原本本地講了一遍。

邢昌說，三月十八日晚間，旃檀庵裡唱戲，三弟、六弟、七弟、九弟四個人帶著他去看戲，進門時正好遇到了湖南幫的葛老闆，一行人就邀坐在了一張桌上。戲還沒唱完，已是十九日凌晨了，葛老闆說他聽說沙市的早堂面蠻好吃，一直沒吃過，問哪裡的早堂面最好吃，等會兒他請客。七弟便說，要吃早堂麵，非余四方的早堂麵不可。說當年余四方從咸寧來沙市後創的這個早堂麵，搟出來的麵長而有勁，當年荊州城的夔將軍吃了一回，就再也放不下了，每天清晨都特地騎馬從荊州城趕到沙市來吃。七弟說，早堂面最好吃的是它的頭湯麵，那是精華中的精華，油足味醇；要吃，得先派個人去站隊。葛老闆便問他的手下哪個去排隊。一個名叫楊興全的小夥計說，他曉得位置，他跟余四方的小兒子還蠻熟的，他去幫大家排隊。

「當時我一聽，便說我也去。」邢昌說，在路上，他才曉得，這楊興全在一家名叫『全發園』的湖南牛肉麵館裡跑堂，人蠻機靈的，老闆待他像兒子似的，這天獎勵他放休一天，他便跑到葛老闆店鋪裡去會老鄉，老鄉沒會著，恰好碰到葛老闆出門看戲，他嘴甜，葛老闆便把他帶到了旃檀庵。

「我們倆說說講講便到了余四方的麵館，時候還早，麵還只擀了一盤，雞脯和腰花碼子還沒切，鱔魚還在油鍋裡滾著，雞架、大骨頭、鱔魚骨頭在大鐵鍋裡正翻上翻下，雖然已是香味四溢，不過，看得出來，還是一鍋清湯水。一個七十多歲的老頭子，正捧著個宜興茶壺，灶前灶後，案上案下巡看著。楊興全跟我說，那就是余四方——余老爺子；案上案下，灶前灶後忙活的是他的兒子媳婦，姑娘女婿，內孫外孫。見有客來，老爺子忙上前招待，抹桌擦凳，連連抱歉說今兒個起來晚了，怠慢客官了。楊興全和他的小兒子打了招呼，對老爺子說，是我們來早了。老爺子便問我們這是打哪來。我說從旃檀庵看戲來著，幾位爺看完戲要來吃頭湯麵，我們先來站個隊。余老爺子便嘖嘖連聲讚道，原來是大老闆們要來，小店生光生光，便打聽旃檀庵唱戲是不是像傳說的那樣——擠人。胡扯閒聊間，楊興全說他有點內急，去屙泡尿就來。余老爺子說要引他到店後去方便，他笑著一擺手說，黑燈瞎火的，外面清爽，要老爺子陪我說話。

「幾句閒話一扯，湯已熬好，我一看，那真是乳白如汁；擀好的麵，一盤盤，如梳如篦；碼子切出來了，雞脯薄如蟬翼，腰花形如蝴蝶，起酥的鱔魚條焦黃酥嫩，直逗人口水。『楊客官怎麼還沒來？』余老爺子這句話一出口，我當時心裡一蹦，說聲不好拔腳就往外走，說我去找找。我順著原路往回走了兩條街，恰好碰到了來吃頭湯麵的大隊人馬，三爺一見就問：你怎麼回來了？我說，楊興全不見了。眾人一愣，忙問是怎麼回事。聽了原委，都說不是什麼大事，多半是回他自己的麵館去睡回籠覺去了，便沒人再理這個茬。我領他們到了余四方麵館，余四方還問了我一句，楊客官沒事吧？我說，沒事。幾個人吃了頭湯麵，抹抹油嘴，心滿意足地正準備走人，這時，一個過來吃早湯麵的人說，有個人倒在招商局的院子邊，嚇了他一跳，不知是不是個死人。我一聽這話，心裡又是一蹦，便說幾位爺稍等，我去看看，結果不看則已，一看嚇了一大跳，正是內急的楊興全，褲子還沒紮好，人卻癱在招商局院牆外的草叢裡。

「我把他的頭抱了起來，問他：『你怎麼了？』他痛苦得不得了，說了好半天，我才聽清楚，說是他正在這裡屙尿，被招商局的更夫周順興看見了，罵他豬狗不如；他沒在意，繼續屙他的尿，哪曉得周順興衝過來照他腰上就是一鐵棍，跟著頭上、背上、腿上就是雨點般的鐵棍砸了下來，他人就倒在地上，什麼也不知道了。

「我慌地去喊大家，他們過來一看，三爺說，這得趕緊送醫院。我便去找余老爺子借張竹床過來，大家抬起楊興全便往醫院裡送。沒想到，路上遇到楊興全的表兄曹品堂和他堂兄楊高明，兩人一見，大吃一驚，說這事得要告訴他們的叔公楊悅來，由他請湖南幫的老總楊明階跟楊興全討個說法才行；不然，就這樣送到醫院，到時哪個來出醫藥費。便央求大家把人先抬到招商局找局董張鴻澤要他交出兇手，然後再送醫院。大家一聽，也覺得有理，當即抬著人就又回到了招商局。

「這招商局的人大家都不待見，平日仗著跟洋人打交道，便以為自己也是洋人了似的，一副狗仗人勢的樣子，他們還欠我們魚行二十兩銀子的魚錢呢。

「大家湧到招商局的門口，在院子外吼叫了半天，招商局的局董張鴻澤才踱著方步出來，聽了大家陳述的情由，傲慢地說楊興全乃是咎由自取，挨打活該。大家一聽，情緒激動起來，三爺更是罵張鴻澤不是人養的！張說了句，懶得理你們，便退回局內，關門不出了。

「大家你一言我一句，扯著嗓子亂罵一氣，鬧了差不多一炷香的時間，太陽就有兩竿子高了，這閏三月的太陽已經蠻硬，人人都是舌乾口躁，便想起躺在竹床上的楊興全，一看，楊興全已經死了。

「這下就炸了鍋，湖南幫已經來了好多人，大家都不依了，便在會館請客①。三爺說，大哥的事是湖南幫幫的忙，我們不能不去！於是，四位爺就都去了。會後，大家一齊湧到招商局的門口，要張鴻澤交人。

「湖南幫的老總楊明階，是九品監生，這時穿上朝服，遞上名片，要張鴻澤出來說話。張鴻澤從門縫裡看到這陣仗，他也穿著朝服出來了。

「楊明階一見，傻了，張鴻澤的胸前是隻漂亮的紫鴛鴦，而自己不過是隻綠毛的雀子②。楊明階不得不倒身下拜。本來是來要他交人的，這時卻要叩拜他，大家心裡都窩了一肚子火。張鴻澤一見，臉上一派得意之色，哪還會把這個九品監生放在眼裡，便堅持說楊興全是自作自受，拒不交人。

「事情僵著，就到了中午，當頭的太陽曬得人唇焦舌躁，罵聲四起。張鴻澤見勢頭不對，便再一次縮了回去。

「到了下午，招商局門前的人越聚越多，有看熱鬧的，有幫忙的。其中也不知是哪個喊道：『他不交人，我們就打進去。』頓時一片附和聲，你推我攘，招商局門前的柵欄就被擠翻在地，大家一下湧到院子裡，後面的人便如潮水一樣往前湧，局面一下失去了掌控。有人便開始砸門，砸不開，就有人把柵欄抬過來撞，沒幾下，門就被撞開了，大家一窩蜂似地湧進招商局內，樓上樓下找了個遍，只差把地板撬起來了，到處不見張、周二人的影子，於是就有人點燃了屋子裡的文件。這時有人喊，他們從後門跑了，大家便一哄而上追了出去。這一追就追到了江邊，眼睜睜地看著張、周二人逃往了招商局的大安躉船上。我當時也跟著大家跑到了江堤上，就聽有人喊：『後面燒起來了！』大家往回一看，只見招商局的大火已經竄上了屋頂，黑煙沖天。這一看不打緊，有人就說，一定要抓到這兩個狗東西。說著便在江邊上搶了幾條小木船，人就爭著往躉船上劃。但大家不會划船，船在江水上左旋右轉的，一急，四位爺就接過了別人手裡的槳，這樣，三兩下，小船就挨上了躉船。小船上的人不管三七二十一，便點燃了躉船上的貨物。

「躉船上的貨是英國怡和洋行的貨，大多是棉花，一點即著。江上風大，火趁風勢，一下便失了控。躉船上的人一開始還

① 即開會。

② 清朝的官服外面有表明官品的補服。鴛鴦即鸂鶒，文官正七品；雀子即練雀，文官九品。

在撲火，沒兩下，便紛紛跳進江水裡逃命去了。

「大家回到江堤上再看市內，這邊早已烈焰沖天，大火已燃到了隔壁日本人租賃的房屋上。

「有人說，甲午海戰，這小日本讓我們中國人最後的一點臉面也沒了，還弄了個《馬關條約》跑到咱這沙市來耀武揚威，這些徐福留下的野種，實在太可恨了。聽了這話，大家都一個勁地嚷：『燒死倭賊！燒死招商局的倀鬼！』誰也不去救火。連駐軍也在一邊看起了熱鬧。

「大火從晚上一直燒到第二天早上才熄。沒想到，第二天，江陵知縣劉秉彝趕到沙市，卻把三爺、六爺、七爺、九爺四人給抓了！」

「憑什麼別人都不抓，單抓他們四人？」我問邢昌

邢昌搖頭說，他也是怎麼也想不明白。

2

到了沙市，我們直奔葛老闆的店鋪，回說：「回老家辦貨去了。」我們便轉而去湖南幫找他們的老總楊明階。

「楊老闆，這事你看怎麼辦？」

他們死了人，卻讓我們去頂缸，這個理上哪裡去講也講不通啊！照邢昌說的，當時人多嘴雜，哪個沒說幾句過激的話。就算我的義弟當時不該駕那個船，可打人的人怎麼不抓呢？撞門的人怎麼不抓呢？放火的人怎麼就不抓呢？搶船的人怎麼不抓呢？再說了，抓人時，你們湖南幫的人都躲到哪裡去了？

楊明階見我臉色不好看，一個勁地給我賠著小心，說事關他們湖南幫生死的大事，這事他絕對不會坐視不理。勸我稍安勿躁，說他晚間即去拜會江陵知縣劉秉彝。

我四處打聽，得知這劉秉彝乃浙江溫州泰順人，曾在湖北羅田當過知縣。在羅田期間，曾將家鄉的湖桑移植到羅田，改良了羅田的桑樹品種，頗有政聲。湖廣總督張之洞和湖北巡撫譚繼洵聯名保舉其出任江陵縣知縣，三天前才剛剛到任。

我一聽，心裡猛地往下一沉。一種不祥的預感，從心底升了起來。果然，我們多方活動，想去探監，竟是無法通融。晚間，楊明階也是一臉垂頭喪氣，說劉秉彝壓根不見客，並放出話說，誰也別想通這個關節，倘朝廷不降罪，洋人不追究，他自然不與任何人為難。

可這洋人向來「無理鬧三分，得理不饒人」，怎可不追究？朝廷怕洋人，就跟怕鬼似的，又怎麼可能不降罪？

我氣得恨不得去把縣衙門鬧個底朝天，我要他當面給我個說法。俗話說：法不責眾。這麼多人，你為什麼偏偏抓我義弟四人？

可這只是句氣話！我在心裡對自己說，現在哪個都不找，就找湖南幫，就找他楊明階，我的義弟可是為了他們湖南幫的事，他們得跟我想辦法！

「安老闆，事情鬧到這個地步，我也沒想到啊！安老闆的四位義弟，為人仗義，我們平常時有來往，現在為我們的事受了

委屈，我們到時自會補償，這是兩千兩銀票，請安老闆先行對各位家屬進行安撫。雖然朝廷降罪是肯定的，想來，也不會有什麼大礙，兩三年後，風聲一過，我包大事化小，小事化了。到時，所有費用，還是我湖南幫一力承擔！」

話說到這份上，再纏下去就沒趣了。想想，劉秉彝來沙市抓人，必定有人指證才行，大家都知道是湖南幫的事，我的義弟們只是幫忙的，可為什麼偏偏指證了他們呢？看來是我們的一言一行，暗底裡招人忌恨久矣！對了，我怎麼忘了江陵縣衙的那幫衙役？他們可是跟我們結過仇的！雖說知縣換了兩茬，可他們還在啊！劉秉彝剛來三天，他不依仗他們依仗誰？

這麼一想，我越發為我的義弟們擔心了。

一連數日，我都在做著探監的努力，但仍是不准。又過了兩日，葛老闆回來了，我急忙趕去見他。

「這事鬧大了！」他見我一開口就是這一句。

「葛老闆，我聽說我的幾位義弟當時是跟你在一起的，你怎麼不勸一下他們，由著他們胡鬧啊？」我雖是一肚子怨氣，可我只得壓著。這個老滑頭，明明當時在場，怎麼一轉眼連人影子都沒有了呢？這可是你們湖南幫的事啊！

「安老闆，你錯怪我了，當時，我也是內急。大概是早湯麵的油葷太大了，滑了腸。沒想到等我從茅房裡出來，他們已不見了人影。我趕回店鋪裡，正好接到大表兄的信，說是讓我去武昌，我也不知什麼急事，當時就走了。」說到這裡，他抿了口茶，放下茶碗，兩隻手交疊地在架著的二郎腿上拍了兩下。

「唉，哪曉得事情鬧成這個樣子了，這怎麼收場啊？」

「葛老闆，你這幾天在武昌，沒聽到什麼消息？」我著急地問。

他看我一眼，略帶責備地說：「這樣的事，大表哥是不會和我說的。我去只是談一樁生意。」說到這裡，他俯過身來，說了八個字：「大事不妙，洋人不依！」

果然，過了兩天，整個沙市如臨大敵，靠近招商局和洋碼頭的幾條街道，除塵灑水後，便三步一崗，五步一哨，不許外人進入。臨到中午，我們得到確切的消息，湖北巡撫譚繼洵到沙市來辦理此案了。同來的還有荊宜施道分守俞鍾穎、候補道棃勒哈里。難怪這麼大的陣勢。到沙後，譚繼洵又抓了二十個人，這次頭一個抓的便是打人的周順興，「攔轎楊興全」的曹品堂、楊高明；另外，有人說，第一個喊放火的是一個腿腳不靈便的人，街面上的人都叫他易跛子，譚繼洵便著人將易跛子也抓了起來，另外就是拆毀柵欄的幾個人，點火的幾個人。

荊州知府隨即動用大刑，將一干人犯打了個死去活來，個個招供畫押！

當天便佈告全城——我的四個義弟，以全程參與滋事施暴之罪名，判了斬立決；喊放火的易跛子，以素不安靜，擾害地方，判終生監禁；放火的，判監禁十五年；對更夫周順興「仗勢行兇釀成巨案」，卻只判了監禁十年；曹品堂和楊高明，判監禁五年；拆毀柵欄的，杖一百，枷號一月。

看到這張佈告，我差點背過氣去，一口血湧到喉頭，硬生生地讓我壓進了胸口。

我要見譚大人！

我直接去了他的臨時行轅。可我在知府衙門外五百米處，就被一頓亂棍打了個頭破血流。葛老闆苦苦地勸了我半天，答應晚上替我去探個究竟，我才在二弟的攙扶下離開了知府衙門。

第二天，天剛粉粉亮，我就趕到了葛老闆的店鋪裡。原來，英國人和日本人就這一事件，跟朝廷動了外交，發了兩份「詞意堅悍」的照會。

日方要求朝廷：

一、明降諭旨，將各外國人身家財產一律優待保護，勿再有如此之事發生。

二、速將此案匪徒從重治罪，並彈壓不力之地方文武，從嚴議處。

三、賠補官平銀③十萬五千兩。

四、沙市專管租界章程以陳章為本④。

五、岳州、福州、三都澳⑤均設日本專管租界。

英方要求朝廷：第一、二、四條和日本相同，第三條，賠償怡和洋行存貨器具，招商局躉船、存貨及領事、幕友、人役等的失物，共銀一萬二千九百兩。第五條：開嶽州口岸。

我一屁股坐在店堂的地面上。

「完了！完了！葛老闆你要救我的義弟，只有你才能救我的義弟！他們是為你們湖南幫的事出的頭！」我從地上爬起來，一下跪到他的面前。二弟也跟著我跪在了他面前。

「起來，起來！安老闆，你看你，我們是這麼好的朋友，我怎麼會坐視不理，再說了，也是為我們湖南幫的事。我昨天已跟大表哥說了，他說，現在的事，他能控制嗎？這是朝廷的意思，朝廷責令他趕緊平復洋人的怒氣，以免戰端之釁！」

「葛老闆，我求你了，你安排我見譚大人一面！你開個價吧！」

「安老闆，你這話說的可是傷人了，我真的無能為力啊！」

望著他滿臉的尷色，我知道他再也指望不上了。但我不能眼睜睜地就這樣看著我的義弟被處斬啊！我到旃檀庵裡找到了「幫口」老總，把兩萬兩銀票塞到他的手裡，求他安排我見譚大人一面。可是到了晚上，這兩萬兩銀票又回到了我的手上。「幫口」老總告訴我，現在這案子是針插不進，水潑不進，據知情人講，洋人對譚大人這樣處理十分不滿，已在催逼皇上，要他「嚴懲」「彈壓不力」的文武官員。譚大人不肯，皇上已電告湖廣總督張之洞張大人，命其來沙「懲儆地方文武官員」來了。

這一消息，讓我徹底絕望了，我的心沒有了一絲亮光，我們就在這種無助的絕望裡，等來了張之洞大人。

---

③即庫平銀，清國庫收支使用的標準貨幣單位。

④即以清政府與其他各國簽訂條約為標準，就是利益均沾。

⑤三都澳又名三沙灣，位於福建省甯德市東南，是我國黃金海岸線的中點。為閩東沿海的「出入門戶，五邑咽喉」，是世界級天然深水良港。

張大人抵達沙市後，擬報了「彈壓不力」的八名「文武官員」——

沙市招商局董、捐同知銜候補知縣張鴻澤，平日恃勢凌人，此案如將更夫當時交出審辦自可無事，其袒護更夫不交，以致南幫之人不服，滋事釀成巨案，其咎甚重；與南幫約束不嚴之會首，從九品職銜楊明階一併斥革另行追照繳銷，並不准投效軍營、更名複捐，並飭各府縣驅逐回籍，不准在湖北地方逗留。

對駐沙防營官兵火發後，「不彈壓、解散人群，趕督水龍前往撲救，實屬觀望不力，飭將該營勇丁撤遣回籍，選派得力將官另行募足所有管帶。」

江陵縣知縣劉秉彝，到任三日，事起倉猝，迫不及防，事出後隨即趕到沙市，竭力彈壓，撫慰居民幸未激成巨釁，並將首要及附火各犯拿獲多名懲辦，照章議以降一級留任。

……

這些與我又有什麼關係？

人人都說他張之洞是個能臣，會辦外交，把日本人說的「賠補官平銀十萬五千兩」，減到了一萬八千兩；把英國人說的「賠補官平銀一萬二千九百餘兩」，減為了一萬兩。我承認他是個能臣，會辦外交，可我的義弟就在他來的那天被他下令砍下了首級，他還命人將他們的人頭在草市懸掛示眾三天，方才准許我們為其收屍！

這是能臣嗎？這是會辦外交嗎？就算我的義弟有千錯有萬錯，可他們罪不至死啊！他是能臣，他會辦外交，既賠銀子，又殺同胞，還讓洋人擴了租界，他就是這麼個能法？會法麼⑥？

3

看著義弟披麻戴孝的兒子媳婦，姑娘女婿，我只感到四肢冰涼。

四十八垸的族長們陸續趕了過來，望著旗杆上的四顆人頭，個個口呼恩公，跪倒於地。看著他們，那些書上寫的劫法場的故事，在我的腦海裡閃過去閃過來。可是，我們不是「賊」啊！我們是堂堂正正的血性男兒！是天地間行得端，走得正的大丈夫啊！不等我們走近，如狼似虎的衙役便將我們往外驅趕。直趕到百米之外，他們手中的火槍指著我們的槍口才垂了下來。隔了如此遠的距離，我仍看得見三弟怒張的雙眼，看得見六弟不羈的神情，看得見七弟曠達的眉宇，看得見九弟俊朗的玉面！

四十八垸的族長們陪著我，就這麼呆呆地在人頭下坐了三天。等到如狼似虎的衙役將人頭放下來時，我從地上爬起來，眼前一黑，幸虧他們將我攙住。

「快把竹床抬過來，讓安族長躺上去休息一下。」

他們想得真是周到，不僅抬了四口柏木大棺過來，還為我

⑥日方在這一事件後，趁機提出要降低租借地價格，張之洞說：「價格多少不計。」日本人在重建原租賃房屋時，將面積擴大數十倍，沙市遂有日本商民的「專管租界」。

和二弟預備了兩張竹床。

不！我的義弟掛在高高的旗杆上，蒙受著天大的恥辱，我怎麼可以睡在床上呢？從我義弟被抓之後，直到他們含冤蒙難，我們連最後一面也沒見著——我要看我的義弟，我要親手將他們從籠子裡捧出來，我要一針一線地為他們把頭縫在身子上！

他們將我圍在中間，不讓我往前邁動一步！我破口大罵，他們就像聾了似的，任由我唾沫橫飛，就是不讓我出去。

「安族長，您也是五十多歲的人了，自己的身體要緊！您這樣，就是四位恩公看到了，他們也不會心安的！人已經去了，您就讓他們安心地去吧？不然，他們又怎麼走得了？」那人說著跪在了我的面前。好面熟的一個人，他是誰？我怎麼想不起來了?!他這一跪，我的四周一下全是跪著的人了。越過他們的腦袋，我看到了二弟正在那邊和他的幾位兄弟說著話呢，可我卻被隔在這裡！

對不起！對不起！

淚在我的臉上洶湧奔流，我只感到天旋地轉，我的手指開始長出一片一片羽毛！那就快點長出來吧，長出垂天大翼，我就能飛過這些阻攔我的人了，就能飛到我的義弟們的身邊了！

我沒有飛起來，而是重重地倒在了幾隻胳膊彎裡。不願意睡到竹床上我，眼睜睜地就這麼被人放在了竹床上。我看見二弟驚叫著從那邊跑過來，這邊的人對他說，沒事，這邊有他們！二弟遠遠地望了我一眼，腳在地上遲疑了兩下，轉身走了。他們之中便有人撬開我的嘴巴，往我的嘴裡滴十滴水、灌仁丹；我的手和腳被他們亂捏亂掐。我什麼都知道，可我就是睜不開眼。

把我驚醒的是一聲破鑼聲，他咣咣的就如同盯在耳輪上的一隻夜蚊子，把我狠狠地咬了一口，我心口一疼，不得不睜開眼來。這時，我看見招魂幡在王道士的手上搖過去搖過來。那響的不是破鑼，是他手中的一隻銅磬。不，也不是那隻銅磬，是他喑啞的聲音：

……

回呀——

跟我回呀——

回那父母生養的家邦，

回那祖先埋骨的故鄉！

兄弟，

跟我回呀——

兄弟蒙冤比天大，

兄弟受屈比海深。

雲天倒流墨汁淚，

晴空橫飛血色雨，

飛鳥啼泣啾啾鳴，

斷腸之人誰忍聽！

兄弟，

跟我回呀——

切莫逗留在草市。

草市乃是亂葬崗，

惡鬼凶煞亂紛紛；
白日作祟夜成魅，
汙我兄弟清白身。
兄弟，
跟我回呀——
我們往東莫往西。
往東大道通向天，
往西小道荊州城。
一十三裡城牆路，
屍骨銜草無法數⑦。
薄暮輕寒連陰雨，
冤魂滿城半夜哭，
哪裡能伸冤和屈！
兄弟，
跟我回呀——
東門不要入，
東城街道血水鋪，
一座古城撕兩半，
東為滿來西為漢。
進得東城如見鬼，
看見幾人得生還？
兄弟，
跟我回呀——
南門切莫進，
當門關帝不可信。
重棗銅面臥蠶眉，
傳說重情又重義。
若是人間有正義，
何來兄弟刀下冤？
兄弟，
跟我回呀——
西門入不得，
十字街頭縣衙設。
衙門養的都是賊，
不是狼來即是豺，
從來只有民受罪，
誰見官來把民親？
有理無理先拿下，
嚴刑之下誰不怕？
六月飛雪奈何天，
八字衙門只認錢。
兄弟，
跟我回呀——

⑦五代十國時，荊南節度使高季興在此建南平國，出動十數萬人，掘城外五十里塚墓取磚築城。

北門莫要進，
千年驛道不堪行。
柳門⑧折柳古人事，
今日折之心肝摧。
長亭之路哪能去，
牽衣扯袖妻兒淚！
兄弟，
跟我回呀——
眼前無有路，
且隨我上船。
悲風烈烈呼嘯起，
湖水默默黯然流。
莫做孤魂飄零鬼，
飄零雙親妻兒愁。
兄弟，
跟我回呀——
那三月的桃花你忘了麼？
香馥馥的荊棘花
嬌俏俏的四葉草
淺盈盈的水丁香
都為你開著啊，
那六月的團荷你忘了麼？
彌漫漫的蘆葦
箭簇簇的青葙
柔嫋嫋的藤蘿
都等著你去看牠啊，
那九月的白晶菊你忘了麼？
拳實實的蓮蓬
尖翹翹的紅菱
美搖搖的雞頭米
盈潤潤的茭白
都盼著你的採摘啊，
那歲末的窗花你忘了麼？
父母焦慮的雙眼
嬌妻怨懟的雙眼
兒女期盼的雙眼
兄弟熱望的雙眼
都只盼著你的回來啊！
兄弟，
跟我回呀——
湖面的風，
湖中的魚，
湖裡的水，
湖上的島，

⑧荊州城大北門舊名柳門，是通向京都長安的古驛道進出口。

與生俱來，
何能忘之？
哀哀不已，
兄弟，
遊魂回來呀！

他們的墳和四弟、五弟的墳緊緊挨在一起。生而相守，死而相依！

4

圓墳的那天，四座石碑在新墳的前面立了起來。我在碑前給他們燒了三炷香，我再不想待在那裡了，傷疼與悲苦，我已無法承載！

沿著兒時常走的湖邊走著，就彷彿走在過去的歡笑裡。我走到湖邊那座已經破爛的涼亭裡坐下來，霧便包圍了我。我們叫霧為「罩子」。我們把蚊帳，也叫罩子。想想這一切，真像夏天睡在蚊帳裡做的一個夢啊。

這個夢如此輕易就醒了！

我們曾經發誓，不求同年同月同日生，但求同年同月同日死。我們曾經沒有做到，現在仍然無法做到！想想這虛偽的誓言，便覺得自己噁心得如同茅廁中那些白生生的蛆蟲一樣！那是我親手寫就的「結義辭」啊，我至今還能原原本本地將它一字不差地背了出來！可是他們死了，我卻坐在這裡，看霧！坐在這「罩子」裡就能遮住自己的羞恥麼？我渴望著能夠以血換血，以頭換頭！

可是，我們的仇人又是誰呢？

想起說書人說的：「劉備盡起西蜀之兵，人人披麻戴孝，殺奔東吳而來……」我可不可以盡起四十八垸之丁？可我殺奔哪裡而去？

我無處可去。

想到霧已散盡，想到日頭偏西，我想到了此身唯一可託之處。

第二天，我去了湖中的那個小島，也就是早年我的義弟躲避安順達的那個地方。那時，這島上除了雜生的幾棵枸樹之外就是滿眼的雜草，現在分明已是一個世外仙境，紅花綠樹掩映著小巧而別致的庭院，說不上名來的鳥，在桃樹、李樹、梨樹間竄上竄下，使這沒人給它起名的小島充滿了靈氣。我去的時候已是暮春，花雖不多，但毛絨絨的青果，在綠葉間依稀可見，真應了「花褪殘紅青杏小」的句子，讓人心胸頓時變得亮敞起來。

「你，你怎麼來了？」唐清妹正把蜂箱打開，蜜蜂團團圍著她，嗡嗡地歡唱著。她驚奇地回過頭，看到我的那一瞬，眸子分明地一亮。她上島已經十八年了。不算不知道，一算嚇一跳。怎麼又是一個十八年？這麼多十八年纏在我的生命中，我懷疑這不是偶然的巧合。可是，這生命的謎底會是什麼呢？

我不知道。

住下來後，她陪我四下裡看了看。「你這兒太美了，給它起個名叫『桃花島』吧！」我對她說。

跟在她身邊的一個十來歲的丫頭喜得直拍手，「好啊，好啊。老爺，我們這裡真的是桃花島，你來晚了，要是你早來幾天，花沒謝的時候，那真的是美了，可把那些小蜜蜂忙壞了，一下採了十幾斤蜜。」

「這是誰家的小孩？」我問。

「小翠的大女兒。」唐清妹淡淡地說了一句。

「她有幾個孩子？」

「我有一個哥哥，今年十歲，我六歲。媽前年生了個弟弟，死了；今年又生了個妹妹！」那丫頭搶著說。

我一下不知再說什麼，便也禁了聲。

「老爺，大太太煮的桃花蜜茶好好喝！」那丫頭的嘴還不肯停，嘰嘰喳喳地。我不由想起第一次見到小翠時的情景……那美好的過往，要是重來一次，該有多好！可一切分明如流水一般，永不回頭。這麼想著，我的心重又落寞一片。

轉了一圈，剛坐下，小女孩便給我端上了桃花蜜茶。

「好喝吧，老爺？」

她的嘴真是碎呀。我不得不點點頭。

「是大太太先教我媽煮的，我媽學會了，然後教我煮。大太太誇我聰明，說跟她煮得一模一樣。」

這麼碎嘴的丫頭，她怎麼受得了，我抿了一口桃花蜜茶抬眼看著她，她只微微地笑了笑，然後摸摸那丫頭的臉說：「幫你媽幹活去，老爺有我伺候就行了。」

那丫頭抱著盤子，向唐清妹說了聲多謝，然後又望我一笑，跑著出去了。我不由又端起茶杯，啜了一口。

桃花蜜茶甜中帶著芬芳，在唇齒間久久不散。我想起了當初我們在瓦子湖邊的桃花林裡的每一個日子，我彷彿一下回到了少年時代，我忘情地看著面前的女人，覆蓋於心的陰霾就在這一眼中，再次煙消雲散。

5

上島一個月後，我學會了養蜂，並且愛上了牠們。

唐清妹說：「牠們比人可愛！」

她的話，讓我羞愧無地。這麼些年，人事之糾纏於她，我竟一無所知。可以想見，她決然離我而去，當是看透了人世的一切；而那時，貪欲、名利正是我苦苦追求的目標啊。

我開始仔細地觀察這些「比人可愛」的精靈來。

三年，我整整用了三年，我發現這「可愛」的精靈，實在太可憐了。牠們大多只活得了半年，最長壽的也活不過兩年。這麼短促的生命，牠們幾乎全是在辛勤的勞作中度過的。牠們一天所採集的花蜜，如果留給自己享用，可以讓牠們半輩子也享受不完；也就是說，一隻蜜蜂一生只需勞作兩三次就足夠了！可是牠們沒有一刻不在忙碌著，只要外界氣溫合適，牠們就一定要出巢。每次出巢採集上萬朵的花才能將蜜囊和花籃裝滿，從早晨太陽出山一直幹到太陽西落，每天出巢二十多次，高的可達四十多次。牠們完全是自覺自願，沒有人命令牠們，也沒有人強迫牠們，可每一次牠們總是把蜜囊和花籃裝得滿滿的才回蜂巢。進巢時，循規蹈矩，毫無驕矜之色，通過了檢查後，便忙忙地尋找空巢房將自己的勞動所得，傾囊獻出，卸完後，稍事休息就再一次出巢勞動。

人為財死，鳥為食亡。這至理名言在牠們面前黯然失色。造物主既然造得出這等生靈，為何卻把人造得如此不堪——爾虞我詐、貪婪虛偽、驕矜奸滑？

翻開我們的典籍，足以讓我們驚醒、悔悟的啟示，在哪一頁哪一面呢？那發黃的簿子上差不多都是帝王之術、縱橫之術、厚黑之術以及秉燭而遊的教唆！

這些贏蟲走進我們的生活，難道就真的毫無理由？不，那些為名而來，為利而往的匆匆腳步，只要在這些贏蟲面前稍稍停留片刻，便能體察出造物主給我們幽微的啟示，而我們卻憑著無知的頭顱在那裡冥想至今。

我曾經想好好地總結一下自己一生的成敗，在這個時候，我覺得再也沒有必要了。

湖心小島上的三年，我度過了一生中最平靜，最無憂無慮的一段時光。

6

我下定決心，要安安靜靜地在這小島上，用我最後的溫存，攜著我的愛人，走完人生最後的里程。生活其實就是一場夢，輝煌是夢，落魄是夢，痛苦同樣是夢。聽說，譚繼洵譚大人，這麼炙手可熱的一個人物，在砍了我義弟的頭後不久，他的兒子也被砍了頭，也梟首示了眾⑨，譚大人驚懼而死。就這一點看，他還敵不過我呢！

七十二垸的堤讓它見鬼去吧。譚大人既已不在，他的話，我的承諾，也就都不在了！魚行給了義弟們的兒子、女婿，他們的父親在魚行裡耗盡了最後一滴血，這是用命換來的，是應得的！交待了這一切，我對於安氏也就毫無意義了。他們日出而作，日落而息，魚多時，自己去做各種交易；魚少時，他們就伺弄祖上傳下的幾畝良田，一道大堤，讓他們旱不怕，澇不怕。我還能為他們做些什麼呢？

我第一次思想起族長繼承人的問題。也第一次懷念起了安若男的兒子——要是那個時候，我答應了安順福，我現在真就可以撒手不管了。是啊，按安順福的意思，從我三十六歲輔佐他起，到現在，差不得就是二十年了！一個有了二十年經驗的族長，還有什麼讓人不放心的？

⑨譚繼洵之子譚嗣同為戊戌六君子之首，變法失敗後，被斬於菜市口。

可是，因為自己的固執，我的長子就那樣死在了我的手裡。這是我一生都不能原諒自己的一個錯誤！

桃花島的冬夜，真的好靜。沒有風的雪夜，沿著湖邊上的小路走在亮晶的樹枝間，從樹枝上落下的雪砸在地上的聲音清晰可聞，偶爾也有耐不住寒冷的水鳥在近處或遠處叫上兩聲。岸邊的水在悄悄地結著冰，剛結上又被湧過來的湖水揉碎了；湖水是墨黑的，但眼裡卻滿是茫茫的白光。

我在湖邊擺上一張椅子，靜靜地坐著，沒有人來打擾，也沒有白天到處慌亂覓食的麻雀，只有遠處偶爾的鳥叫，把夜的幽深從遙遠的天邊喚到眼前。

無數次這樣的夜裡，我承接了黎明的來臨。在我又一次期待那輪新鮮的朝陽時，卻迎來了惶恐不安的二弟。

「大哥，不好了！」

這三年，他沒有少來。心灰意冷的我，還會有什麼不好的事值得他驚惶成這個樣子。

「他大姑昨晚點火把自己燒了……」

「誰？」

「若男姐——」

我從椅子上站起來，又頹然地跌坐在了椅子上，呆呆地望著南天的湖水，眼淚簌簌而下。

姐姐，姐姐，姐姐！

——我願意千百次呼喊的姐姐啊！

「為什麼？」

姐姐，姐姐，姐姐——

誰堵住了我的口鼻，使我呼吸這麼困難？誰用石頭壓住了我的胸口，我的心要蹦出來似地咚咚亂跳。放開我，放開我，讓我再喊一聲我的姐姐！我只覺得天旋地轉，整個人重重地跌進椅子，我趕緊伸手死死地抓住椅子的扶手。就聽啪的一聲，那根腕口粗的木頭竟斷在了我的手裡。

「姐姐，我來看你了！」

可是，當我揭開那蒙著的白布，卻只看到幾根森森的白骨和那沒有完全燒盡的焦黑的一截臀部。我將她們緊緊地攬入懷中，淚淹沒了我的雙眼……

「姐姐——弟弟來看你了！姐姐——」

我心中的血和淚水，死死地包裹了我的神志。二弟拉我，母親拉我，都無法解開我心中的疼痛！

姐姐啊，你怎麼就走了？我內心的愛意、牽絆、愧疚、羞恥……我能向誰說啊！

母親告訴我，說是天快亮的時候起的火，火竄上屋頂後，房梁燒斷了砸下來的聲音驚醒了她和爹，睜開眼，就見外面紅旺旺的；兩個人爬起來一看，火已從繡樓那裡燒到了天井兩邊的廂房。她趕緊喊人救火。等大家提著水趕了過來，火已燒到了前面的廂房。

「那火怎麼救得了，眼看越燒越大，隔壁的三爹一急，大喊一聲請幡神菩薩；他把幡神菩薩請出來，往前頭沒過火的廂房上一搭，湖上吹來的風立即就停了，那火才被撲了下來！」

滿面淚痕的我，趕緊去謝了隔壁的三爹，回來後，我問母親：「爹呢？」

好好的兩重帶天井的大瓦屋，無情的火神輕而易舉地就奪去了一多半，爹不定多傷心呢！也許現在是他到我那裡去住的最好時機，雖然晚了點。

「我不知道。剛才還在這裡的。」母親說。

我一愣，剩下的就兩間廂房和一個前廳了，他能去哪裡呢？我想起前廳隔出來的那間小屋了。他現在一定待在裡面，跪在那個蒲團上。

我推了推門，門從裡面閂得死死的。

「爹——」

我對著門縫大喊，裡面無聲無息。我喊了三遍，默默地走開了。我怎麼也沒想到，到這個時候，他還是不肯見我！

我在焦黑的廢墟上給我的姐姐搭了一個靈堂，我本來要給她寫一副輓聯的，但我們之間，那些刻骨銘心的分分寸寸，又如何能行諸於筆墨！我跪在她靈前的蒲團上，默默地在弔紙盆裡給她燒著紙錢。所有的事都由著二弟去操持，這一刻，我只想好好地陪陪她！只想對她再說一聲：對不起，我最親最敬的姐姐！

7

我在安若男的墳前，為其守了七七四十九天的靈。

她沒有了後人，她的兒子被我殺了！這是我欠她的，是我該做的！我要好好地護著她；我不能讓人把她從墳墓裡喊出來，做了「小身子鬼」；我要她安穩地上路。

四十九天終於過去了，感謝二弟的陪伴，我把他的胳膊肘兒抓到手裡緊緊地捏了一把，然後走進了徐妙玉的房裡。

徐妙玉正在火盆邊發著呆，看著我進去，她竟沒有起身迎接我。我看到她的那一瞬間，竟莫名地亢奮起來，我擠著她豐滿的身子坐到火盆邊，手就不自覺地往她的棉襖裡伸。

「哪裡來的鬼爪子，冷死人，拿開！」她把我的手從她的身上推開了。

我嘿嘿地笑著，把手伸到火盆上烤了起來。那麼翻了兩下，一把將她抱起來，丟到了床上，然後扯過被子，便往裡面鑽。

「你姐姐在外面看著你！」就在我要開始時，她毫無表情的嘴裡蹦了這麼一句，身子沒有一絲一毫地反抗。

彷彿安順福把我丟進冬天的湖水裡，我不由打了一個寒顫。

「在哪？」

「窗紙上面，剛才我就是在那兒看到她的。」

我從她的身上下來，把衣服穿好，再沒說話。這天夜裡，我獨自一個人睡在唐清妹曾經住過的房裡，我的眼整整睜了一夜，第二天起來，二弟眼不錯睛地看著我，「大哥，你，你怎麼了，你的頭髮怎麼白了這麼多？」

「是嗎？」

我退到鏡子前照了照，鏡子裡的那個人稀疏的頭頂汪著一層骯髒的頭油，點綴在邊上的幾根頭髮，已很難看得到黑色了，額上的抬頭紋深成了一條條小溝，鬆垮的肌肉在臉上垂頭喪氣，蒙著陰冷的霧氣。

到了這個時候，我知道，我的一生已經完了。我在湖邊坐到腳下的路已經有些模糊了才回來。晚上，徐妙玉卻跑到我的房裡，她一進來就抱著我，用她的嘴在我的臉上到處蹭，她的手伸進我的上衣，在我的胸前不停地撫摸，就像她那個時候一樣。她那鬆軟的肥肉，漸漸又激起了我的欲望。我把她推倒在床，像一個毛頭小子，三兩下就完了。

我躺在她的身邊，從沒有這樣滿足過，這一覺讓我睡到第二天快近晌午才醒來，她是什麼時候從我的身邊走的，我一點也不知道。

我喝了兩碗稀粥，打算去祠堂看看。這幾年祠堂讓二弟代為打理，雖說沒什麼大事，可長期這樣，也不是個事。就這樣，安玉蓮的小兒子安午和徐妙玉的兒子安戌，鄭重其事地走進了我的眼裡。

我打算好好想想之後，再跟二弟商量一下，爭取儘快地把這件事辦了。我走過穀囤子橋後，遠遠地就看到祠堂裡擠著一群人，我還沒走近，他們就迎了過來。我認出了，領頭的是四十八垸的兩個族長，後面那些人卻面生得很。

我跟他倆一一打了招呼，他介紹說，這後面的都是七十二垸的人。那些人一聽，連連向我拱手作揖。我不得不抱拳還禮。

我請他們到祠堂裡坐定後，他們此行的目的我已完全知曉。他們想請我出山，帶領他們重新修堤！

這還可能嗎？

「我的四位義弟的事，想來你們都是知道的。魚行我們已經沒有了，我便是心有餘，力也不足啊！」我淡淡地說。

他們齊唰唰地從椅子上溜下來跪到地上。又是這一招，我看多半是四十八垸教他們的。他們就知道我的心軟，見不得人說好話。他們錯了，現在的我，那顆心已變得又硬，又冷，又黑了。

「起來吧。」我沒有起身，只是望了他們一眼。

「安族長，我們七十二垸的人豬狗不如啊！我們把安族長您的一片菩薩心，當成了驢肝肺啊！」說這話的人，跪在最前面。我看他不會比我年輕，兩邊塌陷的腮幫，只怕比我還不堪；可不，嘴裡已是齒落牙稀了。

「安族長，我叫易伏洪。當年，就是我陪老熊去告的你！我不是人啊！我不是人啊！」他說著連摑了自己兩個嘴巴，把外衣一扯，背裡紮著兩根荊條！

這一驚，讓我從檀木椅子上跳了起來。

「這是何苦！你們還愣著幹什麼？還不快給易族長把荊條取下來！」

「安族長，只有你帶領我們修堤，我們七十二垸才有條生路！你不答應我們，我就跪死在你的面前！」他說著話，一股帶血的濃涎在他的口腔裡被拉來拉去。他剛才那兩個嘴巴，肯定打落了牙齒。我看見他說完後艱難地做了個吞嚥的動作。

我的心隱隱地疼了一下。

「老二，把易族長扶起來，把荊條快點取下來。」我不得不吩咐二弟。

「安族長，你是答應我了麼？」

「我答應你。」

那些跪著的人，使勁地在地上磕了三個頭，然後才爬了起來。

七十二垸的地形比四十八垸複雜得多，我拿著八弟留下的那五本圖紙，用了整整十天時間，才把七十二垸看了個大概，我更加懷念起我的八弟來。他的設想與測定和實地毫釐不差！那個時候，七十二垸還是一片怨氣，這一切他都只能悄悄進行，他是怎樣做到的?!

想起這些，當年答應四十八垸時的那股雄心，似乎又回到了我的身上。

四十八垸答應無償地資助七十二垸，能動員的勞力全部動員起來，自帶乾糧，自帶工具；一年之中，十冬臘三個月，保證有一個半月在堤上。七十二垸則說，只要是四十八垸的兄弟來了，就是他們的親人，他們將把最好的床讓給他們睡，做最好的飯菜給他們吃，正月初一給他們拜年！

這兩個承諾，更是讓我感激不已。我當即讓二弟把當年的護族隊重建起來。

安家窪怎麼可以落在人後呢！

我從祠堂裡拿出一千兩銀子，外出採購石灰、毛石的船隊從安家窪的祠堂邊被我親自送了出去。

一切就這樣緊張有序地重新開始了。

8

小翠的男人在工地上找到我，說唐清妹病了時，我嚇了一跳，這個時候，我才想起，從離開桃花島，一眨眼，又已是三年了。

「她怎麼了?她怎麼了?」

我一把抓住他，連問了兩遍。這幾天，我的眼皮老是跳個不停，心神不寧，我就知道要出事，但我怎麼也沒想到會是她出事。我知道，要不是病到那種程度，她是怎麼也不會讓人來叫我的。

我急渴渴地趕到桃花島，一上岸，就聽到了哭聲。我的心打鼓似地被人猛地擂了兩下，忽地又似一雙大手伸進去，狠狠地把牠攥在手裡使勁地扯了一下。

「清妹，我來了!我來了!」

我高一腳低一腳地奔到門前，一塊白布已經掛在了前廳，靈堂已經搭了起來。

「老爺，大太太她，她已經走了!」

我的身子一晃，我趕緊抓住了門框。

「不，不，不!」

我的手抓得生疼，我想坐到地上，想坐到地上嚎啕大哭一場！不，我要看看我的清妹，我要看看我的清妹！

「清妹，你睜開眼，睜開眼啊！我看你來了！我看你來了！」

她靜靜地臥在床上，一身黑衣黑褲，小翠的女兒和她的媳婦還在往她的身上堆著採來的花。

我坐到床沿上，把她的手拿起來，貼到我的臉上。她僵硬的手冰得我的臉生疼——我要她再摸摸我啊！

「大太太這半年來，很少吃東西，每天最多喝一碗稀粥，最近一個月什麼也不吃，大太太是餓死的！」小翠跪在我的面前，她的臉上，滿是淚水。

我俯下身，把我的臉和她的臉再一次緊緊地貼在一起。等到她的臉終於有了一絲溫度，我們才分開。我把她的手放到她的身旁，把她的衣服給她伸平。我想，我要去為我的愛妻寫一篇墓誌銘，死後，我要和她合葬在一起！

我從靈床上站起來，鋪滿她身邊的鮮花，一下變成了巴東的山谷，我看見從山谷的鮮花叢裡，一個十六歲的少女揮著滿手的花兒向我跑來，我張開雙臂，迎著她飛奔而去——卻一腳踏出山崖，重重地栽了下去……

第二十六章 高唐雲浮

1

我重又站了起來。

沒有人再理我，我也懶得吩咐人去做。我顫顫地走出門來，走出我姐姐的這個院子站在了二弟的門前。我把他嚇了一大跳。

「大哥，你怎麼自己走出來了，下人們呢？」

「我自己能走。我要你幫我把安明貴的兒子叫來的，你怎麼沒去？」

「大哥，你別急，我這就去找他。不過，大哥，你真的不能這樣，你聽我的好不好。那個鈴鐺我這就去把它接好。你有事，還是拉鈴。你這樣，實在太危險了，這叫我怎麼放得下心來去做別的事！」

這傢伙什麼時候變得這麼婆婆媽媽了？

「沒事，我這不是能走了嗎？」

「大哥，我送你回去吧，送你回去了我就去給你找人！你不讓我送你回去，我就不幫你找人！」

他梗著脖子，活脫脫一頭強牛。我只得依從他，斜著身子，一甩一甩地回到了六年不曾離開過的那座院子。他看著我坐到了太師椅上，才長長地舒了一口氣，然後把我扯斷丟掉的鈴鐺線重又接好，掛進帳子邊上的一個細環裡，然後拉響了鈴鐺。

不一會兒，小翠、小翠的男人和她的么把子女兒都跑了進來。

「你們都在幹什麼？老爺身邊怎麼一個人也沒有？」二弟火了。「要是再有這種情況出現，看我不打斷你們的腿子。」

我這是第一次看見二弟對下人發火，他在我面前從來跟只羊羔似的，沒想到發起火來，也是這麼怕人！

「好了，你去幫我找人吧。」

是我不讓她們在我身邊的，看著她們，那些回憶實在讓人難受。我在桃花島時，只在過年的時候跟她們吃那餐團年飯。而現在卻每時每刻都要面對她們，這怎不讓人心煩意亂。

二弟一走，我讓她們忙自己的去。

「老爺，我知道您不想看到我們，那個時候是我們錯了！」小翠滿臉是淚地跪在我的面前，她的男人一愣，也跟著跪了下來，脖子像鴨子似地伸了兩下。「么姑，快給老爺跪下磕頭！」那個小丫頭嘟著嘴，不情願地跪在了我的面前。

「老爺，您就讓么姑在您的跟前伺候一下您吧。那個時候，她還不知在哪裡呢！」

我這一生最大的毛病，就是看不得人哭，看不得人說好話。現在，她兩招齊出，我還能說什麼呢？

「都起來吧，我沒有怪你們，這是他的命！」

你能說不是麼？一個人為什麼偏偏遇上另一個人，而且還要糾纏不休？那不是簡單一句偶然性可以解釋清楚的啊。

「么姑，去幫我倒杯茶來。」我說，「你們去忙你們的。你媽媽她……」我不知自己為何要問上這麼一句。

「老爺，媽媽她……」小翠顯是勾起了傷心事，臉上的淚往下直滾。

「六十多年前，她是看著我長大的！你也是，那麼小，剛來那會才三歲吧？那麼小就到了我們家，一轉眼就是五十多年，不簡單啊！你和唐清妹曾經結拜為姊妹，你就算是我的親人了。大太太雖然不在了，但你這個姨妹子，我還是要認的。」

她剛爬起來，又跪了下去，臉貼到地面上。「老爺，小翠不敢，小翠是有罪之人！您和大太太都跟菩薩一樣，小翠就是不要這條賤命也換不了老爺和大太太半分恩情！」她說著，喉嚨裡發出了嗚咽的聲音。她男人一見，又跟著跪了下來，那脖子不由自主地又扯了兩下。唐清妹曾說他留下了痼疾，是不是就是這個？

「你看你們倆口子！」正好么姑進來了，我便要么姑放下茶，趕緊把她的爹媽拉起來。

「么姑，從今天起，你不要喊我『老爺』了，再喊就喊我『姨爹』吧。」

我這一說，剛站起來的兩個人又跪了下去。「么姑，還不給老爺磕頭！」

「別跪，你們也起來。說了不喊『老爺』了的，怎麼還是一口一個『老爺』？乾脆你們也把口改過來！」

「使不得，使不得啊！」小翠的男人終於開了口。

「是啊，那樣我們死了要下十八層地獄的！」小翠更是一臉惶恐。

「看你們說的，好像閻王就站在這邊上似的！」我說了這句自己笑了。「好了，你們去忙吧，么姑就在這裡陪我說說話吧。」

倆口子叮囑了半天，才一步三回頭地走了。

「你姐姐這次怎麼沒來？」我無話找話。

「姐姐去年中秋出嫁了，嫁好遠。」她見我問她，一下子來精神了。「我姆媽說了，等姐姐回來了，就讓她來看你的。我姆媽說了，姐姐比我還小的時候，也伺候過你！」

這丫頭！她們母女仨，那嘴，簡直就像一個模子倒出來似的！

「姨，姨爹，我聽說蘇茹姐姐晚上要跟你捂腳的，我晚上也要跟你捂腳！」我有些乏了，正準備站起來挪到床上躺一會，她突然這麼一句，把我嚇了一跳。我愣愣地看著她，竟不知如何答腔。

「沒有啊。姨爹不用人捂腳的，要不，蘇茹姐姐怎麼回去了呢！」

我撒了個彌天大謊。

「哦！那蘇茹姐姐平常都跟你……你們倆都做什麼呢？」

這丫頭怎麼說話的？不過，她的確是提了一個讓我不得不想的問題——這半年的點點滴滴立馬在腦海裡翻湧起來。

她這個時候在幹什麼呢？

我的腦子裡一下擠滿了那個羞怯的女孩子的模樣，心一想，竟是隱隱而疼。那初次相見的美好，是那樣的讓人難以忘懷，就像一把鋒利的刀，深深地從我的心上劃了過去……

「姨爹，你在想什麼？」那把刀劃到一半，這個叫「么姑」的小女子就把它拔了出來。她挨到我的椅子邊，把我的手抓到她的小手裡，搖了起來。

「么姑，別鬧，姨爹什麼也沒想，姨爹有點累，想上床去躺一會兒。」我真的有點累了。

可她竟然不同意。「我要你跟我講故事。你睡著了，我就不好玩了。」

天啦，究竟是她伺候我，還是我伺候她？我長期想有一個女兒，真要有個女兒是不是就是這個樣子？我不禁對自己都懷疑起來。當初我見到蘇茹的時候，我想的最多的是把她想成自己的女人，其次是把她想成自己的孫女，把她想成是自己的女兒，只是偶爾的閃念而已；眼前這個小女子，她只是才過童關，可我一看到她，想的卻全是自己的女兒。

「好好，你先讓我休息會，我才有精神給你講呢！」要真有這麼刁蠻的女兒，我想，多半會是徐妙玉生的。

說到徐妙玉，徐妙玉就來了。我像見到了救星似的，趕緊讓她把我扶到床上去。

「你還站在這裡幹什麼，不曉得打水來跟老爺泡腳？」徐妙玉這話突兀而生硬，么姑吐了個舌頭，嘟起嘴巴說：「我姆媽說了，我只跟姨爹端茶倒水，不洗腳的。」

「什麼？你喊什麼？哪個是你的『姨爹』？沒家教的東西，你還敢還嘴！」徐妙玉的臉一下煞白，她那瞇著的眼往上一翻，兩道精光如兩把寒芒四射的漁叉，一下就叉中了么姑。么姑嘴一咧，哭了起來。

「看，把孩子嚇的，是我說的。她姆媽跟唐清妹曾經結拜過姊妹，她該喊我『姨爹』的。么姑，你先出去玩吧，這裡先不用你了。」

那丫頭一轉身就跑得沒了影兒。

「這不行的，你這怎麼辦？我看，你還是讓他們都回來才是正理！」

好啊！我的心應聲答道，可我看著她卻不做聲。她避開我的眼睛，自顧自地說：「昨天，我回去後想了很久。唉，一切都是命。從今往後，我不會在你面前，再提一回族長了。就為這一個破族長，難不成我們就弄個夫妻反目，父子成仇？」

這話說得好。她要早就這樣想，我相信她教出來的兒子也一定不會使我失望，那我也就不會有絲毫的猶豫了，她也就不會有這麼多痛苦了。雖然現在晚了點，但真正的醒悟永遠沒有早晚。

「你這麼想，我很開心。」她聽到我這句話，臉上竟浮出一絲羞色，那樣子顯得憨憨的，很有幾分可愛。「我告訴你吧，我已讓老二去找安明貴的兒子了，我決定把族長之位傳給安鵬！」

她的臉一下僵在那裡，我看見她的眼眶紅了，有淚溢了出來。

「好，你說是誰就是誰！」她站起來，我知道她要走了。「你休息吧，我還有點事，我先走了！」她終於說出來了。

我懶得看她的背影，她說了那個「走」字，我就緊緊地閉上了我的眼睛。

我真的累了！

2

安鵬來的時候，我根本不知。是么姑的聲音把我驚醒的。

「姨爹叫我先玩會的，不是我自己跑的！」我睜開眼，安鵬正翻著案上的一本書在看。「姨爹，你快跟二老爺說。哎喲，我的耳朵！」

這最後一聲分外尖利，安鵬放下書，見我正看他，忙跟我打招呼。「姑爹，您醒了？」

「來了有一會吧，怎麼不叫我？」

「沒……」

安鵬剛說了一個字，就見二弟拎著么姑的耳朵進來了。么姑滿臉通紅，臉上早已糊滿了鼻涕眼淚。

「快放手，是我讓她出去玩會的！一個孩子，下這麼重的手幹什麼？」我有點生氣，二弟不情願地鬆開了么姑的耳朵。

「我沒說謊吧，你還不相信！」么姑抹了一把臉上的鼻涕眼淚，歪著腦袋看著二弟。

「你還強嘴！就算老爺讓你出去玩，你也得守在門口，哪裡也不准跑！下次要是再看不到人，看我怎麼整你！」

「好了，好了。」我說，「么姑，你別聽二老爺的，快去洗把臉去。記得啊，洗了臉，給客人倒一杯茶來。」

「嗯。」小傢伙撅著嘴橫了二弟一眼才走。

「算了，她這麼小，由著她吧。都別站著，坐。」等他們倆落坐後，我什麼彎都不想繞。「安鵬，今天我讓你二叔把你叫來，是有一件非常重要的事要告訴你！」

「姑爹，您說，只要侄兒做得到的，絕不推辭。」

「好，我要的就是你這句話！我決定：從現在起，你就是安氏家族的第十九代族長！」

話一出口，我的心胸少有地一暢。

「大哥！」

「什麼都別說了，我已經決定了！」我知道二弟要說什麼。但他的話對於我已經沒有任何意義。

「姑爹！」安明貴的兒子愣了一下，忽地跪在我的床前。

「我不能答應您！」

「為什麼？」我剛剛舒暢的心一下又堵得死死的。

「因為此身已許國門，非安鵬私有！」

「哦！」我一愣，呆呆地看著他，好一會才回過神來，忙說：「起來吧，孩子！」

他緩緩地站了起來，我一下覺得他在我的面前，分外的魁梧——這就是我夢中的兒子，頂天立地！我有十二個兒子，竟是沒有一個這樣的兒子！

為什麼？

沮喪讓我心煩意亂。「把我往上扶一扶。」我不得不請求他。

他小心地把我往上抱了抱，又在我的背心裡墊了一個枕頭，我讓他去坐，我有一肚子話要對他說。可等他重新坐下，我卻不知從何說起。

么姑端著茶進來了。茶盤裡只有一杯，她徑直走到安鵬的面前，請他喝茶。我看見二弟的臉都變了顏色，心裡不由暗暗地罵了她一句：不懂事的死丫頭。安鵬接了茶，小傢伙用鼻子望二弟哼了一聲。怎麼能這樣！這小翠也太沒家教了吧，我得好好說一下她。我能容她，別人能容她麼？這樣下去，這孩子今後要吃大虧的！

「么姑啊，快去，我和二老爺口也乾了，也幫我們倆一人倒一杯茶來。」

她不情願地把茶盤扣在背上，走了。

「唉，你說，就是這丫頭的事都得我來操心。可我哪操得了，我一個就要死了的人，今天活了不知明天還活不活。我死後，安氏不能沒有一個人出來主持大局啊。不然，要不了幾天，安氏先人創下的一切就會被敗得一乾二淨，你讓我死了到地下怎麼去見安氏的列祖列宗？」

「姑爹，我看兩個表弟都知書達禮的，應該堪當此任吧！」

「賢侄有所不知，你那安午表弟，表面看起來，懦弱謙和，實質華而不實；你那安戌表弟，胸無丘壑，事事由你小姑媽操持，豈堪重任？」

「姑爹，您這樣一說，我倒有個主意，不知妥否？」

「你說！」

「我們乾脆在安氏之內，來一場民主選舉！」他說完這話，臉上紅光一片。「要不，這次就讓我和兩位表弟作為候選人，各自拿出自己的施政方案，到全族宣講，然後，再讓全族十八歲以上的人，到祠堂裡去投票，誰得票多，誰就是族長！姑爹，您說好不？」

「不好！」

「為什麼？」

「我說是你，就是你。我不想把這麼大的一件事，弄得像一場兒戲似的。」我那兩個兒子，他們有什麼「施政方案」？到時還不只有出乖現醜的份。讓他們出乖現醜後，再失去族長之位，這實在太殘忍了！

「姑爹，民主選舉怎麼會是兒戲？國外的總統都是這樣選出來的！」

「好了。我說過，不要跟我總是說洋人，洋人的東西是好，但拿過來未必就真有用。就像你前幾天跟我說的一樣，朝廷以為自己挨打，是因為洋人的船堅炮利，就一窩風地去學，結果怎麼樣？就拿你現在口口聲聲說的民主選舉來說吧，我也不知怎麼說，但我可以打個比方，假如我和你兩人選，別看我馬上就要死了，再你怎麼弄，你也選不過我。為什麼？是不是我真行？只怕未見得！所以，有些事，不是想當然那麼簡單的。有句話叫食古不化，我現在改一改，食洋不化。要懂得把我們骨子裡的東西和外來東西的本質進行認真的研究，然後才可能有所作為。我們囿於表像，妄想一抄了事，最後，可能連我們立足的地方都沒有！」

「姑爹，您這席話，對於我是醍醐灌頂，讓我想起了先前的很多事。我一直都有些疑惑，今天算是豁然開朗了！我們現在跟當年洋務派犯的錯誤簡直一模一樣。」他這時倒真像個小學生了。

其實，我哪裡懂什麼政治，我只是越來越感到自己力不從心，我必須在我還能喘口氣的情況下，把我該做的事做好。

「安鵬，」我還是有點不習慣叫他的名字，可看他發呆的樣子，我不得不把他拉回到現實中來。「你什麼也不用說了。我也知道，這個世道再也不是從前的世道了。世道要變那就讓它變吧。你姑爹我，雖然臥在床上是僵屍一具，但我的腦子卻一點也沒變硬。大局我們左右不了，但我們要做的就是適應，你說是不是？這個是亂世中最好的生存法則！總之，世道再怎麼變，我們安氏只有變得越來越興旺發達才是正理，你說是不？」

「姑爹所言甚是。」

「而安氏家族要想更加發達興旺，誰來當這個族長就是至關重要的。一個朝廷看的是皇帝，一個國家看的是總統。皇帝是父子相傳，總統是人人投票。這些東西我也弄不懂了。我現在把安氏家族就交給你了。你說此身已許國門，國門事大，安氏事小，但理是一樣，如若安氏一族之事，尚不能弄好，何談國門？」

在我的詰問下，他默然地垂下了頭。

「就這樣。老二，你通知祠堂裡的所有人，另外找人看個日子，就這兩三天的事，把這事辦了！」

「是，大哥。」二弟機械地應了聲，我知道他還沒轉過彎來。

「姑爹，您再考慮考慮吧！」

「不用考慮了。我差不多考慮了十年。」我覺出了我的語氣生硬，但我必須快刀斬亂麻！

我看見他忽地兩眼炯炯發光，從凳子上站了起來，可人還沒站直，卻又跪了下去，頭在地上咚咚咚叩了三下，一躬身爬起來，一把抓住我的手，「姑爹，我答應你！面對您，我好慚愧啊！姑爹，我要送您一樣東西，明天我跟您拿來！」

他這一連串的動作，把我倒弄得有些不好意思了。

「好啊，我可等著了！」

「大哥，那你先休息，我們走了。」二弟接過我的話頭說。我知道，他這是在逃避我。

「好，你抓緊去通知，抓緊去辦，搞好了就來告訴我！」

我鄭重地看了他一眼。

3

他們倆一走，么姑端著兩杯茶進來了。

「怎麼才來？二老爺都走了！」我埋怨道。

么姑把茶送到我的手裡，說：「我才不給他倒茶呢！」

「為什麼？」

「他好兇，我才不想伺候他。我姆媽說了，姨爹你在一天，我們就在這裡守一天；你要是不在了，我們給你燒了紙，磕了頭馬上就走。」

她的話讓我的心無端地發梗。我看著她怔怔地發起呆來。這世道詭詐莫測，這人心何嘗不是如此。呆滯的腦子裡，莫名地一下全是安順福的影子。對了，他的那樁心結到了該解開的時候了。

過了晌午，我再一次跨出了門檻。這一次小翠的男人和么姑跟上了我。我怎麼說，他們都是不聽，只是跟著。

跟著就跟著吧，畢竟他們是好心。我一甩一挪，那樣子一定滑稽得不行，但我顧不了些。路上遇到的人真不少，都停下來喊我，我有時微微地點一下頭，有時甚至連頭也不去點，我的所有精力都必須集中在那一甩一挪的兩條腿子上，哪裡還分得出心來去應對外面的事情。再說了，那些人，有的我根本不知姓甚名誰。

好在我要去的地方並不遠。說不遠，差不多也有兩里路呢。

在離目的地還有兩百米的地方，我實在走不動了，背心有點發炸，額上竄出了一層薄汗。他們父女倆倒也想得周到，當爹的趕緊把扛著的一把藤條太師椅塞到了我的屁股下。這一坐，那個舒坦我找不著幾時有這麼快意過。等我坐穩了，小丫頭把一壺茶也塞到了我的手裡。那茶水半溫不熱，我一口差不多喝了半壺。這樣牛飲的日子倒是記得，只是記不住確切的時候，想來怕不也有十多年了吧。看我這架勢，倒成了觀風景的看客了。可眼前一派荒涼。

四十多年前，這條大路，可是安氏家族最寬闊的一條大路，它連著穀囤子橋，橫貫安家窪，像一根蔓生的瓜藤，那聳在高台上的一家一戶，就是這根藤上的瓜苞子；兩百米處的那座房子，曾經是這根瓜藤上最大的幾個瓜苞子之一，瓜熟蒂落的那一天是什麼時候的事情？這個比方看來打的真不是地方，一個村莊，一個家族，一個家族裡的各家各戶，怎麼會有瓜熟蒂落的那一天？什麼才能稱之為瓜熟蒂落？

原諒我這破損的身子吧，你們早已看到了，它走路的姿勢是多麼滑稽，又怎能期待它的思想能夠中正呢？只是印象中的大路，記憶中的火磚瓦屋，曾是我童稚的心空裡最堅實的支撐！但此刻，這支撐卻挑著無邊的惆悵——以往寬闊的大路，被蓬生的茅草和蒿子，擠得連兩頭稍大點的豬只怕都走不下了；那曾經的火磚瓦屋倒是還在，可頹圮的院牆和剝蝕的門廊，要是有風，它會像一把破爛的椅子一樣，嘎嘎地響的。

我曾在這大路上無數次地行走、奔跑，這火磚瓦屋曾裝滿我的所有——要不是離湖太近，水汽太重；要不是丁口雜多，人滿成患；要不是……我不會另起爐灶，他也就不會孤零零地留在這裡了，今天，我也就用不著來看他了！

「爹——」我的心大聲地喊著他，「我不是野種，我真的不是野種啊！我是你的兒子，我是你的兒子啊！」他的聲音在心底頑強地爬了出來：「我也想你是我的兒子，可是，你不是！」

我坐在大路上，坐在微薰的風裡，坐在春天的暖陽裡，淚從我的眼眶裡滾了出來。

「姨爹，你怎麼哭了？」

么姑湊到我的跟前，用她的小手把我的眼淚抹了一臉。

「你沒帶手帕子？」小翠的男人有些慍怒地問他的女兒，脖子連扯幾下。

「我忘了！」

「沒事，么姑蠻懂事的，是風把眼睛給睒了。」我說，「好了，我們再起來走吧。」

這一次，我直接走進了前廳才停了下來。我感到奇怪，他們是從來就不關門，還是看到了坐在大路上的我特意為我打開的？

「爹——

姆媽——」

殘破的屋子裡沒有一絲回音，當年我住過的廂房，半截被火吞噬掉了，剩下的半截像一張哭泣的嘴巴，衝進鼻腔的還是遭火荼毒的煙味。

我的眼裡穿著叉檔褲的一個小子，追著一個半大的丫頭滿屋子亂跑。跑一路，他的嘴就喊一路。

「姐姐、姐姐……」

可是，那些地方都在哪裡啊？我顫顫地往天井裡走，那些過火後的殘梁斷柱，聳在那裡還是那樣令人心驚肉跳。那森森的白骨，那未燒完的臀部一齊襲向我，差點讓我再一次栽倒在地！我用力地撐著拐杖，才努力把自己穩住了。

我不是來這裡懷舊的，也不是來這裡憑弔的。我一遍又一遍地提醒自己。是啊，我到這裡是要告訴他一件重要的事情的。

「爹，你把門打開，我是可喜，我來看您了！」我退回來，站在那扇緊閉的門前，我的心真誠地呼喚著。「爹，你的孩兒來看你了，爹！」

沒有答應。我扶著門艱難地彎下我的雙膝，跪倒在門前。那酸、脹、疼，使我一陣陣發麻。「爹，孩兒不孝，孩兒給您磕頭了！」我的頭在一起一伏之間就像榫頭沒有楔好的椅子，鬆動的部件開始互相摩擦，發出吱吱的響聲。我磕完了頭，再也無法憑藉自己的力量爬起來了，小翠的男人把我從地上攙起來後，我發現天旋地轉。

我靠著他好大半天才緩過氣來，我讓他把前廳的一個蒲團拿過來，他扶著我在蒲團上坐了下來。我要跟我的爹好好地說會兒話。我讓他們父女倆到院子裡等我。

他們倆出去後，我聽到屋子裡響動了一下，我想，我們父子倆此刻應該只是隔著一塊門板吧。

「爹，姆媽，我知道你們在聽我說話，是不是？」

我知道他們不會回答我，但我的心卻懷著無限地期待。

「爹，感謝你把我從洪水裡救了上來！姆媽，感謝你把我撫養成人！」

到了今天，我得當著他的面承認我是一個野種。

「爹，真的謝謝你！」

這麼低的體位，我實在爬不起來。要是我爬得起來，我一定會再一次給他跪下的！

「爹，這麼多年，我多次拂逆了你的意思，孩兒不孝，今天給你賠罪來了。爹，你原諒孩兒也好，不原諒孩兒也好，孩兒都得跟你說，這是命！是命讓我們成為父子倆；是命讓我們父子倆一輩子不合；也是命讓我當了安氏的族長！是不是，爹？既然是命，就不會有人責怪你的，命又有誰敢不認呢？爹，我現在理解了你的心情，我也滿足了你的願望──我已決定把族長之位傳給安鵬了，他是安明貴的兒子啊！」

我再一次聽到了屋內傳出的響動，看來，這個消息對於他的確是重要的。

「爹，你可以安安心心地去見列祖列宗了！」

說完了這句，我已無話可說，我是否該叫小翠的男人來把我扶起來？我是否該向他們告辭了？啊，若是這樣，是不是說，我們今生今世都不再相見？從此生死陌路？

不！

「爹，你就這麼狠心？你知道，我癱倒在床六年後才重又下床走路，活了今天也許就沒有明天。兒這次來，說不定是來向你辭路①的，你就真的不想和我見上一面？可你我畢竟父子一場啊！爹，佛說人生難得，你已將是百歲之人，怎麼還是如此執著，無法勘破？」

那裡面依舊沒有答言，這無聲的靜默，讓我悲憤不已。

「爹，你不想見我也就算了，你讓姆媽出來見我一面吧！姆媽——瀾兒想你！」

我再一次聽到裡面的響動，似是要開門閂的聲音，響了一下，又重歸死寂。我坐在蒲團上，緊緊地盯著那扇門，恍若聽到了低低的抽泣聲。仔細一聽，卻什麼也沒有。

再說什麼都是多餘，我只有等待，可我等來的卻是難耐的內急。我不得不叫小翠的男人過來把我扶了起來。我就在那焚毀的廢墟上撒了泡渾濁的老尿！我的姐姐這一回還會看我麼？我知道不會了，她豈不是在絕望與怨恨中舉起火來的！天堂、地獄，她在哪一處呢？

我又慢慢地一甩一挪回到了我的病房。這裡其實也留有我姐姐的氣息，那些絕然的舉動，他們祖孫三代，完全是一模一樣的風格。生命的奇蹟再一次見證了它自己的神奇。

我真的不是他的兒子！

這麼一想，我的心平靜了下來。等我把這族長之位交出去後，我就去報恩寺長住下來，陪我的乾爹去。

4

我想洗個澡，今天竟然流了點汗，真是難得啊。這六年，除了該死的六月渾身汗漉漉的外，這身子就跟上霉的一截枯樹一樣。

「去幫我燒點水，我想洗個澡。」我央求小翠的男人。

「洗大澡還是洗小澡？」他呆楞楞地問我。我看了他一眼，安生的臉就在我的眼裡浮了出來。我病了，只有在水裡，才能稍微活泛些，在我這裡，自來就沒有小澡一說。安生他在哪裡？我趕的是賴老婆子，我可沒趕他！他怎麼也走了？

「從這邊的一個門出去，第二間是洗澡房，你在那個大盆子裡放半盆熱水就行了。」

我今天自己洗個澡看看。死了殺豬佬，難道真要吃連毛肉不成。這狗東西，就算我真要趕你走，你怎麼也得做個樣子吧！說走就真走了，就跟上次一樣，這幾十年算是白過了。俗話說：有聚就有散。看來，是到了散的時候了。

若是往日，蘇茹便要開始給我收換洗的內衣了，這個時候，么姑呢？她剛才進屋來了麼？我只注意自己了。她的爹也沒注意麼？看來他只注意我了。一進屋我就吩咐他去燒水，他也就把他的女兒徹底忘了。

我再次站起來，哆嗦著去給自己找內衣內褲。等我打開櫃

①有的人死前會有一種預感，因此去看望自己最親的人，這就叫辭路。

門，這件事倒變得十分簡單了。因為內衣和內衣放在一起，內褲和內褲放在一起，都疊得整整齊齊。我沒有動手，我只要知道位置就行了，等會水燒好了，讓小翠的男人幫我拿過去吧。還有什麼？平時見蘇茹總是拖一大抱的，現在我怎麼覺得什麼都是多餘呢？毛巾、洋胰子，我記得澡房裡都是有的，拖鞋也是有的。對了，還有梳子以及洗頭髮的皂粉。算了，今天我不洗頭髮。記得到時別把頭髮打濕了。

我沒由來地心頭一酸。雖說是根老鼠尾巴，躺在差不多淹過身子的水裡，如何能讓它不打濕？想想每次洗澡，除了安生把我的頭用手托著之外，哪一次不是把頭髮打濕了的？要不，我昂著頭用嘴叼著辮子；要不，我就只坐著洗一下算了。洗澡在我癱倒在床以後，是唯一能讓我四肢重回先前的享受，看來，這種享受再也不能為我所擁有了！

「水燒好了。」小翠的男人進來告訴我。我看見了跟在他屁股後面的么姑。

「姨爹，我爹好笨，他不知道怎麼弄，還是我教他的！」小丫頭一臉的興奮。

他的爹紅著臉咧了咧嘴，算是一個笑了。「我沒想到那個腰盆就是洗澡的。」

「你就是笨，我怎麼一看就曉得？」小丫頭望著我，笑得眼睛成了兩道細縫。

「么姑聰明，幫我把內衣內褲拿著！」她一聽，朝打開的櫃子看了一眼，一邊拿了一件。

「姨爹，對吧？」

「么姑真是聰明。」

小丫頭抱著衣褲便挨到我的身邊，像一隻邀寵的小貓咪。我用手在她的頭上摸了一下。

他們父女倆擁著我到澡房裡，一盆旺旺的大火把屋子已燻得暖烘烘的。我試了試熱氣騰騰的洗澡水，溫度合適。我讓他們倆出去，小翠的男人說要幫我洗，我拒絕了。我的身子已經向很多人打開過了，每打開一次就多一次羞辱，我怎麼可能再讓一個小我如此之多的晚輩觸摸我的全身！

他們出去了，我開始緩緩地解開那些纏紐在一起的布扣。最讓我難堪的是不能抬腿把褲管脫出來，我只能把褲帶解開，讓它們自行滑落。等我脫得赤條條之後，我卻不知如何爬進這兩尺多高的澡盆裡，我試了幾次，腳都只能抬起半尺。這一刻，我恨不得一頭撞死了拉倒。假如我的身上還有一件遮醜的衣服，我說不定真就這麼做了。可現在，我一絲不掛，就是死了，也會變成一個笑話！莫不成我就這樣再把衣服穿上？我相信總有辦法的，腳不行手行不行？我雙手扶著盆子壁，往裡一撲，頭往下一栽，嗆了我一口水，嚇得我趕緊往上抬頭，不住地往外吐水。虧得我早年在水裡像一隻魚鷹一樣，現在，這麼一盆水竟是要把我淹死了？頭髮已經浸透了水，水滴滴噠噠往下滴著，我索性不管辮子，雙手扒住了盆子壁，身子挺在盆子沿口像蛇一樣地往裡不停地蠕動……屁股觸到盆子壁，我忽地停住了，我心裡把自己罵了一句，真是一頭豬啊！我為何如此愚蠢？為何不坐在盆子邊上，那樣腳不就能輕易地抬起來了？就算還是不能，我扳著盆子邊也可以把屁股先放下去呀！我在盆子邊順勢坐起來，腳拿起來還是顯得有些困難；屁股往後一挪，貼著骨頭的一股疼，幾乎使我無法忍受！我不得不鬆開我的手，人一晃，上半身跌進了澡盆。嘴和鼻子都嗆進了水，但這次我沒慌，沒有立即掙著往外爬，我屏住氣，用兩個肘子撐著盆底，使勁一拖，那懸在盆外的雙腳終於被我拖進了盆內。水的浮力也就自然地把我托了起來。嗆進去的那口水被我吞進了肚裡。

我終於像以往那樣，將頭枕在了那個木枕頭上，我的心這一刻百感交集。臉上究竟是淚水還是洗澡水，一時間，連我自己也分辨不清楚了。

直到小翠的男人在外面敲門，問我洗好了沒有，我才發現，水真的有些冷了。我爬起來，這一次卻很簡單，我坐在盆沿上，人稍稍往後一仰，一隻腳就到了盆外；跟著，在雙手和一隻腳的幫助下，另一隻腳也從盆子裡拔了出來。

水是自己滴乾的，或者說是火烤乾的。雖說我坐在火盆邊，手裡也拿著毛巾，也到處抹了，但我站起來的時候，還是覺得身上有水。小翠的男人又在外面問了，我到火邊上站了站，便開始往身上穿衣服。總算把遮羞的那條內褲套到了身上，我實在沒有能力再穿別的衣服了，我不得不喊小翠的男人進來給我穿衣服。

他進來又把我的頭、胳窩、腿彎、腳趾縫裡仔細地抹了一遍，才給我穿上衣服。

「老爺，以後還是讓我給您洗，您洗不乾淨的。」他給我扣扣子時說。我真想說好啊，可我的嘴仍倔強地說：「我自己能洗！」

我感到口特別乾，一出洗澡房就叫么姑，說我口乾了。她脆生生地應了一聲，便往後面跑了。

喝了茶，小翠就把晚飯提了進來。我也真是餓了，喝了一碗蓮子粥，還吃了小半碗飯，我自己都有點吃驚。這一夜我出奇地睡的好，一覺醒來，外面明晃晃的太陽光真的曬到了屁股上。

5

不過，么姑卻坐在我床前的椅子上打著瞌睡。這孩子，不定多早就被她娘逼著起來到這邊來了。我不忍心把她驚醒，可天實在是晚了，說好了安鵬今天要來的，說不定早等在了門外呢。

我不得不爬起來。我儘量輕地一點一點將身子挪到床邊，再小心地把腳放到床沿外，手扳著床沿，上身起來了，起來了，沒想到腳一下抵到踏板上，還是鬧出了不小的響動，小丫頭驚醒了。

「姨爹，我扶你！」話一出口，她就竄到了我的身邊。

「我自己來，你幫我打點水來，我洗把臉。」

「好。」她歡快地應著跑了出去，不一會，一盆冒著熱氣的水就端了進來。小傢伙倒懂事，把毛巾在水裡沾濕了擰幹後遞給我。我擦了兩把，把毛巾遞給她。她說：「姨爹，我這就叫我姆媽把早飯端來。」說著，端起洗臉水就走。

果然，她一出去，小翠和她的男人就進來了。她的男人進來後就要給我梳頭。我不知我的頭亂成了什麼樣子，便沒有拒絕。沒想到，這麼大個男人，他的手還蠻輕的，梳得我的頭皮麻癢癢的，怪舒服的。

梳了頭，便吃早飯，吃了早飯，我正跟么姑聊天，安鵬來了。

我看見他手裡拿著一個卷軸，便問是什麼東西。他沒有回答我，而是將手中的卷軸解了，徐徐展開。四個墨蹟濃妍的大字一下撲進我的眼簾：「天下為公。」上款是「贈安鵬先生」六個字，下款是「孫文手書」四個字。

「姑爹，這是逸仙先生在我臨走之前，親筆為我書寫的條幅，我現在把它轉贈給您；您的事蹟我已給逸仙先生寫信詳細告之，相信先生看了我的信，一定會十分高興的！」

「這位逸仙先生是——」

「逸仙先生大名孫文，我前幾次都提到過他的。他歷經磨難，數度流亡國外，曾領導多次反清起義，公推為民國第一人。先生殫精竭慮，立志要把中國古代的天下大同理想和今天西方的民主世界完美地結合起來！先生要是知道民間有姑爹這樣的仁人至士，他不知會多高興呢！」

「哦！」

「姑爹，我替您掛起來吧。」

「這不妥吧？逸仙先生題贈給你的，我怎麼好要！」

「姑爹，不瞞您說，在我看來，這是我一生中最珍貴的一件東西，但我覺得唯有您才配這四個字。所以，我要把它送給您！」他說著便將之掛在了我的右前方的屏風上。

對於字，我的心中充滿了憐惜之情，只要是字我就想品評一番。就像面對女人一樣，濃妍肥瘦，總想琢磨出妙在何處。應該說，眼前的四個字，有一股敦厚之氣，如勇士扛鼎而行，卻又滿目含情。一看便知，此乃豪傑之書，絕無文人之氣，卻也性情自然。若有一分文氣，則入目不堪，粗拙忸怩；直是這濃妍之鋒，汩汩趨之筆端，一字一蘸，方能展胸中浩浩之意。這一筆一畫，當得起這四個字的意境。但我得如實地告訴你們，若是我胸中之意趣，這四字稍顯沉穩不足，凝而不重。

「姑爹，你看這樣好不好？」

「好。」這幅字一掛，整個屋子便呈現出另一種氛圍了。我一直想自己寫幅字掛起來，卻一直下不了筆，偶有所觸，寫上幾筆，卻多是自汙眼目，遂絕了此念。眼高手低之苦，實在是一件很讓人頭疼的事。

「姑爹，我今天還有一事相求！」

「說。」

「我想讓您重新考慮一下您的決定。畢竟這麼多年，我與安家窪沒有聯繫。」

「安鵬，我得鄭重地告訴你，你姑爹我絕非一時心血來潮，我是經過極為慎重的考慮，才做出這個決定的。正如你上次講的，人是要有自己的理想的。找你來接任安氏族長，便是我的理想——世道變得如此之快，總有一天，一切都會來到安家窪的！安家窪如何應變？如何保有目前安穩的生活，這才是我心中最大的夢想！

「我不知你的理想是什麼，也許你想的是整個國家！但我想，一個人要實現自己的理想，就必須要有自己可以施展才能的舞台才行。當你沒有這個舞台時，要麼是灰心喪氣，要麼就是從別人的手裡強搶過來，這就成了革命。說得不好聽就是造反，就是逆匪。勝利了是另外一回事，不勝利就是殺頭的死罪。可以想像，這種勝利付出的代價，必定是極其慘烈的；所以，勝利者在有了舞台之後，第一想的往往便是彌補曾經付出的代價，而最初的理想也就拋之腦後，成為別人的理想了。人心都一般，這兩千年多有此類故事，你比我更清楚。而我現在把安氏給你，雖說小了點，但麻雀雖小，肝膽俱全。你若把安家窪建成了大同世界，摸索出一套行之有效的法則來，對於這個動盪的世界，其借鑑意義是不言自明的。於你不必擔逆賊之名，於社會又能找到一條路走，這不強似你那空洞的『革命』麼？」

「姑爹教育的甚是，我竟沒慮到這一層！如此，姑爹，我就多謝了！」說著，他跪在了我的面前。

「你看你，動不動就是下跪。俗話說，男人膝下有黃金。你這思想還是舊思想啊！」

他不好意思地從地上爬了起來，說：「姑爹，小侄真是慚愧！」

「好了，我也是隨口一說。對了，二叔準備得怎麼樣？你也做一下準備，順便把二叔給我找來，說我有事找他。」

「這個人好好玩。」安鵬前腳一踏出門檻，么姑忽地來了這麼一句，把我說得一愣。

「怎麼好玩？」我問。

「就這四個字，還說是最珍貴的東西，騙苕還差不多。姨爹，你就是個苕，還一個勁地說好呢！」

原來說這個。我哭笑不得。

「你識不識得這四個字？」我好奇地問她。

「識不得。」

「那你怎麼曉得這不是珍貴的東西？」

「識不得我也曉得。它不能吃不能喝，珍貴個屁！」她顯然是生氣了，小嘴巴撅了起來。我怎麼跟她說呢？的確，能吃能喝，是太重要了。可人不光是為了吃為了喝吧？然而我曉得我不能怪她，想想吧，中國人，不愁吃喝的日子在這兩千多年裡，又有幾天呢？饑寒煎迫的生靈，只有能吃能喝的東西才是真正珍貴的啊！

小傢伙一句話又讓我感慨不已，這個世道，能從吃喝的困惑中醒來的人實在不多。

「么姑啊，有時間呢，我教你識識字吧！」

「我不識。」

「為什麼？」

「我姆媽說了，識了字，就嫁不到好人家了！」

啊！我再一次被她噎得沒了話。好在二弟這時進來了。我便問他事辦好沒有。他說，他已經通知了，日子也看好了，就是大後天。

「幾個老傢伙沒說什麼？」我問。

「沒說什麼。」他說。

這就好，「你隨便跟安鵬說一聲。到時，我一宣佈，他磕個頭，跟列祖列宗稟告一下就行了。簡單點。對了，多準備幾桌客飯，上四十八垸、下七十二垸都通知到。」

「你放心，我曉得的。」

眼見一件大功就要告成，我心滿意足地看著他。

6

轉眼兩天就過去了，挨晚，我好好地洗了個澡，明天我要用最新的自己迎接它的到來。澡當然還是我自己洗，我說過，我不會再讓別人看我的身子了。有了上次的經驗，這次簡單多了。

我全身心地放鬆了，這一夜竟是沒有夢來。

天亮了，我迫不及待地催著她們讓我吃了早飯，像出閣的女人，等著迎親的轎子般地充滿了期待。太陽從牆縫裡把他的光芒擠到我的腳前，我像看到我的新郎似的，忍不住用手摸了他一下。那種肌膚相觸的激動沒有升起，倒是攪亂了光柱裡翻騰的塵埃，它們更放肆地舞蹈起來。我的心無端地亂了起來。

「爹，表哥死了！」

安玉蓮的兒子跌跌撞撞地跑了進來。

「你胡說什麼？」我的身子一聳，兀自從太師椅上站了起來。「你說誰？」

「安鵬，他，他被人用繩子勒死了！」

我站起來的身子重重地跌坐了下去，我聽見藤條崩斷的聲音，就跟我心裡那根弦崩斷的聲音一樣。一時間，我的整個身子都被這斷裂的聲音包裹了起來。我的眼淚一下湧滿眼眶，跟著嘩嘩地淌了出來。

「是誰？告訴我是誰？」

我猛地拍了一把椅子，怒吼道。

「爹，我，我，我不曉得！」

「你！是不是你？」

「爹，我……我怎麼會殺表哥！」他說著跪到我的面前。

「我是聽二叔說的，是二叔讓我來跟你報信的！」

「那你二叔呢？」

「二叔在跟表哥收殮……」

「去跟我把他叫來！跟我把安戍叫來！」我怒不可遏。

如果不是安玉蓮的兒子下的黑手，就只有徐妙玉的兒子了！我恨不得一伸手，就把他拉到自己的面前問個清楚明白！

「跪下！」看著進來的那個東西，我厲聲喝道。「你幹的好事！」

「爹——」這個狗東西他竟然不想跪。

「跪下！」我已是怒不可遏。

「爹，我做了什麼？」他一副不情願的樣子望著我。

「哼！」我竟不知如何往下說。

「爹，你是說安鵬的事吧？我剛聽哥說，他被人勒死在床上了。那跟我有什麼關係？我殺他幹什麼？我沒幹！」說著他從地上爬了起來。

難道是徐妙玉？是這個歹毒的女人？

「跟我把你的姆媽找來！」

這一刻，我恨不得把這個女人撕個粉碎。可是當她真正站在我的面前，我卻顯得那麼無助，這是個什麼樣的女人啊，我當初為什麼就沒看出來呢？當初，我看的那可是嬌小、玲瓏、嫵媚的一個妙人兒啊！

「你贏了！」

我有氣無力地說。她看了我一眼，自己找了個凳子坐了下來，然後緊緊地盯著我，她難道不認識我麼？

「你不該動這麼大的氣，這對你的身體不好。你好不容易這幾天氣色好了點，你看看這一動氣，臉都黑了！」

我的心冷笑不止，這樣一個女人，我真的是小瞧她了，到了這一刻，她的演技還能從容自如，你不佩服都不行啊。「謝謝你的關心，你終於如願以償了。」我緩緩地說著，忽地拔高聲音，「不過，你也不要得意太早了，你以為如此，你的兒子就能當上族長？你做夢！你要知道，這是一條人命，是血債！殺人償命，你不會不曉得吧？」

「唉——」她歎了口氣，她真沉得住，我倒要看她如何回答我。「我不想刺激你，我知道你心裡難受，但有一點，我必須告訴你，你想錯了，這件事，我絕對沒有插過一毫一厘的手。你要相信我，我是真心為你的身體著急，你看你，犯得著嗎？就像你從前勸我的，人都是命，誰又能抗得過命呢？」說到這裡，她又歎了口氣。「先前，我還真的想跟我的兒子爭一下，你始終都不肯答應我，我的確是有些惱火，後來你要我的兒子去祠堂裡管事，偏偏學館又塌了；後來，你讓他去讀書，偏偏學堂又查封了。到這時，我實際上已經信了你的話。我以為安玉蓮的兒子就要穩坐祠堂裡的那把檀木椅子了，可在這時，安明貴的兒子回來了，而你又聽信了他的那一套。命運這玩意真是不可捉摸，一切自有天數。不是嗎？這幾天，你看到我到你這兒來了嗎？我知道，我一來，你就煩，你就以為我是為我兒子的事來逼你的，我就不來，由你折騰。這幾天，我基本上沒有出過門，這是可以問到所有人的。你說，我贏了，我老實告訴你，贏與輸，都是命。我犯得著害條人命？再說了，你也是清楚的，就我，不，就你那寶貝兒子，他能殺得了人？我一個婦道人家，我殺得了人？我們娘兒倆，雖說有時在你面前耍點橫，你也是曉得的，在這個家族裡，我們其實孤單得不能再孤單了！」

難道真不是她？如果不是她，又會是誰呢？我看著她，愣了。

我突然想，不管兇手是誰，真正害死他的不是別人，而是我！對，就是我！我曾經殺死了安明貴，現在，我又殺死了他的兒子！想到這裡，淚水模糊了我混濁的雙眼，我不能原諒我自己。

我一生最不想面對的就是死亡。為什麼要讓我一而再，再而三地面對死亡？

「你們知道今天是什麼日子嗎？」

「不知道。」

「你們的二叔沒有告訴你們嗎？」

「二叔什麼也沒說。」

這就對了！我知道了，我什麼都知道了。我的心在滴血，可我卻怎麼也說不出口啊！

「都給我滾！」

這是我第二次吼出這個「滾」字。

7

人已去矣，我現在還能表達什麼？我大不了就是跟他寫一副輓聯。是的，我要寫一副輓聯。寫什麼呢？我閉著眼，苦苦地思索著。可我心亂如麻，一個字也想不出來。不，我一定要寫，一定要寫。

煙雨淒迷，為報國而來，血灑瓦子湖；

音容寂寞，因立身乃去，淚傾安家窪。

這不足以表達我的心情。我的愧疚豈是一副輓聯就能表達得盡的！

「么姑，去裁兩張宣紙，一尺寬，將它們貼好。」

「我不會，姨爹。」她怯生生地說。

「什麼？」

我冷冷地看著她，這一刻，這不再是天真，不再是單純；這一刻，這是愚蠢，是無知。要是蘇茹在，她怎麼也不會如此回答我！

「叫你的爹來，讓他去給我把安生找來！」

這一刻，我要一個稱手的人在我的身邊。

那一男一女兩個老東西來了，跪在我的面前，一口一個該死。曉得該死就好！

「給我裁宣紙，我要寫輓聯。」

不一會兒，兩條長長的素帶便在他的手裡飛了出來，他的女人也端著和好的麵糊出來了。

「貼兩副長的。」

女人便把他男人裁好的紙條小心地糊了起來。

男人則到大院的書房裡把我的筆找了出來。我選了一隻大號的湖筆，那玉石的筆桿，讓人握著有一股溫潤的親切。

我舉起我僵硬的手，在空中試著揮了起來。手臂裡頓時如同灌了滿滿的一缸醋，那種酸到牙根的疼痛，使我的額上沁出細密的汗珠。我不得不徒然地垂下那隻沉重的膀子，整個人仰在藤條椅上大口地喘起氣來。

安生把茶桌上的東西撿到別處，將它挪過來放到我的面前，鋪上氈子，擺上鎮紙，開始在硯台裡磨墨。五十多年前，他曾這樣服侍過我的。

那錠徽墨發出淡淡的香氣。我長吸了一口氣，心神鎮定了一些。安生把粘好的紙條鋪在了毛氈之上。我將長長的狼毫伸進那烏金的墨池裡，我聽到了狼毫貪婪地吸吮墨汁的嗞嗞聲。那曾經飛揚的情思，激蕩的文字，不由在我的腦海裡掀風鼓浪而來。

天地有恨，悲一代英才，空懷報國之心；

人間無情，慨半世遊子，徒擎救世之志。

秉節來兮，千秋青史英名在；

存仁去矣，一寸赤心天地知。

我將飽吸濃墨的狼毫提起來，我要一揮而就。那飲足了墨汁的筆頭正淋漓地往下滴著，我得在硯台上將筆尖舔上一舔，不然，那素潔的宣紙無以承載！可是，我的胳膊在這時無端地抽搐了一下，手一抖，筆尖上的墨汁如一道黑色的閃電，飛濺而去，不遠處安鵬掛的那張條幅，頓時濺滿了墨團，那淋漓的墨汁如一條條泥垢裡鑽出的蚯蚓，蜿蜒而行；而那枝玉石桿的狼毫，則叭的一聲，落在了我的腳邊，濺起的墨水，撲到所有人的腳上。

我把那無端痙攣的手臂一揮，擱在桌上的東西全飛了出去，那潑出去的墨汁把地上的宣紙洇成漆黑一團，望著這黑白絕然的條幅，我愣愣地看著它們，哀哀地哭了。

……

「給我把石荒兒找來！」我悲憤難當。什麼狗屁的二老爺，他還真當他是這個家族的老爺了不成！「去啊，還站著幹什麼？去給我把他找來！別收，都給我站著，讓他來看！」

那個人來了，他進門只是看了一眼，便跪在了我的腳前。我恨不得一腳踢過去！可我的腳抬不起來啊！

「人是我殺的！」

「殺人償命，你知道嗎？」

「我知道。大哥放心，侍候完了大哥，我石荒兒這條命就還給他！」

「你，你，為什麼要這樣啊？」我實在不知如何面對這麼一個人！

「大哥的東西，誰也別想搶走。」他說這話時，脖子強了兩下。

「什麼是我的東西？有哪一樣東西，我能帶到棺材裡去？」我厲聲質問道。

「我不管，大哥創下的東西就應該留給大哥的兒子！」

他說了這句，大顆大顆的淚從他的眼裡爬了出來，在他醬紫色的臉上胡亂地滾動。我的怒氣，便在這蒼老的淚裡融化了。

跟了我四十七年的兄弟，你好糊塗啊！

我的心在這一刻，只能默默地歎息這麼一句。

「起來吧。」

就如此吧，就如此吧。

他站起來開始默默地收拾起地上的東西。我就這麼一直看著，直到看著他把一切收好，把地面洗過之後，才對他說：「好好地把人葬了吧！」

他兩眼含淚，再一次跪在我的面前磕了一個頭，爬起來走了。

8

連著兩天，我幾乎沒有說話。

我靜靜地聽著來自祠堂裡咚咚的喪鼓聲和那悽愴哀婉的喪歌。

出殯的鞭炮在兩天後響起，我從椅子上站起來，挪到門口，目光越過頹敗的院牆，在初春殘破的曠野裡無著無落……

第二十七章 不是結束

1

一切又回到了原點。

我不得不重新面對我的兩個兒子。看著安生和賴老婆子，我想，為什麼要獨獨缺她呢？她也到了該回來的時候了。她想嫁給安戌，那就讓她嫁給安戌吧。讓她的爹媽過來，把這門親事定了就是。

「去把她接回來吧。」我說。

賴老婆子看著我，那不規則的眼裡放出來的光芒，就像我的臉上掛著一截大便似的。

「看什麼看，不認得？」我沒好氣地說。

「老爺，」她收回了她的目光，小心翼翼地說，「您沒聽說——」

「聽說什麼？」

「蘇茹她……」

「她怎麼了，她不想來了是吧？」其實我早該想到了，既然徐妙玉沒有反對她的兒子，她又怎麼還會讓她來伺候我呢！一個土都埋到嘴巴上的人，還在自作多情！又白白地讓這個女人看了回笑話，可惡！我把臉往裡一車，閉上了眼。

「您真不知道？蘇茹她，她在回去的路上跳了湖！」

「啊！」我不知我的身子是怎麼坐起來的，可我的的確確坐了起來。

為什麼？為什麼？

我看著眼前的這個老女人，心裡連問兩遍，可那聲音怎麼也衝不開喉頭。

「船上當時就有人跟著下了水，可就是沒撈到人影。大家都曉得她是伺候老爺的丫頭，當即返船回來報了信。二老爺一聽，帶了人就去湖上撈，各種法都想盡了，最後用滾鉤才把她滾了起來。這孩子癡呀！」她說著嗚嗚地哭了起來。我的眼裡沒有絲毫濕潤，相反，卻乾澀得生疼。

「老爺，這姑娘的心思其實在你身上，你就沒看出來？」

我又不是豬，這種事情我怎麼會看不出來！可是——我倒真想問問這個女人，你既然知道她的心思在我的身上，那你為何又把她往安戌的身上推呢？我動了動嘴，還是沒有發出聲音。

「也是我害了她。我不該做這個媒，我不該做這個媒呀！可是七少爺他逼我，我不答應，他就不放我走。我也沒想到十一少爺會這麼衝動，我跟他說得好好的，等。他也答應我等的，他怎麼就不等了呢？」

對呀，等。等我死了，一切不都解決了？可是，哪有男人會讓自己的女人在自己眼皮底下伺候別的男人的？她活了也有六十多年，不會不懂這個理吧？

又是一個為我而死的人。都記在我的賬上吧！

「二老爺讓我不跟你說的。可不說，我到哪裡跟你接人去？」

背裡毫無支撐地坐著，我能堅持這麼久已是一個奇蹟。就像我坐起來一樣，我又直挺挺地倒了下去。

「老爺，你怎麼了？」

我沒怎麼，頭砸在枕頭上，倒像震開了什麼似的，眼淚一下漫了上來。賴老婆子趕到床邊看我的時候，淚水已經糊住了我的雙眼。

「你走吧，讓我靜靜。」說完我將臉偏向床裡。右眼裡的淚水立馬翻過鼻根，跟著左眼淌出的淚水，嘩嘩奔流……

我的心現在剩下的唯有恨了！恨我的二弟，恨我的兒子，恨我的女人，恨這賴老婆子。我知道恨無法挽回任何東西，但我難道連恨都不行麼？

從這天起，直到安鵬的七七之期滿了，我沒有說過一句話。無論是徐妙玉來看我，還是石荒兒來看我，我都沒有開口；更不要說那兩個不爭氣的東西了。恨他們漸漸成了一個藉口，實際上，面對他們，我已找不著該說的話了。

2

就在安鵬走了四十九天的那個夜裡，我聽到了「拖鷄」鳥的叫聲。安生當時還沒走，我問他聽到沒有，他說他什麼都沒有聽到。

「拖——」

「鷄。」

「拖——」

「鷄。」

如此分明的一唱一和，怎麼會聽不到？

「你好好聽聽！」

「真的沒有。老爺，您別胡思亂想了，早點睡吧。」

我哪裡還睡得著。看來，這拖魂的兩隻鳥是在我的心底叫喚。我的日子不多了。我要儘快把該辦的事辦了！現在唯一糾纏我的，就是祠堂裡的那把檀木椅子了。關於這個族長，我盡了我能盡的一切力量，但結果卻是如此。我還能做什麼？我已無路可走，剩下的只能是去見我的乾爹了——我要當著乾爹的面，把寫著族長的那根竹簽和沒寫族長的一大把竹簽放在一個密封的籤筒裡，讓他們自己去抽，誰抽到誰就是族長——我的所有努力都已經失敗，不如此，莫非我真的要把這個族長帶到棺材裡去不成?!

我幾乎是一夜沒睡，奇怪得很，早晨睜開眼，竟是毫無倦意。我讓安生把二弟叫來，我讓他通知徐源、安明志、鬍子爺的三兒子、跳手爺的兒子、徐妙玉、安午、安戌，一起到我這裡來。

等所有的人到齊了，我把我的想法說了，日子就是今天。他們互相看了一眼，有驚奇的眼光，有欣喜的眼光，也有茫然的眼光。這些我都管不了了，我叫出我的兩個兒子，讓他們給我跪下。

我挨個把他倆看了一遍，深深地吐了一口氣，說：「我以前曾經說過，在這件事上，我要一碗水端平，我現在就要實現我的話了。」我說，「我不能替你們任何一個人選擇。我們當著菩薩的面，你們自己去選，這是冥冥中的定數，也是你們前世各自修來的福份。怨不得我，也怨不得別人。你們兩人，無論今天誰當上了族長，都不得做有害於另外一個人的事情，我要你們今天當著所有人的面，在我的面前跪著發誓！」我盯著安午，「你是大的，你先說，如果菩薩選中了你，你會做有害於你弟弟的事嗎？」

他吞了口涎水，連忙說：「如果我做了有害於弟弟的事，天打雷劈，活不過兩年！」

「你呢？」我問徐妙玉的兒子。

「我得一種怪病，爛得渾身是蛆！」

「好！我們走吧！」

報恩寺離此有三裡路遠，安生用躺椅做了個滑竿，他和老二要抬我，我說讓安午和安戌抬吧。他們哪一個不是正血旺氣盛的男人？讓一個六十多歲，一個七十多歲的老傢伙做這個力氣活，我還替他們臉紅呢。

安生和老二堅持說讓他們抬，我臉一垮，對站在一邊袖手旁觀的兩個兒子說：「還不快點，你老子我就剩幾根骨頭了，全部加起來也沒得一百斤！」

兩個傢伙乖乖地走了過來，還沒等他們彎下腰，安生和老二已把躺椅抬了起來，兩個傢伙不情願地用肩膀接了過來。

躺在「滑竿」上，我的心比「滑竿」的起伏還大！

三十五年後，再見到乾爹，我說些什麼呢？

這麼多年，有沒有一件事我做的讓他滿意？我惶惑不已。我沒有看到哪一件事情，它是真正完美的——我自認為修堤是一件功德無算的大事，可是下游七十二垸卻因之年年受澇——因了這件事，人死了，官丟了；甚至我還失去了我的八弟。再看我的三弟、六弟、七弟、九弟，他們路見不平，拔刀相助，結果身首異處。我以為替安氏找到了一個絕佳的族長繼承人，卻害死了安鵬！那個叫蘇茹的女子，如此冰雪聰明，也只落得個投湖自盡！想想更遠處的事吧，他們給我千挑萬選的那個女人，竟被我趕回了娘家。再往前，那就要說「我的兒」了；再再往前，則是安順福——他豈不是想使自己不被趕出祠堂，結果卻永遠失去了祠堂，用他的話說，現在連死他都死不成了！

這讓我又想起那個流傳遍地的故事來①。先前聽時，只是當成笑料，可此時想起來，心中卻別有滋味！是啊，這個世上，連聖人都無法自圓其說，連神仙都無能為力，我們凡夫俗子，又怎麼能看得透？

如此一想，去見乾爹的勇氣便在心中長了幾分。

3

通往報恩寺的路，對於我，已陌生得認不出來。

我們先要經過學館，那裡面還有朗朗的讀書聲，這讓我心中安慰了一些。我豎起耳朵，便聽到「人之初，性本善」，我不由看了一眼徐源，他也正看他的學館呢！現在科考已經廢了，他還教孩子們這些東西，有用嗎？百年育人大計，唯以教育為本。我這一向來，竟是沒有想過這個問題，這要是誤了孩子們，可不得了！回頭，我得好好地跟他談談這個。

學館往東不遠，就是老樂堂。門倒是開著，可裡面靜得只怕連只螞蟻爬都聽得出來。我耳朵裡此刻全是躺椅被顛的嘎吱聲——現在老樂堂是誰在管？還有多少老人？那個時候，我的姐姐和唐清妹，兩個人爭著要去，就像搶著了一個寶貝似的。我記得唐清妹走了，是八弟的女人去的；八弟的女人走了，是二弟的兒媳婦去的。後來我姐姐走了，是不是一直都是二弟的兒媳婦在那裡伺候著那些老太太、老爺子？這個我也忘記問了。

這麼多年，我的心都在想些什麼？

一直以來，我總覺得自己把所有的一切都給了安家窪，今天回頭一看，卻發現根本不是這麼回事。羞愧像熱天背上的痱

①指孔子住店的故事。

子，一陣陣地發炸。

前面就是穀囤子橋吧？那時候，它好像是十分寬闊的，現在怎麼變得這麼窄了？那兩邊的欄杆斷的斷，掉的掉，怎麼就不修整一下？要是小孩子調皮，掉到米倉河裡了怎麼辦？

想起米倉河，就恨不得一步跨到她的跟前。那是安家窪的母親河啊！到了，到了，我們到了穀囤子橋上——橋底下的米倉河怎麼長滿了蘆葦、蒲草？這樣水還能流麼？河是用來流水的，不是用來長草的！河沒有了水，還能稱之為河麼？沒有水，遇到天旱，飯兒窪上水怎麼辦？

丈把寬的米倉河，在眼裡一晃就過去了，但我的心始終盤桓在她的身邊。他們怎能這樣對待自己的母親河？既然野草已經封河，想來淤泥早已塞死了河床！在我癱倒的這幾年裡，難道年年都風調雨順，難道年年飯兒窪都不缺水？不錯，飯兒窪可以從西邊的蘆葦灘裡引水，可四十畝地全灌上水，單靠一邊，只怕不行吧！

我們順著米倉河的東岸往前走，一路上，湧出很多看稀奇的人來。我差不多七年沒有露面了，的確是個稀奇！我的眼裡，那些火磚瓦屋已是如此陳舊，牆壁上原先刷的石灰，這時像長的癩瘡；背陰的地方，生著綠茵茵的苔蘚；有些磚頭已經銷蝕了，露出了盒子牆裡的泥巴②。再過三五年，這屋只怕就住不成人了？等到住不成人了，這些看稀奇的人會怎麼辦呢？

②過去牆體內的空間需填充三合土。

我的心堵得慌。

前面是鍋台垸子了，我看到了。有人還在插秧！不是已經過了芒種嗎？「挑燈打夜活，不插芒種秧；插了芒種秧，秧苗不灌漿。」種了一輩子田，他們難道不曉得這句歌謠的意思嗎？

「那是不是安明武倆口子？」

「是的，大哥。」

「我跟他留下來的那個兒子呢？」

「那個兒子熬到三十歲，一直找不著媳婦，後來在酒場，跟一夥耍猴把戲的跑了。」

我的心猛地往外翻了兩下，像一隻手要把它給拉出來似的。我急急地喘了幾口氣，才算不那麼慌了。

「老二，你還記不記得，早年我們可是有個『互幫組』的，這芒種秧插了還有個屁用？」

「大哥，現在各人都在忙各人的，哪個還管別人的事！」

各人管各人!?

我的心又亂蹦起來，先前若是如此，有今天的安家窪麼？有這鍋台垸子麼？有這火磚瓦屋麼？有這堤堰麼？有那大堤麼？

我在躺椅忽地一滾，人差點從上面捧了下來。

「小心！小心！」徐源喊了聲。「這好好的堤堰怎麼變成這個樣子了？」

我低頭從椅縫裡往下一看，圍堰堤上淤泥東一堆，西一坨。從上往下，在一方水窪裡，我恍惚看到了一張臉，腦子一轉，想起夏三九來，這圍堰堤現在就跟他滿臉的粉刺差不多了——那個酒缸裡泡大的男人，聽說我出獄，高興得過了頭，找了幾個人，在家裡喝得酩酊大醉，倒在桌上再沒有醒來。也是一個因為我而死的人啊！

路邊的樹怎麼長成這個樣子？比我這身子還不如，佝僂的脊背上，到處是粗大而醜陋的瘻疤，幾片剛抽出來的葉片無精打采，沒一絲活氣。要不就是在那些淤泥裡搖過去搖過來，像個雞婆，灰撲撲的。它們的枝頭有些紫色的小花，這時正開著，倒是讓人生出一絲憐愛來。當年，我栽下的並不是這些讓人不待見的楝樹，我栽的是香樟。那些香樟都到哪裡去了呢？

安家窪，你究竟怎麼了？

難道我病了，你也跟著病了？那麼，是不是只要我幫你選出了新族長，你的病就好了？乾爹，是這樣的麼？

三十五年，不，只有二十年我沒有想過你，這幾年來，躺在床上，想你的日子加起來，可以搓成一根把瓦子湖捆起來的麻繩。乾爹，你想我了嗎？我都老成這個樣子了，你還認得我嗎？

「乾爹！」

我在心底裡把這個我喊了三十多年，而又停了三十多年的稱呼溫習了一遍又一遍。我無法預測我們再一次面對面時，他會用怎樣的眼光看我。是悲憫，還是垂憐？過去，他總是那樣安祥，讓我忘記外界的存在……

我曾經以為我再也不需要他了，到了今天，我發現我完全錯了。看看我孤寂的心空吧，那裡長滿了荒草，漫漫黑夜，沒有星月的天空裡，一明一滅的鬼火是我前行唯一的光明！

4

乾爹，我需要你。我來了，我來了我們就再也不分開了，好嗎？你會答應我的，我知道，只要我認錯，你就會原諒我的。從前如此，現在仍然會如此。

三十五年，何其漫長，可回頭一看，一切只是昨日。昨日，報恩寺莊嚴、華麗，今日，它的門窗卻掛在風中搖晃著。我的乾爹，他們怎麼能這樣對你！在安氏最艱難的日子裡他們都有二十吊的燈油錢，現在更是每年多達五十兩銀子。這麼多的銀子他們都拿去幹了什麼？

山門倒了。院牆倒了。大殿頂上晃眼的太陽光直穿而入，而乾爹的金身已成了完全的一具泥胎。

「李東彪！」

我吼了一聲。我的報恩寺是這樣交到他的手裡的嗎？

他們告訴我李東彪已經死了五年了，現在管寺的是他的一個徒弟。

死了？我想起了，聽說他是坐化的，屍解時竟得到一百二十顆舍利。我想起了在報恩寺開光大典上，我和他之間那會心的一笑了，他是為得到了真自在而微笑，我是為得到了什麼而笑呢？

「小和尚人呢？」

「聽人說，那個小和尚從去年起就再沒看到過他了。」

「什麼？去年就不在了，今年祠堂裡不是還撥過來五十兩銀子?!」

我不知道自己要幹什麼了，我的心中怒火熊熊而起。

我知道我不該生氣，可在這種情形下，我能不生氣嗎？幸好金身後壁的暗道完好無損。我的乾爹仍坐在那個紫檀木的匣子裡。

謝天謝天。

我把匣子從暗道裡拿出來——啊！乾爹的身上這是什麼？白白的、像蛆似的——天啦，是白螞蟻！你這該死萬惡的畜生，我的乾爹怎麼招你們，惹你們了？我要把你們一個個全都碾死！

乾爹，你怎麼了？我在給你碾身上的白螞蟻啊，你的身子怎麼了？怎麼一碾就是一塊木渣？一碾就是一塊木渣？

不，乾爹，你不能變成木渣！你不能變成木渣啊！

可是乾爹偏偏就在我的手裡變成了滿手的木渣！看著滿手的木渣，我狂吼一聲，一股甜津津的汁液衝開喉頭，噴出嘴外，我的身子往前一沖，頭直直地撞向那座油漆剝落的泥胎。

5

我不能倒！

不能倒！

我不停地告誡著自己。我的手終於撐住了我的身子，是什麼托住了我？是我的腿子麼？我的身子怎麼往上升起來了？我趕緊四下裡亂瞄，可身子如同陷在一場茫茫的大霧之中，周圍什麼也看不清楚！

終於停了下來，肩頭忽地被人輕輕拍了一下，我回頭一看，不由叫出了聲：

「乾爹——」

他端端地坐在蓮花台上，微微地笑著。

「乾爹，你沒有變成木渣？這就好！這就好！乾爹，你快告訴我，這族長之位到底傳給誰是正確的？」我急不可待地問道。漾在他臉上的微笑就在這一問之中，如潮水一般，在我的面前緩緩地退去了。我的心一凜，不由自主地俯身回看——只見一具軀殼被幾個人抬著，出了廟門，他們將那殼子放到了院子裡。安生和賴老婆子蹲在殼子的邊上，其他的人則湧到廟內，跪在了乾爹那泥塑的金身前。

我聽到安午說：「菩薩，求你保佑我當族長……」

我聽到安戌說：「菩薩，你保佑我當族長……」

我聽到徐妙玉說：「菩薩，你保佑我的兒子當族長……」

……

那些頭顱把地面搶的梆梆直響，我的身子便跟著一顫一顫的，心彷彿是一面蒙著牛皮的大鼓，那些腦袋則是狂擂著的鼓錘。他們從蒲團上爬了起來，安午和安戌的四隻眼對在了一起，接著四條胳膊便扭絞起來！

「乾爹，我要下去，放我下去！」

我回過頭，想給他跪下，身後卻沒了人影。眼睛卻像被線牽著一般，我看到他在瓦子湖無邊無際的湖水上，身下是一隻漂亮的筏子，就像在哪裡見過的一幅畫似的。

「你要麼跟菩薩走，要麼跟我們走！」腦後突然響起鐵鏈冷漠的叮噹聲，我驚得回頭一看，只見黑白無常正抖著手裡的鐵鏈。

「兩位差爺，你看看下面！」我分開眼前的雲幔，報恩寺的院子裡，已打成了一鍋爛粥。「這個樣子我怎麼走得了啊！」

「你管得了嗎？執迷不悟，那就別怪我們不客氣了！」話音未落，那鐵鏈便絞上了我的脖子，勒得我的喉頭一緊，差點沒回過氣來。

「兩位差爺，讓我最後磕個頭總可以吧？」

他倆猶豫了一下，手中的鏈子稍稍鬆了鬆，我再往湖上看，那裡已沒有了乾爹的影子，只有茫茫的湖水。我的心不由揪然一疼，雙膝慢慢地彎了下來，頭深深地伏下去，嘴裡默默地祈禱著：

乾爹，我的菩薩，求你保佑保佑下方那可憐的人兒吧！

釀小說06　PG0884

菩薩保佑

作　　者　張道文
責任編輯　蔡曉雯
圖文排版　彭君如
封面設計　陳佩蓉

出版策劃　釀出版
製作發行　秀威資訊科技股份有限公司
114 台北市內湖區瑞光路76巷65號1樓
電話：+886-2-2796-3638　傳真：+886-2-2796-1377
服務信箱：service@showwe.com.tw
http://www.showwe.com.tw
郵政劃撥　19563868　戶名：秀威資訊科技股份有限公司
展售門市　國家書店【松江門市】
104 台北市中山區松江路209號1樓
電話：+886-2-2518-0207　傳真：+886-2-2518-0778
網路訂購　秀威網路書店：http://www.bodbooks.com.tw
國家網路書店：http://www.govbooks.com.tw
法律顧問　毛國樑　律師
總 經 銷　聯合發行股份有限公司
231新北市新店區寶橋路235巷6弄6號4F
電話：+886-2-2917-8022　傳真：+886-2-2915-6275

出版日期　2013年2月　BOD一版
定　　價　600元

Printed in Taiwan

國家圖書館出版品預行編目

菩薩保佑 / 張道文著. -- 一版. -- 臺北市：醸出版,
2013.02
面； 公分. --（醸文學；PG0884）
BOD版
ISBN 978-986-5976-98-9（平裝）

857.7 101023819

讀者回函卡

感謝您購買本書，為提升服務品質，請填妥以下資料，將讀者回函卡直接寄回或傳真本公司，收到您的寶貴意見後，我們會收藏記錄及檢討，謝謝！

如您需要了解本公司最新出版書目、購書優惠或企劃活動，歡迎您上網查詢或下載相關資料：http:// www.showwe.com.tw

您購買的書名：________________________________

出生日期：________年________月________日

學歷：□高中（含）以下　□大專　□研究所（含）以上

職業：□製造業　□金融業　□資訊業　□軍警　□傳播業　□自由業

　　　□服務業　□公務員　□教職　□學生　□家管　□其它______

購書地點：□網路書店　□實體書店　□書展　□郵購　□贈閱　□其他

您從何得知本書的消息？

□網路書店　□實體書店　□網路搜尋　□電子報　□書訊　□雜誌

□傳播媒體　□親友推薦　□網站推薦　□部落格　□其他__________

您對本書的評價：（請填代號　1.非常滿意　2.滿意　3.尚可　4.再改進）

封面設計____　版面編排____　內容____　文／譯筆____　價格____

讀完書後您覺得：

□很有收穫　□有收穫　□收穫不多　□沒收穫

對我們的建議：________________________________

____

____

____

請貼
郵票

11466
台北市內湖區瑞光路 76 巷 65 號 1 樓

秀威資訊科技股份有限公司 收

BOD 數位出版事業部

....

（請沿線對折寄回，謝謝！）

姓　　名：________________　年齡：________　性別：□女　□男

郵遞區號：□□□□□

地　　址：____

聯絡電話：(日)________________　(夜)________________

E-mail：____